星移記

SHIFT

休豪伊　著
陳宗琛　譯

鸚鵡螺文化

INFINITIME

鸚鵡螺，典故來自不朽科幻經典
《海底兩萬哩》中的傳奇潛艇，
未來，鸚鵡螺將在無限的時空座
標中，穿越小說之海的所有疆界
，深入從未有人到過的最深的海
域，探尋最頂尖最好看的，失落
的經典。

這不是小說……

這是英國權威科技媒體「物理學報」2014年8月27日的真實報導：

「獵殺癌細胞的奈米機器人真的存在！」

成千上萬比人體細胞小的「奈米機器人」進入人體，有如一支配備毀滅性武器的大軍遍布全身，追蹤腫瘤，獵殺癌細胞。這聽起來像科幻小說情節的敘述，卻已經成為活生生的存在！

美國加州大學戴維斯癌症中心（University of California Davis Cancer Centre）研究人員證實，多年來，他們致力於研發一種「多功能抗腫瘤奈米顆粒」，名為「奈米紫質」（Nanoporphyrin），目前，他們的研究已經取得突破性的發展，「奈米紫質」即將進入臨床應用階段，用來偵測癌細胞，消滅癌細胞……

同一年，美國國家廣播公司重播了一個有關心血管藥物的節目。Propranolol是一種交感神經受體阻斷劑，用來治療高血壓、心絞痛和心律不整。節目中，有人讓極度重傷的病患服用這種藥，結果卻出現意想不到的效果。他們發現，病患竟然徹底遺忘了受傷的經歷。這顆小小的藥丸竟然能夠抹滅任何痛苦的記憶。

人類歷經漫長的歲月，繁衍至今，沒想到在這個時刻，人類幾乎同時發現了兩種東西：第一，他們發現了一種讓人類滅絕的方法，第二，當絕大多數人類滅種之後，那少數動手的人甚至有能力遺忘這一切。

第一輪值

序曲

特洛伊復活了。醒過來的剎那，他發覺自己躺在一座密閉的容器裡，感覺像棺材，而面前是一片厚厚的玻璃，幾乎貼著他的臉，上面結了霜。

容器裡冰冷幽暗，隔著玻璃，看得到外面有黑影晃動。他想抬起手敲玻璃，可是肌肉鬆軟無力，根本不聽使喚。他想大叫，可是卻只像是咳了幾下，根本叫不出聲。他感覺嘴裡有一股惡臭。外面有人正在打開容器上沈重的鎖，慢慢掀開蓋子，長年沒動的鉸鏈嘎吱嘎吱響，外洩的氣體一陣嘶嘶聲，這些刺耳的嘈雜聲迴盪在他耳中。

上面的燈光好刺眼。他感覺到有人觸摸他，那個人手好暖。那些人扶他坐起來的時候，他還是咳個不停，呼出來的氣在冰冷的空氣中凝結成一團霧。有人拿了一杯水和幾片藥丸給他。水好冰，藥丸好苦。特洛伊很費力的吞了幾口。他手抖個不停，幾乎端不住杯子，需要旁邊的人扶著他的手。吞下藥丸之後，他忽然感覺腦海中湧現出一幕幕的回憶，那畫面有如噩夢中的景象，年湮代遠的記憶和近似昨日的記憶混雜交織。他不由得渾身顫抖。

有人幫他穿上一件紙袍，撕掉他身上的膠布，抽出插在他鼠蹊部位的管子，然後開始拉他的手臂。兩個穿白袍的人準備把他扶出冷凍艙，這時候，四周忽然冒出濃濃的蒸氣籠罩住他整個人，但很快就消散了。

特洛伊慢慢坐起來，刺眼的強光害他眼睛眨個不停。由於長期閉著眼，他必須很費力才張得開眼皮。

他看到旁邊有無數的冷凍艙，排成好幾列一路延伸到遠處那彎彎的牆面。天花板垂得很低，他彷彿可以感覺到上面層層堆疊的泥土那令人窒息的沈重，還有，時間的重量。多少年過去了，他在乎的人都已經不在了。

什麼都沒了。

藥丸卡在他喉嚨，感覺刺痛。他拚命想吞下去。沒多久，他發覺腦海中的記憶開始消逝，彷彿醒來之後夢境逐漸消散。他已經抓不住他所熟悉的一切。

他猛然往後一倒，但那兩個穿白袍的人似乎早就預料到他會有這種反應。他們立刻抓住他，讓他慢慢躺到地上。他渾身抖個不停，身上的紙袍窸窣作響。

這時候，無數的記憶又猛然回到腦海中，那一瞬間，一幕幕的景象如暴雨般傾盆而下，但轉眼又消失了。

藥丸的功效有限，需要更多時間才能夠徹底抹滅過去的一切。

特洛伊低下頭，兩手掩著臉開始啜泣。有人伸手輕輕按著他的頭，那是一種同情的舉動。那兩個穿白袍的人站在旁邊任由他啜泣，沒有催促他。這種體諒的心情，會一個接一個傳遞下去，因為，每當冷凍艙裡有人甦醒過來，都會經歷同樣的過程。

最後……遺忘過去的一切。

1 二〇四九 華盛頓特區

那座放獎杯的高大玻璃櫃，很久以前是用來當書櫃的。這從很多小地方就可以看得出來。比如，層架上的金屬裝飾已經有好幾百年歷史，可是玻璃門上的鉸鏈和小鎖卻是幾十年前才裝上去的。玻璃門框用的是櫻桃木，可是櫃子本身卻是橡木製的。曾經有人在櫃子上塗了好幾層染料，想掩飾這種差異，問題是，木頭的紋路一看就知道不一樣，而且顏色也不太對。這種小地方，行家一眼就看穿了。

唐諾紀尼眾議員分析這些跡象，並不是有意想追查什麼。他只是本能地注意到，很久以前有人大力整頓過這個地方，騰出了很多擺設的空間。很久以前，有一段時間，參議員的接待廳裡曾經擺滿了必備的法律典籍，現在已經所剩無幾。如今，那些厚厚的磚頭書只能默默盤踞在玻璃櫃的陰暗角落裡，無人聞問，書背上皺紋遍佈，老舊的皮封面上滿是剝落的痕跡，有如被太陽晒傷脫落的皮膚。

接待廳裡還有另外幾個紀尼的同僚，多半是剛上任沒多久的菜鳥眾議員。他們走來走去，完全靜不下來。他們都跟唐諾一樣，很年輕，無可救藥的天真，相信自己即將在國會山莊裡掀起風雲。在國會山莊裡，歷任的眾議員都曾經同樣的年輕，同樣的天真，而結果也都是同樣的一事無成，但他們都自信滿滿，認定自己一定能夠超越前任，完成前任做不到的事。

此刻，他們在這裡，是為了等著輪流晉見瑟曼參議員。他們都是喬治亞州的眾議員，而瑟曼是他們喬治亞州的大人物。他們一邊等，一邊緊張兮兮的交頭接耳竊竊私語。唐諾忽然覺得，他們活像一群傳教士，等著排隊晉見教宗，親吻他手上的戒指。他長長吁了一口氣，出神的看著玻璃櫃裡的獎杯，而他旁邊那位亞特蘭大市的眾議員一直喋喋不休，似乎正提到他們那一區的疾病防治中心。

「——他們的網站上公布了一份非常詳細的手冊，教大家怎麼做準備，怎麼應付……呃，怎麼應付活屍入侵。活屍，真他媽見鬼了，防治中心跟真的一樣，搞得一副世界末日快到了，我們會開始人吃人——」

唐諾拚命憋住笑，可是又擔心旁邊那個人會從玻璃門的反射看到他的表情，於是趕緊轉頭看著牆上的照片。那些照片，分別是瑟曼參議員和歷屆四任總統的合照。每一張照片裡，他的姿勢和握手的樣子都一模一樣，背景也都是同樣的一面國旗和巨大的國徽。照片裡，總統換了又換，可是參議員的樣子似乎沒什麼變，唯一的差異是他的頭髮從幾絲斑白變成白髮蒼蒼。照片裡，幾十年過去了，而他好像毫不在乎，永遠顯得那麼從容。

那些照片擺在一起，不知道為什麼，讓人覺得很沒價值，很做作，很虛假。照片裡的人，都是地球上最有權力的人，可是在照片裡，卻個個活像路邊廣告的人形立牌。

唐諾不由得笑起來，旁邊那個亞特蘭大市的眾議員看到了，也跟著笑起來。

「很好笑對吧？活屍。笑死人了。不過，你不覺得這有點怪怪的？防治中心沒事搞這種手冊幹嘛？除非——」

唐諾很想跟那個眾議員解釋，說他剛剛並不是在笑這個。他很想叫他看看那些照片，看看歷任總統的表情，看他們那種笑容，而照片裡的瑟曼參議員，表情卻截然不同，那模樣彷彿他根本不屑站在總統旁邊。看著照片，你會感覺歷任總統都心裡有數，知道誰才真正是權勢最大的人。歷任總統都知道，等自己下台很多年之後，旁邊那個人依然會大權在握，屹立不搖。

「——那玩意兒感覺上像是在建議大家要做好基本的居家安全，比如叫你家裡要準備球棒、手電筒和蠟燭，你不覺得嗎？以防萬一。萬一活屍上門，你可以拿球棒敲爛他腦袋——」

唐諾掏出手機，看看上面的時間，然後瞄瞄接待廳的大門，心想到底還要等多久。他把手機放回口袋裡，轉回頭去看玻璃櫃，看著架上的一套軍服。軍服摺得工工整整，簡直活像日本摺紙藝術作品，左口袋上掛了一排勳章，而袖子也刻意摺成某個角度，用大頭針固定，凸顯出袖口的金黃鑲邊辮帶。軍服前方擺了一個特製的木架，上面陳列了幾枚外國錢幣。那些都是在海外工作的男女部屬送給他做紀念的，向他表達敬意。

這兩樣擺設具有重大意義，分別代表兩種戰爭。軍服象徵的，是參議員年輕時參與的戰爭，錢幣代表的是目前面臨的另一種截然不同的戰爭。現在，參議員老了，更有智慧了，他派遣部屬到海外去，就是為了消弭這場戰爭。

「——我知道這種事聽起來很荒謬，不過，你知道狗得了狂犬病會怎麼樣嗎？我的意思是，病毒對狗的身體究竟造成什麼——」

唐諾湊近玻璃櫃，仔細打量那幾枚錢幣。每一枚錢幣上的數字和文案都不一樣，分別代表一個派駐在外的團隊，或者，說不定是部隊？他有點忘了，不過，他妹妹夏綠蒂應該很清楚。夏綠蒂目前就在海外的某個地方，在戰場上。

「嘿，你都不會怕嗎？」

這時唐諾才意識到那個眾議員是在問他。於是，他轉頭看著那個喋喋不休的傢伙。那個人年紀和唐諾差不多，大概三十五、六歲。在那個人身上，唐諾彷彿看到了自己的翻版，頭髮越來越稀疏，不知天高地厚的膽子，還有一種逐漸步入中年的悲哀。

「你是問我怕不怕活屍？」唐諾忍不住笑起來。「不會耶，好像沒什麼好怕的。」

那眾議員立刻湊到唐諾旁邊，眼睛也跟著瞄向那套軍服。軍服直立掛在架上，看起來氣勢恢宏，彷彿有個身材魁梧的軍人正穿著那套軍服站在他們面前。「不是，我是問你怕不怕見參議員？」

這時候，接待廳內側的門忽然開了，裡面傳來嘈雜的電話鈴聲。

「紀尼眾議員？」

門口出現一個年紀很大的女祕書，身上穿著白上衣和黑裙，高挑的身材看起來像運動員。

「瑟曼先生要見你了。」她說。

唐諾拍拍那位眾議員的肩膀，然後朝門口走過去。

「嘿，祝你好運。」那個人囁囁嚅嚅嘀咕了一句。

唐諾微微一笑。他忽然很想轉身告訴那個人，他和參議員很熟。他還在學走路的時候就已經認識參議員了，參議員是看著他長大的。不過，他還是按耐住沒有說出口。其實，他還是會緊張的，只不過原因不一樣。

那是一扇厚重的橡木門，上面有厚厚的鑲板。他走進門，裡面就是瑟曼參議員的聖堂。此刻，他感受到某種壓力，然而那並不是像走進某個人家裡，要接人家的女兒出去約會的那種緊張。此刻，是一種截然不同的壓力。現在他自己也已經是國會議員，而他要進去見的人，是一位參議員，說起來，兩個人是國會同僚，地位平等，然而，當他面對瑟曼時，他依然覺得自己還是當年那個小孩。

「跟我來。」那位祕書說。她帶唐諾穿過兩排寬闊的辦公桌之間形成的通道，每張桌子後面都有人忙著接電話，十幾部電話鈴聲此起彼落。男助理西裝畢挺，女助理穿著整齊俐落的套裝，每個人都是左右開弓，兩手各抓著一隻話筒。從他們臉上那種嫌惡的表情，可以看得出來，每天早上都是這樣忙得人仰馬翻。

唐諾從一張張辦公桌旁邊經過的時候，暗暗伸出一隻手用指尖輕觸桌面。是桃花心木。這裡行政人員用的辦公桌，比他自己的辦公桌還要高級。另外，這裡的裝潢也是富麗堂皇。地上鋪著長毛地毯，牆壁上緣的裝飾木條精雕細琢，古色古香，天花板是古典瓷磚，點綴著水晶燈飾。

他們一路穿越人聲嘈雜的助理辦公室，走到最裡面。那裡有一扇鑲板門。他們快到門口的時候，門忽然被推開，眾議員米克韋伯從門裡快步走出來。他全神貫注低頭看著手上的檔案夾，沒有注意到唐諾正朝他走過來。

唐諾立刻停下腳步，等米克走上前來。米克是他的同事，也是老朋友了。過了一會兒，他終於開口問：「嘿，還好吧？」

米克抬起頭看到唐諾，趕緊闔上手上的檔案夾塞到腋下，然後朝唐諾點點頭。「還好，還好。還蠻順利的。」他微微一笑。「不好意思，害你等那麼久，老先生就是不肯放過我。」

唐諾笑起來。他不難想像。當初米克幾乎是不費吹灰之力就當選眾議員，因為他又高又帥，渾身煥發出無比的自信和群眾魅力。唐諾曾經開他玩笑說，米克這名字實在太鳥，要不然，他選上總統都不是問題。「還好啦。」唐諾伸出大拇指反手指向背後的門外。「正好利用這個時間交際交際。」

米克咧開嘴笑起來。「那倒是。」

「好啦，我先進去了，回頭再跟你聊。」

「好啊。」米克拿手上的檔案夾拍拍唐諾胳膊，然後就朝門口走過去。這時候，唐諾注意到參議員的祕書正盯著他，於是趕緊追上去。她揮揮手，看著他走進燈光昏暗的辦公室，然後幫他關上門。

「紀尼眾議員。」

保羅瑟曼參議員就在辦公桌後面。他從座位上站起來，伸出一隻手，露出一抹微笑。那種微笑，是唐諾很熟悉的，從小看到大，每當他出現在報紙上或電視上，永遠都是那副招牌笑容。瑟曼應該已經七十歲了，就算還不到七十也快逼近了。但儘管如此，他依然保持著昔日的軍人體魄，就算穿襯衫打領帶也掩蓋不了他虎背熊腰的魁梧身形，粗壯的脖子。他滿頭白髮，但整齊俐落的髮型看起來卻像剛入伍的新兵。

唐諾走進幽暗的辦公室，握握瑟曼的手。

「很高興我們又見面了，瑟曼先生。」

「來，坐，坐。」瑟曼放開唐諾的手，指著辦公桌前面的一張椅子。唐諾乖乖坐下。那是一張色澤鮮豔的紅色皮椅，扶手上的金屬釦飾乍看之下像是鋼條上的一排鉚釘。

「海倫還好嗎？」

「海倫？」唐諾下意識伸手拉直領帶。「她很好。她在我們薩凡納的老家。上次在我就任眾議員的接待會上，她終於親眼見到你。她很開心。」

「你太太非常漂亮。」

「謝謝你，瑟曼先生。」唐諾拚命想放鬆心情，可惜沒什麼用。天花板燈都亮著，然而，整個辦公室卻籠罩在一片昏暗中。窗外黑壓壓的天空，濃雲密布。萬一下雨，等一下他就得走地下道回辦公室。他痛恨走地下道。儘管地下道鋪著地毯，掛著吊燈，但他依然感覺得到那是地底下。在華盛頓特區，每次走進地下道，他總覺得自己很像一隻在下水道流竄的老鼠，感覺天花板彷彿隨時會塌下來。

「怎麼樣，幹眾議員，到目前為止還習慣吧？」

「很棒的工作。忙，不過感覺很好。」

接下來，他本來想問瑟曼，他女兒安娜最近好不好，但還來不及開口，門忽然開了，那位祕書走進來，手上拿著兩瓶礦泉水。唐諾跟她說了聲謝謝，伸手去扭瓶蓋，發現瓶蓋已經開了。

「希望你還不至於忙得完全沒時間，因為我有一件事想找你幫忙。」瑟曼忽然挑起一邊的眉毛。唐諾喝了一口水，心裡有點好奇，不知道自己有沒有可能學得會。這種單邊挑眉毛的本事真是令人嘆為觀止，他幾乎忍不住想跳起來拍手喝采。

「我當然抽得出時間。」他說。「當初要不是你幫忙，我恐怕連黨內初選都過不了。所以，既然有機會為你效力，我當然赴湯蹈火。」他擺弄著放在大腿上的水瓶。

「米克韋伯你應該很熟吧？你們兩個好像都是鬥牛犬，對吧？」

唐諾愣了一下才反應過來。瑟曼說的鬥牛犬，是他們喬治亞州立大學的吉祥物。他們學校的棒球隊，就叫鬥牛犬隊。不過，他自己對打棒球並不怎麼熱衷。「對啊，鬥牛犬加油加油加油。」

他心裡暗暗嘀咕，但願沒有喊錯口號。

瑟曼微微一笑，彎腰湊近唐諾，桌子上方的燈光灑在他臉上，這時候，唐諾忽然注意到瑟曼臉上出現一條條細微的陰影。那是皺紋的陰影。唐諾從來沒發現瑟曼臉上有皺紋。要不是因為此刻頭頂上的燈光，平常很難看得出來。從正面看，瑟曼臉型精瘦，下巴方方正正，比從側面看年輕。瑟曼是個直來直往的人，今天他能夠坐上這個位子，靠的並不是暗箭傷人，而是光明正大正面迎戰。

「你在喬治亞大學唸的是建築，對吧？」

唐諾點點頭。他常常會忘記，他很熟悉瑟曼的一切，可是瑟曼對他並不是那麼了解。畢竟，如果有人一天到晚上報紙頭條，想不認識那個人都難。

「我大學拿的是建築學位沒錯，不過上研究所之後，我就轉攻土地規劃，拿到碩士。我想，與其設計房子給人住，還不如投入管理眾人之事，貢獻會比較大。」

聽到自己說出這種冠冕堂皇的話，唐諾不由得皺起眉頭。那是研究所時期的陳腔濫調，自己居然還念念不忘。他有點納悶，自己幹嘛這麼憂國憂民？幹嘛不跟別人一樣吃喝玩樂把妹，快活過日子，把那些陳腔濫調拋到腦後？他一直很困惑，為什麼瑟曼要召見他們這些菜鳥議員？唐諾剛接到邀請函的時候，本來以為這只是禮貌性的拜會，後來，當他聽到米克炫耀說參議員也要召見他，他又覺得，這次召見大概是傳統的例行公事。而此刻，他開始懷疑，瑟曼召見他們，只是一種政治操作。瑟曼想藉此籠絡他們這群喬治亞州的菜鳥眾議員，等到有一天，他推動的政策需要眾議院支持的時候，這群菜鳥手上那張票就可以派上用場。

「唐唐，告訴我，你保密的功夫到不到家？」

唐諾忽然感到背脊竄起一股涼意。他硬逼著自己乾笑兩聲，掩飾內心的不安。

「我不是已經選上眾議員了嗎？」

瑟曼微微一笑。「這麼說來，你大概已經領悟到保密的訣竅了。」說著他舉起手上的水瓶，擺出一個敬禮的動作。「那就是，不管別人說什麼，一概否認。」

唐諾點點頭，仰頭灌了一口水。他不確定瑟曼說這些是什麼用意，不過他已經開始不自在了。他感覺得到自己即將面臨所謂的「密室協商」，而當初競選的時候，他曾經口口聲聲承諾選民，如果他當選，一定會徹底杜絕密室協商。

瑟曼往椅背上一靠。

「一概否認，就是我們這一行的奧祕。」他說。「如果政治像烹調，那麼，一概否認就是祕方調味料。少了這種調味料，再好的食材也吃不出滋味。每次碰到新進的議員，我都會告誡他們，『不管事情是真是假，都要用同樣堅定的態度一概否認。有些網站和名嘴一定會跳出來批判，說我們黑箱作業，不過這樣一來，民眾反而會一頭霧水。』。」

「呃，有道理。」唐諾不知道該怎麼答腔，只好又舉起水瓶喝了一大口。

這時候，瑟曼忽然又揚起一邊的眉毛，一動也不動的盯著唐諾，過了一會兒，他忽然問了一個莫名其妙的問題：「唐唐，你相信有外星人嗎？」

唐諾嘴裡的水差點從鼻孔噴出來。他趕緊抬起手掩住嘴，咳了兩聲，擦掉下巴的水。但瑟曼還是一動也不動。

「外星人？」唐諾搖搖頭，濕濕的手掌在大腿上擦了幾下。「不相信。呃，我是說那種會綁架人類的外星人。我不相信有那種東西。瑟曼先生，你為什麼會問這個？」

他懷疑瑟曼可能是在試探他。瑟曼為什麼會問他能不能守口如瓶？是不是瑟曼想拉他參與某種組織，所以必須先考核他夠不夠格？這時候，瑟曼依然沒吭聲。

「外星人當然不存在。」唐諾終於說。他盯著瑟曼的臉，觀察他的表情是否有什麼微妙變化。「我說得對不對？」

老先生露出笑容。「關鍵就在這裡。」他說。「不管外星人的傳聞是真是假，一般社會大眾還是一樣說得繪聲繪影，一口咬定有外星人。如果我告訴你外星人真的存在，你會感到意外嗎？」

「當然會。我會很驚訝。」

「很好。」瑟曼把桌上的檔案夾往前一推，推到桌子另一邊。

唐諾瞄了檔案夾一眼，然後猛然抬起一隻手。「等一下。真的有外星人？你跟我說這些，用意是什麼？」

瑟曼笑起來。「當然沒有什麼外星人。」說著他放開那個檔案夾，兩隻手肘撐在桌面上。「太空總署的人拚命巴結我們國會議員，拚命想爭取預算，這樣他們才有辦法把太空人送上火星。你應該見識過他們那種嘴臉吧？我可以告訴你，人類永遠不可能登上另一個星球。下輩子吧。另外，也不可能有外星人會到地球來。他們幹嘛要來？」

唐諾忽然感到困惑。十幾秒鐘前他還覺得自己很清楚外星人究竟存不存在，但剛剛他卻被瑟曼搞糊塗了。不過，他明白瑟曼說這些的用意了。真相與謊言看似黑白分明，但實際上，如果你說話的時候半真半假，有真話有謊話，那不管什麼事都會被你說成灰色的，別人根本搞不清楚。他低頭瞄瞄檔案夾，發現那和剛剛米克拿在手上的檔案夾看起來很像，他忽然想到，儘管科技如此發達，而這個政府卻還是沈溺於一些老舊過時的東西，比如檔案夾。

「這就是一概否認，對吧？」他打量著瑟曼的表情。「現在你就是在示範什麼叫做一概否認。你想把我搞糊塗，對不對？」

「不對。我是在提醒你，科幻小說不要看太多。就是因為科幻小說看太多，那些蛋頭科學家才會一天到晚做白日夢，想到別的星球去殖民。你知道那要花多少錢嗎？簡直荒唐，那些人大概不懂什麼叫做成本效益。」

唐諾聳聳肩。他並不覺得那很荒唐。他把瓶蓋放回瓶口轉緊。「追求開闊的空間，本來就是人類的天性。」他說。「尋找沒有人煙的空間，開拓我們的世界。我們的國家不就是這樣建立的嗎？」

「我們的國家？美國？」瑟曼大笑起來。「我們到美洲，並不是要尋找沒有人煙的空間。當初這裡已經有很多人，是我們帶來的病毒害那些人生病，是我們殺了那些人，這裡才變成我們的空間。」瑟曼指著檔案夾。「而這也就是為什麼我會想出這個計劃。這件事我希望你能參與。」

唐諾把水瓶放到桌上，拿起那個檔案夾。此刻，他忽然覺得那張鑲皮的桌子看起來有點怵目驚心。

「這是委員會通過的法案嗎？」

他心中不免還存有一絲奢望。今年他才剛選上眾議員，如果在第一年就能夠參與法案制訂，以後他會身價非凡。那種渴望是很強烈的。他翻開檔案夾，頁面傾斜迎向窗口的光。窗外，一片風雨欲來的天色。

「不是。不是那種法案。這是『終站』計畫。」

唐諾點點頭。這就對了，難怪剛剛瑟曼會一直跟他扯什麼保密，什麼一概否認，難怪喬治亞州的眾議員幾乎都到齊了。「終站」是一個暗號簡稱，真正的名稱是「控管清除中心」。那是一個大型廠區，準備用來儲存全球各地的核廢料。在瑟曼剛提出的能源法案裡，這個計畫就是最核心的部份。當然，網路上有很多光怪陸離的傳言。瑟曼曾經拐彎抹角提到幾個網站，故意要引起大家的注意。某個網站說，那裡將會是下一個「第五十一區」。有網站說，那裡是研發「新型超級炸彈」的祕密基地。甚至有人說，那裡是一個祕密集中營，專門用來收容那種瘋狂收藏槍械的自由派份子。網路上，什麼稀奇古怪的說法都有，正好可以用來掩蓋真相。

唐諾有點洩氣。「難怪，最近我那個選區的民眾一直打電話到我辦公室，他們提到的那些傳聞，我聽了真不知道該哭還是該笑。」他不敢告訴瑟曼，甚至還有民眾懷疑那裡是變種人的基地。「不過，瑟曼先生，我希望你知道，私底下我百分之百支持控管清除中心的計畫。」他抬頭看著瑟曼。「當然，雖然我不需要公開投票支持，但我真的覺得，時候差不多了，也該有人願意把自己家鄉奉獻給世人，不是嗎？」

「沒錯，為了全世界人類的福祉。」瑟曼喝了一大口水，往椅背上一靠，清清喉嚨。「唐唐，你是個頭腦很靈活的年輕人，很少人看得出來這計劃能帶給我們喬治亞州多大的好處。那真的可以讓我們脫胎換骨。」他微微一笑。「噢，對了，不好意思，小時候我都叫你唐唐，現在還可以這樣叫你嗎？我是不是應該稱呼你唐諾？」

「都沒關係。」唐諾沒說真話。其實現在他很討厭別人叫他唐唐，只可惜，到了這個年紀，要求熟識的人改變習慣，好像比登天還難。接著他又低頭看著檔案夾，翻開目錄頁，這時候，他忽然看到底下有一張草圖，嚇了一大跳。那張圖……他很熟悉，可是，怎麼會出現在這裡？那是很久很久以前的東西了。

「你看過財務分析了嗎？」瑟曼問。「這計畫一夜之間就能夠創造出多少工作機會，你知道嗎？」他手伸到半空中打了個響指。「四萬。就是這麼多。光是喬治亞州就這麼多，其中有很多會在你的選區。運輸、裝卸的工作機會。現在，這個法案已經通過，當然別州的國會議員也開始有動作了。鼻子比較靈的，開始會來找我抱怨，說當初我怎麼不讓他們——」

「這張圖是我畫的。」唐諾忽然打斷他，從檔案夾裡抽出那張草圖，拿給瑟曼看，那動作彷彿他真以為瑟曼會很驚訝這張圖竟然出現在檔案夾裡。唐諾心裡想，這會不會是瑟曼的女兒幹的好事。安娜。也許安娜做這件事，是想跟他開個玩笑，或是打聲招呼，或者，想跟他表示什麼……

瑟曼點點頭。「嗯，我知道，不過，這張圖是不是還需要再補充一下，細部要再加強一下？你覺得呢？」

唐諾打量著那張建築草圖，心裡有點納悶，瑟曼到底想試探他什麼。他還記得那張草圖。那是大四那年，他在綠建築課堂上臨時趕畫的，沒什麼驚人之處，只不過是一座巨大的圓筒型建築，大概一百多層樓，用玻璃和水泥建造，露台上有花園。圖上的建築物有半邊是剖面，顯示裡面各種不同功能的樓層，比如住宅樓層，工作樓層，商業樓層等等。他還記得，班上其他同學的設計圖，結構都很大膽前衛，唯獨他設計得很簡略，完全著重實用功能。平坦的屋頂上種滿了植物，這根本就是「減碳」概念的老套。整體來說，那設計單調又乏味。杜拜的沙漠裡，新世代的高科技摩天大樓到處林立，要是旁邊出現自己設計的陽春大樓，那會是什麼情景？唐諾簡直不敢想像。所以，他就更猜不透瑟曼怎麼會對他的設計有興趣。

「細節要再加強。」他嘴裡喃喃嘀咕瑟曼剛剛說的話，一邊繼續翻閱檔案，看看文件裡會不會有什麼線索。他急著想搞清楚整個計畫的來龍去脈。

「咦？」唐諾忽然看到一頁建築機能需求清單。這種清單，通常只有在委託建案裡才看得到，是客戶寫給承包商的。「這檔案好像是一個營建計畫。」他注意到裡面有一些術語，看起來似曾相識，可能他從前學過，不過已經忘了，比如「內部人員移動流量」、「配置圖」、「暖通空調」、「水耕系統」

——

「這棟建築裡不會有陽光。」瑟曼彎腰湊向前，辦公椅嘎吱一聲。

「我不太懂。」唐諾舉起手上的檔案夾。「你究竟要我做什麼？」

「我的建議是，採用我太太用的那種燈。」他一手舉起來，手掌拱成杯狀，另一手指著杯狀的中心點。「每到冬天，她都會用那種燈讓盆栽裡的小種子發芽。貴得要命，花了我不少錢。」

「你說的應該是植物燈。」

瑟曼又打了個響指。「不過錢的問題你不用操心。需要什麼儘管說，技術問題我會找人幫你。我會派工程師給你，甚至整個技術團隊。」

唐諾繼續翻閱檔案。「這到底是做什麼用的？為什麼會找我？」

「這東西，可以稱之為『備用建築』，說不定永遠用不著。不過，他們要求，控管清除中心附近一定要蓋這玩意兒，否則，他們絕對不會讓我們把核廢料放進去。就好比當初，我們家房子剛蓋好的時候，地下室窗戶位置太高，如果我不改建，把窗戶位置降低，房子絕對不可能通過檢驗。那窗戶是……呃，怎麼說……」

「逃生窗。」唐諾脫口而出。

「對了，逃生窗。」說著他指著檔案夾。「這棟建築就像逃生窗。我們非建不可，否則整個清除中心就不可能通過檢驗。照理說，這座中心是不太可能遭受攻擊，或是發生輻射外洩，不過，萬一發生了，工作人員必須有地方可以避難。這建築就是避難所。而且，這建築必須蓋得百分之百完美，不能有半點瑕疵，否則，整個計畫就會立刻被腰斬。唐唐，雖然這個法案已經簽署通過，但那並不代表我們就可以高枕無憂。還記得幾十年前西部那個計劃吧？國會順利通過了，預算也有了，可是最後呢，還不是砸鍋了。」

唐諾知道瑟曼說的是什麼。那是一座埋在山底下的核廢料儲藏中心。媒體上已經有很多傳言，說喬治亞州控管清除中心的計畫，下場可能會和當年的計畫差不多。此刻，唐諾忽然覺得手上的檔案夾變得好沈重。瑟曼邀他參與的，是一個未來可能會失敗的計畫，這樣一來，他等於是拿他剛到手的政治前途當賭注。

「米克韋伯也加入了。他已經開始動手處理相關事務，負責後勤補給和規劃。有些地方，你們兩個必須通力合作。還有，安娜也很快就會來幫忙。她已經暫時辭去了麻省理工學院的工作。」

「安娜也要來？」唐諾不由自主的伸手想去摸水瓶。他的手在發抖。

「當然。在這個計畫裡，她是你的首席工程師。計畫裡有一些細節需要用到她的專長。空間座標。」

唐諾嚥了一口水，差點哽在喉嚨。

「本來，這件事我也可以找其他人來做。很多人可以找。但問題是，這計劃絕對不容失敗，你懂嗎?也就是說，這計畫必須由『自己人』來執行。那也就是為什麼我用的必須是熟人，必須是我信得過的人。」瑟曼十指交叉。「也許可以說，你選上眾議員，唯一該做的事就是執行這個計劃。我希望你把它做好。當初我幫你站台，就是為了這個。」

「我明白。」唐諾垂下頭，不想讓瑟曼看到他困惑的表情。選舉期間，他本來還擔心，瑟曼支持他，是因為兩家人的交情，也就是說，他等於在利用瑟曼。而現在看來，情況更糟，因為根本不是他在利用瑟曼，而是瑟曼在利用他。這位新科國會議員低頭打量著大腿上那張草圖。雖然他早知道自己不是幹眾議員的料，是歷經了千辛萬苦才選上，可是此刻，他才深切了解到自己根本無法成為一位真正的國會議員。現在，他必須去做一件更令人沮喪的事。

「不對。」他忽然說。「我還是搞不懂。」他打量著那張草圖。「裡面為什麼要用植物燈?」

「因為我要你設計的這棟建築——是在地底下。」

2 二一一〇 第一地堡

醫師一直擠壓血壓計的橡皮球，特洛伊屏住呼吸，努力想保持平靜。纏在他手臂上的壓脈帶不斷膨脹，越束越緊。他不知道放慢呼吸保持平靜是不是有助於穩定血壓，然而，無論如何他還是很渴望在那個穿白衣服的人面前表現良好。他渴望自己的血壓能夠恢復正常。

他感覺到手臂上的脈搏跳了幾下，血壓計上的指針抖了一下，然後壓脈帶的氣就洩掉了。

「八十，五十。」壓脈帶洩氣的時候發出嘎吱嘎吱響。特洛伊揉揉手臂上被束緊的部位。

「正常嗎？」

醫師在病歷表上寫下註記。「血壓偏低，不過還在正常範圍。」有一位助理站在醫師後面，手上拿著一個集尿杯，杯裡是暗灰色的尿液。他把杯子貼上標籤，放進那個小小的冰箱裡。特洛伊注意到檯面上有一塊吃了一半的三明治，沒有包裝紙，就這樣擺在滿檯的集尿杯中間。

他低下頭，看到自己的膝蓋露在藍色紙袍邊緣。他的腿顯得好蒼白，而且看起來沒有印象中那麼粗壯。也許應該說，兩條腿瘦得皮包骨。

他攤開手掌，試著想握起來，然後告訴醫師：「我還是沒辦法握拳。」

「那很正常，不過你放心，體力很快就會恢復，來，眼睛看手電筒。」

特洛伊盯著手電筒刺眼的光，忍住不眨眼睛。

「這樣的工作你做多久了？」他問醫師。

「我已經幫助過兩個醒過來的人，你是第三個。另外我還送了兩個人下去冬眠。」他放下手電筒，對特洛伊笑了一下。「我自己也才剛醒過來幾個禮拜，所以，相信我，體力很快就會恢復的。」

特洛伊點點頭。這時候，助理又遞給他一顆藥丸和一杯水。特洛伊猶豫了一下，低頭看著手上那顆藍色小藥丸。

「今天早上要兩倍劑量。」醫師說。「然後，吃完早餐再吃一顆，晚餐再吃一顆。用藥不能中斷，一定要吃哦。」

特洛伊抬頭看著他。「如果不吃會怎麼樣？」

醫師搖搖頭，皺起眉頭，可是沒吭聲。

特洛伊把藥丸丟進嘴裡，和水吞下去，喉嚨立刻感到一陣苦澀。

「我會叫一個助理拿衣服給你，另外還會給你一份流質餐，活化你的腸胃。萬一你感到頭昏，或是發冷，一定要立刻來找我。如果一切正常，六個月後再回來找我就可以了。」醫師在病歷表上寫下註記，接著忽然笑出聲來。「不對，六個月後要換別人幫你檢查了。我的輪值期快結束了。」

「好的。」特洛伊在發抖。

醫師看看病歷表，然後抬起頭。「你應該不會覺得冷吧？這裡面的溫度我已經調得比外面高一點了。」

特洛伊遲疑了一下，然後才說：「醫師，我不冷。我已經不再覺得冷了。」

特洛伊來到走廊盡頭，走進電梯，兩腿依然痠軟無力。他盯著一大片數字按鈕。當年他們給了他一份命令文件，裡頭有辦公室方向位置的詳細說明，然而此刻他卻不太記得該怎麼走。當年，他們在他腦子裡做了「記憶設定」，而沈睡幾十年之後，那些記憶絕大多數都還十分鮮明。他還記得，當年他一直長時間在看同一本書，看了一遍又一遍。他還記得，當年有好幾千個男人分別被指派到不同的輪值期，有人帶他們參觀整座地堡，然後，他們就跟女人一起被送到底下去冬眠。「記憶設定」的記憶，彷如昨日般鮮明。而更早之前的老舊記憶，似乎逐漸在消逝。

電梯門自動關上。他的住處在三十七樓，這個他記得很清楚。工作地點在三十四樓。他伸手去按按鈕，打算按三十四樓，直接去工作，然而那一瞬間，他的手卻不由自主按了頂樓的按鈕。目前他還有一些空檔，不需要立刻去工作地點報到。此刻，他突然有一股莫名的衝動想到高的地方，越高越好，擺脫來自四面八方那土壤的壓迫。

電梯發出嗡嗡聲，開始沿著梯井上升，沒多久，他聽到咻的一聲，彷彿有另一部電梯從旁邊呼嘯而過，要不然就是平衡配重錘。每經過一層樓，那一樓的按鈕就會亮一下。控制面板上密密麻麻全是按鈕，總共有七十個，其中幾個按鈕中央看起來灰灰髒髒，顯然是長年累月被手指磨成的。特洛伊忽然覺得那幅景象看起來很不真實，因為記憶中他好像昨天才搭過電梯，而那些按鈕還是全新的，閃閃發亮。記憶中的一切都彷彿只是昨天的事。

電梯開始慢下來，特洛伊扶住牆保持平衡。他兩腿依然痠軟無力。

接著，電梯叮噹一聲，門開了。走廊上的燈光好刺眼，特洛伊不由得猛眨眼睛。他走出電梯，經過一條短短的走廊，走向一間大廳。那裡傳來嘈雜的人聲。他們給了他一雙新靴子，還有一套看起來很不起眼的灰色工作服。靴子穿起來好硬，衣服穿起來渾身刺癢。他忽然想到，往後他還會再被喚醒九次，而每次都會像現在一樣，感覺如此虛弱，如此茫然。他總共要輪值十次，每次六個月。當初這並不是他自願的。他不由得想到，未來的輪值，是會越來越輕鬆呢，還是越來越可怕？

他一走進大餐廳，裡頭的嘈雜人聲突然靜下來。有些人轉過頭來看他。這時候，他立刻就發現身上的灰色工作服其實很顯眼，因為整間大餐廳裡什麼顏色的工作服都有，就是看不到灰色。最大的一群人穿的是紅色，另外也有不少穿黃色的。

先前他剛醒過來的時候，他們讓他吃了第一餐。那是一份黏糊糊的流質餐，此刻還在他胃裡翻攪。由於六個鐘頭之內都不能再吃東西，所以，聞到餐廳裡瀰漫的那股罐頭食品香味，他肚子更餓了。他還記得那種罐頭食品的味道。在「記憶設定」期間，接連好幾個禮拜，他每餐都吃這種東西。現在，他又要接連吃好幾個月，甚至，好幾百年。

「長官好。」

有個年輕人從特洛伊面前經過，走向電梯。他朝特洛伊點點頭。特洛伊感覺那個人似曾相識，可是卻無法確定，但那年輕人顯然認識他。不過，說不定也可能只是因為他身上的灰色衣服太引人注目，不是嗎？

有個老先生忽然湊過來。那個人瘦瘦的，頭頂一片光禿，四周環繞著幾撮稀疏的白髮。他對特洛伊微微一笑，打開回收箱，把端在手上的托盤丟進去，然後碰的一聲關上箱蓋。

「你是第一次輪值嗎？」

「上來看風景嗎？」那個人又問。

特洛伊點點頭。整間大餐廳裡全是男人。他們已經跟他說明過，為什麼地堡裡沒有女人會比較安全。

他努力回想他們是怎麼說的，而這時候，那個人已經站在他旁邊，兩手交叉在胸前。他手上全是老人斑。

他沒有跟特洛伊自我介紹，特洛伊心裡想，是不是因為每次輪值的時間只有短短六個月，所以也就沒有人在乎誰叫什麼名字了？餐廳裡滿滿全是人，大家圍桌而坐吃飯聊天，人聲喧嘩。特洛伊隔著無數的桌子看向遠處那面牆。那面牆覆蓋著一片巨大的銀幕。

銀幕上，龍捲風挾帶著沙塵橫掃荒涼的大地，到處都是零星散落的殘破瓦礫，烏雲密布低垂天際。特洛伊注意到有幾根鋼管豎立在地面上，上端彎曲下垂，死氣沉沉，而上面的帳篷布和旗幟早已消失無蹤。看到那幕景象，特洛伊隱約想起某些事，可是記憶卻模模糊糊。他忽然感到胃一陣緊縮，胃裡殘留的苦澀藥丸和流質餐彷彿整個扭絞成一團。

「這是我第二次輪值。」那老人說。

特洛伊沒有留意那個人說了什麼。他淚水盈眶，看著那片荒涼殘破的大地。灰茫茫的丘陵連綿起伏，延伸向那烏雲低垂的陰霾天際。沙塵狂風不斷侵蝕地面上的殘破瓦礫，也許，等到他第二次或第三次輪值的時候，那些瓦礫可能早已無影無蹤。

「你可以到休息室那邊去看。」那老人轉身指著那面牆。特洛伊很清楚他說的「休息室」是什麼地方。基於某種原因，特洛伊比任何人都熟悉地堡頂樓那個小房間，而這一點，那個不知情的老人當然不會懂。

「謝謝你，不過，我沒什麼興趣看。」他結結巴巴說了一句，然後揮揮手，意思是要老人別再打擾他。「我已經看夠了。」

剛剛有些人出於好奇轉頭過來看他，現在又都回頭繼續吃喝聊天。湯匙叉子碰撞鋼碗鋼盤，嘩啦啦的聲響此起彼落。特洛伊沒有再說半句話，轉身走開，不想再看到那殘破醜陋的景象，不想再看那個陰森死寂的世界。他渾身發抖，匆匆走向電梯，忽然感覺兩腿更痠軟。此刻，他需要自己一個人靜一靜，因為，他哭的時候不想被人看到，也不要人安慰。

3 二〇四九 華盛頓特區

唐諾把厚厚的檔案夾塞在西裝外套裡，在大雨中狂奔。他寧可在大雨中穿越廣場淋成落湯雞，也不想走地道面對那種幽閉的恐懼。

濕答答的馬路上，來來往往的車子呼嘯而過。唐諾等了好一會兒，好不容易等到一個空檔，也不管紅綠燈就快步穿越馬路。

眼前，眾議院瑞本會館門前的大理石台階，在雨中煥發著一種令人不安的詭譎光芒。他小心翼翼爬上台階，向門口的服務員說了聲謝謝，然後就走進大門。

一進門，唐諾掏出識別證在感應器上掃了一下，警衛冷冷的站在一邊。感應器發出嗶嗶聲，電眼發出紅光掃過識別證上的條碼。他手伸進西裝外套裡，摸摸檔案夾，確定它沒有被雨淋濕。他心裡暗暗納悶，為什麼不用電子郵件或光碟片來儲存計畫內容？為什麼有人會認為檔案夾比較安全？

他的辦公室在二樓。他本來站在門口的地毯上，當他跨出腳步走向樓梯的時候，鞋子踩上瓷磚地面發出一陣嘎吱響。他不喜歡瑞本會館的電梯，寧願爬樓梯。

二樓的門廳還是跟平常一樣混亂。兩個暑期實習的高中生快步從他旁邊經過，好像是忙著去端咖啡招待來賓。有一家電視公司的新聞小組就站在亞曼達凱利辦公室門口，攝影機的大燈發出刺眼強光，照在亞曼達和一位女記者身上，把現場照耀得如同白晝。現場還有一些憂心忡忡的選民和虎視眈眈的遊說團體，他們脖子上都掛著通行證，以供辨認。其實這兩種人很容易就可以區分，因為選民總是愁眉苦臉，一臉茫然，而那些遊說團體的人嘴角總是掛著一抹莫測高深的微笑，而且總是表現得熟門熟路，彷彿閉著眼睛都可以在眾議院裡來去自如，比那些剛當選的眾議員還有自信。

唐諾翻開檔案夾，假裝在看，邊看邊擠過嘈雜的人群，儘量避免和人說話。他從攝影師後面擠過去，然後彎腰鑽進旁邊那扇門。裡面就是他的辦公室。

他的祕書瑪格麗特立刻從座位上站起來。「紀尼先生，有人來找你。」

唐諾轉頭看看會客室，卻沒看到半個人影。接著，他看到自己辦公室的門半開著。

「對不起，是我讓她進去的。」瑪格麗特忽然兩手往前伸，彎著背，模仿抱著箱子的姿勢。「她抱著東西，說是幫參議員送來的。」

唐諾揮揮手，表示沒關係。瑪格麗特年紀比他大，大概四十五、六歲。當初他會任用她，是因為有人極力推薦。然而，她的言行舉止有時候會給人一種諱莫如深的感覺。這大概是因為她在政界擔任祕書已經太多年了。

「沒關係。」唐諾安慰她。其實他還注意到，在她口中，「參議員」這個頭銜只針對某個特定的人。國會裡的參議員有一百多個，有兩個是他的故鄉喬治亞州選出來的，然而，其中只有一位會被她尊稱「參議員」。「我來處理。另外，我想請妳幫我調整一下行程，每天幫我騰出一點空檔，最好是每天早上能夠騰出一兩個鐘頭。」他揮揮手上的檔案夾。「我有個任務，恐怕會耗掉很多時間。」

瑪格麗特點點頭，然後立刻坐下來開始操作電腦。唐諾轉身朝辦公室走過去。

「噢，等一下……」

他停下腳步回頭看，看到她指著自己的頭。「你的頭髮。」她悄聲說。

他伸手摸摸頭髮，水滴立刻滾滾而下。瑪格麗特皺皺眉頭，聳聳肩，一副很無奈的樣子。於是，唐諾就不再管頭髮了。他推開那扇半開的門，往裡面看。他本來以為會看到客人坐在辦公桌前面的座位上。

沒想到，他看到的卻是有人在他桌子底下扭來扭去。

「嗨？」

他推開門的時候，門板忽然卡住，好像撞到地上什麼東西。唐諾探頭看看門板後面，發現一個很大的紙箱，上面有電腦顯示器的圖片。接著他看看辦公桌，發現那具顯示器已經擺在他桌上了。

「噢，嗨！」

那個人在桌子底下，聲音聽起來悶悶的。接著，唐諾看到那個人正倒退著從桌子底下鑽出來，裙子襯托出曲線玲瓏的臀部。她還沒抬起頭，唐諾就已經知道那是誰了。他內心忽然湧出一絲罪惡感，同時也有點不高興，氣她為什麼沒沒先聯絡就貿然跑來。

「呃，你實在應該叫清潔工偶爾幫你清清桌子底下的灰塵。」安娜瑟曼站起來，對他嫣然一笑。她拍拍手，撥掉手上的灰塵，然後朝他伸出一隻手。唐諾握住她的手，心裡暗暗緊張。「嗨，好久不見。」

「是啊，好久不見。」水滴沿著他臉頰脖子往下流，這樣她也就不會注意到他緊張得冒汗。他暗自慶幸。「怎麼回事？妳怎麼會鑽到桌子下面？」他繞過桌子到他的座位上，刻意隔著桌子和她保持距離。那座新的顯示器就在他面前，上面貼了一片保護膜，看起來有點模糊。

「我爸說，你可能需要多一座顯示器。」安娜伸手把幾縷紅褐色的頭髮撥到耳朵後面。每次她把頭髮撥到後面露出耳朵，就會顯得更嫵媚迷人，神情更加靈敏。「是我自告奮勇說要幫他送。」她輕描淡寫解釋了一下，聳聳肩。

「嗯。」他把檔案夾放到桌上，忽然想到裡面那張設計圖。他原本就在懷疑是她把那張圖放進去的，而此刻，她甚至直接出現在他面前。他從顯示器玻璃上看到自己的倒影，發現自己頭髮亂成一團，趕緊伸手想把頭髮撫平。

「噢，對了，還有一件事。」安娜說。「你最好把電腦主機擺到桌上。我知道那樣看起來會有點亂，不過，桌子底下灰塵太多，電腦很容易掛。灰塵是電腦殺手。」

「喔，好吧。」

他坐下來，心裡想，主機擺到桌上，以後坐在位子上就再也看不到桌子前面的椅子。他把那座新的顯示器移到一邊，這時候，安娜也繞過桌子站到他旁邊，兩手還是交叉在胸前，那模樣看起來很自在，彷彿完全忘了兩個人已經多年未見。

「呃。」他開口了。「這麼說，妳現在又搬回華盛頓了？」

「上禮拜搬回來的。上禮拜六本來想去你家看看你和海倫，可惜一直忙著整理公寓，根本跑不開。你應該知道的，搬家嘛，拆不完的箱子。」

「是啊。」他無意間碰了一下滑鼠，看到原先的顯示器忽然亮起來。電腦竟然已經開機了。前女友突然出現在他的辦公室，他被迫和她單獨相處，心裡很恐懼，而此刻，他猛然想通了一件事，內心不由得湧現一陣驚駭，掩蓋了原先的恐懼。他忽然明白：今天他所經歷的一切，都是有連帶關係的。

「不對。」他猛然轉頭看著安娜。「剛剛妳爸爸才在問我有沒有興趣參與他的計劃，可是妳卻已經到我辦公室裝新的顯示器，這不是有點奇怪嗎？萬一我不想參與呢？」

她挑起一邊的眉毛。這時唐諾忽然明白，這種挑眉毛的本事是家傳的天賦，外人學不來的。

「你選上眾議員，從頭到尾不都是他一手導演的嗎？」她說得很白。

唐諾伸手去摸檔案夾，用拇指翻著內頁邊緣，像在翻一疊撲克牌。「我知道。不過有時候我還是忍不住會自我催眠，安慰自己說是我自己選上的。」

安娜大笑起來。這時候，他忽然感覺到，安娜可能會伸手過來撥弄他的頭髮，於是趕緊放開檔案夾，伸手去摸西裝外套口袋，找他的手機。他拚命想像此刻海倫就在他旁邊。他忽然好渴望打電話給她。

「我爸應該不會對你太粗暴吧？」

他抬起頭看看她，發現她沒有異樣的動作。她雙手還是交叉在胸前，沒有過來摸他的頭髮——大概是自己有點瞎操心。

「妳剛剛說什麼？噢，沒有，他人很好，就像從前一樣。事實上，我甚至覺得他整個人看起來也跟從前一樣，完全沒變老。」

「老實告訴你，他真的不會變老。」她走到辦公室另一頭，撿起好幾塊裝箱泡棉，塞回紙箱裡，發出一陣刺耳的嘎吱聲。唐諾發覺自己的視線不由自主的瞄向她的裙子，趕緊撇開頭看別的地方。

「他一直在接受奈米治療，把那當成神一樣崇拜。一開始是因為膝蓋有問題，才開始接受治療。一開始軍方只敢私下幫他治療，而現在，他完全迷上了那種東西。」

「這我倒不知道。」唐諾沒說實話。其實他當然聽過傳言。有人說那玩意兒就像「全身都能用的肉毒桿菌素」，比睪丸素更神奇。費用高得嚇人，雖然沒辦法讓你長命百歲，但至少可以延緩老化的痛苦。

安娜忽然瞇起眼睛盯著他，一臉狐疑。「你該不會認為那東西有什麼問題吧？」

「什麼？噢，不會啦。我想那東西應該很不錯，只不過我不會——等一下，妳幹嘛問這個？難道妳自己也已經……」

安娜忽然兩手叉腰，歪頭看看自己側身，那是一種女人對自己身材充滿警覺的姿勢。那一剎那，唐諾覺得她那個姿勢極為性感撩人，那讓他回想起從前兩人在一起的時光。

「你覺得我有需要去做治療嗎？」她問他。

「呃，不用不用。我不是那個意思……」他擺擺手。「我只是覺得我大概不會去做那種治療。」

安娜嫣然一笑。幾年過去了，安娜不再是當年那個大學生，現在，她更成熟嫵媚，身材更曼妙，唯一不變的是她那咄咄逼人的姿態。「現在你會這麼說。」她說。「等到有一天，你開始有關節炎，轉頭太快都會拉傷背，到時候，看看你還會不會這麼說。」

「好了，不說這些了。」他忽然兩手一拍。「今天我們怎麼好像一直在細說從前。」

「是啊。好了，現在，你覺得哪一天最方便？」安娜把紙箱上蓋闔起來，用腳把紙箱頂向門口，然後又繞過桌子走回唐諾旁邊，一手搭在他椅背上，一手去抓滑鼠。

「哪一天……？」

他看著她。她在電腦裡變更了一些設定，那座新顯示器立刻亮起來。唐諾聞到那股熟悉的香水味，忽然感覺身體的某個部位起了反應。她走來走去，辦公室裡瀰漫著一股幽香，令他感到莫名的興奮。那種興奮，已經很接近愛撫的興奮，肌膚之親的興奮。此刻，安娜只不過是在調整他的電腦，可是他卻覺得自己已經精神出軌，背叛了海倫。

「這你應該會用吧？」她移動滑鼠，拉著接龍遊戲的撲克牌，從一具顯示器拉到另一具顯示器。

「呃，會啊。」唐諾坐在椅子上不安的欠動著。「呃……妳剛剛為什麼問我哪一天比較方便？」

她放開滑鼠，那一剎那，他卻感覺她的手放開的不是滑鼠，而是他的大腿。

「爸要我幫忙處理計畫裡的技術問題。」她指著那檔案夾，那模樣彷彿她對檔案的內容瞭如指掌。「我已經跟麻省理工學院請了假，過來幫忙，等這個計劃可以上線運作了，我才會回去。我想，我們每個禮拜必須要有一天在一起工作，一起討論。」

「呃，嗯，這個我暫時還沒辦法跟妳確定。我行程很亂，每天都不一樣，很難敲時間。」

他不敢想像，每個禮拜和安娜見一次面，兩人獨處一室，會發生什麼事。還有，他要怎麼跟海倫解釋？

「呃，我想，我們可以在AutoCAD軟體裡開一個分享平台。」他聳聳肩。「這樣妳就能連線上我的檔案——」

「可以。」

「另外，用電子郵件聯絡，或是用視訊聯絡也可以啊，不是嗎？」

安娜忽然皺起眉頭。唐諾立刻就明白自己做得太明顯了。「嗯，這樣也可以。」她說。

她臉上閃過一絲失望，轉身去拿紙箱。唐諾很想跟她說對不起，可是只要他一開口，就等於把兩個人之間的微妙關係攤在陽光下：妳靠我太近，我怕自己會把持不住。妳我之間不可能只是朋友。妳為什麼要來找我？

「你最好趕快找人清掉灰塵。」她又回頭瞄了桌子一眼。「我是說真的，你別不當一回事，你的電腦快掛了。」

「好，我知道。」他趕緊站起來繞過桌子急著要送她出門。安娜彎腰去拿紙箱。

「我來處理就好。」

「幹嘛，我順便帶走不就好了嗎？」她把紙箱夾在腋下，然後又對他嫣然一笑，伸手把頭髮撥到耳朵後面。眼前的情景，又令唐諾回想起大學時代。當年，安娜常常在他的宿舍過夜，早上要走的時候，都是像現在這樣把頭髮撥到後面。此時此刻，兩人彷彿又回到從前。

「好吧。妳有我的電子郵件地址嗎？」他問。

「你現在已經是國會議員，聯絡資料都在國會網站上了，你忘了嗎？」她提醒他。

防。

「嗯，也對。」

「噢，忘了跟你說，你還是跟從前一樣帥。」她忽然伸手摸摸他的頭髮，嫣然一笑。他根本猝不及

唐諾渾身僵直。過了好一會兒，他終於回過神來，而安娜已經走了。他一個人傻傻愣在那裡，罪惡感油然而生。

4 二一一〇 第一地堡

特洛伊快遲到了。這是他第一次輪值的第一天，本來就已經亂成一團，而現在甚至還遲到。剛剛他急著離開大餐廳，想一個人靜一靜，結果一不留神就走進普通電梯，沒搭高速電梯。現在，他回過神來，這才發現電梯每一樓都停，每一樓都有人進進出出。

電梯又停了，這次有人推著一輛手推車進來，車上滿滿是沈重的箱子，擠得他只好縮在角落。接著又有另一個人走進來，身上扛著一大包鮮翠的洋蔥，擠到特洛伊後面。就這樣，電梯又走走停停過了好幾樓，那個人才扛著洋蔥走出去，但那股刺鼻的味道卻久久不散。這時候，特洛伊背脊突然竄起一陣顫抖，蔓延到兩條手臂，全身一陣哆嗦，但他不以為意。到了三十四樓，他走出電梯，心裡很困惑，不知道自己先前為什麼會這麼心煩意亂。

出了電梯，眼前是一條窄窄的走廊，直通向前方的警衛崗哨。他隱約記得這層樓的格局，但不知道為什麼卻又感到一種莫名的陌生。他注意到一些小地方：地毯陳舊磨損，而十字旋轉門的橫桿中央一片深暗，顯然是因為長年累月無數人進進出出，腰部摩擦到橫桿那個部位。看到這些磨損的跡象，他忽然感到很不自在。多少年過去了，然而那許多年對特洛伊來說彷彿根本不存在，彷彿那許多年在他生命中憑空消失了。那些磨損的痕跡就像變魔術一樣突然出現，似乎一夜之間，那橫桿就被磨得傷痕累累。

崗哨只有一名警衛在執勤，他正低著頭好像在讀什麼東西。特洛伊來到門口時，他朝特洛伊點點頭打了個招呼。特洛伊伸出手掌按在掃描螢幕上。螢幕也一樣被磨得一片灰暗。他和警衛之間沒有寒暄閒話家常，因為兩個人心裡都明白，他們從前不可能見過面。操控面板上亮起綠燈，旋轉門支柱發出喀喳一聲，特洛伊擠進門，腰部又摩擦到旋轉橫桿。

特洛伊來到走廊盡頭，停下腳步，從胸前的口袋裡掏出指令文件。文件背面有一幅簡略的地圖，是剛剛醫師畫給他的。他把文件翻轉到背面，然後上下倒轉一百八十度，讓地圖上的方位對準自己面對的方向。雖然他很確定自己一定知道該怎麼走，但此刻，腦海中的記憶卻時隱時現，他實在掌握不住。

看到地圖上有幾條紅色短線，他隱約聯想到從前在某個地方的牆上看過火警逃生圖。他沿著紅色短線指示的方向往前走，路上經過一排小辦公室，聽到裡面有敲鍵盤的聲音，有人在說話，還有電話鈴聲。聽到這種工作場所特有的聲音，他忽然感到好疲憊，而且有點恐慌，因為他覺得自己好像選了一種無法勝任的工作。

「你是特洛伊？」

他立刻停下腳步，回頭一看，看到有個人站在他剛剛經過的一間辦公室門口。他低頭瞄了地圖一眼，發覺自己差點就走過頭了。

「我就是。」

「我叫梅里曼。」那個人似乎沒打算跟他握手。「你遲到了。趕快進來。」

一說完，梅里曼就轉身走進辦公室，特洛伊也跟著進去。剛剛走了很遠的路，他腿好痠。他認得那個人，或者說，他覺得自己認識那個人，不過，他想不起來是什麼時候認識的。是在「記憶設定」的時候嗎？還是什麼時候？

「不好意思，我遲到了。」特洛伊開口想解釋。「我搭錯了電梯——」

梅里曼忽然抬起一隻手制止他繼續說。「沒關係。你需要喝點什麼嗎？」

「他們已經給我喝過了。」

「噢，對了，你當然喝過了。」梅里曼拿起桌上那個透明保溫杯。杯裡是一種鮮藍色的液體。特洛伊胃裡還殘留著那種噁心的味道。梅里曼喝了一大口，咂咂嘴唇，吁了一口氣，放下保溫杯。

「這玩意兒真的很噁心。」他說。

「是啊。」特洛伊轉頭看看辦公室四周。接下來的六個月，這裡就是他工作的地方。他感覺得到，這辦公室應該已經相當老舊，還有，梅里曼看起來也很老了。不過，也說不定梅里曼是因為在這裡工作了半年，變得比較蒼白，所以顯得比較蒼老。但不管怎麼樣，他畢竟把這間辦公室整理得乾淨又整齊。特洛伊心裡暗暗承諾，一定要把辦公室維持得一樣好，交給下一任。

「當年他們的簡報，你應該還記得吧？」梅里曼邊說邊整理他桌上的檔案夾。

「記得很清楚，簡直就像昨天才做的簡報。」

梅里曼抬頭看了他一眼，露出一抹微笑。「說得好。呃，這半年來沒什麼特別的狀況，唯一的一件事，是這次輪值剛開始的時候，機件出了點問題。不過，這裡有個技術員很厲害，很快就解決了。他叫瓊斯，才剛醒過來幾個禮拜，不過已經看得出來，他比上一任輪值的傢伙厲害多了。可以說他救了我的命。他在六十八樓的發電廠工作，不過，他什麼都行，什麼都修得好，沒有什麼難得倒他。」

特洛伊點點頭。「瓊斯。我記住了。」

「好吧，就這樣了。我在這些檔案夾裡寫了很多注意事項，你要多留意。有些工作人員必須送去深度冬眠，不能再讓他們輪值。」他抬頭看著特洛伊，神情嚴肅。「這一點你一定要記住，明白嗎？有些人寧可從此一睡不醒，也不想再起來工作。千萬不要去喚醒那些深度冬眠的人，除非你百分之百確定他們能勝任。」

「我明白。」

「那就好。」梅里曼點點頭。「但願你這次輪值平平順順，什麼狀況都碰不到。好了，剛剛喝這玩意兒，很快就會起作用，我要趁它還沒發威之前趕快去睡。」說完他又喝了一大口，特洛伊皺起眉頭，彷彿感覺得到那股滋味。接著，梅里曼繞過特洛伊，拍拍他肩膀，然後伸手去摸電燈開關。就在要關燈那一瞬間，他忽然想到不需要關燈，於是立刻停止動作，轉頭看看辦公室裡面，點點頭，然後就走了。

就這樣，一切都交給特洛伊了。

「嘿，等一下！」特洛伊轉頭看看辦公室四周，然後急忙衝出去追梅里曼。梅里曼已經轉彎走上主通道，正朝警衛崗哨走過去。特洛伊快步追上他。

「你沒有關燈吧？」梅里曼問。

特洛伊轉頭看看後面。「沒有，不過——」

「關燈是好習慣。」梅里曼搖搖手上的保溫杯。「要養成好習慣。」

這時候，他們身後有一間辦公室突然跑出一個人。那個人身材壯碩，正快步跑過來追上他們。「梅里曼！你輪值期滿了嗎？」

那個人很熱切的和梅里曼握握手。梅里曼朝他點點頭，露出笑容。「對呀。這是特洛伊，他來接我的工作。」

那個人聳聳肩，並沒有自我介紹。「再過兩個禮拜我的輪值期也滿了。」他說這句話有點像是在跟特洛伊解釋他為什麼這麼冷漠。

「呃，不好意思，快遲到了，我先走了。」說著梅里曼瞄了特洛伊一眼，好像有點責怪他的意思。接著他把保溫杯塞到那個人手裡。「來，這給你，剩下的都是你的。」說完他就轉身走了，特洛伊繼續追上去。

「給我這個幹嘛？不用啦。」那個人大喊，然後揮舞著手上的保溫杯大笑起來。

梅里曼轉頭瞄了特洛伊一眼。「怎麼了，還有問題要問我嗎？」他擠過十字旋轉門，特洛伊也跟著擠過去。警衛自顧自低頭盯著手上的小本子，頭都沒抬。

「是的，我還有幾個問題想請教你。我可以跟你一起坐電梯下去嗎？當初我做『記憶設定』的時候，時間……稍微晚了一點，所以他們把我設定到更高階的職務。有些事我希望你能夠幫我釐清一下。」

「哦，當然可以。現在這裡是由你負責，不是嗎？」梅里曼按下電梯門口的按鈕。

「我想確認一下，我的工作，基本上就是為了要以防萬一，出問題的時候做緊急應變，對吧？」

電梯門開了。梅里曼忽然轉身，瞇起眼睛盯著特洛伊，那表情彷彿他懷疑特洛伊是在開玩笑。

「你的工作，是要確保這裡絕對不會出問題。」兩人同時跨進電梯，電梯開始下降。

「沒錯，那當然。我就是這個意思。」

「你應該讀過『指令』吧？」

特洛伊點點頭。然而，他不敢說出來的是：我讀的『指令』，跟目前這個工作無關。在最初的「記憶設定」中，他要負責管理的，是另一座普通地堡，而不是這座指揮所有地堡的第一地堡。

「遵照『指令』裡的條文去處理就對了。有時候，其他地堡會問你一些奇奇怪怪的問題，而我發現，最明智的處理方式，就是說得越少越好。儘量少說話，多聽他們說。千萬記住，目前你面對的，是第二代或第三代的倖存者，所以他們使用的字眼，已經和第一代有點不同。我給你的檔案夾裡有一份清單，上面列出了所有的『欺騙語彙』和『禁忌語彙』。」

這時候，電梯快到指定樓層了，速度突然減慢，重量感忽然增強，特洛伊感到一陣暈眩，差點癱倒在地上。他還是很虛弱。

電梯門開了，他跟著梅里曼走進一條短短的走廊。幾個鐘頭前，他才剛從這條走廊走進電梯。醫師和他的助理正在那間診療室裡等著，準備靜脈注射。醫師看到特洛伊，不由得露出好奇的眼神，因為他沒想到這麼快又見到特洛伊。

「你的流質餐都喝完了吧？」醫師招招手叫梅里曼過去坐在凳子上。

「喝光了。」梅里曼解開上面的扣子，把工作服褪到腰部，然後坐下來，抬起手臂，手心向上。這時候，特洛伊注意到梅里曼皮膚好蒼白，手肘上顯露出密密麻麻的靜脈血管。針頭刺進梅里曼手臂的時候，特洛伊撇開頭不去看。

「我剛剛跟你說的這些，都已經寫在檔案夾裡的注意事項。」梅里曼對他說。「不過，必要的時候，你可以去找心理部門的維克幫忙。他的辦公室就在你辦公室對面。目前，有幾座地堡出現一些奇怪的狀況，比我們當初預期的更嚴重。你要想辦法處理一下，不能把問題丟給接替你的人。」

特洛伊點點頭。

「好了，我該送你進冷凍艙了。」醫師說。那位年輕助理站在旁邊，手上拿著一件紙袍。這整個流程看起來好熟悉。醫師轉頭瞄了特洛伊一眼，似乎在暗示他站在那邊很礙眼。

特洛伊往後退，走出門口，轉頭看著走廊裡面。那個方向是深度冬眠區，女人和小孩都在那裡，另外還有一些是輪值期間因不適任而被解職的人。「我可以去看看……？」他忽然有一股強烈的渴望想往那邊走過去。梅里曼和醫師都皺起眉頭。

「這樣不太好——」醫師說。

「如果是我，我就不會去。」梅里曼說。「第一次輪值的頭幾個禮拜，我進去看過幾次，事後證明那是一種錯誤。你最好還是別進去。」

特洛伊凝視著走廊裡面，心裡想，算了吧，說不定真的沒什麼好看。

「好好做完這六個月吧。」梅里曼說。「六個月很快就會過去了。相信我，每次都很快就會過去。」

特洛伊點點頭。接著，梅里曼開始脫靴子，這時候，醫師朝特洛伊使了個眼色，意思是要他離開。於是特洛伊只好轉身走開，臨走前，他又看看走廊裡面那扇厚重的鐵門，瞄了最後一眼，然後就朝電梯走過去了。

他心裡暗暗希望梅里曼是對的。他按下高速電梯門口的按鈕，腦海中想像著自己這六個月的輪值很快就結束了。第二次也很快，第三次也很快。然而，十次輪值期滿之後，會怎麼樣呢？恐怕只有到時候才知道了。

5　二〇四九　華盛頓特區

唐諾紀尼的時間似乎過得特別快，簡直是時光飛逝。一天過去了，一個禮拜過去了，而他還是覺得時間不夠用。有時候，當他抬頭一看，覺得太陽好像才剛下山，但其實已經半夜十一點多。

對了，海倫。他忽然緊張起來，急忙伸手東摸西摸找電話。他答應過海倫，每天晚上十點前一定會打電話給她。他覺得很愧疚，忽然感到領口一陣燥熱。他可以想像得到，她坐在家裡盯著電話，一直等，一直等。

他撥了電話，結果聽筒裡還沒聽到對方的鈴聲，她就已經接了電話。

「你終於打來了。」她聲音好輕柔好慵懶，口氣聽起來像是鬆了一口氣，而不是生氣。

「老天，親愛的，真對不起，我已經忙到分不清白天晚上。」

「沒關係。」她打了個哈欠，而唐諾也很想打哈欠，但他拚命忍住了。「今天寫了什麼精彩的法案嗎？」

他大笑起來，搓搓臉。「他們並沒有真的讓我參與制訂法案。現在還沒。目前我主要是在忙參議員交代的一個小計畫——」

說到一半他忽然停下來。唐諾已經考慮了一整個禮拜，不知道該怎麼跟她解釋，該隱瞞哪些部份。這時候，他瞄瞄第二座顯示器。不知道為什麼，已經過了一個禮拜了，安娜的香水味竟然還殘留在空氣中。

海倫露出狐疑的聲調：「哦？」

他彷彿看得到海倫此刻的模樣：她穿著睡衣，而旁邊他床位的被子仍舊鋪得很整齊，床邊的櫃子上擺著一杯水。他好想念她。儘管他並沒有出軌，但他內心的愧疚卻令他更強烈的想念她。

「他要你做什麼？希望不是非法的。」

「什麼？噢，當然是合法的。其實，那只是……某種建築案。」唐諾彎腰去拿桌上那杯威士忌。「老實說，我已經差不多快忘了自己當年是多麼熱愛建築。當初如果堅持下去，說不定現在我已經是很厲害的建築師。」他啜了一口辛辣的酒，瞄瞄顯示器。顯示器的螢幕保護程式已經啟動，畫面一片黑。他好渴望讓螢幕亮起來，繼續畫圖。每當他開始畫設計圖，他就會一頭栽進去，渾然忘我，感覺不到周遭的世界。

「唐唐，親愛的，納稅人選你當眾議員，應該不是為了要你幫參議員的辦公室設計廁所。」

唐諾微微一笑，一口喝乾杯裡的酒。他彷彿看得到太太在電話另外一頭露出狡黠的笑容。他把酒杯放回桌上，若然後抬起雙腿，兩腳交疊跨到桌上。「不是那種東西啦。」他解釋說。「亞特蘭大市外面要蓋一座特殊的建築，這個計畫妳應該知道吧？我做的就是其中的一小部份。萬一我搞砸了，整個計畫就泡湯了。」

他瞄瞄攤開在桌上的檔案夾。海倫笑起來，聽聲音好像有點睏了。

「這種事，他們幹嘛非要找你不可？」她問。「如果這件事這麼重要，他們為什麼不找一個更專業的建築師呢？」

唐諾冷冷的笑了一聲，不過心裡倒也明白。在華盛頓特區的政治叢林裡，他們常常會指派工作給不夠格的人，這本來就是家常便飯。他忍不住想，自己只不過又是另一個犧牲品。「其實我搞建築還滿強的。」他告訴海倫。「我開始覺得，比起幹國會議員，我還更適合幹建築師。」

「我相信你搞建築一定很強。」海倫又打了個呵欠。「問題是，如果你想當建築師，當初你乾脆留在家裡就好了，不用跑那麼遠。在家裡工作，你想忙到多晚都行。」

「嗯，我知道。」唐諾還記得，當初兩人曾經討論過，到底該不該投入選舉，還有，如果他當選眾議員，兩人勢必要分隔兩地，這樣值得嗎？後來兩個人有了共識，他決定放棄建築師生涯，而現在，他大老遠來到華盛頓，結果做的卻還是建築的工作。「我想，幹眾議員的第一年，他們一定會用這種事來磨磨你。」他說。「大概就像當年妳當實習醫師一樣。過一陣子就好了。更何況，他會想拉我進來，這是個好現象。他把亞特蘭大市的計畫當成是家族事業在做，必須找自己人。事實上，他甚至還注意到我學生時代的作品——」

「家族事業？」

「呃，嚴格說來，也不是什麼家族事業，而比較像——」他原本並不是打算從這角度跟海倫解釋他的工作，從這裡切入很糟糕。他就是因為不敢提這些，所以才會一直拖延，不敢跟海倫解釋，非得要等酒喝得差不多了，人也筋疲力盡了，才敢開口。

「就是因為這樣你才會忙到這麼晚？就是因為這樣你才會超過十點才打電話給我？」

「海倫，我是真的忙得分不清白天晚上。我一直在用電腦。」他盯著酒杯，發現杯裡已經空了，只剩一小滴沿著杯口邊緣往下流，那是他剛剛喝最後一口留下的。「對我們來說，這是好事，因為這個計畫進行到後面的階段，我就可以常常回家了。他們一定會要我到計畫的工地現場去監督，跟工頭討論——」

「這樣確實很好，我們的狗很想念你。」

唐諾微微一笑。「希望妳也會想念我。」

「我當然想念你，你應該知道。」

「那就好。」他喝乾杯裡最後一滴酒，放下酒杯。「另外，還有一件事我想先跟妳說。我知道妳可能會胡思亂想，不過我對天發誓，這件事純粹是意外。瑟曼先生的女兒也參與了這個計劃，我們必須一起工作，還有米克韋伯。你還記得他嗎？」

海倫好一會兒沒吭聲。

過了好一會兒，她終於說：「瑟曼的女兒我倒是記得很清楚。」

唐諾清清喉嚨。「呃，是這樣，米克目前負責一些規劃的工作，徵收土地，跟營造商協調。畢竟這是他的老本行。妳應該明白，要不是因為瑟曼先生特別照顧，我們兩個根本不可能選得上——」

「我只記得她是你從前的女朋友。而且，有一次她甚至還當著我的面跟你打情罵俏。」

唐諾大笑起來。「妳該不會是認真的吧？安娜瑟曼跟我打情罵俏？不要這樣，海倫，我跟她之間已經是幾百年前的事了——」

「我本來以為你應該可以常常回家，比如周末可以回家。」唐諾聽到太太嘆了一口氣。「算了，很晚了，我先去睡了，好不好？你也該去睡了。我們明天再聊吧。」

「好吧。當然好。噢，對了，海倫……」

她沒出聲，等著聽他要說什麼。

「我們之間不要為了這種無謂的事起爭執好不好？對我來說，這是一個天大的好機會。這是我的專長。我幾乎忘了我搞建築很優秀。」

海倫沒吭聲，過了好一會兒才說：

「你很多方面都很優秀。」海倫說。「你是個好丈夫，而且，我知道你也是個很好的國會議員。我只是不太信任找你做這件事的人。」

「可是妳應該明白，如果不是他，我也沒有今天。」

「我明白。」

「那就好。我答應妳，我一定會很小心。」

「好的。那我們明天再聊吧。好好睡，我愛你。」

她掛了電話。唐諾低頭看看手機，發現上面有十幾封未讀的電子郵件，但他決定明天早上再看。他揉揉眼睛，拚命想保持清醒，把一些事好好想清楚。他動動滑鼠，讓螢幕亮起來。顯示器很幸福，可以休眠，可以變黑，可是他卻不行。

第二座顯示器的畫面中央是一張住宅區的藍圖。唐諾把畫面拉遠，住宅區的圖逐漸縮小，畫面中心變成一條走廊，其他住宅區的圖從螢幕四周的邊緣冒出來，往中心移動。根據建築規格，這座地下碉堡必須能夠容納一萬個人，維持他們至少一年的生活——這實在有點誇張。不過，唐諾依然保持著學生時代的拚勁，不管老師叫他設計什麼，他都全力以赴。於是，他想像自己真的面臨各種可能的狀況，比如毒氣外洩、輻射外洩、核爆輻射塵、恐怖份子攻擊，想像自己也跟清除中心的工作人員一樣，被迫躲進這座地下碉堡，必須在裡面躲好幾個禮拜，或甚至好幾個月，等地面徹底清除乾淨。

他繼續把設計圖的視野拉遠，於是上面和下面的幾個樓層也開始出現在畫面上。圖上這些樓層內部還是空的，還要等唐諾畫出儲藏室，走廊，和更多的住宅區。不過，除此之外，其他樓層和機械設施的空間則是要留給安娜去設計——

「唐諾？」

他辦公室的門忽然開了——接著才聽到敲門聲。唐諾嚇了一大跳，手猛烈抽搐了一下，滑鼠從墊上彈開，滑到桌子另一邊。他猛然坐直起來，從兩座顯示器中間看向門口，看到米克韋伯正對著他咧開嘴笑著。米克的西裝外套掛在臂彎上，領帶鬆開，黝黑的臉上滿是鬍碴。他看到唐諾滿臉驚恐的表情，忍不住大笑起來，然後悠哉悠哉朝唐諾走過去。唐諾伸手去抓滑鼠，關掉螢幕上的 AutoCAD 視窗。

「天哪，老兄，你該不會是在炒股票短線交易吧？」

「短線交易？」唐諾往後一仰靠到椅背上。

「是啊，不然你搞這新玩意兒幹嘛？不是用來看盤嗎？」米克繞過桌子走到唐諾旁邊，手放在他椅背上。那座小顯示器上有一局玩了一半的接龍，唐諾有點難為情。

「噢，原來你說的是另外一台顯示器。」他關掉接龍程式的視窗，然後坐在椅子上轉過來看著米克。

「因為我需要同時開好幾個程式。」

「看得出來。」米克指著另一台顯示器。畫面上空空的什麼程式都沒開，只看得到桌布上花團錦簇的傑佛遜紀念堂。

唐諾大笑起來，抬起手搓搓臉，這才發現自己也是滿臉鬍碴，而且忽然想到，剛剛忘了吃晚飯。工作才剛進行了一個禮拜，他的生活已經全亂了。

「我想出去喝一杯。」米克對他說。「要不要一起來？」

「不好意思，我工作還沒弄完。」

米克伸手按住他肩膀，用力掐，掐到他會痛。「老兄，看你玩接龍玩得這麼認真，忙成這樣，我實在很不忍心說破，不過，老兄，我看你要重玩一局了。那張A被你蓋住，這局沒救了啦。好了，走啦，跟我去喝一杯吧。」

「我跟你說正經的。我真的不能去。」唐諾掙脫米克的手，轉過來看著他。「我正忙著亞特蘭大市那個計畫，而且不能讓任何人看到我在做什麼。這是絕對機密。」

為了強調他是認真的，他甚至還刻意闔上檔案夾。瑟曼提醒過他，所有參與計劃的人都是絕對分工，絕對各自為政，絕對不容過問別人的工作內容。

「噢，絕對機密！」米克抬起雙手在半空中擺了幾下。「臭小子，我也正在忙這個計劃呀。」他伸手指向顯示器。「你說你在忙這個計劃？那又怎麼樣？信不信我層級比你還高？」他彎腰湊近顯示器，看到螢幕底下的工作列。「AutoCAD？酷哦，打開來看看吧。」

「是啊，我是在用AutoCAD沒錯。」

「媽的快點啦，別像小孩子一樣。」

唐諾大笑起來。「喂，我同組的人都不知道完整的計畫，就連我也不知道。」

「哪有這種事，太荒唐了！」

「你錯了，政府的玩意兒都是這樣搞的。難道你都沒注意到我從來不會向你打聽你負責的部分嗎？」

米克不耐煩的擺擺手。「隨便啦。好了，外套帶著，我們走吧。」

「好吧。」唐諾抬起手拍拍臉頰，想讓自己清醒一點。「明天早上再做，會比較有精神。」

「什麼，禮拜六你還要來工作？瑟曼一定會愛死你。」

「最好是這樣啦。嘿，等我兩分鐘，我先關機。」

米克笑起來。「去關嘛，我又沒在看。」他繞過桌子走向門口，唐諾彎腰去關桌子底下的電腦。

然後，唐諾站起來正要走的時候，桌上的電話突然響了。祕書已經下班了，所以，那個人打的是他的專線。唐諾立刻抓起話筒，然後抬起另一手豎起食指朝米克比個手勢。

「海倫——」

這時候，電話另一頭那個人忽然清清喉嚨。「不好意思，我不是海倫。」

「噢。」唐諾抬頭瞄了米克一眼，米克正用指頭敲著手錶。「你好，瑟曼先生。」

「你們兩個大男人要一起出去嗎？」瑟曼問。

唐諾轉頭看看窗外。「嗯？」

「我是說你和米克。今天是禮拜五晚上，你們打算去市區嗎？」

「呃，我們是打算去喝一杯，瑟曼先生。」

唐諾感到困惑的是，瑟曼怎麼會知道米克就在這裡。

「好啊。幫我告訴米克，我禮拜一一大早就要找他。叫他到我辦公室來，你也要來。時候到了，你們該到工地現場去看看了，這件事我要先跟你們討論一下。」

「噢，好的。」

唐諾等了一下，不知道瑟曼說完沒有。

「接下來，計畫後續的階段，你和米克就必須密切合作了。」

「好的，那當然。」

「上禮拜我們碰面的時候，我提醒過你，你工作的詳細內容，不要讓參與計劃的其他人知道。米克也一樣，他執行的部份也不能讓其他人知道。」

「是的，瑟曼先生。我絕對不會讓任何人知道。你提醒我的事，我沒有忘記。」

「非常好。那麼，你們去吧，好好放鬆一下。噢，對了，要是你發現米克開始胡說八道什麼，你立刻就殺了他。我充分授權。」

說完，瑟曼沈默了一下，然後開始笑起來，那洪亮的笑聲像年輕人，不像老人。

「噢。」唐諾瞄了米克一眼。米克正拿起一個玻璃瓶，拔掉瓶口的軟木塞，湊到鼻頭嗅一嗅。「好的，瑟曼先生，我一定會辦到。」

「很好，那我們禮拜一見。」

瑟曼突然掛斷電話。唐諾把話筒放回去，抓起外套，這時候，他注意到桌上那台新顯示器畫面一片黑，彷佛一隻深邃的眼睛凝視著他。

6 二一一〇 第一地堡

一群人沿著餐檯邊緣排成長長的一列等著取餐，特洛伊就排在後面。餐檯上方是一片濺滿油污的玻璃，底下有一道空隙，他那凹痕纍纍的塑膠托盤就擺在玻璃下方的檯面上用手推著，隨著隊伍的前進慢慢往前滑。後來，終於輪到他了，他把識別證拿到掃瞄器前掃了一下，軟錫管裡立刻流出一份罐頭四季豆，落在他盤子裡形成熱騰騰的一堆。接著，另一條管子裡掉出一片切成圓形的土雞肉，而管子上那一節節的隆起，看得出來裡面是一片片切好的肉。另外，餐檯尾端那條管子流出來的是一團團的馬鈴薯泥，乍看之下彷彿小孩子嘴裡咬著一根吸管，口水從吸管尾端流出來。而最後一根管子流出來的是醬汁，那景象令人看了有點倒胃口。

有一個人站在餐檯後面，身材高大魁梧，穿著白色工作服，兩手交叉在背後。他並沒有在留意管子裡流出什麼食物，而是全神貫注盯著排隊領餐的每一個人。

後來，特洛伊推著托盤漸漸接近餐檯尾端，那裡，站在餐檯後面的是另一個人，年紀輕輕大概只有二十多歲，穿著淺綠色工作服。那年輕人拿起刀叉和紙巾，再從旁邊一個擺滿杯子的托盤裡端出一杯水，一起擺進特洛伊托盤裡。最後，那年輕人拿了一個小塑膠杯要遞給他，杯底有一顆藥丸搖搖晃晃。特洛伊隱約記得最後這個動作，因為在記憶設定那幾個月裡，每次領餐的時候，都會有人端一個同樣的小塑膠杯給他，那已經像是一種例行公事。雖然杯子是透明的，可是那顆小藥丸卻不容易察覺，只是隱約看得到杯底有一小團模糊的藍色。

特洛伊慢慢走到餐檯尾端。

「長官好。」

那年輕人咧嘴朝他笑了一下，露出一口整齊潔白的牙齒。不管誰碰到特洛伊，都會稱呼他長官。不光是年輕人，連那些年紀比他大的人也稱呼他長官，然而，無論對方是老還是年輕，他都一樣感覺很不自在。

藥丸在杯底滾動搖晃。特洛伊接過小杯，把藥丸倒出來，然後立刻塞進嘴裡吞下去，沒有喝水。接著他端起托盤快步走開，免得擋到後面的人。他轉頭看看四周，想找個座位，這時候，他注意到那個又高又壯的人正盯著他。似乎全地堡的人都認為特洛伊是最高負責人，但特洛伊自己很清楚，他跟其他人沒什麼兩樣，只是在自己崗位上，按照指令做好該做的事。他看到大螢幕牆前面有一個座位。此刻，他的心情和第一天上來的時候已經不一樣，已經不會再畏懼看到外面那荒涼的世界。相反的，現在，每當他看到那景象，很奇怪的，他內心反而越來越感到安慰，因為他的胸口會隱隱作痛。有那種感覺，就表示他終於又可以感覺到些什麼了。

他塞了滿嘴的馬鈴薯泥和醬汁，掩蓋掉藥丸的苦澀味。光是喝水沒有用，掩蓋不了那種味道。輪值的頭一個禮拜，他每天都是這樣食不知味的嚼著馬鈴薯，看著那荒涼的落日景象。接下來還有二十五個禮拜。用禮拜為單位，比較像是可以計算的，感覺似乎比半年要來得短。

這時，忽然有個人坐到他座位斜對面。那個人年紀很大了，穿著藍色工作服，頭髮稀疏。他很有禮貌，刻意坐那個位子，是為了怕擋到特洛伊的視線。特洛伊記得那個人。第一天上來的時候，在回收桶前面，他曾經和那個人講過幾句話。特洛伊朝他點點頭打個招呼。

兩個人都開始吃東西，這時候，整間大餐廳裡迴盪著嘈雜人聲，細微的交談聲此起彼落，塑膠托盤玻璃杯和刀叉碰撞的聲音凌亂交錯。

特洛伊看著外面的景象，覺得自己好像應該知道什麼事，可是卻漸漸忘了。每天早上醒來的時候，他視野邊緣彷彿還殘留著某些形影，感覺自己似乎還記得些什麼，然而，每到吃早餐的時候，那些記憶就會漸漸消褪，而到了晚餐時間，所有的記憶都會消失得無影無蹤。每到那樣的時刻，特洛伊就會有點感傷，感到心頭一陣冷，而且感到胃裡有一種莫名的空洞——那種感覺不是餓，比較像是下雨天的時候，小孩子不知道該怎麼打發時間，感覺空虛。

過了一會兒，坐在對面那位老先生向他湊近了一點，清清喉嚨。「事情還順利嗎？」他問。

特洛伊看著老先生，忽然想起某個人。那歷經風霜的臉孔，滿是斑點的皮膚，彎腰駝背，喉結部位的皮膚有點鬆弛。

「事情？你說的是什麼事？」特洛伊也對他微微一笑，反問他。

「我並不是指什麼特別的事，就只是簡單跟你問個好。對了，我叫海爾。」老先生朝特洛伊舉起杯子，特洛伊也舉起杯子，這動作就像在握手。

「我叫特洛伊。」他心裡想，在這個地方，也許有些人還是會想知道別人叫什麼名字。

海爾仰頭喝了一大口水，咕嚕咕嚕很大聲。特洛伊比較拘謹，只喝了一小口，然後繼續把托盤裡的豆子和土雞肉吃掉。

「我注意到，有些人會一直坐在那裡看著那面牆，另外有些人連看都不看。」他反手用大姆指指向身後。

特洛伊抬頭看看螢幕牆，嘴裡嚼著東西，沒有吭聲。

「我覺得，那些坐在那裡看螢幕的人，是拚命在回想某些事。」

特洛伊把嘴裡的東西吞下去，勉強聳聳肩。

「至於另外那些不想看的人，包括我在內……」海爾繼續說。「我想，我們是拚命想忘掉。」

特洛伊心裡明白，他們兩個不應該談這種事，不過，既然有人開口了，他很好奇海爾接下去會說什麼。

「那都是些不太好的事。」海爾轉頭看著電梯的方向。「你注意到了嗎？我們想不起來的，都是那些不太好的事，而我們記得很清楚的，全都是不重要的事。」

特洛伊沒說話。他拿叉子去叉豆子，但其實沒打算要吃。

「你也覺得怪怪的，對不對？為什麼我們心裡老是很不舒服？」

海爾吃光托盤裡的東西，朝特洛伊點點頭，然後就站起來走了。特洛伊獨自坐在位子上，不由自主的盯著螢幕牆，感覺內心有一種說不出的痛。天快黑了，再過不久，外面的土丘，還有那烏雲密布的天空，很快就會籠罩在無邊的黑暗中。

7 二〇四九 華盛頓特區

大雨從上禮拜開始下不停，而現在，雨勢終於減緩了，杜邦圓環也因為車流壅塞，車行緩慢，這樣過馬路安全多了。唐諾很慶幸自己決定走路去和瑟曼開會。唐諾迎著強風，走向康乃狄克大道，這時候，他腦海中一直纏繞著一個問題：為什麼瑟曼要選在克拉瑪書店咖啡館開會？辦公室附近有十幾家更棒的咖啡廳，而瑟曼什麼地方不好選，偏偏選上克拉瑪書店？

他穿越一條小路，然後匆匆跨上書店前面的小石階。克拉瑪書店的大門是一扇古老的木門。有些比較老的建築喜歡用這種木門妝點門面，大概是為了炫耀，或是為了證明房子堅固耐用。他一推開門，鉸鏈嘎吱作響，頭頂上的鈴鐺響了起來。店裡中央有一張桌子，上面擺滿暢銷書。有一位小姐本來正低頭整理桌上的書，一聽到他進來，立刻抬頭對他嫣然一笑。

唐諾注意到，這家咖啡廳裡擠滿了穿著西裝套裝的男男女女，手上都端著白瓷杯啜飲咖啡。唐諾看不到瑟曼，於是就掏出手機，看看上面的時間。他不知道自己是不是遲到了。就在這時候，他看到一個特勤人員。

咖啡廳的小角落裡有一條走道，兩邊是書架，那裡大概就是咖啡廳裡所謂的「書店」。那個身材魁梧的特勤人員就站在那條走道上。唐諾忍不住很想笑，因為那個特勤根本連偽裝都不懂，別人一眼就看得出他是什麼身分。耳朵上掛著耳機，腰間鼓鼓的，看得出來身上有槍，而且人在室內竟然還戴著太陽眼鏡。唐諾朝他走過去，老舊的木頭地板嘎吱作響。

那個特勤瞄向他，不過，唐諾無法確定他是在看他，還是在看門口。

「我要見瑟曼參議員。」唐諾幾乎快憋不住笑。「我跟他有約。」

特勤向旁邊撇撇頭。唐諾朝他轉頭的方向看過去，看到瑟曼就站在那條走道尾端的書架前，在書堆中翻找。

「噢，謝謝。」他沿著兩排高聳的書架中間走過去，越往裡面走，燈光越昏暗，而且空氣中開始飄散著一股皮革的霉味，漸漸掩蓋了咖啡的香味。

「你覺得這個怎麼樣？」

唐諾逐漸走近的時候，瑟曼揮揮手上的一本書。他甚至沒跟唐諾打招呼，劈頭就問。

那是一本精裝書，厚厚的真皮封面。唐諾看看上面的燙金書名。「沒聽說過這本書。」他老實說。

瑟曼笑起來。「你當然沒聽過。這是一百多年前的骨董了——而且是法文書。我想問的是，你覺得這本書的裝禎怎麼樣？」他把書遞給唐諾。

那本書好沈重，唐諾嚇了一跳。他掀開封面，翻了幾頁。以那本書的份量，看起來像法律典籍，不過，書裡有對話，而且對話的行與行之間有空隙，所以，那是一本小說。他翻了幾頁，發現紙頁很薄，內心暗暗讚嘆。另外，書背處有藍金色交織的細線把所有的紙頁裝訂在一起。他有幾個朋友對紙本書很執著，而且，他們並不是只想把書當裝飾品，而是真的要讀。唐諾看看手上那本精裝書，終於明白他那些朋友為什麼對紙本書情有獨鍾。

「很棒的裝禎。」他用手指撥撥皮封面。「很漂亮。」然後他把那本小說遞還給瑟曼。「你就是這樣挑書看的嗎？看封面選書？」

瑟曼把書塞到腋下，然後又從書架上抽出另一本。「我只是要找來當作樣本的參考。我正在進行另一個計畫，需要樣本。」說著他猛然轉頭，瞇起眼睛盯著唐諾。唐諾被他看得很不自在，覺得自己彷彿變成了獵物。

「你妹妹最近還好吧？」瑟曼問。

唐諾沒想到瑟曼竟然會突然問起她，心裡毫無防備，喉嚨忽然哽住了。

「夏綠蒂？她……應該還好吧。她又回部隊了，我相信你應該聽說了。」

「我是聽說了。」瑟曼把手上那本書塞回書架，然後又拿出腋下那本書掂掂重量。「我為她感到驕傲，她終於又回軍隊為國家效力。」

唐諾心裡想，為國效力，他們家付出了多大的代價。

「是啊。」他說。「我知道我爸媽很希望她能夠待在家裡，可惜她就是沒辦法適應家裡的生活步調。我想……我覺得，除非等戰爭結束，否則她恐怕沒辦法真正放鬆下來。這你應該不難體會。」

「沒錯。我能夠體會她的心情。而且我認為，就算戰爭結束了，她內心恐怕還是無法平靜。」

唐諾很不想聽到這些。他注意到瑟曼手指輕撫著那本書的書背。書背裝飾得很華麗，有一節節隆起的條紋，還有浮雕式和鐫刻式的字體。瑟曼看著那一排書架，但視線卻似乎落在不知名的遠方。

「如果你願意的話，我可以寫封信給她。我會告訴她，身為軍人，偶爾去和某些人聊一聊，並不會丟人。」

「如果你說的是心理醫師，她一定不會去的。」唐諾回想起她接受治療那段時期，整個人都變了。「我們已經試過了。」

瑟曼微微噘起嘴，嘴唇上顯現出一些皺紋。平常，他外表看不出真正的年齡，唯有在露出憂慮表情的時候，才看得出一絲絲歲月的痕跡。「我會找她談一談。相信我，人年輕的時候那種盛氣凌人的傲慢，我看多了。我自己年輕的時候也是這樣，認定自己不需要任何人幫助，認定什麼都可以完全靠自己。」說著他忽然轉過來面對唐諾。「現代心理學已經有驚人的發展，現在他們已經發明了一種藥，可以用來治療戰爭的後遺症。」

唐諾搖搖頭。「不行，那種藥，她已經吃一段時間了，結果她變得很健忘，而且，那種藥還會導致……」他猶豫了一下，不太想說。「……抽筋。」

他本來想說猛烈抽搐，不過那聽起來太嚴重。另外，儘管他感謝瑟曼的關切，那種感覺就像他是自己的家人，然而，和瑟曼談到妹妹的問題，他還是感到很不自在。他還記得，上次她回家的時候，他拿出他和海倫在墨西哥拍的照片給她看，結果兩個人發生爭執。當時他問夏綠蒂還記不記他們小時候住過科茲美島，可是她卻堅持她從來沒去過。兩人相持不下，最後大吵起來，後來，他忍不住掉下眼淚，因為他很擔心，可是他卻騙她說他掉眼淚只是因為太無奈。妹妹生命中某些東西被抹滅了。他們去找過很多醫生，可是所有的醫生都查不出原因，只能解釋說那是因為她想遺忘某些事物。問題是，童年的美好回憶有什麼好遺忘的？

瑟曼拍拍唐諾肩膀。「相信我，這件事我可以處理。」他口氣很平靜。「我會跟她聊聊，我知道她現在是怎麼回事。」

唐諾點點頭。「好的，謝謝你。」他本來還想說那是沒用的，甚至可能有害，不過，至少收到信對她會是一種安慰，而且寫信給她的不是家人，而是一個她很崇拜的人。

「噢，對了，唐唐，她是無人機飛行員。」瑟曼打量著他的表情，好像注意到他內心的憂慮。「意思是，她的身體不可能受到傷害。」

唐諾抬起手摸摸書架上的書。「對，身體不會受到傷害。」

這時候，兩人陷入一陣沈默。唐諾深深嘆了口氣。他聽得到咖啡廳裡的嘈雜人聲，聽到有人用湯匙攪拌杯裡的糖，聽到那扇木門的鈴鐺聲，聽到牛奶煮沸的嘶嘶聲。

他曾經看過夏綠蒂拍攝的空照影片。有些是無人機上的鏡頭拍的，有些是飛彈上的鏡頭在射向目標的途中拍的。影片的畫質非常驚人，他甚至能夠清楚看到地面上的人抬頭看向天空時那種驚訝的表情。那是他們生命最後的一瞬間。那些影片甚至能夠一格一格的慢速播放，讓你在事後可以一次又一次反覆的看，看清楚自己有沒有殺錯人。他很清楚妹妹做的是什麼樣的工作，也明白她有什麼感受。

「我先前和米克談過了。」瑟曼似乎意識到自己談錯了話題，於是趕緊轉移目標。「我要你們兩個到亞特蘭大市的工地現場，看看挖掘的狀況怎麼樣。」

唐諾趕緊接著說。「當然好，我也很想看看目前的進展。上個禮拜，整個計畫的開頭工作進行得很順利，已經逐漸規劃出你設想的空間。我想，你應該很清楚這東西有多深，對不對？」

「當然，所以他們已經開始在挖地基了。再過幾個禮拜，外牆的部份就要開始灌漿。」瑟曼拍拍唐諾肩膀，朝走道另一端點點頭，意思是該走了。

「呃，你說他們已經開挖了？」唐諾跟在瑟曼旁邊走。「可是我才剛畫好草圖啊。但願他們把我的部份留到最後才動工。」

「整個計畫的所有建物會同時動工。目前他們灌漿的部分只有外牆和地基，因為那個部份規格已經確定。接下來，我們會從最底下開始一層一層往上蓋。每一整層樓所有的隔間、設施和裝潢都在地面上完成之後，才會用起重機吊下去，然後在頂上灌漿，鋪一層厚厚的水泥天花板。不過，你聽著，這就是為什麼我需要你們兩個去監督，因為，光是搭建鷹架就是一個大問題。執行這項工程的，有上百個小組，而且是從十幾個不同的國家來的，工地現場更是堆滿了建材，光想到就覺得很可怕。我分身乏術，沒辦法同時監督所有的工地，所以我需要有人幫我監督，隨時向我回報。」

他們已經到了走道盡頭，走到那個特勤人員旁邊，這時候，瑟曼把那本精裝的法文書遞給那個戴墨鏡的特勤。那個特勤立刻點點頭，朝櫃台走過去。

「你們到了那裡之後。」瑟曼說。「我要你們去找查理羅德斯。他負責處理所有建材運送的問題。你們去找他，看看他需要什麼。」

「查理羅德斯？你說的是奧克拉荷馬州長？」

「沒錯，就是他。當年他跟我在同一個部隊當兵。噢，對了，目前我正要把你和米克提升到這個計畫裡的更高層級，因為領導團隊還缺幾十個人。所以，好好幹，你目前弄出來的東西，已經驚動了一些大人物。而且，安娜對你很有信心，認為你的進度一定會超前。她說，你們兩個合作很有默契。」

唐諾點點頭。他忽然感到好驕傲，而且感到責任好重——時間本來就已經很緊迫，現在壓力更大了。要是海倫知道他在這個計畫裡越陷越深，一定會很不高興。事實上，這個消息，他也只能和安娜、米克分享，因為只有他們知道內情。然而，整個計畫有如一座迷宮，無數的細節他根本搞不清楚。他有點困惑，不知道這計畫為什麼要這樣故佈疑陣？是因為擔心某些因素導致計畫中斷？比如民眾對核廢料的恐懼，或是恐怖份子得知消息之後會發動攻擊？

過了一會兒，那位特勤走回來了，站到瑟曼旁邊，手上提著一個購物袋。他盯著唐諾，唐諾感覺得到他的眼睛正隔著墨鏡在打量他。唐諾已經不是第一次有這種感覺。他老是覺得有人在監視他。

瑟曼握握唐諾的手，交代唐諾要隨時回報。這時候，另一個特勤不知道從哪裡突然冒出來，站到瑟曼另一邊。於是，兩個特勤護著參議員走出那扇叮噹作響的木門。一直等到他們消失在視線之外，唐諾緊繃的情緒才終於放鬆下來。

8 二一一〇 第一地堡

一大本「指令」攤開在他辦公桌上。那是一本巨大的精裝書，書背裝訂非常牢固，書頁翻開彎向兩邊。特洛伊仔細閱讀指令，研究等一下的工作流程。這是他第一次輪值，擔任「新世界第五十號行動」總指揮。看到這裡，他忽然覺得這一切很像剪綵儀式。在那個冠冕堂皇的作秀場合，拿剪刀的人搶走了所有的光采，而那些辛苦工作的人都被忽略了。

他認為，這整本指令不像指導手冊，反而比較像是醫生開的處方籤。寫這本指令的心理學家已經預料到所有的狀況，掌握了千變萬化的人性。就像心理學或是任何一種涉及人性的科學，那些看起來很荒唐的內容，通常都有最奧妙的功能。

這時候，特洛伊不禁有點納悶，自己的功能到底是什麼？他這個職務到底有多必要？他曾經很用心的讀過指令，不過，他讀的內容是教他如何管理一座地堡，而不是所有的地堡。他是最後一刻才忽然被提升層級，而特洛伊覺得那個決策實在太唐突了，彷彿這職務隨便什麼人都可以承擔。

當然，就算他的職務只是個空頭銜，說不定還是有某種象徵性的功能。說不定，這個職務的存在，並不是為了真的要去領導，而是為了要讓大家產生一種幻覺，覺得有人在領導他們。

特洛伊跳過後面的兩個章節，繼續讀指令。他的眼睛掃過每一個字，可是卻根本沒讀進去。面對自己的新角色，所有的一切都令他變得容易分心，容易想太多。他腦海中，所有的記憶都被設定得很完善——層級，職責，工作內容——然而，這一切究竟是為了什麼？難道是為了要讓他變得絕對冷漠無情？

他抬頭看看走廊對面心理部門的辦公室，看到維克就坐在辦公桌前面。他心裡想，乾脆走過去找維克問個清楚，不是比較快嗎？心理學家才是地堡真正的設計者，比建築師更重要。他很想乾脆過去問維克，他們是怎麼辦到的，他們怎麼有辦法讓每個人感覺如此空虛。

其中一個方法，就是把女人和小孩都藏起來。這一點，特洛伊非常確定。這座地堡，所有的女人和小孩都被送去長期冬眠，只剩下男人輪流值勤。這種設計，排除了可能干擾計畫的感情因素，讓男人不會有機會為女人爭鬥。

而另外一個方法，就是例行公事，那種令人心靈麻木的例行公事。這種設計，就是為了要剝奪你的思考能力，讓辦公室的環境摧殘你，讓你沈迷於時鐘，打卡，下班回家看電視看到睡著，然後每天早上聽到鬧鐘響三次，伸手關掉三次，然後周而復始，日復一日。由於沒有週末，那種生活就更可怕。沒有假日，連續執勤六個月，然後就被送去冬眠幾十年。

他忽然很羨慕另外那幾十座地堡。在那裡，大廳裡想必迴盪著孩子們的笑聲，迴盪著女人的輕聲細語，而那種熱情歡欣，正是這座核心第一地堡最欠缺的。在這裡，他觸目所及，一切都是那麼單調麻木。幾十間公共視聽室裡都裝著大型平面電視，然而反覆播放的就是那幾部電影，幾十個人坐在舒適豪華的椅子上，眼睛盯著電視。在這裡，沒有人是真正甦醒的，沒有人真的活著。當初設計地堡的人，一定就是想把人變成這樣。

特洛伊看看電腦螢幕上的計時，發現時間差不多了，該走了。又過了一天，而這次輪值也就又少掉了一天。他闔上指令，放進書桌的抽屜裡鎖好，然後站起來走出辦公室，沿著走廊走向通訊室。

一進通訊室，裡面的兩個人都抬起頭來看他，皺起眉頭。特洛伊深深吸了一口氣，讓自己鎮定。這裡只是一間辦公室，而這是他的工作。他是最高指揮官。他必須展現威嚴，因為他就像是那個負責剪綵的人。

這時候，其中一位高階無線電技師拿掉耳機，站起來和特洛伊打招呼。他是索爾。特洛伊認識他，不過並不熟。他們都住在主管住宅區，偶爾會在健身房碰到面。兩個人握握手，這時候，特洛伊注意到索爾那寬闊英挺的臉，腦海中忽然又浮現出某些幽微的記憶。每當往日記憶浮現，他心中都會感到一陣隱隱的痛，但現在他已經學會忘記那種痛。眼前這個索爾，可能是他被送去冬眠之前做記憶設定期間認識的。

索爾向他介紹另一位技師。那位技師並沒有拿掉耳機，就只是跟特洛伊揮揮手，說了自己的姓名。而轉眼之間，特洛伊立刻就忘了他叫什麼名字。叫什麼名字重要嗎？有人從架上拿出另一套耳機麥克風給他。特洛伊接過耳機，並沒有立刻戴上，而是先掛在脖子上，以免聽不到他們說話。索爾手上抓著耳機線另一端的接頭，湊近那一排插孔。五十個插孔上都有編號，他的手在插孔上方游移。看著眼前的設備，特洛伊不禁回想起從前看過的幾張老照片。那是早期總機室和接線生的照片。後來的總機都不再使用這種設備，改成了電腦和語音系統。

此刻，腦海中湧現昔日的記憶，再加上吃了藥，神經緊繃，微微發抖，特洛伊忽然有種奇怪的衝動很想笑。他差點就笑出來，但終於還是硬把那股衝動壓抑住了。他是地堡總指揮，而且現在他正要和某一座地堡的指揮官候選人通話，進行資格審核，在這種情況下，笑出來是很失態的。

「──你只要按照設計好的問題問就行了。」索爾邊說邊拿出一張塑膠卡遞給特洛伊。特洛伊心裡明白自己根本不需要那張卡片，不過他還是收下了。其實，那一整天他已經讀過指令，背熟了問話的程序，更何況，他問什麼問題其實並不重要，因為指揮官資格審核的實際工作最後還是會交給電腦來執行。候選人的耳機裡已經被裝了無數的感應器。

「好，電話打來了。」索爾伸手指向一片滿是指示燈的面板。上面有一盞燈正閃閃發亮。「我現在要幫你接通了。」

特洛伊戴上耳機，這時候，索爾接通了線路。特洛伊聽到一陣嗶嗶聲，然後線路就通了，接著，他聽到對方濃濁的呼吸聲。特洛伊提醒自己，對方那個年輕人比他還緊張，畢竟，那個人必須回答問題，而他只需要開口問。

他低頭瞄瞄手上的卡片，腦海中忽然一片空白。他暗暗慶幸，還好拿了那張卡片。

「叫什麼名字？」他問那年輕人。

「報告長官，我叫馬克思丹特。」

那年輕人口氣平靜，聲音聽起來充滿自信，充滿驕傲。那是年輕人特有的驕傲。特洛伊還記得很久很久以前，自己也曾經是這樣。接著，他忽然又想到眼前這個世界。年輕的馬克思丹特出生在這個世界，而從前那個世界，他也只能從「遺產」資料庫的書裡才看得到了。

「告訴我，你是怎麼接受訓練的。」特洛伊看著手上的卡片問。他說話的時候儘量試著讓自己的聲音更低沈，更有威嚴，不過，其實他根本不需要這麼做，因為電腦會處理他的聲音。索爾做了一個OK的手勢，意思是馬克思耳機裡的感應器已經收集到足夠的資料。特洛伊忽然想到，他自己的耳機裡會不會也裝了同樣的感應器？在場的那兩位技師會不會正在偵測他，發現他很緊張？或者，別的辦公室是否有人在偵測他？

「呃，報告長官，我本來是威利斯副保安官的學徒，後來調到資訊區警衛隊，到現在已經一年了。那本指令，我已經讀了六個禮拜。我認為自己已經準備好了。」

學徒。特洛伊想不起這個字眼。他本來想過要把最新版的字彙卡帶來，最後卻懶得帶，現在有點後悔了。

「對……地堡，你最重要的職責是什麼？」他差點說溜嘴說成「儲藏設備」。那是第一地堡指令裡的特有用語。

「報告長官，我的首要職責是奉行指令。」

「你必須優先保護的是什麼？」

他盡量保持冷冷的語調，因為這樣一來，被偵測對象才不會感受到他內心感情的變化，偵測出來的結果會比較精確。

「地堡的生命和資源遺產。」

這時候，特洛伊忽然看不清卡片上的字，因為他不知不覺已經淚眼朦朧。他的手在發抖。他趕緊把那隻拿著卡片的手垂下來，免得有人注意到他在發抖。

「那麼，為了保護最珍貴的資源遺產，我們必須付出什麼代價？」他發現自己的聲音聽起來有些異樣，感覺下巴似乎在顫抖，牙齒開始打顫，於是立刻咬緊牙根強忍住。他感覺到自己不對勁。非常不對勁。

「犧牲人命。」馬克思口氣很堅定。

特洛伊猛眨眼睛，拚命想擠掉淚水。這時候，索爾忽然抬起手示意他繼續往下問。考核快完成了，現在他們需要他問其他問題，讓對方耳機裡的感應器偵測生理反應，當作生物測定儀器的參考值，這樣他們才有辦法衡量馬克思回答前面那些問題的時候，是否誠實。

「馬克思，你有女朋友嗎？」

閃過他腦海的第一個念頭，就是問這個問題。特洛伊自己也不懂為什麼會這樣。或許是羨慕吧。他羨慕其他地堡的女人沒有被送去冬眠。或者說，沒有人冬眠。通訊室那兩位技師聽到他問這個問題，似乎沒什麼反應。反正，考核的主體部份已經完成了。

「噢，報告長官，我有女朋友。」馬克思說。特洛伊注意到年輕人的呼吸聲不一樣了。他彷彿看得到他鬆了一口氣。「我們已經申請要結婚了，現在就等上級回覆。」

「嗯，我相信你們不會等太久。她叫什麼名字？」

「報告長官，她叫瑪蘭妮，她也在資訊區工作。」

「很好。」特洛伊揉揉眼睛。他現在已經不發抖了。索爾忽然舉起手指在半空中繞了一圈，暗示他可以結束了。資料已經夠了。

「馬克思丹特。」他說。「歡迎加入新世界第五十號行動指揮中心。」

「謝謝長官。」那年輕人的聲調忽然高昂起來。

接著，馬克思忽然沉默了一下，深深吸了一口氣。

「報告長官，我可以問個問題嗎？」

特洛伊轉頭看看那兩位技師，看到他們聳聳肩，沒什麼表示。他體會得到，這年輕人剛剛被正式晉升為指揮官，承擔全新的責任，情緒一定很激動，心情一定很複雜，有恐懼，有渴望，還有困惑。

「當然可以，年輕人。不過，只准問一個問題。」他心裡想，既然他是總指揮，當然可以訂出他自己的規則。

馬克思清清喉嚨。特洛伊不難想像，此刻那座地堡的指揮官一定就坐在馬克思後面，監督自己的學徒接受考核。

「幾年前，我曾祖母過世了。」馬克思說。「小時候，我常常聽她說起從前的世界。當然，她並沒有觸犯禁忌，而是因為她患了老年痴呆才會說那些。醫生說，她的身體對藥物產生抗藥性。」

特洛伊聽到這個，忽然有點不安。他不喜歡第三代的倖存者接觸過去的訊息。馬克思最近才被授權接觸這類訊息，但其他人不容許知道這些東西。

「你想問什麼？」特洛伊問。

「報告長官，我想問的是『遺產』資料庫的事。我已經讀過幾本那裡面的書。當然，那並沒有干擾到我研讀指令和公約。呃，『遺產』書裡寫的東西我覺得我必須弄清楚。」

他又深深吸了一口氣。

「書裡記載的都是真的嗎？」

特洛伊想了一下。那套書涵蓋了全世界的歷史，但他認為那是精心篩選過的歷史。此刻，他眼前彷彿又浮現出那些書，那皮革精裝的書背，高級的紙張。在記憶設定期間，他看過書架上那一排又一排的書。

他點點頭，不知不覺又伸手去揉眼睛。

「對。」他對馬克思說。「是真的。」

這時候，通訊室裡忽然有人嗤了一聲。特洛伊心裡明白，時候到了，儀式該結束了。

「所有的內容絕對都是真的。」

然而，他本來還想說，書裡記載的，並非完整的真相。很多東西都被刪除了。而且，他認為有些真相已經沒有半個人知道，因為，不光是「遺產」書裡沒有記載，甚至連他們腦海中的記憶都被清除了。

他很想告訴馬克思，書裡的真相，是篩選過的真相，可以一代傳一代。然而，在第一地堡裡，代代相傳的卻是謊言。這座避難所，人的記憶都被藥物抹滅了，可是卻必須承擔延續人類生命的重任。

9 二〇四九 喬治亞州富爾頓郡

裝載機奮力爬上那座土丘，引擎發出聲嘶力竭的怒吼，排氣管冒出濃濃黑煙。後來，它好不容易爬到土丘頂端，鋸齒狀的鏟斗倒出一大坨土。看到眼前的景象，唐諾忽然想到，裝載機是用來製造土堆的，爬坡實在不怎麼行。

整個工地現場到處都是這種剛堆出來的土丘，土丘之間有臨時通道，整個現場有如精心設計的迷宮。地面挖出一個又一個的巨大土坑，笨重的卡車滿載土石離去。唐諾看過地形圖，知道這些臨時通道最後都會被填起來，在土丘之間形成小山凹。

唐諾站在其中一座越堆越高的土丘上，轉頭看看四周，放眼望去到處都是巨大笨重的施工機具，這時候，米克韋伯正在和一位營造商說話，討論工程進度延誤的問題。兩位眾議員都穿著白襯衫，領帶在風中翻飛，這身裝扮在工地看起來很不協調。工地的人，都戴著安全盔，皮膚黝黑粗礪，手上長滿老繭，指關節傷痕累累。在高溫潮濕的喬治亞州，他和米克都把夾克脫下來挽在臂彎裡，汗流浹背，襯衫都濕透了。眼前的景象，乍看之下彷彿是這裡發生什麼動亂，而他們兩個來負責處理。

另一架裝載機又倒出了一大坨土，這時候，唐諾的視線轉向遠處的亞特蘭大市區。那一大片綿延起伏的土丘後面是一片樹林，由於冬天剛過，高高的樹梢仍是一片光禿，而沿著樹梢輪廓線上方，只見無數的玻璃帷幕大樓高高聳立，散發出耀眼的鋼鐵光芒。那是一座古老的南方城市。工地的範圍，佔據富爾頓郡邊緣一大片人煙稀少的區域，原本的居民都已經被遷移。工地有一塊區域還沒有動工，那裡還看得到高爾夫球場殘留的痕跡。

大停車場旁邊有一大片區域，範圍有好幾個足球場那麼大，堆疊了幾千個貨櫃，裡面裝滿了建材。唐諾知道整個工程根本用不了那麼多建材，不過現在他已經懂得政治的奧妙，知道這就是政府搞建設的方式，如果民眾期待很高，那預算就是天文數字。要嘛就是乾脆不做，而一旦做起來卻又是預算漫無節制，耗費無度。瑟曼要他設計的建築，那規模簡直大到近乎瘋狂，然而，在整個計畫中，這些建築卻不是迫切需要的部份，只是後備設施，只有在發生緊急狀況時才派得上用場。

貨櫃區和工地之間夾著另一個區域，裡面是數不清的拖車屋，其中有少數是當作辦公室用，絕大多數是用來當宿舍，給工地裡那數以千計的男女工人住。他們累了一天，至少有個地方可以好好睡一覺。

很多拖車屋上飄著各國國旗，乍看之下有如奧運選手村。有一天，全球各地的廢燃料棒將會送到富爾頓郡這片新開發的區域，埋進地底下。這意味著，這個計畫的成敗攸關全球各國的利益。問題是，全球政客都只懂得密室協商搞出這個案子，根本沒顧慮到後續工程的協調運作必然會是一場噩夢。他和米克已經發現，初期很多工程的延誤，問題出在語言障礙。不同國家的工程小組之間語言不通，無法溝通，到後來，顯然大家都放棄了，根本不溝通了。於是，每個小組就只是埋頭做自己份內的工作，不管別人做什麼。

臨時拖車屋區旁邊就是大停車場。先前他和米克就是把車停在那裡，走路爬上土丘。唐諾站在土丘上，看得到那輛租來的車就停在那裡。在整個現場，只有那輛車是電動車，也只有那輛車子是停著不動的。和現場那些龐然巨獸般的自卸式卡車比起來，那輛銀色小車簡直像侏儒。那車看起來如此渺小，而這也正是唐諾對自己的感覺。站在這座土丘上，他覺得自己好渺小，甚至在國會山莊的山丘上，他一樣覺得自己好渺小。

「延誤了兩個月。」

米克用手上的寫字板拍拍唐諾手臂。「喂，你有沒有在聽？我剛剛說，工程才開工六個月，到現在已經延誤了兩個月。怎麼會這麼離譜？」

那工頭皺著眉頭。唐諾聳聳肩，然後轉身和米克一起走下土丘，走向停車場。唐諾開玩笑說：「說不定那些工人全都是只會選舉的民意代表，施工他們根本外行。這種工作需要正牌的工人。」

米克大笑起來，掐了一下唐諾肩膀。「老天，唐唐，你說話的口氣怎麼越來越像他媽的共和黨？」

「哦，是嗎？呃，我覺得我們有點不自量力，這玩意兒根本不是我們能力能應付的。」他手一揮，指向那個土丘環繞的巨大坑洞，乍看之下有如一個巨大的碗。好幾輛混凝土車圍在洞口四周，正在灌漿，而每輛車後面都有更多混凝土車排成長長的隊伍在等，車上的水泥滾筒轉個不停，彷彿等得不耐煩。

「你到底有沒有搞清楚？」唐諾說。「有一天，這些大地洞裡要埋的，就是我設計的建築，你知道嗎？你不覺得很恐怖嗎？花這麼多錢，耗費這麼多人力。我快嚇死了。」

米克用手指狠狠戳一下唐諾後頸。「幹嘛那麼激動。別跟我講這些哲學大道理。」

「我不是在開玩笑。」唐諾說。「好幾億好幾兆的稅金全部被埋進那些土坑裡，變成我設計的那種建築。先前，我一直覺得那只是一種……抽象的設計概念，不像真的。」

「老天，就算是你設計的又怎樣。」他又拿寫字板打了唐諾一下，然後指向貨櫃區。那裡沙塵彌漫，隱約看得到有個人影正朝他們招手，要他們過去。那個人又高又胖，戴著牛仔帽。於是他們改變方向走向貨櫃區。米克邊走邊說：「更何況，你那個小碉堡真有機會用得上嗎？這整個計劃的意義在於能源獨立，意味著燃煤即將成為歷史。你知道嗎，感覺上有點像是我們大家在這裡蓋一棟大房子，可是你卻一個人躲在一邊，只知道操心滅火器有沒有掛好——」

「小碉堡？」這時一陣沙塵撲向他們，唐諾趕緊舉起夾克掩住鼻子嘴巴。「你知道這玩意兒蓋好之後會有幾層樓嗎？如果蓋在地面上，那會是全世界最高的大樓——」

米克大笑起來。「這紀錄保持不了多久的。你本來就不喜歡設計太高的東西。」

他們已經逐漸靠近那個戴牛仔帽的人。那人朝他們走過來，笑容可掬。這時候，唐諾立刻就想到他曾經在電視上看過這個人：查理羅德斯，奧克拉荷馬州長。

「小伙子，你們是『雪怪』參議員派來的嗎？」

羅德斯州長面帶笑容。這人是貨真價實的牛仔，不光是頭戴牛仔帽，腳穿牛仔靴，滿身的牛仔配件，就連說起話來那拖得長長的口音都充滿牛仔味。他兩手叉腰，其中一隻手還抓著寫字板。

米克點點頭。「州長好。我是韋伯眾議員，這位是紀尼眾議員。」

兩人握握手，接著唐諾也跟他握手。

「你們送來的東西我都點過了。」他舉起寫字板指向貨櫃區。「不過，少了一百個貨櫃。照理說，應該每個禮拜都會有東西送進來。來，這裡要簽個名，你們誰要簽？」

米克伸手拿過寫字板，這時候，唐諾忽然想趁這個空檔打聽一下，為什麼羅德斯會叫瑟曼「雪怪」，還有，這位瑟曼的老戰友是否還知道什麼消息。

「為什麼有人會叫他雪怪？」他問。

米克翻翻那疊進貨單，這時一陣風吹來，替他翻了一頁。

「我聽過有人背著他叫他雪怪。」唐諾解釋了一下。「不過，我實在不敢當面問他。」

米克翻起眼睛瞄他一眼，咧嘴一笑。「因為他很冷血，當年打仗的時候殺人不眨眼，對不對？」

唐諾忽然有點不安，羅德斯州長大笑起來。

「倒也不是這個原因。」他說。「他確實很兇悍，不過並不是因為這樣才叫他雪怪。」

州長看看米克，再看看唐諾。米克把寫字板遞給唐諾，另一手指著上面的一頁。那是緊急避難設施的項目。唐諾看看上面列出的建材清單。

「小伙子，有一個反冬眠的法案，你們熟不熟？」羅德斯州長拿一支原子筆給唐諾，似乎是希望他趕快簽名了事，不要看得太仔細。

米克搖搖頭，抬起一隻手擋在眉頭上遮住喬治亞州的火毒陽光。「反冷凍法案？」他問。

「對。呃，也沒什麼啦，這法案提出的時候，你們兩個小伙子恐怕都還沒出生。那個法案是雪怪參議員起草的，當年很流行人體冷凍，那個法案斷絕了那股風潮。法案通過後，人體冷凍就變成是非法的，從此以後，醫生就沒有辦法再大賺有錢人的鈔票，把他們凍成冰棒。後來，這個案子鬧上最高法院，大法官投票表決，五比四通過了這個法案。於是，好幾萬個超級有錢的大富翁立刻被人從冷凍艙裡挖出來，正式埋葬。這些有錢人之所以把自己弄成冰棒，是因為他們期望未來的醫學會發明一種技術，可以把他們值錢的腦子從爛掉的腦袋裡挖出來，移植到新腦袋裡。」

說完笑話，州長自己大笑起來，米克也跟著笑。這時候，唐諾忽然注意到清單上有一行字，於是就倒轉寫字板，拿給州長看。「呃，這上面列了兩千卷光纖，可是我的設計的藍圖裡只需要四十卷。」

「我看看。」羅德斯州長拿了寫字板，從口袋裡掏出另一支原子筆。他在筆尾的按鈕上按了三次，筆尖才冒出來，然後劃掉寫字板上的數量，在旁邊寫了另一個數字。

「等一下，總價不用改嗎？」

「總價不變。」他說。「你在最底下簽名就對了。」

「可是——」

「小伙子，你知道為什麼軍火會讓五角大廈花大把銀子嗎？政府的會計系統就是這麼回事。好了，麻煩你簽個名吧。」

「可是那數量是五十倍啊！我們根本不需要那麼多。」唐諾雖然已經在底下簽了名，但嘴裡還嘀咕不休。然後他把寫字板遞給米克，米克在其他項目底下也簽了名。

「噢，你說得沒錯。」羅德斯拿走寫字板，伸手壓了一下帽緣。「不過我相信這些東西總有一天還是用得到的。」

「噢，對了。」米克忽然說。「我還記得那個反冷凍法案。在法學院讀到過。當年曾經有訴訟案對不對？有一大群家屬連署控告聯邦政府謀殺，不是嗎？」

州長微微一笑。「嗯，沒錯，不過後來就不了了之了。如果一個人早就宣告死亡，之後怎麼可能還會被殺呢？要證明有人謀殺一個死人，好像有點難吧？還有，雪怪自己也投資了，賠得慘兮兮。不過，最後的結果是，這個法案反而造就了他。」

羅德斯兩手拇指插進腰帶裡，挺起胸膛。

「後來我才知道，雪怪自己也投資了一家冷凍公司，不過後來，他一直深入了解，慢慢發覺冷凍這玩意兒有……倫理上的顧慮。老雪怪賠了很多錢，不過最後反而鞏固了他的政治前途。因為法案通過之後，大家反而把他當成聖人。說個笑話，如果當時他親愛的老媽也被冷凍，而他大義滅親，把自己老媽和其他人一起從冷凍艙裡挖出來，這樣一來，大家可能會跪下來膜拜他。」

米克和州長都大笑起來，可是唐諾並不覺得好笑。

「好啦，你們兩個小伙子保重了。再過幾個禮拜，我們奧克拉荷馬州還會再送一堆東西來給你們。」

「那太好了。」米克很熱切的緊緊握住州長那隻大手，用力搖了幾下。

唐諾也和州長握握手，然後和米克一起慢慢走向停車場。頭上，清朗蔚藍的南方天空有好幾道長長的飛機雲，乍看之下有如一條條的白繩子。亞特蘭大國際機場飛機起降絡繹不絕，那一條條的飛機雲就是無數飛機起飛後留下的痕跡。他們走著走著，工地的嘈雜聲漸漸聽不到了，然而，他們開始聽到工地的鐵絲網牆外傳來陣陣的口號聲。反核民眾聚集在牆外示威抗議。他們通過警衛崗哨，走進停車場，警衛一直朝他們揮手。

「嘿，我早一點送你到機場去好不好？」唐諾問。「這樣我就可以避開尖峰時間，趁天黑之前趕回薩凡納。」

「哦，對了。」米克咧開嘴笑得有點曖昧。「今天晚上你們久別勝新婚哦。」

唐諾也笑起來。

「早點把我丟到機場當然好啊，兄弟，這樣你就可以跟老婆好好親熱親熱。」

「謝啦。」

米克在身上掏了半天，終於找到出租車的鑰匙。「不過，你應該知道，我還是很想跟你回家，跟你們小倆口一起吃頓飯，在你家狂歡一下，然後出去找家酒吧喝個痛快，就像當年一樣。」

「少來了。」唐諾說。

米克拍拍唐諾頸後，用力捏了一下。「是啊，嗯，那就祝你們新婚周年快樂囉。」

唐諾被捏了一下，不由得皺起眉頭。「謝啦。」他說。「我一定會代替你問候海倫。」

10 二一一〇 第一地堡

第十二地堡消失的時候，特洛伊正在電腦上玩接龍。這種遊戲最令他感到愉快的，是會讓他的心不再有任何感覺。遊戲中那種一再重複的過程正好可以掩蓋他心中一波波湧現的沮喪，效果比吃藥還好。由於這種遊戲根本沒辦法靠技術，所以，那不光是有娛樂效果，甚至能夠達到讓他腦海中一片空白的境界。事實上，電腦重新洗牌那一剎那，輸贏就已決定，剩下的過程，就是玩牌的人最後才發現自己贏還是輸。

以電腦遊戲設計的技術水準來說，這種接龍真是低階得可笑。遊戲裡根本沒有撲克牌圖案，只有一片方格，格子裡只有英文字母和數字，再加上＊、&、%、＋這四種符號代表撲克牌的四種花色。特洛伊很懊惱，因為他搞不清楚哪一種符號代表黑桃，哪一種代表方塊梅花或紅桃。儘管他可以隨意認定什麼符號代表什麼花色，然而，猜不透遊戲設計人的原始設定，他還是感到很沮喪。

這個遊戲，是他在電腦資料夾裡搜尋資料的時候無意間發現的。他試了半天才慢慢搞清楚按鍵功能，比如空白鍵是用來翻開抽牌組，箭頭鍵是用來放牌，不過，反正他多的是時間，可以慢慢搞清楚。平常，他偶爾要和部門主管開會，要讀梅里曼的註記，要溫習指令，但除此之外，他有很多的空閒時間。這些時間，他幾乎都是躲在辦公室的浴室裡大哭，哭得一把鼻涕一把眼淚。有時候，他也會坐在蓮蓬頭底下，讓熱得發燙的水沖在身上，渾身發抖。有時候，醫生拿藥給他，他沒有吞下去，而是把藥丸藏在臉頰和牙齒的夾縫中，離開之後再吐出來收集起來，等心情很沮喪的時候再一口氣吃好幾顆。有時候，他會覺得很困惑，不知道藥丸為什麼不再像從前那麼有效，就算是他私下增加劑量還是一樣沒效。

玩這種接龍遊戲會令人心靈麻木，也許正是這種遊戲存在的意義，也是為什麼設計者要耗費那麼多力氣設計出這個遊戲，而歷任總指揮總是把遊戲藏起來偷偷玩。先前梅里曼輪值期滿，特洛伊和他一起搭電梯下去，當時他就注意到梅里曼臉上也有那種麻木的表情。藥物只能消除最劇烈的痛苦，那種顯而易見的痛，然而，潛藏在內心深處那些幽微的痛卻會慢慢浮現。為什麼有時候內心會突如其來湧現出一股莫名的傷痛？那一定是潛藏在心靈深處的。

他心不在焉的把最後幾張牌擺下去，沒想到居然擺對了位置，那一剎那，電腦重新洗牌，他贏了。就算特洛伊只是被遊戲程式牽著鼻子走，最後才知道自己贏了，但功勞還是算他的。螢幕上出現四個斗大的字：太厲害了！雖然整個程式是刻意設計的，但被這樣稱讚，很奇怪的，他居然感到滿足。他感覺自己彷彿完成了什麼，在輪值期間做好了某件事。

螢幕上那四個字閃個不停，他並沒有關掉。他轉頭看看四周，看看還有沒有什麼事要做。指令有些地方還需要修改，另外還要寫一份公告給其他地堡的指揮官。還有，他必須檢查他們送過來的備忘錄，確認他們使用的字彙是否符合不斷變化的標準。

他自己就常常用錯字眼，常常把地堡說成是碉堡。從前，他生活的世界是「遺產」書裡那個舊世界，因此對他來說，改變用字的習慣是很困難的。就算吃了藥，從前的習慣卻依然根深蒂固，他還是本能的會用從前的字眼，用舊有的方式解讀世界。他很羨慕那些住在其他地堡的人。他們在自己的小小世界裡出生、死亡、戀愛、失戀，生命中的傷痛會永遠留在他們的記憶中。他們感覺得到傷痛，從傷痛中學到教訓，改變自己。本來，他最忌妒的是第一地堡裡那些長期冬眠的女人，然而，其他地堡的人卻更令人忌妒。

這時候，特洛伊聽到有人敲門，立刻抬頭看看，發現蘭德站在門口。他是心理部門的人。特洛伊抬起一隻手，招招手叫他進來，另一手抓住滑鼠關掉遊戲軟體的視窗，然後隨手翻翻桌上的指令，假裝在忙。

「你要的信仰分析報告來了。」蘭德揮揮手上的檔案夾。

「噢，好，好。」特洛伊接過檔案夾。永遠都是檔案夾。他忽然想到，建造地堡的是兩群人：政客和醫生。這兩種人都活在從前，活在文件的年代。或者，也可能是因為他們都不信任電腦資料。他們只相信那種可以用碎紙機絞碎或是燒毀的資料，是不是？

「第六地堡已經選出了新任的指揮官候選人，而且已經訓練完畢。指揮官想安排和你通話，確認新指揮官正式就職。」

「噢，好啊。」特洛伊翻翻檔案夾，看到一份錄音文字稿。那是通訊室監聽每一座地堡所做的紀錄。他忽然很盼望再主持一次就職儀式。總指揮的各項工作，只要他經歷過一次，第二次就比較不會畏懼了。

「另外，第三十二地堡的人口統計報告出了點問題。」蘭德繞過桌子走到特洛伊旁邊，舔了一下大拇指，然後翻開那份檔案，翻過一頁又一頁。特洛伊瞄了螢幕一眼，確定遊戲視窗已經關好。「他們的人口數量已經接近極限，而且增加的速度很快。海尼斯醫師認為可能是他們那邊有一批避孕晶片有問題。不過，第三十二地堡的指揮官，好像叫畢格思……好，在這裡。」蘭德把那頁報告抽出來。「他否認避孕晶片有問題。他說，植入避孕晶片的女人，沒有半個懷孕。可能是生育抽籤有人作弊，要不然就是我們的電腦系統出了問題。」

「嗯。」特洛伊把報告拿過來，仔細看了一下。第三十二地堡的居民已經超過九千人，年齡中位數已經低到二十到二十三歲之間。「明天我們儘快跟他們聯絡。我不相信什麼生育抽籤有人作弊，事實上，現在他們根本不應該再辨什麼生育抽籤了，不是嗎？應該要等到人口減少了才繼續。」

「我也是這麼認為。」

「另外，所有地堡的人口數字統計都是同一部電腦處理的。」特洛伊說這話的時候，想盡辦法讓口氣顯得很篤定，不讓別人感覺到他有疑惑。可惜，他的口氣還是顯露出一絲不確定。他想不起來到底是不是這樣。

「沒錯。」蘭德確認了他的說法。

「這表示，他在說謊。我的意思是，這種現象不是一兩天的事，不是嗎？畢格思一定早就料到會出現這種狀況，也就是說，他早就知道了，所以，如果不是他也涉及某種陰謀，那麼就是第三十二地堡已經失控了。」

「沒錯。」

「好，你對畢格思的繼承人了解多少？」

「你是說他的學徒？」蘭德遲疑了一下。「我要先查一下檔案，不過我知道他已經當了很久的學徒，早在我們這次輪值期之前就已經開始了。」

「好。明天我會找他談談，而且只找他，畢格思不要在場。」

「你認為我們應該要換掉畢格思嗎？」

特洛伊點點頭，表情嚴厲。如果某個地堡出現問題，而他們提出的解釋令人難以置信，這一點，指令裡有很明確的指示：從最高指揮官開始處理。必須假設他們提出來的解釋是欺騙。他和蘭德正在討論的，是解除某一座地堡指揮官的職務，把他當成是壞掉的機器。因為這是指令的準則。

「好。呃，還有一件事——」

這時候，走廊上忽然傳來劈哩啪啦的腳步聲，打斷了他們的思緒。蘭德和特洛伊抬頭一看，看到索爾衝進辦公室，眼睛睜得好大，一臉驚嚇。

「報告長官——」

「怎麼了，索爾，出了什麼事？」

這位高階通訊技師彷彿剛從鬼門關裡衝出來。

「報告長官，請立刻跟我到通訊室。馬上來。」

特洛伊用力一推桌子，椅子往後滑，飛快站起來往外走，蘭德跟在他後面。

「出了什麼事？」特洛伊問。

索爾沿著走廊快步往前衝。「報告長官，是第十二地堡。」

走廊上有個人正站在馬梯上換燈管。燈管已經變暗，天花板上露出一個正方形的洞口，塑膠燈罩板懸在洞口邊緣往下垂，他們從那個人旁邊走過去，看到那個洞口，特洛伊忽然感覺那彷彿是通往天堂的入口。他快步想跟上索爾，不由自主的猛喘氣。

「第十二地堡怎麼了？」他喘著氣問。

索爾轉頭看了他一眼，眉頭深鎖一臉焦慮。「長官，我認為第十二地堡完了。」

「什麼完了？你是說聯絡不上他們？」

「不，長官，他們完了。整座地堡失控了。」

11 二〇四九 喬治亞州薩凡納市

唐諾沒有用餐巾的習慣，不過他還是遵守用餐禮儀，拿了一團摺好的餐巾攤開鋪在大腿上。那張大餐桌其他的座位前面也都擺上了餐具，所有刀叉碗盤圍成一圈，中間擺著一團摺成金字塔型的餐巾。他還記得，當年還在唸高中的時候，這家「角落餐廳」好像是不用餐巾的。當年，他們桌上擺的好像是那種紙巾盒，長年累月被客人用得凹痕纍纍。從前他們桌上擺著那種銀色蓋子的鹽瓶和胡椒瓶，也被更高級的擺設取代了。現在，桌上的花瓶旁邊放了一個小碟子，裡面擺著看起來很像海鹽的東西，另外，如果你需要胡椒，那就要等服務生過來幫你加在食物上。

他開口跟太太講這些陳年往事，可是海倫卻一直看著他身後那張雅座餐桌。他坐在椅子上轉身往後看，塑膠地板嘎吱一聲。他看到一對老夫婦坐在雅座裡。那位子正是他和海倫第一次約會的地點。

「我發誓，我真的拜託過餐廳幫我們保留那個位子。」唐諾說。

海倫轉移視線看著他。

「我想，大概是我描述那個座位的時候沒說清楚，他們搞錯了。」他伸出一根手指在半空中劃了幾圈。「要不然也可能是我跟他們通電話的時候沒搞清楚東西南北。」

她擺擺手。「親愛的，沒關係啦。其實我們大可在家裡吃烤乳酪，我就很高興了。我並不是在看那個座位，只是隨便看那個方向，並沒有在看什麼。」

海倫小心翼翼攤開她的餐巾，那模樣像是在研究餐巾是怎麼摺的，等一下用完可以摺好放回去，讓它恢復原狀。服務生匆匆過來幫他們的杯子倒滿水，不小心水濺出來，弄濕了雪白的桌布。他向他們說聲抱歉，讓他們等了這麼久，然後就走了。他們還是得繼續多等一下。

「這餐廳真的變了很多。」他說。

「是啊，變高級了。」

兩人同時伸手去拿杯子。唐諾微微一笑，舉起杯子。「十五年前妳爸爸犯了一個致命的錯誤，開放晚上讓妳出門。敬他一杯。」

海倫嫣然一笑，舉起杯子輕輕撞了一下他的杯子。「敬我們未來的十五年。」她說。

然後兩人都啜了一口水。

「要是這家餐廳越變越高級，再過十五年我們恐怕就吃不起了。」唐諾說。

海倫笑起來。從兩人十五年前初次約會一直到現在，她幾乎沒變。或許，那是因為兩人天天在一起，很難察覺她有什麼變化，不像每隔五年到同一家餐廳那樣，立刻就會感覺到很不一樣。那就像每天和兄弟姐妹一起生活，很難感覺得到他們在長大，而時隔多年之後再遇見遠房的表兄弟姐妹，立刻就會發現他們長大很多。

「明天一早你就要上飛機了對不對？」海倫問。

「嗯，不過，我是要去波士頓。我要去和瑟曼先生開會。」

「為什麼在波士頓？」

他擺擺手。「他正在做奈米治療。我想，他每次治療可能都要在那邊待一個禮拜左右，不過，這段期間他還是有辦法把工作做好——」

「是啊，反正他有很多奴才可以替他賣命——」

「我們不是他的奴才。」唐諾笑起來。

「——做牛做馬討他歡心。」

「別這樣嘛，沒有妳說的那麼誇張啦。」

「我只是有點擔心你把自己搞得太累。你自己說，為了他的計劃，你犧牲了多少休息時間？」

很多。他心裡嘀咕著。他很想告訴海倫他快累垮了，可是他心裡明白她會說什麼。「還好啦，工作時間其實沒有妳想的那麼長。」

「真的嗎？我會這樣說，是因為每次我們通電話，你說來說去全是工作的事。我甚至搞不清楚除了工作你還做了什麼。」

這時候，服務生端著一個裝滿酒杯的托盤從他們旁邊經過，請他們再稍等一下。海倫拿起菜單開始看。

「再過幾個月，計畫裡我執行的部份就會完成了。」他對她說。「到時候，我就不會再拿工作的事來煩妳了。」

「親愛的，我並不是煩。我只是不希望你被他利用。你當國會議員並不是為了幫他搞建築。當初你自己決定不搞建築的，你忘了嗎？如果要搞建築，當初你留在家裡不就好了嗎？」

「海倫，我希望妳明白……」他壓低聲音。「我們進行的計畫——」

「很重要對不對？我知道。你告訴過我，而且我也相信你。不過，你自己也會懷疑，而且還自己承認說，在整個計畫中，你執行的部份根本就是多餘的，永遠不會有機會用到。」

唐諾想不起來自己什麼時候跟海倫談過這個。

「現在我只希望你們趕快弄完。」她說。「這樣，就算一大堆卡車載著廢燃料棒從我們家附近經過，我也不在乎了。趕快把那些東西埋到土裡面，然後把地面弄平，這樣以後我們就不用再談這件事了。」

這又是另一個問題。唐諾忽然想到，他選區很多民眾打過電話給他，或是寄電子郵件給他，而媒體也大肆報導，甚至有些激進團體還拿來製造恐慌，關切的議題就是廢燃料棒的運送路線。卡車會從港口載運廢燃料棒，行經亞特蘭大市外圍，送到工地的位置。海倫每次聽到有人抱怨計畫的事，腦子裡會想到的就是這個計畫根本就是浪費他的時間，害他沒辦法好好當國會議員。或者，她也會想到，早知道要做建築，那還不如當初就留在撒凡納家裡。

接著海倫清清喉嚨。「還有……」她遲疑了一下。「安娜今天也跟你一起來工地嗎？」

說完她立刻低頭看著杯緣的口紅印。那一剎那，唐諾忽然明白了。每次有人談到控管清除中心計畫或是廢燃料棒的時候，她滿腦子想的其實是這個。他離鄉背井，而且又有安娜和他一起工作，令她非常沒有安全感。

「沒有啦。」他搖搖頭。「絕對沒有。事實上，我們兩個平常並沒有真的碰面，都是用電話聯絡或是寄信。這次是米克和我一起來的，建材和工人的問題有很多都要靠他協調——」

這時候服務生過來了，從圍裙裡抽出他的點菜單，掏出原子筆。「要先來點餐前酒嗎？」

唐諾點了兩杯招牌梅洛紅酒。服務生建議他們點開胃菜，海倫說不要。

「每次我提到她。」服務生轉身走向酒吧的時候，她立刻接著說。「你就會顧左右而言他，跟我扯什麼米克。你不要轉移焦點。」

「海倫，求求妳，我們不要再談她了好不好？」唐諾十指交握擺在桌上。「我們剛開始合作這個計畫的時候，我跟她見過一次面，後來，我故意安排兩個人不用再見面，因為我知道妳一定會不高興。海倫，我對她沒有感覺，半點感覺都沒有。求求妳，今晚是屬於我們兩個人的。」

「跟她一起工作，你會有別的念頭嗎？」

「別的念頭？什麼別的念頭？退出這個計畫？還是回頭幹建築師？」

「呃……就是別的念頭。」她瞄瞄唐諾後面的雅座。今天晚上他們本來應該要坐那裡的。

「噢，老天，沒有，絕對沒有。海倫，妳怎麼會說這種話呢？」

這時服務生又回來了，手上端著他們的紅酒，然後翻開他的點菜單，看看他們兩個。「兩位選好了嗎？」

海倫翻開她的菜單，看看服務生，再看看唐諾。「老樣子。我每次來都點一樣的。」她伸手指著菜單上的一道菜，烤乳酪加薯條。不過，這道菜現在有點不一樣了，加了餐廳特製的油炸綠蕃茄，瑞士葛瑞爾乳酪，蜂蜜楓糖加塔塔粉火柴棒薯條。

「那麼，先生呢？」

唐諾看看菜單。剛剛聽海倫說那些，他有點慌了，為了轉移海倫的心思，雖然拿不定主意，他還是一定要點菜，而且要快。

「我想換換口味。」他又說錯話了。

12 二一一〇 第一地堡

第十二地堡正逐漸失控。特洛伊和其他人趕到通訊室的時候，裡頭已經充斥著無線電通話的嘈雜聲，瀰漫著汗臭味。那座通訊操控台平常只有一個人在操作，現在卻擠了四個人。通訊室裡的人個個面露驚恐，嚇得魂不附體，彷彿想找個地方躲起來。此刻，特洛伊自己也是同樣的感覺，不過，眾人那種驚恐的模樣反而對他產生一種安撫效果。他們的恐懼成為支撐他的力量。他有辦法假裝鎮靜。他可以表現得臨危不亂。

其中有兩個人穿著睡衣，這顯示晚班技師睡到一半被叫起來。特洛伊忽然想到，他們想到要來找他的時候，第十二地堡出狀況究竟已經持續多久了？

「最新的狀況是什麼？」索爾問一個年紀很大的技師。那人抓著耳機罩在一隻耳朵上。那位技師轉身過來，光禿的頭頂在燈光下閃閃發亮，眉頭上全是汗，白色的眉毛皺成一團，一臉焦慮。「我撥那邊伺服器裡的電話，沒人接。」他說。

「把第十二地堡的影像弄出來。只要第十二地堡的。」特洛伊指著另外那三位技師其中一個。特洛伊一個禮拜前才第一次見到那個人。他拿掉耳機，伸手去扳一個切換開關。接著，通訊室的喇叭立刻傳出此起彼落的喊叫聲，現場其他人立刻停止動作，豎起耳朵聽。

那三位技師當中，有一位大概三十歲左右，他輪流播放幾十個鏡頭拍攝的影像，顯示第十二地堡到處是一片混亂。其中一個畫面裡，中央螺旋梯擠滿了人，大家互相推擠。突然間，有一個人的頭從畫面中消失，顯然是摔倒了，被後面推擠的人踩過去。每個人都睜大眼睛一臉驚恐，有人咬緊牙根，有人大喊大叫。

「看看伺服器房的畫面。」特洛伊說。

操控台的技師立刻在鍵盤上敲打了幾個字，接著，畫面上那些推擠的人都不見了，變成一個靜悄悄的大空間，看不到半個人。由於電話沒人接，天花板上的警示燈閃個不停，照亮了一座座的伺服器和網格鐵板地面。

「出了什麼事？」特洛伊口氣異常平靜。

「報告長官，現在還無法斷定。」

有人把一份檔案夾遞到他手上。走廊上擠了好幾個人，從門口探頭往裡面看。消息正逐漸傳開，人越聚越多。特洛伊感覺到汗水沿著頸後往下流，但他依然表現得異常鎮靜。根據統計學，這種事件是無可避免的，早晚要面對。

這時候，眾聲嘈雜的無線電裡忽然傳出一個特別明顯的聲音，而且一聽就知道那人已經驚惶失措：

「——老天，他們快衝進來了，門快被他們撞破了。他們快衝進來了——」

那一剎那，現場所有的人忽然都忘了害怕，停止動作，屏住呼吸仔細聽。特洛伊心裡很清楚那個人說的門，是哪一扇門。全地堡只有一扇門是從大餐廳通往氣閘室的。他忽然覺得，那扇門一開始就應該做得堅固一點。很多東西都應該做得更堅固。

「喂，你們聽到了嗎？上面這裡只有我一個人啊！他們快衝進來了！媽的，他們快衝進來了——」

「那是副保安官嗎？」特洛伊一邊問，一邊翻閱手上的檔案夾。那是第十二地堡資訊區負責人最近提交的報告。沒有任何預警。自從上次清洗鏡頭到現在，已經過了兩年。恐懼指數的測量，從上一次到現在一直停留在8。雖然指數只是稍微偏高，但也不是低到完全不需要警覺。

「嗯，應該是副保安官。」索爾說。

這時候，那位負責操控畫面的技師忽然轉頭看看特洛伊。「報告長官，等一下會有一大群人衝到外面去。」

「他們的無線電是有加鎖的，對不對？」

索爾點點頭。「我們關掉了中繼器。他們的無線電只能在內部通話，無法跟外界聯絡。」

特洛伊忽然很想轉頭看看走廊上那些探頭探腦的人，但他還是壓抑住那股衝動。「很好。」他說。這種情況，最迫切的處置就是斷絕擴散：絕不能讓這種狀況擴散到其他地堡。這就像癌症，必須立刻割除，不能有絲毫憐憫。

這時候，無線電又傳出聲音：

「——他們快衝進來了，他們快衝進來了，他們快衝進來了——」

特洛伊拚命想像瘋狂奔逃推擠的群眾是什麼情景，驚慌的情緒如何蔓延。指令上有很明確的指示，不得干預，但他的良知卻不容許他置身事外，他心思陷入混亂。於是，他朝無線電技師伸出一隻手。

「我要跟他說話。」特洛伊說。

那一瞬間，大家都轉頭看著他。通訊室的工作必須嚴守通訊協定，他們聽到特洛伊的話，都愣住了。過了一會兒，終於有人把無線電麥克風遞到他手上。特洛伊毫不遲疑，立刻按下通話鈕。

「副保安官？」

「喂?是保安官嗎？」

影像技師繼續輪流播放不同攝影鏡頭的畫面，過了一會兒，他忽然揮揮手，伸手指著其中一面螢幕。

畫面角落顯示的樓層數是72。畫面中，有一位穿銀色工作服的男人趴在一張辦公桌上，手上抓著一把槍，鍵盤四周有一大灘血。

「那是保安官嗎？」特洛伊問。

影像技師抬起手擦掉額頭上的汗水，點點頭。

「保安官？我該怎麼辦？」

特洛伊又按下通話鈕。「保安官死了。」他對那位副保安官說。他聽到自己說話的聲音異常鎮靜，自己都感到意外。他手指按著通話鈕，腦海中開始思索這位副保安官的命運。他忽然想到，那座地堡裡絕大多數的人都以為世界上只有他們這一座地堡。他們不知道其他地堡的存在，不知道地堡真正的目的。而現在，特洛伊跟他們聯絡，彷彿上帝突然顯靈。

這時候，有一面螢幕上出現那位副保安官的畫面。他抓著一副電話聽筒，一條螺旋形的電線連接到牆上的無線電主機。畫面角落的樓層數字是1。

「你趕快進羈押室，把門鎖起來。」特洛伊對他說。這個辦法很少人想得到，但目前這就是最好的辦法，至少可以暫時應付一下。「羈押室的每一副鑰匙都要全部帶進去。」

然後他從螢幕上看著那位副保安官。通訊室裡所有的人，還有走廊上的人，全都看著螢幕。

攝影機是魚眼鏡頭，畫面有點變形，整間保安官辦公室看起來彷彿在一個泡泡裡。由於鏡頭的關係，門的一角彷彿向外凸出，然而，門板中央卻向內凸。那是暴民，門板凸出來，快被他們砸破了。那位副保安官愣了一下，然後立刻丟掉手上的聽筒，匆匆繞過桌子去拿鑰匙。雖然畫面的畫質不佳，粒子很粗，但還是看得出來他兩手劇烈顫抖。

這時候，門板中央裂開了一個大洞，通訊室裡有人緊張得喘了一大口氣，大家都聽得到。此刻，特洛伊忽然好渴望自己就在那座地堡裡。他從前研究過的知識，接受過的訓練，都是為了要領導一座地堡裡的一小群人處理現在這種暴亂，而不是要領導全部的地堡。

也許這就是為什麼他會如此鎮靜。他本來應該置身在這場暴亂裡，生死未卜，而現在他卻能夠在一旁觀察這一切。

後來，那位副保安官終於拿到鑰匙，衝向辦公室另一頭，跑出畫面範圍之外。特洛伊可以想像他躲進羈押室裡，慌慌張張拿鑰匙鎖門，而大群狂怒的暴民正從木門上的破洞擠進辦公室。那扇門很堅固，只可惜還不夠堅固。特洛伊無法確定副保安官最後是不是來得及把門鎖好，不過，這已經不重要了。他也只能暫時躲一下。這一切都只是暫時的。一旦他們打開外閘門，跑到外面去，毒塵會滲進地堡，而那位副保安官反而會死得更痛苦，比被活活打死痛苦得多。

「報告長官，內閘門被打開了。他們打算出去外面。」

特洛伊點點頭。這場暴亂可能是從資訊區開始的，那裡是源頭。說不定是資訊區的負責人——不過，更可能是負責人的學徒。那個人有氣閘門的手控密碼。這就是一切的禍源：地堡必須有人負責領導，而他必須嚴守祕密，問題是，有人守不住祕密。從統計學上來看，這都在預料之中。他告訴自己，這一切是無可避免的，就像撲克牌遊戲一樣，電腦洗牌那一剎那就已經決定勝負，剩下的過程就是完成那盤牌局。

「報告長官，外閘門被打開了，地堡出現缺口。」

「立刻噴灑氣體！」特洛伊說。

索爾拿起無線電通知走廊另一頭的主控室，下達指令。接著，畫面上，氣閘室裡開始瀰漫濃濃白霧。

「封閉伺服器房。」特洛伊繼續說。「把門鎖死。」

他回想起指令中相關的這個部份。

「確認一下，那些伺服器裡的資料我們是不是已經有備份。另外，把我們的電力轉接到那間伺服器房。」

「知道了，長官。」

通訊室裡，有事做的人似乎比較沒那麼焦慮，而圍觀的人就顯得有點手足無措。

「地堡外面的影像呢？」特洛伊問。

原先，螢幕上只見白霧瀰漫，群眾在霧中互相推擠，但轉眼間，畫面變了，變成一片遼闊荒涼的地面，一大群人拚命狂奔，有人跪倒在地上，兩手猛掐臉，猛掐喉嚨，而後面地堡的圓丘頂邊緣冒出陣陣白霧，還有更多的人拚命爬出來。

通訊室裡大家都一動也不動，沒有人吭聲。走廊那邊傳來輕輕的啜泣聲。特洛伊心裡想，當初實在不應該讓他們站在那邊看。

「好了。」他說。「關掉影像。」

外面的影像忽然消失，螢幕變成一片黑。人群掙扎著想逃回地堡，還有更多驚慌失措的男人女人在土丘上垂死掙扎，這樣的景象，令人不忍卒睹。

「我必須搞清楚這一切是怎麼發生的。」特洛伊轉身凝視著現場的人。「我一定要弄清楚。而且，我一定要想出辦法，避免這種事再度發生。」說完他把檔案夾和麥克風還給操控台那幾個人。「這件事，先不要告訴其他地堡的指揮官。他們一定會有很多問題想問，等我們想清楚該怎麼回答之後，再讓他們知道。」

索爾忽然抬起手。「那第十二地堡剩下的那些人呢？他們該怎麼辦？」

「第十二地堡和隔壁第十三地堡比起來，有一點不一樣，那就是，那裡很快就不會再有人活著，也不會再有下一代。就是這樣。事實上，所有的地堡，每一個人都會死，包括我們在內。總有一天我們也會死，索爾，我們也不例外。今天，正好只是他們時候到了。」他朝一片漆黑的螢幕點點頭，心裡儘量不去想此刻外面的景象。「我們知道這種事早晚都會發生的，而且，這也不會是最後一次。我們應該要把心思集中在其他地堡上。我們必須從這件事學到教訓。」

現場的人都不由自主的點點頭。

「所有的人，在輪值期滿的時候都要交一份報告。」特洛伊說。此刻，他第一次感覺到自己是真正的總指揮。「還有，如果有人聯絡上第十二地堡資訊區的人，一定要想盡辦法把事情問清楚。我一定要知道這件事是誰引起的，原因是什麼，怎麼發生的。」

此刻，資訊室裡的技師都累壞了，他們聽了這些話，都不由得渾身僵直，接著開始左顧右盼，想辦法找點事情做。走廊上的人也都明白沒熱鬧可以看了，長官要出來了，於是都趕緊退開。

長官。

特洛伊第一次真正感覺到自己總指揮的身分，感覺到責任的沈重。他沿著走廊回辦公室的時候，旁邊有人交頭接耳竊竊私語，有人偷瞄他。很多人朝他點點頭，臉上的表情有讚許，也有同情。很多人都暗暗慶幸自己的職務沒那麼高。特洛伊一路從他們面前走過。

特洛伊心裡想：以後還有更多人會想出去。儘管他們已經規劃得很周延，但還是不可能萬無一失。他們最多只能做到預先防範，儲存更多後備，而必要的時候，他們必須狠下心放棄某一座地堡，犧牲那些人，讓那座地堡陷入永恆的黑暗，然後繼續懷著希望面對其他地堡。

回到辦公室後，他立刻關上門，背靠在門上，就這樣站了好一會兒。剛剛走得太快，他汗流浹背，衣服都黏在肩膀上。他深深吸了幾口氣，然後繞過辦公桌坐到座位，手按在那本指令上。他們的所作所為是不是徹底錯誤？那種恐懼疑惑依然盤踞在他心底。整個地堡計劃是一群心理醫師搞出來的，他們真的什麼都懂，各方面都考慮得很周延嗎？地堡的人一代代繁衍，當上一代倖存者漸漸凋零，而他們的後代會漸漸遺忘祖先的傳言，那麼，他們真的會比較好應付嗎？

特洛伊不是那麼有把握。他轉頭看著滿牆的圖表。其中有一張大藍圖，上面有無數土丘，所有的地堡就散佈在土丘間。看著那五十個圓圈，他彷彿看到記憶中那面國旗上的五十顆星星。他曾經宣誓效忠那面國旗。

這時候，特洛伊全身忽然開始劇烈顫抖，從肩膀手肘一路蔓延向手掌。他趕緊抓住辦公桌邊緣，等那陣顫抖消褪。他拉開最上面的抽屜，拿出一隻紅麥克筆，然後走到那張大藍圖前面。他感覺到胸口還在顫動。

接著，他拿起麥克筆，在圖上的第十二地堡畫上一個大X。他根本來不及想到，這個舉動會留下永遠的記號，未來輪值的總指揮都會看到這個記號，而這會成為一種方向，未來的繼任者會採取同樣的行動。他還來不及想到這一切就畫下那個X。

麥克筆劃過圖面，發出一陣刺耳的嘎吱聲，彷彿在哭嚎。特洛伊熱淚盈眶，眼中那個紅色的X變得有點模糊。他猛眨眼睛擠掉眼淚，兩腿一軟，整個人往前趴，額頭靠在牆上的大藍圖上，開始猛烈啜泣，額頭磨擦紙面發出一陣窸窸窣窣。

他兩手撐在大腿上，彎腰駝背，彷彿肩頭壓著難以承受的重擔。他莫名其妙被賦予了總指揮的角色，那種負擔沈重得難以承受。特洛伊開始哭起來，可是卻又不敢放聲大哭，免得外面走廊上的人聽到。

13 二〇四九 ＲＹＴ醫學中心

唐諾去過五角大廈一次，去過白宮兩次，而且每個禮拜都要進出國會山莊好幾次，也就是說，整個華盛頓特區戒備最森嚴的地方他都見識過了，然而，當他來到ＲＹＴ醫學中心，這裡的安全檢查卻讓他大開眼界。為了和瑟曼開一個鐘頭的會，卻必須接受好幾個鐘頭的安全檢查，他不由得懷疑這到底值不值得。

他做完全身掃描之後，來到奈米生技區，結果他們叫他脫光衣服，換上一套綠色手術衣，然後幫他抽血做檢驗，用五花八門的掃描儀器和刺眼的光線檢查他的眼睛，記錄他臉上的紅外線毛細血管模式——這是他們的說詞。

當他越來越深入奈米生技區，他發現每扇門都很沈重堅固，每條走道都看得到那種高大魁梧的警衛。後來，唐諾看到幾個特勤人員，這時候，他就明白自己快要看到瑟曼了。那些特勤人員竟然可以在這種地方穿黑西裝戴墨鏡。最後，他來到最後一道多層不鏽鋼門前面，有一位護士隔著門對他進行掃描。門裡就是奈米醫療艙。

一進門，唐諾看著那具巨大的奈米艙，心裡有點害怕。這種機器，他先前只在電視影集裡看過，現在來到現場，發現那東西看起來更高聳，壓迫感更大。那機器看起來像一艘小潛艇，眼前的景象彷彿那艘潛艇擱淺在ＲＹＴ醫學中心的高樓上。圓弧型的白色艙殼看起來光亮無瑕，上面接著一束束的管子和電線，沿著側邊有好幾扇小玻璃窗，看起來像船的舷窗。

「妳確定我進去不會有問題嗎？」他轉頭問護士。「我可以在外面等，等一下再跟他見面，多等一下沒關係。」

護士微微一笑。她看起來頂多二十幾歲，棕色的頭髮，腦後紮了一個髮髻，整個人看起來清爽甜美。「放心，絕對安全。」她安慰他。「他體內的奈米微型機對你的身體不會有反應。而且，一座奈米艙常常會同時治療好幾個病人。」

她帶他走到奈米艙後端，轉開一個緊鎖的轉輪。接著，艙門開了，邊緣的橡膠密封墊發出悶悶的摩擦聲，而且因為內外氣壓不同，他聽到氣體流洩的微弱嘶嘶聲。

「如果真像妳說的這麼安全，那牆壁為什麼那麼厚？」

護士輕輕笑起來。「放心，你不會有事的。」說著她朝艙門揮揮手。「等一下我關上門之後，你會聽到微弱的嗡嗡聲，然後等一兩秒鐘，內艙門的鎖就會打開，你只要轉一下轉輪，推一下，門就開了。」

「我有輕微的幽閉恐懼症。」唐諾說。

老天，他心裡暗暗吶喊，你聽到自己在說什麼嗎？你是個大男人，有話為什麼不敢講？就說你不想進去就好了，扯那麼多幹嘛？為什麼要讓別人逼自己進去？

「紀尼先生，麻煩你走進去。」護士手搭在他肩胛上。眼前是一個巨大的奈米艙，裡面不知道有多少肉眼看不見的超微型奈米機，他感到畏懼，然而，一個年輕漂亮的女孩正盯著他看，那種壓力戰勝了他內心的恐懼。

於是，外艙門砰的一聲關上了，只剩他一個人站在這只能容得下兩個人的圓弧型小氣閘室裡。接著，他聽到喀喳一聲，外艙門鎖上了。兩邊弧形的牆上各嵌了一條小小的銀色長凳，他想站直身體，可是頭已經頂到上緣。唐諾伸手去轉內艙門的轉輪，準備開門進去。

那一剎那，他聽到刺耳的嗡嗡聲，空氣中彷彿充斥著一股電流，他頸後的汗毛立刻豎起來。他轉頭看看四周，想找找看有沒有通話裝置，這樣他就可以站在這裡和瑟曼說話，不用再進去。這時候，他忽然覺得自己好像快沒辦法呼吸了，必須趕快出去。他轉頭一看，發現外艙門上沒有轉輪，他被困在裡面，無計可施——

接著，喀喳一聲，內艙門的鎖開了。唐諾立刻湊過去，抓住轉輪，屏住呼吸打開艙門，竄出那小小的氣閘室，進入奈米艙內部。這裡比較寬敞了。

「唐諾！」瑟曼參議員本來正在看一本厚厚的書，一聽到他進來，立刻抬起頭來看他。沿著艙壁兩側各有一條長凳從前端延伸到後端，瑟曼就躺在一邊的長凳上，兩腿伸得長長的，面前有一張小桌，桌上擺著一本筆記和一枝筆，另外還有一個塑膠托盤，裡面是吃剩的晚餐。

「你好，瑟曼先生。」他說話的時候抿著嘴唇，不敢張嘴。

「你站在門口幹嘛？趕快進來。小蟲子都跑出去了。」

唐諾很不情願的關上門，往裡面走。瑟曼大笑起來。「小伙子，放心呼吸沒關係啦，就算你閉住氣，它們還是一樣會從你毛孔跑進去。」

唐諾長長吁了一口氣，打了個冷顫。不知道那是不是他的錯覺，他感覺皮膚刺刺癢癢，彷彿滿身都是薩凡納市夏天特有的小黑蚊。

「你不可能感覺得到。」瑟曼說。「那都是你自己想像的。它們會認人，只會找我不會找你。」

唐諾低頭一看，發現自己不自覺的在手臂上抓癢。

「坐吧。」瑟曼指著對面那條長凳。他身上也穿著一樣的綠色手術衣，下巴已經長出鬍渣。唐諾注意到艙內前端有一間小浴室，裡面掛著一個蓮蓬頭，上面有一條軟管連結到牆上。瑟曼轉身，兩腳從長凳上移下來踩到地上，伸手拿起水瓶喝了一口。瓶裡的水已經快喝完了。唐諾乖乖坐下來，心裡還是很緊張，頭皮直冒汗。長凳末端擺了一堆摺好的毯子和幾個枕頭。他注意到那邊有一個框架，拉開就變成一張床，然而，他實在很難想像有人能夠睡在這種棺材一樣的地方。

「瑟曼先生，你有事找我嗎？」他努力讓聲音保持正常。他感覺空氣中似乎飄散著一股金屬鹹味，彷彿他舌頭上有無數肉眼看不到的小機器。

「要喝點水嗎？」瑟曼打開底下一座小冰箱，拿出一瓶水。

「謝謝。」唐諾拿了水瓶，可是並沒有打開蓋子。他就只是握在手上，享受那種冰涼的感覺。「米克說，他已經跟你詳細報告過了。」其實他的意思是，瑟曼實在不需要再找他來。

瑟曼點點頭。「他昨天來找過我了。那孩子很穩，很靠得住。」說著瑟曼搖搖頭苦笑了一下。「真是諷刺，這次我們吸收進來的這批年輕議員，很可能是國會山莊有史以來最優秀的一批。」

「諷刺？為什麼？」

瑟曼擺擺手，要他別再多問。「這種奈米治療最令我喜歡的地方是什麼，你知道嗎？」讓你長命百歲？唐諾差點脫口而出。

「就是讓我有時間可以好好思考。這裡，任何用電池的東西都不准帶進來，在這裡面待幾天，只能看書，要不然就是寫點東西——真的可以讓人頭腦變得很清楚。」

唐諾不想發表意見。他不想承認奈米醫療令他感到很不自在，也不想承認此刻待在這裡令他感到恐懼。他知道，那些肉眼看不見的小機器正遍布瑟曼全身，鑽進某些細胞裡進行修復，而這令他感到噁心。他忽然想到，萬一那些小機器突然全部停擺，那瑟曼的尿液就會瞬間變成黑色。想到這個，他不由得打了個冷顫。

「你不覺得這樣很好嗎？」瑟曼問他。唐諾深深吸了一口氣，呼出來。「你不覺得這種寧靜很好嗎？」

唐諾沒有回答。他發覺自己不知道什麼時候又閉住氣了。

瑟曼低頭看看大腿上那本書，然後抬起頭來打量唐諾。

「你爺爺曾經教過我打高爾夫球，這你知道嗎？」

唐諾笑起來。「記得啊，我看過你們兩個一起打球的照片。」他回想起祖母曾經翻那些舊相簿給他看。她有一種老派的執迷，喜歡用電腦把照片列印出來，放進相簿裡，說這樣看照片比較有真實感。

「我一直都把你和你妹妹當成是自己的孩子。」瑟曼忽然說。這種突然的表白，令人感到不自在。角落裡有一個冷氣出風口，讓室內空氣保持清涼，但唐諾依然感到一陣熱。「謝謝你。」

「我要你參與這個計劃。」瑟曼說。「徹底參與。」

唐諾不由得嚥了一口唾液。「瑟曼先生，相信我，我已經很投入了。」

瑟曼忽然抬起一隻手，搖搖頭。「不，我不是這意思——」說完他放下手，擺在大腿上，眼睛瞄瞄門口。「你聽我說，先前我一直認為你嘴巴不夠緊，沒辦法保密。你這個年紀，很難辦到。不小心漏出半點口風就會傳得到處都是，這你應該知道。」他手指在半空中劃了幾下。「唉，你自己也競選過，見識過外面的群眾。你應該知道我在說什麼。」

唐諾點點頭。「我知道。有時候我不得不坦白。」

瑟曼兩手合成一個碗狀。「就好像你想用兩手去捧水，一滴都不能漏出來，那簡直不可能。」

唐諾點點頭。

「就連總統也辦不到。有個總統在辦公室裡和小助理亂搞，教她幫他吹喇叭，結果變成頭條新聞。」

唐諾瞇起眼睛看著瑟曼，有點困惑，瑟曼揮揮手。「算了，那是很久以前的事了，當年你根本還沒出生。好了，問題就出在這裡，我就是這樣聽到風聲。國外有風聲，華盛頓這邊也有。有人以為那是無關緊要的小事，不小心就洩露出來。有人認為那沒什麼大不了，只是有點丟臉，死不了人。還有，你覺得要攻擊別人的國家很困難嗎？你錯了，看看諾曼第登陸。不對，這個例子不恰當，應該看看珍珠港事件，或是九一一事件。太容易了對不對？」

「不好意思，瑟曼先生，我不太懂——」

瑟曼忽然伸出手，兩隻手指彷彿捏住半空中的什麼東西。唐諾看他那個動作，還以為瑟曼是要他別說話，不過，接著瑟曼忽然彎腰湊向前，伸長手指給唐諾看，那模樣彷彿他抓到了一隻蚊子。

「你看。」他說。

唐諾湊過去，可是什麼都沒看到。他搖搖頭。「瑟曼先生，我沒看到……」

「這就對了。而且，你不會警覺到那東西快來了。這就是他們在搞的東西。那些卑鄙下流的王八蛋。」

接著，瑟曼放開手指，攤開手掌，看著自己的大拇指，然後朝上面吹了一口氣。「這小東西可以救你的命，也可以要你的命。」

瑟曼掌心朝上舉在眼前，眼睛盯著唐諾。「不久前，我們第一次到伊朗去調查，你知道是為什麼嗎？告訴你，其實我們根本不是去查什麼核子武器。我們翻遍了伊朗的每一寸沙漠，發現那些王八蛋想搞的並不是什麼核子彈，而是更恐怖的東西。告訴你，他們已經想到辦法可以神不知鬼不覺的攻擊我們，而且還不至於會像搞核子彈那樣，不小心把自己炸得稀巴爛。更恐怖的是，我們會完全沒有預警。」

唐諾可以確定，瑟曼剛剛說的這些，是極機密，他本來沒有資格聽的。

「還有，這玩意兒並不是伊朗人自己發明的，而是偷來的。他們偷了以色列研究出來的東西。」他對唐諾笑了一下。「所以，我們當然要搶在他們前面。」

「我不太——」

「唐唐，這裡的小東西，是根據我的ＤＮＡ設定程式。這就是關鍵。對了，你有沒有分析過你的血統？」他從頭到腳打量唐諾，那神情彷彿在打量一隻雜種狗。「你們家族是哪兒來的？蘇格蘭嗎？」

「可能是愛爾蘭吧，瑟曼先生。不過，我自己也搞不清楚。」其實他心裡很想說，這個很重要嗎？然而，瑟曼似乎覺得這是關鍵。

「嗯，這裡面的小東西有辦法搞清楚。如果再改良得更完美一點，它們就辦得到。它們有辦法分析出你是什麼血統。而這就是伊朗人在搞的東西：一種肉眼看不見的武器，你根本無法抵擋。萬一被它偵測出你是猶太人，或甚至只有四分之一的猶太血統，那你就……」瑟曼伸出大拇指在脖子前面劃了一下。

「我想，應該是我們搞錯了吧，我們並沒有在伊朗找到任何奈米科技。」

「因為它們自毀了，遙控的，碰！就不見了。」瑟曼忽然睜大眼睛。

唐諾笑起來。「你的口氣很像那種陰謀論者——」

瑟曼往後一仰靠在牆上。「唐唐，我們都是陰謀論者。」

唐諾以為瑟曼會大笑，或至少會露出微笑，但他猜錯了。瑟曼面無表情。

「你剛剛講的這些，跟我有什麼關係嗎？」唐諾問。「或者，跟整個計劃有什麼關係嗎？」

瑟曼閉上眼睛，頭還靠在牆上。「佛羅里達州的日出特別漂亮，你知道為什麼嗎？」

唐諾快受不了了。他忽然有一股衝動想去撞門，然後他們就會把他當成瘋子，替他穿上瘋子穿的約束衣，把他拖出去。不過，他終究還是只端起杯子喝了一口水。

瑟曼忽然睜開一隻眼睛，瞇著眼睛打量他。

「因為非洲飄過來的沙塵，在大西洋上空都被吹走了。」

唐諾點點頭。這時候，他終於明白瑟曼想說什麼了。在二十四小時播放的新聞節目裡，他也聽過類似的危言聳聽的言論。有人說，那種肉眼看不見的有毒的小機器即將遍布全球，就像幾千年來種子和花粉遍布全球一樣。

「唐唐，可怕的事快要發生了。我心裡很清楚。全球各地都有我的眼線，就連這裡也有。我之所以叫你來這裡跟我碰面，是因為我希望在玩大風吹的時候，幫你留個位子。」

「瑟曼先生，我不太懂？」

「你和海倫都會有位子。」

唐諾搔搔手臂，轉頭瞄瞄艙門。

「當然，目前這還只是一個應變計畫。我們已經準備了萬全的計劃，可以應付任何狀況。當然，我們已經在山裡建了碉堡，讓總統有地方躲，不過，這樣還不夠，我們還需要別的東西。」

唐諾忽然想到，先前在瑟曼辦公室外面碰到一位亞特蘭大市的眾議員，那個人曾經扯到什麼活屍和疾病防治中心。而現在，瑟曼說的這些，聽起來更荒謬。

「如果你覺得某個委員會很重要，要我加入，我一定很樂意——」

「很好。」瑟曼忽然拿起他大腿上那本書，遞給唐諾。「拿回去讀。」瑟曼說。

唐諾拿起來看看封面，覺得看起來很眼熟，不過，印象中的法文書名不見了，變成是：「指令」。他翻開那本又厚又重的書，隨便翻幾頁，跳著看裡面的內容。

「小伙子，從現在開始，這本書就是你的聖經。當初我在伊朗打仗的時候，碰到過不少小男生，他們還不到你的膝蓋高，可是卻已經背完了整本可蘭經。你也要背熟這本書，不准輸那些小孩。」

「背書？」

「越快背完越好。不過，你放心，你有好幾年的時間可以背。」

唐諾很驚訝，不由得瞪大眼睛。他闔上那本書，看看書背。「好，我確實需要幾年的時間。」唐諾很想問他，這是為了募款呢，還是為了委員會開不完的會做準備？感覺很荒唐，不過，他並不打算拒絕瑟曼。畢竟，想連任眾議員，每隔兩年都要重選一次。

「好，歡迎你加入。」瑟曼彎腰湊向前，伸出手。唐諾想辦法握住瑟曼手掌內側，這樣握手就不會太痛。瑟曼手勁大得嚇人。「現在，你可以走了。」

「謝謝你，瑟曼先生。」

他站起來，暗暗鬆了一口氣，抱著那本書走向內艙門。

「噢，對了，唐唐？」

他立刻轉身。「什麼事，瑟曼先生？」

「再過幾年，我們黨會召開一次全國代表大會，我要你把那一天排進你的行程。另外，一定要記得，要帶海倫一起去。」

唐諾忽然起了一陣雞皮疙瘩。那是不是意味著黨準備提升他的位階，讓他選參議員？或者，他是不是有機會可以在大會上發言？

「瑟曼先生，我一定會記住。」他感覺得到自己臉上露出笑容。

「呃，還有一件事。其實，剛剛我沒有跟你說真話，這些奈米小蟲……」

「怎麼樣？」唐諾嚥了一口唾液，忽然笑不出來了。他一手搭在艙門的轉輪上。這時候，他又開始胡思亂想，感覺舌頭上好像又有金屬的味道，全身又開始癢起來。

「有些小蟲是針對你的DNA設計的。」

瑟曼盯著唐諾，但過了一會兒忽然大笑起來。

唐諾轉身，額頭上全是汗。他一手拿著書，一手轉動門上的轉輪，然後走出去，關上內艙門鎖好，終於聽不到瑟曼的笑聲。這時候，他才終於敢安心呼吸了。

接著，他又聽到一陣嗡嗡聲，那是靜電，用來摧毀附在他身上的奈米微型機。唐諾吁了一大口氣，很費力的一大口氣，然後搖搖晃晃走了。

14 二一二〇 第一地堡

心理醫師把特洛伊辦公室的門鎖上，並且幫他送餐。特洛伊一個人在裡面讀第十二地堡的報告。他把文件擺在鍵盤上，避開桌緣，這樣，他眼淚掉下來的時候，文件才不會被弄濕。

基於某種不明原因，特洛伊一直無法停止哭泣。心理醫師嚴格規定他的飲食，而且已經連續兩天不再讓他繼續服藥。利用這兩天，他們就能夠分析出他哭泣的原因。而目前，暫時停止服藥，他就暫時不再遺忘昔日的記憶。當然，停止服藥是有期限的，等到他分析完所有的報告，得到結論，心理醫師就會找到方法，消除他內心的痛苦。

他腦海中一直浮現出某些景象，干擾他的思緒。他一直看到那些垂死的人，看到外面荒涼的土丘，看到有人窒息跪倒在地上。特洛伊還記得，他就是下達命令的人。而他最遺憾的，是當初他沒有親自動手按下按鈕。

停止服藥後，他腦海中偶爾會纏繞著某些昔日的記憶。他開始記起他父親，想起他記憶被重新設定之前的一些事。這時候，他開始擔心，如果他想起某些事，自己可能會承受不了。先前他看到第十二地堡那些人垂死掙扎，他就已經難過得整個人縮成一團，很想死掉，而如果他想起被消滅的那幾十億人，內心那種痛苦會有多可怕？

眼前擺在鍵盤上那份報告，內容寫的是一個驚嚇崩潰的學徒。那位資訊區負責人沒有發現凶險就潛藏在她身邊，而那位正直的警衛隊長做出了錯誤的抉擇。這整件事，似乎是因為許多好人做出錯誤的決定。他們把權力賦予一個不適任的人，導致他們必須為自己的天真無知付出代價。

頁面邊緣有代碼，是附帶的影像檔案編號。看到這個，他忽然想起從前他曾經很熟悉的一本古老的書，參考文獻的編碼方式非常類似。

「傑森 2:17」是一段影片，內容是關於資訊區負責人的學徒。特洛伊聚精會神的看著螢幕上的影片內容。畫面裡是一個年輕人，年紀大概十八、九歲或二十出頭，坐在伺服器房的地上。他背對著攝影鏡頭，從這個角度，可以看到他大腿上好像擺著一個塑膠托盤，因為托盤邊緣從他身體兩側露出來。他正低頭吃東西，衣服緊貼著他背後，上面看得到他脊椎骨一節節的陰影。

特洛伊看著影片，偶爾低頭瞄瞄報告，核對上面的影像代碼。他一定要看得很仔細，不能遺漏任何細節。

畫面上，傑森的右手肘前後動來動去，看起來像是正在拿刀切食物。關鍵時間點快到了，特洛伊緊盯著畫面不敢眨眼睛，到後來眼睛越來越乾澀，開始滲出淚水。

接著，傑森好像被什麼聲音嚇了一跳。這位小學徒瞄了旁邊一眼，那一剎那，特洛伊看到他臉側面的輪廓，看起來有點消瘦，有點憔悴，大概是因為被隔離太久了。然後他抓住大腿上的托盤，這時候，特洛伊第一次注意到他的袖子是捲起來的。接著，他急忙把袖子拉下來，特洛伊這才發現他手臂上有一條條平行的黑線，而且，托盤裡根本沒有什麼食物需要用刀切。

影片後段，是傑森和資訊區負責人交談的畫面。她的神情舉止像個媽媽，親切溫柔，拍拍他的肩膀，抓住他的手肘。特洛伊想像得到她說話的聲音。他曾經和她通過一兩次電話，紀錄內容作成報告。本來，再過幾個禮拜，他們就要安排審核儀式，讓傑森正式成為地堡指揮官接班人。

影片最後的畫面，是傑森正要爬進伺服器房底下的密室。資訊區負責人——也就是第十二地堡真正的指揮官——獨自在旁邊站了一會兒，手摸著下巴。影片中的她，看起來是那麼活生生，特洛伊忽然有一股孩子般的衝動，想伸手去摸螢幕，彷彿這個舉動可以觸碰到她的靈魂，向她道歉，因為他愧對她。

不過，他並沒有真的伸手去摸，反倒是注意到影片中有一個小細節被忽略了，報告裡沒有提到。他看到她身體抽動了一下，似乎想衝向洞口，但忽然又停住，身體僵了一會兒，然後就轉身走了。

特洛伊用滑鼠按住畫面下緣的滑標，把影片倒回前面的某個段落，重看一遍。她揉揉傑森的肩膀，跟他說話，他點點頭。接著，她抓住他的手肘，好像很擔心他，而他安慰她，說他沒怎麼樣。

他爬進密室之後，現場只剩她一個人了，這時候，她開始感到疑惑，感到恐懼。這是特洛伊的猜測，他不確定是否真是這樣，但他感覺得到。她知道底下的密室裡一定暗藏凶險，那一刻，她還有機會清除那種凶險。那一刻，她身體抽動了一下，意味著她很擔心，想衝下去採取行動，但後來想了一下，卻又轉身走了。

特洛伊讓畫面暫停，在報告中寫了一些註記，記下時間。他會把報告交給心理部門，讓他們來確認他的分析。然後，他一頁頁檢視報告，看看自己是否還遺漏了什麼細節，是否需要重看影片。一個很正直的女人被殺了，就因為她自己狠不下心殺人，藉此保護地堡。而那位警衛隊長等於在無形中放出了一頭猛獸。那頭年輕的猛獸很懂得掩飾自己內心的痛苦，而且已經懂得怎麼操縱人心。他想「出去」。

他在報告上寫下結論。另外，他特別註記，那個年齡當學徒，是有危險的。那年輕人大概二十歲左右，這個年齡，對什麼都懷疑，自制能力又很差。特洛伊在報告中質問，在那個年齡，有誰敢說自己真的準備好了？另外，他還提到他第一次任命的那位指揮官接班人。那年輕人的祖母精神錯亂，告訴他很多古老的傳說，當時，他問特洛伊，「遺產」資料庫那些書裡描寫的是不是真的。揭露真相，是對還是錯？人在這麼脆弱的年齡，怎麼可能經得起這種打擊，怎麼可能不粉身碎骨？

不過，有一句話，他沒有寫進報告裡。那是他問自己的一句話：不管在什麼年齡，有誰能說自己真的準備好了？

他在報告裡強調，最重要也最迫切要做的，就是嚴格限制資訊區負責人的年齡。這樣一來，指揮官能夠任職的時間就會少很多年，任期會變短，也就是說，會有更多可憐蟲被關進那個地下密室，接觸到「遺產」資料庫那些書，承受那過程中的煎熬，但儘管如此，至少以後就可以降低風險，比較不會因為指揮官太年輕，導致這樣的事件再度發生。

不過，他心裡明白，這份報告發揮不了太大的作用。瘋狂是無法防範的。隨著時間過去，地堡會歷經太多變革，太多選擇，太多次權力移轉，早晚有一天，權力會轉移到瘋子手上，那是無可避免的。他們一開始就預估到這種風險，所以才會建造那麼多地堡。

他站起來，從辦公桌後面走出來，走向門口，用力拍了一下門板。辦公室角落那部印表機正在列印他剛剛寫的四頁報告。特洛伊拿起那份報告，拿在手上感覺溫溫的。他把報告塞進檔案夾裡，而報告裡提到的人，有些已經死了，有些還在垂死掙扎。他彷彿感覺得到文件裡的生命熱力正逐漸消散，再過不久，文件就會變冷。他拿起辦公桌上那支筆，在文件最底下簽名。

這時候，他聽到有人拿鑰匙開門鎖的聲音，然後，門開了。

「都弄好了嗎？」維克問。這位滿頭灰髮的心理醫師就站在特洛伊辦公桌前面，一手正要把鑰匙塞進口袋裡，一手端著一個小塑膠杯。

特洛伊把檔案夾遞給心理醫師，然後說：「事前已經有跡象，可惜指揮官並沒有採取行動，及時阻止。」

維克一手接過檔案夾，一手把塑膠杯遞給特洛伊。

特洛伊在電腦上打了幾個字，刪除影片檔案。攝影機其實沒什麼用，根本無法預測這種問題，也無法預防。有太多的地堡需要同時監視，他們根本沒有足夠的人力同時監看那麼多螢幕。影片的功能，頂多就是在事後用來分析事件造成的損害。

「看起來很不錯。」維克翻閱檔案。那個塑膠杯擺在特洛伊辦公桌上，裡面有兩顆藥丸。他剛開始輪值的時候，只吃一顆藥丸，現在，為了消除他內心強烈的痛苦，他們給他的劑量加倍了。

「要我去拿杯水來給你嗎？」

特洛伊搖搖頭，猶豫了一下。他本來盯著塑膠杯，接著忽然抬起頭看著維克問：「你覺得那需要多少時間？我說的是第十二地堡那些人。他們多久以後會全部死亡？」

維克聳聳肩。「不會太久，大概幾天吧。」

特洛伊點點頭。維克凝視著他。這時候，特洛伊頭往後一仰，把藥丸塞進嘴裡，舌頭立刻感到一陣苦澀。他假裝把藥丸吞下去。

「很遺憾，在你輪值期間發生這種事。」維克說。「我知道你擔任這個職務，並不是為了做這種事。」

特洛伊點點頭，過了好一會兒才說：「我倒覺得很慶幸，這件事發生在我輪值期間。我不希望其他任何人碰上這種事。」

維克搓搓手上的檔案夾。「我寫報告的時候，一定會表揚你的貢獻。」

「謝謝你。」特洛伊不知道這種狗屁事有什麼好表揚的。

接著，維克揮揮檔案夾，轉身走回走廊對面的辦公室。坐在他那個位子上，他偶爾可以瞄瞄特洛伊。

維克走回辦公室的時候，背對著特洛伊，就在那短短的幾秒鐘，特洛伊把嘴裡的藥丸吐到手掌上。

接著，他一手抓住滑鼠動了一下，螢幕立刻亮起來，然後，他又打開接龍遊戲程式。他隔著走廊朝維克笑了一下，維克也對他笑了一下。那兩顆藥丸還在他另一隻手上，外層已經被他的口水溶化。特洛伊不想再遺忘。他決定要開始讓從前的記憶恢復。

15 二〇四九 喬治亞州薩凡納市

唐諾開車沿著十七號公路高速奔馳，儀錶板上的紅燈閃個不停，警告他已經超速了。但此刻，他什麼都不在乎了。他不怕被警察攔下來，不怕接到罰單，也不怕保險費暴增。這一切似乎都已經無關緊要。重點在於，他懷疑自己血液裡可能有超微型機器人在監視他的行動，跟這個比起來，一切都無關緊要了，就算他明知道自己車裡被人裝了監視系統，監視他的一舉一動，他也沒那麼在乎了。

到了出口，他緊急轉彎，輪胎摩擦地面發出刺耳的吱吱聲。下了匝道，車子開上柏維克大道，經過一盞盞路燈底下，燈光從擋風玻璃照進車裡，忽明忽暗。他低頭看看大腿上那本書，看到封面的燙金書名也隨著燈光忽隱忽現。

指令。指令。指令。

內容他已經讀了很多，已經足以令他開始擔心，開始後悔，當初為什麼要牽扯進去。海倫一開始就是對的，她曾經警告過他，而她唯一的錯，就是沒預料到這整件事竟然可怕到這種程度。

唐諾開車轉進他住的街區，忽然想起先前他和海倫談到的事。他還記得，當初她曾經求他不要去選眾議員。她說，到最後，他改變不了任何東西，而政治卻會改變他，甚至摧毀他。

回想起來，她真的有先見之明。

到了家門口，他把車子停到路邊，因為她的吉普車停在門口的車道上。這段時間他不在家，她又多了一種壞習慣，而這也讓他想到自己已經不住在這裡，他已經沒有真正的家了。

他只拿了那本指令和鑰匙下車，並沒有去拿後行李廂的行李。光是那本指令就已經夠重了。

他一靠近門廊，感應燈立刻亮起來。他看到屋裡窗邊有一團影子，而且傳來一陣窸窸窣窣的搔抓聲。接著，海倫開了門，他們養的狗卡瑪立刻竄出來，尾巴搖個不停拍在門框上，舌頭伸得好長。他才幾個禮拜不在家，牠已經長大了好多。

唐諾蹲下來摸摸小狗的頭，牠拚命舔他臉頰。

「乖。」他努力裝出高興的口氣。回到家，他反而感到內心更冷更空虛。家裡的一切原本應該能夠撫慰他的心，但結果正好相反。

「嗨，親愛的。」他對太太微微一笑。

「你提早到了。」

他一站起來，海倫立刻摟住他脖子。

「我搭到前面的班機。」

他轉頭瞄瞄附近幽暗的街道，覺得彷彿有人在跟蹤他。

「你的行李呢？」

「明天早上再拿吧。來，我們進去了，卡瑪。」他用腳推著狗進門。

「事情還順利吧？」海倫問。

唐諾走進廚房，隨手放下書，走到櫥櫃前面東翻西找拿杯子，然後從裡面拿出一瓶白蘭地。海倫看著他，露出憂慮的神色。

「唐諾，你怎麼了？」

「也許沒什麼。」他說。「也許只是我胡思亂想——」他倒了半杯白蘭地，然後轉頭看看海倫，舉起手中的酒瓶，意思是問她要不要也來一杯。她搖搖頭。「不過。」他又繼續說。「也說不定是真的有問題了。」他喝了一大口，另一手還抓著瓶子不放。

「唐諾，你看起來有點怪怪的，來，過來坐下吧，外套脫掉。」

他點點頭，乖乖讓她幫他脫掉西裝外套。他伸手扯掉領帶，忽然看到她臉上那種憂慮的神情，立刻就明白自己臉上一定也是同樣的表情。

「如果妳覺得這一切可能會結束的話，妳會怎麼做？」他問海倫。「妳會怎麼做？」

「如果什麼？你是說我們之間嗎？噢，我懂了，你說的是生命結束吧。唐諾，有人過世了嗎？趕快告訴我，到底怎麼回事。」

「不是。我說的不是某個人死了，而是全世界的人都死了。全世界都毀滅了。」

他把酒瓶塞到腋下，端著杯子拿著書走到客廳，海倫和卡瑪跟在他後面。接著，卡瑪率先衝到沙發上，坐在那邊等唐諾坐下來。當然，牠根本聽不懂唐諾在說什麼，只是很興奮又跟主人團聚了。

「看樣子，你今天很不好過。」海倫試著想猜出他為什麼會這樣。

唐諾坐到沙發上，把酒瓶和書放到茶几上，然後挪了一下酒杯，免得被卡瑪弄翻。卡瑪對酒杯很好奇，鼻子一直湊過去聞。

「有些事我一定要告訴妳。」他說。

海倫站在客廳中央，兩手交叉在胸前。「那很好，你終於願意跟我說話了。」她對他笑了一下，讓他明白她只是在開玩笑。唐諾點點頭。

「我知道我知道。」他眼睛看向那本書。「不過，我要說的這件事，跟計畫是無關的。而且，說真的，妳以為我喜歡有事情瞞著妳嗎？」

海倫走到沙發旁邊的躺椅前面，坐下來。「到底怎麼回事？」她問。

「有人准許我告訴妳，我……我的職務會晉升。不過，嚴格說來，那並不像是所謂的晉升，而是指派任務，或者說得更精確一點，更像是被調派到國民警衛隊，為了以防萬一——」

海倫伸手揉揉他的膝蓋。「不要太激動。」她輕聲細語，神情變和緩了，但顯露出一絲困惑和憂慮。

唐諾深深吸了一口氣。此刻，他情緒還是很激動，因為不久前一直開快車，腦海中一直縈繞著瑟曼說的那些話。幾個禮拜前，在醫學中心和瑟曼碰面之後，他就一直在讀那本指令——一直在想瑟曼說的話。他無法確定，自己究竟是想通了什麼，還是已經快崩潰了。

「當初伊朗發生的事，妳知道多少？」他搔搔手臂。「還有韓國。」

她聳聳肩。「我在網上看過一些傳言。」

「嗯。」他又喝了一口熱辣辣的白蘭地，咂咂嘴唇，試著想讓自己放鬆下來，享受酒精流遍全身的麻木。「他們正在研究怎麼毀滅一切。」他說。

「誰？是我們嗎？」她聲音忽然高亢起來。「我們正在研究要怎麼毀滅伊朗和韓國？」

「不，不是——」

「你確定我真的有資格聽你說這些——」

「不是這樣，海倫，是他們。他們正在研究武器，要消滅我們。那種武器，我們無法阻擋，也無法防衛。」

海倫湊向前，十指交握，手肘撐在膝蓋上。「這件事是華府那邊的人告訴你的嗎？這是機密嗎？」

他揮揮手。「這是極機密。妳聽我說，妳知不知道我們為什麼要去伊朗——」

「我只聽說我們去是為了——」

「那並不是空穴來風。」他打斷她的話。「呃，不過，也許真的只是傳言，因為說不定他們根本還沒有發明出來，還沒那麼厲害，足以——」

「唐諾，說慢一點。」

「好。」他又深深吸了一口氣。他腦海中浮現出一幕景象，彷彿看到西部的大山，有一條水泥路一路延伸到全是巨石的山裡，石壁上有整排的山洞，洞口的門開著，而成群的政客正帶著他們的家人躲進洞裡。

「幾個禮拜前，我和瑟曼見過面。」他凝視著杯裡那琥珀色的液體。

「在波士頓。」她說。

他點點頭。「沒錯，呃，他要我們加入他的預警團隊——」

「你和米克，對吧？」

他轉頭看著海倫。「不——是我們。」

「我們？」海倫抬起一手搭在胸口。「什麼意思？我們？你和我？」

「妳先聽我說——」

「你竟然把我也扯進去，拉我加入他的——」

「海倫，親愛的，我根本就搞不清楚那到底是什麼東西。」他把酒杯放在茶几上，拿起那本書。「他拿這個叫我讀。」

海倫皺起眉頭。「那是什麼？」

「看起來有點像手冊指南——呃，應該是『事後』的手冊。」

海倫從躺椅上站起來，從沙發和茶几中間走過去，伸手推推沙發上的卡瑪，把牠趕開。小狗被人趕開，嗚嗚哼了幾聲，不太高興。接著，海倫坐到唐諾旁邊，一手搭在他背後，眼中露出憂慮的神色。

「唐諾，你是不是在飛機上喝了酒？」

「沒有。」他往旁邊一縮，彷彿怕她靠近。「拜託妳，認真聽我說。誰手上有那種武器，並不重要，重要的是，他們什麼時候會拿出來用，這妳明白嗎？這種危險已經達到極限，足以毀滅全世界。我曾經在一個網站上看到過資料，有人提到那種可能性──」

「一個網站？」她那冷冷的口氣充滿懷疑。

「對。妳聽我說。我跟妳說過瑟曼正在做的那種治療，妳還記不記得？那種奈米微型機就像人工智慧一樣。如果有人把那種東西改造成病毒，不再用來治療人體，也不需要人類就能夠繁殖，想像一下，那會怎麼樣？說不定，那種東西現在已經到處都是。」他拍拍胸口，用狐疑的眼神轉頭看看四周，然後深深吸了一口氣。「說不定，現在我們每個人身體裡都已經有那種東西了，就像小小的定時炸彈一樣，等時候一到──」

「唐諾，親愛的──」

「有些非常邪惡的人正在研究，拚命想把這種東西散播到全世界。」他伸手去拿杯子。「我們不能坐以待斃，讓他們先出手。所以，我們必須先動手。」杯裡的酒面上忽然出現一圈圈的漣漪，原來是他的手在發抖。「老天，海倫，我們一定要趁他們還來不及動手之前，趕快先採取行動。」

「唐諾，你嚇到我了。」

「很好。」他又喝了一口熱辣辣的酒，然後兩手抓緊杯子，免得發抖。「我們確實應該要知道怕。」

「我打電話給馬丁醫師好不好？」

「誰？」他忽然往旁邊縮，想避開她，可是旁邊就是沙發的扶手，他動彈不得。「妳說的是我妹妹的心理醫師嗎？」

她一臉凝重的點點頭。

「妳一定要認真聽我說。」他舉起一根手指。「真的有那些肉眼看不見的小機器，真的。」他腦海中思緒太紛亂，有點語無倫次，越描越黑，結果她反而不相信，認定是他在妄想。「妳聽我說。」他說。「那種東西，我們現在已經拿來做治療用了，不是嗎？」

海倫點點頭。這是她最後僅剩的一點耐心，他看得出來，其實她滿腦子想的是要去打電話。打電話給她媽媽，打電話給醫生，或是打電話給他媽媽。

「打個比方，這有點像很久以前我們發現了放射線，懂嗎？一開始，我們認為放射線可以拿來做醫療用，那是一種醫療上的重大發現。那就是鐳，X光。可是後來，竟然有商人用鐳照射瓶裝水，當成是萬靈丹拿來賣，大家搶著買來喝——」

「結果中毒死了。」海倫說。「他們以為那有益身體健康。」她似乎沒有剛剛那麼緊張了。「你就是在擔心這個嗎？你擔心那些奈米機器會突變，回過頭來傷害我們？你是不是因為進去過那座奈米艙，所以到現在還提心吊膽？」

「不是。不是這樣。我的重點是，一開始我們研究放射線是為了要尋找醫療方法，可是最後卻把它變成了核子彈。奈米機器也是一樣的道理。」他停了一下，希望她聽得下去。「我開始認為，我們也已經在製造那種東西了，那種小機器。在奈米醫療艙裡，那種東西是用來治療傷口，治療骨骼結構，可是現在，他們做出來的東西，是要用來殺人的。」

海倫面無表情，沒吭聲。唐諾心裡明白，自己說的這些，聽起來會像是他發瘋了，因為這些事早就已經在網路上流傳，甚至還有一些宅男把這些傳言做成「播客」到處放送。瑟曼說得沒錯，如果你說話半真半假，別人就會搞不清楚什麼是真什麼是假。此刻，茶几上那本指令，就像疾病防治中心網站上的活屍手冊一樣，只會被人當成是荒誕無稽的傳言。

「妳聽我說，真的有那些東西。」他克制不了內心的激動。「那些東西會繁殖，是肉眼看不見的。那些東西被散播出來的時候，就像風沙一樣，我們根本不會有警覺，妳懂嗎？它們會不斷的繁殖，不斷的繁殖，然後，我們就會陷入一場肉眼看不見的戰爭，到最後，我們會變成一灘爛泥，可是卻不知道自己是怎麼死的。」

海倫還是沒吭聲。唐諾忽然明白，她只是在等他說完，然後就會去打電話給她媽媽，問她該怎麼辦，或是打電話給馬丁醫師，聽聽看他有什麼建議。

唐諾開始發牢騷，覺得越來越憤怒，而且心裡明白，不管自己說什麼，她都不會相信。她不但不會相信，心裡還會更加肯定她應該要擔心他是不是心理有問題。

「你還有什麼要告訴我的嗎？」她悄聲問。她這句話其實是想問他，她可不可以先離開一下，去打個電話，找個頭腦清醒的人談一談。

唐諾覺得全身一陣麻木，感到很無助，很孤單。

「他們會在亞特蘭大市舉行黨全國代表大會。」他抬起手揉揉眼袋，一副旅途勞頓很疲倦的樣子。「民主黨全國委員會還沒有正式宣佈，不過，我上飛機之前，米克已經告訴我了。」他轉頭看著海倫。「瑟曼要我們兩個一起去。他有一個很大的計畫，要我們一起參與。」

「當然好啊，親愛的。」她一手按著他大腿，眼睛看著他，那神情彷彿把他當成是病人。

「而且，我已經要求他說我要在家裡多待一段時間，週末的時候，也許我可以把工作拿回來家裡做，幫他監督這裡的工地。」

「那太棒了。」她另一手拉住他的手。

「這段時間，我們要好好過日子，開開心心在一起。」他說。「也許時間已經不多了——」

「噓，親愛的，別胡說。」她抱住他，手摟住他背後，想安撫他。「我愛你。」她說。

他又揉揉眼睛。

「我們一定可以熬過去的，我們一定會平安無事。」她對他說。

唐諾點點頭。「我知道。」他說。「我相信我們一定會平安無事。」

這時候，小狗哼了幾聲，頭湊在海倫大腿上，彷彿也感覺到不太對勁。唐諾摸摸小狗的脖子，抬頭看看海倫，眼裡噙著淚水。「我知道我們一定可以熬過去，我知道我們一定會平安無事。」他說這些話像是在安慰自己。「可是，其他人怎麼辦？」

16 二一一〇 第一地堡

特洛伊需要看醫生了。他口腔兩邊都長了潰瘍，就在牙齦和臉頰中間。那潰瘍感覺有如軟軟的綿花埋在皮肉裡。每天早餐吃藥的時間，他都是把藥丸含在左邊的臉頰裡，晚餐時就含在右邊，但不管含在哪一邊，他一樣感覺得到苦澀味，而藥丸碰觸的地方會有火燒般的灼熱感，口乾舌燥。然而，這一切他都願意忍受。

他吃飯的時候幾乎不用餐巾，這是很久很久以前養成的壞習慣。他總是把餐巾丟在大腿上，等吃完飯才拿上來擺進盤子裡。而現在，他改變了這個習慣。他會很快的咬一小口東西，擦一下嘴，為的是可以在那一瞬間把藍色藥丸吐出來，然後再喝一大口水漱漱口，沖掉辛辣的藥味。

這個動作，最大的挑戰是必須提高警覺，注意四周有沒有人看到他吐藥丸。他坐的方向，背對著大螢幕牆，心裡老是懷疑旁邊的人正盯著他看，但儘管如此，他還是按捺住轉頭去看的衝動，眼睛看著前面，繼續吃他的東西。

他偶爾會想到要用餐巾擦擦嘴，而且是兩手抓著餐巾抹過嘴巴，每次都是兩手，動作前後連貫。坐在對面那個人忽然看了他一眼，他對他淡淡笑了一下，小心翼翼不讓藥丸從手裡掉出來。後來，那個人轉移視線，看向特洛伊身後的大螢幕，看著外面的景象。

特洛伊沒有轉頭去看。當然，他內心依然有一股莫名的渴望想上地堡的頂樓來，有一股衝動想爬得越高越好，逃離那令人窒息的地底深處，卻絲毫不想看到外面的景象。他內心已經起了很大的變化。

他看到海爾坐在旁邊那張餐桌前面——那光禿禿滿是斑點的頭皮非常顯眼。那個老人背對著他。特洛伊一直等著海爾回頭看到他，但老人卻一直沒回頭。

他吃完了盤子裡的玉米，開始吃甜菜。先前吐出藥丸之後，已經過了好一會兒，他終於敢偷瞄取餐檯一眼。一根根的管子流出食物，托盤裡的盤子鏗鏘作響。現場有好幾位維克辦公室派出來的心理醫師，其中一個站在取餐檯玻璃後面，兩手交叉在胸前，臉上掛著僵硬的微笑，虎視眈眈盯著每一個取餐的人，偶爾掃視全場。為什麼要這樣？他到底在監視什麼？特洛伊很納悶。他有滿肚子諸如此類的疑問。有時候，他腦海中靈光一閃，答案隱約浮現，然而，每當他集中心思，那片刻的靈光立刻又消散得無影無蹤。

甜菜難吃得要命。

他吃下最後一口甜菜，這時候，坐在他對面那個人忽然站起來，拿起托盤，而不到幾秒鐘，立刻有人坐到那個位子上。特洛伊轉頭看看鄰近的幾張餐桌，依次看看桌前的每一個人。絕大多數的人都坐在他對面的位子上，這樣才看得到外面。只有少數人例外，像是他和海爾，還有其他幾個人。奇怪，先前他怎麼會一直沒注意到這種現象。

過去幾個禮拜來，儘管視力聽力等等感官知覺都變得有點遲鈍，但他的生活卻反而似乎更容易循著既定的模式。他切開硬得像橡膠的火腿，刀子摩擦盤子發出嘎吱聲，忽然想到，自己似乎很久沒有好好睡一覺了。他沒辦法找醫生開安眠藥，不能讓他們看到他口腔潰瘍，因為他們可能會猜到他停藥。失眠很難熬。通常他只能打盹個一兩分鐘，根本沒辦法真的睡著。每當他回想起很久以前的某些事，那記憶卻總是模模糊糊，根本不成形，他感覺到的，就只是心中一陣陣的隱痛，一股深沈的哀傷，而且，他唯一明確記得的，是自己曾經犯下極可怕的錯誤。這種感覺無可逃避。

這時候，有一位心理醫師正盯著他看，特洛伊轉頭看看桌子對面整排的人，每個人都盯著螢幕牆上的景象。不久前，他還會想坐下來跟大家一起看，沈迷在螢幕上連綿的灰色土丘。而現在，他甚至只要瞄一眼就感到噁心，甚至有想哭的衝動。

他拿著托盤站起來，但接著又有點擔心自己動作太明顯。大腿上的餐巾掉到地上，而餐巾裡有東西掉到他腳上彈開。

那一剎那，特洛伊心臟怦怦狂跳，趕緊彎腰撿起餐巾，然後匆匆沿著走道找那顆藥丸。有一張椅子被人從餐桌邊拖開，他不小心撞上去，忽然覺得彷彿全餐廳的人都盯著他。

看到藥丸了。他趕緊用餐巾把藥丸捏起來，手上的托盤晃了幾下，差點掉下去。他站起來，努力讓自己恢復鎮定。頭皮上冒出一顆汗珠，沿著他脖子後面往下滑。他心裡想，這下子大家都知道了。

特洛伊轉身走向飲水機，一路上，他根本不敢抬頭去看攝影鏡頭，看那幾個心理醫師。他疑心病越來越重，總覺得自己快要被揭穿了。這次輪值期還剩一個多月，而在這一個月裡，他的意志力會承受極大的考驗。

在眾目睽睽之下，他幾乎沒辦法讓自己走路的姿勢保持正常。他把托盤放在飲水機上，然後用腳去踩踏板，杯子裝滿水。這個動作就可以解釋他為什麼要站起來：因為他口渴了。他彷彿用這個動作向大家宣告。

接著，特洛伊又走回餐桌旁邊，看到兩個人中間有一個空位，立刻坐下來，面向大螢幕。他把餐巾揉成一團，感覺得到藥丸被夾在縐褶的隙縫裡。然後，他把餐巾塞到兩腿中間，就這樣坐著，一口一口啜著水，跟大家一樣面對著螢幕，假裝要看眼前的景象。然而，他根本不敢看。

17 二〇五一 華盛頓特區

德安哲羅餐廳門外上方有遮雨棚，斗大的雨滴打在上面，劈哩啪啦的聲響彷彿有無數手指輪流敲打鼓面。L大街上車子來來往往呼嘯而過，路邊滿是積水，路面反射街燈的光，隨著車子一輛輛經過忽明忽暗。唐諾拿著塑膠藥罐，倒出兩顆藥丸到手心上。他已經吃了兩年的藥，而這兩年來，他已經徹底擺脫了焦慮，對一切幾乎不再有任何感覺。

他看看藥罐上的標籤，忽然想到夏綠蒂，想到自己現在必須乖乖吃她從前吃過的藥。唐諾把藥丸丟進嘴裡，吞下去。他恨死下雨，喜歡下雪。雪比較乾淨。今年冬天不夠冷。

餐廳大門一直有人進進出出，他站在門邊躲開人流，抓著手機貼在耳朵上，耐心聽著。電話裡，他太太海倫一直在催促小狗卡瑪尿尿。

「她可能不想尿吧。」他說。這時候，他旁邊有個女人正在抖雨傘準備收起來進餐廳，水花四濺，他趕緊把藥罐塞進外套口袋，騰出手遮住手機。

海倫繼續催卡瑪尿尿，只可惜小狗聽不懂她在說什麼。最近，唐諾和海倫之間的談話內容都是像這樣，沒什麼意義。他們兩人之間已經快要無話可說。

「可是她從吃完中飯到現在都還沒尿啊。」海倫很堅持。

「說不定她已經在屋子裡哪個地方尿過了。」

「她已經四歲了，她才不會到處亂尿。」

唐諾忘了狗已經四歲。最近，時間彷彿被包圍在一個泡泡裡，泡泡外面那些從前的記憶，變得越來越模糊，漸漸消失。每當他感覺有些事物似乎……漸漸不見了，他總會認為那應該是吃藥的關係，要不然就是因為工作壓力太大。從前，他會認為那是生命無常，很難說是什麼原因。而現在，記憶變模糊，有了具體的原因，而且原因跟從截然不同。但很奇怪的，知道自己為什麼會失去記憶，感覺反而更難受。

這時候，馬路對面忽然有人在大喊。是兩個流浪漢在大雨中爭吵，為了搶一袋罐頭。旁邊一直有盛妝打扮的人在抖傘收傘，然後湧進餐廳。這個城市是政府的核心，統治一切，而現在它連自己都照顧不了了。從前，他曾經很擔心這種局面，而現在，他拍拍口袋裡的藥罐，感到安心。

「她還是不肯尿。」海倫的口氣有點沮喪。

「親愛的，對不起，可惜我現在沒辦法在家裡幫妳，害妳這麼麻煩。呃，海倫，我真的該進去了。今天晚上我們要把整個計劃做最後的修正。」

「進行得怎麼樣了？快結束了嗎？」

這時候，接連好幾輛計程車呼嘯而過，彷彿趕著要去賺車資，整排車乍看之下有如一條蛇，輪胎壓過積水一陣嘩啦啦，那聲音就像蛇在吐舌信。唐諾注意到其中一輛計程車忽然緊急煞車，輪胎摩擦濕滑的路面發出刺耳的吱吱聲。有人從車裡鑽出來，西裝外套舉在頭頂上遮雨。唐諾仔細一看，發現那個人他不認識。那不是米克。

「什麼？噢，很順利啊，基本上已經算是完成了，有些細節再稍微調整一下就好了。外牆已經完成灌漿，低層樓已經安裝——」

「我是問你，你和她的合作結束了嗎？」

他轉頭，讓手機貼近耳朵想聽清楚一點。「妳說誰，安娜嗎？是啊，呃，我之前不是早就告訴過妳，我們很少見面討論，多半都是用透過電子郵件或電話。」

「米克也在場嗎？」

「那當然。」

這時候，路上又一輛計程車速度慢下來，唐諾立刻轉頭去看，不過車子並沒有停。

「好吧，嗯，別忙得太晚。明天再打電話給我。」

「我知道。我愛妳。」

「我也愛你——噢！狗狗乖，狗狗好乖！卡瑪——」

「我明天再告訴妳——」

電話已經斷線了。唐諾低頭看看手機，然後收進口袋裡。夜晚的風冷颼颼，濕氣很重，唐諾不由得打了個冷顫。他一路擠過門口的人群，往桌子走過去。

「還好吧？」安娜問他。桌邊只有她一個人，可是桌上卻擺了三副餐具。她穿著一件寬領毛衣，露出一邊的肩膀，手指捏著高腳杯的杯腳，杯緣有一個半圓形的粉紅唇印。這已經是她的第二杯紅酒了。她那紅褐色的頭髮紮成一個髮髻，臉上化著淡妝，鼻子上那些雀斑幾乎都被掩蓋了。很不可思議，現在的她比大學時代更性感迷人。

「嗯，還好。」唐諾轉轉手指上的結婚戒指。這是他的習慣動作。「米克有跟妳聯絡嗎？」他手伸進口袋裡，掏出手機，看看簡訊。他本來想再發一封簡訊給米克，可是先前已經發了四封，米克根本沒回。

「沒有耶。他不是今天早上要從德州搭飛機過來嗎？可能是班機誤點了。」

唐諾看看自己的杯子。剛剛他要出去打電話的時候，酒杯本來已經空了，可是現在又倒滿了酒。他心裡明白，要是讓海倫知道此刻他和安娜孤男寡女坐在這裡，她一定會很不高興，儘管他和安娜之間並沒有怎麼樣。他告訴自己，他們之間一定不會怎麼樣。

「其實，我們等下次碰面再討論也沒關係。」他提議說。「米克不在場總是不太好。」

她放下酒杯，打量著菜單。「既然來了，就吃頓飯吧。這個時間去找別的餐廳來不及了。更何況，米克負責的是建材倉儲運輸，跟我們的設計沒有直接關聯，我們可以等討論完再把建材清單寄給他。」

這時候，安娜往旁邊彎身，低頭在手提袋裡找東西，毛衣領口陡然往下垂，胸前整個敞開。唐諾趕緊撇開頭，感覺脖子後面一陣熱。她抽出平板電腦，擺在牛皮紙袋上，螢幕很快就亮起來。

「我認為最底下三分之一的樓層設計已經很完善。」她把平板電腦倒轉過來給他看。「我已經打算簽核批准，讓他們開始繼續蓋上面的樓層。」

「嗯，底下那些樓層，空間規劃大多是妳負責的。」他想到最底下的機電空間。「我相信妳的判斷。」

他把平板電腦拿起來，暗暗鬆了一口氣，因為到目前為止，兩人之間談話的內容還是和工作有關，沒有涉及其他事。他忽然覺得自己好傻，怎麼會認定安娜心裡一定另有所思。過去這兩年多來，他們一直透過電子郵件修改設計圖，而過程中完全看不出任何跡象顯示安娜打算跟他再續前緣。此刻，他警告自己，千萬不要被餐廳的裝潢、音樂和白色桌布渲染出來的氣氛蠱惑了。

「不過，在最後關頭，他們突然變更了一個東西，我想你可能不會喜歡。」她說。「中央昇降梯井的結構必須調整一下，不過，我想這並不影響整個計畫的執行。中央梯井的變更不會影響到任何樓層。」

他逐一瀏覽那些熟悉的檔案夾，終於注意到哪裡不一樣了。緊急逃生梯的梯井本來在中央梯井的邊邊，現在被移到中央梯井正中央，而且，中央梯井似乎變小了，或是因為他們取消了原先設定的全部設備，所以看起來變小了。現在，整個中央昇降梯井看起來是中空的，只剩逃生梯，別的什麼東西都沒有。

這時候，他抬起頭，視線離開平板電腦，看到服務生走過來。

「這是什麼？怎麼沒有電梯？」他懷疑自己是不是看錯了。他要服務生再給他一杯水，說他還要再看一下菜單，等一下再點。

服務生鞠了個躬，轉身走了。安娜把餐巾拿起來擺在桌上，然後起身移到他旁邊的座位。「醫療委員會說他們自有道理。」

「醫療委員會？又是他們？」唐諾嘆了口氣。他已經受夠了他們的干預和建議，不過他已經放棄了，不打算和他們吵，因為他從來沒吵贏過。「他們完全不擔心人身安全嗎？萬一有人從欄杆上摔下去，會摔死的。」

安娜大笑起來。「你應該知道他們不是那種醫生。他們在乎的是你的心理，不是身體。他們滿腦子想的是，萬一工作人員被困在裡面好幾個禮拜，會經歷什麼樣的情緒變化。他們希望這個空間設計可以更簡單……空間要更開放。」

「開放空間？」唐諾冷笑起來，伸手去拿酒杯。「還有，妳剛剛說什麼被困在裡面好幾個禮拜？什麼意思？」

安娜聳聳肩。「你是大家選出來的民意代表。政府會幹什麼蠢事，你應該比我更有概念不是嗎？我只不過是個顧問，只負責拿錢辦事設計管線。」

她喝光杯裡的紅酒，這時候，服務生端著唐諾的開水回來了，等他們點菜。安娜挑挑一邊的眉毛，那種動作是他熟悉的，意思是要問他：你選好了嗎？唐諾看看菜單，心裡忽然想到，從前，安娜那種動作有更親暱的涵義。

「算了，妳幫我點吧。」他不知道該點什麼菜，投降了。

安娜點了菜，服務生記下來。

「這麼說來，他們只要一座樓梯井，是不是？」唐諾腦海中開始盤算著需要用到多少水泥，接著，他想到一種金屬螺旋梯的設計，更堅固，更便宜。「貨運電梯還是要保留吧？把電梯移過來裝在這裡，妳覺得呢？」

他把平板電腦轉過去給她看。

「不行。不准裝電梯。他們是這麼說的。」

他不喜歡這樣。就算這座建築永遠沒機會使用，也不代表可以隨便蓋，否則，蓋了又有甚麼意義？他曾經看過一份零件清單，上面列的是準備儲存在這座建築裡的設備物資。這些東西，要用人工從樓梯運下去，根本不可能，除非他們一開始就計畫把每層樓的設備都事先安裝好，然後整層樓用起重機吊下去。而這方面是米克負責的，所以，開會討論，米克更應該要在場。

「妳知道嗎，我沒有去搞建築，原因就在這裡。」他瀏覽著他們的設計圖，發現他設計的部份都被變更了。「我還記得，當年大學時代第一堂課，就是模擬客戶訪談，我們到校外去模擬和客戶見面的狀況。客戶要求的，永遠都是那種不可能完成的、或是蠢到爆的東西。」

「所以你決定搞政治。」安娜大笑。

「嗯，說得好。」唐諾聽得出她話中的嘲諷，淡淡笑了一下。「不過，妳爸爸倒是如魚得水。」

「我爸爸搞政治，是因為除了政治，他不知道自己能幹嘛。他是軍人出身，後來一直冒險搞投資，沒完沒了，賠了很多錢，後來才明白他應該用另一種方式來報效國家。」

她一直盯著他，好一會兒才繼續說。

「你明白嗎，這是他留給後人的珍貴遺產。」她湊向前，手肘靠在桌上，彎起一根手指按著平板電腦，那動作很優雅。「有些事，大家都說根本不可能辦到，可是他已經在做了。這個計畫就是。」

唐諾放下平板電腦，往後靠到椅背上。「他也一直這樣告訴我。」他說。「他說這個計畫就是我們留給後人的珍貴遺產。可是我告訴他，我還太年輕，這不應該是我人生最大的成就。」

安娜微微一笑，兩個人都拿起酒杯啜了一口。這時候，服務生送來一小籃麵包，可是他們都沒有伸手去拿麵包。

「提到遺產，流傳後世，我倒是突然想到……」安娜忽然問。「你和海倫為什麼決定不生小孩？」

唐諾把杯子放回桌上，安娜拿起酒瓶，可是唐諾揮揮手叫她不要再倒酒。「呃，我們不是不想生小孩，只是因為我們兩個都是研究所畢業之後就開始工作，這妳應該知道吧？我們一直覺得——」

「覺得永遠還早，對吧？覺得你們多的是時間，不用急。」

「不是，也不是那樣……」他用手指搓搓桌布，感覺得到光滑柔細的桌布摩擦著底下另一條桌布。他猜，等他們吃完飯走出門之後，服務生就會過來，把上面那層桌布包成一團，把吃剩的東西和碗盤包在裡面拿走，而底下那層桌布就會露出來。那就彷彿人類的皮膚一樣，或是下一代。新的取代舊的。他啜了一口紅酒，感覺嘴唇有點麻麻的。

「我認為就是這麼回事。」安娜堅持己見。「從以前到現在，生小孩的年齡，一代比一代晚。我媽生我的時候，已經快四十歲，而現在這種現象已經越來越普遍。」

她把一縷頭髮撥到耳朵後面。

「說不定，那是因為我們開始認為，我們可能會是有史以來第一代永遠不會死的人類。」她繼續說。「可以長生不老。」她又挑挑眉毛。「現在，我們都會期望至少可以活到一百三十歲，甚至更久，彷彿那是我們與生俱來的權利。所以，我有一個理論——」她彎腰湊向前。最近一談到這種話題，唐諾就會覺得很不自在。「從前，我們人類都是把孩子當成是自己遺留在這個世界的東西，對吧？他們覺得自己有機會用這種方式欺騙死神，把自己一部份生命流傳下去。可是現在，我們開始希望自己就可以永生不死。」

「妳是說複製人？這就是為什麼複製人是非法的。」

「我說的不是複製人——不過話說回來，就因為是非法的，所以更有人去做。這你我都心知肚明。」她又啜了一口酒，然後朝遠處一桌雅座的方向努努嘴。那裡坐著一家人。「你看，那小孩跟那個爸爸簡直是一個模子刻出來的。」

唐諾順著她的視線看過去，看著那個小孩，看了好一會兒，忽然明白她想說什麼了。

「或者，就拿我爸來說吧。」她說。「他拚命做奈米醫療，拚命吃幹細胞維他命，為的是什麼？他真的認為自己可以長生不老。好幾年前，他跟一家冷凍冬眠公司買了一大堆裝備，這你知道吧？」

唐諾大笑起來。「這我聽說過，而且我還聽說，那玩意兒好像不怎麼管用。更何況，很多年前就已經有人在研究那種東西——」

「而現在那種技術已經快要成熟了。」她說。「現在，只要能夠想出方法修補冷凍受損的細胞，冬眠技術就完全成功了。所以說，現在那已經不是妄想了，不是嗎？」

「呃，我只能祝福那些人美夢成真。不過，我和海倫的事，妳猜錯了。我們常常在討論生孩子的事。我知道很多人到了五十歲才生孩子，我們還年輕，時間還早。」

「嗯。」她喝乾杯裡的酒，伸手去拿酒瓶。「你們以為……」她說。「大家都以為自己多的是時間。」她那灰色的眼珠子盯著他。「可是，大家還是很想知道，自己到底可以活多久。」

吃過晚飯後，他們在餐廳門口的遮雨棚底下，等租車公司開車來接安娜。唐諾不願意搭她的車，說他得回辦公室一趟，自己搭計程車就好。這時候，大雨依然打在遮雨棚上，但聲音聽起來卻變得有點陰鬱。

過了一會兒，她的車子來了，是一輛閃閃發亮的黑色林肯。這時候，唐諾的手機忽然開始震動。他伸手到口袋裡摸索，安娜忽然湊過來抱住他，在他臉上親了一下。儘管夜風冷颼颼，他立刻感到渾身一陣熱。接著，他掏出手機，發現是米克打來的，立刻接了電話。

「喂，你怎麼搞的，飛機剛降落嗎？」唐諾問。

米克遲疑了一下。

「降落？」米克似乎有點困惑。唐諾聽到電話裡有雜音。這時候，租車司機匆忙繞過車子幫安娜開門。「我搭凌晨的班機，今天一大早就到機場了。我剛看完電影出來，看到你的簡訊。怎麼了？」

安娜轉身朝他揮揮手，唐諾也揮揮手。

「你剛看完電影出來？我跟安娜才剛在德安哲羅餐廳開完會，你沒趕上。安娜說她寄了三封電子郵件通知你。」

他抬頭看看車子，這時候，安娜正好把腿縮進車裡，那一剎那他瞥見她的紅色高跟鞋，接著，司機關上了車門。雨滴打在幽暗的車窗玻璃上，那光澤有如一顆顆的寶石。

「呃，我沒收到她的郵件。可能被寄到垃圾郵件匣去了，沒什麼大不了。我會趕上進度。對了，我剛看完一部迷幻藥電影，忽然想到，要是我們現在還是當年抽大麻的年紀，我一定馬上拉你出來哈一管，然後去看場午夜秀。現在我滿腦子已經完全──」

唐諾看著那司機匆忙繞過車子回駕駛座，免得一直淋雨。後座的車窗忽然下降了一點點，安娜又伸出手來朝他揮揮，然後，車子就開動了，匯進車流裡。

「呃，好了，兄弟，那種日子早就過去了。」唐諾心不在焉的說。遠處傳來隱約的雷聲，旁邊有個男人忽然啪的一聲撐開傘，衝進大雨中。「更何況——」唐諾告訴米克。「有些東西最好讓它成為過去，永遠不再回頭。」

18 二一一〇 第一地堡

第十二樓的健身房瀰漫著一股汗臭味，顯然剛剛有人在這裡運動。角落裡有一堆雜七雜八的東西，其中有幾個啞鈴。舉重床的橫桿上掛著一條毛巾，不知道是誰忘了拿走，桿子兩邊還掛著五十幾公斤的槓鈴。

特洛伊正在拆飛輪健身車側邊的輪罩板。他轉開最後一根螺絲釘的時候，眼睛還盯著角落那堆亂七八糟的東西，結果輪罩一鬆開，墊圈和螺帽立刻從螺絲孔掉出來，滾了滿地。特洛伊趕緊去撿回來，堆成一小堆，然後看看輪罩內部。他赫然發現，那個巨大的齒輪，輪牙已經幾乎被磨平了。

鏈條鬆垮垮的垂掛在齒輪軸上。特洛伊沒想到裡面竟然有鏈條。他本來以為健身車是用皮帶驅動的。這種裝置，用鏈條恐怕太脆弱，因為使用的時間勢必會很長，鏈條根本禁不起磨損。事實上，這部健身車已經用了五十年——而且還要繼續用好幾百年。

他伸手抹抹額頭。他先前已經在健身機上騎了好幾公里，直到剛剛齒輪壞掉才停下來，到現在還是滿頭大汗。他在瓊斯借給他的工具箱裡東翻西找，找到一根一字螺絲起子，然後用起子把鏈條提上來擺回齒輪上。

鏈條掛齒輪。鏈條掛齒輪。他不由得笑起來。本來就應該是這樣的不是嗎？

「長官，不好意思打擾一下。」

特洛伊轉頭一看，看到瓊斯站在健身房門口。瓊斯是他手下的頭號技工。

「快好了。」特洛伊說。「你要用工具箱嗎？」

「不是。是韓森醫師要找你。」他抬起手，手上抓著一具笨重的無線電。

特洛伊從工具箱裡掏出一條舊抹布，擦掉手指上的油污。能夠用自己的雙手做事，把手搞得髒兮兮，感覺很愉快。這是轉移自己心思的一種很好的方式，至少比無所事事強多了。平常，他幾乎沒事幹，整天照鏡子看口腔裡的潰瘍，不然就是在辦公室或住處閒晃，不知道自己什麼時候又會莫名其妙哭起來。

他從健身車旁邊走到門口，拿起瓊斯手中那具無線電。他忽然好羨慕老瓊斯，好希望能夠像他一樣，每天早上醒來，穿上那套膝蓋上有補丁的工作服，提著有如忠實夥伴的工具箱，按照工作表上的順序到處修理東西。這種生活，比他自己現在過的生活強多了。現在的他，整天無所事事，只能提心吊膽等著處理不知道什麼時候會爆發的大問題。

他把無線電舉到嘴邊，按下機身側邊的通話鈕。

「我是特洛伊。」他說。

那一剎那，他忽然覺得這名字聽起來怪怪的。最近幾個禮拜來，他很不想說出自己的名字，也不想聽到有人叫他的名字。他有點好奇，要是韓森或另外那幾個心理醫師知道他有這種現象，他們會有什麼反應？

無線電發出一陣嘶嘶雜訊。「長官嗎？很抱歉打擾你——」

「沒關係。怎麼回事？」特洛伊走回健身車旁邊，拿起把手上的毛巾，擦擦額頭，這時候，他注意到瓊斯眼睛盯著滿地的工具和健身車零件，露出飢渴的神色。接著，他揚起眉毛，用詢問的眼神看著特洛伊。特洛伊擺擺手，意思是說他可以動手了。

「我們辦公室這裡有狀況。有一個人對治療沒反應。」韓森醫師說到一半，無線電裡又是一陣雜訊，然後他又接著說。「看樣子，這個人必須送去深度冬眠了。我這裡有一份同意書需要你來簽字。」

瓊斯看看那輛解體的健身車，然後抬起頭，皺著眉頭。特洛伊用毛巾擦擦脖子後面，忽然想到梅里曼曾經提醒過他，要小心處理這種狀況。會有很多好人寧可被送去深度冬眠，擺脫煎熬，也不肯再繼續輪值。

「你確定有必要這樣做？」他問。

「我們什麼方法都試過了，沒救了。現在我們必須限制他的行動，警衛現在正要帶他搭高速電梯到底下去。能不能麻煩你到我們辦公室來一趟？我們必須等你簽字，才能把他送去冬眠。」

「那當然。」特洛伊用毛巾搓搓臉。洗乾淨的毛巾有一股清潔劑的味道，掩蓋了健身房裡的汗臭味和健身車零件的油污味。瓊斯抓住踏板，轉了一圈，發現鏈條已經套上齒輪，健身車又能用了。

「我馬上下去。」說完，特洛伊放開通話鈕，然後把無線電遞還給瓊斯。修理某些東西是一種樂趣，但另外有些東西就不是那麼回事了。

特洛伊走到電梯口的時候，電梯已經過了這層樓，他看到顯示幕上的數字，電梯正高速下降。他按下按鈕，等另一部電梯來，這時候，他不由得想到，此刻那個人正被押到底下去，這種情景實在很悲哀。雖然不知道那個人是誰，他還是為他感到難過。

他渾身發抖，抖得很厲害，心裡暗暗嘀咕電梯間的冷氣實在太冷，偏偏自己又流了一身汗。走廊轉角是休閒中心，他看得到裡面有一顆紅色的乒乓球飛來飛去，打球的人為了救球東奔西跑，運動鞋踩在地板上發出刺耳的嘎吱聲。那裡還有一部電視正在播放電影，影片裡有女人在說話。

特洛伊低頭看看身上的短褲和T恤。他知道此刻自己的穿著很不正式，而他只有在穿工作服的時候才真正感覺得到自己的權威。問題是，他已經沒時間先搭電梯上樓去換衣服。

接著，電梯發出叮噹一聲，門開了。電梯裡那兩個人本來在講話，一看到他就忽然安靜下來。特洛伊朝那兩個穿黃色工作服的人點點頭，他們也立刻跟他打招呼，然後，三個人就沒再出聲，就這樣電梯經過好幾層樓，後來，到了四十四樓，那兩個人就出去了。那裡是住宿區。電梯門關上之前，特洛伊看到一顆亮亮的球一路彈跳越過走廊，兩個人在後面追，又笑又叫，後來，他們瞥見特洛伊在電梯裡，立刻安靜下來，好像覺得有點不好意思。

他瞥見了一幕簡單平凡的生活情景，但那只是短短的一瞬間，電梯門很快又關上了。

電梯震動了一下，又繼續往深層的地底下降。特洛伊感覺到泥土和水泥彷彿正從四面八方像他擠壓過來，在他頭上越堆越高。緊張的情緒，再加上他剛剛才運動過，此刻他已經滿頭大汗。他覺得自己已經快要徹底擺脫藥物的影響了。每天早上他都感覺得到，很久以前那個原來的自己已經慢慢回來了，而且那種感覺一天比一天持續更久。

五十、五十一、五十二樓……十層樓很快就過去了，電梯完全沒停。這些樓層，走廊上堆了大批的緊急應變物資。他一直暗暗祈禱，但願這些東西永遠不會有機會派上用場。他漸漸記起記憶設定期間的很多事，當時，大家都剛被喚醒。當時，所有的東西都有各自的代號，彷彿過去的事物被貼上新標籤掩蓋了。回想起代號的事，他內心就會產生一種怪異的感覺，可是卻又說不上來那是什麼。

接下來的是機電樓層，倉庫樓層，還有裝置反應爐的兩個樓層。而最底下，也是最重要的，就是儲存「資產」的地方。這裡有無數的冷凍艙，許多男人女人在裡面沈睡。他們都是「從前」的倖存者。

電梯速度漸漸變慢，然後震了一下，門才一開，特洛伊立刻就聽到醫師辦公室傳來喧鬧聲，韓森大吼大叫指揮他的助理。特洛伊快步沿著走廊走過去，身上穿著短褲T恤，滿身大汗，感覺皮膚涼颼颼的。

他一進待命室，就看到一個老人被兩個警衛壓在輪床上。特洛伊一眼就認出那老人就是他在大餐廳碰到的海爾。他還記得，他被喚醒擔任輪值的第一天，曾經和海爾說過話，而且後來還碰到過好幾次。韓森醫師和他的助理在櫃子和抽屜裡東翻西找，準備用具。

「我叫卡爾頓！」海爾大吼。他瘋狂揮舞細瘦的雙臂，束帶已經被他解開，垂在輪床兩邊隨著掙扎的動作猛烈擺盪。特洛伊心裡想，剛剛警衛押他下來的時候，應該幫他打過鎮靜劑，綁緊束帶，現在他醒過來了，束帶被他掙脫了。韓森和他的助理終於把用具都準備好，立刻衝到輪床邊。海爾看到針頭，眼睛瞪得好大，一臉驚恐。針筒裡注滿了天藍色的液體。

特洛伊穿著短褲T恤站在那裡，看著眼前的景象，不知所措。韓森醫師抬起頭看到他。海爾又大吼了一聲，說他叫卡爾頓，兩腿用力亂踢，笨重的靴子踢到桌子。那兩個警衛費盡力氣才把他壓在輪床上。

「幫個忙好嗎？」韓森用力抓住海爾的一條手臂，齜牙咧嘴嘀咕了一聲。

特洛伊趕緊走到輪床旁邊，抓住海爾的一條腿。他和兩個警衛站在同一邊，合力抓住海爾的一條腿，小心翼翼免得被踢到。海爾的褲子鬆垮垮，兩條腿骨瘦如柴，可是踢起人來卻力大無窮有如野馬。有個警衛掙扎著把束帶綁在海爾大腿上。特洛伊用力壓住海爾的小腿，讓警衛用束帶綁住。

「他到底怎麼回事？」特洛伊問。看到眼前的騷亂，他一時忘了自己的問題。會不會有一天他自己也是同樣的下場？

「藥物治療失效了。」韓森說。

特洛伊心裡暗暗嘀咕：也可能是他根本沒吃藥。

助理用牙齒咬掉針筒的蓋子，針筒裡的藍色液體搖搖晃晃。海爾的手腕被牢牢抓住，針頭刺進他掙扎抖動的手臂，藍色液體注入他蒼白的皮肉裡。

針頭刺進海爾不停抖動的手臂，他立刻停止掙扎，兩腿忽然不動了。特洛伊看著這一幕，恐懼油然而生。海爾慢慢陷入昏迷，頭歪向一邊，咆哮聲消失了，變成低沈的呻吟，最後深深吁了一口氣，而在場的每個人終於鬆了一口氣。

「怎麼搞的？」特洛伊抬起手臂擦擦額頭。他滿頭大汗，一方面是因為剛剛太費力，但主要還是因為眼前景象太觸目驚心，眼看著一個人就這樣崩潰，被注射鎮靜劑之後，狂踢的雙腿彷彿瞬間失去了生命力和意志。特洛伊忽然感到一陣激動，不由得渾身顫抖，不過，那只是短短的一剎那，在他還沒意識到自己在顫抖之前，顫抖就停止了。韓森醫師抬起頭來看他，皺起眉頭。

「真不好意思。」韓森用責怪的眼神看看那兩個警衛。

「其實我們可以抓得住他。」其中一名警衛聳聳肩。

韓森轉頭看著特洛伊，表情有點沮喪。「恐怕要麻煩你簽個字，我才能……」

特洛伊把衣服前擺掀起來擦擦臉，然後點點頭。這樣的損失早在預料之中——犧牲人命，或甚至犧牲整個地堡。他們早就準備了大量的備用品——然而，他還是感覺心好痛。

「沒問題。」這就是他的工作不是嗎？簽個字，嘴裡說沒問題，完全按照劇本。這一切都太荒唐，每個人都在唸台詞，可是卻沒人記得劇本長什麼樣子。然而，他已經慢慢開始記得這部戲是什麼。他感覺得到。

韓森醫師拉開一個放表格的抽屜東翻西找，這時候，他的助理開始解開海爾工作服上的鈕釦。那兩個警衛說，如果這裡沒別的事，他們要走了，接著，他們又檢查了一下海爾身上的束帶，然後就揮揮手走了。其中一個警衛好像說了什麼，另一個警衛大笑起來，兩個人走向電梯，腳步聲漸漸消失。

這時候，特洛伊失神的望著海爾那張呆滯的臉，望著他緩緩起伏的消瘦胸膛。他心裡想，這就是記憶恢復的代價。地堡彷彿一座靈魂的牢籠，每個人都像機器一樣沒有知覺，然而，這個老人醒過來了，他恢復了知覺，記憶中的一切變得無比清晰。

牆上掛著一個夾子，夾著一面寫字板。韓森把寫字板拿下來，把一張表格塞進上端的彈簧夾，然後拿一枝筆遞給特洛伊。特洛伊在表格上簽了名，把寫字板遞還給韓森。韓森和助理開始整理文件，特洛伊看著他們兩個，不由得想到，他們是不是有和他相同的感受？有沒有可能，他們現在只是在裝模作樣掩飾自己的感覺？有沒有可能，全地堡的人都有同樣的困惑，可是大家都極力掩飾，沒有人說出來，因為每個人都覺得自己是徹底孤立的？

「能不能麻煩你幫我弄一下另外一邊？」

那個助理跪在地上，正忙著轉開輪床腳的固定鈕。這時候，特洛伊才注意到底下有輪子。助理朝特洛伊腳邊努努嘴。另一邊的輪床腳就在他腳邊。

「沒問題。」特洛伊蹲下來，轉開輪床腳的固定鈕。這時他忽然想到自己在這項工作中所扮演的角色。簽名批准的人是他，轉開床腳固定鈕的人也是他。因為他做了這些事，這張輪床才能夠推出去。

他們解開海爾身上的束帶，脫掉他的工作服。特洛伊主動幫忙脫靴子。他解開鞋帶，然後把脫掉的靴子放在一邊。最後，他們並沒有幫他穿上紙袍——此刻好像沒有必要再去顧慮他的體面了。醫師把靜脈注射針頭扎在他手臂上，貼上膠帶。特洛伊心裡明白，等一下，靜脈注射管會接到冷凍艙上。他知道那種冰冷隨著血管流遍全身的感覺。

他們推著輪床沿著走廊來到深度冬眠區門前。特洛伊打量著那扇厚重的鋼門，忽然想起很久很久以前，他好像為了某個計畫檢查過一扇類似的門，不過，他還記得當年那個房間裡全是機器——不對，應該說全是電腦。

門邊有個鍵盤，醫師在上面輸入密碼。接著，他們聽到低沈的咚的一聲，鎖栓縮進門框裡。

「空冷凍艙在最裡面。」韓森朝裡面點點頭。

冬眠區裡寒氣逼人，一排排密閉的冷凍艙閃閃發亮。特洛伊立刻就注意到，每一座冷凍艙的底座都有一個顯示幕，上面有幾個小綠燈顯示生命跡象，不過卻看不到任何顯示心跳脈搏的訊號。而且，顯示幕上只看得到名字，看不到姓，這意味著，你無法從顯示幕上判斷裡面那個人從前的身分。

凱西，凱瑟琳，葛碧瑞拉，葛瑞珍。

都是代號。

葛溫，海莉，海瑟。

名字都是按照字母順序。她們都不必輪值，所以就不會有男人為她們爭風吃醋打打殺殺。對她們來說，千年只是一瞬，她們跨進冷凍艙，做一場夢，等她們醒來的時候，外面已經是另一個世界。

接下來，他又看到另一個海瑟。接連兩個一模一樣的名字，後面都沒有姓。他心裡納悶，這樣怎麼有辦法分辨誰是誰？他在一排排的冷凍艙之間漫無方向的往前走，醫師和助理則是一直在討論流程問題，這時候，他眼角的餘光忽然瞥見一個名字，那一剎那，他全身彷彿觸電般一陣劇痛。

海倫。接著，他又看到另一個海倫。

特洛伊手腳發軟，放開輪床邊緣，差點跪倒在地上。輪床猛然停住。

「怎麼了，長官？」

兩個海倫。然而他仔細一看，看到那個小螢幕很清晰的顯示出裡頭人體的冰冷低溫，還有另一個名字：

海倫娜。

特洛伊不由自主的跌跌撞撞往前走，離輪床越來越遠，離海爾赤裸的身軀越來越遠。此刻，他彷彿又聽到那老人微弱的呻吟在耳中迴盪，聽到他聲嘶力竭的說他叫卡爾頓。特洛伊伸手去摸冷凍艙那弧形的蓋子。

她在這裡。

「長官？我們得快點——」

特洛伊不理韓森。他撫摸著玻璃艙蓋，感覺得到艙裡的冰冷。

「長官——」

艙蓋玻璃上結了一層蜘蛛網狀的霜。他用手抹掉那層霜，想看清楚裡面那個人。

「我們要趕快把這個人送去冬——」

艙裡又冷又暗，特洛伊看到那女人閉著眼睛，睫毛上結了冰，那張臉看起來很熟悉，不過，那不是他太太。

「長官！」

特洛伊兩腿一軟，趕緊用手扶著冷凍艙，免得跌倒。昔日的記憶開始在他腦海中翻湧，他感覺到胃裡的膽汁已經湧到喉嚨。接著，他聽到自己在嘔吐，感覺到手腳開始發抖，膝蓋發軟。然後，他倒在兩座冷凍艙中間的地上，渾身猛烈抽搐，口吐白沫。他血液中殘留的藥效即將消失，已經抵擋不了他腦海中如泉水般翻湧的無數記憶。

那兩個穿白衣的醫師和助理正互相大喊。特洛伊耳朵貼在地面的鋼板上，聽得到劈哩啪啦的腳步聲漸漸消失在遠處。接著，他聽到怪異的咯咯聲，隱隱約約，彷彿是他身體發出的。

他是誰？他在這裡做什麼？其他那些人在做什麼？

這個女人不是海倫，而他的名字也不叫特洛伊。

接著，他聽到腳步聲匆匆朝他逼近，然後有人把針頭刺進他肉裡，那一剎那，他喉嚨咯咯迸出一個名字：

唐唐。

可是這名字也不太對。

接著，他感覺到一陣黑暗吞噬了自己，籠罩了過去的記憶。他隱約感覺得到，那些記憶太可怕，不是他能承受的。

19 二〇五二 喬治亞州富爾頓郡

富爾頓郡最南邊的一角，新落成的核廢料處理中心所在地，此刻，這裡正在舉辦五十州博覽會，同時還有一場規模龐大的音樂節，很多人正好藉這個機會闔家團聚。過去兩個禮拜來，唐諾眼看著整個中心的區域範圍搭起五顏六色的帳篷，而五十片窪地上各自豎起五十州的州旗，搭起舞台。五花八門的車輛成群結隊越過土丘，把各種物品送到現場，有人開高爾夫球車，有人開越野休旅車，車上是各式各樣的食物，有保鮮盒，有一籃籃的蔬菜，甚至還有人用拖車載來整車的牛羊。

農夫各據攤位，帳篷排成長長的一列列，彎曲綿延，雞啼聲豬叫聲此起彼落，小孩抱著兔子，大人用皮帶牽著狗。其中有一個大人甚至牽著好幾條育種的狗，一路擠過人群，那幾隻狗興奮得猛搖尾巴，濕濕的鼻頭到處猛嗅。

喬治亞州的大舞台上，一個當地的搖滾樂團正在調音。過了一會兒，他們暫時停止彈奏，開始調整音響的音量，就在這時候，唐諾忽然聽到一陣藍草鄉村音樂的旋律，好像是從北卡羅萊納州區的方向傳過來的。而相反的方向是佛羅里達州的舞台，那裡有人正在發表演說。同一時間，車輛還是不斷成群結隊越過土丘，載來更多東西。窪地的斜坡上，家家戶戶在地上鋪了毯子野餐，唐諾看著眼前景象，忽然覺得，整片窪地的斜坡就像體育場的看台，彷彿這裡的設計一開始就是為了這個用途。

不過，他想不透的是，那些不斷運進來的東西到底擺到哪裡去了？一車車的東西不斷送進那些帳篷裡，可是帳篷裡卻完全沒有爆滿的跡象。過去整整兩個禮拜，他一直在這裡幫忙準備全國代表大會，只看到無數的越野車後面拉著拖車，一輛接一輛翻過土丘，永無休止。

這時候，米克忽然出現在他旁邊。他騎著一輛沙灘車，轟隆隆的引擎聲驚天動地。他對唐諾咧嘴一笑，一手抓著煞車，另一手卻繼續猛加油門，那輛本田沙灘車立刻微微往前竄，輪胎飛快轉動摩擦沙土。

「喂，要不要搭便車到南卡羅萊納州兜兜風？」引擎聲震耳欲聾，米克聲嘶力竭大喊。接著，他屁股往前移，挪出後面座位的空間。

「哦，你油箱裡的油夠騎到那裡嗎？」唐諾伸手搭住米克的肩膀，踩著後面的踏板跨上沙灘車。

「白癡，翻過土丘就到了啦。」

唐諾本來想告訴米克他也只是在開玩笑，不過還是忍住沒說出口。他抓住座位後面的鐵架，而米克踩下排檔桿。一開始，米克一直沿著帳棚間的泥土路騎，到了草坪，他才猛轉彎騎向南卡羅萊納州的區域。唐諾轉頭看著旁邊，看得到遠處亞特蘭大市鬧區的大樓頂端。

沙灘車衝上土丘的時候，米克忽然轉頭問他：「海倫什麼時候會到？」

唐諾湊上前。他好愛十月清晨冷冽的風，這令他想到薩凡納每年這個季節在海灘上看日出的清涼。米克問起海倫的時候，唐諾也正好想到她。

「明天。」他拉開嗓門大喊。「她會和薩凡納市的黨代表一起搭客運過來。」

他們爬上土丘，米克慢慢減速，轉彎沿著山脊的方向騎。有一輛載滿東西的沙灘車從反方向騎過來，和他們擦身而過。這裡的土丘峰峰相連，形成一個錯綜複雜的山脊道路網，在上面可以高高俯視底下窪地裡的核廢料處理中心。

唐諾看著遠方，看著無數的沙灘車在遠處的山脊上奔馳，忍不住開始想像，有一天，這些山脊道路上會出現更巨大的卡車，車上載滿了核廢料，車身上印著警告標誌。

他看到佛羅里達州區旗海飄揚，轉頭又看到喬治亞州區的大舞台，另外，他還注意到窪地的斜坡上可以容納的群眾人數是史無前例的，而且每個人都可以清楚看到底下的舞台。唐諾看著眼前的一切，不由得想到，這個場地竟然會有這種意想不到的用途，也許冥冥中自有天意。那種感覺，彷彿當初規劃這地方，就是為了二〇五二年召開黨全國代表大會，而不只是做為核廢料處理中心。

南卡羅萊納州的舞台上有一面巨大的州旗緩緩飄揚，旗面是一片藍底，左上方是一個白色彎月，中間是一棵白樹。米克把沙灘車停在一座迎賓大帳篷旁邊。帳篷四周停滿了同樣的沙灘車，彷彿一個巨大的圓環包圍了帳篷。

唐諾跟著米克在沙灘車間穿梭，發現米克正走向一座比較小的帳篷，而數不清的人正絡繹不絕走進那座帳篷裡。

「我們現在要幹嘛？」他問米克。

其實問了也是多餘，反正這陣子他們都是在處理中心的範圍裡東奔西跑，料理雜七雜八的瑣事，比如送冰袋到各州的總部，和各州的眾議員參議員碰面，看看他們有什麼需要。另外，他們還要接待各州來的志工和黨代表，看看他們在拖車屋裡住得舒不舒服——反正都是瑟曼要他們做的。

「噢，只是去散散步。」米克有點諱莫如深。他揮揮手要唐諾走進那座小帳篷。帳篷口不斷有人進進出出，形成兩排隊伍，進去的人手上都抱著東西，出來的人都是兩手空空。

帳篷裡有好幾盞泛光燈，燈火通明，沙土地面已經被來來往往的人踩得又平又結實，草坪也被踩平了。前面有一道窄窄的水泥斜坡向下延伸，佩戴著志工徽章的工人一個個從斜坡的一側爬上來，而另一側排著準備下去的隊伍。米克跳下去，排在準備下去的隊伍後面。

唐諾立刻就明白米克要去什麼地方了。他認得那個斜坡。他連忙跳下去衝到米克旁邊。

「這是燃料棒儲存場對不對？」他聲音裡顯露出掩不住的興奮，或者他根本不想隱藏他的興奮。他一直很渴望看看別人設計的東西，能現場看最好，就算只能看設計圖也沒關係。到目前為止，他唯一有權知道的，就只有他自己設計的地下碉堡，至於整個計畫中的其他設施，對他來說根本就是一團謎。「我們可以進去看看嗎？」

米克沒吭聲，不過他開始走下斜坡，走進排隊的人群中。這個動作等於是回答了唐諾的問題。

「前些時候我拜託瑟曼讓我去參觀其他設施。」唐諾有點不滿的吁了一聲。「可是他卻跟我扯什麼國家安全有的沒的——」

米克大笑起來。他們走到斜坡中段的時候，上面的帳篷已經隱沒在黑暗中。斜坡兩旁有水泥牆，形成一條通道，通向最底下那扇鋼鐵門。

「計畫裡的其他設施，你是絕對看不到的。」米克伸手搭在唐諾背後，推著他往前走。這個斜坡通道看起來像是某種工業設施，而且很眼熟。前面很多人已經走到最底下，都停下來聚成一群，準備輪流走進那扇小小的鋼門，而門裡的人也等著輪流走出來。這時候，唐諾忽然有一股衝動想掉頭往回走。

「等一下。」唐諾看看那扇門。「搞什麼？這不就是我設計的地方嗎？」

他們慢慢往前走，米克儘量靠向一邊，讓反方向的人經過。然後，米克一手搭著唐諾肩膀，推著他往前走。

「我們來這裡幹什麼？」唐諾很確定自己設計的地下碉堡應該在田納西州那個窪地裡。不過，過去那幾個禮拜，他們臨時變更了很多設計，說不定是他自己搞混了。

「聽安娜說，那天你夾著尾巴逃出去，說什麼都不肯進裡面去看看。」

「胡說八道。」唐諾來到那個橢圓形的鋼門口，停下腳步。這扇門就是氣閘室的外閘門，他太熟悉了，甚至每根鉚釘的位置他都瞭如指掌。「她怎麼會說這種話？這裡我來過，落成典禮甚至還是我剪綵的。」

米克推推他背後。「進去吧，你擋到人家路了。」

「我不想進去。」他揮揮手要裡面的人先出來。排在米克後面的工人有點不耐煩的騷動起來，因為他們手上都捧著沈重的保鮮盒。「我上次已經來看過頂樓了。」他說。「夠了。」

米克一手抓住他脖子後面，一手掐住他手腕，壓著他往前彎腰。唐諾為了怕摔到地上，只好往前走。後來，他們走到內閘門的時候，唐諾想去抓門框，可是米克立刻抓住他的手。

「這個地方是你設計的，你應該要看看。」米克說。

唐諾意興闌珊的走進門，來到保安官辦公室，兩個人立刻往旁邊靠，讓後面的人進來。

「過去這三年，我他媽的每天都在看這玩意兒。」唐諾摸摸口袋，想找他的藥丸，不過心裡還是有點猶豫，不知道現在吃藥會不會太早。其實，有些話他悶在心裡沒告訴米克。他很想告訴米克，在設計這座建築的三年裡，他每天都會逼自己想像這座建築是蓋在地面上，不是埋在地底下。此刻，他不敢告訴他的好朋友他心裡有多害怕，因為頭頂上有十公尺高的泥土和水泥。他不相信安娜會用「夾著尾巴跑出去」這種話來形容他，不過老實說，那天剪綵完，他真的就是立刻逃之夭夭。那天，瑟曼帶著一群大人物參觀地底下的設施，而唐諾卻迫不及待跑到地面上，站在空曠的草地上看著頭頂上的藍天。

「他媽的，這件事真的很重要。」米克忽然伸手到唐諾面前打了個響指。裡面的人排隊出去，外面的人排隊進來，兩列隊伍在他們旁邊進進出出。往內不遠的地方有一個小隔間，有個人坐在裡面，一手拿著刷子，一手提著一罐油漆，正在幫一面鐵柵欄塗上一層灰色油漆。更裡面的牆邊，有一個技師正在架設一面巨大的螢幕，安裝線路。唐諾當初畫的藍圖裡並沒有這些東西，看起來，有些地方都變更了設計。

「唐唐，你聽我說，這件事不是鬧著玩的。從明天開始，我們就沒機會再這樣說話了。今天是最後一次，你懂嗎？你必須親眼看看你設計的東西。」米克平常那種頑皮搞怪的模樣忽然不見了，臉上毫無笑意，眉頭深鎖，那種表情，似乎很……悲傷。「跟我進去，好不好？」他問。

唐諾迫不及待想出去，到外面的土丘上呼吸新鮮空氣，躲開人群，逃出這令人窒息的地底，然而，他深深吸了一口氣，發覺自己內心開始動搖。他願意進去了。米克的表情打動了他，那種表情，彷彿是想告訴他一件攸關生死的事。

於是，唐諾點點頭。米克拍拍他肩膀。

「來，往這邊走。」

米克帶著他走向中央樓梯井。他們經過大餐廳的時候，發現已經有人在那裡吃東西。這樣也對。現在是用餐時間，很多工人坐在桌子前面，低頭猛吃塑膠托盤裡的食物。後面的廚房裡傳來飯菜的香味。唐諾不由得笑起來。他從來沒想過這地方真的派得上用場。不過話說回來，這次全國代表大會彷彿賦予了這地方某種意義，他很開心。接著他又想到，這座地堡如果蓋在地面上，會是一座高聳入雲的摩天大樓，巨大得嚇人，有一天，所有的工人都會到外面去東奔西跑，忙著儲存廢燃料棒，而這座巨大的建築又會陷入一片死寂，空蕩蕩的看不到半個人。他不忍心想像那種景象。

他們經過一段短短的走廊之後，地面忽然不一樣了，原本的瓷磚地板變成網格鐵板。眼前只見一座巨大的圓井貫穿整座地堡中央。安娜說得沒錯，這景象真的很壯觀。

他們走到樓梯井的欄杆邊，唐諾彎身往下看，發現那深不見底的高度非常驚人，有那麼一瞬間，他似乎忘了自己在地底下。樓梯平台的另一邊裝了一座小型的迴旋輸送機，轉軸嘎嘎作響，小小的運貨平盤一個接一個轉到頂端，不斷輪迴。看到這個，唐諾忽然想起水車的盛水筒。空的平盤到了頂端會一百八十度翻轉，然後開始往下降，直到地堡下面。

那些工人從外面走進來，輪流把他們的保鮮盒放到平盤上，傳送到下面，而下面的人拿走東西之後，平盤又會迴轉回到上面。這時候，唐諾發現米克不見了，立刻轉頭看看四周，發現米克已經走下樓梯。

他轉身追上去，那種害怕被活埋的恐懼忽然又湧上心頭。

「嘿！」

螺旋梯的油漆才剛風乾，鞋子踩上去很滑，還好梯板上有星狀突起，他才沒有因為太匆忙而滑倒。螺旋梯內側圍繞著巨大的中央圓柱，米克沿著內側走下樓，唐諾追上他的時候，他已經繞著圓柱走了一圈。欄杆外，迴旋輸送機上的保鮮盒正一盤盤往下降，那景象十分怪異。保鮮盒裡裝的都是緊急應變食品，唐諾認為，那些東西不可能會有人吃，總有一天都會腐爛。

「我不想再下去了。」唐諾堅持說。

「再兩層樓就到了。」米克回頭喊著。「走吧，兄弟，你一定要看看。」

唐諾只好乖乖跟著走。如果要他自己一個人上樓，感覺更恐怖。

到了下一樓的平台，他們看到一個工人站在輸送機旁邊，手上拿著一把形狀很像槍的東西。有一個保鮮盒正好降到他面前，他舉起槍射出一道紅光打在保鮮盒側邊，感應器立刻發出一陣嗶嗶響。然後，那保鮮盒繼續往下降，工人彎腰湊近欄杆，等下一個保鮮盒降下來。

「我是不是漏了什麼消息？」唐諾問。「我們現在還在趕進度嗎？期限快到了嗎？這些東西幹嘛運進來？」

米克搖搖頭。「活命的最後期限。」

唐諾以為米克說這句話的意思是一切終於要結束了。米克似乎沈浸在自己的思緒裡。

他們又繞著螺旋梯到了下一層樓的平台。兩層樓之間隔著十公尺厚的強化水泥樓板，從空間的角度來看實在很浪費。唐諾很熟悉這個樓層。那並不光是因為設計圖是他畫的，更因為他親眼看過實體。他和米克曾經去參觀過製造這層樓的工廠。

「這裡我來過。」他對米克說。

米克點點頭，然後揮揮手叫唐諾跟在他後面穿過門廳。沒多久，他們轉彎來到一條走廊，這裡有好幾扇門。米克走到一扇門前停下來，打開門要讓唐諾進去。米克似乎不是特別要帶他到這個房間，只是隨便挑一間。絕大多數樓層都是先在地面組合裝潢好，然後才用起重機吊運到底下。這層樓，就算不是他和米克在工廠看到的那層樓，至少也是類似的。

唐諾進門之後，米克立刻打開燈，把門關上。這是一間住宿的房間，而唐諾發現床已經鋪好了，有點意外。椅子上堆了一疊床單，米克把床單拿起來丟到地上，然後坐下來，朝那張床點點頭。

唐諾不理他，逕自走到浴室門口探頭進去看。「嗯，這浴室真的蠻酷的。」他對米克說，然後伸手去轉水龍頭。他本來以為不可能有水，沒想到清澈冰涼的水竟然嘩啦啦流出來。他不由得大笑起來。

「我早就知道你看到浴室一定會動手。」米克淡淡的說。

唐諾看到鏡中的自己，發現自己臉上滿是笑意。他注意到自己一笑起來眼角就會出現魚尾紋。他摸摸頭髮，注意到頭髮已經出現幾絲灰白。其實，這些他早就發現了，只是一直不願意去面對。他還只是個菜鳥眾議員，至少還要等五年才能當參議員，而現在他已經變成這個模樣。從前他就曾經擔心搞政治讓他老得很快，事實證明果然如此。

「沒想到我們竟然能夠建造出這種東西吧，嗯？」米克問。唐諾轉身走出浴室，走進一個小小的房間。他和米克都老得很快，究竟是因為他們當上了眾議員，還是因為他們都在執行這個計畫，建造這座折騰人的玩意兒？唐諾心裡有點納悶。

「謝謝你逼我下來。」他差點就接著說他還想看看其他樓層，不過話到嘴邊又吞回去，因為他並沒有那麼想看。更何況，很多同事還在喬治亞州的帳篷裡等他們，說不定現在已經到處在找他們了。

「唐諾。」米克忽然說。「有些事我想告訴你。」

唐諾看看米克。米克似乎在考慮該怎麼說。唐諾轉頭看看門，意思是他們該走了，米克卻沒反應。後來，唐諾終於投降了，走過去坐在床尾。

「到底怎麼回事？」他問。

其實，他覺得自己知道米克要說什麼。瑟曼參議員的另一個計畫，也拉了米克參與，而唐諾自己就是被那個計畫搞得焦頭爛額，必須靠醫生開藥才能過日子。接著，唐諾想到那本厚厚的書。那本書，他幾乎已經整本背熟了，米克也一樣。唐諾認為，米克拉他到底下來，並不是要他來欣賞他們設計的成果，而是想找個地方避開別人耳目，不用擔心會洩漏機密。他摸摸口袋裡的藥丸。吃了這種藥，他就不會胡思亂想，把自己搞到瘋掉。

「嘿。」唐諾說。「如果有什麼事是你不該說的，那就別說——」

米克抬頭看看他，睜大眼睛一臉驚訝。

「米克，你什麼都不需要說，就假裝你知道的我都知道。」

米克搖搖頭，有點悲傷。「這件事你根本不知道。」他說。

「嗯，那就假裝我知道好了。我什麼都不想聽，不想知道。」

「可是這件事我一定要告訴你。」

「我寧可不——」

「兄弟，那不是什麼機密，只是……我希望你知道，我一直當你是自己親兄弟，我很愛你。一直都是。」

兩人陷入一陣沈默。唐諾轉頭瞥了門一眼。他忽然感到有點不自在，不過，聽米克這樣說，他還是很感動。

「呃——」唐諾才剛要開口。

「我知道我對你很刻薄。」米克說。「媽的，我很抱歉。不過，我真的很佩服你，還有海倫。」他撇開頭，抬起手搔搔臉頰。「我很高興看到你們兩個在一起。」

唐諾伸長手按住米克的手臂。

「米克，你是我很要好的朋友。我很高興我們可以在一起，過去這幾年，我們一起競選，一起建造了——」

米克點點頭。「嗯，我也是。不過，你聽我說，我帶你到底下來，不是要跟你說這個。」他又伸手去摸臉頰，不過，這次唐諾注意到他是去揉眼睛。「昨天晚上瑟曼找我談一件事。他……好幾個月前，他要我加入一個團隊，一個最高層的團隊。不過，昨天晚上，我跟他推薦你代替我。」

「什麼？是委員會嗎？」唐諾不敢相信米克竟然會放棄這種機會。事實上。他不相信米克會放棄任何機會。「哪個委員會？」

米克搖搖頭。「不是委員會。是別的東西。」

「到底是什麼？」唐諾問。

「你聽我說。」米克說。「等瑟曼告訴你之後，你就會明白是怎麼回事了。到時候，我希望你會想到此刻我說的話。」米克轉頭看看房間四周。此刻房間裡一片死寂，只聽得到浴缸的水滴聲。「如果我能夠選擇在未來的日子裡我要待在什麼地方，我寧願選擇待在這裡，和第一代的人在一起。」

「呃，我不太懂你是什麼意思——」

「你很快就會懂了。你只要記得我說過的話，好嗎？你只要記得，我一直當你是親兄弟，我愛你，而且，接下來即將發生的事，都有它的道理在。我希望事情的發展能夠完全如我所預期，希望你和海倫的未來也能夠如我所願。」

「好吧。」唐諾微微一笑。他不確定米克是在跟他胡鬧，還是今天早上在迎賓大帳篷喝了太多雞尾酒。

「那就好。」米克猛然站起來。他的動作看起來很清醒，不像喝醉。「我們趕快出去吧，這地方讓我覺得毛毛的。」

米克飛快打開門，關掉電燈。

「夾著尾巴逃出去，是不是？」唐諾跟在後面笑著說。

米克搖搖頭，兩個人走回大廳，那個小房間又陷入黑暗中，只剩滴滴答答的水聲。唐諾拼命回想，想搞清楚自己是怎麼把兩個地方搞混的。當初由他剪綵的，是田納西州的地堡，可是現在卻變成南卡羅萊納州的地堡。他快想起來了，他腦海深處閃過一幕記憶，想到很久以前簽收過的一批物資，他們送來的光纖數量是原訂的五十倍。然而，就在他快想起來的時候，那記憶又消失了。

這時候，迴旋輸送機依然繼續運送那些食品，空的平盤一個接一個往上升。

20 二一一〇 第一地堡

特洛伊醒來的時候，感覺整個人昏昏沈沈，渾身無力，分不清東西南北。他抬起手往前摸，本來以為會摸到冷冰冰的玻璃，冷冰冰的鋼鐵艙蓋。他以為自己已經被送到冷凍艙裡深度冬眠了。結果，他摸了個空。他轉頭一看，看到床頭桌上的時鐘，時間是凌晨三點多。

他坐起來，看到自己穿著一條運動短褲。他想不起來昨天晚上是什麼時候換衣服，什麼時候上床睡覺的。他腳踩在地上，手肘撐在膝蓋上，頭埋在手心裡，感覺全身痠痛。

就這樣，過了幾分鐘，他站起來開始穿衣服，在黑暗中扣上工作服的鈕釦。他頭痛欲裂，怕開了燈會更難受。當然，這只是他的揣測，是否真是如此還很難說。

天還沒亮，外面的走廊還是一片昏暗。在黯淡的燈光下，勉強還能夠摸索著走到公共浴室。特洛伊躡手躡腳沿著走廊走向電梯。

到了電梯門口，他按了上樓的按鈕，猶豫了一下，心裡有點困惑，不知道自己是不是真的想上樓。他心頭有一股異樣的衝動，於是又按了下樓的按鈕。

現在去辦公室，時間還太早，去了也只是開電腦玩遊戲軟體。他還不覺得餓，不過他還是可以到頂樓去看日出。大夜班的工作人員應該已經下班在那邊喝咖啡了。或許，他可以到健身房去慢跑，但問題是，這樣他就必須回房間去換運動服。

就在他還猶豫不決的時候，叮噹一聲電梯到了，上下樓兩個按鈕的燈同時熄滅。現在，要上要下完全由他決定。

特洛伊走進電梯，可是卻不知道自己能去哪裡。

門關上了，電梯依然停住不動。他心裡想，最後總會有人在哪層樓按鈕，電梯自然就會動了。那個人一定是要去某層樓，他可以就這樣站在那裡，由那個人來決定去幾樓吧。

他伸手在按鍵上方游移，腦海中拚命回想每層樓是做什麼的。他大部份都記得，不過有些樓層，就算知道是什麼用途，也並不完全明白實際上是怎麼運作。他忽然有一股衝動想去休閒中心看電視，混他幾個鐘頭，等真的有事再去處理。輪值的生活本來就應該是這樣。等著，等事情來了就去處理。睡覺，等待。吃飯，睡覺。輪值一定會有結束的一天，不需要掙扎，一切都是例行公事。

這時候，電梯忽然震了一下，開始動了。特洛伊手立刻從按鍵上方縮回來，往後退了一步。操控面板上並沒有顯示去哪一樓，不過他感覺得到電梯正往下移動。

經過幾層樓之後，電梯停了。這裡是住宿樓層。電梯門一開，有人走進來，面帶微笑。他在大餐廳見過那個人，穿著紅色工作服，是在反應爐區工作的。

「早啊。」那人跟他打招呼。

特洛伊點點頭。

那人轉身按了一個下方的按鈕。那是底下反應爐區的樓層。這時候，他注意到其他樓層的燈都沒亮，立刻轉頭看著特洛伊，表情有點詫異。

「長官，你還好嗎？」

特洛伊湊上前按下六十八樓的按鈕。那個人剛剛問他是不是哪裡不舒服，特洛伊立刻就想到他應該去找醫生。雖然韓森醫師還要再等幾個鐘頭才會去上班，不過特洛伊卻忽然很想去看醫生，還有另外一件事令他感覺很不舒服。有些記憶好像正漸漸模糊，彷彿消失的夢境。

「大概是第一次按的時候沒按好。」他眼睛盯著操控面板，試著解釋他為什麼沒有按某個樓層。

「嗯。」

然後兩人又陷入沈默，電梯又過了兩樓。

「你這次輪值還有多久？」那位反應爐技師問。

「我？還有幾個禮拜。你呢？」

「我才剛輪值一個禮拜。不過，這是我第二次輪值。」

「哦？」

電梯往下降，可是顯示的數字卻越來越大。特洛伊覺得很不習慣，他總覺得最底下應該是一樓才對。數字越大，樓層應該越高才對。

「第二次輪值會比較輕鬆嗎？」他問。他不由自主的問了這個問題。那種感覺，彷彿他內心深處潛伏著兩個自己，一個迫不及待想知道真相，另一個渴望保持沈默。現在，那個渴望知道真相的自己已經佔了上風。

那位技師想了一下。

「不能說比較輕鬆。也許可以說……比較不會覺得不舒服，你覺得呢？」他淡淡笑了一下。特洛伊忽然感覺膝蓋一沈，知道電梯快停了。那是重力的作用。接著，電梯發出一陣嗶嗶聲，門開了。

「祝你輪值愉快。」那位技師說。然後，兩人互相自我介紹了一下。「說不定沒機會再碰面了。」

特洛伊抬起手揮了幾下。「說不定下次輪值會再見面。」他說。那個人走出電梯，外面就是發電廠的大廳。門又關上了，接著是一陣低沈的嗡嗡聲，電梯又開始下降。

到了醫療區樓層，叮噹一聲電梯門開了。特洛伊跨出電梯，立刻就聽到走廊上有說話聲。他躡手躡腳在磁磚地板上走著，那聲音越來越響亮。是女人說話的聲音，不過並不是在跟別人說話。一定是有人在看老電影。特洛伊走到大辦公室門口，探頭進去一看，看到有個人懶洋洋的躺在一張輪床上，背對著門口，牆角有一台電視。特洛伊悄悄走過門口，不想驚動那個人。

走了幾步，來到一個叉路口。他開始回想平面圖，腦海中立刻浮現出圓形的冷凍艙室，裡面是一排排的深度冬眠冷凍艙，牆上的管線連接到冷凍艙底座，再連接到裡面的人身上。

他走到一扇厚重的門前，輸入密碼，操控板上的紅燈立刻變成綠燈。他手放下來，站著沒動。他其實並不需要進去，也不想進去。他只是想試試看密碼能不能用。現在，他迫不及待想去的是另一個地方。

他沿著走廊慢慢走，經過好幾扇門。他有種怪異的感覺。這地方他應該沒來過，可是卻覺得他好像在這裡待過很久很久，從來沒離開過。他感到手臂一陣抽痛。他捲起袖子，看到手臂上有一滴血。他手臂上有個小腫塊，上面有個針孔。

說不定從前發生過很可怕的事，可是他卻想不起來。彷彿他生命中有一部分被抹滅了。

他走到一扇門前面，試著在按鍵上輸入密碼，等著紅燈變成綠燈。這一次，他按下開門的按鈕。他不知道這裡是什麼地方，可是不知道為什麼，他感覺到裡面好像有什麼東西他非看看不可。

21 二〇五二 喬治亞州富爾頓郡

全國代表大會那天早上，天上飄著微微細雨，那些人工土丘的地面有點潮濕，新種的草皮踩起來滑滑的，不過，這對全國代表大會並沒有造成太大的影響。停車場本來擠滿了各種工程機具和滿是泥巴的小貨車，現在都已經清空。現在，停車場上全是大型巴士和幾輛黑色豪華禮車，而那些禮車也沾上了泥巴。

另外，那一大片空地上的拖車屋，原本是用來當辦公室和建築工人的宿舍，現在已經移交給工作人員、志工，也用來接待黨代表和一些大人物。這些人辛苦了好幾個禮拜，所有的汗水都在今天開花結果。現在，那片空地上搭起了無數迎賓大帳篷，當作代表大會工作人員的指揮中心。很多人剛搭巴士抵達，陸續從車上走下來，人潮洶湧，大家排隊等著通過清除中心的警衛崗哨。中心外圍環繞著巨大的鐵絲網牆，頂端是一圈圈的帶刺鐵絲網。這裡是全國代表大會的場地，這種鐵絲網牆未免大得離譜，而且這種設施讓人感覺很突兀，不過，如果考慮到裡面儲存的是核廢料，這倒也還算合理。網牆和警衛崗哨門外聚集著一群組合怪異的抗議群眾，因為他們分屬不同的陣營：右邊的人抗議這個場地不應該用來召開政黨的全國代表大會，而左邊那批人則是抗議這裡不應該用來當作核廢料處理中心。

這是有史以來場面最浩大的全國代表大會，人數空前。此刻，富爾頓郡邊緣這片低窪的土地上突然爆發出熱鬧喧騰的驚人氣勢，沿著四周的樹林頂端，隱約可見亞特蘭大市鬧區的樓房，然而，相對於現場的熱鬧，城市彷彿變得遙遠而荒涼。

唐諾站在一座小土丘頂上。他撐著傘，在陰雨綿綿中瑟縮顫抖，俯視著四面八方連綿的土丘，看到漫山遍野的人潮湧向各州區的舞台，而每一座舞台上各自豎立著各州的州旗。大家都撐著傘，只見一片傘海翻湧起伏。

他聽到某個地方傳來進行曲的旋律，好像是有個軍樂隊正在排練，翻過土丘邁步走向底下濕漉漉的窪地。空氣中瀰漫著一股異樣的氣息，彷彿感覺得到這世界就要變了——有位女士即將被推派為總統候選人。這種事，唐諾這輩子只碰到過兩次。如果民調靠得住的話，美國出現首位女總統的機率是很高的。除非美國和伊朗的戰爭出現大逆轉，否則這場總統大選將會是美國史上的另一座里程碑，女性升遷的最後障礙即將徹底瓦解。而這一切，即將發生在眼前那片一望無際的草地上。

越來越多的巴士開進那片空地，更多乘客下了車。唐諾掏出手機看看時間。手機上那個顯示系統錯誤的圖標還沒消失，訊號還是接不通，因為現場人太多，電信系統超載了。這令他感到很驚訝，因為這個計畫有這麼多人參與，規劃得這麼周延詳盡，沒想到委員會竟然沒有預估到今天這個場面，沒有事先架設一兩個臨時基地台。

「是紀尼眾議員嗎？」

唐諾嚇了一跳，立刻轉頭去看，發現安娜正沿著山脊上的路朝他走過來。他看看底下喬治亞州的舞台，沒看到半輛車停在山坡上。沒想到安娜竟然會走上來，不過，這倒也符合她的風格，她喜歡挑戰困難的東西。

「剛才遠遠看你，無法確定是不是你。」她笑著說。「每個人拿的雨傘都一樣。」

「呃，妳視力還不錯。」他深深吸了一口氣，感覺胸口很悶。每次看到她，他就會胸悶，感覺好像只要一跟她說話就會惹禍上身。

安娜湊近他，似乎認為他應該會幫她遮雨，共用一把傘。他把傘換到另一隻手上，讓她多遮一點，結果他自己半邊身體露在外面，雨水打在他手臂上。他看看那片停滿巴士的空地，拚命尋找海倫的蹤影。她現在該到了吧。

「這裡會變成一團亂。」安娜說。

「照理說，這地方本來是要用來清理混亂的。」

這時候，北卡羅萊納州的舞台上有人在試麥克風，傳來一陣刺耳的吱吱聲。「等著瞧吧。」安娜說。清晨的風冷冽刺骨，她拉緊身上的外套。「海倫不是要來嗎？」

「是啊。瑟曼先生堅持一定要她來。要是她看到人這麼多，她一定會很不高興。她討厭人多的地方，更討厭地上濕答答的全是泥漿。」

安娜笑起來。「過了今天，大概不再會有人在乎這裡地上是不是全是泥漿了。」

唐諾想到，很快就會有卡車滿載全是輻射線的核廢料到這裡來。「也對。」他知道安娜是什麼意思。

他又瞄瞄山坡底下喬治亞州的舞台。等一下，全國的黨代表就會在那裡聚集，所有最重量級的大人物會在那座大帳篷底下齊聚一堂。除了舞台，旁邊還有炊煙裊裊的餐飲帳篷，而就在舞台和帳篷後面有一座小小的水泥塔豎立在地面上。那是核廢料儲存槽唯一露出地面的部份，頂端有一根天線。唐諾忽然想到，現場那數不清的旗幟和彩帶都被雨水浸濕了，要費多大的工夫才能清除乾淨？那些東西清乾淨了，廢燃料棒才有辦法運進去。

「田納西州的地堡是我們設計的，現在竟然有好幾千人在上面踩來踩去，那種感覺真的很怪。」安娜說。她手臂碰觸到唐諾的手臂，那一剎那，唐諾立刻渾身僵直不敢動，搞不清楚她是不是故意的。「你實在應該到現場去好好看看。」

唐諾不由自主的開始發抖，不過，不知道那是因為清早的空氣太濕冷，還是因為不敢動，渾身肌肉繃得太緊。上次和米克到底下去的事，他一直沒有告訴任何人。也許，除了海倫之外，他不會告訴任何人。「為了建造這東西，耗費了那麼多時間人力，可是最後卻沒人用，想起來實在很荒謬。」他說。

安娜嘀咕著說她也這麼覺得。她的手臂一直摩擦他的手臂，而他還是看不到海倫的蹤影。唐諾有一種近乎妄想的感覺，認定自己無論如何都能夠在人群中一眼就看到海倫。他通常都辦得到。他還記得，那年他和海倫到夏威夷去度蜜月，住在海邊的旅館。有一天早上，他站在高樓的露台上，一眼就看到海倫在遠遠的海灘上踩著浪花散步，一邊尋找貝殼。當時，海灘上少說有好幾百個人，然而，他還是能夠一眼就看到她。

「我想，他們會願意讓我們建造這個東西，是因為我們承諾了一種他們最需要的安全保障。」唐諾引述瑟曼跟他說過的話，可是不知道為什麼，他還是感覺這話不知道哪裡怪怪的。

「人都需要安全感。」安娜說。「他們渴望，有一天碰上災難的時候，會有某些人或是某些東西可以依靠。」

這時候，安娜又湊過來靠在他身上。這絕對是有意的。唐諾刻意往旁邊縮，而且他相信安娜一定感覺得到。

「我真的很想去看看其他地堡。」他趕緊轉移話題。「我很好奇其他團隊做出了什麼東西。只可惜，他們肯定不會批准我去看。」

安娜大笑起來。「我也試過想去看。我好想看看我們的競爭對手做出什麼東西，不過也明白這很敏感。這地方耳目眾多，有人在監視。」她又湊近他。她明知道他拚命想躲開，可是卻還是故意湊過去。

「你沒感覺到嗎？」她問。「那種感覺，就好像天上有一隻大眼睛在盯著我們。我的意思是，就算這裡有再多圍牆、再多鐵絲網，我跟你打賭，全世界還是一直緊盯著這邊的動靜。」

唐諾點點頭。他知道她說的不是這場全國代表大會，而是未來正式啟用核廢料中心之後各國的反應。

「噢，我好像該回底下去了。」安娜盯著土丘底下。

唐諾順著安娜的視線看過去，看到瑟曼參議員正爬上土丘，手上拿著一把大高爾夫球傘。瑟曼似乎根本不在意腳底下全是髒兮兮的泥漿，就好像他也完全無視於時間一天天過去。這一點，他的反應和其他人截然不同。

安娜忽然湊近唐諾，掐掐他手臂。「我還是要再恭喜你一次。這次的計畫，跟你合作很愉快。」

「我也一樣。」他說。「我們很有默契。」

她嫣然一笑。那一剎那，他以為安娜會湊過來親他的臉，因為那似乎是一種理所當然的舉動。不過，那種感覺一閃而逝，安娜就只是從他旁邊走開，走向瑟曼。

瑟曼把雨傘抬高，在女兒臉上親了一下，目送女兒走下去，然後，他又繼續爬上土丘，走到唐諾面前。

他們兩個並肩站在一起，好一會兒沒說話。水滴從雨傘邊緣落到地上，濺起水花，可是卻悄然無聲。

「瑟曼先生。」唐諾終於開口了。此刻面對瑟曼，他感受到一種前所未有的自在。過去兩個禮拜來，這裡簡直就像夏令營，每天面對的都是同樣那批人，而且幾乎每隔一個鐘頭就要碰一次面，感覺變得熟悉而親近，跟從前截然不同。那些人他已經認識很多年，從前都只是偶爾才會碰到面。像這種特殊的場合，人跟人之間必須長時間相處，所以會變得比較容易親近，然而，除了這種明顯而具體的因素之外，可能也是因為這種場合有一種微妙難以捉摸的魔力。

「該死，偏偏這個時候下雨。」瑟曼的聲音有點突兀。

「天有不測風雲嘛。」唐諾說。

瑟曼哼了一聲，彷彿不這麼認為。「海倫還沒到嗎？」

「還沒。」唐諾手伸進口袋裡摸電話。「我等一下會再傳簡訊給她。不知道我先前傳的簡訊她有沒有收到——電信系統絕對是癱瘓了。我很確定，這地方以前絕對從來沒有一口氣來了這麼多人。」

「嗯，今天這個日子也是前所未有的。」瑟曼說。「史無前例。」

「瑟曼先生，這絕大多數是你的功勞。我的意思是，你不但建造了這個地方，而且還宣布不競選總統。今年你為國家做出這麼大的貢獻，如果你願意的話，總統的位置非你莫屬。」

瑟曼大笑起來。「唐唐，如果在早些年，事情可能就會像你說的那樣。不過，現在我已經學會高瞻遠矚，把眼光放遠。」

唐諾不由得又打了個冷顫。他已經想不起來瑟曼上次是什麼時候稱呼他唐唐。是第一次在瑟曼辦公室見面的時候嗎？已經兩年多了吧？眼前的瑟曼，整個人顯現出一種異乎尋常的情緒緊繃。

「等海倫一到，你們就馬上到底下喬治亞州的帳篷來找我，明白嗎？」

唐諾掏出手機看看時間。「可是，再過一個鐘頭我就要到田納西州的帳篷去報到，那邊是我負責的，你該知道吧？」

「計畫有變。我要你到喬治亞州這邊來。米克會過去接替你，意思就是，我要你跟在我旁邊，懂嗎？」

「確定要這樣嗎？我已經約好要在那邊跟——」

「我知道。不過，相信我，我這樣安排對你是有好處的。我要你和海倫到喬治亞州區，跟在我旁邊。

還有——」

瑟曼忽然轉過來，眼睛盯著他。唐諾轉頭瞄瞄空地上那幾輛巴士，車上的乘客已經差不多都下車了。雨勢越來越大。

「為了這一天，你奉獻了很多。」瑟曼說。

「是嗎，瑟曼先生？」

「今天，整個世界就要變了，唐唐。」

唐諾心裡想，瑟曼是不是太久沒有做奈米治療？他眼睛瞪得好大，一直盯著遠處的某個東西。不知道為什麼，他似乎變老了。

「我不太明白——」

「你馬上就會懂了。噢，對了，今天會有意外的來賓蒞臨我們大會，應該很快就會到了。」他微微一笑。「中午十二點會開始唱國歌。國歌一唱完，空軍一四一聯隊會在現場上空編隊低空飛行。到時候，你要緊緊跟在我旁邊。」

唐諾點點頭。他已經學會該閉嘴的時候就閉嘴，乖乖服從瑟曼的命令。

「好的，瑟曼先生。」他說。他忽然感到一陣冷，打了個冷顫。

於是，瑟曼參議員走了。唐諾轉身背對著舞台，盯著空地上那幾輛巴士，心裡有點納悶，不知道為什麼看不到海倫。

22 二一一〇 第一地堡

特洛伊沿著那排冷凍艙往前走，彷彿知道他要找的東西在哪裡，就好像剛剛在電梯裡，他不假思索就按下這個樓層的按鈕。每一座冷凍艙的顯示幕上都有一個假名。基於某種原因，他知道那都是假名。他還記得當初為什麼會想出特洛伊這個名字。那和他太太有關，是為了紀念她，另一方面，也或許是因為這名字隱藏著某種禁忌，某種祕密線索，有一天，這名字也許會喚回他失去的記憶。

這一切都隱藏在過去，籠罩在迷霧中，彷彿一場被遺忘的夢。在輪值之前，他們先幫他做了記憶設定，那段期間，他讀過很多書，反覆的讀，而特洛伊這個名字就是那時候選的。

他忽然感到嘴裡一陣苦澀味，立刻停下腳步。那很像是藥丸溶化的味道。特洛伊伸出舌頭，用手指摳摳，可是什麼都沒摸到。他感覺得到牙齦旁邊的潰瘍，可是卻想不起來口腔為什麼會長潰瘍。

他繼續往前走。事情有點不太對勁，他不應該會再回想起這些。他眼前浮現出一幕景象，看到自己躺在輪床上，掙扎嘶喊，有人按住他，拿針刺進他肉裡。但轉眼間，他發現躺在輪床上的人並不是他，而且他手上還拿著那個人的靴子。

特洛伊走到一座冷凍艙前面，停下腳步，看看顯示幕上的名字。海倫。那一剎那，他感到胃一陣抽搐，手不由自主的去摸口袋裡的藥。他並不想記起這一切。這是深深隱藏在他腦海中的一件事：他並不想記起這一切。這些記憶是流失掉的那一部份，被藥物包圍掩蓋掉的，可是現在，他內心深處有一個潛在的自我卻迫切地想挖掘出這些記憶。那是一種令人懊惱的困惑，一種怪異的感覺，彷彿遺落了自己生命中很重要的一部份。為了找出真相，那個自我拚命要喚醒另一個自我。

他伸手抹掉艙蓋玻璃上那層霜，看看艙裡那個人的臉。他不認得那個人，於是繼續走到下一座冷凍艙前面，這時候，他腦海中忽然浮現出一幕記憶設定之前的畫面。

特洛伊回想起當時走廊上擠滿了人，大家都哭成一團，連大男人都在啜泣，必須靠吃藥才能停止哭泣。螢幕上，駭人的蕈狀雲到處升起。女人都被送去安全的地方，彷彿救生艇一樣，女人和小孩優先。

特洛伊想起來了。那件事並不是意外。他還記得，當時他曾經站在另一座冷凍艙前面和人談過話。那座冷凍艙更大，有個人坐在裡面，告訴他世界末日即將來臨。那個人還說，他要預先創造「空間」，要預先毀滅世界，免得世界自己毀滅。

那場爆炸是經過設計的。炸彈，有時候是用來滅火的。

他又抹掉另一座艙蓋玻璃上的霜，看到裡面的人睫毛上結了冰，閃閃發亮。那女人他也不認得。於是他又繼續往前走，這時候，他什麼都想起來了。他手臂一陣抽痛，忽然不再發抖。

特洛伊回想起那場大爆炸，然而，那只是一場秀。真正可怕的東西在空氣裡，肉眼看不見。炸彈的目的只是要把人趕進地堡裡，讓他們驚慌、哭泣，然後遺忘一切。人潮湧進窪地，猶如無數彈珠滾進碗裡。不過，用碗來形容不太對——那其實更像一個漏斗。當時，有人跟大家解釋，為什麼他們能夠倖免於難。他還記得那一團白霧。當時，他們穿越那團白霧，而死亡就隱藏在裡面。特洛伊還記得，當時嘴裡有一股金屬味。

他走到下一座冷凍艙前面時，發現艙蓋玻璃已經有人動過，上面的霜已經被人抹掉，而且顯然抹掉沒多久。凝結的水珠猶如一面面的小鏡片，反映出扭曲的光線。他伸手抹抹玻璃，忽然明白是怎麼回事了。裡面的女人有一頭紅棕色的頭髮，而且常常把頭髮紮成一個髮髻。那不是他太太，不過，她渴望成為他太太，渴望他願意娶她當太太。

「請問你是？」

特洛伊聽到背後有人說話，立刻轉身去看。大夜班的醫生正在冷凍艙間迂迴穿梭，朝他走過來。特洛伊伸手去揉揉痠痛的手臂。他不想再被人抓住，被抹掉記憶。

「長官，你不應該來這個地方。」

特洛伊沒吭聲。那醫生走到冷凍艙尾端，停下腳步。裡面那女人還沈睡著。她不是他太太，可是卻渴望成為他太太。

「請跟我來好嗎，長官？」那醫生說。

「我想待在這裡。」特洛伊感覺到一種怪異的冷靜。所有的痛苦都已經消失了。他喜歡此刻的感覺，這種感覺比遺忘強多了。他已經記起了一切，他的靈魂已經掙脫了枷鎖，得到自由。

「長官，我不能讓你待在這裡。請跟我來，你待在這裡會凍死。」

特洛伊低頭看看地上，發現自己沒穿鞋子。他縮起腳趾，弓起腳掌……但很快又鬆開腳掌踩回地面。

「長官？麻煩你跟我來。」那位年輕醫生伸手指向通道。特洛伊放開手臂，心裡明白眼前的情勢。如果他不掙扎，他們就不會綁住他，如果他不抽搐，他們就不會幫他打針。

他聽到一陣鞋子踩在地板上的嘎吱聲，有人正沿著走廊快步趕過來。接著，他看到冬眠庫門口冒出一個身形高壯的警衛，明顯看得出來氣喘吁吁。特洛伊注意到那個醫生揮揮手，意思是要那個警衛退下。他們怕嚇到他，然而，他們不知道的是，他已經什麼都不怕了。

「你會把我送去永久冬眠。」特洛伊說。他說這話，口氣不像在陳述一件事，也不像詢問，而是一種醒悟。他不知道自己是不是跟海爾——或是卡爾頓——一樣，藥物對他們已經完全失效。他朝冬眠庫深處瞄了一眼，知道空的冷凍艙都在那裡。他會永遠被埋藏在那裡。

「不會有任何痛苦。」醫生說。

他帶著特洛伊走向門口，接下來，他會把那種藍色液體注射進他體內。他們兩個默默無語，經過一座又一座的冷凍艙。

那警衛深深吸了一口氣，巨大的身形盤踞了整個門口，寬闊的胸口緩緩起伏。這時候，門外又傳來一陣鞋子摩擦地面的嘎吱聲，更多人朝這邊跑過來。特洛伊心裡明白，他的輪值期已經結束了，儘管還剩兩個禮拜。只差一點他就能期滿卸任。

醫生揮揮手，要門口那些警衛退開。他心裡似乎希望不必動用到那些警衛。警衛退到門的兩邊，擺好陣勢，顯然不像醫生那麼樂觀。特洛伊跟在醫生後面沿著走廊往前走，心裡懷著希望，但恐懼也籠罩心頭。

「你什麼都知道，對不對？」特洛伊問那醫生，醫生回頭打量了他一眼。「所有的事你都記得。」

那醫生並沒有轉身過來面對他，就只是點點頭。

特洛伊忽然有一種遭到背叛的感覺。這太不公平了。

「他們為什麼會容許你們知道那些事？」特洛伊問。他很想知道，為什麼那些監督別人吃藥的人，自己不用吃藥？

醫生揮揮手，要特洛伊進他辦公室，他的助理也在裡面。助理穿著睡衣，正要把靜脈注射袋掛到鉤子上。袋子裡就是那種天藍色的液體。

「有少數人記得從前的事。」醫生說。「因為我們並不認為自己做的事是錯的。」他把特洛伊扶上輪床的時候，眉頭深鎖，顯然為特洛伊的處境感到難過。「我們做的是一件有意義的事。」他說。「我們並沒有毀滅世界，而是拯救了世界。另外，我們也是有吃藥，不過，那種藥只會幫助我們消除遺憾的感覺。」說著他忽然仰頭看看上面。「話說回來，也有些人是完全不覺得遺憾的。」

門口擠滿了警衛，人太多了。助理開始解開特洛伊工作服的鈕釦，特洛伊愣愣看著他。

「要消除記憶，必須用另一種藥。」醫生把掛在牆上的寫字板拿下來，拿一張紙放上去夾住。過了一會兒，他找到一枝筆遞給特洛伊。

特洛伊笑了一下，在寫字板上簽了字，批准他們把自己送去冬眠。

「那麼，他們為什麼會找上我？」他問。「我為什麼會在這裡？」他一直很想找個知道內情的人問這問題。本來這只是一種虛幻的期望，但現在似乎有機會得到答案。

醫生淡淡一笑，拿回寫字板。他看起來還不到三十歲，才剛輪值幾個禮拜，而特洛伊快四十歲了，可是，那年輕人卻什麼都知道，知道所有的答案。

「讓你這樣的人掌權，是一件好事。」那醫生說，而且說話的口氣似乎很真誠。他把寫字板掛回牆上，這時候，有個警衛忽然打了個哈欠，抬起手掩住嘴。特洛伊注意到他工作服鈕扣沒扣上，幾乎快滑到腰部。接著，他聽到有人用指甲敲打針頭的聲音。

「可以再等一下嗎？」特洛伊問。他忽然感到一陣驚慌。他心裡明白自己一定會被冷凍，但還是希望能夠有個幾分鐘，自己一個人靜靜想一想，把剛剛聽到的事想清楚。當然，他很想冬眠，不過不是現在。

門口那個警衛察覺到特洛伊開始猶豫，察覺到他眼中的恐懼。

「我也真心希望可以不用這麼做，可是……」醫生的口氣很悲傷。他伸手搭住特洛伊肩膀，推著他靠到輪床邊，這時候，幾個警衛也開始湊過來。

接著，他忽然感到手臂上一陣刺痛，猝不及防。他低頭一看，看到針頭已經刺進他血管，天藍色的液體漸漸注入他體內。

「我不要——」他喊了一聲。

有人抓住他的小腿、膝蓋，有人壓住他肩膀。同時，他胸口突然有一股強烈的壓迫感，然而，那並不是因為有人壓他胸口。

他感覺到一股灼熱流遍他全身，但轉眼之間，他全身都麻了。那一刹那，他忽然明白，他們並不是要把他送去冬眠，而是要殺他。同時，他也猛然醒悟，他太太海倫已經死了，有人想取代她的的位置。這一次，他會直接被送進棺材，被大量的土壤掩蓋。然而，那些土壤會有某種用途。

黑暗逐漸籠罩他視野周圍。他閉上眼睛，拚命想大喊，叫他們停手，然而，他根本發不出聲音。他試著想掙扎，然而，他全身已經麻木，不用人抓也動彈不得。他整個人逐漸沈入黑暗中。

最後的時刻，他想到的是他美麗的妻子，然而，那思緒卻令人難以捉摸——彷彿陷入虛無縹緲的夢境。

他忽然想到：她在田納西。他不懂自己為什麼會想通，是怎麼想通的，然而，他就是知道。她在那裡，她在等他。她已經死了，而且她墳墓旁邊已經挖了一個空位，是要留給他的。

此刻，特洛伊心裡只剩最後一個疑問：他一直想不起那個名字。他渴望在死前的最後一刻能夠想起來，因為那個名字是他生命的一部份，他要帶著那個名字一起沈入死亡世界。此刻，那個名字彷彿已經來到他的舌尖，彷彿一顆苦澀的藥丸，他幾乎嚐得到那個味道——

然而，最後那一刹那，他終究還是沒想起來。

23 二〇五二 喬治亞州富爾頓郡

時間一到，音樂揚起，各州區開始宣布大會開始，人聲樂聲此起彼落，一片嘈雜，瀰漫在人群擁擠的土丘間，這時候，雨勢終於減緩了。喬治亞州主場舞台的樂隊開始演奏開場的音樂組曲，音樂聲掩蓋了沙灘車的引擎聲，最後只隱約聽到稀稀落落的隆隆聲。

來到窪地底端的喬治亞州舞台，唐諾隱約感覺到一種幽閉的恐懼，立刻有一股衝動想趕快到高的地方，爬到山脊上，這樣才看得清整個現場的狀況。此刻在底下，他只能想像好幾千個人聚集在土丘間的各個窪地裡，想像空氣中到處洋溢著政治狂熱的氣息。很多家庭，每個成員都是忠誠的黨員，此刻，他們的心凝聚在一起，等著慶祝黨高層所許諾的新世界。

唐諾也想跟他們一起慶祝新時代的開始，然而，他同時也渴望這一切趕快結束。他迫不及待希望大會盡快結束。這幾個禮拜來，他已經累壞了。他好渴望能夠躺在一張真正的床上好好睡一覺，能夠一個人靜一靜，玩他的電腦，手機系統收訊正常，然後可以到餐廳去好好大吃一頓。而最重要的，他好渴望能夠跟他太太海倫單獨在一起。

他從口袋裡掏出手機，檢查上面的簡訊。他已經不知道檢查過多少次了。再過幾分鐘就要唱國歌，然後空軍一四一聯隊就會編隊從低空飛過。另外，他還聽到有人說，大會開始前會放煙火。

他的手機顯示，最後六封簡訊還沒有傳送出去。電信系統還在塞車，手機上出現了一個系統錯誤圖標。他以前從來沒看過手機出現這種圖標。不過，最起碼最早發的那幾封簡訊好像已經傳送出去了。他打量著窪地濕漉漉的斜坡，暗暗希望會看到她從上面走下來。她臉上的笑容，他大老遠就能夠一眼看到。

這時候，忽然有人走到他旁邊。唐諾的視線離開斜坡，轉頭看旁邊，發現安娜也來到舞台旁邊，和他站在一起。

「開始了。」她淡淡的說，眼睛盯著群眾。

她的口氣和眼神都顯得有些緊張。也許她是在為她爸爸擔心，因為他花了這麼多心血安排主場舞台的活動，人力部署都已經儘量做得面面俱到。他回頭看看後面，發現已經有很多人伸手抹掉椅子上凝結的露珠，坐到座位上，不過，人數好像已經沒有先前那麼多了。可能有些人到帳篷那邊去幫忙，要不然就是跑到別州的舞台去了。此時片刻的安寧正在醞釀後面的——

「她來了！」

安娜高高抬起雙手拚命揮舞。唐諾轉頭順著安娜的視線看過去，那一剎那，他心臟差點從嘴裡跳出來。他鬆了一口氣，但同時又很緊張，因為他很怕海倫看到他和安娜在一起，肩並肩站在一起。

正從斜坡上走下來的人他當然很熟。那是一位少女，穿著畢挺的藍色制服，一頂軍帽夾在腋下，一頭黑髮紮成一個髮髻。

「夏綠蒂？」唐諾手舉在額頭上遮陽光。日正當中，天上只有幾絲稀疏的白雲，陽光很刺眼。他看到夏綠蒂，不由得目瞪口呆，不敢置信。他妹妹也看到他們了，立刻朝他們揮手，那一剎那，所有的煩心事立刻都被他拋到腦後。

「她差點就沒趕上。」安娜嘀咕了一句。

唐諾趕緊跳上沙灘車，打開電門，發動引擎，轉動油門把手，車子立刻穿越濕答答的草地，朝她開過去。

到了斜坡底端，唐諾拉住剎車，關掉引擎。夏綠蒂咧開嘴對他笑。

「嗨，唐唐。」

唐諾還來不及下車，夏綠蒂就已經湊過來，兩手圈住他脖子，緊緊抱住他。

他也緊緊抱了她一下，可是卻又擔心會壓縐她的制服。「妳怎麼會跑到這裡來？」他問。

她放開他，往後退了一步，伸手把制服正面拉平，接著立刻又把帽子塞回腋下，那動作看起來如此敏捷俐落，彷彿已經成為本能。

「你很意外嗎？」她問。「我還以為瑟曼先生早就已經洩露了。」

「哦，沒有。呃，不過他倒是提到過會有意外的來賓，可是沒說是誰。我還以為妳在伊朗，這又是他安排的嗎？」

她點點頭。這時候，唐諾臉上的笑容漸漸消失，表情變得嚴肅起來。每次看到她，他都會感到很安心，因為她一點都沒變。下巴還是一樣尖尖的，鼻頭和臉頰上依然有一片淡淡的雀斑，眼睛依然炯炯有神，沒有因為見過太多戰場上的殘酷而失去神采。她已經滿三十歲，而且一直都孤零零的在半個地球外，生日都一個人過，沒有家人陪伴，然而，在他心目中，她永遠都是那個十幾歲剛從軍的少女，那青春的身影早已深深烙印在他腦海中。

「今天晚上的晚會，我應該會上台。」她說。

「那當然。」唐諾微微一笑。「我很確定他們會讓妳上鏡頭。妳應該知道，這是為了表示我們對軍方的支持。」

夏綠蒂皺起眉頭。「噢，老天，我聽說有人要代表上鏡頭，難道我也是其中之一？」

他大笑起來。「我相信他們在每個軍種都找了代表，有陸軍的，海軍的，陸戰隊的，當然還有妳。」

「噢，老天，聽說其中會有一個女的，原來就是我！」

兩人大笑起來，這時候，隔著土丘另一區的樂隊已經演奏完他們的曲子。唐諾身體往前移，挪出後座的空間，叫夏綠蒂上車。此刻，他覺得胸口的壓迫感不再那麼強烈，因為天氣轉晴了，雲開日出，而舞台那邊都突然安靜下來，而且，現在妹妹又來到他身邊。

他轉動油門把手，沿著一條泥濘比較少的路線騎回舞台邊，妹妹在後面緊緊抱住他。車子騎到安娜旁邊時，夏綠蒂立刻飛快跳下車，一把抱住安娜，兩個人開始唧唧喳喳聊起來。這時候，唐諾關掉引擎，掏出手機看看簡訊。終於收到了一封簡訊。

海倫：我在田納西。你在哪裡？

他腦子有點混亂，好一會兒才意識到那封簡訊是誰發的。是海倫。她跑到田納西州幹什麼？這時候，另一區舞台的樂曲演奏也結束了。又過了一兩秒鐘，唐諾才想通她並不是在幾百公里外的田納西州，而是在隔著土丘的田納西區。先前他發簡訊給她，要她到喬治亞州的舞台來會合，顯然，那些簡訊都沒有傳送出去。

「嘿，我去一下馬上回來。」

他轉動沙灘車的油門把手，安娜突然衝過來抓住他手腕。

「你要去哪裡？」她問。

他微微一笑。「去田納西啊。我剛剛收到海倫的簡訊。」

安娜抬頭看看天上的雲，而夏綠蒂在一邊檢查她的帽子。有位少女被人請上舞台，在一名護旗兵的陪伴下走到麥克風前面。舞台底下的座位都已經坐滿，每個人都伸長了脖子搶著看台上。

唐諾還來不及踩下排檔桿，安娜就突然伸手關掉電門，拔掉鑰匙，唐諾根本來不及反應。

「現在不准去。」她說。

唐諾感到一股怒氣往上升，伸手去抓她的手要搶鑰匙，可是她的手反轉到背後，他根本搶不到。

「等一下。」她說。

這時候，夏綠蒂突然轉身看向舞台。瑟曼參議員站在台上，手上拿著麥克風，那位少女站在他旁邊，年紀看起來大概十六歲左右。全場悄無聲息，這時唐諾才意識到剛剛沙灘車的引擎聲有多刺耳。那少女準備要唱歌。

「各位女士，各位先生，各位親愛的民主黨同志——」

瑟曼說到這裡忽然停了一下。唐諾跳下沙灘車，拿起手機瞄了最後一眼，然後塞進口袋裡。

「——還有少數幾位獨立黨的朋友。」

現場揚起一陣笑聲。唐諾開始越過平地慢慢跑向斜坡，鞋子踩過濕滑的草地，踩過泥濘的地面。瑟曼參議員洪亮的聲音繼續透過麥克風傳遍全場。

「今天，我們即將進入一個新紀元，一個新時代。」

唐諾已經全身無力，鞋子踩在泥巴裡，感覺腳步越來越沈重。

「今天，我們聚集在這裡，是為了未來的獨立自由——」

好不容易跑到斜坡邊緣，唐諾已經氣喘如牛。

「——我忽然想到幾句話，而說那些話的人是我們的敵人，一個共和黨員。」

群眾又笑起來，可是唐諾根本沒心思聽他說什麼。他滿腦子只想趕快爬到土丘上。

「那個人就是雷根總統。他曾經說過，自由與和平不會從天而降，必須靠我們誓死奮戰才能得到。等一下，我們就會聽到我們的國歌，而那首曲子是很久很久以前創作的，當時，一個新國家正要從炮火中誕生。大家想想看，過去我們曾經為自由付出什麼樣的代價，而現在，為了確保這樣的自由不被剝奪，我們是否願意不計任何代價。」

爬上斜坡三分之一的時候，唐諾停下腳步，拚命喘氣。雖然他還沒到喘不過氣的地步，但他的小腿幾乎要癱軟了。他忽然很後悔，過去這幾個禮拜，別人都是靠兩條腿上下坡，而他卻老騎著沙灘車跑來跑去。他安慰自己，等一下再多爬一段，適應了就不會那麼喘。

於是他又繼續爬上斜坡，這時候，他忽然聽到一陣清亮的歌聲傳遍整個窪地，傳到斜坡上。那少女的聲音無比甜美，吟唱著國歌的旋律。他轉身看向底下的舞台——

那一剎那，他看到安娜跟在他後面飛快爬上斜坡，一臉憂慮。

唐諾知道自己惹上麻煩了。唱國歌的時候他卻在爬坡，他不知道這會不會是一種褻瀆。唱國歌的時候，每個人都在自己的位子上不動，而他卻亂跑。然而，就算是這樣他也無所謂了，什麼都擋不了他。於是他又轉身繼續往上爬，把安娜丟在後面。

「——在我們的碉堡上空飄揚——」

雖然他已經快要喘不過氣，可是卻還是不由得笑起來。他心裡想，這些土丘可以算是碉堡嗎？過去這幾個禮拜來，這些窪地變成了一個奇怪的地方，每個窪地都代表一個州，擠滿了人、貨物和牲口，五十個州在這裡同時舉辦市集，而這一切都是為了今天這個日子。然而，一旦這個核廢料處理中心開始正式運作，地面上這一切都會消失無蹤。

「——空中炮火四射，火箭的烈焰一片通紅——」

最後他終於爬到丘頂上，深深吸了幾口清新冷冽的空氣。底下的舞台上，州旗國旗在微風中緩緩飄揚，那面巨大的螢幕上出現少女演唱國歌的畫面。

這時候，忽然有人抓住他手腕。

「趕快回去。」安娜嘶喊著。

他一直喘氣，安娜也是快喘不過氣來，她膝蓋上沾滿泥巴和草屑，顯然是剛剛爬坡的時候摔倒。

「海倫不知道我在哪裡。」他說。

「——星條旗依然飄揚——」

國歌還沒唱完，群眾已經爆起一片掌聲。這時候，唐諾注意到遠遠的天際有戰鬥機正逐漸逼近。雖然還聽不到引擎聲，但肉眼已經看得到。一群戰鬥機鑽石形編隊，機翼尾端幾乎貼在一起。

「他媽的趕快下來。」安娜大喊，拚命扯他的手。

唐諾掙脫她的手。看到那群戰鬥機逐漸逼近，唐諾不由得看傻了。

「——自由的國度——」

那甜美而年輕的聲音從五十座窪地升起，迎向戰鬥機驚天動地的隆隆引擎聲。那是死亡的天使，氣勢洶洶而又如此優雅。

安娜又抓住他的手，拚命想拉他回土丘底下，唐諾大喊：「妳放手。」

「——勇者的……家園——」

戰鬥機編隊在預定時間抵達窪地上空，分秒不差，那轟隆隆的引擎聲氣勢驚人，連空氣都會震動。接著，那群戰鬥機拉起機頭，四散分飛，在空中畫出幾條弧線刺向雲端。

安娜整個人纏著他，勾住他肩膀。剛剛急著想爬到田納西去尋找海倫的蹤影，戰鬥機編隊就在此時飛到，國歌的優美旋律同時間透過擴大器傳遍了半個富爾頓郡，所有的一切如此不協調，唐諾不禁有點錯亂，但現在，他猛然驚醒過來。

「他媽的，唐唐，我們要趕快下去——」

就在這時候，第一道閃光出現了，她根本來不及伸手去遮住他眼睛。他眼角餘光看到亞特蘭大市的方向出現一個強烈的光點，有如白晝的閃電。唐諾轉身過去看，以為會聽到雷聲。接著，那光點迅速擴散為一道刺眼的強光。安娜雙手抱住他的腰，拚命想把他拖回去。這時候，他妹妹夏綠蒂也來了，氣喘吁吁，兩手遮住眼睛，嘴裡大喊：「那到底是什麼東西？」

這時又出現另一道閃光，光芒四射，接著，擴音機傳出警報聲。那是老式的空襲警報。

唐諾忽然感覺眼睛看不清楚。接著，遠方的地面上昇起一團蕈狀雲——這麼遠的距離，那蕈狀雲大得有點異乎尋常。唐諾模模糊糊看到了，好一會兒才意識到那是什麼東西。

安娜和夏綠蒂拖著他衝下斜坡。這時候，現場的掌聲已經消失，大家開始瘋狂尖叫，尖叫聲混雜著警報聲。他們三人衝下斜坡，草地濕滑，他們連跑帶滑，迅速滑向舞台的方向，唐諾眼睛幾乎看不見，腳絆了一下，差點整個人往後摔。那團蕈狀雲越升越高，他們已經看不見其他土丘和遠處的樹林，可是卻還看得到蕈狀雲的頂端。

「等一下！」他忽然大喊。

他覺得自己好像忘了帶什麼東西，可是一時之間卻想不起來是什麼。他恍恍惚惚覺得好像是沙灘車停在山脊上，忘了騎回來。可是，剛剛他是怎麼到丘頂上的？出了什麼事？

「快走快走快走。」安娜大喊。

夏綠蒂嘴裡不斷咒罵，她和他一樣，又害怕又困惑，而在唐諾印象中，夏綠蒂一輩子天不怕地不怕，從來不會困惑。

「我們去大帳蓬！」

唐諾猛轉身，感覺腳跟在草地上滑了一下，兩手濕濕的全是雨水，沾滿泥巴和草屑。他是什麼時候跌倒的？

他們三個快到斜坡底端的時候，聽到遠處傳來隆隆聲。爆炸後，蕈狀雲迅速膨脹，而且被一陣怪異的強風吹襲，開始往旁邊移動。蕈狀雲下端不斷冒出閃光，彷彿一道道的閃電，或可能是更多炸彈爆炸。市底下的舞台邊，大家並沒有往上爬，逃出窪地，而是紛紛跑進帳篷裡。志工拚命揮舞雙手指揮人群。市集和攤位的人都跑光了，現場的折疊木椅東倒西歪亂成一團，只剩一條狗被綁在木樁上吠個不停。

有些人似乎知道出了什麼事，神智還很清楚。安娜就是其中之一。唐諾看到瑟曼參議員站在一座小帳篷旁邊，幫忙指揮人潮。大家究竟要去哪裡？唐諾腦海中一片空白，只能順從指揮跟著人群走。他好久才恢復神智，慢慢搞清楚剛才看到的是什麼。那是核爆。那種畫面，從來都只會出現在粗糙的戰爭新聞影片裡，而現在卻活生生出現，而且是近在眼前。他親眼看到。他眼睛為什麼沒有完全瞎掉？那真的是核爆嗎？

他忽然陷入一陣恐懼，怕自己會死。內心深處，唐諾明白大家等於都已經死了。世界末日來臨了，誰也躲不掉，無處可逃。他忽然想起從前讀過的一本書，當年，他熟背了好幾萬字的內容。他摸摸褲子口袋，想找藥丸，可是卻摸不到。他轉頭看後面，拚命回想自己究竟忘了帶什麼東西——

安娜和夏綠蒂拖著他從瑟曼面前經過。瑟曼一臉嚴厲的表情，皺著眉頭看著女兒。唐諾的臉擦過帳蓬的帆布，帳篷裡只吊著幾盞燈，一片昏暗。在黑暗中，唐諾才赫然發現剛剛爆炸的閃光在眼裡留下了殘影。四面八方都是人，不過並沒有剛剛全場人山人海那麼驚人。那些人都跑哪兒去了？他本來想不通，可是後來，他發覺自己正逐漸往下走，立刻就明白了。

這是一條水泥斜坡通道，人擠得水洩不通，大家氣喘吁吁，有些人大喊某個人的名字，手伸得長長的想去拉被人群衝散的家人。家人走散了，丈夫和太太走散了，有人痛哭失聲，不過也有人表現得很沈著——

丈夫和太太走散了！

海倫！

唐諾在人群中大喊她的名字，然後突然轉身，想擠過那驚慌失措的洶湧人潮。安娜和夏綠蒂拚命拉住他。上面的人拚命想躲下來，拼命推擠。唐諾被擠得往後退，越來越往下面去。他要海倫跟他一起下去。就算被人潮淹沒，他也要跟海倫在一起。

「海倫！」

噢，老天！他想起來了。

他終於想到自己忘了帶什麼東西。

那一剎那，他內心的驚慌化為恐懼。他眼睛看得見了，視線變清楚了，然而，他卻無法抵擋那洶湧的人潮。

唐諾忽然回想起，先前瑟曼曾經告訴過他，世界末日總有一天會來臨。他感覺到空氣中彷彿有一股電流，嘴裡嚐到一股金屬味，而四周冒起一團白霧。他忽然想起一本書裡的很多內容。他知道這是什麼東西，知道這是怎麼一回事。

他的世界完了。

一個新世界即將吞噬他。

第二輪值：指令

24 二三一二 第一地堡

特洛伊從一連串的惡夢中驚醒。整個世界陷入一片火海，那些被派去點火的人都在沈睡。沈睡，並且被冰凍，而他們手上還拿著冒煙的火柴棒。那裊裊上升的灰煙正是邪惡殘留的痕跡。

他被埋在地底下，密封在黑暗中，可以感覺到自己躺在一座小小的冷凍艙裡，彷彿躺在棺材裡，整個人被團團圍住。

此刻，隔著結霜的玻璃，他看得到外面有黑影晃動。那些人正拿著鐵鍬想把他挖出來。

特洛伊奮力想睜開眼睛，睫毛上的冰屑紛紛碎裂。他眼角也結了冰，融化的冰水正沿著臉頰往下流。他想抬起手擦掉臉頰上的冰水，可是手臂痠軟無力。他掙扎著抬起一條手臂，把手腕上的靜脈注射針頭拔掉。他感覺得到身上還插著導尿管。他的身體已經不再徹底麻痺，漸漸會覺得冷了，這時候，他發覺自己全身每一寸皮膚都會刺痛。

有人掀開艙蓋，氣體外洩發出嘶嘶聲。冷凍艙邊有好幾個人影，特洛伊本來只看得到人群中有一道縫透出光線，後來有人往旁邊動，特洛伊立刻感覺旁邊整個亮起來。

有個醫生帶著助理靠過來照顧他。特洛伊想開口說話，可是卻一直咳嗽。他們扶他坐起來，拿了一杯很苦的東西給他喝。他吞得很吃力。他兩手無力，手臂在顫抖，他們只好幫他扶著杯子。他覺得嘴裡有一股金屬味，感覺像是死亡的味道。

「慢慢喝。」他喝得太快，他們立刻提醒他，然後逐一拔掉他身上的管子和靜脈注射，動作很純熟。

然後，他感覺身上覆蓋了什麼東西，低頭一看，原來他們在他冰冷的身上覆蓋紗布，用膠帶貼好，接著幫他穿上一件紙袍。

「今年是哪一年？」他聲音很嘶啞。

「還沒多少年。」那醫生說。特洛伊沒見過那個醫生。燈光很刺眼，特洛伊不由得眨眨眼。旁邊的助理他也沒見過。他轉頭看看四周，隱約看得到四周全是數不清的冷凍艙，不過視線還是模模糊糊。

「慢慢喝。」那助理幫他扶著杯子。

特洛伊勉強啜了幾口。這次的感覺比上次更不舒服，因為這次他被冷凍了更久，那種冰冷已經深深滲透到他骨頭裡。另外，他記得他的名字並不叫特洛伊。他應該已經死了才對。他內心深處有另一個自己很不願意被人叫醒，但有一個自己卻又希望有一天會醒過來，期待醒過來的時候所有的苦難都已經過去。

「長官，很抱歉吵醒你，不過，我們需要你幫忙。」

「長官，你寫的報告——」

醫生和助理同時搶著說話。

「長官，又有一座地堡出問題了。第十八地堡——」

醫生拿藥丸要給特洛伊，特洛伊揮揮手不理他。他再也不想吃藥了。

醫生猶豫了一下，那兩顆藥丸還在他手心上。接著他轉身和另一個人說話，好像在商量什麼。除了醫生和助理，現場還有另一個人。特洛伊猛眨眼睛，拚命想看清楚四周的東西。接著，他好像聽到有人說了幾句話，醫生握起拳頭把藥丸收回去。那一剎那，特洛伊鬆了一口氣。

他們扶他跨出冷凍艙，旁邊已經準備好一張輪椅。輪椅後面站了一個人，滿頭白髮，穿著白色工作服，下巴方正，體格壯碩，感覺很熟悉。特洛伊認得那個人。那個人負責喚醒冬眠的人。

特洛伊又喝了一口水，背靠在冷凍艙上。他渾身發冷，感覺虛弱無力，膝蓋抖個不停。

「第十八地堡怎麼樣了？」特洛伊放低杯子開口問。

醫生皺起眉頭，嘴裡好像嘀咕了什麼。輪椅後面那個人一直死盯著特洛伊。

「我知道你是誰。」特洛伊說。

穿白衣服的人點點頭，比了個手勢要特洛伊坐上輪椅。特洛伊剛從冬眠中被喚醒，感覺整個胃糾結成一團。

「你是雪怪。」他說。不過，他還是覺得這名字好像哪裡怪怪的。

紙袍穿到身上感覺很暖和。他們把另一件紙袍袖子套上他手臂，發出一陣窸窣響。醫生和助理顯得很緊張，他們邊幫他穿紙袍邊交談，他聽到其中一個說，有一座地堡快淪陷了，而且，還有另一座地堡需要他來幫忙挽救。不過，特洛伊並沒有特別留意他們說什麼。他的注意力全部集中在那個穿白衣服的人身上。接著，醫生和助理扶他走向輪椅。

「事情結束了嗎？」他問。這時候，他眼睛漸漸看得清楚，說話也比較有力氣了。他一直盯著那個穿白衣服的人。此刻，他忽然好渴望他們讓他繼續冬眠。

特洛伊坐上輪椅的時候，那個叫雪怪的人搖搖頭，一臉悲傷。

「恐怕還沒結束，小子。」那個人的聲音聽起來很耳熟。「事情才剛開始。」

25 大暴動之年 第十八地堡

死亡之日就是新生之日。他們就是這樣安慰死者的家人，減輕他們的痛苦。有個老人過世了，接著就會有人抽中生育籤。死者的親人傷心哭泣，而抽中籤的夫妻則是喜極而泣。死亡之日就是新生之日，這一點，米森瓊斯的感受比誰都深刻。

明天他就滿十七歲了。明天，他又多了一歲，而這一天同時也意味著他母親已經過世整整十七年。

生命的輪迴無所不在，彷佛那座巨大的螺旋梯纏繞整座地堡，纏繞一切。然而，這種輪迴最明顯的，每個人都能夠親眼目睹的，莫過於有人死亡，有人出生。所以，儘管生日快到了，米森心裡卻沒有半點喜悅。此刻，他背上扛著沈重的東西，心裡想到的卻是死亡。

和他合力扛東西下樓的，是他的好朋友卡姆。卡姆就在他後面上方距離三級樓梯，配合他的步伐，氣喘如牛。當初調度室把這件需要兩個人扛的貨物指派給他們時，他們拋銅板決定誰在前誰在後。拋到頭像的扛前面，因為前面比較輕鬆。結果卡姆輸了。米森走前面，而且速度快慢由他來決定。以他此刻的沈重心情，當然會不自覺的走很快。

這天早上，上下樓的人不多。地堡裡願意早起上學的小孩都還沒起床。只有一些店鋪老闆準備要去開店，起得比較早，他們睡眼惺忪，走起路來搖搖晃晃。另外就是一些剛下班的大夜班工人，他們衣服上全是油污，褲子膝蓋上全是補丁。其中有個人身上扛著東西正要下樓。看起來，那東西好像很重，如果不是運送員恐怕會扛得很吃力。本來，米森應該要放下身上的東西過去幫他扛，但此刻，米森實在沒心情幫他。他就只是看看那個人的眼睛，讓那個人明白他幫不上忙。

他們經過第二十四樓平台的時候，他氣喘呼呼的對卡姆說：「還有三層樓。」貨物非常重，肩帶深深陷進他肩膀裡。然而，真正令他感到沈重的，是等一下要去的地方。米森已經將近四個月沒回土耕區，也就是將近四個月沒見過他父親。當然，他偶爾會在「巢穴」碰到哥哥，不過，上次碰到也已經是好幾個禮拜前的事了。生日快到了，這個節骨眼回到家，感覺很不自在，不過，躲也躲不掉。他相信爸爸一定會像從前一樣，假裝沒注意到他過生日，假裝沒注意到他已經漸漸長大。

過了二十四樓的平台之後，他們又進入兩樓之間水泥隔層的範圍，這裡兩邊的牆上總是滿滿的塗鴉，空氣中瀰漫著私自調配的油漆的氣味。剛塗上去的標語，油漆還沒全乾，其中有一些是前一天才塗上去的。欄杆外，圓弧形的水泥牆上又粗又大的字體寫著：

堡是我們的

這句話是剛寫上去的，油漆都還沒乾，但卻是一句老掉牙的地堡口號。現在早就沒人喊這種口號，很多很多年了。牆壁上，位置越高的標語就是越早寫的：

清乾淨，他媽——

這句話後半截被上面派人用油漆塗掉了，不過，大家似乎也都看得懂，所以也就沒有人把被塗掉的部份再補回去，反正，這句話真正的殺傷力在前面半截。

打倒高樓層！

看到這個，米森不由得笑起來，而且還伸手指著叫卡姆看。那可能是高樓層的小孩子畫的。大家都認為出生在高樓層的孩子很有福氣，但有些高樓層的孩子卻很厭惡自己的出身，對所謂的福氣很不屑。米森很了解那種孩子，因為他自己就是。米森打量著這些標語。這些剛塗上去的標語覆蓋了去年寫的標語，多少年來，舊標語總是這樣一年年被新標語覆蓋。這個區域是兩樓之間的水泥隔層，樓梯井有鋼樑支撐著上面的水泥層，而牆上永遠塗滿標語，這種傳統歷史悠久，世世代代流傳。

末日即將來臨……

米森繼續往下走，看到這個標語，心中深有同感。末日即將來臨。他全身每個細胞都感受得到，似乎聽得到有一種嘎吱聲瀰漫了整座地堡。那是建築結構鏽蝕、螺絲鬆動的聲音。另外，最近他也從大家走路的姿態感受到那種末日氣息。幾乎每個人都是聳起肩膀縮著頭，東西緊緊抱在胸口。末日即將來臨，誰都跑不掉。

當然，他爸爸要是聽到了，一定會大笑說哪有這種事。米森彷彿聽得到爸爸大聲對他說，很久很久以前，早在米森和哥哥還沒出生的時候，就有人在談什麼末日。每個世代都有人把這個當成新話題在談，而且每個人都認為自己的時代與眾不同，認為一旦自己死了，這世界也會跟他們一起滅亡。他爸爸說，大家會有這種感覺，並不是因為恐懼，而是因為他們抱著希望。大家談到末日的時候，臉上都帶著一種掩不住的微笑。他們禱告的時候，心裡祈求的是，如果有一天他們死了，一切都會隨他們而去。他們希望，如果他們死了，以後也不會再有人過著幸福快樂的日子。

每次想到這個，米森就會覺得脖子發癢。他一手拉著拖帶，另一手去拉拉纏在脖子上的頭巾。他一緊張就會出現這種習慣動作，一想到世界末日，他就會不自覺拉頭巾遮住脖子。

「你上面還拉得動吧？」卡姆問。

「沒問題。」米森回頭說。他注意到自己速度變慢了，於是，他用兩手去抓拖帶，專心調整步伐，專心工作。從早年當學徒的時候開始，他腦袋裡就像有一個節拍器，每當兩個人合力搬東西的時候，他腦海中就會自然迴盪著滴答，滴答聲。兩個運送員合力搬東西，如果計時的默契夠好，可以一口氣飛快爬上十幾層樓，完全感覺不到東西很重。米森和卡姆還沒有達到這種境界，他們偶爾必須拖長步伐或是加快換腳速度才有辦法配合對方，否則貨物會搖晃得太厲害。貨物。把他們現在搬的東西想像成貨物，心裡會舒服一點，因為他們正在搬屍體——一個死人。

米森忽然想到他祖父。他還沒出生的時候，祖父就已經過世。他是在七十八年那次大暴動喪生的，他兒子只好繼承他土耕區的工作，而女兒則是當了油漆工。幾年前，米森的姑媽辭掉了油漆工作，從此以後再也看不到她忙著刮掉樓梯或欄杆上的鐵鏽，塗上底漆，最後再上一層新油漆。事實上，已經很久沒有人做這種事了。根本沒人在乎樓梯生不生鏽。不過，他爸爸倒還一直守著土耕區，永遠在種他那塊玉米田。瓊斯家的男人世世代代都在種那塊玉米田，深信這一切永遠不會改變。

有一次，米森跟爸爸提到革命這個字眼，結果爸爸告訴他：「你知道嗎，那個字眼有另一種意思，那就是不斷的繞圈圈，繞圈圈，也就是循環，到最後你會發現自己又回到原點。」

每次牧師到土耕區，把屍體埋進他爸爸的玉米田，爸爸就喜歡跟他講這些。爸爸會拿鏟子把泥土拍平，說人生就是這麼回事，然後拿一粒種子埋進土裡，用大拇指壓平。

米森告訴過他的朋友們，革命這個字眼還有這種意思，不過，他假裝這是自己想出來的。其實，他們那夥死黨很喜歡玩這種冒充有學問的把戲，每到深夜，他們常聚集在燈光幽暗的樓梯平台上，拿著塑膠袋吸強力膠，還一邊故作高深講一些大道理互相炫耀。

他解釋了革命這個字眼的意思，那夥死黨都煞有其事的點點頭，不過，他最要好的朋友洛德尼卻不為所動。「如果我們不動手去改變，一切當然永遠不會改變。」洛德尼說話的時候，神情嚴肅。

米森忽然想到，不知道他最要好的朋友最近在幹什麼。他已經好幾個月沒見到洛德尼。他不知道洛德尼在資訊區當學徒學些什麼，只知道他很難有機會出來。

接著，他回想起從前那些快樂的日子。他和幾個死黨一起在「巢穴」長大，大夥兒感情好得如膠似漆。他還記得，當時他認為他們會一輩子一起住在高樓層，永遠住在同一條走廊，各自結婚生孩子，然後看著他們的孩子玩在一起，就像他們小時候一樣。

沒想到，長大以後大家卻是各分東西。他幾乎已經忘了當初是誰先離開的。他們的爸媽都期望他們能夠繼承衣缽，守著土耕區的老家，世世代代當農夫，然而，到最後，他們幾個幾乎都離開了。地堡裡的人，絕大多數最後都會離開老家，選擇新的人生，面對不可知的命運。水管工人的兒子選擇當農夫，大餐廳廚師的女兒選擇學縫紉，而農夫的兒子成了運送員。

米森還記得，當年離家的時候曾經大發脾氣。他還記得和爸爸吵了一架，把手上的鏟子往地上一丟，發誓這輩子再也不挖半條水溝灌溉田地。小時候在「巢穴」時，他就已經認定人應該可以隨心所欲做自己想做的事，應該可以主宰自己的人生。因此，後來他吃了很多苦頭，他認為那是因為從小在高樓層土耕區長大，所以他人生才會這麼悲慘。他認為這一切都要怪他的成長背景。

先前在調度室那邊，他和卡姆拋銅板決定誰前誰後，結果米森走前面，抬屍體的頭部下樓，一路上，他肩膀幾乎緊貼著屍體的肩膀，而每當他抬頭看前面的梯板，頭就會隔著運屍袋碰到屍體的頭頂。一枚銅板的兩面，新生與死亡緊緊相連。此刻，米森彷彿同時背負著新生與死亡。他一步跨上兩級樓梯，用一種很累人的速度走向他從小出生長大的土耕區。

26 第十八地堡

驗屍官辦公室在三十二樓，就在土耕區樓下。這層樓裡盡是彎彎曲曲的走廊，潮濕又陰暗，驗屍官辦公室就在裡頭最偏僻的角落。由於頭頂上就是土耕區的土壤層，這裡只有半層樓高，天花板很低，很多水管就懸在天花板下方，每當馬達開始運轉，把飽含養分的水輸送到遠處的田地，水管就會嘩啦嘩啦響。天花板上有很多裂縫，水不斷滲出來，滴到底下的水桶和鍋子裡。其中有一個剛清空的水桶，每次水一滴下來就會發出清脆的咚一聲。地板又濕又滑，牆壁也是濕的。

米森和卡姆走進驗屍官辦公室，抬起屍體放到那座凹凸不平的鋼台上，然後驗屍官就在米森的工作日誌上簽了名。由於他們送達的時間比預期的早，驗屍官給了他們一點小費。卡姆本來還因為剛剛走太快而一肚子火，一見到那幾枚代幣，氣立刻就消了。兩人回到走廊之後，卡姆跟米森說了聲再見，然後就一溜煙衝出大門。

米森目送著卡姆漸漸走遠，忽然覺得自己比卡姆蒼老很多，儘管他只大他一歲。其實，這天晚上還有別的節目：半夜，運送員有一場集會，而卡姆被排除在外，沒人通知他。米森忽然有點羨慕他這位小搭檔，因為，他寧願跟他一樣什麼都不知道。

等一下他就要到樓上的土耕區找他爸爸，可是，要是兩手空空什麼貨物都沒拿，爸爸一定會囉嗦，罵他偷懶。於是，米森沿著走廊來到維修室，看看他們有沒有什麼東西需要送上高樓層。裡頭輪值的是文特斯，這位老先生皮膚黝黑，滿臉白花花的大鬍子，是修馬達的一流高手。文特斯用狐疑的眼神瞄瞄米森，一直強調說他沒有預算請運送員。米森說，反正他要回高樓層，閒著也是閒著，不如順便帶點東西上去，不收費。

「如果是這樣的話……」文特斯舉起工作檯上那個大抽水機。

「沒問題，什麼東西都可以。」米森笑著說。

文特斯立刻又瞇起眼睛打量米森，彷彿懷疑米森有什麼陰謀。

抽水機太大，塞不進米森的搬運袋，不過，袋子外緣有拖帶，纏在抽水機的管子和凸出部位上，長度剛剛好。米森把帶子套到肩上，文特斯在後面幫忙把抽水機綁緊。接著，米森跟老文特斯說了聲謝謝，文特斯忽然又緊張起來，皺起眉頭。哪有幫忙的人對被幫的人說謝謝。米森揹著抽水機穿越潮濕的走廊，來到樓梯平台，那股霉味立刻消失，撲鼻而來的是一陣剛翻鬆的泥土清香。那是家的氣味，許多往事忽然湧上米森心頭。

來到三十一樓的平台，大門口被一大群人擠得水洩不通，大家拚命想擠進去買東西吃。有一位媽媽站在旁邊，和人群隔著一點距離，手上抱著一個哭鬧不休的嬰兒。她身上穿著綠色工作服，膝蓋上沾滿泥巴，顯然是負責採收的。她神情有點不安，似乎是因為小孩子哭鬧，她只好丟下田裡的工作跑出來安撫他。米森擠過人群的時候，聽到那個媽媽正在唱一首他很熟悉的搖籃曲。她靠在欄杆邊，抱著嬰兒輕輕搖著，那位置有點危險，看來有點怵目驚心。那嬰兒眼睛睜得好大，讓人覺得他似乎很害怕。

他擠過人群，漸漸的，嬰兒的啼哭聲被人群的喧鬧聲淹沒。這時候，他忽然想到，現在地堡裡很難得看到小孩，這和他小時候完全不一樣。多年前，他們的上一代經歷過一場暴動，死了很多人，事後就爆出一波嬰兒潮，而現在，就只有等老人過世後才會有人抽中生育籤，也就是說，很難再聽到年輕夫妻喜極而泣，也很難再聽到嬰兒啼哭。

後來，米森好不容易擠過大門，擠進大廳，拉頭巾擦掉嘴上的汗。剛剛在三十二樓，他忘了把水壺裝滿水，現在突然覺得口乾舌燥，很想喝水。回想起來，先前運屍體的時候走得太急，實在有點愚蠢。那就好像他的生日已經開始倒數計時，他必須趕快去見爸爸，然後趕快走，越快越好。但此刻，當他看到兒時的景象，聽到這些熟悉的聲音，先前那種急迫感忽然就消失了。這裡是他的家，感覺是如此美好，同時，他也痛恨此刻這種感覺。

他走向安全門的時候，有人跟他打招呼，有人跟他揮揮手。有幾個運送員正在裝貨，把蔬菜水果放進袋子裡，準備送到樓上的大餐廳。接著，他看到姑媽在安全門外擺的小吃攤。自從辭掉油漆工作之後，她開始擺起小吃攤。她從來沒當過攤販的學徒，按照公約規定，她是不能擺攤的，所以，她這個小吃攤到底合不合法，令人懷疑。米森拚命閃躲，很怕姑媽看到他，很怕被她囉嗦，說他頭髮太亂，頭巾沒綁好。

小吃攤後面遠處有一個幽暗的角落，幾個小孩子聚集在那裡，好像在買賣種子，看起來鬼鬼祟祟，儘管他們可能自以為沒人會注意到他們。此刻大廳的景象，有如另一座市集，農夫自己在販賣食物，而各樓層的人都擠到這裡來搶購，因為他們怕這些東西還來不及送到店鋪就被搶光了。那種恐懼感不斷擴散蔓延，人越聚越多，而這樣的群眾，和暴民只有一線之隔了。

在安全門崗哨執勤的警衛是法蘭奇，個子很高。他是從小和米森一起長大的玩伴。米森拉起襯衣下擺擦擦額頭上的汗，但其實他的襯衣早就因為汗流浹背而濕透了。「嗨，法蘭奇。」米森打了聲招呼。

「嗨，米森。」法蘭奇朝米森微微一笑，點點頭。法蘭奇和米森一樣，很久以前突然改變志向，換另一種行業當學徒，兩人之間有一種微妙默契。法蘭奇的爸爸在資訊區的警衛隊工作，可是法蘭奇卻想當農夫，這一點，米森永遠搞不懂。他們的老師克蘿聽法蘭奇說他想當農夫，很高興，而且還鼓勵法蘭奇去追求他的夢想。然而，米森感到很諷刺的是，法蘭奇後來卻變成土耕區的警衛，彷彿他的命運早已註定，無法逃避。

米森也微微一笑，然後朝法蘭奇的頭髮點點頭。法蘭奇的頭髮已經長到蓋住了肩膀。「是不是有人在你頭上澆了生長劑？」

法蘭奇立刻把頭髮撥到耳朵後面。他自己也知道頭髮太長。「好啦，我知道啦。我媽威脅我，說她要趁我睡覺的時候到樓上來，拿刀子剃光我的頭髮。」

「那你告訴她，她要剃光你頭髮的時候，我會幫她按住你。」米森笑著說。「好了，幫我按一下按鈕讓我過去好不好？」

旁邊另外有一扇比較寬的門，是給手推車和餐車用的。米森背後扛著一座大抽水機，他不想從十字旋轉門擠過去。法蘭奇按下按鈕，那扇門的鎖立刻就開了，米森推開門走進去。

「你扛的是什麼？」法蘭奇問。

「文特斯的抽水機。欸，最近怎麼樣？」

法蘭奇瞄瞄門外的人群。「你等我一下。」他一邊說，眼睛盯著人群瞄來瞄去，好像在找什麼人。這時候，有兩個農夫拿著識別證劃過掃瞄器，擠過十字旋轉門，邊走邊聊天，講得又快又急根本聽不清楚在講什麼。法蘭奇朝一群穿綠色工作服的農夫招招手，問他們是可不可以幫他看一下門。

「走吧。」法蘭奇對米森說。「我陪你走。」

於是，兩個老朋友並肩走向主通道，走向遠處那籠罩在一團光暈中的植物燈園圃。這裡的氣味是如此熟悉，如此令人陶醉。法蘭奇是在臭氣熏天的淨水廠長大的，米森暗暗好奇，不知道法蘭奇聞到老家那股臭味，心裡會有什麼感受。說不定他也覺得淨水廠的臭味令人陶醉，就像米森眷戀土耕區的果菜香。

如果法蘭奇回到淨水廠，說不定那裡的氣味也會勾起他無限美好的回憶。

走了一會兒，他們距離安全門已經夠遠了，這時法蘭奇才壓低聲音說：「這裡越來越亂了。」

米森點點頭。「是啊，我注意到這裡小吃攤越來越多，一天比一天多，對吧？」

法蘭奇抓住米森手臂，要他別走那麼快，兩個人才有時間多聊聊。他們經過幾間辦公室門口，其中一間飄出剛出爐的麵包香味。通常只有烘焙廠才會有剛出爐的麵包，而烘焙廠在七樓，距離很遠，不過，最近的情況就是這樣。說不定，早就有人在土耕區某個隱密的角落私磨麵粉。

「頂樓大餐廳那邊好像有人在搞什麼東西，你應該看到過吧？」

「幾個禮拜前我送東西上去過。」米森說。他把大拇指伸進肩帶底下，用力一扯，同時身體抖了一下，把背後的抽水機往上甩。「他們好像在大螢幕牆旁邊蓋什麼東西，不過我沒看清楚是什麼。」

「他們開始在上面種甘藍菜。」法蘭奇說。「還有玉米。」

「這麼說來，我們運送員樓上樓下跑的工作就會越來越少。」米森是運送員，他很快就聯想到這種結果。他抬起腳，鞋頭輕輕踢了一下牆邊。「要是洛克聽到這件事，一定會氣炸。」

法蘭奇咬了一下嘴唇，瞇起眼睛。「是喔，洛克自己不是也在調度室種豆子嗎？」

米森又抖抖肩膀。他手臂開始麻了。身上揹貨的時候，他不習慣站著不動。他習慣不停的走。「那不太一樣。」他辯解說。「我們老是爬上爬下，要吃東西才有體力。」

法蘭奇搖搖頭。「沒錯，不過你不覺得他很假道學嗎？」

「你是說他雙重標準？」

「差不多啦。我的意思是，每個人都有自己的藉口。比如說，『我們這樣做，是因為別人也這樣做，而且，又不是我們先開始的。所以，就算我們超過別人，又有什麼不對？』老兄，我說的就是這種態度。

然後，當我們看到別人又超過我們，我們就會不高興。那就像棘輪的原理一樣，一來一往。」

米森瞄瞄通道遠處那團光暈。「我也不知道該怎麼說。」他說。「最近首長好像什麼都不管，隨便大家要怎麼樣。」

法蘭奇笑起來。「你以為首長管得動嗎？老兄，首長已經嚇壞了，不但嚇壞了，而且也太老了。」

法蘭奇轉頭看看通道後面，怕有人過來。他從小就很容易緊張，有點偏執。小時候這樣，大家會覺得他很好玩，可是現在長大了還是這樣，那就有點可悲，而且令人擔心。「從前我們聊過，如果有一天我們掌權了，我們要怎麼樣，這你還記得吧？一切都會變得更美好，不是嗎？」

「好像沒這麼簡單吧。」米森說。「等到我們掌權的時候，我們可能已經跟他們一樣老，而且什麼都不在乎了。到時候，我們的孩子也會開始討厭我們，而我們也會跟現在那些老人一樣，滿嘴都是狗屁。」

法蘭奇大笑起來，神情好像沒有剛剛那麼緊張了。「有道理。」

「是啊，呃，我兩條手快麻了，我要趕快走了。」米森又抖抖肩膀，把背後的抽水機往上甩。

法蘭奇拍拍他肩膀。「也對。很高興見到你，兄弟。」

「我也是。」米森點點頭，然後就轉身要走。

「噢，對了，米……」

米森立刻停下腳步回頭看看他。

「你最近會去找克蘿老師嗎？」

「明天我會路過她那邊。」他說，但他心裡想的是，如果我活得過今天晚上的話。

法蘭奇微微一笑。「那你幫我跟她打個招呼。」

「沒問題。」米森說。

又多了一件附帶的工作。米森心裡想，如果每次幫朋友送口信都收費的話，那他早就發財了。目前他只存了三百八十四點代幣，如果每次送口信都收半點代幣的話，那他存的錢早就不止這些了，說不定現在已經有自己的宿舍，不需要再睡在休息站。然而，幫朋友送口信，可以幫他驅趕腦海中那些陰暗的思緒，內心就比較不會那麼沈重，所以，米森很樂意。此刻，米森內心的負擔，已經沈重到他快要無法承受。

27 第十八地堡

米森應該先把抽水機卸下來，再去找他爸爸，這樣比較合乎邏輯，而他的背也可以少受一點罪。但問題是，他必須把東西揹在身上，他爸爸才看得到他在工作。他走進大溫室，走向栽培場。他們家世世代代都在那個栽培場工作，他祖父，或甚至他曾祖父也一樣。一路上，他經過豆田，經過藍莓叢，南瓜田，馬鈴薯田，最後，他終於來到一片玉米田，裡頭的玉米顯然已經熟了，可以準備採收。他爸爸就在那裡，跪在泥土裡，兩手撐在地上。在米森印象中，每次看到爸爸，爸爸幾乎都是同樣的姿勢在田裡忙著，手裡拿著一把小鏟子在翻土，拔除雜草。那已經是一種習慣動作，就像女孩子手伸進頭髮裡去撥弄一樣，根本就是不自覺的。

「爸。」

他爸爸立刻轉頭往旁邊看。上面的植物燈溫度很高，他眉頭上全是汗，晶瑩剔透。他嘴角閃過一抹微笑，但轉眼又消失了。這時候，萊利忽然從裡面一排玉米叢後面冒出來。萊利是米森同父異母的弟弟，今年十二歲，長得很像爸爸。他兩手全是泥巴，一看到米森，立刻大喊一聲：「米森！」然後飛快衝過來。

「這些玉米長得真好。」米森說。他一手扶著欄杆，伸出大拇指去摸一片彎彎的玉米葉，抽水機的重量整個壓在他背後。葉子摸起來濕濕的。再過幾個禮拜，玉米就可以收成了，那瀰漫在空氣中的香味令他回想起從前。他看到一隻蚊子在莖上爬，立刻伸手把牠捏死。

「可以帶我上去嗎？」他的小弟嚷嚷著。

米森笑起來，摸摸小弟那頭黑髮。那頭黑髮像他媽媽。「抱歉啦，小兄弟，這次我還要揹東西上去。」他稍微轉了個身，讓小弟看看他背後的東西——同時讓爸爸也看得到。他小弟爬上欄杆，湊過去想看清楚一點。

「要不要先把那玩意兒放下來休息一下？」他爸爸問。他輕輕拍掉手上的泥土，怕寶貴的泥土飛到欄杆外面。接著，他伸手握握米森的手。「你氣色還不錯嘛。」

「你也不錯啊，爸。」米森本來想挺起胸膛，可是怕抽水機太重，一旦站直身體，整個人會往後倒。「我聽說上面大餐廳那邊開始自己種甘藍菜，到底怎麼回事？」

他爸爸哼了一聲，搖搖頭。「聽說他們連玉米也種，這樣一來，他們上面自己的資源就越來越多了。」說著他忽然伸出一根手指戳戳米森胸口。「小子，這會影響到你，你應該知道吧？」

爸爸說的是運送員的工作會受影響，而且他的口氣就是一副他早說過了的口氣。他永遠都是那種口氣。

萊利扯扯米森的工作服，說他想看看他的刀子。米森從刀鞘裡抽出刀子遞給萊利，眼睛卻打量著爸爸。兩人忽然陷入一陣沈默。爸爸看起來似乎變老了，而且因為長時間在植物燈下工作，皮膚黝黑，那種膚色看起來不太健康，大家都說那叫「古銅色」。就算隔著幾十公尺，看到那種膚色，你就知道那個人鐵定是農夫。

頭頂上的植物燈散發出高溫，而米森當年離家時滿肚子的怒氣彷彿被那高溫融化了，變成說不出的感傷，他依然感覺得到母親不在的空虛。想到媽媽，他就會想到有人為了他的誕生付出了多大的代價。除此之外，那種感傷也是因為他爸爸。爸爸長年被植物燈摧殘，皮膚黝黑，鼻子上滿是斑點。地堡裡，穿綠色工作服、每天在田裡打滾的人，身上都有那種痕跡。而在那土壤底下，埋著地堡世世代代的人。

米森腦海中忽然湧出一幕兒時的鮮明記憶：那天，他手上揮舞著一把小鏟子。當年他還好小，那把小鏟子拿在他手上看起來簡直像巨無霸。他拿著小鏟子在玉米叢間跑來跑去，學爸爸的模樣挖泥土玩，沒想到，爸爸忽然冒出來抓住他的小手腕。

「這裡不准挖！」爸爸幾乎是聲嘶力竭的喊著。當時，小小的米森還沒見識過葬禮，後來，過了些日子，他才親眼看到屍體是怎麼被埋進土裡。從那天起，他只要一看到顏色深暗的土堆，立刻就知道那裡剛被挖開過。

「看樣子，他們把最累的工作丟給你，叫你抬這麼重的東西上去。」爸爸突然打破了沈默。他認定米森扛的東西是調度室指派的。米森不想解釋。

「他們分派工作是衡量你的體力。」他說。「他們會派老運送員去送郵件。只要你拿得動什麼，他們就會叫你拿什麼。」

「我還記得我當學徒期滿那一年。」他爸爸瞇起眼睛，擦掉眉頭上的汗，朝那排玉米叢點點頭。「師父叫我去挖馬鈴薯，挖得我滿頭大汗，而他自己卻去採藍莓，邊採邊吃，兩顆放進籃子，一顆塞進嘴裡。」

又來了。米森看到萊利用手指去按刀尖，立刻伸出手要把刀子搶回來，可是小弟立刻扭身躲開。

「老運送員可以送郵件，是因為他們有關係有門路。」爸爸說。

「你又知道了。」米森心裡的悲傷已經消失，變成一股怒氣往上升。「老運送員膝蓋已經不行了，所以重的東西當然是我們來搬。更何況，搬的東西越重，用的時間越少，我們還可以拿到獎金，所以我不在乎。」

「哦，是喔。」爸爸揮手指著米森的腿。「他們給你的獎金，你就得用膝蓋做代價。」

米森感覺得到自己滿臉通紅，脖子發燙。

「兒子，我的意思是，等你年紀越大，輩分越高，你就會越有權力選擇你想要的。就這麼回事，我只是希望你要提高警覺，好好照顧自己。」

「爸，我知道要怎麼照顧自己。」

這時候，萊利繼續往上爬，坐在欄杆頂端，拿刀當鏡子照自己的牙齒。那孩子鼻頭上有淡淡的黑斑，也就是說，他身上已經開始出現農夫的「古銅色」。皮肉的傷害代代相傳，父親傳給兒子。米森想像得到萊利以後的人生，一輩子在玉米田裡長大，結婚，生孩子。想到這裡，他不由得暗暗慶幸當年逃離了土耕區，去做一種沒辦法每天晚上回家睡覺的工作。

「要留下來跟我們一起吃中飯嗎？」爸爸忽然問。他大概覺得自己剛剛說的話好像是要趕米森走，怕米森誤會，所以特別要留他下來吃飯。

「當然好。」米森忽然感到一絲愧疚浮上心頭，因為他沒想到爸爸會留他吃飯，不過他也暗暗慶幸自己不需要開口說想留下來。這次回來，如果沒有和繼母見個面，一定會很傷感情。「不過，吃完飯我就得走了，因為，我……我晚上還要送貨。」

爸爸立刻皺起眉頭。「怎麼，你該不會連去看看艾莉的時間都沒有吧？她一直在跟我打聽你。要是你再沒有表示，她是不會等你一輩子的。這裡可有一堆男生排隊等著想娶她。」

米森抬起手搓搓臉，不想爸爸看到他的表情。艾莉是他很要好的朋友，也是他的初戀情人，兩個人曾經在一起一陣子——問題是，和她結婚，意味著他就必須留在土耕區，必須回家，在這片埋葬了無數死者的土地上生活。「我看這次就算了吧。」他說。坦白承認自己在逃避她，感覺有點彆扭。

「好吧，那，你先把抽水機拿去給他們吧。浪費時間在這邊跟我們聊天，你的獎金就泡湯了。」爸爸口氣中的失望，比上面的植物燈令人感覺更熾熱，更難抵擋。「半個鐘頭後，我們在餐廳碰面，可以嗎？」說著他又伸出手和兒子握握手，而且用力捏了一下。「兒子，很高興看到你。」

「我也一樣。」米森握握爸爸的手，然後兩手伸進欄杆裡拍了幾下，拍掉手上的泥土。萊利很不情願的把刀子還給他。他把刀子插回刀鞘裡，扣緊固定帶，忽然想到，今天晚上可能就要用到這把刀了。他猶豫了一下，不知道該不該先警告爸爸。他很想告訴爸爸和萊利，叫他們今天晚上一定要待在家裡，千萬不要出去。

然而，他最後還是把話吞了回去。他拍拍小弟肩膀，然後開始沿著走道走向抽水機房，一路上，他看到兩旁有很多農夫，有男有女，有的忙著採收，有的忙著栽種。這時候，他忽然想到，這些農夫現在都自己擺臨時攤位，賣他們種的蔬菜。接著他又想到，上面大餐廳的人也自己在種甘藍菜和玉米。另外，他最近還聽說有人計畫製造一種設備，可以吊運重物上下樓，不必動用到運送員。

每個人都怕暴動再度降臨，所以都在想辦法靠自己過日子，保護自己。米森感覺得到那種氣氛正逐漸醞釀發酵，人跟人之間互相猜忌，互不信任，形成一種無形的圍牆。每個人都想盡辦法避免依賴其他人，做好準備，等待那最後無可避免的暴力降臨。

他快走到抽水機房的時候，開始把肩帶卸下來，這時候，他忽然想到：如果每個人都想盡辦法要各自為政，不依賴其他人，那麼，他們還有辦法和睦相處嗎？

28 第十八地堡

一到晚上，中央螺旋梯井的燈就會變暗，這樣大家會比較好睡。在半夜一、兩點，小孩子們都已經聽搖籃曲聽到睡著了，而這樣的時間，只有那些想惹麻煩的人還在偷偷摸摸活動。米森一動也不動的躲在黑暗中，等著。他聽到上面傳來熟悉的聲音。有人用繩子纏住欄杆在吊運東西，聽得出來，那東西很重，緊繃的繩子摩擦鐵欄杆緩緩滑動，發出嘎吱嘎吱響。

一大群運送員和他一起聚集在樓梯平台上。米森的臉頰貼在內側的鐵欄杆上，皮膚觸碰著冷冰冰的鐵條。他輕輕呼吸，豎起耳朵聽繩子的聲音。他很熟悉那種聲音，隱約覺得自己的脖子在發燙。他脖子上有一道舊傷痕，幾年來早已癒合，雖然大家偶爾還是會注意到，但很少有人會開口問他。此刻，在凌晨的幽暗中，那吊在繩子上的東西緩緩往下滑動，持續傳來熟悉的嘎吱聲。

他在等待行動的信號。此刻，他想到那條繩子，想到自己的人生——也想到一些禁忌的東西。七十四樓的調度室有一本大冊子，記帳用的。那本帳冊用了很多珍貴的紙，厚厚的一大本，鎖在大休息室裡。帳冊裡詳細記錄了某些特定運送品項的帳目，而且是用手寫。這種書面手寫的形式，方便嚴格控管，不至於像電子檔案一樣容易洩漏，到處流竄。

米森聽說有些老運送員在那本帳冊裡記載了某些管子的資料，不過，他並不懂他們為什麼要這樣做。除了那些管子，帳冊裡還記錄了黃銅、以及化工區製造的各種液體和粉末。如果你跟化工區申請這種東西，或是申請太長的繩子，你就會被人盯上。運送員是一群八卦天王，什麼東西被送到哪裡，他們都瞭如指掌，這些情報最後都會匯聚在調度室的大休息室，用文字記錄下來。

米森在黑暗中聽著繩子的嘎吱聲，想像得到一截繩子纏在他脖子上的感覺。很奇怪的是，如果你申請一條繩子，長度夠用來上吊自殺，根本不會有人囉嗦，可是，如果繩子的長度相當於幾層樓的高度，那就有人會提高警覺了。

他拉拉頭巾，在黑暗中思緒起伏。感覺上，只要你不去搶別人的工作，那麼，根本不會有人管你要死要活。

「準備了。」上面有人悄聲說。

米森立刻握緊刀柄，準備行動。黑暗中，他全神貫注看著上面，聽著旁邊那些運送員有規律的呼吸聲。毫無疑問，此刻他們一定也緊緊握住刀子，滿懷期待。

每位運送員都配備了一把刀。那把刀有很多用途，比如貨物送到的時候用來割開包裝，或是半路上用來切水果吃，另外，他們在整座地堡上下穿梭，很容易碰到危險，那把刀也可以用來防身。此刻，米森緊緊握住刀子，等待號令。

從他所在的位置繞著螺旋梯往上兩圈，是一座樓梯平台，籠罩在一片昏暗中。此刻，有幾個農夫正在那裡竊竊私語，拉著繩子的另一頭。他們現在正在做的事，等於是搶了運送員的飯碗。他們想趁著黑夜省下一兩百點代幣的運送預算。欄杆外垂著一條繩子，黑暗中肉眼看不見。米森探身出欄杆外，在黑暗中摸索繩子。他感覺到脖子一陣熱，手掌全是汗，幾乎快抓不住刀柄。

「等一下。」摩根壓低聲音說了一句，按住米森肩膀叫他別動。他是米森的師父。米森打起精神保持冷靜。接著，他們又聽到一陣細微的嘎吱聲，那是因為繩子吊著發電機，繃得太緊，才會發出那種聲音。欄杆外，一團灰影在黑暗中緩緩往下移動。上面那些農夫竊竊私語，一邊拉著繩子讓發電機慢慢往下滑。他們這些穿綠色工作服的人正在做穿藍衣服的人的工作。

過了一會兒，那團灰影已經滑到下面去了，米森這才忽然意識到今天晚上是多麼凶險，而且發覺自己竟然很害怕。從前，他曾經企圖自殺，可是現在，他突然很在乎自己這條命。事實上，他本來是不應該出生，不應該活著的。他想到媽媽。他很想知道媽媽究竟是什麼模樣，當年她為什麼要違反公約，賠上自己的性命。對於媽媽，他知道的就只有這麼多了。他知道當年她的避孕晶片失靈，那種機率只有萬分之一。然而，她不但沒有向上級報告自己意外懷孕，反而穿上寬鬆的衣服遮掩大肚子，過了很長一段時間才公開。而那時候已經過了公約規定的期限，不能再墮胎。

「好了，準備。」摩根悄悄說。

那團發電機的灰影已經滑到很下面，眼睛看不到了。米森抓緊刀子，心裡還是想著媽媽。當年媽媽本來應該要墮胎，把他拿掉，可是拖過了那個期限，結果就變成一命換一命。這就是公約。他是在羈押室裡出生的，後來，米森被放出來了，可是媽媽卻被送出去清洗鏡頭。

「動手！」摩根忽然喊了一聲，米森嚇了一跳。接著，他聽到上面的樓梯傳來一陣細微的腳步聲，很多人在爬樓梯，展開行動。米森全神貫注準備執行自己的任務。他靠在彎彎的欄杆上，探身出去，伸手在黑暗中摸索。沒多久，他摸到了那根繩子，繃得很緊，摸起來像一根鋼條。他舉起刀子割繩子。

刀鋒一碰上繩子，他立刻就聽到啪的一聲，繩索的第一束纖維斷裂了。

那一剎那，米森忽然想到底下樓梯平台上那些人。兩層樓底下，另一群農夫正聚在平台上等著接發電機。運送員正衝上樓梯，米森迫不及待想加入他們行列。接著，他刀子只輕輕劃了一下，整條繩子就徹底斷了，發電機開始快速往下掉，米森似乎聽到咻咻聲。過了一會兒，發電機撞到底下的平台，傳來驚天動地的轟隆一聲，底下的人驚叫起來。而這時候，上面的平台上，戰鬥已經開始了。

　米森一手扶著欄杆，一手抓著刀子，一次跨越三級樓梯往上衝，準備加入混戰。他要教訓那些農夫，因為他們違反公約，搶了別人的工作。他聽到平台上有人悶哼，有人呻吟，有人碰的一聲撞到平台上。米森立刻加入戰鬥，那一刻，他眼裡只有打鬥，沒有去想後果。

29 第一地堡

輪椅一轉彎，輪子就發出嘎吱聲。每轉一次彎，輪子就會發出刺耳的嘎吱聲，然後又陷入一片死寂，周而復始。唐諾坐在輪椅上讓人推著走，聽著那間歇而規律的嘎吱聲。他吐出一口氣，在空氣中凝結成一團白霧。他全身骨頭冰冷，而這裡的空氣也同樣冰冷。

通道兩邊是整排的冷凍艙，底座的小顯示幕上，每個名字都散發出橘色光芒。那都是假名，這樣的設計是為了徹底切斷你的過去，只留下現在的你。輪椅被人推向門口，唐諾坐在上面看著旁邊的冷凍艙一座座閃過。他感覺頭好沈重，因為越來越多的回憶不斷湧現在他腦海中，而先前冬眠中的夢境則有如輕煙般消散。

那幾個穿淡藍色工作服的護理員帶著他走出門口，進入走廊，沿路經過很多辦公室，裡頭的桌子看起來都很熟悉。後來，他們把他的腳從踏板上抬起來的時候，輪椅震動了一下。他問他們已經過了多少年，他睡了多久。

「一百年。」有人回答。這樣算起來，從當年做記憶設定到現在，已經一百六十年了。難怪輪椅已經搖搖晃晃，因為已經用了超過一百六十年。在唐諾沈睡的這一百年來，螺絲釘逐漸鬆動。

他們扶他站起來。剛從冬眠甦醒過來，他的腳還麻麻的，那種冰冷的感覺已經漸漸消退，現在開始陣陣刺痛。護理員拉上布幕，要他尿在杯子裡。他尿完之後，忽然覺得好輕鬆。尿液是黑色的，因為有太多壞死的奈米機器人從他的循環系統排出來。他們雖然已經幫他穿上紙袍，但他還是覺得冷，他知道那是因為他身體太冷，不是辦公室冷。然後他們又給他喝那種苦澀的液體。

「要多久他的頭腦才會完全清醒？」有人問。

「一天吧。」醫生說。「最快明天。」

他們要他坐下，幫他抽血。這時候，有個老人出現在門口，皺著眉頭，身上穿著白色工作服，頭髮也幾乎跟衣服一樣白。那老人說：「休息一下，養足體力。」說完朝醫生點點頭，意思是要醫生繼續做他的檢驗。唐諾腦袋混混沌沌，拼命回想那個老人是誰，可是他還來不及想起來，那老人已經不見了。醫生繼續幫他抽血，血液呈現一種青紫色，因為他冬眠太久。他忽然感到一陣暈眩。

他們在搭電梯。那座電梯看起來很眼熟。他旁邊那幾個護理員一直在交談，可是他卻感覺他們的聲音聽起來很遙遠。唐諾感覺自己似乎吃過藥，可是他記得當初他已經很久沒吃藥。他伸手去摸下唇，手指和嘴唇都有點刺痛。他手指伸進嘴裡，想摸摸看有沒有潰瘍。當年他就是把藥丸含在牙齦旁邊沒吞下去。

潰瘍不見了。應該是幾十年前冬眠期間就已經痊癒了。接著，電梯門開了，唐諾感覺到自己漸漸清醒。

出了電梯，他們推著他來到另一條走廊，他看到兩邊牆壁上有摩擦的痕跡，大概在輪椅輪子的高度，一道道的黑弧線，位置就是輪胎橡膠碰觸到牆面油漆的地方。他掃視著牆面、天花板、瓷磚地面，所有的地方都看得出上百年的損耗痕跡。印象中，他彷彿昨天才來過這裡，一切都還很新，而現在卻已經是傷痕累累，彷彿一夜之間變得如此殘破。唐諾還記得自己設計過這樣的走廊。他記得，當時他們覺得自己設計的東西好像是為了要撐幾百年。如今回想起來，當時真相早就攤在他眼前。真相一直夾帶在設計中，如此明顯，而他卻看不見，因為那太瘋狂，太難以置信。

過了一會兒，輪椅漸漸慢下來。

「下一間。」唐諾聽到後面有人在說話，聲音聽起來很嘶啞，很熟悉。唐諾被人推著來到下一個房間門口。門關著。其中一個護理員繞過輪椅走到門口，腰間掛著一串叮叮噹噹的鑰匙。他找出其中一把鑰匙，插進鑰匙孔，接著就聽到喀喳幾聲。他把門往內推開，聽到鉸鏈嘎吱一聲，然後，他打開裡面的燈。

那房間看起來很像牢房，有一股長久封閉的霉味。天花板上的燈閃了好幾下才亮起來，牆角有一座窄窄的雙層床，床邊有一張小桌，另外還有一座矮櫃，一間浴室。

「為什麼要送我來這裡？」唐諾聲音有點嘶啞。

「這裡是你的房間。」那護理員邊說邊拔出鑰匙，然後看看推輪椅那個人，彷彿想徵求那個人的認可，確定自己剛剛沒有說錯話。另一個穿淡藍工作服的護理員正忙著要扶唐諾站起來。他把唐諾的腳從踏板上抬起來，擺到地毯上。這麼多年了，地毯幾乎快被踩平了。

此刻，唐諾腦海中殘留的最鮮明的記憶，是他夢見有一隻狗在追他，而那隻狗身上長著皮革般的翅膀，邊追邊狂吠。不過，那只是一場夢，那麼，在真實生活中，他記得的最後一件事是什麼？他記得一支針頭。他記得自己快死了。那感覺很真實。

「我的意思是——」唐諾很吃力的吞了一口唾液。「你們為什麼要讓我……醒過來？」

他差點脫口而出說成「復活」。那兩個護理員正扶著他從輪椅上站起來，移坐到床上，一聽到他這樣問，立刻互看了對方一眼。另外那個人立刻把輪椅推向外面的走廊，輪椅嘎吱嘎吱響個不停，一到門外，立刻停下來。那個人身材魁梧，站在門口，門忽然顯得好小。

其中一位護理人員抓住唐諾的手腕，兩根手指輕輕搭在唐諾青紫色的血管上，默默計算脈搏，嘴唇微微抖動著。另一個護理人員把兩顆藥丸丟進一個小塑膠杯裡，然後轉開一瓶水的蓋子。

「不必給他吃藥。」門口那個人忽然說。

拿著藥丸的護理員立刻轉頭去看，這時候，那老人跨進小房間，那一剎那，房間彷彿突然縮小，裡頭的空氣彷彿突然被抽光，唐諾有種快要窒息的感覺。

「你是雪——」唐諾嘀咕著。

那白髮老人朝那兩個護理員揮揮手。「你們出去一下。」他說。抓著唐諾手腕的護理員已經測完脈搏，朝另一個護理員點點頭，那人立刻把手裡的塑膠杯放下，兩顆藥丸還在裡面。看到那老人的臉，唐諾彷彿突然從夢中驚醒，模糊的視線也變得清晰。

「我記得你。」唐諾說。「你是雪怪。」

那老人臉上閃過一抹微笑，但很快又消失，接著臉色一沈，皺起眉頭。門外的輪椅被推走，又是一陣嘎吱嘎吱響，有個護理員把門關上。唐諾似乎聽到門被鎖上，不過他牙齒打顫打得咯咯響，聽力也還沒有完全恢復，所以不確定自己有沒有聽錯。

「我叫瑟曼。」那老人糾正他。「不過，現在我已經不叫這個名字，就像你，你現在也不叫唐諾了。」

「不過我記得你。」唐諾說。他還記得瑟曼的辦公室。瑟曼的辦公室就在樓上，另外，瑟曼還有一間辦公室在一個很遠很遠的地方，那裡偶爾會下雨，綠草如茵，一年開一次櫻桃花。這個老人從前是參議員。

「你為什麼會記得這些事？這對我們來說像是一團謎。我們必須想辦法搞清楚你為什麼會記得。」

那老人歪歪頭。「不過目前，我很高興你都還記得。你非記得不可，因為我們需要你幫忙。」

瑟曼靠在鐵矮櫃上。他看起來好像已經好幾天沒睡了，頭髮散亂，完全不像唐諾記憶中的模樣。他有黑眼圈，眼神哀傷，看起來好像……不知道為什麼，好像老了很多。

唐諾低頭看看自己的手掌。坐在彈簧床上，感覺整個房間彷彿在搖晃。這時候，他忽然又回想起一幕駭人的景象，看到一個老人。那個老人想起自己叫什麼名字，被人抓住了還拚命掙扎。

「我是唐諾紀尼。」

「這麼說來，你真的什麼都記得。你知道我是誰嗎？」他掏出一張摺好的紙，等著唐諾回答。

唐諾點點頭。

「很好。」雪怪忽然轉身，把那張紙放在矮櫃上。他放的時候，摺彎的方向朝下，那團紙像帳篷一樣立在矮櫃上。「你必須記得所有的事。我們需要你。」他說。「等你頭腦比較清醒的時候，好好讀一下這份報告，看看能不能找到線索。等你胃舒服一點了，我會派人送好東西下來給你吃。」

唐諾揉揉太陽穴。

「你睡了很長一段時間。」說著，雪怪舉起指關節敲敲門。

唐諾腳踩在地毯上，試著動動腳趾。腳的知覺漸漸恢復了。接著喀喳一聲，門開了，瑟曼準備走出門，身體正好擋住了走廊上的燈光，乍看之下整個人像一團黑影。

「好好休息，然後我們就一起找出答案。有人等著要見你。」

唐諾還來不及開口問他是什麼意思，門就已經關上。那個人一走，門一關上，不知道為什麼唐諾忽然覺得呼吸比較順暢了。唐諾深深吸了幾口氣，努力打起精神。他扶著床架掙扎著站起來，搖搖晃晃站了好一會兒。

「一起找出答案。」他嘴裡嘀咕著老人說的話。有人等著要見他。

他搖搖頭，忽然感到一陣暈眩。他們怎麼會認為他知道什麼答案？他滿腦子全是問號。他還記得，那個護理員把他弄醒的時候，好像提到什麼地堡淪陷。他想不起來他說的是哪一座地堡。他們怎麼會為了那座地堡喚醒他？

他搖搖晃晃走到門口，握住門把試著轉動幾下，雖然明知道門一定上了鎖，但他還是想確認一下。接著他走到矮櫃旁邊，上面有一張紙。他記得那張紙是摺好的。

「好好休息。」他自言自語說著，不由得覺得好笑。他們以為他還睡得著嗎？他感覺自己好像已經睡了一輩子。他拿起那團紙，慢慢攤開。

那是一份報告。唐諾還記得，那是一份報告，內容是關於一個年輕人，他做了一件很可怕的事。他感覺四周天旋地轉，彷彿自己站在一個巨大的轉軸中心。他慢慢記起來了，很多人在那座地堡裡互相推踐踏，垂死掙扎。他記得，很久以前自己下了一道很可怕的命令，走廊上很多人都盯著他看。

唐諾眨了幾下眼睛，擠掉淚水，默默讀著那份報告，手在顫抖。這不是他親筆寫的嗎？而且下面還有他的簽名。他還記得。然而，底下簽的並不是他的名字。那是他的筆跡沒錯，但簽的不是他的名字。

特洛伊。

唐諾忽然兩腿發軟，伸手想去摸床，結果卻摔倒在地上。此刻，他腦海中湧現出無數回憶。特洛伊和海倫。海倫和特洛伊。這是木馬屠城記的典故。他想起他太太了。他彷彿看到她消失在那土丘上，高舉雙手迎向天空，而炸彈正從天空墜落。當時，他妹妹和其他幾個人一直拖著他往回走，跟著一大群人彷彿彈珠一樣滾落斜坡，躲進某個洞裡，然後四周冒起白霧。

唐諾想起來了。他記得他是怎麼幫忙毀滅那個地堡。有一座地堡死傷慘重，有個年輕人被關在伺服器房，內心深受困擾。那年輕人導致第十二地堡被毀滅，而唐諾寫了那份報告。而唐諾——他究竟做了什麼?他不只是殺光了那座地堡的人，他甚至畫設計圖，幫某個人毀滅了全世界。他手上抓著那份報告，想起了這一切，手抖個不停，淚水滴到紙上，上面的字跡漫漶成一片模糊的淡藍。

30 第一地堡

幾個鐘頭後，有位醫生帶湯和麵包來給他吃，還有一大杯水。唐諾迫不及待的吃起來，而醫生則是在旁邊檢查他的手臂。那碗熱湯喝起來很舒服，順著喉嚨滑到肚子裡，熱氣立刻擴散到全身。唐諾拿起麵包一口一口咬，和著開水吞下去。餓了太多年，他幾乎是狼吞虎嚥。

「謝謝你。」他邊吃邊說。「帶東西來給我吃。」

醫生本來低頭幫他量血壓，一聽到他這樣說，立刻抬起頭來看他。他已經有點年紀，塊頭很大，眉毛很濃，光禿禿的頭頂上只剩一小撮頭髮，乍看之下有如山丘上的一朵雲。

「我叫唐諾。」他自我介紹了一下。

那位老醫生皺起眉頭，露出困惑的表情。他的灰眼睛瞄瞄寫字板，看看上面的名字，搞不懂病人為什麼說了一個不一樣的名字。血壓計上的指針隨著唐諾的脈搏跳動。

「你是誰？」唐諾問。

「我是史尼德醫師。」他猶豫了一下，最後還是說了自己的名字。

唐諾喝了一大口水，心裡暗暗慶幸，水不是冰的。他不想再把任何冰冷的東西吞進肚子裡。「你是哪裡的人？」

醫生拿掉唐諾手臂上的脈壓帶，發出啪啦一聲。「十樓，不過我平常派駐在六十八樓的輪值醫療室。」他把血壓計放回袋子裡，然後在寫字板上寫了幾個數字。

「不，我是問你從哪一州來的？我的意思是……從前你是哪裡人？」

史尼德醫師拍拍唐諾膝蓋，然後站起來走到門前，把寫字板掛到門板外側的鉤子上。「接下來的幾天，你可能還是會感到暈眩。如果你發抖的話，要立刻通知我們，好嗎？」

唐諾點點頭。很久以前有另一位醫師也跟他說過同樣的話。這是他最後一次輪值了嗎？大概只有那些遺忘一切的人才可以重複輪值，而他不想變成那樣的人。這次他絕對不讓自己遺忘。

這時候，門口的地面上忽然出現一道陰影，唐諾抬頭一看，看到雪怪就站在門口。他趕緊抓住膝蓋上的托盤，免得托盤掉到地上。

雪怪朝史尼德醫師點點頭。不過，其實他的名字並不是雪怪。唐諾心裡想，他叫瑟曼。瑟曼參議員。他記得很清楚。

「你有空嗎？我想問你幾句話。」瑟曼問醫師。

「當然好。」史尼德提起袋子和瑟曼走出門外，把門鎖上。裡面只剩下唐諾一個人，手上端著一碗湯。

他用湯匙喝湯，豎起耳朵仔細聽，想聽聽他們在門外說些什麼。他再度提醒自己，那個人叫瑟曼。而且，現在他已經不是參議員了。現在哪還有什麼參議員？從前那段日子早已成為過去。

那份報告已經又摺起來擺在矮櫃上。唐諾咬了一口麵包，忽然想起當年設計圖裡畫的一些樓層。現在，那些樓層都已經變成真的，而且有人住在裡面，生兒育女，代代繁衍。他們的生活中有笑聲有淚水，偶爾會爭吵，洗澡的時候會唱歌，死後被親人埋葬在土壤中。

過了幾分鐘，有人轉動門把，往內推開門，雪怪一個人走進房間。接著他關上門，皺起眉頭盯著唐諾。「你覺得怎麼樣？」

唐諾的手不由自主的開始顫抖，手裡的湯匙不斷撞擊著碗口邊緣。唐諾把碗放回托盤，然後兩手抓住托盤兩邊，免得手繼續發抖，免得自己忍不住握起拳頭。

「你心裡明白。」唐諾咬牙切齒的說。「你心裡明白我們幹了什麼好事。」

瑟曼兩手一攤。「該做的就得做。」

「狗屁。少跟我講這種屁話。」唐諾猛搖頭，杯子裡的水也跟著搖搖晃晃，幾乎要灑出來。「世界……」

「我們拯救了世界。」

「胡說八道！」唐諾聲音都嘶啞了。他拼命回想。「外面的世界已經完蛋了。」他回想起先前在頂樓的大餐廳看到的景象。他記得那灰黃的土丘，天空烏雲密布。「我們毀滅了世界，害死了所有的人。」

「他們等於已經死了。」瑟曼說。「我們也一樣。小子，每個人都會死。重要的是——」

「夠了！」唐諾猛揮雙手，彷彿瑟曼說的話變成某種毒蟲正飛過來咬他。「沒什麼藉口好說——」

他感覺到嘴邊全是口水，立刻抬起袖子擦掉，這時候，他大腿上的托盤快要滑到地上了——那一剎那，瑟曼忽然飛身過來接住了托盤。以他的年紀來說，他的動作真是快得驚人。接著，他把裝著剩菜的托盤放到床邊的小桌上，然後又轉身看著唐諾。唐諾注意到瑟曼又變老了，皺紋變得更深，瘦得幾乎是皮包骨。唐諾心裡想，自己冬眠那段期間，瑟曼醒過來多久了？

「當年打仗的時候，我殺了很多人。」瑟曼低頭看著托盤裡的剩菜。

唐諾不由自主的盯著瑟曼的脖子，兩手抱在一起免得發抖。瑟曼突然主動說出當年殺了很多人，彷彿他看穿了唐諾的心思，彷彿這代表一切早有預兆，為什麼他堅持要進行這個血腥的計畫。

瑟曼轉身面向矮櫃，拿起上面那團摺好的報告，慢慢攤開。唐諾瞄到報告上那片模糊的淡藍色。那是他先前流下的冰冷眼淚。

「有人說，你殺的人越多，殺人就會變得越來越容易。」他說。然而，他說這話的時候，口氣顯得有點哀傷，沒有半點威脅的意味。唐諾低頭看看自己的膝蓋，發現膝蓋一直抖，於是立刻用力踩著地面，不讓膝蓋繼續抖。

「可是對我來說，殺人卻變得越來越困難。當年在伊朗，有一個人——」

「他媽的，你殺光了全地球的人。」唐諾輕聲說，一字一句說得清清楚楚。他嘴裡說著這些，心裡想到的卻是他太太海倫。當時，海倫跑錯了地方，到了另一個州區，而唐諾生命中的一切徹底粉碎了。

「我們殺光了所有的人。」

瑟曼參議員深深吸了一口氣，閉住氣。「我已經告訴過你。」他說。「他們等於已經死了。」

「別跟我扯這個，我聽不下去。你可以殺了我，可以逼我吃藥讓我什麼都忘掉，可是我告訴你，不管你講什麼我都不相信。」

瑟曼看著那份報告，似乎在猶豫什麼。他手中的報告似乎有點抖動，不過，那可能是因為天花板上的通風口正在送風。過了一會兒，他終於點點頭，好像是同意了唐諾剛剛說的話。「逼你吃藥沒有用。我看過你第一次輪值的檢驗報告。只有極少數人會產生抗藥性，那比例非常少。我們很想查出為什麼會這樣。」

唐諾不由得冷笑起來。他坐在床上，往後靠在牆邊，整個人籠罩在上層床鋪的陰影底下。「說不定是因為我看到太多了，所以忘不掉。」他說。

「不是。不太可能。」瑟曼低頭看報告，不過眼角還是盯著唐諾。唐諾喝了一口水，兩手捧著杯子。「你看到的越多，內心的創傷就越深，吃了藥，藥效反而會更強，你會更容易忘掉。只有少數人例外。

這也就是為什麼我要幫你抽血做樣本。」

唐諾低頭看看自己的手臂，看到醫生剛剛幫他抽血的位置蓋著一小片紗布，用膠帶貼著。他忽然感到很無助，很恐懼，那種混雜的情緒是一種無比的煎熬。「你把我弄醒，就是為了要抽血嗎？」

「不完全是。」瑟曼遲疑了一下。「我確實很想知道你為什麼會產生抗藥性，不過，我把你叫醒，主要是因為有人要求我叫醒你。有些地堡快毀滅了——」

「這不就是你整個計畫的目的？」唐諾呸了一聲。「毀滅地堡。這不就是你的目的嗎？」他回想起當時曾經在地圖上第十二地堡的位置畫了一個紅色的大叉叉。全地堡的人都死了。而這早在他們預料之中，那些地堡是可以犧牲的。指令上就是這麼寫的。

瑟曼搖搖頭。「我不知道那些地堡出了什麼問題，不過，我們一定要搞清楚。另外，有一個人……那個人認為你可能無意間發現了答案。我們想問你幾個問題，然後就會把你送回去冬眠。」

送回去冬眠。這麼說來，他們不會放他出來太久。他們喚醒他，只是為了幫他抽血，問出他們想知道的東西，然後就會把他送回去冬眠。唐諾揉揉手臂，感覺手臂變得好瘦，似乎有點萎縮。被關在冷凍艙裡，到最後一定會死在裡面，只不過沒有他希望的那麼快。

「我們必須知道，這份報告的內容你記得多少。」瑟曼伸手把報告遞給他，但唐諾揮揮手不想拿。

「我已經看過了。」他說。他不想再看第二次。他閉上眼睛都看得到那座地堡的人爭先恐後奪門而出，像飛蛾撲火一樣投進外面那毒塵遍布的大地。下令殺死那些人的人，就是他。

「我們還有另外一種藥可以舒緩——」

「不要。我不要再吃藥。」唐諾兩手交叉，然後兩條手臂往外劃開，那動作很堅決。「你聽清楚，我對那種藥根本沒有抗藥性。」他說的是實話。他不想再騙人了。「其實根本沒有你想的那麼複雜。我根本沒吃藥，不是什麼抗藥性。」

說出真相，心裡忽然很舒坦。他們又能怎麼樣？把他送回去冬眠？他又喝了一口水，等著看瑟曼有什麼反應。接著，他把水吞下去。

「我把藥丸藏在牙齦旁邊，過一陣子才吐出來。就這麼簡單。有些人會想起從前的事，可能也是因為這樣。比如說哈爾，或者應該叫他卡爾頓。不管他叫什麼，我說的就是他。」

瑟曼冷冷盯著他，拿著那份報告輕輕拍打另一隻手掌，似乎很認真在聽他說。「我們知道你沒吃藥。」他終於開口了。「而且知道你是什麼時候停藥的。」

唐諾聳聳肩。「那麼，一切都很清楚了不是嗎？根本沒有所謂的抗藥性。」他喝光杯子裡的水，然後把杯子放回托盤上。

「唐唐，讓你產生抗藥性的那種藥，並不是在藥丸裡。有些人停止吃藥，是因為他們漸漸回想起從前。也就是說，並不是因為他們停止吃藥，所以才記起從前的事。」

唐諾打量著瑟曼，不相信他說的話。

「你停止服藥之後，你的尿就變色了。你把藥丸藏在牙齦旁邊，結果口腔潰瘍。我們一直在留意這種現象。」

「什麼？」

「唐唐，藥丸裡根本沒有藥的成分。」

「我不相信。」

「所有的人都吃了藥。有些人具有抗藥性，可是，照理說你不應該會出現抗藥性。」

「狗屁。我記得當時的感覺，吃了藥，我整天昏昏沈沈。我一停止吃藥，狀況就漸漸改善。」

瑟曼歪歪頭。「你之所以會覺得停止吃藥比較好，是因為你……說你狀況漸漸改善好像不太對。應該說，你內心的恐懼又漸漸出現了。唐唐，藥在水裡。」他伸手指著托盤上的空杯子。唐諾順著他手指的方向看看杯子，忽然感到一陣噁心。

「你放心。」瑟曼說。「我們一定會搞清楚為什麼你會產生抗藥性。」

「我不想幫你，我不想再討論這份報告，還有，不管誰想見我，我一概不見。」

他只想見海倫。他只想見他太太。

「如果你不幫我們，很可能會有幾千個人死掉。說不定你這份報告真的無意間觸及了某種很重要的東西，儘管我不相信。」

唐諾瞄瞄浴室的門，很想衝進去把自己鎖在裡面，挖喉嚨，逼自己把剛剛吃下去的東西和水吐出來。瑟曼可能是在騙他，但也可能說了實話。如果瑟曼騙他，那就意味著他喝的只是水。如果瑟曼說的是真的，那就意味著他體內真的有抗藥性。

「我根本不太記得自己寫了這鬼東西。」他說的是實話。另外，到底是誰想見他？可能是另外一位醫生，要不然就是地堡的指揮官，總之，可能就是這個輪值期的負責人。

他揉揉太陽穴，感覺到頭越來越脹。也許他應該乖乖配合他們，然後就可以回去冬眠了。他偶爾會夢見海倫。只有在夢裡，他才能夠跟海倫在一起。

「好吧。」他說。「我會跟你去見他。不過，我還是很懷疑自己究竟知道什麼。」他揉揉手臂上抽血的位置。那裡有點癢，而且是一種皮肉深處的癢，彷彿裡面有瘀青。

瑟曼參議員點點頭。「我也懷疑你到底知道什麼。不過，她認為你知道。」

唐諾愣了一下。「她？」他打量著瑟曼的眼睛，不知道自己有沒有聽錯。「她是誰？」

瑟曼皺起眉頭。「就是她要我弄醒你。」接著他伸手指著床鋪。「休息一下，明天我就帶你去見她。」

31 第一地堡

他沒辦法休息。時間很殘酷，很緩慢，而且無法判斷。房間裡沒有時鐘，他不知道現在幾點。他拚命敲門，可是卻沒人理他。唐諾只能一個人躺在床上，盯著上層床鋪的鐵絲網。那鑽石形的鐵絲網撐著上層的床墊。他聽著牆裡的水管咕嚕咕嚕的水流聲。他沒辦法睡覺。他分不清現在是半夜還是大白天。他感覺整座地堡彷彿壓在他身上。

那種無聊的感覺越來越難以忍受，於是，唐諾終於拿起那份報告看看。他仔細一看，發現那不是原版，因為底下的簽名沒有筆跡的凹痕，而且，他還記得當初簽名的時候用的是藍筆。

他曾經在報告裡描述地堡如何毀滅，並且提出一套理論，認為資訊區負責人的學徒太年輕，建議以後要提高年齡。這些段落他都跳過不看。他不知道後來他們是不是有採納他的建議。也許有，但顯然地堡還是一直在出問題。另外，報告裡還提到他曾經審核一個年輕人。那年輕人心裡有疑惑，他的曾祖母記得從前的一切，就像唐諾一樣。他在報告裡提出建議，允許那些學徒候選人提出一個問題，畢竟他們都看過「遺產」資料庫的書，那麼，在思想訓練的最後階段，也許應該讓他們知道未來還有更多的真相可以去探求，不是嗎？

這時候，他聽到鑰匙插入鑰匙孔的聲音，接著瑟曼推開門走進來。那一剎那，唐諾趕緊把那份報告摺好放到一邊。

「舒服一點了嗎？」瑟曼問。

唐諾沒吭聲。

「有辦法走路嗎？」

他點點頭。走路。其實他真正想做的，是放聲大喊，沿著走廊拚命衝，在牆上挖幾個洞。不過，能走走路也就可以了。走一段路，然後等著被送去深度冬眠。

他們一起搭電梯，兩個人都沒吭聲。唐諾注意到瑟曼拿出識別證在感應器前面晃了一下，然後才按下五十四樓的按鈕。那按鈕看起來很新，不像其他樓層按鈕被磨得破破爛爛。在唐諾印象中，那一樓放的全是裝備物資，別的什麼都沒有，而且那些東西應該是永遠不可能用得到。電梯快到那一樓的時候，速度漸漸慢下來。平常，電梯幾乎沒有在這一樓停過。電梯門一開，只見眼前是一片幽暗的巨大空間，滿滿的全是貨架，貨架上全是武器。

瑟曼帶著他穿越貨架中間的通道，唐諾注意到兩旁擺滿了長長的條板箱，箱子側邊印著「彈藥」的字樣。另外，旁邊有一種更長的箱子，上面印著「M22」還有「M19」的字樣。除此之外，有些貨架上擺滿了護甲和鋼盔，還有一些箱子上印著「醫療用品」和「戰備口糧」的字樣。過了貨架區，眼前出現了別的東西，上面蓋著防水布，形狀看起來圓圓胖胖，還有長長的機翼，應該就是無人機。他妹妹就曾經在一場戰爭中負責操控無人機，而現在看來，當年那場戰爭實在毫無意義，感覺變得很遙遠，早已成為歷史。而現在，當年留下來的飛機就在眼前，重新上過油，用防水布蓋著，散發著潤滑油和恐懼的氣息。

過了那批無人機，瑟曼帶著他穿越一片黑暗地帶。幽暗中，整座倉庫顯得更深邃遼闊，彷彿無窮無盡。到了大庫房最裡面，有一間辦公室，門開著，透出燈光，裡面有聲音，好像有人在翻紙，還有椅子轉動摩擦地面的嘎吱聲。唐諾走到門口，赫然看到她就在裡面。他一眼就認出她是誰。

「安娜？」

裡面有一張大會議桌，旁邊擺著十幾張一模一樣的椅子，她就坐在桌子後面，看著桌上的電腦螢幕和滿桌的文件。一聽到他的聲音，她立刻抬起頭來看他，不過卻沒有半點驚訝的樣子，就只是對他微微一笑。然而，她的笑容卻透出一絲掩不住的疲憊。

唐諾站在門口目瞪口呆，瑟曼則是走進房間繞過桌子，抱住安娜兩邊的手臂，在她臉上親了一下，不過，安娜眼睛卻一直盯著唐諾。接著，瑟曼湊在安娜耳邊好像說了什麼，然後大聲告訴他們他還有別的工作要忙。後來，瑟曼都已經走出去了，唐諾卻還愣在原地。

「安娜——」

她已經繞過那張大會議桌走到他面前抱住他，湊在他耳邊輕聲安慰他，這時候，唐諾忽然感覺好疲倦，癱在她懷裡。他感覺到她輕撫著他的後腦勺，頭靠在他脖子旁邊，而他也兩手摟住她背後。

「妳怎麼會在這裡？」他輕聲問。

「原因跟你一樣。」她放開他往後退。「我在找答案。」她往後退了幾步，看著滿桌的文件。「說不定我面對的問題不只一個。」

桌上有一張他很熟悉的藍圖——五十座地堡的分佈圖。那張圖被壓在桌面的玻璃底下，圖上的每座地堡看起來都像一個小圓盤。唐諾注意到桌子旁邊有十幾張椅子，忽然明白這裡就像是戰情室，他彷彿看到很多將軍就站在四周推演模型，抱怨幾千條人命被犧牲了。他抬頭看看牆上的地圖和圖表。會議室旁邊有一間浴室，門板上有一個鉤子掛著一條毛巾，遠處的牆角有一張行軍床，床單棉被鋪得很整齊。床邊擺了一口條板箱，上面有一盞檯燈。地面上到處都是延長線，看得出來這間會議室被當成住家在用。

他走到距離最近的牆邊，翻翻牆上的圖表。牆上的圖表上下排成三列，上面貼滿了小紙條，看起來像是正在擬定作戰計劃，又有點像電視犯罪影集裡的場景。很久很久以前，他常常看那種影集，因為看了比較容易想睡覺。

「妳好像已經被叫醒很久了，比我久。」他說。

安娜走過來站在他旁邊，把手搭在他肩上，那一剎那，唐諾嚇了一跳，因為這個動作好熟悉。

「快一年了。」她的手沿著他肩膀往下滑，撫過他背後，然後才縮回去。「要不要喝點什麼？喝水可以嗎？另外，倉庫裡還有一大堆威士忌。底下這些板條箱裡到底裝什麼東西，有一大半連我爸都不知道。」

唐諾搖搖頭。安娜走進浴室，轉開水龍頭，過了一會兒，她出來的時候手上端著一杯水，邊喝邊走。

「這裡到底怎麼回事？」他問。「為什麼要把我叫醒？」

她把嘴裡的水吞下去，舉起杯子朝牆壁的方向晃一晃。「那——」她忽然笑出來，搖搖頭。「我剛剛本來要說那沒什麼，不過，為了這件事，我被人從冷凍艙裡挖出來，關到這個要命的地方，等於是從一間牢房移到另一間牢房。不過，大體上來說，這件事跟你並沒有什麼太大的關係。」

唐諾又轉頭打量房間四周，很難想像在這種地方生活一年是什麼滋味。接著他轉頭看著安娜，看到她頭髮紮成一個髮髻，上面插著一支筆。除了眼睛下方的黑眼圈，她臉色看起來很蒼白。他不知道她是怎麼辦到的，竟然能夠在這種地方過日子。

遠處的牆面上也掛了一張和桌上一樣的地堡分佈藍圖，上面有座標方格，有幾十個圓圈。左上角有一座地堡被人用紅筆畫了一個大叉叉，唐諾知道那就是第十二地堡。另外，附近有一座地堡上也畫了一個大叉叉，那是後來畫上去的，看起來像是第十地堡。又死了更多人。還有，圖的右下角被畫得亂七八糟，看不出來是什麼東西。他朝那張圖走過去，忽然覺得整個房間好像搖搖晃晃。

「唐唐？」

「這裡到底怎麼回事？」他問得很小聲，幾乎是在自言自語。安娜轉頭看看他在看什麼，然後瞄瞄桌上。唐諾看她那個動作，立刻就懂了。桌上那些文件擺放的位置，和圖上畫得亂七八糟的位置是一樣的。桌面的玻璃上用紅色和藍色蠟筆註記了很多東西。

「唐唐——」她朝他走過去。「狀況不太妙。」

他轉身打量牆上那張圖，看著右下方那些紅色的塗鴉。有紅色的大叉叉，也有問號，還有紅筆畫的線條和箭頭。大概有十到十二座地堡上都畫了符號。

「總共有幾座？」他心裡暗暗計算到底又死了多少人。幾千人？幾萬人？「他們都死了嗎？」

她深深吸了一口氣。「還不知道。」她喝完了那杯水，走到會議桌旁邊。桌子周圍的椅子都緊貼著桌緣，她走到其中一張椅子旁邊，手伸進座墊的位置，掏出一瓶酒，然後把酒倒進塑膠杯，大約倒了半杯。

「是從第四十地堡開始的。」她說。「大約一年前，那座地堡消失了——」

「消失？」

安娜喝了一口威士忌，舔舔嘴唇。「一開始，是監視器的畫面不見了，不過，並不是所有的畫面同時消失，而是一個一個消失，最後通通不見了。我們聯絡不到那邊的資訊區負責人，也沒辦法找人替補他。當時，我們這邊輪值的總指揮是厄斯金。他遵照指令，下令關閉了那座地堡——」

「妳的意思是，他殺光了全地堡的人？」

安娜瞪了他一眼。「你應該明白，該做的還是得做。」

唐諾想起第十二地堡。當時他也做了同樣的決定。其實，那能算是他的決定嗎？整個系統是自動運作的，他也不過就是按照程序執行下一個步驟，不是嗎？他執行的，是別人擬定的程序，不是嗎？

他看著牆上那張圖的紅色叉叉。「而另外那些呢？另外那幾座地堡呢？」

安娜仰頭喝了一大口，喝光了杯裡的酒，然後喘了好幾口氣。唐諾注意到她又在看酒瓶了。「第四十二地堡監視畫面消失的時候，他們就去叫醒我爸爸。後來，我爸爸又來叫醒我，而那時候已經又有另外兩座地堡畫面消失了。」

另外兩座地堡。「為什麼要把妳叫醒？」他問。

她把一縷頭髮塞到耳朵後面。「因為沒人幫得了他了，參與設計這個地方的人，有的已經不在了，有的已經無計可施。爸爸叫醒我，是因為他已經束手無策。」

「他只是想看看妳吧。」

她忍不住笑起來。「相信我，沒這回事。」她揮揮手上的空杯子，指著桌面上那些地堡圓圈和滿桌的文件。「他們利用高頻率無線電互相聯絡。我們猜，應該是第四十地堡開始的。很可能是他們資訊區的負責人背叛了我們。他們駭進了天線系統，開始和附近的其他地堡聯絡，而我們卻沒辦法切斷他們的通訊。他們料到我們一定會這樣做，所以早就有了準備。我爸爸感覺到他們可能已經做到這種程度，所以他和另外幾個人起了爭執。我爸爸說，無線電通訊網路是我的專長，必須叫醒我，可是其他人反對。不過，最後他們都屈服了，因為如果不叫醒我，那就勢必要動用無人機。那是下下策，沒有人想這樣做。」

「和另外幾個人起爭執？誰啊？還有誰知道妳在這裡？」唐諾不由得想到，女人出現在這個地方是很危險的。不過，他會這樣想，可能是因為他感覺到自己內心的軟弱的一面。

「我爸爸，厄斯金，史尼德醫師，還有史尼德醫師的幾個助理。就是那幾個助理把我弄醒的。不過，他們應該沒有機會再輪值了——」

「他們被送去深度冬眠了嗎？」

安娜皺起眉頭，杯子裡的酒不小心灑出來。這時候，唐諾忽然想到，他冬眠的這段期間，這世界又遭受了多少損失。幾個輪值期下來，又有一座地堡監視畫面消失，而地圖上又多了一個紅色的大叉叉。現在，又有十幾座地堡出了問題，而瑟曼已經醒過來一年，正在處理這個問題。他女兒也一樣。唐諾揮揮手指著房間四周。「妳在這鬼地方窩了一整年，處理這些問題？」

她朝門口歪歪腦袋笑起來。「我在另一個更爛的地方窩了更久，不過，你說得沒錯，這裡確實是個鬼地方，我快受不了了。」她又啜了一口酒，杯子遮住了她的臉，看不到她的表情。唐諾忽然想到，她喚醒他，可能是因為她無法抗拒內心的軟弱，而她爸爸喚醒她，說不定也是同樣的原因。那麼，接下來會怎麼樣？他是不是也會去冷凍艙室尋找冬眠的妹妹夏綠蒂？

「目前我們有十一座地堡失去聯絡。」安娜盯著杯子裡。「我想，我應該已經控制了局面，不會讓這種狀況蔓延到更多地堡。不過，我們還是要想辦法搞清楚這件事是怎麼發生的，還有，那些地堡裡的人是不是還活著。我認為他們可能都已經死了，可是爸爸還是想派人過去看看，或是操縱無人機過去偵察。問題是，大家都認為派無人機風險太高，萬一被看到就麻煩了。目前，第十八地堡似乎也快完蛋了。」

「我能幫得上什麼忙？你爸爸認為我知道什麼？」他繞過會議桌，揮揮手指著酒瓶。安娜把她杯子裡的酒倒掉，連酒瓶一起拿給唐諾，然後自己伸手去拿螢幕旁邊的杯子。這時候，唐諾走到床邊，頹然坐到床上。一下子聽到太多消息，他腦袋快爆炸了。

「認為你可能知道某些東西的人，並不是我爸爸。他根本不想把你弄醒。深度冬眠的人本來是不准弄醒的。」她倒好酒，把瓶蓋塞回酒瓶。「是他的老闆認為你可能知道。」

唐諾才剛喝下第一口威士忌，聽到她說這句話，差點嗆到。他咳了好幾下，抬起袖子擦擦下巴，安娜有點擔心的看著他。

「他的老闆？」他喘了好幾口氣。

她瞇起眼睛。「我爸爸有沒有告訴你他為什麼要把你弄醒？」

他手伸進口袋裡摸那份報告。「我寫了一份東西，是上次……上次輪值的時候寫的。妳剛剛說瑟曼上面還有老闆？他不就是老闆嗎？」

安娜冷笑了一聲。「誰都不是老闆。」她對他說。「系統才是老闆。系統自己會運作。我們建造這個系統，就是要讓它自己運作。」她從辦公桌後面站起來，走到床邊，坐到唐諾旁邊。唐諾往旁邊挪了一下，空出位置給她坐。

「爸爸只負責建造這五十個地堡，這是他分配到的任務。參與設計這個計劃的人，總共有三個。當初，另外兩個人曾經想辦法要掩人耳目，偷偷建造這些地堡，可是我爸爸勸他們不必這麼麻煩，大可光明正大的進行工程。用核廢料處理中心當幌子，是他想出來的點子，所以他必須親手執行。」

「妳剛剛說有三個人，另外兩個是誰？」

「維克和厄斯金。」安娜把枕頭拉起來靠著牆，然後背靠到枕頭上。「當然，這也不是他們真正的名字。不過，叫什麼名字，有什麼差別嗎？不過就是個名字罷了。在這底下，你愛叫什麼名字都可以。最先警覺到奈米戰爭危機的，是厄斯金。他告訴維克和我爸爸，奈米機器人會變成什麼東西。過一陣子你就會見到他了。他曾經和我一起輪值，處理地堡淪陷的問題，可是，這並不是他的專長。呃，還要再來一杯嗎？」她朝他的杯子點點頭。

「不要了，我已經開始頭暈了。」他本來還想說，他頭暈並不是因為喝了酒。「我上次輪值的時候碰到過一個叫維克的人，他的辦公室就在我辦公室對面。」

「就是他。」她轉頭看看旁邊。「我爸爸說，他才是老闆，不過，我和維克合作過一段時間，他從來不覺得自己是什麼老闆，反而覺得自己只是個管理員。有一次他開玩笑說，他覺得自己很像諾亞，這裡就像方舟。幾個月前，第十八地堡出了事，當時他就想把你弄醒，可是我爸爸反對。我覺得維克好像很喜歡你。他常常提到你。」

「維克提到我？」唐諾記得辦公室對面那個人。那個心理醫師。安娜忽然抬起手揉揉眼睛。

「沒錯。他非常聰明，一眼就能夠看穿你在想什麼，任何人都逃不過他的眼睛。這整個計劃大部份是他設計出來的。指令是他寫的，還有第一版的公約。這都是他留下來的傑作。」

「留下來的？這什麼意思？」

她嘴唇開始顫抖，把杯子端到嘴邊，可是杯子裡幾乎已經空了。

「維克死了。」她說。「兩天前，他在辦公室開槍自殺死了。」

32 第一地堡

「維克?他自殺了?」唐諾很難想像,他辦公室對面那個沈穩鎮定的維克竟然會做這種事。「為什麼?」

安娜啜泣了一聲,身體湊近唐諾,把手中的塑膠杯搓成一團。「我們也不知道為什麼。自從上次第一座地堡被毀滅之後,他心裡就一直很煎熬,彷彿那座地堡一直陰魂不散的糾纏他。他一直陷在那種煎熬裡。他很自責,我看他那個樣子,心裡也很難過。他曾經說,某些事情要發生之前,他都能夠事先預料到。那是一種……概率性必然。」說最後那五個字的時候,她模仿維克的口氣,那一剎那,唐諾腦海中忽然浮現出維克的身影。

「可是,他卻無法準確預料事件發生的時間和地點,這令他難以忍受。」她揉揉眼睛。「如果那件事發生在其他人輪值期間,也許他就不會那麼煎熬。如果不是在他輪值的時候發生,他應該就不會那麼自責。」

「他應該怪我。」唐諾低頭看著地上。「那發生在我輪值的時候。當時我狀況很不好,腦子不太清楚。」

「什麼?沒這回事,唐唐,沒這回事。」她一手搭在他膝蓋上。「這件事不能怪任何人。」

「可是我寫的報告——」報告還拿在他手上。他攤開報告,瞄了幾眼,看到上面有很多模糊的淡藍色痕跡。

安娜眼睛瞄向那份報告。「那份是拷貝的吧？」她伸手把報告拿過去，然後把幾縷頭髮撥到後面。「我爸好不容易鼓起勇氣才敢告訴你這份報告的事，不過，維克的事，我猜他大概說不出口。」她搖搖頭。「在某些方面，維克是一個很堅強的人，不過，他還是有脆弱的一面。」她轉頭看著唐諾。「別人發現的時候，他趴在辦公桌上，桌上全是筆記，都是那座地堡的資料，而擺在最上面的就是你的報告。」

她攤開報告，看看上面的字。「這份只是拷貝。」她輕聲嘀咕了一句。

「說不定那是——」唐諾才剛要開口。

「他在原版的報告上寫滿了註記。」她伸出手指劃過紙面。「大概就在這個位置，他寫了『原因就在這裡』幾個字。」

「原因就在這裡？什麼的原因？他為什麼要自殺的原因嗎？」唐諾朝房間四周揮揮手。「原因不就是這個地方嗎？說不定他終於明白自己犯了天大的錯誤。」他抓住安娜手臂。「想想看，我們做了什麼事。我們是不是跟隨一個瘋子胡作非為？說不定維克突然恢復理智了，說不定他清醒過來之後，忽然明白自己幹了什麼事，對不對？」

「不是這樣。」安娜搖搖頭。「這件事是我們非做不可的。」

他忽然揮手猛拍床後面的牆壁。「每個人都是這麼說。」

「你聽我說。」她一手搭在他膝蓋上，想安撫他。「不要這麼衝動。你要冷靜，好不好？」她轉頭瞄瞄門，露出恐懼的神色。「我要求他把你叫醒，是因為我需要你幫忙。這個問題我一個人解決不了。第十八地堡的狀況，一直是維克在處理的，如果換成是我爸爸，照他的作風，他根本不會想辦法處理，而是直接消滅那個地堡。維克不想那樣做，而我也不想那樣做。」

唐諾想到第十二地堡。那個被他一手毀滅的地堡。不過話說回來，當時那座地堡不是已經完蛋了嗎?當時已經無法挽回了,因為他們已經打開了氣閘門。他轉頭看看牆上的藍圖,心裡想,第十八地堡是不是也一樣來不及挽回了?

「維克在我的報告裡看到什麼東西?」他問。

「我不知道。不過,幾個禮拜前,他要求我爸爸把你弄醒。他認為你的報告觸及了某些關鍵。」

「說不定那只是因為當時我也在場,所以他才想把我弄醒。」

唐諾轉頭看看四周,看看有沒有什麼線索。安娜一直在探索,拆解出更多問題,而這麼多問題都需要找出答案。這次他頭腦比較清醒了,不像上次。他自己心裡也有很多疑問。他想去找他妹妹,他想徹底查清楚海倫的下落,因為他不想再繼續猜疑她是不是還活著,是不是還在外面的某一座地堡裡。他想多瞭解這些該死的地堡,因為這是他幫忙建造的。

「你願意幫忙嗎?」安娜伸手搭在他背後,那輕柔的撫觸卻令他想起太太海倫。從前,她也常常這樣安撫他。被她這樣一碰,他嚇了一跳,內心深處隱隱感覺到他還是已婚的男人,而他太太還活著,說不定正在某一座冷凍艙裡冬眠,等待他去喚醒她。

「我要……」他突然跳起來轉頭看看四周,看到桌上那台螢幕。「我要查一點資料。」

安娜立刻跟著站起來。「當然可以。目前已經整理出來的線索,我都會詳細告訴你。維克留下了很多筆記,都寫在你那份報告上。我會拿給你看。說不定你可以說服我爸爸,事情還有轉機,那座地堡還來得及挽救——」

「對。」唐諾說。他願意,不過那只是因為這樣他才不會被送去冬眠。有那麼一剎那,他感覺安娜應該也希望他不要被送去冬眠。她希望他能夠待在她身邊,

一個鐘頭前,他還巴不得趕快被送去冬眠,逃離這個他一手協助打造的世界。可是現在,他開始想

要找出答案了。他會好好探測第十八地堡，不過，同時他也想查出海倫的下落。她到底出了什麼事。她到底在哪裡。接著他忽然想到米克，想到當年田納西區的窪地，於是，他立刻轉頭看著牆上的藍圖，看著那幾十個地堡圓圈，拼命回想哪一個號碼代表哪一個州區。

「這部電腦能夠查到什麼資料？」他問。他興奮得渾身發熱，因為他忽然想到他很有機會利用電腦找出答案。

這時候，安娜忽然轉頭看著門。外面的黑暗中傳來腳步聲。

「是我爸爸。現在只剩下他可以到這層樓。」

「只剩下他？」他轉頭看著安娜。

「對。維克自殺用的槍是在哪裡拿到的，你該猜得到吧？」她忽然壓低聲音說。「他偷偷到這裡來，打開某一個板條箱，當時我人就在這裡，可是卻沒聽到半點動靜。告訴你，維克的死，我爸爸很自責，怪他自己不好，而且他不相信維克自殺的事跟你有關，跟你寫的報告有關。可是我了解維克，他並沒有發瘋。如果你能夠幫上什麼忙，求求你，就算是幫我吧。」

她緊緊握住他的手，唐諾低頭看了一下，可是他心不在焉，沒有意識到他的手被她握住。她另一手拿著那份報告。腳步聲越來越近了。最後，唐諾點點頭表示同意。

「謝謝你。」她立刻放開他的手，伸手到床上拿起他剛剛用的空杯子，然後連同她自己的杯子和酒瓶一起放到剛剛那張椅子上，再把椅子推進桌子底下。這時候，瑟曼已經走到門口，敲敲門。

「請進。」安娜伸手把頭髮撥到後面。

瑟曼盯著他們兩個，盯了好一會兒。「厄斯金正在準備一場小規模的葬禮。」他說。「就我們幾個參加，因為只有我們知道內情。」

安娜點點頭。「那當然。」

瑟曼忽然瞇起眼睛看看安娜，再看看唐諾。安娜知道他這種舉動就是在問她結果如何。

「唐唐認為他可以幫得上忙。」她說。「另外，我們都認為他最好在這裡跟我一起工作，至少要到有進展的時候。」

唐諾嚇了一跳，轉頭看著安娜。瑟曼沒吭聲。

「我們需要多一部電腦。」她又說。「你弄一部下來，我來安裝。」

這正中唐諾下懷。

「還有，當然，這裡還需要多準備一張床。」安娜微微一笑。

33 第十八地堡

和農夫打了一場群架之後，那群運送員各自作鳥獸散，而米森也趁亂溜了。他到十樓的休息站打算睡幾個鐘頭，可是他被人打了幾拳，鼻子麻了，嘴唇腫了，躺在床上翻來覆去根本睡不著，覺得這樣躺著也沒意思，於是又爬起床。四下一片昏暗，他發現時間還太早，不能去「巢穴」找克蘿老師。她一定還在睡覺。於是，他跑上樓到大餐廳看日出，吃一頓豐盛的早餐。驗屍官給他的小費還熱呼呼的在他口袋裡，而他皮破血流的拳頭也同樣熱呼呼的。

他吃了一頓熱騰騰的早餐，身上漸漸比較不痛了。大餐廳裡還有一些大夜班剛下班的人也在吃早餐。他和他們一起看著外面的土丘上風起雲湧。太陽升起的時候，最先照亮了遠處那一座座的鋼骨殘骸。克蘿老師告訴過他們，那叫做摩天大樓。日出，象徵著這世界又展開了新的一天。米森忽然想到，今天就是他的生日。他吃完了早餐，把盤子留在桌上，在旁邊放了一枚代幣給等一下來清洗桌子的人。清洗。他很不願意想到這兩個字。接著，他趁大家都還沒起床的時候，爬樓梯下了八層樓，準備到「巢穴」去。到了「巢穴」，他就不會感到自己又老了一天。

到了九樓的平台，他再度看到那些熟悉的字眼。這裡，門框上方看不到樓層數字，只看到幾個大字：

克蘿的巢穴

那幾個字是用鮮豔的油漆塗上去的，字體很粗。多年來，那幾個字被一代又一代的學生重新塗寫過。他們重寫的時候會遵循字的形狀，可是因為寫了太多次，寫過的人太多，字的邊緣不免扭曲變形。地堡世世代代的孩子來來去去，在那幾個字上留下痕跡，然而，克蘿卻依然是永遠的老克蘿。

克蘿的巢穴身兼好幾種功能，是育兒區，也是高樓層孩子的學校。克蘿究竟待在這裡多少年了？就連地堡裡最老的人也說不出來。有人說，她和地堡一樣老，地堡剛創立的時候，她就已經在這裡了。不過，米森知道這只是傳說，因為根本沒人知道地堡已經存在多久。

他走進巢穴，發現大廳靜悄悄的看不到半個人。時間還太早。他聽到教室裡傳來一陣細微的摩擦聲，好像有人在拖桌子，把桌椅擺整齊。米森瞄到另一間教室裡有兩個老師正在討論，兩人都皺著眉頭一臉憂慮，可能是在擔心不知道要怎麼對付這些小魔頭。空氣中飄散著一股濃茶香，混雜著漿糊和粉筆的味道。走廊兩旁是整排的鐵櫃，油漆已經剝落殆盡，而且被孩子們撞得凹凸不平。看著眼前的景象，米森感覺自己彷彿又回到從前，一切彷彿還像是昨天。當年，他也曾經在這條走廊上興風作浪。當年，這裡有很多他的好朋友，而現在，他已經很久沒有見到他們了。他很渴望能夠常常看到他們。

克蘿老師的教室在走廊最裡面，就在她的宿舍隔壁。那間宿舍是整層樓唯一的宿舍。據說，那裡本來是教室，後來特別為克蘿老師改建成宿舍。她目前只教剛入學的小孩，不過，這一整層樓的學校還是她負責管理的。這是她的學校，克蘿的「巢穴」。

米森還記得，從小到大，每當他到了某個年齡，面臨不同的人生階段，他都來找過克蘿老師。有時候是為了尋求撫慰，有時候是為了尋求啟發，尋求智慧。早期，因為遠離土耕區的家，內心感到孤單，所以來找她尋求撫慰。後來，當他到了某個年紀，終於明白自己的無知，他就來找克蘿老師開導他，學習人生的智慧。比如說那一天，當他第一次聽到自己的身世，他立刻就來找克蘿老師。那天，他終於知道自己是怎麼出生的，媽媽是怎麼死的——她為了生下他，結果被人送出去清洗鏡頭。那一天的經歷，深深烙印在米森腦海中。米森還記得，那天是他第一次看到老克蘿哭。

他先敲敲教室的門，然後走進去，看到克蘿就在黑板前面。黑板的高度特別放低，讓她能夠坐在輪椅上寫字。克蘿正拿著板擦把昨天上課的內容擦掉，一聽到敲門聲，立刻轉頭看米森，笑得好燦爛。

「噢，孩子。」她的聲音好小。她揮揮板擦要他過來，空氣中忽然揚起一陣粉筆灰。「我的孩子，來，趕快過來。」

「嗨，克蘿老師。」米森穿過桌子中間的走道走向她。她的電動輪椅後面有一根桿子，上面有一條電線連接到天花板正中央，米森彎腰從電線底下鑽過去，走到她面前，然後擁抱了她一下。他兩手摟住她，聞到她身上的味道——那是一種屬於童年的純真氣息。今天她穿著那件有花卉圖案的黃袍。每次看到她穿那件衣服，就知道這天一定是星期三，比看日曆還管用。米森從小就看她穿那件衣服，到現在，衣服早就褪色了。萬事萬物都會褪色。

「你真的長大了。」她抬頭看著他，面帶微笑。她說話好小聲，幾乎快聽不到了。他忽然想到，就是因為她說話那麼小聲，所以上課的時候，就連那些頑皮的小小孩也都不敢吵鬧，都乖乖豎起耳朵仔細聽她說什麼。她抬起手摸摸他的臉頰。「你臉上怎麼了？」

米森笑了笑，把肩上的揹袋卸下來。「出了點小意外。」他就像小時候一樣哄騙她。他把揹袋放到一張桌子旁邊的地上。他忽然想到，小時候他就是坐在那狹小的座位上，聽克蘿老師講道理。

「妳最近好不好？」他打量著她的臉，注意到她那深深的皺紋和黝黑的皮膚，不過，那並不是因為她像農夫一樣被植物燈曬傷，而是因為年紀大了。她眼睛看起來有點潮濕，但依然炯炯有神。

「不太好。」克蘿說。她轉動扶手上的一根把柄，讓輪椅轉過來面向他。這張輪椅是幾十年前一個學生特地幫她打造的，而那個學生如今已經不在了。她捲起袖子，讓米森看看她手臂上貼著一片繃帶。「那些醫生來幫我抽血！」她指著那片繃帶，手指微微顫抖。「我身上大概有一半的血都被他們抽走了。」

米森笑起來。「不會啦，克蘿老師，他們絕不可能抽掉妳身上一半的血。他們只是來幫妳檢查身體。」

她抬起頭，皺紋顯得更深，臉上滿是狐疑的神情。「我不信任他們。」她說。

米森微微一笑。「妳本來就不信任任何人。噢，對了，說不定他們只是想搞清楚妳為什麼跟別人不一樣，永遠不會死。說不定他們會找到方法，讓大家都可以跟妳一樣長命百歲。」

克蘿揉揉手臂上的繃帶。「說不定他們是在想辦法看看要怎麼殺我。」

「噢，不要這麼酸嘛。」米森伸手把她的袖子拉下來，免得她繼續弄那片繃帶。「妳怎麼會這樣想呢？」

她皺起眉頭，不肯回答。接著，她忽然盯著他背後。「今天放假嗎？」她問。

米森順著她的視線轉頭看，立刻就明白她是什麼意思。「嗯？噢，不是啦。我昨天晚上送東西上來，已經交貨了。等一下我還會去送別的東西，不過現在還不知道要送什麼。」

「噢，真希望我也能像你這麼年輕，這麼自由自在。」克蘿轉動輪椅，移到她桌子後面，米森趕緊低下頭，從電線底下鑽過去。這是一種習慣動作。她輪椅後面那根桿子的高度是根據小朋友的身高設計的，並沒有考慮到大人。她拿起桌上的一個罐子，喝了一小口。罐子裡裝的是一種蔬菜泥。她寧願喝這種東西，也不想喝水。「上禮拜艾莉來找過我。」她放下那罐暗綠色的蔬菜泥。「她跟我打聽你，問你結婚了沒有。」

「哦？」米森立刻感覺身體一陣熱。很久很久以前，有一次克蘿老師撞見他和艾莉在接吻。其實，當年他和艾莉都還是小毛頭，根本不懂什麼叫接吻。當時，克蘿只是對他們會心的一笑，表情似乎有點緊張。「現在，大家都已經各分東西。」米森趕緊轉移話題，希望她明白他不想談艾莉。

「人生本來就是這樣。」克蘿拉開桌子的抽屜，在裡面摸索了半天，拿出一個信封。米森注意到信封已經用過很多次，因為上面全是擦拭的痕跡，看得出來有五、六個名字曾經被擦掉過。「你等一下會從這裡下樓嗎？如果是的話，能不能幫我把這封信轉交給洛德尼？」

她舉起信封，米森立刻接過去，看到信封上寫著他好朋友的名字，而先前那些名字都已經被擦掉了。

「當然沒問題，我可以送去給他，不過問題是，前兩次我到他們那裡，他們都說目前他不能出來見客。」

克蘿點點頭，彷彿她早就料到。「你去找傑佛瑞，他是那裡的警衛隊長，也是我從前的學生。你告訴他這是我交給你的，告訴他，我交代你要親手交給洛德尼。」說著她忽然揮揮手。「我寫張紙條給傑佛瑞。」

米森抬頭看看牆上的時鐘，而克蘿埋頭在抽屜裡找筆和墨水。再過不久，走廊上就會洋溢著孩子們的笑鬧聲，聽到他們劈哩啪啦用力摔鐵櫃的門。他等著她寫字條，同時看看牆上的海報和布條。克蘿老師曾經說那叫做「精神力量」。

其中有張海報的標題是「追求你的志願」，上面畫著一個小男孩和一個小女孩站在山丘上，山丘綠草如茵，背後是蔚藍的天空，就像童話書裡的插圖。另一張海報的標題是「追求夢想是心靈的至高喜悅」，上面畫了五彩繽紛的彩帶隨風飄揚。克蘿老師曾經幫那種圖樣取了一個名字，但米森一時想不起來。另一張海報的標題也很熟悉：「奔向新世界」，上面畫了一棵大得嚇人的樹，一隻烏鴉蹲在樹枝上，展開雙翅，彷彿正要飛向天空。克蘿老師的綽號就是烏鴉。

「傑佛瑞是禿頭的那個。」克蘿老師手舉到頭頂上，朝自己滿頭稀疏的白髮揮揮。

「我知道。」米森說。用這種特徵來強調傑佛瑞是有點奇怪的，因為地堡裡有太多老人也曾經是她的學生，而其中有些人也都已經禿頭。這時候，外面走廊上砰的一聲，有人用力摔鐵櫃的門。這讓米森不禁想到，小時候教室裡也是排滿了這種小桌子，而牆角放了一大堆捲起來的床墊，那是睡午覺用的。當年，大家每天都要在教室中央挪出一片空地，拿自己的床墊鋪到地上，然後躺在上面聽克蘿唱那些大家早已遺忘的老歌，聽著聽著大家就睡著了。他好懷念那些日子。他好懷念克蘿講的那些古老的故事，故事裡的世界，到處都是那種難以想像的稀奇古怪的東西。他靠在小桌子上，忽然感覺自己變得好蒼老，像克蘿老師一樣蒼老，難以想像的蒼老。

「把這張紙條交給傑佛瑞，然後你要親手把這封信交給洛德尼，記住，一定要親手交給他，懂嗎？」

米森把揹袋揹到肩上，然後把那封信塞進郵件包。他根本沒提費用的問題，因為光是心裡閃過那個念頭他就覺得很愧疚。他摸摸背包，忽然想到自己帶了東西要給她。由於前晚打了一架，他有點失神，忘了有東西要給她。

「噢，對了，我在土耕區拿了一些東西要給妳。」他從袋子裡掏出幾條小黃瓜，兩條辣椒，還有一顆大番茄。蕃茄表面有點破損。他把那些東西放在桌上。「妳可以用來磨成蔬菜泥喝。」他說。

克蘿老師露出笑容，很高興的拍拍手。

「下次我再來的時候，要我帶什麼東西來給妳嗎？」

「什麼都不用帶，我只想看看你。」她那滿是皺紋的臉上露出笑容。「我只在乎你們這些孩子。下次經過，一定要進來看看我，知道嗎？」

米森握住她手臂，感覺她袖子裡的手臂瘦得像一根木頭。「我一定會來。」他說。「對了，法蘭奇要我幫他跟你問好。」

「他應該要常常來才對。」她露出興奮的口氣。

「不是每個人都能像我一樣到處跑。」他說。「不過，我相信他一定很希望能夠常常來找妳。」

「那你去跟他說。」她說。「跟他說，我日子可能已經不多了——」

米森笑起來，揮揮手不理她。「我祖父的年輕的時候，或甚至我曾祖父年輕的時候，說不定妳也曾經跟他們說過同樣的話。」

克蘿老師微微一笑，彷彿他說的是真的。「如果你預測那些必然會發生的事。」她說。「那麼總有一天，你一定會發現自己猜對了。」

米森微微一笑。她的說法很妙。「不管怎麼樣，我還是希望妳不要一天到晚把死掛在嘴上。大家都不喜歡聽這個。」

「大家也許不喜歡聽，不過總是有些東西會提醒你。」她抬起雙手，袖子往下滑，露出手臂上的繃帶。「告訴我，看到我這兩隻手，你看到了什麼？」她翻轉雙手。

「我看到時間。」米森脫口而出，不知道自己怎麼會想到這個。接著他撇開頭不敢再看她的手，因為他忽然覺得她的皮膚看起來好古怪，像乾枯的馬鈴薯。他很受不了自己竟然會產生這種感覺。

「沒錯，是時間。」克蘿老師說。「我手上有很多時間，不過也有很多過去遺留下來的東西。我還記得過去的一切曾經很美好。就算看到醜陋的東西，你也會想到美好的一切。」

她打量著自己的雙手，看了好一會兒，彷彿看到了別的東西。後來，她抬起頭看看米森，眼中露出哀傷的神色。米森感覺到自己也雙眼含淚，一方面是因為身體不太舒服，另一方面也是因為剛剛兩人談的話太沈重。這令他想到今天是他的生日。想到這個，他立刻感到胸口好悶，全身肌肉緊繃。他很確定克蘿一定知道今天是什麼日子，只不過，她太愛他了，不忍心提起。

「你知道嗎，我也曾經很美麗。」克蘿把手縮回來，擺在大腿上。「然而，一旦美麗消失了，那就永遠不會再回來，再也沒人看得到了。」

米森忽然有一股衝動想安慰她。他好想告訴克蘿，在很多方面，她依然很美麗。她還能唱歌，還能畫畫。很多人都記得。她能夠讓孩子們感受到她的愛，讓他們有安全感。很多人忘了她有這種魔力。

「我在你這個年紀的時候。」克蘿笑著說。「只要我喜歡上哪個男生，他絕對逃不出我的手掌心。」她笑起來，化解了緊張的氣氛，驅走了哀傷。她身上的皺紋，老人斑，米森無法視而不見，然而，儘管他無法想像她年輕時的模樣，但他相信她說的話。他相信她。他永遠相信她。

「這個世界就像我一樣。」她抬頭看著天花板，不過，也許她看的是那不知名的遠方。「外面的世界也曾經很美麗。」

米森感覺到她又要開始說那些古老的故事了。這時候，外面走廊上越來越多小孩用力摔上鐵櫃的門，又笑又鬧。

「告訴我。」米森說。他還記得小時候，每次聽她說故事，幾個鐘頭轉眼就過去了，大家在她的歌聲中漸漸沈睡。「再說一些從前那個世界的故事給我聽。」

老克蘿瞇起眼睛，驅動輪椅移到一個陰暗的角落。她張開那滿是皺紋的嘴唇，開始說故事。那個故事，米森不知道已經聽過多少次了，但他永遠聽不膩，永遠沈醉在克蘿想像力的國度裡。過了一會兒，小傢伙一個個衝進教室，坐到各自的座位上，他們也都靜悄悄的豎起耳朵仔細聽，瞪大眼睛，津津有味聽著那個世界的故事。那曾經是一個美麗的世界，只是早已被遺忘。

34 第十八地堡

克蘿老師編的故事，是取材自那些童話書。在那些書裡，有蔚藍的天空，有翠綠的大地，而貓狗之類的動物比人還大。那都是些小孩子的東西，然而，那些奇妙的故事，還有故事裡那個更美好的世界，都令米森對眼前這個世界感到憤怒。他離開高樓層，沿著螺旋梯往下走，經過士耕區，還有他小時候住過的樓層。一路上，他一直在想那個更美好的世界，痛恨眼前這個世界。對另一個世界的憧憬，會令人更難以忍受眼前這個熟悉的世界的缺陷。當年，他離開家擔任運送員，遠走高飛，做自己想做的事，而現在，他渴望的是擺脫這個世界，到一個更遠的地方。

這種思想是有危險的，他想到媽媽，想到十七年前媽媽被送去什麼地方。

過了士耕區，米森忽然感覺到地堡深處好像在燒什麼東西，空氣中瀰漫著淡淡的煙霧，鼻腔裡感到有點刺痛。可能是有人在燒垃圾，可能是有人不想花錢請運送員把廢物送去回收。或者，也許有人認為地堡撐不了多久了，不用再回收資源。

當然，那也可能是意外，不過米森覺得不太像。現在，很少人會認為那是意外。在樓梯上和人擦身而過，他都會在他們臉上看到那種神情。他注意到大家都把東西緊緊抱在懷裡，緊緊拉住孩子。地堡的未來已經快要失去平衡。昨晚的打鬥似乎就是證明。

米森拉拉揹袋，加快腳步走向三十四樓的資訊區。到了三十四樓，平台上已經擠了一大群人，都是些和他差不多年紀的年輕人，有好幾個是他認識的，有很多是中段樓層來的。其中有很多人手上都抱著電腦，大家互相推擠，電線垂在底下晃來晃去。米森從人群中擠過去，到了裡面，他發現門外架了一座臨時柵欄，兩個警衛守在這個臨時安全門口，只讓資訊區的工作人員進門。資訊區那些人個個愁眉苦臉。

「送貨到了。」米森大喊了一聲，拚命擠到最前面，小心翼翼從口袋裡掏出克蘿老師寫的紙條。「有東西要給傑佛瑞隊長。」

有個警衛接過那張紙條。米森被後面的人擠得貼在柵欄上，這時候，警衛揮揮手讓一個女人進去。她趕緊擠過安全門，走向大廳，邊走邊把衣服拉平，露出鬆了一口氣的表情。有一群年輕人聚在大廳角落裡，有人正在對他們訓話。他們排成整齊的一列，站得直挺挺，可是眼中明顯露出恐懼的神色。

「怎麼回事？」警衛拉開柵欄讓米森進去的時候，米森問他。

「一團亂。」有個警衛回答。「昨天晚上電壓暴升，搞壞了一堆電腦。我們這裡的技師每個人都要輪兩班趕工。底下的機電區不知道是失火了還是怎麼樣，還有，高樓層的土耕區有人打群架。你沒收到電子郵件嗎？」

機電區連上面都聞得到底下失火，底下的火恐怕已經燒了有一陣子了。另外，昨天晚上打群架的事，消息已經傳開了，這令米森有點緊張，因為他鼻子上有傷口。「什麼電子郵件？」他問。

那警衛指著角落那群年輕人。「我們在招募新人，這裡需要新技師。」

可是，米森看到的只有那群年輕人，他們不像是來應徵技師的，而且，那個正在對他們訓話的人，是一個警衛，不是資訊區的人。警衛把那張紙條遞還給米森，然後伸手指向十字旋轉門。剛剛那個女人已經過了旋轉門，走向大廳。這時候，有個人正從裡面走出來，轉頭盯著那女人的屁股。那人身材高大，光禿禿的腦袋看起來很熟悉。

「隊長嗎？」米森走向旋轉門，嘴裡喊了一聲。

傑佛瑞立刻回頭看著他。

「嗯?呃——」他舉起手在半空中打了個響指，拚命想叫出米森的名字，可是卻又想不起來。

「我是米森。」

他晃晃手指。「對了，你叫米森。有東西要給我嗎，老弟?」他伸出手，但卻是一副愛拿不拿的樣子。

米森把紙條交給他。「其實，是克蘿老師交代，要我親手把東西交給你們這裡的一個人。」說著他從郵件包裡掏出那封信。「就只有這封信，隊長。」

那老隊長瞄了信封一眼，然後又繼續看他的紙條。「洛德尼現在不能出來。」他搖搖頭。「而且，我沒辦法告訴你他多久才能出來，可能要好幾個禮拜，要我幫你轉交嗎?」

傑佛瑞又伸出手，不過這次顯然比較當一回事了。米森小心翼翼把信封縮回來。「不行。真的沒辦法當面交給他嗎?老兄，這可是克蘿老師交代的。如果是首長交代的，我二話不說就直接交給你了。」

傑佛瑞微微一笑。「你也是克蘿老師的學生囉?」

米森點點頭。這時候，隊長看向米森後面，看到有個人正拿著識別證走向十字旋轉門。米森趕緊往旁邊跨了一步，讓那個人掃描識別證擠過旋轉門。那人朝傑佛瑞點點頭打了聲招呼。

「這樣吧。等一下我要送中飯給洛德尼，你可以跟我一起來，把那封信親手交給他，我在旁邊看。這樣我就不用擔心下次見到克蘿老師會被修理。怎麼樣，這樣可以嗎?」

米森微微一笑。「當然可以。謝謝你隊長。」

隊長伸手指著鬧哄哄的大廳。「你先去那裡弄點水喝，到會議室休息一下。裡面有幾個小伙子正在填應徵申請書。」說著，傑佛瑞從頭到腳打量了米森一眼。「其實，你也可以來應徵啊，我們這裡正缺人。」

「我……呃，電腦我不太懂。」米森說。

傑佛瑞聳聳肩，一副無所謂的樣子。「那你就去休息一下吧。等一下我們隊上有人會來接我班，我再去那邊找你。」

米森又謝了他一次，然後穿過大廳。角落裡那群列隊井然的年輕人正在聽訓話。有一個警衛揮揮手指著會議室，另一手拿著一張申請書和炭條要遞給米森。米森看到那張申請書背面是空白的，就伸手接過來，不過他並沒有打算填。那張紙在外面可以賣半點代幣。

會議桌四周有幾張椅子沒人坐，他挑了一張坐下。裡面幾個年輕人正拿著炭條埋頭填申請書，一臉專注。米森座位後面是會議室唯一的窗戶。他把揹袋放到桌上，手上抓著那封信。他把那張申請書塞進揹袋裡，留著以後用。這時候，他終於有機會仔細打量克蘿交給他的這封信。

信封已經很舊，不過上面只寫過幾次名字，邊緣有點磨損，變得比較薄，裂開了一條縫，看得到裡面那張摺好的信紙。米森再仔細一看，發現那張信紙是再生紙，可能是克蘿學校裡哪個孩子做的——碎紙摻水搗成紙漿，鋪在紗網上，風乾一夜就變成再生紙了。

「米森。」有人輕聲叫他的名字。

他抬頭一看，看到布萊利坐在他對面。他也是運送員，手臂上纏著那條藍色的頭巾。米森心裡想，此刻他應該還在底層送貨不是嗎？

「你也是來應徵的嗎？」布萊利悄聲問。

這時候，旁邊另一位年輕人抬起拳頭掩著嘴輕輕咳了一聲，意思是要他們不要說話。看樣子，布萊利的申請書已經填好了。

米森搖搖頭。這時候，忽然有人敲敲他背後的窗戶，他嚇了一跳，立刻轉頭去看，那封信差點掉到地上。此時傑佛瑞開門探頭進來。「再兩分鐘。」隊長告訴米森，然後伸出大拇指朝身後指了一下。「我只是在等他們準備洛德尼的午餐。」

米森點點頭，傑佛瑞就關上門。另外幾個年輕人都一臉好奇的看著他。

「我去送東西。」米森大聲告訴布萊利，這樣其他人也聽得到。接著他把桌上的揹袋拉過來，遮住那個信封。那幾個年輕人又繼續寫他們的申請書。布萊利皺起眉頭看著他們。

米森又把信封拿出來繼續看。還剩兩分鐘。等一下他可以和洛德尼見面多久？他撥弄著信封的封口。封口用克蘿老師做的牛奶漿糊黏著，不過因為上面有上次殘留的乾膠，漿糊塗上去黏得並不牢。他眼睛看著面前的布萊利，偷偷用手把封口的一角掀起來。他這種動作，違背了運送員的第三條守則，不過他安慰自己，這次狀況特別，因為這封信是克蘿寫給洛德尼的，他們都是他的好朋友，所以，把信拆開來看，就彷彿他的兩個老朋友在說話，而他剛好在旁邊聽到。

但儘管如此，他把信紙抽出來的時候，手還是會抖。他用揹袋遮著信紙，眼睛往下瞄。那是一張粗糙的再生紙，深灰色的紙面上夾雜著紫色紅色的斑紋，字是用粉筆寫的，寫得很大。字上的粉筆灰一直往下掉，聚積在褶縫裡。

快了，就快了，烏媽媽輕唱著

飛吧，飛吧

那是一首搖籃曲的歌詞。「振翅高飛」，米森輕聲唸著。他還記得後面的歌詞，描述一隻小烏鴉正在學飛，準備奔向自由。

揮舞你的翅膀，飛向那更光明的世界
飛吧，展翅高飛，飛上雲霄

他翻轉信紙，打算看看背面。前面只有歌詞，真正的內容可能在背面。這時候，忽然有人用力拍窗戶，那幾個年輕人手裡的炭條都掉到桌上，顯然嚇了一跳。其中一個暗暗咒罵了一聲。米森立刻轉頭去看，看到傑佛瑞站在窗外，一手捧著一個托盤，上面有蓋子。他歪歪頭，一副很不耐煩的樣子。

米森趕緊把信紙摺好塞回信封裡，然後一隻手高舉到頭上，讓傑佛瑞知道他馬上就出去。接著，他伸出一隻手指舔了幾下，沾口水抹在封口的漿糊上，儘量把信封重新封好。「祝你好運囉。」他對布萊利說了一聲，儘管他不確定那小子到底知不知道自己在幹嘛。他拿起桌上的揹袋，小心翼翼拍掉上面的粉筆灰，然後趕緊衝出會議室。

「走吧。」傑佛瑞顯然不太高興。

米森快步跟在他後面。他轉頭看看那扇窗戶，然後再轉頭看看門口柵欄外那群鬧哄哄的人。這時候，資訊區有一位技師走向那座柵欄，手上抱著一部電腦，電線很整齊的捲繞在電腦上。柵欄外有個女人迫不及待伸出手，那姿態彷彿媽媽急著想抱回孩子。

「我看他們都自己抱電腦上來修，這是什麼時候開始的？」他問。他身為運送員的本能又開始作祟了，想搞清楚某種東西是怎麼運送的。他隱約覺得，某種運送的工作，運送員又被排除在外了。洛克一定會氣炸。

「昨天吧。魏科決定不再派技師出去幫人修電腦。他說叫他們自己送上來修比較安全。外面常常有人被搶劫，偏偏警衛人手又不太夠。」

他們擠進旋轉門，沿著彎彎曲曲的走廊繞來繞去，沿路上每一間辦公室裡都鬧哄哄的，有人在爭吵。米森注意到滿地都是電子零件和碎紙屑。他心裡想，洛德尼到底在哪一間辦公室？為什麼要人送飯去給他吃？說不定他的朋友碰上麻煩了。一定是這樣。這樣一切就說得通了。說不定他又像從前一樣闖了什麼禍。三十四樓這裡也有羈押室嗎？應該沒有。他正想開口問傑佛瑞，洛德尼是不是被關起來了，隊長忽然停下腳步，站在一扇巨大的鐵門前面。

「到了。」他把托盤遞給米森，米森趕緊把信封放到嘴裡啣著，接過托盤。傑佛瑞轉頭瞄了後面一眼，然後用身體遮住米森的視線，不讓他看到門上的鍵盤。他輸入密碼。那扇厚重的鐵門裡傳來低沈的撞擊聲。錯不了，洛德尼惹上麻煩了。不過，這間到底是哪一種牢房？

門往內開了，傑佛瑞拿回托盤，叫米森在門口等一下。米森嘴唇上還殘留著漿糊的味道。他看著隊長走進房間。那房間看起來很老舊，裡頭的燈光忽然變成紅光一閃一閃，乍看之下很像火災警報燈。傑佛瑞大喊洛德尼的名字，米森伸長脖子探頭往裡面看，想看看裡面有什麼。

過了一會兒，洛德尼出現了，那表情彷彿他早料到他們會來。他一看到米森也站在那裡，立刻瞪大眼睛。而米森一看到洛德尼，也不自覺張大了嘴，過了好一會兒，他終於發覺自己張著嘴，趕緊把嘴巴閉起來。

「嗨。」洛德尼把那扇鐵門拉開了一點，探頭看看外面的走廊。「你來這裡幹什麼？」

「很高興見到你。」米森舉起那封信。「克蘿老師寄給你的。」

「哦，原來你今天是來辦事的。」洛德尼微微一笑。「你只是來送貨，不是來看老朋友，是吧？」

洛德尼臉上露出笑容，可是米森看得出來他的好朋友累壞了，彷彿已經好幾天沒睡。他臉頰深陷，有黑眼圈，下巴滿是鬍碴。從前洛德尼總是想盡辦法把髮型弄得很漂亮，可是現在卻剃了個大平頭。米森瞄瞄房間裡面，猜不透他們到底把他關在這裡幹什麼。他看得到裡面全是高大的黑鐵箱，排列得很整齊，一路往裡面延伸看不到盡頭。

「你在這裡學修電冰箱嗎？」米森問。

洛德尼轉頭看看後面，忽然笑出來。「那是電腦啦。」他口氣還是跟從前一樣帶著那麼一點優越感。米森差點就忍不住就告訴他的老朋友，今天是他的生日，兩個人年紀一樣大，不必那麼臭屁。他從來不想提醒任何人今天是他的生日，除了洛德尼。這時候，傑佛瑞忽然很不耐煩的清清喉嚨，似乎很受不了聽他們兩個聊天。

洛德尼轉頭看看警衛隊長。「我們兩個可以私下講幾句話嗎？」他問。

傑佛瑞調整了一下站姿，鞋底摩擦地板發出嘎吱一聲。「你應該明白我不能這樣做。」他說。「光是帶你朋友到這裡，我就有可能被炒魷魚了。」

「你說得沒錯。」洛德尼搖搖頭，彷彿也覺得自己根本不應該問。米森看著他們兩個說話。雖然他已經好幾個月沒見到洛德尼，可是他感覺到洛德尼還是跟從前一樣。他惹上麻煩了，很可能他說錯什麼話，做錯了什麼事，現在被迫去做資訊區最卑賤的工作。想到這個，他不由得微微一笑。

這時候，洛德尼似乎聽到房間深處傳來什麼聲音，立刻緊張起來。他抬起一根手指朝他們兩個比了個手勢，叫他們在這裡等一下。「等我一下。」說著他立刻衝進房間，赤腳踩著鐵皮地板。

傑佛瑞抬起雙手交叉在胸前，上下打量著米森，一臉不高興。「你們從小住在同一層樓嗎？」

「我們小時候一起上學。」米森說。「呃，洛德尼闖了什麼禍嗎?是這樣的，從前要是我們兩個幹什麼壞事被克蘿老師逮到，她就會罰我們拿拖把把整個巢穴的地板洗乾淨，把所有的黑板洗乾淨。我們兩個人一人負責一半。」

傑佛瑞打量了他一下，面無表情的臉上開始露出笑容。「你以為你的朋友闖了什麼禍？」說著他似乎快大笑起來了。「小子，你完全搞錯了。」

米森還來不及追問，洛德尼又回來了，面帶微笑，氣喘吁吁。

「不好意思。」他對傑佛瑞說。「裡面有事要趕快處理一下。」然後他轉頭對米森說：「兄弟，謝謝你來找我，很高興見到你。」

就這樣？

「我也很高興見到你。」米森嘀咕了一句。他沒想到兩個人見面這麼倉促。「嘿，你怎麼變這麼客套。」他忽然湊過去要跟洛德尼擁抱，可是洛德尼卻伸出手要跟他握手。米森看著他的手，愣了一下，有點困惑，不知道兩人怎麼這麼快就變得這麼疏遠。

「替我問候一下大家。」洛德尼的口氣彷彿他再也見不到大家了。

傑佛瑞又清清喉嚨，顯然已經很不高興，急著要走。

「我會的。」米森極力不讓自己露出哀傷的口氣，然後握住洛德尼的手。他們很客套的握握手，而這時候，洛德尼臉上的微笑忽然消失了。米森忽然感覺手掌被什麼東西刺了一下，原來，洛德尼手裡藏著一團紙條。

35 第十八地堡

洛德尼把紙條塞給米森的時候，紙條竟然沒掉到地上，這簡直是奇蹟。而更奇蹟的是，那一剎那，米森竟然立刻就明白事情不對勁，沒有傻傻的當傑佛瑞的面說出：「嘿，這是什麼？」。他不動聲色，把那團紙握在手裡，跟著隊長走回安全門的崗哨。就在快到門口的時候，忽然聽到有人大喊：「運送員！」是一個警衛。

傑佛瑞立刻伸手搭在米森胸口，讓他停下腳步。接著他們轉身，看到一個很面熟的人正沿著走廊過來找他們。他就是資訊區負責人魏科，幾乎每個運送員都認識他。幾乎每天都有數不清的電腦送到資訊區修理，有修好的電腦要送走，十樓的運送員調度室每天都忙得不可開交。同樣的，一百二十樓的低樓層調度室也是忙翻天，因為物資區也有送不完的東西。不過，米森猜得出來，從昨天起應該就不再那麼忙了。

「小伙子，你目前在執勤嗎？」魏科打量著米森纏在脖子上的那條頭巾。他身材高大，鬍子修剪得很整齊，眼睛炯炯有神。米森必須抬起頭才有辦法正視魏科的眼睛。

「是的，長官。」他手裡緊握著洛德尼的紙條，悄悄伸到背後，用大拇指把紙條塞進口袋裡，彷彿把一粒種子埋進土裡。「有東西要送嗎？」

「有。」魏科打量了他一下，扯扯鬍子。「你是瓊斯家那個孩子沒錯吧？那個零號。」

一聽到那個字眼，米森忽然感到全身一陣熱。那數字代表他是一個沒有生育抽籤號碼的孩子。「是的長官，我是米森。」他伸出手，魏科也伸出手和他握手。

「沒錯，就是你。當年你爸爸是我的同學。還有你媽。」

說到這裡他停了一下，等米森回答，可是米森卻咬緊牙根沒吭聲。他趁手掌還沒有冒汗之前趕快放開魏科的手，否則他可能會捏碎魏科的手。

「是這樣的，我有東西要送，只不過，這東西不方便透過調度室來安排運送，所以，我恐怕必須自己……」魏科咧嘴笑著，露出雪白的牙齒。「問題是，這樣做可能會導致昨天晚上那種混亂的場面再度發生，所以……」

米森轉頭瞄瞄傑佛瑞，可是傑佛瑞卻一副事不關己的樣子。一個高層官員提出這種要求，實在很古怪，而更古怪的竟然是還當著警衛隊長的面。不過，自從學徒期滿正式工作以後，他就發現一件事：人生過程中面對的一切只會越來越黑暗。

「我不太懂您的意思。」米森說。他忽然有一股衝動想轉頭去看看安全門還有多遠，想逃之夭夭。這時候，走廊那邊有個女人忽然從一間辦公室走出來，走向魏科背後。傑佛瑞立刻抬起手比了個手勢，叫她不要過來。他們說的話不能讓她聽到。

「我知道你一定懂。看樣子你口風很緊，我很欣賞。我要你去物資區拿東西，然後送到距離六層樓外的一個地方，費用是兩百點代幣。」

米森極力壓抑內心的興奮。兩百點代幣。花半天時間就能夠賺到一個月的工資。接著，他忽然有點擔心魏科可能是在試探他，說不定洛德尼就是這樣上了當，惹上麻煩。

「這個——」他支支吾吾。

「我會公開徵求願意接工作的人。」魏科說。「如果有別的運送員正好路過，我也會問他願不願意接。哪個運送員來幫我送東西，並不重要，重要的是，只有那個運送員賺得到這兩百點代幣。」說著魏科忽然抬起手。「你不需要回答我。如果你願意接這個工作，那麼，你就直接到物資區的櫃檯去找喬伊絲，跟她說你要幫魏科送東西。她會拿一份運送說明給你，上面有詳細的指示，告訴你東西要怎麼送。」

「我會好好考慮，長官。」

「很好。」魏科微微一笑。

「還有別的事嗎？」米森問。

「噢，沒有了。你可以走了。」他朝傑佛瑞點點頭。傑佛瑞本來正轉頭打量別的地方，一看到魏科的動作，立刻回過神來。

「謝謝你，長官。」米森轉身跟在傑佛瑞後面走向門口。

「噢，對了，小老弟，祝你生日快樂。」魏科喊了一聲。

米森轉頭瞄了他一眼，可是卻沒有開口謝謝他。他跟在傑佛瑞後面快步通過安全門，擠過人群，走到平台上，然後又走下螺旋梯繞了兩圈，這才停下腳步，手伸進口袋裡掏出洛德尼的紙條。他小心翼翼攤開那團紙條，因為他忽然感到一陣莫名的恐慌，怕紙團沒拿好，掉到梯板上彈到欄杆外面。那張紙片跟克蘿老師用的信紙一模一樣，暗灰色的紙面上夾雜著紅色紫色的斑紋。有那麼一剎那，米森忽然有點怕那張紙條不是寫給他看的，而是寫給克蘿老師看的，說不定寫的又是那些搖籃曲的歌詞。他小心翼翼把紙條攤平，發現那一面是空白的。於是，他把紙條翻轉到另一面。

上面沒有稱謂，就只有三個字。看到那三個字，米森立刻回想起剛剛洛德尼和他握手的時候，臉上的笑容突然消失。

米森忽然感到好孤單。樓梯井裡飄散著燒東西的味道，那是一股煙味，夾雜著牆上標語的油漆味。

他抓住那張紙條用力撕開，一次又一次徹底把它撕成碎片，然後撒到欄杆外，緩緩飄落向那深不見底的幽暗。

證據湮滅了，不過訊息卻已經深深烙印在他腦海中。紙條上的字跡很潦草，一看就知道是倉促間用硬幣或湯匙在紙上刮出來的，上面只有三個字。他的朋友從來不需要人幫忙，也沒有求過任何人。這輩子，米森從來沒聽他的朋友說過那三個字。

救救我。

只有三個字。

36 第一地堡

要找出她在哪一座地堡，一點都不難。唐諾只要看著那張地堡分佈圖，然後回想自己當年站在土丘頂上看到的景象。當時他看著土丘下那些窪地，努力辨識出哪一片窪地埋的是哪一座地堡。現在回想起來，他彷彿還看得到沙灘車在還沒有長出草皮的山脊上奔馳，揚起漫天沙塵，聽得到那轟隆隆的引擎聲。他依稀記得，當年他們曾經在那些土丘上種草，到處撒滿了種子和麥桿。如今想想，感覺很悲哀，因為那一切根本就是多餘的。

他回想當時站在山脊上，看得到田納西州區的位置。那應該就是第二地堡。他終於想出是哪一座地堡了，接下來，他繼續拚命回想其他的東西。花了很多功夫，他終於回想起電腦程式是如何運作，想起如何過濾資料庫的人名，查出他們真正的身分。每座地堡都保留了完整的歷史，就看你懂不懂要怎麼解讀。目前，他的進展就只到這裡。他能夠從資料庫裡追查到那些假名的資料，追查到記憶設定的資料，但就只能到此為止了。更久以前那個古老的世界已經被炸彈摧毀，隱沒在白霧中，逐漸被遺忘，再也無從查考。

他已經找到那座地堡了，可是要查出海倫用的是哪個假名，簡直是不可能的任務。此刻，他絞盡腦汁在電腦裡追查資料，而安娜卻在浴室裡邊洗澡邊唱歌。

她洗澡的時候，浴室的門沒關，蒸汽一直冒出來。那彷彿一種召喚，唐諾刻意不去想。他刻意不去感覺那種衝動，那種渴望，那種生物本能。他刻意遺忘那潛伏了百年的慾望，遺忘他的前女友就在他身邊。他忽視這一切，專心追查妻子的下落。

第二地堡的第一代總共有四千個名字。剛好四千個，大約有一半是女性。總共有三個海倫。資料庫裡儲存了每一個海倫的照片。那是一張模糊的照片，為製作識別證而拍的。照片裡，那三個海倫都不是他記憶中妻子的模樣。他開始掉下眼淚，但他立刻伸手擦掉眼淚。他很氣自己。浴室裡，安娜正在唱一首悲傷的老歌，而唐諾繼續瀏覽其他人的照片。看過十幾張照片之後，他忽然感覺照片裡那些女人的長相越來越像，彷彿混合成同一個人，而那種感覺開始形成威脅，可能會腐蝕他的記憶，導致他遺忘海倫真正的模樣。於是，他繼續依據名字來追查。說不定他猜得出她可能會選什麼名字。多年前，他選了特洛伊這個名字，就彷彿埋下一條線索，有一天可以引導他找到海倫。他願意相信，她應該也會做同樣的事。

他先試試珊卓拉這個名字。那是她媽媽的名字。結果出現兩個珊卓拉，可惜都不是她。接著他試試戴妮，那是她姊姊。只有一個戴妮。也不是她。

她會隨便挑一個名字嗎？他忽然想到，有一次他們在討論，如果生了小孩，要幫他們取什麼名字。一開始他們有點像是在鬧著玩，說要幫小孩取神的名字，不過海倫倒是很喜歡雅典娜這個名字。於是他在資料庫裡搜尋雅典娜，結果，地堡的第一代沒有人叫雅典娜。

安娜關掉蓮蓬頭的時候，牆裡的水管發出嘎吱一聲。她已經不再高聲唱歌，而是輕聲哼著。她哼的是安魂曲，也就是他們等一下要去參加的葬禮的音樂。唐諾又試了另外幾個名字，急著想找出某些線索。隨便什麼都好。就算每天晚上都要這樣搜尋，他也不在乎。他會不眠不休，直到找到海倫為止。

「等一下要去參加葬禮了，你要先洗個澡嗎？」安娜在浴室裡大聲問。

他很想告訴她，他根本不想去參加葬禮。他跟維克不熟，只覺得那個人令人畏懼，就在他辦公室對面，滿頭灰髮，眼睛永遠盯著他，一天到晚監督他吃藥。維克在操縱他的腦子。他第一次輪值的時候，滿腦子都是怪異的妄想，那應該就是維克害的。

「不用了。我就穿身上這套衣服去。」他說。昨天他們給了他一套米黃色工作服，現在就穿在身上。他又瀏覽了幾張照片，按照字母順序。她可能會用什麼其它的名字？他忽然很害怕自己可能會忘了她的容貌，或者說，他記憶中的她可能會越來越像安娜。他不能容許這種事發生。

「找到什麼了嗎？」

她忽然從他背後冒出來，伸手去拿桌上的東西。她胸前裹著一條浴巾，長度到她的大腿中間，身上還是濕的。她拿了一把梳子，然後又走了，邊走邊哼著歌回到浴室。唐諾忽然忘了要回答。安娜一靠近，他身體立刻起了反應。他痛恨那種反應，心裡充滿罪惡感。

他提醒自己還是已婚的男人。除非他查出海倫的下落，確認她已經死了，否則，他永遠都是已婚男人。他會永遠對她忠實。

忠實。

他心頭一震，立刻開始搜尋「卡瑪」這個名字。

有一個卡瑪。唐諾不由得挺直身體。他沒想到真的有一個卡瑪。那是他們小狗的名字。他和海倫沒有孩子，卡瑪就像他們的孩子。接著，他點出檔案裡的照片。

「看樣子，我們只能穿這種難看的衣服去參加葬禮了，對吧？」安娜從桌子旁邊走過，邊走邊扣上工作服的釦子。唐諾淚眼模糊，眼角隱約瞥見安娜。他舉起拳頭掩住嘴，強忍哭泣，感覺到全身在顫抖。螢幕上出現一張識別證，上面有一張小小的黑白照片。那就是他太太，海倫。

「再過幾分鐘就要走了，你準備好了嗎？」

安娜又走進浴室去梳頭。唐諾讀著檔案裡的資料，一邊擦掉臉頰上的淚水，感覺嘴唇上有一股鹹味。

卡瑪布魯。檔案裡列出了好幾種頭銜，每種頭銜上都有一張照片。老師，校長，審判官——隨著頭銜的變化，不同照片裡的海倫，眼角的魚尾紋也越來越深，不過那淺淺的笑容卻永遠不變。他打開整個檔案，心裡忽然想到，當初他在第一地堡第一次輪值的時候，如果知道她就在隔壁的地堡生活，那會是什麼樣的感覺？很可能他會想辦法聯絡她。審判官。那一直是她長久以來的夢想，希望有一天能當上法官。唐諾終於哭出來，而安娜還在裡面哼著曲子。淚眼婆娑中，他繼續讀著他太太的資料，看著她如何度過沒有他的人生。

資料上寫著，她是已婚。一開始唐諾並沒有想到那有什麼特別。她本來就是已婚，是他的太太。可是後來，他看到她死亡的紀錄，享年八十二歲，死者親屬是瑞克布魯，還有兩個孩子雅典娜和馬斯。

瑞克布魯。

他忽然感覺天花板和四周的牆壁開始朝他擠壓過來，感覺一股寒意流竄全身。檔案裡還有更多照片。他點選連結的檔案，她丈夫的檔案。

「米克。」安娜在他身後輕喚了一聲。

唐諾嚇了一跳，轉身看到她正站在他身後看檔案。他臉上還殘留著淚痕，但他什麼都不管了。他最要好的朋友和他太太。他們生了兩個孩子。他又回到海倫的檔案，然後點選那個女兒的檔案。雅典娜。她一生也有很多頭銜，很多照片。她的嘴形像海倫。

「唐唐，別這樣。」

安娜伸手搭在他肩上。唐諾被她一碰，手不由得抽搐了一下，滑鼠被接連快速點了幾下，檔案裡的照片快速跳過，從小到老。照片裡，那女孩長大以後越來越像海倫。接下來，開始出現那女孩的孩子的照片。

「唐唐。」安娜輕聲呼喚他。「葬禮快開始了，我們快遲到了。」

唐諾哭了。他感覺自己彷彿全身快要粉碎。「遲到了。」他哭喊著說。「我們已經遲到了一百年。」他喊得聲嘶力竭，心頭被一陣悲痛淹沒。檔案裡出現一個孫女的照片，再點一下，出現曾孫女的照片。照片裡的人彷彿正凝視著他，全都凝視著他，然而，她們的眼睛沒有一個像他。

37 第一地堡

唐諾去參加維克葬禮的時候，根本心不在焉。他站在電梯裡默默無語，走路的時候茫然看著自己的鞋子一前一後。而到了醫療區樓層，他發現那根本不是什麼葬禮，而是處理遺體的程序。他們會把遺體放回冷凍艙，因為第一地堡沒有泥土可以埋葬死者。他們活著的時候吃的是罐頭食物，死後遺體被放進冷凍艙，像罐頭一樣。

他們介紹厄斯金給唐諾認識。厄斯金主動開口說明屍體為什麼不會腐爛。在冬眠的過程中，他們體內充滿了肉眼看不見的奈米機器人，維護他們的生命，而當他們被喚醒的時候，那些機器人就會隨著尿液排出來，尿液的顏色看起來會很像黑炭。而當他們死後，體內也會有同樣的機器人，保護遺體不腐爛，讓肌肉組織保持柔軟。想到這個，唐諾忽然心裡很不舒服。他看著他們忙著處理維克的遺體，準備送去深度冬眠區。

他們用輪床推著遺體沿著通道前進，兩旁是數不清的冷凍艙。唐諾發現，深度冬眠區像一座墓園，裡面埋藏著無數的軀體，生命被濃縮成底座顯示器上那個小小的名字。他不知道這裡面有多少冷凍艙裡裝的是遺體。這裡面一定有一些是男人，他們在輪值期間死亡，有的是自然死亡，不過也有些人是因為精神崩潰，像維克一樣結束自己的生命。

唐諾幫其他人把遺體搬進冷凍艙。在場總共只有五個人，因為只有這五個人知道維克死了。他們必須維持一種假象，讓大家感覺有人在指揮。唐諾想到自己上次輪值的時候，每天坐在辦公桌後面，裝出指揮若定的樣子。他看著瑟曼在手上親吻了一下，然後用那隻手輕撫維克的臉頰。接著，艙蓋關上了。深度冬眠區好冷，大家呼出來的氣迅速在空氣中凝結成一團白霧。

其他人輪流說了幾句悼念的話，可是唐諾沒吭聲。他滿腦子想的就只有一個女人，一個長久以來他深愛的女人，只可惜他們一直沒生孩子。他沒有哭。剛剛搭電梯的時候他還在哭，安娜輕輕摟著他。海倫一百年前就已經死了，而更久之前，一百六十年前，他就已經失去她了。當年，他沒收到她的簡訊，來不及去找她，跟她會合。他還記得，當年唱國歌的時候，炸彈從天空落下。他記得當時妹妹也在他旁邊。

他妹妹。他的親人。

唐諾知道妹妹沒有死。他忽然有一股強烈的衝動，好想立刻去喚醒她，讓摯愛的親人重回人世，回到他身邊。

最後，厄斯金說了幾句悼念的話。只有他們五個在這裡悼念這個人，而這個人殺了幾十億人。唐諾注意到安娜站在他旁邊，那一剎那，他忽然明白了。現場不能有其他人，是因為她的緣故。只有這裡的五個人知道有一個女人被喚醒。這裡只有安娜、她爸爸、史尼德醫師、厄斯金，和他自己。史尼德醫師是負責喚醒她的人，而厄斯金被安娜當成是好朋友。

和這幾個人站在一起，唐諾忽然覺得自己的存在很突兀。他根本不是和他們一夥的。因為這些人，這個世界會變了樣，而他會出現在這裡，純粹是因為一個女孩。當年唸大學的時候，他曾經和那女孩在一起，而那女孩的爸爸是參議員。那女孩一直很喜歡他，所以他才會被參議員選上，被拖進這個血腥的計畫。他本來已經被送來深度冬眠等死，而現在，又是因為她的緣故，他又被喚醒了。短短的一剎那，這一切紛紛閃過他腦海。他忽然明白，他這一生所有的成就根本就是虛幻的，有太多巧合。他只是一具被吊線操控的傀儡。

「失去他，真令人悲痛。」

唐諾回過神來，發現葬禮已經結束了。安娜和她爸爸站在遠處，和他隔著兩排冷凍艙，兩人好像在爭論什麼。史尼德醫師蹲在冷凍艙的底座旁邊，好像在調整什麼，控制面板一直嗶嗶響。現在，只剩下唐諾和厄斯金兩個人。厄斯金很瘦，戴著眼鏡，講話有英國腔。他站在冷凍艙對面打量著唐諾。

「我和他一起輪值過。」唐諾隨口說了一句，似乎是想解釋他為什麼會出現在葬禮上。面對死者，他實在想不出什麼話好說。他湊近冷凍艙，透過小窗口看著死者安詳的臉。

「我知道。」厄斯金說。這個瘦小的老人大概六十出頭。他也湊過來，挪挪鼻樑上的眼鏡，和唐諾一起看著小窗口裡面。「你知道嗎？他很喜歡你。」

「我不知道。我是說……他從來沒跟我說過什麼。」

「他那個人有點怪癖。」厄斯金看著冷凍艙裡的維克，露出淡淡的笑容。「他很聰明，很容易看透人心，相對的，他因此很不願意和人接觸溝通。」

「你……之前就認識他了嗎？」唐諾問。他不知道該用什麼字眼來談這件事。「之前」這兩個字對大多數人來說是一種禁忌，不過在少數幾個人面前，怎麼說都無所謂。

厄斯金點點頭。「當年我們一起工作過，呃，在同一家醫院。我們本來沒什麼接觸，多年來都各做各的，一直到後來，我發現了某種東西，兩個人才開始合作。」他伸手摸摸小窗口的玻璃，彷彿在向他的老朋友最後告別。

「你發現了什麼？」他忽然想到安娜好像提到過什麼。

厄斯金抬頭看著他。唐諾仔細一看，又發覺厄斯金好像應該有七十幾歲了，只是從外表很難判斷他的年紀。他和瑟曼有點像，彷彿那種長滿銅綠的古董銅像，不容易看出年齡，也永遠不會變老。

「發現那種致命威脅的人，就是我。」他說。不過他說這話，口氣不像是炫耀，反而帶著點愧疚，流露出淡淡的哀傷。蹲在底座前面的史尼德好像已經調整好儀器了，忽然站起來，跟他們打了聲招呼，然後就推著空輪床走向門口。

「你發現了奈米機器人。」唐諾想起來了。安娜告訴過他。他注意到瑟曼似乎和安娜在爭論什麼。瑟曼掄起拳頭一直拍打另一隻手掌。看到這一幕，唐諾忽然想到一個問題。他想找另一個人問這個問題，他想知道是不是所有的人都在騙他，或是否有人說了真話。

「你是醫生嗎？」他問。

厄斯金想了一下。這問題應該很容易回答。

「嚴格說來，不能算是。」他英國腔很重。「應該說，我負責製造醫生。那種肉眼看不見的小醫生。」他伸出兩根手指在半空中一捏，然後湊到眼鏡前面，瞇起眼睛仔細看。「我們在研究一些方法，保護士兵的安全，讓他們受傷的身體可以自動復原。可是，有一次我幫士兵抽血檢驗，發現了一種東西。他的血液裡有另一種奈米機器人，功能完全相反。那種機器人在破壞我們的機器人。一場無形的戰爭已經在一個沒人看得到的地方展開了。沒多久，我就發現那種奈米機器人已經無所不在。」

安娜和瑟曼正朝他們走過來。安娜戴著一頂帽子，帽子被髮髻頂住，突出一小團，看起來非常顯眼。那是為了掩飾她的女人身分，不過，遠遠看不出來，走近一看就會被識破。

「關於那種奈米機器人，我有些問題，下次有機會想請教你一下。」唐諾匆匆說。「說不定對我……能夠幫助我解決第十八地堡的問題。」

「當然好。」厄斯金說。

「我該回去了。」安娜對唐諾說。剛剛和她爸爸起了爭執，她還臭著一張臉。這時候，唐諾終於體會到她的日子有多難過，被困在那種地方。一整年，窩在一座軍火倉庫，桌上滿是凌亂的文件，睡的是狹小的行軍床，沒辦法到頂樓的大餐廳去看看那些山丘，那些烏雲，沒辦法挑自己喜歡的飯菜好好吃一頓，不管需要什麼東西都只能等別人送去給她。唐諾很難想像這種生活怎麼過。

「我等一下會送這小伙子回去。」這時厄斯金突然對安娜說話，然後，伸手搭在唐諾肩上。「我想和這小伙子聊聊。」

瑟曼瞇起眼睛盯著厄斯金，不過卻沒說什麼。安娜握握唐諾的手，轉頭瞄了那座冷凍艙一眼，然後就匆匆走向門口。瑟曼跟在她後面。

「跟我來。」厄斯金呼出的氣在空氣中凝結成一團白霧。「我要帶你去見一個人。」

38 第一地堡

厄斯金在無數的冷凍艙間穿梭，腳步很快，彷彿這條路線他已經走過幾十次。唐諾跟在他後面，猛搓雙臂保暖。他已經在這冰庫般的地方待了太久，那種冰冷彷彿又鑽進他全身的骨頭裡了。

「瑟曼老是說我們等於已經死了。」他試探著問厄斯金第一個問題。「是真的嗎？」

厄斯金回頭看看唐諾，等他跟上來。他似乎在思考要怎麼回答這問題。

「怎麼樣？」唐諾問。「我們真的等於已經死了嗎？」

「我這輩子從來沒見過哪種設計是百分之百有效的。」厄斯金說。「我們自己設計的機器人還沒有達到那種境界，而伊朗和敘利亞設計的東西更粗糙。可是，北韓卻設計出更精密的東西。如果要我下注，我會賭他們贏。他們設計出來的東西，已經足以把我們打垮。所以，從這個角度來看，瑟曼說得沒錯。」

他又繼續在冷凍艙間快速穿梭。「不過，就算是最致命的傳染病，總有一天也會停止蔓延。」他繼續說。「所以，很難下定論。我和維克相持不下。我主張要研擬對策，反制他們的機器人，可是維克主張目前這個計劃。」說著他兩手一揮，指向四周的冷凍艙。

「所以維克贏了。」

「沒錯。」

「那你覺得他……是不是有點後悔？所以他為什麼會……？」

厄斯金走到一座冷凍艙旁邊，忽然停下腳步，兩手扶著冰冷的艙蓋。「我相信我們兩個都曾經猶豫過。」他口氣很感傷。「不過，我認為維克深信這個計劃是對的，他從來沒懷疑過。我不知道他為什麼會做這種事，這實在不像他的作風。」

唐諾湊近那座冷凍艙，低頭看看小窗口，看到裡面躺著一個中年女性，睫毛上結了霜。

「這是我女兒。」厄斯金說。「我唯一的孩子。」

兩人忽然陷入一陣沈默，這時候，他們聽到那數以千計的冷凍艙發出細微的嗡嗡聲。

「瑟曼決定把安娜叫醒的時候，我滿腦子想的就是跟他一樣，把我女兒也叫醒。可是，理由是什麼？根本沒有正當理由。卡洛琳是會計師，她的專業根本用不上。更何況，喚醒她，對她並不公平。」

唐諾很想問他，有可能會公平嗎？如果厄斯金把女兒喚醒，他女兒會看到一個什麼樣的世界？要什麼時候喚醒她，她才能夠過正常生活，才能夠活得快樂？

「我在她的血液裡發現奈米機器人，當時，我就明白我們這樣做是對的。」他轉頭對唐諾說。「小伙子，我知道你想找答案，其實我們也一樣。我們都想找答案。這世界是很殘酷的，永遠都很殘酷。我這輩子一直想辦法要讓世界變得更美好，改善這個世界，追求一個理想世界。可是，像我們這種書呆子畢竟只是少數，超過我們十倍的人卻拚命想毀滅這個世界，只要其中有一個人運氣好，逮到機會，這世界就完了。」

唐諾忽然想到，很久以前某一天，瑟曼把那本指令交給他。那一天，就是他快速墜入瘋狂深淵的開始。他想到，那天他和瑟曼在那座巨大的奈米醫療艙裡談話，當時，他好怕那些奈米機器人會鑽進他體內。一想到那種肉眼看不到的東西可能會傷害他的身體，他就嚇得魂不附體。不過，如果厄斯金和瑟曼說的是真的，那麼，那些東西早在很久以前就已經侵入他體內了。

「這麼說來，那天你並不是在傷害我的身體。」他抬頭看看厄斯金，忽然想通了整件事。「那天，我和瑟曼在奈米醫療艙見面會談，而且長期以來，瑟曼常常在裡頭一待就是一整個禮拜，一直在裡頭和人開會，當時，你讓奈米機器人鑽進我們體內，並不是想傷害我們。」

厄斯金輕輕點點頭。「我們是在幫你做治療。」

唐諾忽然感到一股怒氣往上衝。「那你們為什麼不想辦法治好所有的人？」他質問。

「我們討論過這個問題。我也有同樣的想法。對我來說，那只是工程技術的問題。我想建立一套防禦體系，製造出一種小機器人，在另外那種機器人還來不及摧毀我們之前，就搶先摧毀它們。瑟曼也有類似的想法。他發現，這是一種肉眼看不到的戰爭，毫無預警的空間，我們必須搶先對敵人發動攻擊。而我們滿腦子想的，都是那種我們習慣的戰爭方式。我在血液裡發現我們面臨戰爭，而瑟曼則是在海外的戰爭中發現的，不過，最後是維克糾正了我們的錯誤。」

厄斯金從胸前的口袋裡掏出一條手帕，摘下眼鏡，開始擦眼鏡，邊擦邊繼續說，聲音在廣闊的庫房裡迴盪。「維克說，這樣會沒完沒了。他舉電腦病毒做例子。病毒透過網路蔓延出去，就足以毀掉數以億計的電腦。所以，早晚會有奈米機器人突破防線，失去掌控，結果就會變成一場瘟疫浩劫，只不過，這次的病毒是一種數碼病毒，而不是傳統的生物病毒。」

「那又怎麼樣？以前我們也對付過瘟疫，那麼這次為什麼要用這種方式來解決？」唐諾兩手一揮，指著四周的冷凍艙。「告訴我，你們這種解決方法，造成的結果沒有比奈米戰爭更可怕嗎？」

他怒火中燒，不過，他心裡明白，如果是瑟曼親口告訴他這件事，他恐怕會更憤怒。接著他開始懷疑自己又被人設計了，他們派一個看起來比較和善的、他不認識的人出馬，把他拉到一邊，把瑟曼認為需要讓他知道的事情告訴他。他很難不懷疑這一切都是陰謀，很難不懷疑自己又變成任人擺佈的傀儡。

「是心理學。」厄斯金把眼鏡戴回去。「維克就是用心理學說服了我們，讓我們相信為什麼我們的方法永遠不會成功。我永遠忘不了那天他說的話。那天，我們坐在醫學中心的大餐廳。那天，瑟曼表面上是去剪綵，其實是來找我們兩個。」說著他搖搖頭。「當時餐廳人很多，萬一有人聽到我們在講什麼——」

「心理學。」唐諾又提醒他。「好啊，那你告訴我啊，他那套心理學方案到底是哪裡比較好，結果不是死了更多人嗎？」

厄斯金又回頭講目前的狀況。「當初我們也跟你一樣，也有這種想法，而錯就錯在這裡。想像一下，如果有人發現這場瘟疫是人為造成的——那會引起什麼樣的恐慌，引發什麼樣的暴動？這才會導致世界末日。想像一下，如果有一場颱風奪走了幾百條人命，造成幾百億的財物損失，我們會有什麼反應？我們會團結起來，重建家園，然而，如果是恐怖份子的炸彈……」他皺起眉頭。「如果是恐怖份子的炸彈造成同樣的傷害，這世界就會天翻地覆了。」

說著他攤開雙手。「如果傷害我們的是上帝，那麼，我們會原諒祂，可是，如果傷害我們的是另一個人，我們會殺了他。」

唐諾搖搖頭。他不知道自己該相信什麼。但接著他轉念想到，那天在奈米醫療艙，他覺得好像有奈米機器人鑽進他體內，當時，他內心又恐懼又憤怒。而另一方面，他也知道從他出生的那一刻起，就已經有數以億計的細菌病毒在他血液中流竄，而他卻絲毫不以為意。

「當我們想去改造我們每天吃的食物，改變食物的基因，我們一定會有疑慮。」厄斯金說。「我們當然能夠隨心所欲把植物改良到完美的境界，但問題是，做這種事，不能懷有某種意圖。維克隨便就可以舉出幾十個像這樣的例子。應該用疫苗，還是應該靠人類先天的免疫力？複製人和雙胞胎之間有什麼差別？基因改造食物能吃嗎？當然，他百分之百說對了。真正會導致災難的，是『人為』這個因素。如果我們知道有敵人要對付我們，知道我們每天呼吸的空氣可能有危險，那我們會有什麼反應？」

厄斯金停了一下，唐諾腦海中思緒起伏。

「你知道嗎，維克曾經說，要是那些恐怖份子夠聰明，那他們只需要宣稱他們正在研究這種東西，然後就可以坐下來等著看好戲。他說，只要讓我們知道這種東西真的存在，讓我們知道，死亡是肉眼看不到的、無聲無息的、隨時會找上任何一個人，這樣就夠了。」

「所以，你們的解決方案就是自己先動手毀滅全世界？」唐諾兩手猛搓頭髮，拚命想搞懂他在說什麼。他忽然想到，消防隊有一種救火技巧是他永遠搞不懂的，那就是先放火燒掉一大片森林，免得森林大火繼續蔓延。另外，他知道伊朗那邊也有類似的作法。第一次美伊戰爭的時候，常常會有油井起火燃燒，這時候，他們就會引爆炸彈撲滅火勢。

「相信我。」厄斯金說。「一開始我自己也很難接受這種方法，我一次又一次的跟他爭執。然而，其實我一開始就明白他是對的，我只是需要時間才有辦法接受。不過，瑟曼倒是很輕易就被他說服了。他馬上就明白，我們必須拋棄這個星球，重新開始。問題是，想離開地球，那經費太可怕——」

「何必上太空？」唐諾忽然打斷他。「時間旅行就可以了不是嗎？」他忽然回想起那天在瑟曼辦公室，瑟曼跟他說過類似的話。事實上，打從他們第一次見面的時候，瑟曼就已經說出他的計劃了，只是唐諾當時不可能聽得懂。

厄斯金忽然瞪大眼睛。「沒錯，他就是這麼說的。我想，他可能已經受夠了戰爭。至於我呢，我沒像瑟曼那樣經歷過戰爭，也沒有維克那種心理學家特有的……超然客觀的分析能力。我只是從電腦病毒看到類似的可怕，知道奈米戰爭就像一種新型態的網路戰爭，我知道那種威力，知道奈米機器人會不斷自我改造，進化，速度驚人。一旦它們開始蔓延，那就永無休止，直到人類滅絕為止。甚至，就算人類都滅絕了，它們還是會繼續蔓延。如果我們企圖反制，它們會依據我們的行動進行自我改造，然後發動下一波攻擊。到時候，空氣中會充滿這種肉眼看不見的細小大軍，他們會像雲霧一樣到處瀰漫，不斷突變，不斷攻擊，甚至根本不需要宿主了。一旦民眾發現了，知道……」說到這裡他就停住了。

「他們會陷入恐慌。」唐諾喃喃嘀咕著。

厄斯金點點頭。

「你剛剛說，就算人類滅絕了，它們還是會繼續蔓延，那你的意思是不是它們還在外面？那些奈米機器人？」

厄斯金抬頭看看天花板。「現在外面的世界還能住人嗎？我想，你問的是這個吧？現在，外面的世界不但沒辦法住人，而且情況還更可怕。外面的世界已經產生徹底的變化，我們人類曾經創造的一切都已經徹底被摧毀。如果老天夠仁慈，也許在很久很久以後，我們會有機會再重回地面上。」

唐諾忽然想到，在記憶設定期間，他讀過資料，知道這種輪值的模式會持續五百年。也就是說，他們必須在地底下生活五百年。大自然需要多少時間才有辦法清除掉那些奈米機器人？而且，就算有一天他們重回地面，那要怎樣才能避免自己重蹈覆轍？如果有人沒學到教訓，不知道那種潛在的危險，那怎麼辦？猛虎一旦出柙，就再也奈何不了牠了。

「你剛剛問我，維克會不會感到後悔——」厄斯金抬起拳頭掩住嘴咳了一下，點點頭。「我認為他確實有過那種傾向。大概是在他第八次或第九次輪值期滿的時候，我不確定是哪一次，總之，當時他跟我說了一些話。當時我正要開始第六次輪值，而你正好也是在那時候輪值快期滿，而第十二地堡已經——」

「那是我第一次輪值。」唐諾看到厄斯金似乎絞盡腦汁在計算，就主動說出來。他本來還想說那是他唯一的一次輪值。

「對了，沒錯。」厄斯金推推鼻樑上的眼鏡。「我想相信你對他應該夠了解，知道他不太喜歡表露感情。」

「他是個很難捉摸的人。」唐諾說。對於那個他剛剛幫忙埋葬的人，他幾乎是一無所知。

「那麼，你應該能體會他對我說的那些話。那天我們一起搭電梯，維克忽然轉過來對我說，每天坐在辦公室裡看著走廊對面的人，就會想到自己對他們做了什麼事。當然，他說的就是你，你們這些負責指揮的人。」

唐諾很難想像他所知道維克會說出這樣的話，很難相信。

「不過，聽到他這樣說，我並沒有特別感到震驚。真正令我感到震驚的，是他接下來說的話，當時，他臉上那種悲哀的表情，是我從來沒見過的。他說……」厄斯金抬起一隻手搭在艙蓋上。「他說，每天坐在那裡，看著你們坐在辦公桌前面工作，對你們了解越來越深——所以他常常會想，如果這世界是由像你這樣的人來領導，說不定會變得更好。」

「像我這樣的人？」唐諾搖搖頭。「那是什麼意思？」

厄斯金微微一笑。「我也是這樣問他。他回答說，他覺得自己做的事是正確的，明智的，合乎邏輯的，但做這件事，卻是一種沈重的負擔。」厄斯金輕撫著艙蓋，彷彿在輕撫他女兒。「有一種人，他們有勇氣做『對』的事，那麼，如果我們讓他們來做對的事，說不定一切會變得更簡單，對大家更好。」

39 第一地堡

那天晚上，安娜終於來找他了。那一整天，唐諾失魂落魄，滿腦子想的都是死亡。瑟曼送東西下來給他吃，他食不知味。他愣愣的看著安娜幫他組裝電腦，整理檔案夾和筆記。而到了晚上，四下一片黑暗，安娜來了。

唐諾嘀咕了兩句，想推開她。她坐在床緣，輕輕抓著他手腕，而他繼續啜泣，感覺越來越軟弱。他想到厄斯金說的話，說與其做正確的事，還不如做對的事。唐諾不太懂那有什麼差別。他腦海中思緒起伏，而昔日的情人正輕輕抱著他，手摟著他背後，臉貼在他肩上，依偎在他懷裡。而他在哭泣。

沈睡了一百年，他覺得自己變軟弱了。而且，他已經知道米克和海倫兩個人在一起。他忽然很氣海倫，因為海倫沒有堅守單身，他很氣海倫，因為她沒收到他的簡訊，沒有越過土丘過來和他會合。

安娜親吻著他臉頰，在他耳邊輕聲細語安慰他。淚水沿著唐諾臉頰往下流，他忽然想到，維克覺得他是好人，但其實他根本是個爛人。他是個爛人，因為他竟然希望他太太獨守空閨，這樣一百年後的他才能夠睡得安穩。他是個爛人，因為安娜在他身邊，他感到安慰，而自己卻不希望海倫有人安慰。

「我不能這樣做。」他一次又一次的輕聲說。

「噓。」黑暗中，安娜把頭髮往後撥。此刻，房間裡只有他們兩個人，戰火即將燃起。環繞在他們四周的，是一箱箱的軍火，彈藥，還有一種更危險的東西。

40 第十八地堡

米森沿著螺旋梯下樓，準備到中央調度室。想到洛德尼，他內心很苦惱。他很擔心他的老朋友，可是卻無能為力。他們把他關在那個房間裡，而那種門他從來沒見過：很厚，很堅固，閃閃發亮，令人畏懼。他們把他關在那種地方，是不是意味著他闖下大禍——

他越想越害怕，不由得渾身一陣哆嗦。上次有人被送出去清洗鏡頭，是幾個月前的事。當時米森也在場，是他負責把防護衣的零件從資訊區送到頂樓，這比搬運屍體更令人驚駭。屍體最起碼還用驗屍官的黑色塑膠袋裝著。而那套防護衣卻是另一種屍袋。穿上那套防護衣的人，再過不久就會在裡面痛苦掙扎，很淒慘的死去。

米森還記得當時是在什麼地方拿那套防護衣。那房間就在現在關洛德尼的那個房間底下。他忽然想到，清洗鏡頭的任務不也是資訊區負責執行的嗎？他不由得渾身又起了一陣哆嗦。說錯一句話，很快就會曝屍荒野，在土丘上逐漸腐爛，而他的好朋友洛德尼常常是口無遮攔。

先是他媽媽，而現在是他的好朋友。米森忽然很想知道，公約裡有沒有規定誰可以代替別人出去清洗鏡頭。他有點驚訝，自己從來沒看過公約，可是卻乖乖遵守公約的規定。他就只是認定，那些管理地堡的人一定都讀過公約，而且完全遵守公約的規定執行工作。

來到三十八樓，他注意到欄杆上綁著一條運送員的頭巾。那條頭巾，跟他纏在脖子上那條一樣，不過邊緣鑲了店家專用的紅邊。這是店家召喚運送員用的。米森看到這條頭巾，腦海中那些煩人的思緒立刻被拋到腦後。米森解開欄杆上那條頭巾，攤開一看，看看上面是哪一家店舖的商標。是德瑞索，那個藥材商。他托運的東西通常不會太重，不過這也代表錢不多。但不管怎麼樣，東西是要送下樓的，輕鬆多了，除非德瑞索那條頭巾綁錯欄杆的位置。

米森急著想趕回中央調度室，因為那裡可以洗澡換衣服。他腦海中閃過一個念頭，想裝作沒看到那條頭巾。不過，萬一有人注意到他身上揹著空袋子，看到那條頭巾卻置之不理，這話要是傳到洛克耳朵裡，他就沒好日子過了。於是，他立刻走進德瑞索的店舖，心裡暗暗祈禱，希望這批貨不是私人藥品，因為那意味著他必須跑好幾個地方，把藥送到不同的人家。光想到這裡，他腿都軟了。

米森走到藥店門口，推開門走進去，德瑞索正好在櫃檯後面。他塊頭很大，滿臉大鬍子，頭已經快禿了。他是中段樓層不可或缺的人。很多人生病的時候，並沒有去找醫生，而是直接來找他。只不過，米森實在不確定這是不是一種明智的選擇。通常，大家都喜歡去找那種很會天花亂墜的人，而不是去找真正會治病的人。

店裡有很多人，好像都生病了，他們坐在等候室的長凳上，有人在擤鼻涕，有人在咳嗽。米森忽然很想把頭巾拿起來掩住口鼻，不過他並沒有這樣做，而只是閉住呼吸站在櫃檯前面等。德瑞索正把藥粉倒在一張四方形的紙上，然後小心翼翼把紙摺好，遞給櫃檯前面的一個女人。那女人放了幾枚代幣在櫃檯上，然後就轉身走了。這時候，米森立刻把那條頭巾丟在那幾枚代幣上。

「哦，米森，好久不見啦小伙子，氣色不錯嘛。」德瑞索扯扯鬍子，咧嘴一笑，露出滿口黃牙。

「你也不錯啊。」米森很客氣，鼓起勇氣吸了一口氣。「有東西要送嗎？」

「哦，有。等我一下。」

櫃檯後面有一排貨架，上面擺滿了瓶瓶罐罐，德瑞索走到貨架後面，很快拿了一個小袋子出來。「底段樓層的藥。」他說。

「我可以幫你從這裡送到中央調度室，然後他們會派人送下去。」米森說。「我要下班了。」

德瑞索皺起眉頭，扯扯鬍子。「這樣也可以啦，那麼，我要付錢給中央調度室囉？」

米森伸出手。「還有小費。」

「噢，小費，沒問題，不過你要先猜對一個謎，我才給你。」德瑞索彎腰湊向前，整個人壓在櫃檯上，櫃檯好像快被他壓垮了。米森最不想聽到的就是還要先猜謎才拿得到小費。老套了，根本就是這老傢伙慣用的伎倆，為了省一兩枚代幣的小費。

「好。」德瑞索開始扯他的鬍子。「七十八磅的羽毛裝滿一袋，和七十八磅的石頭裝滿一袋，哪一袋比較重？」

米森毫不遲疑就回答了。「裝羽毛的袋子比較重。」他聽過這個謎題。這是針對運送員設計的。有一次長途送貨的時候，半路上他就一直想，想了很久，終於想出一個自己的答案，和最明顯的答案不一樣。

「不對！」德瑞索大喊了一聲，手在半空中揮了好幾下。「不是裝石頭的袋——」說到一半他忽然臉色一沉。「等一下，你剛剛是說裝羽毛的袋子？」他搖搖頭。「不對，小伙子，兩袋一樣重。」

「兩個袋子裡裝的東西一樣重沒錯。」米森說。「不過，裝羽毛的袋子比較大。你剛剛說，兩袋都裝得滿滿的，也就是說，裝羽毛的袋子比較大，所以比較重。」說完他立刻伸出手。德瑞索愣在那裡，咬咬嘴邊的鬍子，然後就認輸了。於是，他很不情願的從剛剛那女人放在櫃檯上的代幣裡拿出兩枚，放到米森手上。米森拿了錢，把那袋藥塞進揹袋裡，揹到肩上。

「比較大的袋子——」德瑞索還在喃喃自語，米森已經匆匆轉身走了，經過長凳前面，再次閉住呼吸，藥丸在揹袋裡格格作響。

看到德瑞索那種懊惱的樣子，其實比拿到小費還過癮，不過，兩樣他都喜歡。接著，他繼續下樓，一路上人越來越多，剛剛心裡那種興奮漸漸消散了。他看到好幾個副保安官站在某一樓的平台上，手扶在槍柄上，拚命想勸阻那群打架的人。到了四十二樓，裡面是店鋪，大門窗口的玻璃破了，用一片塑膠布遮著。米森可以確定那是最近才破的。到了四十四樓，他看到一個女人坐在欄杆邊，頭埋在手心裡哭得很傷心。米森注意到，很多人從她旁邊經過，卻沒半個人停下腳步。他又繼續下樓，感覺到整座樓梯都在震動，而牆上那些標語越看越怵目驚心，彷彿一種預兆。

後來，他終於來到中央調度室，發現這裡安靜得異乎尋常。他穿過分類房，看到兩邊架上擺滿待送的郵件。他直接走到大櫃檯前面。他打算把那袋藥交給櫃檯，先挑一件工作，然後再去洗澡換衣服。櫃檯值班的是凱特琳。現場沒有別的運送員。他們可能是請假去療傷吧，要不然就是回家去看看家人，因為最近不太平靜。

「嗨，凱特琳。」

「噢，嗨，米森。」她微微一笑。「你好像沒受傷嘛。」

米森大笑起來，摸摸鼻子。鼻子還有點痛。「謝謝妳。」

「卡姆剛來過，他還跟我打聽你跑到哪裡去了。」

「哦？」米森有點意外。卡姆昨天從驗屍官那裡拿到一大筆小費，米森還以為他會請一天假去快活。

「他是去送貨嗎？」

「對呀。他問我有沒有東西要送到物資區。雖然昨天晚上的行動，他被排除在外，心裡不太高興，不過除此之外，他看起來心情特別好。」

「哦，他也聽說了嗎？」米森看看待送清單，看看有沒有東西要送到樓上。克蘿老師一定知道該怎麼幫洛德尼。說不定她他可以去找首長打聽，搞清楚洛德尼為什麼會被處罰，或甚至請首長幫忙說句好話。

「咦，等一下。」米森忽然抬頭看看凱特琳。「妳剛剛說卡姆心情特別好，是什麼意思？還有，現在他是不是要送貨去物資區？」他忽然想到魏科委託的工作。那位資訊區負責人告訴過他，這件工作，米森是最後一個知道的，他不會再找別的運送員。但問題是，先前他可能問過別的運送員不是嗎？「剛剛卡姆是從哪裡回來的？」

凱特琳抬起手指舔了一下，翻翻工作日誌。「他之前送一台壞掉的電腦去——」

「這小兔崽子！」米森用力拍了一下櫃檯。「妳這裡有什麼東西要送下去嗎？物資區或化工區？」

她開始查電腦，手指在鍵盤上快速跳動，但整個人看起來還是一樣優雅。「目前進度落後。」她口氣有點不好意思。「有東西要從機電區送回物資區。四十八磅重。普通郵件，不趕。」她抬頭看看米森，看他有沒有興趣。

「我來送。」他說。不過，他並沒有打算直接去機電區。要是他速度夠快，說不定他可以追上卡姆，搶先趕到物資區幫魏科送東西。這是可以再回資訊區的辦法。他在乎的不是錢，而是要有藉口可以回三十四樓去收錢，這樣一來，說不定他還有機會見到洛德尼，看看他的朋友需要人幫什麼忙，到底惹上什麼麻煩。

41 第十八地堡

米森下樓的速度破了紀錄。還好，上下樓的人不多，所以他可以加快腳步，不過，一路上他都沒碰到卡姆，這不是好現象。那小子很可能領先了他一大段距離，不然就是米森特別走運，那小子可能跑進哪一樓去上廁所，米森剛好沒碰上。

後來，他終於趕到物資區，在樓梯平台上休息了一下，喘口氣，擦掉脖子上的汗。他還沒洗澡。等他找到卡姆，到機電區拿了東西之後，他就可以去洗個澡，好好休息一下。底段樓層的調度室說不定有衣服可以給他換，然後他就可以思考一下，看看要怎麼幫洛德尼。有好多事情要想，不過這樣也好，他就不需要再去想今天是他的生日。

一進物資區，他看到好幾個人站在櫃檯前面等。他看不到卡姆的蹤影。要是那小子已經來過，拿了東西走了，現在不知道已經飛到哪裡，東西可能已經快送到了。米森在櫃檯前面排隊等，很不耐煩的用腳打拍子。後來，終於輪到他了，他趕緊湊上前，遵照魏科的指示說要找喬伊絲。那人指著櫃檯另一頭那個女人。那女人很胖，留著長長的辮子。米森認得她，她負責處理很多特別標註資訊區的貨物。他等她應付完前一個客人，然後才湊過去，問有沒有魏科先生要送的東西。

她瞇起眼睛瞄著他。「你們調度室的電腦是有什麼問題嗎？」她問。「那東西已經送走了。」說著她揮揮手叫下一個排隊的人過來。

「能不能麻煩妳告訴我東西送到哪裡？」米森問。「他們派我來替那個人代班。他……他媽媽生病了，不知道還能撐多久。」

扯這種謊，米森不由得皺起眉頭。櫃檯後面那女人嘴角一沈，一副不置信的樣子。

「拜託妳。」他求她。「這件事很重要。」

她遲疑了一下。「送到底下六層樓的住宿區。什麼號碼我不記得了，詳細資料寫在送貨單上。」

「底下六層樓。」米森知道那是哪一樓。一百一十六樓是住宿區，不過，那邊幾間宿舍裡有人在做某種非法生意。「謝謝妳。」說著他用手拍了一下櫃檯，然後飛快衝向大門。反正是在去機電區的半路上，也許已經來不及幫魏科送貨，不過，他可以跟卡姆商量，說他可以上去幫卡姆收錢，卡姆只要給他一個休假點數當車馬費。或者，他也可以擺明了告訴卡姆，說他的好朋友惹上麻煩，他必須想辦法混進資訊區。如果這樣都不行，他就必須等資訊區通知調度室有貨物要送，然後他搶先去接那個工作。問題是，他不知道洛德尼有沒有辦法撐那麼久。

他邊想辦法邊下樓，下了四層樓的時候，突然，爆炸了。

整個樓梯井猛震了一下，彷彿快倒了。米森整個人撞到欄杆上，差點翻出去。他趕緊抓住抖動的欄杆，緊緊抓住。

他聽到很多人慘叫呻吟。他的頭探出在欄杆外，仔細一看，看到底下兩層樓的平台忽然折彎，發出一陣刺耳的嘎吱聲，然後啪的一聲整個斷裂往下掉。

好幾個人也跟著往下掉，身體在空中飛旋，落向深不見底的下方。

米森趕緊撇開頭不敢再看。接著，他看到幾級樓梯下面有個女人跪趴著，抬頭看著米森，眼中露出驚恐狂亂的神色。米森聽到底下遠遠傳來碰撞聲，在很深很深的底下。

那個女人的眼神彷彿是在問他怎麼回事，而他的腦海中有個聲音也在問自己同樣的問題，連同爆炸聲在他腦子裡迴盪著。他很想大喊：我也不知道。到底怎麼回事？末日到了嗎？開始了嗎？

他本來想往上跑，遠離爆炸，可是他聽到底下不斷傳來慘叫聲。如果運送員碰到樓梯上有人需要幫助，那他一定要過去幫忙，這是運送員的職責。於是，他過去扶那個女人站起來，叫她往上走。這時候，空氣中已經開始傳來一股刺鼻的味道，煙霧瀰漫。「快！」他催那女人趕快上去。接著他開始繞著螺旋梯往下衝，半路上碰到一大群人正要往上衝。卡姆在底下。米森腦海中忽然閃過一個念頭，他的伙伴正好送東西下去，而底下正好爆炸，這未免太巧了。

樓下的平台上已經擠滿了人，無數的居民和店舖老闆爭先恐後擠出大門，大家搶著攀到欄杆上，看底下那一樓的平台被炸成什麼樣子。米森拚命擠過人群，大喊卡姆的名字，轉頭猛看四周，尋找他伙伴的蹤影。這時候，有一對夫妻跌跌撞撞沿著樓梯爬上來，全身衣服破爛，露出茫然的眼神。他們互相扶持，扶著欄杆。他到處都看不到卡姆的蹤影。

於是，他繼續往下衝，螺旋梯還要再繞五圈。他一路猛衝，一直繞一直繞，他本來身手很靈敏，可是因為衝得太快，好幾次差點滑倒。卡姆就是送貨到那一樓，不是嗎？底下六層樓。一百一十六樓。他告訴自己，卡姆沒事，卡姆一定沒事。這時候，他腦海中浮現出一幅畫面，看到好多人被炸得在半空中翻滾。他知道，這輩子他再也忘不了這一幕。卡姆一定不在那裡。那小子凡事不是慢半拍就是衝太快，永遠都是這樣，從來沒準時過。

後來，他終於繞完最後一圈，看到眼前應該是平台的地方變成空的，周圍的欄杆被炸得往外折彎斷裂。有幾片樓梯板被炸斷，尾端黏在中央鐵柱上，殘留的梯板往下垂彎，米森感覺到身體往下滑，彷彿隨時會掉進底下的無底深淵。他沒辦法跨過去，腳下的梯板感覺很滑。

隔著那扭曲斷裂的鐵片鐵管，只看到一百一十六樓的門口整個不見了，剩下一個水泥大凹洞，黑黑的鐵條往外折彎，白色的水泥粉從上面的瓦礫飄落。洞裡煙霧瀰漫，可是他竟然聽到洞裡有人在大聲求救。

「運送員！」他忽然聽到上面有人大喊。

米森踩著垂彎的破鐵梯板邊緣，抓住鬆脫的欄杆。欄杆摸起來熱熱的。他探頭到欄杆外，看著上面十幾公尺高的樓梯平台，想看看是誰在喊他。

上面探頭的人也看到他了，有人看到他脖子上的頭巾，立刻伸手指著他。

「他在那裡！」有個女人尖叫著。剛剛他下樓的時候，一群倖存者從他旁邊擠過去，其中有個女人一臉驚恐。那女人大喊：「是運送員幹的！」

42 第十八地堡

樓梯開始震動，轟轟作響，上面一大群人正搶著衝下樓。米森立刻轉頭就走，一手抓著內側鐵柱，跌跌撞撞往下走，眼睛看著外側，看看底下哪裡還有完整的欄杆。樓梯被炸得支離破碎，梯板踩起來很不穩。他搞不懂為什麼他們要追他。後來，他好不容易繞了一整圈，終於看到外側又出現了欄杆。他下樓速度很快，看到欄杆，他終於又有安全感了。這時候，他同時也意識到，卡姆死了。他的伙伴送貨到那一樓，現在已經死了。還有很多人也死了。剛剛上面的人看到藍色頭巾，立刻就以為送貨的人是米森。其實，差一點真的就是他。

來到一百一十七樓的平台，他碰到另一大群人。很多人淚流滿面。有個女人渾身發抖，兩手緊緊抱在胸前。有個男人兩手掩著臉。很多人探身到欄杆外，有人看上面，有人看下面。剛剛他們親眼看到炸碎的鐵片從他們面前墜落。米森又繼續往下衝。從這裡到機電區，中間會經過一百二十樓的底段樓層調度室。那裡是他唯一的避難所。他拼命往下衝，這時候，他忽然聽到喊叫聲從上面逐漸逼近，於是衝得更快。

接著，米森感覺到有人大喊著朝他飛過來，嚇了一跳。他本來以為有人會從後面抓住他，可是那喊叫聲卻從旁邊閃過。又一個人摔下去了，慘叫著往下掉，摔向底下的深淵。上面追他的人有人踩到鬆脫的梯板，就這麼掉下去了。

他加快腳步，放開中央鐵柱，靠向外側欄杆，這裡的梯板比較寬，也比較平。他往下衝的力道使得他的身體貼在欄杆上。靠外側，他可以跑得更快。他忽然想到，萬一前面的梯板出現破洞缺口，會發生什麼事？他儘量不去想。他繼續往下跑，煙霧刺痛了他的眼睛。他的腳步聲，再加上上面追他的人的腳步聲，整座樓梯轟轟作響。在一片嘈雜聲中，一開始他並沒有意識到煙霧並不是來自上面炸碎的門口。

接著，他看到了。那煙霧是從底下衝上來的。

43 第一地堡

唐諾的早餐是蛋泥和馬鈴薯泥，放了很久，已經冷了。瑟曼和厄斯金帶下來給他的早餐，他幾乎從來不碰。他寧願吃倉庫裡那種淡而無味的食物。他在倉庫裡找到很多真空包裝的箱子，裡面有很多沒有標籤的罐頭。他這樣做，不光是因為他不相信那兩個人，而主要是為了展現一種叛逆的姿態。要吃什麼活下去，完全由自己主宰，這讓他感覺自己是有力量的。他用叉子刺起一團橘黃色的果泥放進嘴裡。那可能是桃子的果泥。他食不知味的嚼著，想像自己在吃桃子。

安娜坐在大會議桌對面，正在調整無線電上的轉盤，一手端著一杯冷咖啡，窸窸窣窣的啜飲著。她旁邊有一個黑盒子，用電線連接在她的電腦上。房間裡迴盪著細微的靜電雜訊。

「太可惜了，收不到清楚的頻道。」唐諾愁眉苦臉的說。他又挖了一團果泥放進嘴裡，然後告訴自己，這是芒果。其實這只是在安慰自己，可以吃到不一樣的水果。

「收聽不到頻道才好。」她說。她的意思是，她不希望聽到第四十地堡和附近那幾座地堡傳來任何無線電訊號。她試著跟他解釋，如果那些地堡裡還有人活著，她正在設法切斷他們之間的聯繫，只不過，唐諾完全聽不懂。一年前，第四十地堡可能駭進了系統。這應該是第四十地堡的資訊區負責人叛變所造成的，因為除了他，不可能有人擁有這種專業技術，有這麼大的權限連線電腦系統，進行這麼大規模的行動。在監視系統被切斷之前，所有的安全防護系統都已經被切斷了。他們曾經設法「關閉」那座地堡，可是卻不知道有沒有成功。事後看來，顯然他們是失敗了，因為附近的地堡，一座接著一座，監視系統都被切斷了。

根據系統的規範，瑟曼、厄斯金和維克都一一被喚醒。他們又啟動安全防護系統想關閉那些地堡，但顯然都失敗了。厄斯金擔心系統被入侵的層級已經高達奈米機器人的設定，瀰漫在空氣中那些機器人可能已經被重新設定，整個計畫已經陷入危險。瑟曼費盡唇舌，好不容易說服了其他兩個人，喚醒了安娜，因為只有她幫得上忙。她在麻省理工學院研究的是無線諧波和遙控科技，她的能力就在於透過無線電遙控電子設備。

後來，她終於透過無線電連接上那些失聯的地堡，重新控制了那裡的電子系統。一想到那些地堡，唐諾還是會作惡夢。她在跟他描述整個過程的時候，他一直看著牆上一張地堡標準結構的藍圖。地堡樓與樓之間都有一層厚厚的水泥層，邊緣埋了炸藥。唐諾想像得到，當那些炸藥被引爆，所有的水泥層會一起往下掉，像一片片的骨牌一樣堆疊到最底下，樓層之間的一切都會被壓得粉碎。十六公尺厚的水泥層引爆墜落之後，整個地堡就化為廢墟。從一開始，這些地下建築就被設計成可以摧毀的——遙控摧毀。這種安全防護系統真的有必要嗎？唐諾越想越覺得噁心。這種系統，跟整個計劃一樣，殘忍到令人難以想像。

而現在，這些地堡無線電似乎都已經無聲無息，只剩下永遠的靜電雜訊，彷彿無數鬼魂的呼號。其他那些地堡的指揮官都不知道這場大災難。他們那邊的藍圖上不會出現紅色的大叉叉，這樣他們就不會提心吊膽。不同地堡的指揮官無法互相聯絡，因為最可怕的就是驚慌蔓延。

但這一切維克都看在眼裡。而唐諾覺得，這種沈重的心情才是他自殺的原因，並不是瑟曼說的各種推論。瑟曼很讚嘆維克的絕頂聰明，所以他一直認為維克自殺另有隱情，一定有什麼陰謀。唐諾比較相信維克自殺是因為他終於醒悟了，悲痛過度。維克終於想通了，這整個計畫，就像一個瘋子掌握了權力，然後有更多瘋子追隨他，而瘋子集團裡的每個人都以為自己腦袋很清楚，最後導致人類幾乎滅種。

他拿了一罐番茄汁罐頭，在上面鑿了兩個洞，拿起來喝了一口，然後從滿桌的文件裡拿出兩張。第十八地堡的命運似乎就靠這兩張紙了。這兩張紙，是同一份報告的兩種不同拷貝。一張是原始報告的列印。那是他很久以前寫的，第十二地堡如何被毀滅的報告。唐諾實在想不起來自己什麼時候寫過那份報告。而現在，他長時間一直在看那份報告，絞盡腦汁想搞清楚裡面藏了什麼訊息，結果，就像一個字重覆一直唸，一遍又一遍，到最後聽起來就像是噪音。

另一份拷貝是有維克註記的版本。先前，維克在唐諾的報告上寫了很多註記，當時他用的是紅筆，所以，工作人員拷貝的時候，想盡辦法保留了文字的紅色，這樣看報告的人看兩種版本會比較容易辨識。然而，拷貝的時候保留原始的紅色，當然也就保留了上面噴濺的血跡。這些血跡，意味著維克在辦公桌前自殺的時候，這份文件擺最上面。

唐諾整整研究了三天，最後他開始懷疑這份報告根本就是被維克當作廢紙來用，要不然維克怎麼會在上面寫字？問題是，維克告訴過瑟曼很多次，想搞清楚第十二地堡的暴動事件，關鍵就在這份報告。在唐諾的報告裡。維克極力主張把唐諾從深度冬眠中喚醒，可是瑟曼和厄斯金始終不同意。所以，唐諾的結論是：瑟曼和厄斯金根本就是在騙他，反正死無對證，他永遠沒辦法知道維克到底說了什麼。

有人說謊再加上死無對證——想找出真相無異於緣木求魚。

用紅筆標示出來的某些內容，還有噴濺的血跡，這些實在沒有多大用處。不過，維克寫的幾句話倒是有點意思。看到那些句子，唐諾不由得想到占星術。有些模稜兩可的描述乍看之下似乎蠻像一回事的，這樣一來，你就會更容易相信另外那些拐彎抹角的描述可能是真的。

「有一個人記得從前的事」，這句話寫在整份報告正中央，字體很粗很大。唐諾免不了會覺得這就是說他，還有他體內的抗藥性。安娜好像說過，維克常常會跟她提到他，說他很希望喚醒他來做測試，或是問他一些問題。另外幾句話，意思很模糊，但口氣很極端。「原因就在這裡」，還有「全體滅亡」。

他說「原因就在這裡」，這「原因」究竟是指什麼？是他自殺的原因，還是第十八地堡暴動的原因？還有「全體滅亡」，是誰會全體滅亡？

在很多方面，第十八地堡週而復始的暴動，和其他地堡沒什麼兩樣。這次暴動，除了情況更劇烈之外，和其他暴動也沒什麼差別，本質上就是暴民人數的消長，下一代推翻上一代，還有每隔十五年到二十年就會出現一次的血腥暴力。

針對這個主題，維克寫過很多報告，內容涵蓋範圍很廣，從原始人的行為，到二十世紀和二十一世紀的戰爭。其中有一份報告，唐諾看了覺得很不舒服。那份報告提到一種原始人，他們長大以後會企圖推翻他們的父親輩，也就是推翻「雄性領袖」。報告裡，那些原始人會殘殺他們的嬰兒。雄性原始人會把小男嬰從母親身邊奪走，帶到森林裡，扯掉他們的手腳，一根一根扯。這樣一來，那些雌性原始人又會再度進入發情期，又有空間孕育下一代。

唐諾簡直不敢相信真的有這樣的原始人。另外，他還看過一份報告描寫人類的腦前葉是如何發展的。那份報告，他一直看不太懂。這些報告，可能是解開謎題的關鍵，不過也可能只是一個瘋子的胡言亂語。或者，也許是這個人終於良心發現，明白自己犯下滔天罪惡。

唐諾一直讀自己寫的報告，研究維克的註記，努力想尋找答案。而這段時間，他的生活逐漸陷入一種例行公事的模式，而這種生活模式是一年多來安娜已經非常習慣的。每天，他們睡覺，吃飯，工作，而一到晚上，他們會一口一口的啜飲威士忌，喝掉好幾瓶。一到早上，他們會輪流進浴室洗澡。安娜洗完澡之後老是喜歡赤裸裸的走出來，而唐諾很不喜歡她這樣。從前，安娜就像是他生活中的毒品，而現在她又回來了。唐諾腦海中開始浮現之前的一些現象：他和安娜一起合作進行一個祕密計劃，而海倫則是一個人在薩凡納老家；那天，他和安娜在餐廳開會，米克卻沒趕上；唐諾老是聯絡不上海倫和米克，因為他的手機老是故障。

他的手機老是出問題。全國代表大會那天，如果海倫收到他那封簡訊，那麼她現在可能已經在底下深度冬眠了。厄斯金常常去看女兒，而他就可以跟厄斯金一樣，常常去看海倫。等輪值期全部結束，他和海倫又可以在一起了。

不過，這樣的夢還有另一種：唐諾想像自己越過土丘趕到田納西區。有一位少女正在唱國歌，炸彈在天空爆炸，大家嚇得鑽進地堡裡。在那樣的夢裡，他和海倫一起進入那座地堡，在那裡生孩子，一起含飴弄孫，最後一起埋葬在土壤中。

每天睡覺前，安娜都會躺到他床上，頭靠在他胸口，依偎在他懷裡，兩人的呼吸都瀰漫著酒味，就這樣溫存一個鐘頭。每當這樣的時刻，他腦海就會浮現出那些夢，令他十分困擾。他會就這樣躺著，讓她的手勾住他脖子，享受這樣的美妙時刻，一直到她覺得床太小，躺得不舒服，回自己床上，他才會漸漸睡著。

一到早上，她又會進浴室洗澡，邊洗邊唱歌，蒸汽又會瀰漫整間會議室。這時候，唐諾又會開始研究資料。他會登入安娜的電腦，在維克的目錄底下挖掘更多的檔案。他能夠查出這些檔案是什麼時候建立的，什麼時候存取過，頻率有多高。其中有一個最老的檔案最近才剛被打開過。那是一份清單，全部地堡的排名清單。第十八地堡排在很前面，差點就是第一名。然而，排名的依據是什麼呢？是問題最多的地堡，還是最穩定的地堡？另外，為什麼要排名？目的是什麼？

他也會用安娜的電腦搜尋他妹妹夏綠蒂。底下冷凍艙的清單裡並沒有她的名字。不管用什麼名字去查，都找不到她的照片。可是，做記憶設定的時候，她也在。他還記得她和其他幾個女人一起被帶走，送去冬眠。可是現在，她似乎失蹤了。她到底在哪裡？

他心裡有太多疑問。他盯著那兩張報告，聽著無線電傳來靜電雜訊，感覺上面的土壤彷彿壓在他身上。他開始會想，如果他太專注研究維克的註記，那麼，有一天他的下場會不會也跟維克一樣？

44 第一地堡

有時候，那些報告，那些註記，唐諾實在看不下去了，他就會溜到倉庫散散步，看看那些槍炮和無人機。最近，這已經變成他的習慣。這樣他就可以暫時逃避一下，遠離那些靜電雜訊，遠離那個棺材般的臨時住處。而在這樣的時刻，前一晚喝的威士忌酒力也漸漸消退，他腦袋會比較清楚，把一切暫時拋到腦後，比如那些夢，比如最近他和安娜逐漸發展出來的情愫。

最重要的，在散步的空檔，他腦海中拚命想釐清這個世界的完整面貌。他絞盡腦汁在想，瑟曼和維克對這些地堡到底有什麼打算。在地底下埋藏五百年，然後呢？唐諾很想搞清楚。現在，他正在展開行動，尋找答案，而就是在這樣的時刻，他才感覺得到自己是活生生的，充滿生命力。就好像，當初他拒絕服藥，口腔裡長滿潰瘍的時候，他就短暫感受到一種主宰自我的權力。

倉庫裡，貨架上和地上到處都是那種塑膠箱，每次散步的時候，他就會東翻西翻，看看箱子裡有什麼東西。他注意到其中一口箱子裡少了一把槍，應該就是維克偷走的。真空密封包裝被撕破了，箱裡其他的手槍都上過油。另外他還發現，有一些箱子，外面的真空密封包裝塑膠布特別厚，裡面裝著摺好的制服，還有類似太空裝的東西。另外有些箱子裝著全罩式的大頭盔，底下有金屬領口。另外，還有紅色燈頭的手電筒，有食物，有醫藥箱，有背包，還有數不清的彈藥。另外還有更多數不清的裝備和機器，他根本猜不出是什麼東西。他在其中一口箱子裡找到一種薄片地圖，是五十座地堡的分佈圖，圖上有很多紅線從每一座地堡往外延伸，而所有的紅線最後匯聚在遠處的某一點。他把地圖拿起來，背面對著遠處會議室的燈光，手指沿著紅線劃過去。好半天，他實在搞不懂這種地圖是什麼用途，只好又放回箱子裡。這些地圖一定是某種線索，可以解開某些謎團，但他一時還猜不透。

這次出來散步，他走到無人機中間寬闊的通道上，做開合跳的運動。兩天前，他開始做運動，當時簡直快累死，不過血管裡那種冰冷似乎漸漸消散了。他越是逼自己運動，腦袋似乎就越清楚，感覺愈靈敏。今天他跳了七十五下，比昨天多了十下。跳完之後，他喘氣喘夠了，就趴到地上開始做伏地挺身，鍛鍊虛弱的手臂肌肉。就在這第三天，在他做伏地挺身的時候，當他的臉距離鐵皮地面不到三公分的時候，他看到了。他看到了無人機昇降機。昇降機的門就在牆上，高度還不到人的腰部，可是很寬，和無人機的機翼長度差不多，看起來像某種車庫門。

唐諾站起來，走向那扇低矮的門。整座倉庫非常幽暗，那面牆幾乎是一片漆黑。他本來想去拿一把手電筒，可是就在這時候，他看到那個紅色把柄。他用力拉把柄，波浪形的門板立刻向上滑開，縮進上面的牆內。唐諾跪到地上，鑽進去看看裡面的空間，發現深度大概有四公尺。他沿著內側摸索了半天，根本摸不到什麼按鈕或把柄，沒辦法啟動這座昇降機。

他越來越好奇，於是又鑽出來，準備去拿一把手電筒。當他一轉頭，忽然看到幽暗的牆面遠處有另一扇門。唐諾走過去，試試轉動門把，發現門沒鎖。門一開，裡面是一條昏暗的通道，他在牆邊摸索了一下，打開開關，天花板上的燈閃了幾下才亮起來。他躡手躡腳走進去，關上門。

那條通道大概有五十步的長度，兩邊的牆上有好幾扇相對的門。應該是辦公室吧，就像倉庫內側他和安娜住的那間會議室。他打開一扇門，裡面立刻竄出一股樟腦丸的味道。他走進門，看到裡面有好幾排床鋪，地上積了厚厚的灰塵，上面有零亂的腳印，顯然最近有人進來過。其中有一排床鋪出現一片缺口空地，那裡原先應該擺了兩張床。感覺得出來這裡根本沒人住。他走出去，打開走道對面的另一扇門，發現裡面是一間間的廁所和一座座的淋浴隔間。

再往前走，相對的另外兩個房間裡的陳設也差不多，差別只在於，那間浴室裡多了男人用的便盆。這可能有人住在這裡看管那些軍火，不過，在唐諾第一次輪值期間，他似乎從來沒看過有人到這層樓。這地方是留著未來用的，就像那些防水布蓋著的無人機一樣。他走出浴室，走向通道盡頭那道門。

一進門，他發現裡面的桌椅全都蓋著塑膠布，上面積了厚厚的一層灰。唐諾靠近其中一張桌子，發現塑膠布底下蓋著電腦螢幕，而椅子跟桌子是連在一起的，桌面上有很多轉鈕和把柄，看起來很眼熟。他蹲下來，拉住塑膠布的一角，嘩啦一聲用力掀開。

這是飛行操控台。看到這個，昔日的記憶立刻湧上心頭。那種把柄是一種飛機操縱桿，他妹妹說那叫做「橫舵柄」。座位底下有好幾個踏板，不過他忘了妹妹說那叫什麼。另外，操控台上還有節流閥桿，還有其他轉鈕和指示錶。唐諾還記得，妹妹從飛行學校畢業的時候，他曾經去那裡參觀過她的訓練設備。他和爸媽搭飛機到科羅拉多州，參加她的畢業典禮。他還記得，他在那裡的螢幕上看到她操控的無人機飛上天空，和別的飛機編隊飛行。當時，透過無人機機頭的攝影機，他看到科羅拉多州的遼闊景觀。眼前桌上的螢幕和飛行學校的螢幕一模一樣。

他轉頭看看四周，裡面總共有十幾座飛行操控台。他忽然明白這房間是做什麼用的，腦海中立刻浮現出一幕景象，彷彿聽到通道上人聲喧嘩，看到男男女女在浴室裡淋浴，邊洗澡邊聊天，大家腰部圍著浴巾，有人正在跟別人借刮鬍刀。他彷彿看到值班的飛行員坐在操控台前，桌上的咖啡杯紋風不動，杯裡的熱咖啡冒著蒸氣，而他們正操控無人機在某個不知名的地方投擲炸彈，散播死亡。

唐諾把塑膠布蓋回去，忽然想到妹妹。此刻，她一定在底下的某個樓層沈睡，而他卻找不到她。他心裡想，他們把他妹妹帶到這裡，難道只是為了要給他一個驚喜？也許，她被帶到這裡，是為了要給未來的其他人一個驚喜。

一想到她，他突然想到有一段時間，他迷失在虛無飄渺的夢境裡，又孤獨又傷心。唐諾發現自己不自覺的摸摸口袋，好像想找什麼東西。他想找藥丸。那種藥，是他從前吃的藥。當年，海倫一直逼他去看醫生不是嗎？這時候，唐諾忽然明白自己為什麼無法遺忘從前，為什麼會產生抗藥性。那一剎那，他忽然有一股強烈的衝動想去找他妹妹。他無法遺忘從前，原因就是夏綠蒂。瑟曼一直想不透的疑問，答案就在夏綠蒂身上。

45 第一地堡

「我要先看到她。」唐諾大喊。「讓我先看看她，然後我就會告訴你真相。」

說完他等著瑟曼和史尼德醫師回答。這裡是冷凍艙區史尼德的辦公室，他們三個就站在裡面互相對峙。唐諾剛剛和瑟曼一起坐電梯下來，一路上他就一直討價還價，現在他要的更多了。他認為，他之所以沒有遺忘過去，是因為他也吃了妹妹吃的藥。他要用這個訊息當作交換條件。他好想知道妹妹在哪裡，好想看看她。

瑟曼和史尼德互看了一眼，兩人之間似乎有某種默契。接著，瑟曼忽然轉過來看著唐諾，提出條件。「看看她可以，不過，我話講在前面，叫醒她是絕對不可能。」他說。「就算你願意說出訊息，也一樣不可能。」

唐諾點點頭。他心裡明白，只要你掌握了權力決定遊戲規則，那你隨時可以改變遊戲規則。

史尼德醫師立刻轉身操作桌上的電腦。「我來查查看她在哪裡。」

「不用查了。」瑟曼說。「我知道她在哪裡。」

接著他帶他們兩個走出辦公室，沿著走廊經過輪值人員冬眠區。多年前，唐諾就是在這裡被喚醒的，當時他的名字叫特洛伊。接著他們經過深度冬眠區，他就是在這裡沈睡了一百年。接著，他們一路走到另一扇門前。那扇門看起來和其他的門沒什麼兩樣。

不過，瑟曼輸入的密碼卻不太一樣。唐諾注意到，瑟曼按按鍵的時候，鍵盤發出一種不太和諧的四聲調。鍵盤上方刻了幾個字：「緊急應變小組」。門鎖發出一陣怪異的嘎吱響，門慢慢開了。

他們走進門，走廊上一團熱氣也跟著竄進去，而裡面卻冷得像冰庫。裡面的冷凍艙比較少，只有十幾排，加起來大概總共有五六十座，只比一次輪值所需的總人數稍微多了一點。唐諾走到一座看起來像棺材的冷凍艙前面，探頭往裡面看，看到玻璃上結了一層青白色的蜘蛛網狀的霜，裡面有一張雕像般的臉孔。那一定是一位被冷凍的士兵，不過，這也可能只是他自己的揣測。

瑟曼帶著他們穿越成排成列的冷凍艙，最後終於來到一座冷凍艙前面。他抬起雙手放在艙蓋上，那動作充滿感情。他呼出來的氣在空氣中凝結成一團白霧，那種景象，彷彿他的白頭髮和白鬍子也是冰霜凝結成的。

「夏綠蒂！」唐諾大叫了一聲，探頭過去看著裡面的妹妹。她的模樣還是跟從前一樣，一點都沒變老。儘管她的皮膚白中透青，他依然覺得那很正常。他已經越來越習慣看到人這個樣子。

他把小窗上那層霜擦掉，這時候，他赫然發現自己的手變得好細，瘦骨嶙峋。他肌肉萎縮了，而且變老了，而他妹妹卻還是跟從前一樣年輕。

「我曾經像這樣把她封鎖起來。」他凝視著她。「當年她出去打仗的時候，我就曾經把年輕的她封鎖在記憶裡，而我爸媽也一樣。我們希望她在我們記憶中永遠都是那個小夏綠蒂。」

他抬起頭，隔著冷凍艙打量著另外兩個人。史尼德好像開口想說什麼，但瑟曼卻按住他的手臂。唐諾又低頭看著妹妹。

「當然，我們一直沒有察覺她已經成熟了，變成大人了。當時她正在海外殺人。後來，我選上眾議員之後，她大概覺得我也可以算是大人了，才告訴我戰爭的事。」他笑著搖搖頭。「我的小妹，竟然在等我長大。」

這時候，一滴淚水落在那片窗玻璃上，淚水裡的鹽分立刻融化了霜，留下一片痕跡。唐諾立刻擦掉那個痕跡，忽然有點擔心，不知道這樣會不會打擾到她。

「每次一有目標被鎖定。」他說。「他們會在大半夜把她叫醒……她說他們這種行為叫什麼來著？對了，她說他們這種行為叫做欠揍。他們會在大半夜把她叫醒。她說，睡得迷迷糊糊被叫起來殺人，那種感覺真的很奇怪，她回去睡覺的時候，腦海中還殘留著螢幕上的畫面——那是她導航的飛彈最後擊中目標的畫面——」

他深深吸了一口氣，盯著瑟曼。

「你知道嗎，我很高興她這種工作不會受傷。她躲在操控車裡，而不是在天上飛。不過，她曾經跟我抱怨。她告訴她的醫生，那種感覺很不好，躲在安全的地方殺人。前線的士兵還有藉口可以殺人，因為他們害怕。他們有保護自己的本能，那就是殺人的理由。夏綠蒂常常在殺了人之後，就到大餐廳去吃餡餅。但她根本食不知味。」

「她去看什麼醫生？」史尼德問。

「她跟我看的是同一個醫生。」唐諾說。他抬起手擦掉臉上的淚水，可是卻不會覺得不好意思。此刻，站在妹妹旁邊，他忽然勇敢起來，大膽起來，比較不覺得孤單。他忽然有勇氣面對過去，面對未來。「海倫很擔心我競選連任的事。夏綠蒂第一次出任務之後，醫生診斷她是創傷後壓力症候群，她有處方籤。所以後來，我們就繼續用她的名字拿藥，甚至用她的保險。」

史尼德揮揮手，要他講清楚一點。「什麼處方？」

「抗憂鬱藥。」瑟曼說。「她在吃抗憂鬱藥，對不對？至於你，你是擔心媒體會發現你在吃藥。」

唐諾點點頭。「海倫很擔心。她怕媒體會發現，我是因為……產生妄想所以在吃藥。吃藥能夠幫助我忘掉那些東西，讓我保持冷靜，我才有辦法讀指令，因為吃了藥之後，我就能夠光記內容，不會產生太多聯想。不再害怕了。」他低頭看看妹妹，忽然明白她為什麼後來不肯再吃藥。因為她希望自己會害怕。從某個角度來看，那是有必要的，因為那可以讓她覺得自己像個人。

「我記得你告訴過我她在吃藥。」瑟曼說。「當時我們在書店裡——」

「你還記得你服用的劑量嗎？」史尼德問。「你多久吃一次？」

「我拿到指令後就開始吃藥了。」他看看瑟曼，想看看他有什麼反應，可是瑟曼面無表情。「那應該是距離全國代表大會召開的兩年前或三年前開始的。我幾乎每天吃，一直吃到大會召開那一天。」他轉頭對史尼德說。「要不是因為那天在山丘上，我把藥丸搞丟了，說不定在做記憶設定期間，我還會繼續吃。那天我好像跌倒了，我還記得——」

史尼德轉頭對瑟曼說。「難怪情況會變得很那麼複雜。維克一直都很謹慎，管理階層都經過嚴格篩選，排除掉那些做過心理治療的人。每個人都經過測試——」

「我沒有。」唐諾說。

史尼德看著他。「每個人都做過測試。」

「他沒有。」瑟曼盯著艙蓋。「那一天我臨時調整了他的職務，讓他和別人對調。是我幫他作保證的。而且，如果他是用妹妹的名字拿藥，那他的病歷資料根本不會有任何紀錄。」

「我們一定要告訴厄斯金。」史尼德說。「我可以和他合作，說不定我們可以研究出新的配方。而且，這就可以解釋為什麼其他地堡也有人產生抗藥性。」他轉身從冷凍艙旁邊走開，似乎急著想回辦公室。

瑟曼看看唐諾。「你想在這裡多陪她一下嗎？」

唐諾看著妹妹，看了好一會兒。他好想喚醒她，好想跟她說話。說不定下次他還可以再來看她。

「我希望可以再回來看她。」他說。

「再說吧。」

瑟曼繞過冷凍艙，伸手搭住唐諾肩膀，輕輕掐了他一下，然後，他帶唐諾走向門口。唐諾沒有回頭看，也沒有看那個小螢幕顯示妹妹用的是什麼名字。他覺得那不重要，因為他已經知道她在哪裡了。對他來說，她永遠是夏綠蒂，永遠不會改變。

「你做得很好。」瑟曼說。「非常好。」他們來到走廊，關上那扇門。「我一直搞不懂維克為什麼對你的報告那麼沈迷，現在，這個謎可能已經被你解開了。」

「我？」唐諾看不出那有什麼關聯。

「我不認為他是對你寫的報告有興趣。」瑟曼說。「我認為他是對你有興趣。」

46 第一地堡

他們搭電梯上樓，但到了五十四樓，唐諾並沒有先出去，而是跟瑟曼一起直接上頂樓的大餐廳。已經快到吃晚飯的時間了，他打算幫安娜拿晚餐。電梯一路向上，樓層按鈕逐一亮起又熄滅，唐諾一直在想瑟曼剛剛說的話。也許他說得沒錯，維克只是對他為什麼會產生抗藥性感到好奇，說不定他寫的報告根本沒有參考價值。

電梯來到四十樓，按鈕亮了一下又滅了。唐諾忽然想到，第四十地堡也是一樣的命運，熄滅了。「我的報告和第十八地堡有什麼關聯？」他看著另一樓的按鈕亮了又滅。

瑟曼盯著不鏽鋼電梯門，看到上面有一個油膩膩的手印。

「維克想重新設定第十八地堡，我不覺得有必要。不過，也許他是對的，也許我們應該再給他們一次機會。」

「重新設定要怎麼做？」

「你應該明白要怎麼做。」瑟曼看著他。「就跟我們對外面世界做的事一樣，只是規模小一點。減少人口，清除電腦資料，清除他們的記憶，重新來過。在第十八地堡之前，我們已經做過好幾次。那樣做有風險，因為如果沒有面臨災難，他們不太可能會產生心理創傷。從某個角度來看，直接關閉地堡比較簡單，也比較安全。」

「也就是說，消滅他們。」唐諾說。他忽然明白維克在反對什麼，拚命想避免什麼。他希望把唐諾叫起來，跟瑟曼談談。安娜曾經說過，維克常常提到他。還有，厄斯金也說過，維克希望讓唐諾這樣的人來領導。

來到頂樓，電梯門開了，唐諾跨出電梯，看到那些目前正在輪值的人，忽然覺得怪怪的，因為他現在已經不是第一地堡的工作人員，可是卻又出現在這裡。

他注意到不太有人理會瑟曼，好像沒當他是什麼大人物。他不是輪值的指揮官，沒有人認識他。在別人眼裡，他們兩個就只是普通人，一個穿著白衣服，一個穿著米黃色衣服，只是上來吃點東西，看看大螢幕牆上的荒涼景象。

唐諾拿了一個裝滿食物的托盤，忽然又注意到絕大多數人坐的方向都是面對大螢幕，只有一兩個人背向螢幕。他跟著瑟曼走向電梯，心裡很想跟那幾個人聊聊，很想問他們都記得些什麼，害怕什麼。他很想告訴他們，會怕是正常的，沒有關係。

「為什麼另外那些地堡也有大螢幕？」他悄悄問瑟曼。當初他設計地堡的時候，並沒有設計那個大螢幕，他不太懂那個用意。「我們把外面搞成那個樣子，為什麼要讓他們看到？」

「這樣他們才會乖乖待在裡面。」瑟曼說。他一手端著托盤，一手去按高速電梯按鈕。「我不是要讓他們知道那是我們搞出來的，我只是想讓他們看到外面是什麼樣子。我們利用那面大螢幕，還有一些禁忌，迫使他們乖乖待在裡面。唐唐，人類有一種毛病，有一種本能衝動，會一直不斷的前進，直到碰到障礙。接下來，我們會想辦法挖洞，或是沿著海岸航行，或是爬過高山——」

電梯來了，裡面有個人穿著反應爐區的紅色工作服。那個人說了聲不好意思，走出電梯從他們中間穿過去。他們走進電梯，瑟曼伸手去摸他的識別證。「恐懼。」他說。「光是恐懼還不足以阻擋我們這種本能衝動。要是我們不讓他們看到外面是什麼樣子，他們會自己跑出去探險。人類永遠都是這樣。」

唐諾想了一下。他想到自己確實就有那種衝動，拚命想逃離這棺材般的地堡，即使明知道一出去就會死。關在裡面，跟被凌遲處死沒什麼兩樣，更難熬。

「我還是希望能夠重新設定那座地堡，不要一下子就消滅他們。」唐諾說。他看著電梯按鈕的數字不斷變化。他沒有告訴瑟曼，他已經看過很多那座地堡裡的人的資料。重新設定，意味著很多人會死，很多人會傷心，不過，至少還有一線生機，有些人會活下來。如果關閉地堡，所有的人都會死。

「事實上，我自己也越來越不想殺那些人。」瑟曼說。「維克還在的時候，我常常跟他起爭執，說他在這種地堡下功夫，根本就是浪費時間。而現在，他走了，我發覺自己不知不覺想挽救那些人。就好像，我覺得自己應該要完成他的遺願，可是對我們來說，那就像是一個致命的陷阱。」

來到二十樓，電梯停了，兩名工作人員走進來。他們本來在聊天，一進電梯立刻安靜下來。唐諾想到，重新設定地堡，最後的結果還是一樣，暴動還是會週而復始。這令他聯想到很久以前的大規模戰爭。他還記得，美國和伊朗打過兩次仗，下一代的伊朗人並不記得上次的戰爭，可是他們照樣踏上戰場，步上他們父輩的後塵。

來到休閒中心的樓層，那兩名工作人員走出電梯。電梯門一關上，他們立刻繼續聊天。唐諾記得，他非常喜歡在健身房練舉重。而現在，他根本沒什麼胃口，身上也已經沒什麼肌肉可以練了。

「有時候我會懷疑，這就是為什麼維克會做那件傻事。」瑟曼說。電梯剛過四十四樓。「他做什麼事都經過盤算，都有目的。也許，他做那件事，就是為了要逼我採納他的建議。」瑟曼轉頭看看唐諾。「也就是因為這樣，我才會決定把你叫起來。」

唐諾心裡暗暗吶喊，這實在太荒謬了。他覺得瑟曼只是想合理化自己那些荒謬的想像。當然，維克的死，終止了雙方的爭執，不過，他究竟是怎麼死的？唐諾不只一次想過，說不定維克根本不是自殺，不過他當然不敢說出口，因為那只會替自己惹來麻煩。

來到五十四樓，他們走出電梯，從裝滿軍火的貨架間穿過，來到無人機停放區。這時候，唐諾忽然想到，他妹妹也跟這些無人機一樣，正在沈睡。他很高興他終於知道她人在那裡，知道她安然無恙。那是小小的安慰。

他們圍坐在會議桌旁邊吃飯。瑟曼和安娜邊吃邊討論，唐諾在一旁拿叉子攪弄著盤裡的食物，那兩張報告就在盤子旁邊。他心裡想，那只不過就是兩張紙，沒什麼奧妙。他一直搞錯方向，以為報告裡有什麼線索，結果，他發現維克真正有興趣的是他這個人。維克辦公室就在唐諾辦公室對面，長期以來他一直在觀察唐諾，看他對水或藥丸有什麼反應。而現在，唐諾看著維克的註記，忽然覺得紙上那些血跡，那些塗鴉，只是維克表達內心痛苦的方式。

他告訴自己：不要去看那些血跡。血跡不是線索，那是後來才濺上去的。那張紙上，有些沒寫註記的部位都濺滿了血跡。唐諾一直在研究那些內容，也許根本只是在尋找不存在的東西。說不定他等於是在看一張空白的紙。

空白。唐諾忽然放下手中的叉子，抓起那張報告。如果沒有那些血跡，應該不難注意到那張紙上有些部位沒有被註記覆蓋。當初他實在應該多留意。他應該研究的，不是寫在上面的註記，而是那些沒有被註記覆蓋的文字內容。

他把那份列印的原始報告拿起來，和那張寫了註記的報告做比對，根據沒有被註記覆蓋的位置，在原始報告上找出同樣的位置，看看文字內容是什麼。過了一會兒，他找出了那個位置，那一剎那，他滿肚子的興奮忽然消失了。那個段落的內容是，那個指揮官學徒的曾祖母記得從前的事。這根本不重要。

除非——

唐諾猛然坐直起來，拿起那兩份報告疊在一起，然後不斷上下交替。這時候，安娜正在告訴瑟曼她目前的進展，說她正在想辦法破壞那些地堡的無線電天線塔，很快就會成功了。瑟曼說，再過幾天，他們就可以結束這次輪值，回去冬眠了，讓這裡恢復正常的輪值程序。唐諾把那兩張疊在一起的報告拿起來，對著燈光。瑟曼轉頭看著他，覺得有點奇怪。

「維克的註記是圍繞著某個段落寫的。」唐諾喃喃自語。「不是直接寫在上面。」

他注意到瑟曼在看他，立刻對他笑笑。「你搞錯了。」他手抓著那兩張報告，有點顫抖。「我終於看出來了。維克有興趣的人並不是我。」

安娜放下叉子，湊過來看。

「如果我看的是原版，一定很快就會看出來。」他指著報告上被註記圍繞的那個段落，然後抽掉上面那張，用手指著底下那張原始報告上的相同位置，那段看似不相干的內容。那段文字並不是在描寫第十二地堡如何毀滅。

「這就是為什麼你重新設定地堡沒有成功。」他說。安娜伸手把那張報告拿過去看。那段內容描寫的是，唐諾曾經考核那個學徒，而那年輕人曾經問他，「遺產」資料庫那些書說的是不是真的。那年輕人的曾祖母記得從前的事。

「第十八地堡裡，有人記得從前的事。」唐諾說得很堅定。「說不定有好幾個，他們暗中流傳這些知識，一代傳一代。也許他們跟我一樣，也有抗藥性。他們記得。」

瑟曼喝了一口水，放下杯子，轉頭看看安娜，再看看唐諾。「那就更應該直接關掉那座地堡。」

「不行。」唐諾對他說。「不行。這不是維克想做的。」他用手指敲敲維克寫的幾個字。「他想把記得從前事情的人找出來，不過他說的並不是我。」他轉頭看著安娜。「我認為他從頭到尾都不想把我叫醒。」

安娜看看她爸爸，臉上露出困惑的表情。接著她轉頭看看唐諾。「那你有什麼建議？」

唐諾站起來，在椅子後面踱來踱去，踩到地上糾纏的電線。「我們一定要跟第十八地堡聯絡，叫他們的指揮官去查，把那樣的人找出來。那些人在暗中製造問題，說不定他們還在討論外面——」說到一半他忽然停住，差點脫口說出——外面那個被我們毀滅的世界。

「好。」安娜朝爸爸點點頭。「好。假設他們真的知道。假設我們真的找到那些跟你一樣的人，然後呢？」

唐諾立刻停下腳步。他還沒有想到接下來該怎麼辦。他注意到瑟曼正在打量他，臉色陰沈。

「我們把這些人找出來——」唐諾說。

他心裡有數。他知道該怎麼解救那座地堡的人。有農夫，有工人，有學徒。他沒有忘記，上次輪值的時候，他曾經下令按下按鈕殺人，為了解救更多人。

此刻，他心裡有數。他還會再次做同樣的事。

47 第十八地堡

米森喉嚨好癢，眼睛刺痛。他快到一百二十樓調度室的時候，煙霧越來越濃，味道越來越嗆。上面那些追他的人好像漸漸不見了，可能是因為剛剛有人從缺口摔下去，大家都怕了。

卡姆死了。米森很確定。可能還有更多人死了。他忽然想到，剛剛摔下去那個人最後還是要用運屍袋裝好，讓運送員搬到上面的土耕區。但緊接著他立刻覺得有點愧疚，這時候竟然還在想這個。這是運送員的工作，而且很不輕鬆。

他搖搖頭，甩掉那些亂七八糟的念頭。調度室那樓的平台快到了。他下樓下了快一整天，渾身髒兮兮，滿頭大汗，而且還被嗆得眼淚直流。他有壞消息要告訴大家。他實在太累了，到了這裡，就算洗澡換乾淨的衣服，恐怕也沒什麼太大的幫助，不過至少這裡是個避難所，而且還可以打聽一下那場爆炸到底是怎麼回事。他走下最後幾級樓梯的時候，也許是因為看到煙霧裡有飛舞的灰燼，他忽然想到先前被他撕碎的那張紙條。他就是為了想救他的朋友，才會下來追卡姆。

洛德尼。他的好朋友被關在資訊區。剛剛因為碰到爆炸，一片混亂，他有點驚慌失措，差點忘了他還要救洛德尼。

爆炸。卡姆。那件貨物。送貨。

米森絆了一下差點摔倒，趕緊抓住欄杆。他忽然想到，送那件貨會得到一大筆錢，可是卻註定永遠拿不到。他打起精神繼續往下走，然後又想到，資訊區那房間裡到底出了什麼事?洛德尼到底惹上了什麼麻煩，為什麼會被關在那裡？要怎麼救他？甚至，有辦法靠近他嗎？

他一走到調度室門口，發現空氣越來越混濁，呼吸的時候感覺喉嚨彷彿有火在燒。樓梯上聚了一群人，他們隔著樓梯平台看向一百二十樓的大門。米森咳了幾聲，一路推開人群擠進去。難道是上面爆炸的殘骸掉到這裡來？看起來不像，因為這裡東西都好好的。大門附近有兩個水桶倒在地上。灰色的消防水管掛在欄杆上一路往門內延伸。天花板下面凝聚著一層煙霧，飄出門口沿著樓梯井牆邊往上竄升。

米森把頭巾拉起來遮住鼻子，心裡很困惑。煙是從調度室裡面冒出來的。他用頭巾遮著嘴巴呼吸，喉嚨感覺比較不會那麼刺痛。大廳裡有人影晃動。他解開刀鞘的固定帶，手抓著刀柄，走進大門，壓低身體避開煙霧。地上濕濕的，裡面的人走來走去，鞋子踩在濕地板上嘎吱嘎吱響。這裡很暗，不過他看到手電筒的光束在走廊裡面晃來晃去。

米森快步朝亮光走過去，越往裡面煙霧越濃，地上的積水也越深，果屑菜屑漂在水面上。他經過一間大通鋪宿舍，貨物分類房，還有幾間辦公室。

有人從他旁邊跑過去，濺起水花，手上拿著手電筒。就在那個人和他擦身而過的一剎那，他藉由手電筒的光看到那個人的臉。是莉莉，一個年紀很大的女運送員。接著他看到有人躺在水裡，靠著牆邊。米森靠過去的時候，有人正好拿著手電筒跑過去，光線照到那個人身上。這時候，他才發現那個人並不是躺著休息。那是哈凱特，一個領班。他對年輕學徒非常好，不會欺負他們故意叫他們揹很重的東西。他半邊臉沒事，可是另外半邊臉卻腫成一個大血泡。他死了。今天真的不是個好日子。米森忽然想到，又有很多人可以抽到生育籤號碼了。

「小子！趕快過來！」

是摩根的聲音。他從前是米森的師父。那老人在咳嗽，旁邊還有很多人也在咳。整條走廊泡在水裡，水面上到處都是水波漣漪，水花四濺，煙霧瀰漫，有人一直咳嗽，有人大喊大叫發號施令。米森趕緊跑向那熟悉的身影。他眼睛被煙燻得很痛。

「師父！我是米森。那爆炸——」他指著天花板。

「小子，我知道你是誰。我教過的徒弟，我一聽聲音就知道是哪個。」有一道手電筒的光束照在米森臉上。「趕快過來幫忙。」

空氣中飄散著豆子被煮熟的味道，還有燒焦的紙泡在水裡的味道，非常刺鼻。另外，隱隱約約還有一股汽油味。米森常常去底層，到過發電廠，那種汽油味他很熟悉。除此之外，還有另一種味道：很像是市集烤豬肉的味道，而且是那種肉燒焦的臭味。

大廳積水很深，水淹過米森的鞋子，搞得他鞋子裡全是污泥。抽屜裡的文件都被倒進箱子裡。有人把一口箱子塞到他手上。煙霧瀰漫中，只見手電筒的光束到處閃動。他鼻子刺痛，猛流鼻涕，眼淚也流不停。

「在前面！在前面！」有人在後面催他走。他們警告他千萬別碰檔案櫃。整堆的文件被放進箱子裡，抬起來特別重。米森搞不懂他們在急什麼。火已經滅了，牆上被火燒過的地方都是一片焦黑，而牆邊遠處那一大片種豆子的菜圃已經被燒成灰燼，焦黑的支架一根根矗立，有些則是已經倒塌。

調度員亞曼達在檔案櫃旁邊，用頭巾包住手，把抽屜裡的文件倒進箱子裡。米森的箱子很快就裝滿了，當他轉身面向走廊，看到有人把牆上保險櫃裡的舊帳冊拿出來。接著，他看到地上有一具屍體，蓋著一塊布。似乎沒人想去搬那具屍體。

他跟著其他人走向樓梯平台，不過只走到門口內側，沒有出去。大通鋪宿舍裡的緊急照明燈亮著，角落裡堆了一大疊床墊，卡特，琳恩和喬瑟琳都在那裡，正忙著把文件攤開在床墊上。米森把箱子裡的文件倒出來，然後又走回裡面繼續裝。

「出了什麼事？」他又回到檔案櫃那邊，開口問亞曼達。「是有人來報復嗎？」

「那些農夫是衝著豆子來的。」亞曼達把另一個抽屜的文件倒出來。「他們闖進來，把豆子全部燒光了。」

米森轉頭看看四周損壞的情況，忽然想到，爆炸的時候樓梯井震得好厲害，他彷彿還看得到那些人慘叫著摔到底下。這幾個月來，暴力蔓延有如星火燎原。

「接下來該怎麼辦？」卡特問。他是個很強壯的運送員，大概三十出頭。這個年紀，體力正達到顛峰狀態，膝蓋也還沒受傷，但他看起來卻是一副筋疲力盡的樣子。他頭髮濕濕的貼在額頭上，臉都被煙燻黑了，而藍色的頭巾也被燻成了黑色。

「我們去放火燒掉他們的作物。」

「那我們吃什麼？」

「我們只去燒高樓層的土耕區，這件事就是他們幹的。」

「這很難說，不見得是他們幹的。」摩根說

米森看看師父的眼睛。「剛剛在大廳……」他說。「我看到……那是不是……？」

摩根點點頭。「對，那是洛克。」

卡特狠狠拍了一下牆壁。「我要幹掉那些王八蛋！」他大吼。

「那麼，你……」米森本來想說摩根已經是底段樓層調度室總領班，但他一時還不太習慣。

「是啊。」摩根說。米森感覺得出來摩根自己也不太習慣。

「接下來的幾天，大家都會肆無忌憚的自己搬東西。」喬爾說。「我們如果不反擊，會被人當成是孬種。」喬爾只比米森大兩歲，是很厲害的運送員。喬爾咳了幾下，琳恩立刻看著他，一臉關切。

此刻，米森並不怎麼在乎運送員會不會被當成孬種，他還有別的事要操心。上面的人認定運送員就是攻擊他們的人。而現在，運送員被農夫攻擊了。先前運送員在高樓層和農夫打了一架，而那些農夫居然千里迢迢跑到底下來報復。米森心裡想，運送員應該是地堡最驍勇善戰的一群，可是現在卻被人蓄意攻擊。資訊區正在招募新人，然而，他們並不是要招募電腦維修技師，而是要訓練他們進行破壞，說不定，他們是想摧毀地堡的靈魂。

「我要先回家一趟。」米森說。他一時嘴快說錯了，他本來是想說他要回高樓層。他解開脖子上的頭巾，看到整條頭巾都被煙燻黑了，而且他的手和衣服也都黑了。他得趕快去找一套不一樣的衣服來換，不同顏色的。他得趕快聯絡上從前巢穴那些伙伴。

「你想幹什麼？」摩根問。剛剛米森扯掉脖子上的頭巾時，他師父摩根好像開口想說什麼，但最後並沒有說出口，而是看著米森脖子上的紅色疤痕。

「我認為他們並不完全是衝著我們來的。」米森說。「我認為這整件事比我們想像的複雜得多。我有一個朋友出事了。我的朋友被關在一個地方，而那地方就是引發目前這一連串混亂的罪魁禍首。我認為他現在有生命危險，因為他知道太多。他們把他關起來，不讓他跟人接觸。」

「是洛德尼嗎？」琳恩問。她和喬爾比他們早兩年到巢穴去上學，不過他們跟米森和洛德尼都很熟。

米森點點頭。「還有，卡姆死了。」他告訴大家，並且跟大家說明他下樓的路上碰到什麼事。那場爆炸之後，有人在後面追他，而樓梯欄杆破了一個大洞。有幾個運送員輕喚卡姆的名字，似乎不太敢相信。「我認為那些人根本不在乎我們知不知情。」米森又補充說。「而這就是關鍵，他們想激怒所有的人，讓大家越生氣越好。」

「我需要時間好好想一想。」摩根說。「需要時間計畫一下。」

「我認為時間已經不多了。」米森說。他告訴他們，資訊區正在招募新人。他告訴摩根，他看到布萊利也在那裡，而且很多年輕的運送員都去應徵工作。

「那我們該怎麼辦？」琳恩問。她看看喬爾，再看看其他人。

「我們應該要從長計議。」摩根說。然而，他說話的口氣卻不像從前那麼有自信了。從前他是資深運送員，當人家的師父，說起話來總是自信滿滿，而現在當上領班，那種自信似乎漸漸不見了。

「我不能待在底下這裡。」米森說。「你要把我的休假點數全部扣光也沒關係，我就是非上去不可。我要去高段樓層。雖然我不知道自己到得了到不了，不過我非去不可。」

48 第十八地堡

在還沒動身之前，米森必須先聯絡幾個他信得過的朋友。只要是幫得上忙的，他都要聯絡。他們都是當年巢穴的老朋友。很多人在平台上，摩根開始催他們去做自己的事，這時候，米森跑進煙霧瀰漫的幽暗走廊，準備去貨物分類房。說不定那裡的電腦還能用。琳恩和喬爾跟在他後面。他們沒什麼心思幫忙打掃，因為他們更急著想知道洛德尼怎麼樣了。

他們檢查了一下分類房的電腦，發現電腦壞了。很可能是前一天電壓暴升的時候壞掉的。米森忽然想到，今天早上看到很多人帶著壞掉的電腦去資訊區，那麼，附近這五層樓還有哪部電腦是沒壞的嗎？看樣子，他是沒辦法寄電子郵件了，於是他決定用無線電連絡其他調度室，看看他們有沒有辦法幫他寄電子郵件。

他先試著聯絡中央調度室。琳恩和他一起站在櫃檯前面，拿手電筒照著無線電轉盤，光束穿透空氣中飄散的煙霧。喬爾在貨架中間走來走去，把地上的箱子抬到高處，免得裡面的東西浸水。米森呼叫了半天，中央調度室一直沒回應。

「可能無線電也被火燒壞了。」

米森並不這麼認為。電源指示燈是亮的，而且他按下通話鈕的時候，喇叭還發出靜電雜訊。這時候，他聽到摩根在走廊上跑來跑去，大吼大叫，抱怨他人手不夠。琳恩趕緊用手遮住手電筒燈頭，免得摩根發現他們在裡面。「中央調度室出事了。」米森對琳恩說。他有不祥的預感。

接著他試著聯絡高樓層的調度室。有人接聽了。「你是哪位？」那個人問。他聲音在顫抖，顯然陷入驚慌。

「我是米森，你哪位？」

「米森？老兄，你麻煩大了。」

米森抬頭看看琳恩。「你哪位？」

「我是羅比。老兄，上面這裡只剩下我一個，而且我聯絡了半天聯絡不到半個人。大家都在找你。你們底下那邊到底出了什麼事？」

「大家都在找我？」米森問。

「找你和卡姆，還有另外幾個。中央調度室那邊好像打起來了。你也在那裡嗎？我根本聯絡不到半個人！」

「羅比，我要你幫我聯絡幾個朋友。你那邊有辦法傳電子郵件嗎？我們底下這邊的電腦好像出了什麼問題。」

「沒辦法。我們這邊的電腦也掛了，不得已只好去借首長辦公室那邊的電腦用。現在只剩下那部電腦能用。」

「首長辦公室？好吧，那你去那邊幫我發幾封電子郵件。你手邊有紙筆嗎，記一下。」

「等一下。」羅比說。「你要發的是公務郵件吧？如果不是的話，我沒有資格發——」

「媽的！羅比，這不是鬧著玩的！趕快去找紙筆記下來！我會報答你的。他們要扣我工錢也無所謂。」米森抬頭看看琳恩，琳恩搖著頭，一臉不敢置信。接著米森抬起手掩住嘴咳了一下，他喉嚨被煙嗆得很痛。

我哦。」

「好啦，好啦。」羅比說。「你要我寄給誰？對了，我要先聲明，我手上只有這張紙，以後你要還

米森放開通話鈕，咒罵了那小子幾句。他想了一下，誰收到他的郵件之後，會立刻聯絡其他人？於是，他跟羅比講了三個名字，還有郵件裡要寫什麼內容。他要通知他的朋友到巢穴去跟他會合，或者，萬一他沒辦法到場，他的朋友一樣要去那裡會合。巢穴應該是很安全的，因為沒人會攻擊學校，攻擊克蘿老師。一旦他們一夥人會合了，他們會一起想辦法。說不定克蘿老師知道該怎麼辦。對米森來說，最困難的部份，就是要想辦法怎麼去那裡跟他的朋友會合。

羅比一直沒吭聲，米森終於忍不住開口問。「你都記下來了嗎？」

「有啦有啦，不過老兄，你字數好像超過了，超過的部分你要自己付錢哦。」

米森不敢置信的搖搖頭。

米森關掉無線電，琳恩立刻問他：「接下來呢？」

「我要找一套工作服。」米森說。他繞過櫃檯，走到喬爾那邊的貨架前面，開始翻找架上的箱子。

「他們在找我，所以如果我想上去，就必須換一套不同顏色的衣服。」

「不是只有你想上去。我們也想。」琳恩說。「我們也需要不同顏色的衣服。如果你是要去巢穴的話，我也要跟你去。」

「我也去。」喬爾說。

「謝謝你們。」米森說。「可是三個人一起行動，恐怕更危險，看起來會更可疑。」

「我知道，不過他們找的是你。」琳恩說。

「嘿，你看，這裡有很多白色工作服。」喬爾掀開一個箱蓋。「不過問題是，穿這種衣服恐怕反而

更顯眼，是不是？」

「白色？」米森探頭看看喬爾說的箱子。

「是啊，警衛隊要用的。最近我們搬了很多這種白衣服。幾天前從製衣區送下來的，搞不懂他們做這麼多幹嘛。」

米森看看那些工作服。最上面那套覆蓋了一層煙灰，看起來不像白色，反而更像灰色，箱子裡總共有幾十套。他忽然想到資訊區那些新招募的人。看這樣子，彷彿他們打算讓地堡一半的人穿上這種白衣服，和另外一半人戰鬥。真搞不懂他們想幹嘛，除非，他們打算讓地堡的人全死光。

「殺人用的。」米森說。他沿著貨架走到另一口箱子前面。「我想到更好的辦法了。」他找到了他想找的那口箱子。幾天前，他和卡姆就曾經送過一口這樣的箱子。他打開箱蓋，從裡面拿出一個袋子。

「你們兩個想賺點錢嗎？」

喬爾和琳恩立刻轉過頭來看米森，看到他手上提著一個很重的大袋子，上面有銀色的拉鏈，還有拖拉帶。

「三百八十四點代幣，你們兩個分。」他說。「這是我全部的積蓄。你們兩個必須一起抬。」

他們兩個都拿手電筒照向他手中的袋子。那是一個黑色袋子，裝屍體用的袋子。

49　第十八地堡

米森坐在櫃台上，解開鞋帶。他鞋子已經濕透，襪子也濕透了。他脫掉鞋襪，免得袋子裡多了水的重量。他不愧是個運送員，滿腦子想的都是重量。琳恩拿了一套警衛工作服給他，以防萬一。他脫掉運送員的藍衣服，穿上白衣服，而他換衣服的時候，琳恩撇開頭不看他。他把刀子綁在背後腰部。

「你們真的要抬我上去嗎？」他問。

琳恩幫他把腳套進袋子裡，用袋內的固定帶綁住他的腳踝。「你真的想被人抬上去嗎？」她問。

米森笑起來。他很緊張，胃有點抽搐。他張開雙臂，讓他們把袋內的上側固定帶綁在他的腋窩。「你們兩個吃過飯了嗎？」

「我們不餓。」喬爾說。「不用操心。」

「萬一太晚——」

「好了，頭往後仰。」琳恩對他說，然後把拉鏈從腳部往上拉。「我們說沒問題的時候，你才可以講話。」

「我們大概每隔二十分鐘就會休息一下。」喬爾說。「我們去上廁所的時候，也會帶你一起進去。你可以趁那個時候伸展一下手腳，喝點水。」

琳恩把拉鏈拉到他胸口，下巴，遲疑了一下，然後抬起手在手上親吻了一下，摸摸米森額頭。她從前看過很多次，死者的家屬或牧師就是這樣祝福死者。「願你踩著階梯直上天堂。」她輕聲嘀咕。

喬爾的手電筒照到她臉上，看到她露出一絲苦笑。接著，她把拉鏈拉過米森臉部，拉到底。

「願這階梯至少能通到上面的調度室。」喬爾說。

於是，他們抬著他走出去，沿著走廊前進，一路上，運送員都退到一邊讓死者經過。好幾個人伸手摸摸袋子向死者致意。他在裡面強忍著不敢咳嗽，不敢亂動。他覺得好像有煙霧滲進袋子裡。

喬爾走前面，這意味著米森的肩膀會貼在他肩膀上。米森仰面朝天，身體隨著他們的腳步搖搖晃晃，固定帶吊住他腋窩底下往上扯。平常，他的肩膀是比較習慣用來背袋子。後來，他們開始上樓梯的時候，他感覺舒服多了，因為腳部的位置比較低，血液不再衝到他頭部。琳恩在底下抬著他的腳。

他們走出人聲喧嘩的調度室之後，米森立刻感覺到黑暗籠罩了他，感覺到四周陷入一片寂靜。喬爾和琳恩都沒吭聲。不說話，比較不容易喘。喬爾腳步很快，米森感覺得到身體懸在梯板上方輕輕搖晃。

他們一步步往上爬，唐諾也感覺越來越不舒服，那並不是因為袋子裡呼吸不順暢。從他還在當學徒的時候開始，他就常常長途爬樓梯，肺功能訓練得很強。也不是因為塑膠袋緊緊貼在他臉上，也不是因為袋子裡太暗。其實他最喜歡的就是深夜在黑暗中爬樓梯，在那樣的時刻，別人都已經睡了，只剩下他一人擁抱黑暗，沈思冥想。

事實上，他會感到不舒服，是因為自己被人抬著，成為別人的負擔。

他的腋窩被固定帶吊著，手臂快麻了。在黑暗中晃來晃去，聽著腳步聲，聽著喬爾和琳恩費力的喘氣聲，而自己卻被抬著上樓，他覺得自己變成了別人的沈重負擔。

他忽然想到媽媽。當年他媽媽懷著他，那幾個月裡，沒有人知道，也沒有人能幫忙，一直到後來他爸爸才知情。但那時候已經來不及墮胎了。他忍不住會想，當年他爸爸是不是恨透了媽媽肚子裡的他，是不是巴不得像切除癌症腫瘤一樣，把他從媽媽肚子裡挖出來。當年在媽媽肚子裡，並不是米森自己願意的，後來，他就發誓再也不要變成別人的負擔。

從兩年前到現在，他已經很久不會覺得自己是大家的負擔，而此刻，他忽然又有了那種感覺。兩年前，就連那根繩子也承受不了他的負擔。

兩年前，那繩結打得不夠緊。當時，他淚水盈眶，兩手不停顫抖，他已經盡力把繩結綁緊。而就在他上吊那一剎那，繩結鬆了，可是卻沒有立刻脫落，結果他脖子被繩子磨得焦黑出血。當時，他最遺憾的，是選擇從機電區低矮的樓梯間跳下去，繩子綁在上面的水管上。如果當初他是從螺旋梯井的平台跳下去，那麼，就算繩結鬆脫了，那種下墜的衝力就足以要他的命。

可惜現在，他已經沒有勇氣再嘗試一次了。他很怕成為別人的負擔，但也同樣很怕再嘗試自殺。難道這就是為什麼他一直在逃避艾莉，因為她很渴望能夠愛他？因為她想幫助他？難道這就是為什麼他一直想逃離自己的家？

他終於掉下眼淚。他兩手被固定帶綁住，沒辦法抬起手來擦眼淚。他想到媽媽，可是媽媽在他腦海中只有一些模糊破碎的印象。不過，他可以確定的是，媽媽從來不曾畏懼，不管是面對生命，或是面對死亡。當她決定要犧牲自己，拿自己的命來換米森的命，那一刻，她擁抱了生命，同時也擁抱了死亡。然而，米森從來不覺得自己值得她這樣犧牲。

此刻，他彷彿感覺地堡繞著他緩緩旋轉，一次一級樓梯。米森承受著這一切，強忍哭泣。在這無邊的黑暗中，在他生日這一天，他躲在運屍袋裡被人抬上樓，彷彿一種死亡儀式。在這一刻，他第一次看清了自己，徹底明白了自己的心。

50 第一地堡

在一萬個人當中尋找一個人，本來是很難的。本來可能要花上好幾個月，研究那些報告和資料，或是詢問第十八地堡的指揮官，叫他去清查所有人的檔案，清查犯罪紀錄，清查清洗鏡頭的紀錄，看看誰和誰有關聯，或是把從前的月報告找出來，清查所有的傳言。

不過，唐諾找到一個更簡單的辦法。他只要從資料庫裡找出和他一樣的人就可以了。一個記得從前的人，一個滿懷恐懼和妄想的人。那個人嘗試想融入這個世界，可是卻是個危險份子。唐諾搜尋的是那種害怕醫生的人，過濾出那些從來沒去看過醫生的人。他搜尋那些拒絕吃藥的人，結果發現，有一個人連水都不敢喝。內心深處，他本來以為自己會找到一群人，因為第十八地堡的混亂，規模實在太大，只要找到其中一個，就可以追到其他幾個。他本來以為，那些人應該很年輕，血氣方剛，一代代傳遞某種祕密。結果，他查到的那個人，在某些方面幾乎和他是一模一樣，可是卻又截然不同。

第二天早上，他把查到的資料拿給瑟曼。瑟曼就這樣站著看資料，好一會兒一動也沒動。

「這就對了。」後來他終於開口了。「這就對了。」

瑟曼拍拍唐諾肩膀，簡單表示感謝。他向唐諾說明，後續的工作已經在進行中。他坦白承認，唐諾被喚醒之後，這些工作就已經在持續進行了。第十八地堡的指揮官已經開始招募人手，埋下暴亂的種子。厄斯金和史尼德則是不眠不休研發改良，設計一種新程式，不過，那還需要花上好幾個禮拜。瑟曼看過唐諾給他的資料之後，說他要打個電話給第十八地堡。

「我想跟你一起去。」唐諾說。「這是我想出來的辦法。」

其實他本來想說的是，他不想躲在背後當懦夫。如果因為他的緣故，有人會被殺，用一條人命換回更多人的命，那麼，他一定要在場，親眼看著命令執行。

瑟曼同意了。

他們去搭電梯。唐諾問瑟曼為什麼後續的行動早就已經展開。不過，問歸問，其實他心裡有數。

「維克贏了。」瑟曼回答。

唐諾忽然想到，資料庫裡那些十八地堡的人，現在正陷入混戰。接著他又追問，後續的工作現在執行的情況怎麼樣，但一開口他立刻就後悔了。他發現自己根本不應該問。瑟曼告訴他爆炸的事，還有那些暴力衝突。不同顏色衣服的人互相對立，彼此爭鬥，而且本質上，這種情況會有如山洪暴發般越演越烈，因為人類的本性自古以來始終不曾改變。

「人性中的暴力無所不在。」瑟曼說。「你一定很難想像那是多容易就可以引爆。」

他們走出電梯，穿過一條熟悉的走廊。這裡是唐諾從前工作的地方，當時他用的是另一個名字。當時，他根本不知道自己在幹什麼。接著，他們經過一間又一間的辦公室，裡面的人正忙著邊敲鍵盤邊聊天。在這五百年裡，會有許多人輪流值班，遵照指示，執行命令。

經過他從前那間辦公室的時候，他不由自主的停下腳步，探頭看看裡面。裡面有一個人，前額已經快禿了。他立刻抬起頭來看唐諾，目瞪口呆，手抓住滑鼠，似乎等著看接下來唐諾會有什麼動作，或是會說什麼話。

唐諾滿懷同情的對他點點頭，然後轉頭看看走廊對面的辦公室，看到那張熟悉的辦公桌後面坐著一個穿白衣服的人。這才是真正隱藏在幕後操控一切的人。這時候，瑟曼跟那人說了幾句話，他立刻站起來走到外面的走廊上。他知道瑟曼是真正的總指揮。

唐諾跟在他們兩個後面走向通訊室，而剛剛那個人又可以繼續玩他的接龍遊戲了。他忽然很同情那個人，但又有點羨慕——因為他們什麼都不記得。他們來到一處轉角，拐了個彎，這時候，唐諾又回想起第一次輪值時的種種情景。他還記得，他和一個醫生談過話，而那醫生知道內情。當時，他覺得很不可思議，怎麼有人知道內情卻還能這麼淡定。而現在，他終於明白了，那些人內心的痛苦並沒有減輕，困惑也沒有消失，只不過，那種痛苦與困惑，他們已經習慣了，早已成為他們生命的一部份。

通訊室裡靜悄悄的。他們一走進去，裡面的人立刻轉過頭來看他們。其中一個技師趕緊把翹在桌上的腿放下來，而另一個人正在吃餅乾，也迅速轉身面向操控台。

「幫我接第十八地堡。」瑟曼說。

那兩個技師立刻轉頭看著那個穿白衣服的人。對大多數人來說，他是總指揮。那個人揮揮手，要他們照辦。於是，技師開始撥電話。瑟曼拿起一副耳機，用一邊的耳罩套在一隻耳朵上，等著電話接通。這時候，他注意到唐諾的表情，於是就叫技師也拿一副耳機給唐諾。唐諾立刻湊上前接過耳機，這時候，技師正要把線頭插到插座上。他聽到那種熟悉的電話鈴聲，那一剎那，他忽然感覺到一絲不確定，不知道自己做得對不對，感覺胃裡一陣抽搐。最後，終於有人接了電話。是那個學徒。

「他馬上就到。」那學徒說。

後來，魏科終於接聽了電話。瑟曼告訴他，唐諾查到某個人的資料，不過，魏科還來不及回應，那個學徒就說話了。他說，他知道他們說的人是誰。他說他和那個人很熟。他的聲音透露出某種複雜的情緒，有震驚，有遲疑。瑟曼立刻揮揮手，叫技師把那年輕人耳機裡的感應系統打開。系統一打開，操控台上的儀錶立刻出現讀數。這套系統，就是指揮官資格審核儀式用的測謊系統。接著，瑟曼開始問話，而唐諾在旁邊看著真正的大師進行審核。

「告訴我，你知道些什麼。」瑟曼說。他湊近操控台，看著上面一個小螢幕，上面顯示的是測謊系統的皮膚電傳導感應，心跳感應，汗腺反應。唐諾看不太懂那些顯示，不過他知道，看顯示幕上那些起伏的線條，就可以知道學徒說話時的心理反應。他忽然很擔心那年輕人，不知道他會不會當場被殺。

不過，瑟曼採取的是柔性攻勢。他要那個年輕人聊聊他小時候的事，而那年輕人說，小時候，他們心裡都藏著憤怒，沒有歸屬感。他說，在成長的過程中，他們一方面懷著理想，但同時又感到沮喪。這時候，瑟曼就像部隊裡的訓練士官一樣，用一種溫和而堅定的方式對付那些滿腦子困惑的新兵。他徹底粉碎那些新兵，再重新塑造。

「你已經知道真相了。」瑟曼跟那年輕人提到「遺產」資料庫的書。「所以現在你該明白，處理真相必須很小心，只能洩露一小部份，或是徹底隱瞞。」

「我明白。」

那年輕人吸吸鼻子，好像在哭，不過，螢幕上顯示的線條並沒有強烈起伏。

接著瑟曼又說了一些話，提到犧牲，全人類的利益，在人類的漫長歷史中，個人的生命微不足道。他掌握了那年輕人心中的憤怒，把憤怒導引到另一個方向。那年輕人被關了好幾個月，一直在讀「遺產」資料庫的書，飽受折磨，現在，這幾個月的訓練即將濃縮成他的核心思想。整個過程中，那位地堡負責人似乎緊張得不敢呼吸。

瑟曼說完那些話，最後問了一個問題：「告訴我，你打算怎麼解決這個問題。」他把問題交到那年輕人手上，讓他自己找答案。唐諾看得出來，這比直接告訴他答案高明。

那年輕人提到，地堡漸漸形成一種文化，個人的價值被過度強調，小孩子都迫不及待想逃離家庭，而世世代代的人住在不同樓層，越來越強調獨立自主，到後來，再也沒有人願意依賴別人，而任何人都會變成是多餘的。

這時候，那年輕人開始啜泣。唐諾注意到瑟曼露出嚴厲的表情。他有點擔心，不知道瑟曼是不是打算當場處決那年輕人。沒想到，瑟曼放開通話鈕，轉頭對在場所有的人說：「他準備好了。」

今天，詢問這個年輕人，一開始本來只是想測試唐諾的理論，而最後的結果卻是，這年輕人通過了地堡指揮官的資格審核。這年輕的學徒已經正式成為地堡指揮官接班人。螢幕上的線條象徵的是他的決心，他滿腔的憤怒找到了新的發洩方向，新的目標。他已經能夠用不同的角度看自己的童年。一種危險的角度。

瑟曼對那年輕人下了第一道命令。魏科對那年輕人說聲恭喜，然後告訴他，他可以離開房間到外面去了。後來，唐諾和瑟曼一起搭電梯回庫房，瑟曼忽然說，未來，這位年輕的洛德尼將會成為一流的地堡指揮官，可能比他的師父更優秀。

51 第一地堡

那天下午，唐諾和安娜動手整理會議室。他們必須把裡面的東西清乾淨，因為將來某個輪值期說不定有人會用到這間會議室。他們拿掉牆上的地圖和筆記，放進一口密封塑膠箱。唐諾估計，這口箱子應該會收藏在另外一層樓的某一間儲藏室，被灰塵覆蓋。電腦的電源已經拔掉，電線都已經捲好。厄斯金推了一台推車，把所有的東西都送走了。現在，會議室裡只剩下那兩張床，一些換洗的衣服，而浴室裡多餘的東西也都已經拿走。他們勉強還可以在這裡過一夜，等第二天早上去找史尼德醫師。

有些人的輪值期已經快結束了。對安娜和瑟曼來說，這次輪值真是夠久的，整整跨越兩個輪值期。厄斯金和史尼德還需要幾個禮拜才能結束手頭的工作，到時候，下一任的總指揮會接替他們，而從此以後，輪值的時間表又會恢復正常。對唐諾來說，他沈睡了一百年，而這次輪值只醒過來短短不到一個禮拜，就彷彿一個死人短暫睜開眼睛。

他洗了最後一次澡，喝了一杯那種苦澀的液體，這樣他們才不會察覺他有異狀。事實上，唐諾根本沒打算回底下去冬眠。他心裡明白，要是他被送下去深度冬眠，他們不可能再喚醒他。除非又出現緊急狀況，而且局面嚴重到難以收拾，或是，安娜又感到寂寞，希望有人陪她，他才有可能再度被喚醒。

然而，冬眠不是睡覺，而是把身體和心靈儲藏起來。要想逃避，還有別的選擇，有更徹底的方式。根據維克留下來的線索，唐諾發現了這種解決方式。很快的，他就會到那個死亡世界和維克會合。

接著，他到倉庫去最後一次散步，看看那裡的槍炮和無人機，然後才回到床上。他躺在床上，心裡想著海倫，聽著安娜在浴室裡唱歌。最後一次了。本來，他很氣海倫，因為她在一座地堡活下來，和別人在一起，而現在，他發覺那種憤怒不見了，取而代之的是內疚，因為他在安娜身上找到了慰藉。這天晚上，她從浴室走出來，身上還是濕的，就這樣鑽進他的被窩，而他發覺自己再也無法抗拒。此刻，他們還是一樣滿身酒味，也都喝過那種為深度冬眠作預備的藥液，但他們都不在乎。唐諾任由自己沈溺在慾望裡。後來，她終於又回自己床上，而唐諾默默等她睡著。過了一會兒，她呼吸漸漸變得和緩，顯然是睡著了，這時候，他才終於哭出來，最後哭著睡著。

第二天早上他醒過來的時候，安娜已經走了，床單鋪得很整齊。唐諾也學她一樣，把床單邊緣塞到床墊底下，讓整片床單看起來平平整整，儘管他心裡明白，這張床被推回大宿舍歸回原位之後，床單一定會被弄縐。他看看時鐘。為了避免被人撞見，安娜一大早就已經被送下去深度冬眠，再過不到一個鐘頭，瑟曼就會回來找他。不過，時間綽綽有餘了。

他走到外面的倉庫，走向離昇降機最近的那架無人機，掀開上面的防水布，揚起漫天灰塵。他從機翼底下拖出一個空箱子，拉開昇降機門，把箱子推進去一半，然後再把門拉下來卡在箱子上，讓昇降機門保持開啟。

接著他匆匆沿著走廊經過大宿舍，走進操控室，掀開操控台上的塑膠布，打開昇降機開關上的塑膠蓋，按了上升鈕。先前他試過這個開關，按了上升鈕之後，昇降機的門就沒辦法再打開了，不過他聽得到牆壁另一頭的昇降機發出隆隆響，準備要上升。當時，他很快就想到解決的辦法。

接著他把塑膠布蓋回去，快步衝出操控室，關掉電燈，關上門，然後回到無人機旁邊，從左翼底下拉出另一口箱子，脫掉衣服，把衣服塞到無人機底下，然後從箱子裡拿出一件厚厚的塑膠防護衣，坐下來，開始把兩條腿穿進褲管裡，然後穿上鞋子。穿好鞋子後，他小心翼翼把褲腳的翻邊緊緊封住鞋子。

接著他站起來，準備拉防護衣的拉鏈。先前他已經把另一雙鞋子的鞋帶拆下來，綁在防護衣背後拉鏈的拉環上。他反手到背後，拉住那條鞋帶，拖著拉鏈往上拉，一直拉到底。最後，他從箱子裡拿出手套，手電筒，頭盔。

穿好防護衣之後，他把箱子塞回機翼底下，然後把防水布蓋回無人機上。等一下瑟曼來了，他會很難察覺現場有任何動過的痕跡，除了昇降機門口那口箱子。維克走的時候，留下很多線索，而唐諾不打算留下任何痕跡。

他爬進昇降機，把手電筒推到前面。昇降機被箱子卡住，馬達發出隆隆巨響。他打開手電筒，回頭看了倉庫最後一眼，然後擺好姿勢，兩腳用力踢開箱子。

箱子卡住了，他又用力踢了一下，箱子終於被踢開，那一剎那，門碰的一聲關上，昇降機震動了一下，開始往上升。手電筒彈來彈去，唐諾趕緊用手套抓住。他看到呼出來的氣在頭盔上凝成一片霧。他不知道接下來會有什麼結果，不過，這結果是他自己造成的。這一次，他終於能夠主宰自己的命運。

52 第一地堡

上升花費的時間比他預計的久。某些時刻，他甚至無法確定昇降機有沒有在動。他越來越擔心自己的計劃可能被人發現了。說不定他們看到昇降機門口的箱子，發現地面的灰塵上有他的腳印。他們會把昇降機叫回去。他心中暗暗吶喊，祈禱昇降梯快一點。

手電筒忽然滅了。唐諾用手拍拍手電筒，按了幾下開關，結果還是不會亮。一定是因為在倉庫裡放太久，充電電池電量不夠。現在，他陷入一片黑暗中，搞不清楚哪一邊是上面，哪一邊是下面，搞不清楚現在是上升還是下降。他唯一能做的，就是等待。他知道自己這樣做是對的。天底下最可怕的感覺，就是被困在黑暗中，被困在冷凍艙裡，只能等待。

接著，昇降機震動了一下，停住了，馬達的隆隆聲也不見了，接下來是一陣令人不安的寂靜。接著，他又聽到一聲震動，昇降機另一頭的門慢慢往上升，地面有一個拳頭大的鐵塊開始沿著軌道往前移動。唐諾跟著那個鐵塊往前爬，忽然明白無人機是怎麼被導引出去的。

接著，他發現自己來到發射艙。先前他還以為爬出昇降機後，眼前可能會出現一片土地，而現在，眼前出現的卻是一條通道，斜斜的往上升，通道盡頭的開口有一道門正緩緩打開，通道裡越來越亮。從那道開口，隱約看到外面是洶湧的烏雲。他在大餐廳的螢幕上看過那種烏雲。現在是日出時刻，烏雲呈現出一種灰灰亮亮的光澤。那開口越來越寬。

唐諾沿著斜坡通道往上爬，盡全力用最快的速度爬。後面底下那鐵塊沿著軌道往前移動，最後終於到達定位，停住了。唐諾更急著往前爬，覺得自己時間不多了。他儘量靠邊，避開中央的軌道，免得等一下發射程序啟動，那鐵塊會沿著軌道高速往上升。但過了一會兒，那鐵塊還是紋風不動。後來，他終於爬到開口的時候，已經筋疲力盡，汗流浹背。他用力爬出開口。

眼前出現一片遼闊的世界。這一個禮拜來，他一直住在一間沒有窗戶的會議室，此刻，忽然看到那片遼闊的大地，他感到很振奮。唐諾很想脫掉頭盔，深深吸一口氣。先前在地堡裡，他總感覺自己彷彿被重重壓住，而現在，那股重壓忽然消失了。此刻，上面只有雲。

他注意到自己站在一片圓形的水泥平台上。發射通道開口後面是一座天線塔。他走過去，抓住一根天線，身體慢慢往下滑，滑向平台底下那片寬闊的環形架。接著，他手抓著環形架邊緣，腹部朝下慢慢往下滑，底下就是泥土地。但他戴著手套，邊緣又太滑，他沒抓緊，整個人摔到底下的地面上。

他轉頭看看四周的地平線，尋找那座城市的蹤影，結果發現，他必須繞著地堡頂部邊緣到另一個方向才看得到。他算了一下，必須向左邊移動四十五度角的距離。他先前已經研究過地圖，確定了方位，可是現在，當他來到現場，卻發現自己沒辦法憑記憶找出方位。他記得，那裡是當年大會的帳篷，另一邊是舞台，而帳篷和舞台後面是一片草坪，草坪間有一條泥土路。當年，他們就是騎著沙灘車沿那條路上土丘。他彷彿聞到烹煮食物的香味，彷彿聽到狗在叫，聽到小孩子又笑又鬧，聽到有人在唱國歌。

唐諾猛搖頭，甩掉昔日的思緒，開始計算時間。他知道，現在已經有人坐在大餐廳吃早餐，他們一定會看到他。就在此刻，他們很可能已經嚇了一跳，手上的湯匙掉到桌上，伸手指著大螢幕牆。不過，他已經領先了一段時間。他們還必須花時間穿上防護衣，而且可能還會猶豫要不要冒險出去。就算他們出來抓他，大概也來不及了，他很可能已經搶先抵達了目的地。說不定，他們會放過他。

他掙扎著爬上土丘。穿著防護衣，動作變得很費力。腳踩在濕滑的泥土上，他滑倒了好幾次。後來，一陣強風迎面撲來，沙粒打在他頭盔上窸窣作響，那聲音聽起來很像安娜無線電的靜電雜訊。他無法確定這套防護衣能撐多久。他知道清洗鏡頭的過程，所以他知道防護衣一定不可能撐太久。不過，安娜告訴過他，空氣中那些奈米機器人只會攻擊某些特定的東西。它們不會腐蝕鏡頭，不會腐蝕水泥，所以，應該也不會腐蝕一套堅固的防護衣。他相信，第一地堡的防護衣應該很堅固。

他只有一個卑微的希望，想爬到土丘頂上，看看土丘的另一邊。他滿腦子只想爬上土丘，所以根本沒想到要回頭看後面。他不斷的滑倒，不斷的掙扎往上爬。最後的十公尺，他整個人跪在地上爬，最後，他終於爬上土丘頂。他搖搖晃晃站在那裡，身體往前傾，筋疲力盡，氣喘吁吁。他慢慢走到丘頂邊緣，看著底下的另一座窪地。他看到窪地中央有一座水泥圓丘頂，乍看之下彷彿一座墓碑。海倫的墓碑。她就是埋在那座水泥圓丘下。他再也無法回到她身邊，埋在她旁邊，一起長眠於地下。但至少，他可以躺在這土丘頂上，躺在滿天的烏雲下，這樣，就夠近了。

他想脫下頭盔。不過，他必須先脫掉手套。他解開密封膠帶，扯掉一隻手套丟到地上。風一吹，那隻手套滾落到山丘底下。接著，風沙打在他手上，他感到一陣刺痛。那種感覺，就像站在狂風吹襲的沙灘上，細沙打在身上那種灼熱的刺痛。唐諾開始扯掉另一隻手套。這時候，他忽然感覺有人伸手抓住他肩膀，把他往後拖，拖離丘頂邊緣。然後，他就看不到他太太最後埋骨的地方了。

53 第一地堡

唐諾摔倒了。剛剛突然有人碰他，他嚇得心臟差點從嘴裡跳出來。他拚命揮舞雙手想掙脫，可是有人抓住他的防護衣。有好幾個人。他被他們拖著往後走，再也看不到土丘底下的景象。

他絕望得大聲慘叫，聲音在頭盔裡迴盪。難道他們看不出來已經太遲了嗎？他們為什麼不肯放過他？他拳打腳踢，拚命想掙脫，可是還是被他們拖下土丘，拖回第一地堡。

接著他又摔倒了，這一次，他勉強翻身，抬起手想把他們推開，結果看到瑟曼站在他面前——身上並沒有防護衣，只有那套白色工作服，而且白眉毛上沾滿了沙塵，變成灰色。

「該回去了！」瑟曼在狂風中大吼，聲音聽起來好遙遠。

唐諾兩腿猛踢，拚命想爬回去土丘，可惜對方有三個人，擋住了他的去路。他們身上都穿著白衣服，在強勁的狂風沙塵中瞇起眼睛。

接著他們又抓住唐諾，唐諾開始慘叫。他們抓住他的腳，拖著他往回走，他兩手死命抓著地上的沙石。他仰面朝天被拖著走，頭盔在沙石上摩擦，而他反手往後伸，手指也摳在沙土中摩擦，指甲都折斷了，而這時候，他看到天上洶湧翻騰的烏雲。

後來，唐諾被他們拖到平台上時，已經筋疲力盡。他們抬著他走下斜坡，走進氣閘室，那裡有更多人在等著。外閘門都還沒關上，就已經有人把他的頭盔脫下來丟到一邊。瑟曼站在遠遠的角落，看著他們幫他脫掉防護衣。瑟曼抬起手擦掉鼻孔流出來的血。他剛剛被唐諾的鞋子踢到。

厄斯金在一邊，史尼德也在，兩個人都猛喘氣。他們幫唐諾脫掉防護衣之後，史尼德立刻幫唐諾打了一針。厄斯金抓著唐諾的手，一臉悲傷。

唐諾已經開始意識不清，迷迷糊糊聽到有人說：「太可惜了。」

「怎麼把自己搞成這個樣子。」

厄斯金伸手摸摸唐諾臉頰，而唐諾眼前已經開始發黑，眼皮越來越重，耳朵快聽不到聲音了。

「如果能夠讓你這樣的人來指揮，也許比較好。」他聽到厄斯金說。

然而，他聽到的卻又好像是維克的聲音。他是在作夢嗎？不，那應該是他記憶中的聲音，是他先前聽過的話。唐諾已經分不清了。他隱約聽到旁邊有人走來走去，有人在叫罵，但他已經快睡著，意識模糊，什麼都聽不清楚。但這一次，唐諾陷入那無邊黑暗的時候，他滿心喜悅，不再像從前那樣畏懼死亡。他滿心擁抱死亡，希望這次死亡會成為他永遠的歸宿。在最後這一刻，他想到了妹妹，想到那些覆蓋著防水布的無人機，滿心希望永遠不再被人喚醒。

54　第十八地堡

米森感覺自己彷彿被活埋。他越來越不舒服，昏昏沈沈。袋子裡全是他的體溫和呼出來的熱氣，感覺越來越熱，而且濕濕滑滑。一方面，他很怕自己昏過去，等一下琳恩和喬爾會發現他死在裡面。而另一方面，他反而暗暗希望會這樣。

到了一百一十七樓，也就是卡姆被炸死的現場樓下，琳恩和喬爾被攔下來問話。那些人正在修樓梯欄杆，同時也在留意某一個運送員。他們描述的特徵，聽起來有點像卡姆，也有點像米森。米森拚命閉住呼吸，喬爾則是假裝抱怨，說他們搬運的是屍體，已經很重了，他們怎麼好意思把他們攔下來問話。看樣子，這些人似乎想叫他們把袋子打開來檢查，不過，在地堡，這也是一種嚴重的禁忌，和說想「出去」差不多。於是，他們就放他們過去了，而且還警告他們，上面平台的欄杆破了一個大洞，已經有人摔死。

他們繼續往上走，過了一會兒，底下那些人的聲音似乎變得遙遠了，但米森還是強忍著不敢咳嗽，但最後實在忍不住，只好拚命聳起肩膀遮住嘴巴，把咳嗽聲悶住。琳恩噓了一聲，叫他別出聲。這時候，米森好像聽到有個女人在哭。接著，他們經過幾個鐘頭前那場爆炸的現場，喬爾和琳恩看到整座平台都被炸掉，兩個人都嚇到了。

來到一百零七樓的物資區，他們抬著米森走進浴室，拉開袋子，鬆開他肩膀上的固定帶，讓他手臂血液流通。米森上了廁所，喝了點水，然後安慰喬爾和琳恩，說他在裡面不會有問題。三個人都已經汗流浹背，全身濕透，而接下來還有三十幾層樓要爬。喬爾似乎爬得特別累，不過，也可能是因為他剛剛看到爆炸現場的慘狀。琳恩看起來似乎比較沒那麼累，她急著想趕快上去。她很擔心洛德尼，而且她似乎和米森一樣急著想儘快趕到巢穴。

米森看了鏡子一眼，看到鏡中的自己身上穿著白色工作服，腰間插著一把刀。他們想找的人是他。於是他抽出刀子，抓住一撮頭髮，沿著頭皮連根割掉。琳恩看到他的舉動，立刻抽出刀子來幫忙，喬爾把牆角垃圾桶拿過來接頭髮。

頭髮剃得亂七八糟，不過至少看起來比較不像他原來的樣子了。接著，他用刀子沿著塑膠袋拉鏈邊緣割開幾條縫，然後才把刀子收起來。他脫掉襯衣，把袋子裡的汗水擦乾淨，然後丟進垃圾桶。反正那件襯衣已經被煙燻黑，而且全是汗臭味，不要也罷。接著他又鑽進袋子，他們幫他綁好固定帶，拉上拉鏈，抬著他回到螺旋梯，繼續往上爬。米森除了提心吊膽之外，完全愛莫能助。

他開始回想今天這一整天所發生的一切。早上，他在頂樓吃早餐，看著外面黎明中的烏雲。後來他去找克蘿老師，幫她送信給洛德尼。然後是卡姆——他失去了一個好朋友。想到這裡，米森感到好疲倦，不知不覺間睡著了。

後來，他突然驚醒，感覺自己好像只睡了一下子。他全身衣服都濕透了，袋子裡也是又濕又滑。喬爾一定感覺到他在動，立刻噓了一聲，叫米森別出聲，說他們已經快到中央調度室了。

米森這才意識到自己身在何處，目前正在幹什麼，不由得心臟怦怦狂跳。他先前用刀子割開的縫被塑膠袋的縐褶夾住了。他希望拉鏈邊緣能夠裂開一點，這樣他才可以勉強看到一點光，吸到一點新鮮空氣。他肩膀被固定帶綁住，兩條手臂又刺又麻，而腳被琳恩抬著，腳踝痠痛。

「我吸不到空氣。」他喘著氣說。

琳恩叫他別出聲，接著，袋子忽然停止搖晃，有人隔著袋子摸他的頭，然後拉鏈被往下拉了一點。

米森猛吸了幾口清涼的空氣，然後感覺到袋子又開始搖晃，聽到遠處有爬樓梯的腳步聲——聽不出來是樓上還是樓下。是不是又有人在打鬥，又死了更多人？他彷彿看得到屍體從半空中飛旋墜落的情景。前一天，他才剛眼看著卡姆從驗屍官辦公室走出來，口袋裡裝著小費，可是卻不知道自己已經剩沒多少時間可以花那些錢。

到了中央調度室，他們進去休息一下。到了大廳，他們讓米森出來。裡頭空蕩蕩的，讓人有點毛骨悚然。「這裡出了什麼事？」琳恩問。琳恩伸手去摸牆上的一個小洞，洞口四周裂開成蜘蛛網狀。牆上有數不清的小洞。這時候，他們聽到外面平台上有腳步聲，有人從那邊經過。

「現在幾點了？」米森壓低聲音問。

「應該已經過了吃晚飯時間。」喬爾說，意思是他們進度超前了。

琳恩看著走廊裡面，看到那裡有一片黑黑的像是生鏽的痕跡。「那是血嗎？」她壓低聲音問。

「羅比說他聯絡不上這裡的人，半個都聯絡不到。」米森說。「他們可能跑掉了。」

喬爾拿起水壺喝了一口水。「也有可能是被趕走了。」他抬起袖子擦擦嘴。

「我們可以留在這裡過夜嗎？你好像很累了。」

喬爾搖搖頭，把水壺遞給米森。「我想，三十幾樓那邊恐怕很難混得過去，那邊一定全是警衛。剛好現在你穿的是警衛的衣服，說不定你自己一個人上去還可以混得過去，所以，你最好還是把你的頭髮剃乾淨。」

米森摸摸頭皮，心裡也剛好想到這個。「我也這麼覺得。」他說。「說不定我半夜之前就可以趕到那邊。」他看到琳恩沿著走廊走進一間大宿舍，但轉眼之間，她忽然衝出來，兩手掩著嘴，瞪大眼睛。

「怎麼啦？」米森問。他站起來走到她旁邊。

她忽然抱住他，推開他，不讓他靠近門口，臉埋在他胸口。喬爾鼓起勇氣走過去看。

「老天。」他輕輕驚叫了一聲。

米森立刻推開琳恩，衝到門口的喬爾旁邊。

床鋪上滿滿的全是人，還有人躺在地上，然而，很多人手腳交纏，有人手臂鬆軟的垂掛在床邊，有人手臂被身體壓著。看這些運送員的模樣，顯然不是在睡覺。

他們在那些屍體中看到凱特琳。琳恩一直搖頭，默默啜泣，喬爾和米森把凱特琳的屍體裝進袋子裡。米森感到有點內疚，因為他竟然在想這個袋子用來裝她的屍體剛剛好。他們把袋子裡的固定帶綁在她身上，然後拉上拉鏈。這時候，大廳的燈忽然熄了，四下陷入一片漆黑。

「怎麼搞的？」喬爾輕聲說。

過了一會兒，燈又亮了，可是卻一閃一閃，燈光黯淡。米森擦擦額頭上的汗，暗暗咒罵自己沒有帶頭巾。

「要是你們今晚來不及趕到巢穴。」米森對他們兩個說。「你們可以先到上面的調度室找羅比，留在那裡。」

「我們不會有事的。」喬爾安慰他。

米森臨走之前，琳恩掐掐他手臂。「小心點。」她說。

「你們也一樣。」米森說。

然後他匆匆跑向外面的平台。他看到上面的燈光一閃一閃，那意味著，可能某個地方有東西燒掉了。

55 第十八地堡

煙霧瀰漫，米森匆匆往上爬，喉嚨被煙嗆得彷彿有火在燒。他聽到有人竊竊私語，說機電區爆炸了，所以才會停電。流言四起，地堡現在用的是備用電力。他一次跨上兩級樓梯，有時候三級，一路猛衝，沿路一直聽到各種傳言。終於可以不用躺在塑膠袋裡，可以動動手腳了。就算跑得渾身肌肉痠痛，感覺還是比躺在袋子裡好得多。現在，他已經不再是別人的負擔。

他注意到，每次爬上平台，大家看到他的時候，不是突然安靜下來，就是紛紛走避。就連那些認識他的人也一樣。起初，他還以為那是因為別人認出他，後來才明白，那是因為他身上穿著白衣服。現在，地堡到處都是像他這種穿著白衣服的年輕人，令人望而生畏。而就在昨天，他們有些還是農夫，有些還是水管工人，而現在，他們已經拿起槍開始執行任務。

一路上，偶爾會有幾個警衛把米森攔下來盤問，問他要去哪裡，為什麼沒帶槍？他告訴他們，他剛剛在底下戰鬥，現在正要回去報到。其實這是他偷聽到有些警衛抱怨的話。大多數警衛都跟他一樣，對底下的情況所知有限，所以他們就放他走了。永遠都是這樣，你身上穿什麼顏色的衣服就代表一切。大家都覺得，看你穿什麼衣服就知道你是什麼人。

越靠近資訊區，警衛就越來越多。有一批新招募的警衛排隊從他旁邊經過。米森探頭到欄杆外往下看，看到他們用腳踢開底下那一樓的大門，然後一夥人衝進去。他聽到有人慘叫，聽到碰的一聲，聽起來像是鐵塊撞擊的聲音。接著又是好幾聲碰碰聲，然後慘叫的人就越來越少。

他快到土耕區的時候，兩條腿又痠又痛，肋骨也在痛。這時候，他遠遠看到平台上有幾個農夫，手上拿著鏟子或草耙。他從他們旁邊經過時，聽到有人好像在大喊什麼。米森趕緊加快腳步，忽然想到爸爸和弟弟，這才明白爸爸真的很有智慧，始終不肯離開田地。

爬了好幾個鐘頭之後，他終於來到靜悄悄的巢穴。小孩子都不見了，大多數的家庭應該都躲在住宅區裡，一家人縮成一團，暗暗祈禱這一切混亂會像從前一樣很快就結束。他經過走廊，發現很多鐵櫃的門開著，有個孩子的背包丟在地上。米森拖著痠痛的腳，慢慢走向那個他很熟悉的聲音。那是歌聲，還有東西摩擦鐵皮地板的刺耳嘎吱聲。

來到走廊盡頭，那扇門還是像平常一樣開著。那是克蘿老師在唱歌，歌聲似乎比平常更嘹亮，更有力。一進門，他立刻就發覺自己並不是第一個到的。法蘭奇和艾莉已經在裡面了，一個穿著綠衣服，一個穿著土耕區警衛的白衣服。克蘿老師唱歌的時候，他們正忙著排桌子。牆邊本來有好幾堆疊起來的桌子，上面蓋著塑膠布，現在，那塊布已經被掀開，而那些桌子已經排在教室裡，那情景就像他小時候一樣。那種感覺，彷彿克蘿老師早就在等他們來了。

艾莉第一個發現米森來了。她轉頭看到米森站在門口，兩眼立刻露出興奮的神采。她臉上有那種農夫特有的斑點，一頭黑髮紮成一個髮髻。她一看到米森，立刻衝過去，米森注意到她身上那套工作服好像太大，褲管捲起來，袖子也捲起來。他仔細一看，發現那是法蘭奇的工作服。她撲到米森懷裡，米森忽然想到，他們兩個為了到這裡來跟他會合，冒了多大的危險。

「米森，我的乖孩子。」克蘿老師忽然停止唱歌，露出笑容招招手要米森過來她旁邊。過了好一會兒，艾莉才很不情願的放開米森。

米森跟法蘭奇握握手，謝謝他趕過來。他好一會兒才發現法蘭奇看起來不太一樣。原來，他頭髮也剪短了。兩人都摸摸頭皮笑起來。就算在生死關頭還是有幽默的時刻。

「我聽他們說洛德尼碰到麻煩，到底怎麼回事？」克蘿問他。她手抓著操控桿，輪椅前後動來動去。她身上穿著那件褪色的淡藍色睡袍。

米森深深吸了一口氣，開始說他在樓梯井看到的一切。他提到那場爆炸，提到調度室的火災，還有他在路上聽說機電區爆炸，看到到處都是拿槍的警衛。這時候，克蘿老師突然揮揮手，叫他別再說。

「打鬥的事，你就不需要再說了。」克蘿老師說。「那種打鬥，我從前看過很多。我甚至可以畫一幅打鬥的畫掛在牆上。我想知道的是，洛德尼怎麼了？我的乖孩子怎麼樣了？他逮到他們了嗎？他報仇了嗎？他們付出代價了嗎？」她掄起她小小的拳頭。

「什麼？」米森說。「妳說他逮到誰？不對，是我們要趕快去救他。」

克蘿忽然大笑起來，米森嚇了一跳，趕緊解釋：「我把妳的信交給他，結果他反而塞了一團紙條給我。他在紙條上寫說，要我們趕快去救他。他被他們關在裡面，有一扇大鐵門——」

「他不是被關在裡面。」克蘿說。

「——他好像闖了什麼禍——」

「他不是闖禍。他在做對的事。」她又糾正他。

米森不說話了。他看到她眼中射出神采，看得出來她一定知道什麼。她眼中的神采就彷彿清洗鏡頭後看到的日出。

「洛德尼並沒有碰到危險。」她說。「他和從前那些書在一起，和那些人在一起。那些人，就是毀滅我們世界的人。」

艾莉掐掐米森的手臂，悄悄告訴米森：「她一直在告訴我們，沒什麼事，不用擔心。來吧，來幫我排桌子。」

「可是那張紙條……」米森忽然很後悔當初為什麼要撕碎那張紙條。

「我叫你拿那封信給他，是要給他力量，讓他知道，時候到了，該動手了。我的乖孩子現在正躲在一個地方，準備要徹底教訓他們，讓他們為他們的所作所為付出代價。」克蘿老師眼中露出一種狂野的神色。

「不對。」米森說。「洛德尼很害怕。我很了解我的朋友，我看得出來他好像在怕什麼。」

這時候，克蘿老師忽然臉色一沈。她的手本來抬在胸前，握著拳頭，現在，她手慢慢放下去了。「如果是這樣的話。」她聲音在顫抖。「那麼，我恐怕是看錯他了。」

56 第十八地堡

午夜快到了，克蘿老師還在唱歌，而他們忙著排桌子。艾莉告訴他，他們已經宣布要實施宵禁，那一剎那，米森忽然感到希望破滅了，因為其他人今天晚上不可能來了。他們把角落的床墊拿出來鋪在教室中間，他們就可以邊休息邊計劃。後來，他們決定等到天亮為止，看看還有沒有人會來。米森有很多問題想問克羅，可是她似乎心不在焉，另有所思，而且好像很快樂，一副飄飄然的樣子。

法蘭奇說，只要聯絡得到他爸爸，他就有把握帶他們通過警衛的盤查，混進資訊區內部。米森告訴他們，穿上白色的衣服，行動就變得很自由。說不定他一下子就可以找到法蘭奇的爸爸。艾莉拿出幾個她自己種的水果，剛採收的，分給他們吃。克蘿老師又喝了一杯自己做的暗綠色果泥。米森越來越坐不住了。

他走到外面的平台去看看。一方面，他必須耐著性子等人來，而另一方面，他卻又迫不及待想展開行動。他心裡明白，洛德尼很可能正被人押到頂樓，準備送出去。在混亂動盪之後，清洗鏡頭可以安撫人心，不過，這次突發的暴亂，跟他從前經歷過的，有很大的不同。這次比較像他爸爸所說的，燃燒的怒火。長久以來，大家互不信任，而整個地堡的共生體制也逐漸瓦解，最後，所有累積的不滿在一夕之間爆發。他早就預見到這種結果，只是沒想到會來得這麼快，彷彿一把刀從頭上猛然劈下。

來到外面的平台，他聽到底下遠遠的地方有一群人在說話，那聲音在樓梯井迴盪。他抓住平台的欄杆，感覺得到那群人正在爬樓梯上來。他趕緊回到裡面，可是卻沒告訴他們他聽到了什麼，因為好像沒理由懷疑那些人是上來找他們的。

他一回來，發現艾莉好像剛哭過，眼睛腫腫的，臉紅紅的。克蘿正在跟他們說一個從前的故事，兩手舉在半空中好像在畫畫。

「沒事吧？」米森問。

艾莉搖搖頭，看起來好像心裡有事卻不肯說。

「到底怎麼了？」他握住她的手。這時候，他聽到克蘿好像在說什麼亞特蘭大市。那是山丘外一座魔法般的失落的城市，當年，那座城市曾經多麼輝煌壯闊，可是如今已成為一片廢墟。

「告訴我吧。」他說。他有點好奇，艾莉是不是也跟他一樣，對這些故事深深著迷，深受影響，而且像他一樣有一種莫名的感傷。

「等這件事情過了，我再告訴你。」她開始哭起來，熱淚盈眶。她抬起手擦掉眼淚，而克蘿忽然安靜下來，手放下來擺到大腿上。法蘭奇坐在那裡沒吭聲。不管是什麼事，他們兩個顯然都知道。

「是我爸爸出事了嗎？」米森問。一定是他爸爸出事了。他死了。他立刻就明白了。艾莉和米森的爸爸很親近，不像米森，反而跟自己的爸爸有距離。那一剎那，他內心湧現出強烈的悔恨，後悔當年離開家。艾莉揉揉眼睛，嘴唇顫抖著說不出話來。米森腦海中忽然浮現出一幕景象，彷彿看到自己跪在田裡，雙手拚命挖土，希望爸爸能夠原諒他。

艾莉痛哭失聲，而克蘿哼起一首古老的的旋律。米森想到爸爸已經走了，想起自己始終沒有說出口的話，他忽然好想撲到牆邊，把牆上那些海報統統撕下來，撕成碎片，因為當年就是那些海報一直鼓舞他要離開家，追求自由。

「是萊利。」艾莉終於說了。「米森，我好難過。」

這時候，克蘿忽然安靜下來，三個人都看著米森。

「不可能。」米森喃喃嘀咕著。

「妳實在不應該告訴他——」法蘭奇忽然說。

「應該要讓他知道！」艾莉說。「他爸爸一定希望他知道！」

米森看著海報裡那綠草如茵的山丘，那蔚藍的天空，在淚眼中只剩一片模糊。「出了什麼事？」他輕聲問。

她告訴他，有人去攻擊農場，萊利一直求爸爸讓他去幫忙打架，爸爸不答應，結果，他人忽然不見了。後來，他被人發現的時候，手上還緊緊抓著一把廚房的刀。

米森站起來，在教室裡踱來踱去，淚流滿面。當年他不應該離開家的。那天，他實在應該要在場。另外，卡姆出事的時候，他也沒有在他身邊。只要他不在，死神就會奪走他心愛的人。他媽媽也是一樣的遭遇。而現在，全地堡的人都要遭殃了。

平台那邊忽然傳來一陣嘈雜聲，接著是走廊。那是腳步聲，有人來了。米森擦掉臉上的淚水。他已經認定那不是朋友來會合，而是警衛帶槍來找他們。他們一定會問他槍在哪裡，然後就會明白他是奸細，然後就會開槍殺光他們。

他關上門，發現克蘿教室的門根本沒辦法鎖。於是，他推了一張桌子擋住門，卡住門把。法蘭奇趕緊衝到艾莉旁邊，叫她去躲在克蘿桌子後面。然後，他跑到克蘿輪椅後面準備推她走，可是克蘿堅持不要他幫忙，說她自己應付得了，她什麼都不怕。

但米森心裡比誰都清楚，警衛是來找他們的，不過，可能是警衛，也可能是一群暴民。他一整天在樓梯井上上下下，知道外面是怎麼回事。

這時候，外面忽然有人敲門，轉動門把。那些人已經聚在門口，腳步聲停了。法蘭奇抬起手指抵住嘴唇，瞪大眼睛。頭頂上的電線不斷搖晃，發出嘎吱響。

接著，有人開始推門，那一剎那，米森暗暗希望他們會走開，希望他們只是來巡邏。他本來想躲到那塊用來蓋桌子的布底下，可惜來不及了。門終於被推開，那張桌子摩擦地面發出嘎吱一聲。沒想到，最先走進來的人，竟然是洛德尼。

看到他出現在這裡，米森忽然覺得自己像被人打了一巴掌，感覺很震驚。洛德尼還是穿著那套皺皺的白衣服，頭髮剪得好短，鬍子也刮乾淨了，露出下巴的凹痕。

米森忽然覺得自己彷彿在照鏡子，兩個人看起來太像。另外幾個穿白衣服的人也擠進門口，站在洛德尼後面，手上舉著步槍。洛德尼命令他們退開，然後自己走進教室，走到成排的桌子間。

艾莉是第一個有反應的。她倒抽了一口氣，立刻衝上前展開雙臂，彷彿要擁抱洛德尼。洛德尼忽然舉起一隻手，叫她不要過來。他另一隻手上拿著一把手槍，跟副保安官拿的槍一樣。他眼睛並沒有在看那幾個朋友，而是死盯著老克蘿。

「洛德尼——」米森忽然開口。他腦海中思緒起伏，拚命想搞清楚洛德尼怎麼會出現在這裡。大家今天聚在這裡，就是為了要救他，可是看起來，他好像根本不需要人救。

「門關起來。」洛德尼轉頭對後面那個警衛說。

那警衛的年紀差不多有洛德尼的兩倍大。他遲疑了一下，然後乖乖聽命，關上門。洛德尼不像犯人，犯人沒有這種權威。門快關上那一剎那，法蘭奇忽然衝上前大喊了一聲：「爸爸！」他好像看到他爸爸和外面那些警衛在一起。

「我們是來救你的。」米森說。他想靠近洛德尼，可是卻發現洛德尼眼中閃爍著一種危險的光芒。

「你給我的紙條——」

洛德尼終於轉頭看著他。

「我們是來救——」米森說。

「昨天，我真的很需要你來救。」洛德尼說。他繞過桌子，槍舉在身旁，眼睛逐一看著每一個人的臉。米森往後退，站到艾莉旁邊，靠近克蘿老師。他是想保護老師呢，還是希望老師能保護他？他自己也說不上來。

「你不應該來這裡。」克蘿老師用一種教訓的口氣說。「你的戰場不在這裡。你應該對付的是他們。」她伸手指著門。

洛德尼手上的槍又抬高了一點。

「你在幹什麼？」艾莉瞪大眼睛看著那把槍。

洛德尼舉槍對準克蘿。「妳說啊，妳告訴他們。」他說。「告訴他們，妳從前做了什麼，現在想幹什麼。」

「他們到底把你怎麼了？」米森問。他發覺他的好朋友整個人都變了，而且，變的不是他的頭髮，他的衣服，而是他的眼神。

「他們讓我明白——」洛德尼揮揮手上的槍指著牆上的海報。「那些故事都是真的。」他大笑起來，轉頭看著克蘿。「而且，我一直都很生氣，就像妳說的那樣。妳從前一直說，我應該要生氣才對。他們毀滅了我們的世界，我應該要生氣才對。我好想殺了他們。」

「那就動手啊。」克蘿老師說。「殺了他們啊。」她聲音好淒厲。

「可是現在我知道了。他們告訴我了。我們接到一通電話。現在，我終於知道妳做了什麼——」

「到底怎麼回事？」法蘭奇問。他還站在教室中央，然後慢慢走向門口。「為什麼我爸爸——」

「不要動。」洛德尼警告他，推開一張擋在他前面的桌子，沿著那排桌子中間走過來。「不准動。」

他槍口對準法蘭奇，對準克蘿。克蘿的手微微顫抖，碰到操控桿，輪椅前後動來動去。「牆上這些口號，這些故事，還有妳唱的歌——妳把我們變成現在這個樣子。妳讓我們變得很憤怒。」

「你們應該要憤怒。」她聲嘶力竭大喊。「你們本來就應該要憤怒！」

米森湊近克蘿，眼睛一直盯著那把槍。艾莉蹲到克蘿旁邊，握住她的手。洛德尼距離他們十步，槍口對著他們的腳。

「他們一直殺人一直殺人。」克蘿說。「他們會永遠不斷的殺人，直到把人殺光，然後不斷把死人埋進土裡，放火燒屍體。不過，你要知道，這些桌子——」她忽然抬起手，用顫抖的手指著那些剛排好的桌子。「這些桌子很快就會坐滿小孩子。」

「不會了。」洛德尼搖搖頭說。「這裡不會再有小孩子了。到此為止了。妳再也無法恐嚇更多——」

「你到底在說什麼？」米森問。他湊近克蘿，一手扶著輪椅。「拿槍的人是你，洛德尼，是你在恐嚇我們。」

洛德尼轉頭對米森說：「你還不明白嗎，就是她讓我們產生這種感覺，一方面給我們希望，一方面恐嚇我們。她的所作所為，跟那些牧師沒什麼兩樣，只不過，她比牧師搶先了一步。她總是告訴我們，另外有一個更美好的世界，所以，我們就會痛恨現在這個世界。」

「沒這回——」米森很氣他的好朋友竟然說出這種話。

「就是這樣。」洛德尼說。「我們為什麼會恨我們的爸爸，你知道嗎？就是因為她教我們要恨他們。

她把那些思想灌輸給我們，要我們追求自由，離開他們。問題是，這樣不會讓世界變得更好。」他揮揮手。「算了，反正也不重要了。從前，她灌輸給我的思想，令我感到害怕，怕自己會死，怕你們也會死。而現在，我終於明白了，我心裡充滿希望。」說著他舉起槍。米森簡直不敢相信眼前的一切。他最好的朋友竟然拿槍指著老克蘿。

「等一下——」米森忽然抬起手。

「你退後！」洛德尼說。「我非動手不可。」

「不要！」

洛德尼手開始用力，槍口對準一個老太太，一個坐在輪椅上、毫無抵抗能力的老太太。她是大家共同的媽媽，總是唱歌給他們聽，哄他們睡覺。她那美妙的歌聲陪伴著他們長大，陪伴他們度過當學徒的時光，陪伴他們到老。

米森推開一張桌子，朝洛德尼衝過去。艾莉尖叫起來。槍聲忽然響了，槍口冒出火花，那一剎那，米森的身體往旁邊倒。同時，他感覺胃彷彿被撞了一下，感到肚子裡一陣灼熱。他倒向地上的時候，槍聲又響了。克蘿的手忽然一陣抽搐，碰到操控桿，輪椅立刻往旁邊一竄。

米森重重摔倒在地上，手按著胃。他的手又濕又黏。

米森仰面朝天躺在地上，看到克蘿癱倒在輪椅上，而輪椅已經不動了。接著，槍聲又響了，克蘿中彈的時候，身體震了一下。法蘭奇撲向洛德尼，兩人扭打成一團。槍聲驚動了門外的警衛，他們立刻湧進教室。

艾莉一直哭，手一直按著米森的肚子，拚命用力按著，一邊轉頭看克蘿。她是為米森哭泣，也是為克蘿哭泣。米森嘴裡湧出鮮血。此刻他忽然回想起，洛德尼小時候曾經一拳打在他胃上，不過那只是在演戲。他們只是在演戲。穿著戲服，扮演他們的爸爸。

他看到眼前出現好多鞋子。有些皮鞋亮晶晶，有些皮鞋破破爛爛。而穿鞋子的人，有的身經百戰，有的還在接受訓練。

洛德尼走到米森前面，瞪大眼睛一臉關切的看著他。他叫米森要挺住。米森很想說他會想辦法挺住，可是他的胃好痛，說不出話來。他們叫他千萬不要睡著，可是他好想睡。他不想再成為別人的負擔。

57 第十八地堡

米森脫掉工作的衣服，艾莉正忙著準備晚餐。他洗洗手，洗掉指甲縫裡的泥土，看著泥土流進排水孔。他的戒指越來越難拔下來，因為每到播種季節，他整天拿著鋤頭，指關節又痛又硬，越來越粗。

他在手上塗了肥皂，好不容易才把戒指拔下來。他想到上次不小心，戒指掉到排水孔裡，於是他小心翼翼把戒指擺在一邊。艾莉在廚房做菜，邊做邊吹口哨。她打開烤箱的時候，他立刻聞到一股烤豬肉的香味。米森覺得很奇怪，因為如果不是什麼特殊節日，他們是不能隨便買烤豬肉的。

他把工作服丟進水槽，然後走回廚房，這時候，他注意到桌上點了蠟燭。蠟燭本來是要停電時用的。萬一哪天底下發電廠某個笨蛋不小心把大發電機搞掛了，只能切換到備用發電機，那蠟燭就要派上用場了。這艾莉當然知道。他本來想開口問她烤豬肉和蠟燭是怎麼回事，想告訴她豆子來不及收成，不過，他還來不及開口，他就注意到艾莉露出一種燦爛的笑容看著他。他心裡明白，只有一件事會讓她這麼高興——但那是不可能的。

「不會吧。」他簡直不敢相信。

艾莉點點頭，熱淚盈眶。米森立刻衝過去抱住她，她已經滿臉淚痕。

「可是，我們的生育籤不是已經到期了嗎？」他喃喃嘀咕著，緊緊抱住她。她身上有甜椒和香料的味道。他感覺得到她在顫抖。

艾莉開始啜泣。喜極而泣。「醫生說是上個月受孕的，還在期限內。米森，我們有孩子了。」

那一剎那，米森鬆了一大口氣。他是鬆了一口氣，而不是興奮。鬆了一口氣，是因為還好一切都是合法。他親吻艾莉的臉。她臉上有甜椒味，香料味，還有淚水的鹹味。「我愛妳。」他輕聲說。

「哎呀，烤豬肉！」她立刻推開他，衝到烤箱旁邊。「我本來打算吃完飯再告訴你。」

米森大笑起來。「吃完飯再告訴我？那妳要怎麼解釋那個蠟燭？」

他倒了兩杯水，手在發抖。他想像得到烤豬肉會是什麼滋味。那是未來的滋味，未來的美好滋味。

「趁熱吃，冷了就不好吃了。」艾莉邊擺盤子邊說。

然後他們坐下來，手牽手。米森暗暗咒罵自己竟然忘了戴上戒指。

「感謝上帝賜予我們豐盛的晚餐。」艾莉說。

「阿門。」米森說。艾莉緊緊掐了一下他的手，然後才拿起刀叉。

「你知道嗎。」她一邊說，一邊拿刀切開烤豬肉。「如果是女孩，我們就叫她艾莉森。我記得，我們家族世世代代都記得，有個祖先叫做艾莉森。」

米森很好奇，她家族的記憶可以追溯到多遠。如果是真的，那就很不尋常。

他嘴裡嚼著豬肉，腦子裡在想名字。「那就叫艾莉森吧。」他說。不過他心裡想的是，總有一天那個名字也會簡化成艾莉。「不過，如果是男孩，我們就叫他卡姆，妳覺得怎麼樣？」

「好啊。」艾莉舉起杯子。「那是你祖父的名字吧？」

「不是。我們家族沒有人叫卡姆。我只是喜歡聽卡姆這個名字。」

他舉起杯子打量了一下。難道他曾經認得一個叫卡姆的人嗎？他是怎麼會想到這個名字？許多昔日的記憶都已經被埋沒了。比如，他脖子上的傷疤，還有肚子上那個洞，到底是怎麼來的？他根本想不起來。不過，每個人都一樣，總是有些東西會被遺忘，昔日的記憶再也喚不回。不過，米森是最嚴重的。

比如他的生日。他想破頭也想不起來自己到底是哪一天生的。怎麼會這麼難呢？

第三輪值：公約

58 二三四五 第一地堡

「長官？」

他的腳骨喀喀作響。唐諾感覺自己彷彿穿越一片無邊黑暗。

「長官，你聽得見嗎？」

他用力撐開眼皮，眼前出現模糊的光影。唐諾整個人蜷曲在冷凍艙裡。

「長官，你聽到了嗎？」

身體好冷。唐諾慢慢坐起來，兩條腿的位置冒出一團蒸汽。他不記得自己什麼時候被送去冬眠，只記得那個醫生，記得自己在辦公室裡，記得自己一直在走路。而現在，他卻被人喚醒了。

「長官，請喝這個。」

唐諾想起來了。他記得自己一直走，一直走，可是卻想不起來什麼時候被送去冬眠。他只記得自己在走路。他喝了一小口，小心翼翼怕嗆到，很費力的吞下去。他本來以為那個人會拿藥丸給他，可是沒有。

「長官，我們遵照指示喚醒你。」

指示。規則。程序。唐諾覺得自己又有麻煩了。特洛伊。說不定他們又把他當成是特洛伊。他到底是誰？唐諾喝了一大口。

「這樣就對了，長官。好，我們要扶你出來了。」

他們又碰到麻煩了。每次有什麼麻煩，他們就會喚醒他。他們拔掉他身上的導尿管，在他手臂上打了一針。

「我——」

他咳了幾聲，聲音很嘶啞，很微弱，幾乎快聽不到。

「怎麼回事？」他用盡全力大喊，勉強發出了一點聲音。

那兩個人扶他站起來，讓他坐在輪椅上。後面有另一個人扶著輪椅。他們沒有幫他穿上紙袍，反而幫他蓋上一條軟軟的毯子。沒穿紙袍，他身體就不會感覺刺刺癢癢了。

「有一座不見了。」有人說。

一座地堡。又有一座地堡不見了。這又要歸咎於唐諾了。「第十八地堡。」他喃喃嘀咕著，回想起上次輪值。

那兩個人面面相覷，一臉驚訝。

「是的。」其中一個人口氣充滿驚訝。「她是從第十八地堡出來的，長官。她翻過山丘，人就不見了，鏡頭照不到。」

唐諾視線模糊，拚命想看清楚那個人。他還記得他一直找不到一個人，那個人在山丘的另一邊。是海倫。他的妻子。他們還在尋找她。還有希望。

「說清楚。」他說。

「目前我們沒有辦法詳細報告，不過，我們沒辦法追蹤那個人——」

「那個人是出去清洗鏡頭的，長官——」

清洗鏡頭。唐諾頹然靠到椅背上。他感覺全身骨頭冰冷，重得像石頭。根本不是海倫。

「——翻過山丘——」

「——我們接到第十八地堡的電話——」

唐諾勉強抬起手。由於剛解除冬眠，他的手在顫抖，而且還麻麻的。「等一下。」他說。「慢慢說。你們為什麼把我叫起來？」他說話的時候喉嚨有點痛。

其中一個人清清喉嚨，把毯子拉到唐諾下巴的高度，免得他冷得發抖。他不知道自己為什麼會發抖。他們對他很恭敬，很和善。到底怎麼回事？他絞盡腦汁拚命想搞清楚狀況。

「是你交代我們叫醒你——」

「這是標準程序——」

唐諾瞄瞄冷凍艙，看到那裡面還很冷，還冒著霧氣。冷凍艙底座有一個小顯示幕，上面的數據都消失了，因為他已經出來了，只剩下越來越高的溫度顯示。上面有一個名字。不是他的名字。

唐諾忽然想到，名字本身是沒有意義的，要看用那個名字的是什麼人。如果誰也不記得誰是誰，如果這次輪值的人沒見過從前輪值的人，那麼，名字就是辨認一個人的唯一方式。

「長官？」

「我是誰？」他盯著那個小顯示幕，搞不懂這是怎麼回事。他並不是那個名字。「你們為什麼叫我起來？」

「是你交代的，瑟曼先生。」

他們把毯子拉上來蓋住他肩膀，然後推著輪椅轉了個方向。他們對他畢恭畢敬，彷彿他是最高指揮官。這張輪椅很安靜，沒有嘎吱聲。

「不用擔心，長官，你很快就會恢復清醒。」

他不認識這些人，而這些人也不認識他。

「醫生會幫你恢復清醒，讓你可以執勤。」

誰也不認識誰。

「馬上就到了。」

那麼，任何人都有可能冒充任何一個人。

「快到了。」

甚至冒充指揮官。有的指揮官會做正確的事，而另一個指揮官會做對的事。

「非常好。」

有一個名字可以代表一切。

59 二三一二──第一個小時 第十七地堡

喧囂之後會歸於平靜。這是「世界的規律」，就好像，再大聲的爆炸和吼叫也得在密閉處才會有回音，屍體必須有足夠的空間才能完全躺平。

最後一聲「巨響」傳來的時候，吉米帕克還在上課。那是清洗鏡頭的前一天。明天，學校就放假了。有一個人快死了，而吉米和他的朋友反而因此有機會多睡幾個鐘頭。明天，在資訊區工作的爸爸會特別忙。明天下午，媽媽一定會堅持要吉米上頂樓去，跟阿姨和表哥表姐一起上去，去觀看清晰的山丘景象，看明亮的雲彩劃過天空，然後看著夕陽西下，天空漸漸沈入黑暗。

清洗鏡頭的日子，就是可以賴床的日子，就是和親戚朋友團聚的日子。清洗鏡頭是為了平息騷動，為了讓那種「巨響」消失。皮爾森老師就是這麼說的。當時她正在黑板上抄寫公約的法規。當時，她的粉筆畫在黑板上嘎吱嘎吱響，粉筆灰一直落下來，而她寫的內容，是關於一個人會被判死刑的各種原因。執刑的前一天，公民課上的就是這種內容。這是一種警告，而執刑是更嚴重的警告。吉米和他的同學聽那些公約法規聽得很煩燥，在座位上動來動去。然而，再過不久，這些法規就不會再有人遵守了。

吉米今年十六歲。他很多好朋友很快就會離開學校，開始當學徒，可是他還得在學校再待一年，才能繼承爸爸的工作。皮爾森老師在黑板上做了記號，然後跳到別的課程，開始告訴大家，選擇人生伴侶是多麼重要的事，大家必須遵守公約的規定，登記結婚。莎拉詹肯斯坐在吉米前面。她忽然回頭對吉米笑了一下。公民課和生理課是混在一起上的，老師先教他們男女之事，然後再教他們約束男女之事的法律。莎拉詹肯斯長得很可愛。今年剛開學的時候，吉米還沒有發覺莎拉長得很可愛，但現在他注意到了。莎拉是很可愛，可惜再過幾個鐘頭，她就要死了。

皮爾森老師問全班同學，有沒有人自願上台朗讀公約，朗讀「世界的規律」。就在這時候，吉米的媽媽出現了。她是來找吉米的。她就這麼突然衝進教室，搞得吉米很尷尬。全班同學都盯著他看，他感覺到自己脹紅了臉，脖子越來越熱，對他來說，這就是世界末日。他媽媽甚至沒跟皮爾森老師打招呼，也沒說聲不好意思。她就這麼衝進教室，衝到吉米座位旁邊。她生氣的時候，就會出現這樣的動作。她一把抓住吉米手臂，把他從座位上拖出來，那一剎那，吉米完全搞不清楚自己犯了什麼錯。

皮爾森老師沒說話。吉米回頭看看他最要好的朋友保羅，看到他正掩著嘴偷笑。他有點納悶，不知道保羅為什麼沒有跟他一起被抓出來。每次被處罰，吉米和保羅永遠都有份，永遠是一對難兄難弟。全班同學都沒吭聲，只有莎拉詹肯斯出聲了。教室門關上那一剎那，她忽然大喊了一聲：「你的背包！」但門一關，他就聽不到她的聲音了。

走廊上只有他和媽媽。其他同學的媽媽都沒有來把他們的孩子拖走。不過，再過一會兒她們就會來了。吉米爸爸的辦公室裡有很多電腦，所以他知道很多事情。如果有什麼事情快要發生，他爸爸會比別人更早知道。而這一次，爸爸雖然預先知道，可是已經太遲了。樓梯井已經有人開始逃竄，那種喧鬧聲聽起來很可怕。學校外面的平台傳來轟隆隆的震動聲，好像遠處有很多人正朝這邊過來。欄杆上有一顆螺帽被震得慢慢鬆開，感覺上，彷彿整座地堡快要被震垮了。吉米的媽媽抓住吉米的袖子，拖著他衝向螺旋梯，彷彿拖著一個十二歲的孩子。

好幾次，吉米被拖得貼在媽媽身上，心裡很困惑。過去這幾年來，吉米越長越大，已經比他媽媽高大，甚至比他爸爸高大。有時候，他會想到自己已經算是大人，力氣夠大了，卻仍被當成小孩，那種感覺很奇怪。她忘了帶走他的背包，甚至丟下他那些朋友。他們到底要去哪裡？底下的轟隆聲似乎越來越大聲了。

接著，他猛然停下腳步，他媽媽立刻轉頭看著他。他注意到，媽媽眼中完全看不到憤怒的神色。她並沒有皺著眉頭瞪著他。媽媽眼神驚恐，眼眶滿是淚水。他上次看到媽媽出現那種眼神，是在爺爺奶奶去世的時候。底下的巨響越來越駭人，然而，真正令吉米感到不寒而慄的，是媽媽的眼神。

「那是什麼？」他輕聲問。他不想看到媽媽煩心。他感覺內心有一種說不出的黑暗空虛。

他媽媽沒吭聲，而是轉身拖著他衝下樓，衝向底下那轟然巨響。某種可怕的事情正逐漸逼近，那一剎那，吉米忽然明白，碰上麻煩的人並不是他。

全地堡的人都有麻煩了。

60 二三一二——第一個小時 第十七地堡

吉米從來沒見過螺旋梯震動得這麼厲害。整座螺旋梯彷彿在搖晃。他緊跟著媽媽衝下樓梯，腳步很快，每跨一步，鞋子都只是輕踩梯板，然而，樓梯那種劇烈的震動彷彿穿透他的骨頭，他的腳已經快麻了。吉米的舌頭彷彿嚐得到恐懼的滋味。

底下傳來憤怒的吼叫聲。吉米的媽媽大喊著安慰他，叫他快點，兩人繞著螺旋梯拚命往下衝，而未知的凶險正從底下迎面追來，他們分秒必爭，必須搶先抵達目的地。「快點！」她又大喊了一聲。比起螺旋梯驚天動地的震動，她聲音中那種恐懼更令吉米感到害怕。他加快腳步。

他們過了二十九樓，三十樓。這時候，有人迎面爬上來和他們擦身而過。那些人身上穿的銀色衣服，和他爸爸穿的一樣。來到三十一樓的平台，吉米看到了第一具屍體。自從當年他祖父的葬禮以來，他已經很久沒再見過屍體了。那具屍體的後腦勺一片血肉模糊，彷彿上面黏著一顆砸爛的蕃茄。屍體的手臂伸在樓梯上，吉米只好跳過去，免得絆倒。他緊跟在媽媽後面往下衝，這時候，上面平台上的血滴到底下的梯板上，踩上去有點滑。

來到三十二樓，樓梯的震動已經非常猛烈，震得他連牙齒都會打顫。這時候，越來越多人從底下往上衝，他媽媽越來越驚慌。沒有人理會他們，每個人都是各自逃命。

接著，他們已經聽得到那群人的腳步聲。上千個人的腳步聲。除了腳步聲，還有人在大吼大叫。吉米停下腳步，探頭到欄杆外往下看。從欄杆和水泥牆中間的空隙可以看到最底下，他看到底下的人群中很多人的手和手肘伸出到欄杆外。這時候，又有人和他們擦身而過，他連忙轉身。媽媽叫他快點，因為那群人已經到了，樓梯上的人越來越多。吉米感覺得到那些往上衝的人散發著恐懼和憤怒，他忽然很想轉身跟他們一起往上跑。不過，他媽媽一直大喊著叫他跟上，她的聲音穿透了他的心，讓他暫時忘了恐懼。

吉米快步衝下去，抓住她的手。他已經不再像剛剛在教室裡那樣覺得難為情了。現在，他忽然很渴望媽媽抓緊他。很多人和他們擦身而過，嘴裡大喊著叫他們一起上去。很多人手上都抓著鐵棍，有些人身上有傷。有一個人嘴裡和下巴全是血。底下好像有人在打架。吉米認為應該是最底層有人打架，而這些人只是想逃開。很多人手上都沒有武器，而且一直回頭看後面。看起來，好像這一群向上逃的人很怕另一群人。吉米想不通為什麼會這樣。他們到底在怕什麼？

接著，腳步聲中忽然夾雜著碰的巨響。有一個塊頭很大的男人撞上吉米的媽媽，她被撞得碰上欄杆。吉米趕緊抓住她手臂，兩人靠向內側的中央鐵柱，繼續跑向三十三樓。「還有一層樓就到了。」她說。她的意思是他們要去找他的爸爸。

距離三十四樓還剩幾圈的時候，眼前出現的不再是零零星星的人，而是洶湧的人潮。樓梯寬度只能容納兩個人，而眼前的人群卻是四個人站成一排。吉米的手腕撞到內側欄杆。然後，他只能緊緊靠著中央鐵柱，沿著往上衝的人群邊緣拚命往下擠，一次往下一小步。人群一直朝他推擠，發出哼哼的呻吟聲。他感覺得到，等一下很可能會被人群卡住，根本動彈不得。人一直擠過來，他已經抓不住媽媽的手臂。她一直往下擠，而他卻被卡在原地。他聽得到她在下面喊他的名字。

這時候，有一個人逼他往上走。那個人塊頭很大，滿頭大汗，一臉驚恐，朝他大吼了一聲：「滾開！」。但他根本下不去，於是他緊貼著中央鐵柱，讓那個人從旁邊擠過去。這時候，他忽然聽到外側欄杆那邊有人慘叫了一聲，人群中起了一陣騷動，有人嚇得倒抽一口氣，有人大喊：「抓緊！」可是旁邊也有人大喊別管了。接著，他聽到一聲慘叫，那聲音逐漸往下，漸漸消失。

吉米忽然感到一陣噁心，因為他旁邊竟然有人摔到底下去。這時候，人群忽然比較沒那麼擠了，他趁這個空檔爬上內側欄杆，手抱著中央鐵柱保持平衡，小心翼翼，免得腳滑到鐵柱和欄杆中間那二十公分寬的空隙裡。很多小孩子喜歡朝那裡吐口水。

他原先站的位置立刻有人擠過來，很多人的肩膀和手肘擦撞他腳踝。他就這樣蹲在欄杆上，而頭頂上的梯板被人群的腳踩過，梯板底面不斷落下沙土。他腳踩著欄杆慢慢往下滑，慢慢下樓去找媽媽。欄杆被無數人的手摸過，踩起來很滑。過了一會兒，他的腳不小心滑進中間的空隙，感覺整條腿就快陷進去。他拚命保持平衡，免得摔到另一邊的人群中。他想像得到，萬一摔倒了，他的身體會在半空中被人推來推去，最後可能會摔到外側欄杆外。他沿著中央鐵柱滑了半圈，終於看到媽媽了。媽媽被人群擠得貼在外側欄杆。「媽！」他大喊。他抓住頭頂上的梯板邊緣，伸長手要抓媽媽的手。這時候，人群中有個女人忽然慘叫了一聲，整個人忽然往下沈，被人群踩過去。沒多久，她的慘叫聲漸漸消失了。人群一路向上推擠，吉米的媽媽也被擠得向上走了幾步。

「去找你爸爸！」她兩手舉在嘴邊大喊著。「吉米！」

「媽！」

這時候，有人撞到他的小腿，他手一滑，放開頭頂上的梯板，然後兩條手臂在半空中晃了幾下，拚命想保持平衡，可是最後身體還是往旁邊一歪，倒向人群。有人伸手推他的肋骨，怕被他壓到。

另外一個人用力把吉米往旁邊推開，就這樣，他的身體在人群上方翻滾，被很多人的頭和手肘頂到，慢慢滾向外側欄杆。欄杆外，就是深不見底的深淵。吉米拚命想抓住那些推開他的手，然而，他還是離欄杆外的空隙越來越近。他看不到欄杆。他聽得到媽媽的喊叫聲。現場人聲喧嘩，但他還是聽得出她的聲音。她看得到他，可是卻愛莫能助。他不斷翻滾，漸漸滑向欄杆外，嚇得喘不過氣來，這時候，有人大喊著說救救那孩子。而他們說的那孩子，就是他。

吉米滾向欄杆外。很多人怕被他壓到，手拼命推他，逐漸把他推向欄杆外。接著，他身體忽然陷進兩個人中間，下巴頂到一個人肩上，這時候，他看到欄杆了。他趕緊伸出一隻手抓住欄杆，然後整個身體翻過欄杆，整條手臂反轉，肩膀被扭得很痛。但他還是緊緊抓著欄杆，另一手抓著垂直的欄杆支柱，兩腳垂在半空中。

接著，他抓著欄杆的手指被一個人的大腿撞到，痛得慘叫一聲。有人伸手想拉他的手臂，可是卻被後面的人不斷往上推擠，被擠走了。

吉米拚命想把身體拉高。他沿著自己腳的方向看過去，看到底下欄杆內不斷推擠的人群。他這個位置，隔著兩圈螺旋梯底下就是三十四樓的平台。接著，他又試著想拉高身體，可是肩膀被反扭，痛徹心扉。有人抓住他的小臂想把他拉起來，可是又被後面的人擠走了。

他低頭看看底下，看到三十四樓的平台上擠滿了人。人群中有人被擠到平台上，拚命想擠回人群。這時候，有人從資訊區門裡竄出來，身上穿著防護衣，戴著頭盔，拚命想擠回人群。大家都拚命往上擠。這時候，底下市集那邊傳來更多人的喊叫聲，還有爆裂聲，聽起來像是氣球破掉的聲音，不過更大聲，更刺耳。

這時候，吉米抓不住欄杆了，他肩膀扭得太痛，已經承受不了自己的體重。他終於鬆手放開欄杆，另一手還抓著欄杆支柱，身體慢慢往下滑。後來，他的手滑到支柱下端，攀住梯板邊緣。接著，他試著用腳去踩底下的欄杆，可是底下的人卻不斷伸手把他的腳推開。他一邊肩膀痛得難以忍受，只剩一隻手攀著梯板邊緣，整個人懸在半空中晃蕩。

吉米大喊了一聲，喊他媽媽，接著，他忽然想起她說的話。去找你爸爸。

他已經沒辦法爬回樓梯。他已經沒力氣，根本擠不回去。沒人願意幫他。樓梯上擠滿了人，而他卻孤零零的懸在半空中。

吉米深深吸了一口氣，身體繼續晃蕩了一下。他低頭看看底下的平台，看著那擁擠的人群，然後，放開手。

61 二三二二年——第一個小時 第十七地堡

他往下掉，飛過兩圈螺旋梯。樓梯上的人都瞪大眼睛看著他。吉米感覺到風掃過他脖子，速度越來越快，感覺自己的胃往上吊。有人轉頭瞥見他，瞪大眼睛看著他往下掉。

他的身體掉到底下平台上的人群中，發出悶悶的碰的一聲。有一個穿防護衣的人被他壓在下面。很多人朝他大喊，有人從他身體下面爬出來。吉米翻身滾開，撞到一個人，忽然感到肋骨一陣劇痛，膝蓋一陣刺痛，肩膀像火在燒。他一瘸一拐的衝向那道雙扇門，那一剎那，正好有人從門裡衝出來，手上抱著一包東西。兩個人立刻停下腳步，一起看著樓梯上的人群。有人大喊著那兩個禁忌的字眼：「出去」，而大家好像都無所謂了。明天，有人會被送出去清洗鏡頭，然而，好像已經太遲了。吉米想到爸爸為了清洗鏡頭的任務日夜加班，還有，這次的暴動，不知道還有多少人會被送出去清洗鏡頭。

他轉身看著樓梯，尋找媽媽的蹤影。然而，很多人大喊大叫，叫前面的人走快一點，不要擋路，人聲喧嘩，他根本聽不到媽媽的聲音。然而，媽媽的聲音還迴盪在他耳中。他還記得她最後說的話，記得她那哀傷的眼神。於是，他立刻衝進去找他爸爸。

一進門，他發現大廳一片混亂，很多人跑來跑去，大吼大叫互相爭吵。接著，他看到亞尼站在十字旋轉門裡面。那位身材高大的警衛隊長滿頭大汗。吉米朝他跑過去，彎著手肘，手臂緊貼著身體，免得肩膀晃動。他肋骨劇痛，簡直沒辦法呼吸。剛剛從上面摔下來，到現在他心臟還怦怦狂跳。

「亞尼——」吉米靠在十字旋轉門的支柱上，拚命喘氣。亞尼過了好一會兒才注意到他。亞尼眼睛瞪得好大，左右瞄來瞄去。吉米注意到他手上拿著東西，看起來很像保安官配在身上的槍。「我要進去。」吉米說。「我要找我爸爸。」

亞尼低頭看看吉米。亞尼是個好人，是他爸爸的好朋友，他女兒只比吉米小兩歲。每逢假日，他們兩家人偶爾會一起吃飯。然而，眼前的亞尼看起來跟平常不太一樣，他眼中露出一種異乎尋常的恐懼。

「哦。」亞尼點點頭。「你爸爸，不讓我進去。他不准任何人進去。不過，你嘛——」亞尼眼中射出一種異乎尋常的狂亂神色，完全不像平常的他。

「可以幫我開門嗎——」吉米身體靠著十字旋轉門的橫桿。

亞尼忽然伸手抓住吉米的衣領。吉米已經不是小孩子，身材已經很高大，可是亞尼竟然有辦法把他整個人提起來，放進旋轉門裡面。

吉米拚命掙扎，想掙脫他的手。亞尼舉起手槍，槍口抵著吉米胸口，然後拖著他沿著走廊往裡面走。「我抓到這小子了！」他大喊。吉米不知道他是在跟誰說話。吉米拚命掙扎，可是卻被拖著經過好幾間辦公室門口。辦公室裡都是一片凌亂，整個樓層的人好像都跑光了。他忽然想到，剛剛在樓梯上碰到很多穿銀色衣服和灰衣服的人。他忽然有點擔心，爸爸是不是也混在那些人裡面，和他擦身而過。剛剛在人群裡看到很多這個樓層的人，看起來好像他們在帶頭攻擊——還是說，是人群在追殺他們？

「我沒辦法呼吸——」他拚命想告訴亞尼。接著他好不容易站到地上，開始抓住亞尼的手臂，拚命想掙脫他的手。

「你們這些王八蛋跑哪兒去了！」亞尼大吼，轉頭看看走廊前後。「我需要幫忙——」

這時候，忽然碰的一聲巨響，震耳欲聾。吉米感覺到亞尼身體往旁邊一歪，彷彿被人踢到。接著，亞尼的手終於放開吉米的衣領，吉米終於有辦法喘氣了。亞尼倒向地上，吉米趕緊跳開。亞尼的身體重重摔到地上，一直喘氣，血不斷從他身上冒出來，那把手槍掉到地上彈開。

「吉米！」

他爸爸在走廊盡頭，躲在一處轉角，腋窩底下夾著一根長長黑黑的東西，看起來有點像枴杖，可是卻不是撐在地上。那根東西有一頭在冒煙，像是著火了。

「吉米，快點過來！」

吉米大叫一聲，鬆了一口氣。亞尼躺在地上，渾身扭曲，發出一種怪異的呻吟。吉米從他旁邊跑開，跑向他爸爸，跑的時候一瘸一拐，一手抱著另一條手臂。

「你媽媽呢？」爸爸眼睛看著走廊外面。

「樓梯——」吉米停下來喘口氣，心跳已經沒有剛剛那麼快了。「爸，怎麼回事？」

「進去，趕快進去。」他拖著吉米沿著走廊走向一扇巨大的不鏽鋼門。走廊另一頭的轉角傳來喊叫聲。吉米注意到爸爸額頭青筋暴露，滿頭大汗。他爸爸在門邊的鍵盤上輸入密碼，接著，他聽到一陣嗡嗡聲和低沈的嘎吱聲，然後門就慢慢開了一條縫。他爸爸擠進門，擠開一道空隙，剛好兩個人可以過。

「快點，吉米，快點進去。」

走廊那邊有人朝他們大喊，叫他們不准動。接著，腳步聲朝他們的方向過來。吉米用力擠進那道空隙，很怕爸爸會就這樣把門關上，把他一個人丟在裡面，還好爸爸也擠進來了，側身靠在門板上。

「用力推！」他說。

吉米用力推門。他不知道為什麼要推門，但他從來沒看過爸爸這麼害怕。看爸爸的樣子，他也心驚膽跳。門外的腳步聲越來越近，有人在喊他爸爸的名字，有人在喊亞尼。

不鏽鋼門終於碰的一聲關上，那一剎那，外面開始有很多人用力拍門。他聽到門裡又傳出一陣嗡嗡聲和低沈的嘎吱聲，門鎖上了。他爸爸又準備在鍵盤上輸入密碼，遲疑了一下，忽然轉頭看著吉米。「你選一組號碼。」他喘了口氣說。「四位數字，快點，孩子，四個你很容易記住的數字。」

「一二一八。」吉米說。十二樓和十八樓。十二樓是學校，十八樓是他家。他爸爸立刻輸入數字。門外傳來悶悶的吼叫聲，還有憤怒的拍門聲。

「來，跟我來。」他爸爸說。「我們要注意監視鏡頭的畫面，一定要想辦法找到你媽。」他把那根黑黑的東西揹到背後，這時吉米才注意到那是一把比較長的槍。槍口已經沒再冒煙了。原來，爸爸並不是遠遠就踢到亞尼，而是開槍打到他。

吉米愣愣站在原地，看著爸爸走進那間到處都是巨大黑盒子的房間裡，忽然想到自己聽說過這地方。爸爸告訴過他，有一個房間裡到處都是伺服器。他站在門邊，而那些巨大的伺服器彷彿正盯著他，猶如無數黑色哨兵守衛著這地方，發出低沈的嗡嗡聲。

吉米跑過去追爸爸。門外那些人還在大吼大叫，拚命拍門，但聲音聽起來悶悶的。從前他去過爸爸的辦公室，就在外面走廊轉角的地方，但他從沒到過這裡。這房間好大，他一瘸一拐的往裡面走，穿過那些巨大的黑箱子，拚命尋找爸爸的蹤影。後來，當他繞過最後一座伺服器，他終於看到爸爸跪在遠處牆邊的地上，彷彿在祈禱。接著爸爸把手伸進衣服領口裡，掏出一條細細的黑繩子，而繩子上掛著亮亮的東西晃來晃去。

「媽媽怎麼辦？」吉米問。他想到，外面人那麼多，媽媽要怎麼進來呢？還有，爸爸為什麼要蹲在地上？

「仔細聽我說。」他爸爸開口了。「這就是地堡的鑰匙，總共只有兩把，你一定要隨時帶在身上，懂嗎？」

吉米看著爸爸把鑰匙插進一座黑箱子背面。「這是通訊集線器。」爸爸說。吉米根本聽不懂什麼叫通訊集線器，不過，他知道爸爸要他躲到裡面。爸爸的計劃是，吉米要躲在一座黑箱子裡面，等外面的騷動結束。接著，他爸爸轉動鑰匙，彷彿打開了什麼鎖，而且接連轉動三次，打開了三道鎖，然後，他拆掉了箱子的背板。吉米探頭看看箱子裡面，看到爸爸正在拉一根把柄，過了一會兒，附近的地面上忽然傳出嘎吱聲。

「鑰匙收好。」爸爸掐掐吉米的肩膀，然後把鑰匙連同黑繩圈遞給吉米。吉米接過鑰匙，仔細打量黑繩圈上那根鋸齒狀的亮亮的東西。鑰匙的一端是一個圓形，上面有三個三角形的突起。那是地堡的標誌。他拉開黑繩圈，套到脖子上。然後，他看著爸爸把手指伸進地上網格鐵板的孔眼，掀起一片四方形的小鐵板，地上露出一個小洞，裡面一片漆黑。

「來，你先進去。」爸爸揮揮手指著地上的洞口，同時把背後的長槍取下來拿到手上。吉米湊近洞口，探頭看看裡面，看到洞裡側邊有整排的扶手，像一條鐵梯，底下很深。他從來沒見過這麼深的洞。

「快點，孩子，時間不多了。」

於是吉米坐到洞口邊緣，腳伸進洞裡，彎腰伸手去抓扶手，開始往下爬。

裡面空氣很涼，燈光昏暗。一進到裡面，他似乎漸漸淡忘了剛剛樓梯井那邊的喧鬧和恐怖景象，然而，他內心卻湧出一種不祥的預感，一絲恐懼。爸爸為什麼要把鑰匙交給他？這裡是什麼地方？他只能靠那隻不會痛的手臂往下爬，速度很慢。後來，他終於爬到最底下，發現那裡有一條窄窄的通道，裡面閃爍著昏暗的燈光。接著他抬頭一看，看到爸爸往下爬的的身影。

「從這邊走。」他爸爸指著那條窄窄的通道，然後把長槍靠在鐵梯上。

吉米指著上面說。「不用把上面蓋起來——」

「等一下我出去的時候會蓋好。好了，進去啦，兒子。」

吉米轉身走進那條通道。通道上方的天花板有長長的電線和管子，通道盡頭閃著紅燈。大概走了二十步左右，來到通道盡頭，眼前出現一個大房間，看起來很像學校裡的儲藏室。兩面牆全是書架，另外還有兩張辦公桌，其中一張桌上有電腦，另一張桌上是一大本書。爸爸直接走到放電腦的桌子前面。

「剛剛你和媽媽在一起嗎？」

吉米點點頭。「她跑到教室把我拉出去，結果下樓的時候兩個人走散了。」他揉揉痠痛的肩膀，他爸爸頹然坐到辦公桌前的椅子上。桌上的電腦螢幕畫面劃分成四塊。

「你們在哪裡走散的？多遠？」

「就在三十四樓上面兩圈螺旋梯附近。」他說。他還記得剛剛怎麼跌下來的。

然而，爸爸並沒有去碰滑鼠和鍵盤，而是拿起一個黑盒子，盒子上有很多轉鈕和按鍵，還有一條線連接到螢幕後面。吉米看到畫面裡有一個人躺在地上一動也不動，三人個站在他旁邊。那個真實的畫面，出現在螢幕上其中一個視窗。他還看到螢幕裡另一個畫面就是他們剛剛進來的走廊。

「操他媽的亞尼。」他爸爸咒罵了一聲。

吉米視線離開螢幕，看著爸爸後腦勺。他曾經聽過爸爸咒罵，可是從來沒聽過他罵得這麼難聽。爸爸呼吸得很用力，肩膀一起一伏。接著吉米又繼續看螢幕的畫面。

螢幕本來有四個畫面，變成十二個畫面。然後，又變成十六個畫面。爸爸湊上前，鼻子幾乎貼在螢幕上，盯著上面那些小畫面，一個一個看。他的手一直在調整盒子上那些轉鈕和按鍵。吉米發現，小畫小畫面裡的混亂景象，就是他剛剛在樓梯井上看到的。樓梯上擠滿了人，大家拚命往上擠。爸爸用手指劃過一個又一個小畫面，好像在搜尋什麼。

「爸——」

「噓——」

「——到底怎麼回事？」

「發生暴動。」他說。「他們打算關掉我們的地堡。你剛剛說媽媽在上面兩圈螺旋梯的位置是嗎？」

「對。可是她一直被人群擠上去，我們根本被擠得沒辦法動彈，我爬到欄杆上——」

爸爸猛然轉身，從頭到腳打量他，椅子嘎吱一聲。他注意到吉米的手臂貼在身上。「你剛剛從上面摔下來？」

「爸，我沒事。到底怎麼回事？你剛剛說他們要關掉什麼？」

爸爸又回頭繼續看畫面。他又調整了一下盒子上的轉鈕，螢幕上的畫面閃了一下又變了。現在他們看到的景象跟剛剛不太一樣。

「他們打算關掉我們的地堡。」爸爸說。「那些王八蛋已經打開我們的氣閘門，說我們這邊的毒氣系統已經被破壞——等一下，她在那裡。」

螢幕上的十幾個畫面忽然變成只剩一個畫面，裡面的景象有點變了。吉米看到媽媽被夾在人群和欄杆中間，嘴唇和下巴全是血。她緊緊抓住欄杆，拚命掙扎著往下擠，一次往下擠一小步，而旁邊的人群則是拚命往上擠。看起來，全地堡的人似乎都拚命想上頂樓，彷彿那裡才是唯一的生路。

吉米的爸爸忽然用力拍了一下桌子，站起來。「你在這裡等。」他走向那條通道，走到一半忽然停下腳步，轉頭看看吉米，似乎在考慮什麼。他眼中露出一種異樣的神色。

「好，你過來，以防萬一。」說著他忽然跑向相反的方向，經過吉米旁邊，穿過一扇門進了隔壁房間。吉米趕緊跟在他後面進去，一瘸一拐，滿腦子困惑。

「這個烤爐跟我們家用的那個差不多。」他爸爸拍拍牆角一台很老舊的機器。「老式的機種，不過功能是一樣的。」爸爸眼中有一種狂亂的神色。接著他轉身指著另一扇門。「裡面是儲藏室，臥室，浴室。都在裡面。裡面的食物夠四個人吃十年。兒子，你要學聰明點。」

「爸……我不太懂──」

「鑰匙塞到衣服裡面。」爸爸指著吉米胸口。吉米脖子上的鑰匙繩圈露在衣服外面。「鑰匙千萬別搞丟，懂嗎？你剛剛說的密碼是多少？」

「一二一八。」吉米說。

「好。你過來，我教你無線電怎麼用。」

吉米轉頭看看第二個房間四周。他不想一個人被丟在這裡。爸爸好像正打算這樣做，把他丟在這個夾層密室裡。在這裡，他感覺到一種莫名的壓迫。

「我跟你一起去找媽媽好不好？」他說。他想到在外面拍門大吼的那些人。他不能讓爸爸自己一個人出去，就算他手上拿著那把長槍也不行。

「那扇門絕對不准開。除了我和媽媽，絕對不能開門讓任何人進來。」爸爸不理他，自顧自繼續說。「你仔細聽，我們時間不多了。」他指著牆上的一個盒子。那盒子被鎖在一個鐵籠裡，不過有些轉鈕和按鍵露在外面。「電源開關在這裡。」爸爸指著一個轉鈕。「轉這個方向，可以放大音量。」爸爸轉了一下轉鈕，房間裡立刻瀰漫著一陣刺耳的嘶嘶聲。接著他拿起掛在牆上的另外一個小盒子，遞給吉米。那小盒子有一條伸縮式的電線卷連接在那個大盒子上。接著，爸爸又從牆上的架子拿起一個小盒子。牆上有好幾個那種小盒子。

「聽到了嗎？聽到了嗎？」爸爸對著手上的小盒子說話，牆上的大盒子立刻傳出他的聲音。「要說話的時候，按下這個通話鈕，對著麥克風講。」他指著吉米手上的小盒子。吉米照他說的按下通話鈕。

「我聽到了。」吉米說得有點猶豫。聽到爸爸手上的小盒子傳出自己的聲音，感覺怪怪的。

「密碼是什麼？」爸爸又問了一次。

「一二一八。」吉米說。

「很好。孩子，乖乖待在這裡。」爸爸安撫了他幾句，湊上前摟住吉米脖子後面，然後在兒子額頭上吻了一下。吉米忽然想起爸爸上一次這樣吻他的情景。那是在吉米還很小的時候，爸爸就是這樣在他額頭上吻了一下，然後就失蹤了三個月，去當某個人的學徒。

「等一下，我會把那個網格鐵板蓋回洞口，它會自動鎖上。洞口底下有一根把柄，拉一下就可以打開那個鐵板。你明白了嗎？」

吉米點點頭。爸爸抬頭看看那一閃一閃的紅燈，皺起眉頭。

「不管在什麼情況下。」他說。「絕對不准打開外面那扇門，不准讓任何人進來，除了我和媽媽。明白了嗎？」

「明白了。」吉米緊緊抓住自己手臂，打起精神。牆邊還擺著另一把長槍，他不懂爸爸為什麼不讓他一起去。他伸手去抓那把槍。「爸——」

「乖乖待在這裡。」爸爸說。

吉米點點頭。

「這才像個男子漢。」他摸摸吉米的頭，笑了一下，然後就轉身衝進那條昏暗的通道。天花板上的紅燈還是閃一閃，有如脈搏。他聽到上面的網格鐵板傳來腳步聲，越來越遠，逐漸隱沒在黑暗中，最後就消失了。現在，這裡只剩下吉米帕克一個人了。

62 二三四五 第一地堡

唐諾的腳趾沒有知覺。他的腳還沒有完全解凍，沒穿鞋子。他打著赤腳，可是旁邊其他人都穿著鞋子。到處都是人，每個人都穿著鞋子。有人用輪椅推著他在一排排的冷凍艙間穿梭。有人幫他抽血，有人叫他去小便，收集尿液採樣。他坐電梯的時候，旁邊那些人站在原地動來動去，好像很不安。後來，他來到一間大廳，裡面的人都顯得很慌亂，到處跑來跑去，大喊大叫，瀰漫著緊張的氣氛。他們推著他的輪椅到一個小房間，讓他一個人待在裡面等候解凍，把自己梳洗乾淨。門外的走廊上，更多人慌張的跑來跑去，很匆忙。他被喚醒，卻發現這個世界陷入焦慮，充滿困惑，很嘈雜。

唐諾還沒有完全清醒。他坐在床上，意識迷迷糊糊，感到極度疲憊，恍恍惚惚中又想起從前生活在地上的日子。那時候，醒過來就是醒過來，不會恍恍惚惚。每天早上起床洗澡的時候，或是開車去上班的時候，整個人就會完全醒過來。而現在，他的意識彷彿脫離了肉體。他麻木的雙腳彷彿踩在一片揚起的灰塵裡，而他的意識就漂浮在那灰塵中。冬眠幾十年之後醒過來，感覺就像這樣。他漸漸遺忘了那些虛無飄渺的夢境。但這樣也好，他迫不及待想遺忘。

他們帶他來到這個小房間。小房間的位置離他從前的辦公室不遠，就在同一條走廊上。他們剛剛有經過。那意味著他就在管理樓層，他從前工作的地方。床邊擺著一雙鞋子。唐諾愣愣看著那雙鞋子。鞋子後面用黑色麥克筆寫著「瑟曼」這個名字，已經褪色。基於某種原因，他們送這雙鞋子來給他穿。自從他醒過來之後，他們一直稱呼他瑟曼先生，然而，他根本不是瑟曼。這中間一定出了差錯。不過，可能是差錯，也可能是陰謀。某種遊戲。

他有十五分鐘可以準備。他們是這樣說的。準備做什麼？唐諾坐在那張雙層床下層，身上裹著一條毯子，不時會發抖。那張輪椅擺在旁邊。他的思緒和記憶恢復得很慢。

我的名字叫唐諾。他一再提醒自己，絕對不能忘記。這是天底下最重要的東西。他一定要記住自己是誰。

唐諾漸漸清醒了。他感覺到床墊上有一個人形的凹陷。那是另一個人的身形。他猛然意識到這房間本來是另一個人住的。門後面的牆上有一個凹陷，那是有人用力摔門的時候被門把撞出來的。可能是當時發生了什麼緊急狀況，或是有人在房間裡打架，或是出了意外。不過也可能是有人在房間裡發生爭執。這是暴力所留下的痕跡。這是幾百年歷史所留下的痕跡，而他不知道在那幾百年裡發生過什麼事。他只剩下十五分鐘可以釐清思緒。

床頭桌上有一張識別證，上面有條碼和一個名字。還好，沒有照片。唐諾摸摸那張識別證，忽然想到從前看過有人用那張識別證。他把識別證放回桌上，搖搖晃晃站起來，推著輪椅做支撐走向那間小小的浴室。

他手臂上貼著一片紗布。那是剛剛醫生抽完血之後貼上去的。威爾森醫師。他剛剛已經採樣過尿液，但現在他還想再小便。他掀開身上的毯子，站在馬桶前面。尿是粉紅色的。在唐諾印象中，上一次輪值的時候，尿的顏色好像是木炭的顏色。尿過之後，他到蓮蓬頭下面沖個澡。

水很熱，而他全身骨頭冰冷。唐諾在蒸氣中顫抖。他張開嘴，讓熱水沖在他舌頭上，沖在他臉頰內側。他伸手去摸摸牙齦。他記得口腔裡曾經長過潰瘍。他始終覺得口腔有潰瘍。接著，他忽然發覺皮膚有灼熱感，但那並不是因為熱水沖在身上，而是因為空氣。外面的空氣。不過，當他關掉熱水，他發覺皮膚上的灼熱感又好像沒那麼強烈了。

他用浴巾把身體擦乾，拿起那套他們幫他準備的工作服。衣服太大了，但唐諾還是穿上。衣服穿在身上，感覺很粗糙。天曉得這套衣服已經多久沒人穿了。接著，他拉上拉鏈的時候，忽然聽到有人敲門。有人在門口叫某個人的名字，但那不是他的名字，而是寫在鞋子後面那個名字，是那張識別證上的名字。

「請進。」唐諾的聲音很嘶啞，很微弱。他把桌上的識別證拿起來放進口袋裡，頹然坐到床上。他捲起袖子和褲管，讓工作服看起來合身一點，然後再慢慢穿上鞋子，綁上鞋帶，然後站起來，這時候，他發覺那雙鞋子太大。

很久很久以前，唐諾紀尼一夜之間多了一個顯赫的頭銜，突然擁有很大的權力和很高的地位。大半輩子，他一直都只是個小人物。本來，他拿到碩士學位之後，有了一份工作，娶了太太，有了一個小康之家。但沒想到，一夜之間，經過電腦計票，唐諾紀尼變成了紀尼眾議員。國會山莊上有好幾百個手握大權的人，而他也成了其中之一。

這一切發生在一夜之間，而現在，同樣的事又再度上演。

「長官，感覺還好嗎？」

那個人站在房間門外打量著唐諾，一臉關切。他脖子上掛著識別證，上面的名字是艾倫。他是輪值的總指揮，坐在走廊那邊的心理醫師辦公室。

「頭還是有點昏，沒什麼力氣。」唐諾說。這時候，有個穿淡藍色衣服的人忽然快步從門前走過，消失在走廊的轉角。唐諾感覺到那個人經過的時候帶來一陣風，隨風飄散的是一股咖啡香和汗臭味。

「有辦法走路嗎？很抱歉這麼倉促，不過我相信你應該已經很習慣了。」艾倫指向走廊。「他們都在通訊室等你。」

唐諾點點頭，跟在他後面走。他記得，這條走廊本來比較安靜，沒有這麼多人跑來跑去，也不像現在這麼喧鬧。他注意到牆上有更多磨損的痕跡，忽然想到，又有多少年過去了。

一進通訊室，所有人都轉過頭來看他。唐諾感覺得到——有人碰上麻煩了。艾倫帶他到一張椅子前，所有的人都在看，都在等待。他坐下來，看到前面螢幕上有一個靜止的畫面。有人按下按鈕，畫面又開始動了。

畫面上沙塵漫天飛揚，幾乎什麼都看不見。天上烏雲翻騰洶湧，不過，他隱約看到沙塵中有個人影。那個人穿著笨重的防護衣在那片荒涼的大地上走著，慢慢爬上低矮的山丘，離鏡頭越來越遠。有人在「外面」。

他忽然有點懷疑，這個人會不會就是他自己。是很久很久以前的他。那套防護衣看起來很眼熟。說不定，當年他幹傻事，想自由自在的死在外面，結果被他們用攝影機拍下來。而現在，他們把他叫起來，讓他親眼看看證據。唐諾已經有了心理準備，等一下可能會有人指責他，處罰他——

「這是今天早上拍到的畫面。」艾倫說。

唐諾點點頭，努力讓自己恢復冷靜。螢幕上那個人並不是他。他們根本不知道他是誰。他忽然鬆了一口氣。接著他慢慢想起來，他們剛把他從冷凍艙喚醒的時候，立刻就告訴他，有個人消失在山丘上。他們迫不及待要說的就是這件事。而螢幕上這個人，就是他們說的那個人。他們叫醒他，就是為了這個。

他舔舔嘴唇，問這個人是什麼身分。

「長官，目前我們正在整理檔案要給你看，馬上就好了。不過，就目前所知，今天早上第十八地堡本來應該要執行清洗鏡頭任務，可是……」

艾倫遲疑了一下。唐諾轉頭看看這位總指揮，發現他正在跟其他人使眼色求救。有一位通訊技師立刻接著說：「清洗鏡頭任務沒有完成。」那位技師口氣很平淡。

其他人立刻緊張起來。唐諾轉頭看看四周的人。大家都圍在通訊室中央。他注意到他們看他的那種眼神。他們對他畢恭畢敬。那位總指揮低頭看著地上，一副很沮喪的樣子。他看起來好像快四十歲了，跟唐諾年紀差不多，然而，他那副樣子，好像等著被人臭罵。所以，碰上麻煩的是他們，不是他自己。

唐諾打起精神，拚命想把眼前的情況搞清楚。總指揮期望他來指導。這些輪值人員好像不太對勁，非常不對勁。他們以為他是某個人，而他曾經和那個人一起工作過。那個人充滿威嚴，指揮若定。他是瑟曼。印象中，彷彿就在昨天，唐諾曾經和他一起在這間通訊室處理一個問題。當時，他覺得自己實在遠不如瑟曼。此刻，儘管他的意識還是有點模糊，渾身虛弱無力，但他心裡明白，此刻他必須撐住場面，冒充到底，至少要撐到他搞清楚自己的處境。

「那個人往什麼方向去了？」他問。其他人緊張得連動都不敢動。

人群後面忽然有人回答：「報告長官，那是第十七地堡的方向。」

唐諾打起精神。他還記得指令裡提到，萬一有人跑到其他地堡的視線範圍，是極端危險的。因為每一座地堡的人都以為全世界只有他們一座地堡，只有他們還活著。他們活在一個泡泡裡，而那泡泡絕對不能戳破。「第十七地堡那邊有什麼動靜嗎？」他問。

「第十七地堡已經沒了。」他旁邊那位技師說。他又說出更多壞消息，口氣還是一樣平淡。

唐諾清清喉嚨。「沒了？」他轉頭看看四周那些人的表情。每個人都皺著眉頭，好像覺得怪怪的。艾倫開始打量唐諾，而旁邊那位技師在椅子上動了一下。螢幕上，那個清洗鏡頭的人翻過山丘，不見了。

「這個人犯了什麼罪？」他問。

「她是個女的。」艾倫說。

「第十七地堡幾十年前就被關閉了。」那位技師說。

「對了，對了，我想起來了。」唐諾伸手撥撥頭髮。他的手在發抖。

「你還好嗎？」那技師問。他看看總指揮，再看看唐諾。他發現了。唐諾感覺得到，這個穿橘色衣服、脖子上套著耳機的人好像已經開始起疑了。

「頭還是有點昏。」唐諾解釋說。

「他才剛被叫醒半個鐘頭。」艾倫告訴那技師。

站在外圍的人開始竊竊私語。

「哦，好啦。」那位技師往後靠到椅背上。「只不過……他不是普通人吶，他是『老師』啊。在我想像中，老師連放個屁都有戰略。」

唐諾椅子後面有人忍不住笑出來。

「那麼，我們該怎麼處理這個人？」有人問。「我們必須得到批准，才能派人出去追她。」

「她不可能走太遠。」有人說。

這時候，另一位通訊技師說話了。他只有一邊耳朵罩著耳機，這樣他才聽得到現場的人在說什麼。他額頭在冒汗。「根據第十八地堡的報告，她的防護衣是正常的。」他說。「所以，長官，很難說她能撐多久。」

他說的話又引發現場議論紛紛，聽起來就像外面的沙塵暴一樣刺耳。唐諾盯著螢幕，看著那死氣沉沉的土丘。從第十八地堡看出去，也是一模一樣的景象。那風沙咄咄逼人。唐諾記得走在外面是什麼滋味，穿著防護衣舉步維艱，要爬上土丘比登天還難。這個人到底是誰？她到底想去哪裡？

「趕快找這個人的檔案來給我。」他說。其他人立刻安靜下來。他們會覺得唐諾的口氣充滿威嚴，是因為他們以為他是瑟曼。「還有，我要第十七地堡所有的資料。」唐諾瞄瞄剛剛那個技師，看到他皺著眉頭。唐諾猜不透他是焦慮，還是因為起了疑心。「有些細節已經忘了，要再複習一下。」他又補充了一句。

艾倫一手搭在唐諾的椅背上。「處理方案是什麼？」他問。「要派無人機出去呢，還是派人出去追她？還是要關掉第十八地堡？那邊一定是發生暴動了。我們從來沒碰到過清洗鏡頭任務失敗的案例。」

唐諾搖搖頭。他頭腦漸漸清楚了。他低頭看看自己的手，想起自己曾經在外面脫掉過手套。他不應該還活著。他開始想，如果是瑟曼，他會怎麼做？瑟曼會下達什麼命令？然而，他並不是瑟曼。他記得有人曾經說過，應該要讓唐諾這樣的人來負責指揮。現在，他要指揮了。

「目前還不要採取任何行動。」他說。他咳了一下，清清喉嚨。「她走不了多遠的。」

其他人都瞪大眼睛看著他，表情很複雜，一方面是震驚，一方面是認為應該要服從命令。後來，大家終於點點頭，因為大家都覺得他應該最懂。畢竟，叫醒他，就是為了要讓他來控制局面。這是標準程序。他們必須信任這個系統，因為系統本來就是設計來自動運作的。每個人只要做好自己份內的工作，把其他的交給別人。

63　二三四五　第一地堡

從房間走到中央辦公室只有一小段路。唐諾認為這就是重點。他回想起很久以前曾經參觀過一家公司的高階主管辦公室，看到辦公室旁邊有一間臥室。一開始他覺得那真是一種特權，後來才明白那間臥室真正的功能是什麼。隨時待命。

他走到一間辦公室門口。門開著，但他還是敲敲門。門板上印著幾個字：「心理輔導室」。從前他一直以為這些人是心理醫師，他們的職責是要讓大家保持理智。後來他才明白，他們才是真正瘋狂的一群。門上「心理輔導」那幾個字，真正意思應該是「指揮操控」。指揮操控。他們是所有指揮官背後的指揮官，幕後真正的總指揮。走廊對面那間辦公室承擔的，才是真正最艱鉅的工作。唐諾忽然想到，每一座地堡都有一位首長，專門負責握手，負責露面，就像從前那個世界的總統一樣。而那些隱身幕後的人，那些躲在陰影中的人，才是真正掌權的人。歷任的總統來來去去，而那些人的任期是無止盡的。所以，這座地堡也是用同樣手法在操控，一點都不令人意外。那些人永遠只懂這種手法。

他又繼續敲門，敲得更大聲一點。艾倫本來一直盯著電腦螢幕，神情嚴肅，一臉專注，聽到他敲門立刻抬起頭來看他，露出招牌微笑。「請進請進。」他邊說邊站起來。「需要用辦公桌嗎？」

「對，不過你坐沒關係。」唐諾小心翼翼走進辦公室，因為他的腿還是沒什麼力氣。他注意到他身上的白衣服整齊畢挺，可是艾倫身上的白衣服卻是縐巴巴的，顯示這個人在六個月的輪值期間幾乎是日以繼夜。但儘管如此，這個人卻還是顯得神采奕奕，渾身充滿警覺。他鬍子修剪得很整齊，只夾雜著一絲灰白。他扶著唐諾坐到辦公桌後面那張豪華的椅子上。

「我們還在等這個人的完整檔案。」艾倫說。「第十八地堡的指揮官已經提醒過我們，她的檔案很厚。」

「她職務很高嗎？」唐諾覺得任何一個被送出去清洗鏡頭的人多半都有點來頭。

「噢，是啊。據說她是保安官。不知道是不是真的。當然，她並不是第一個被送出去的保安官。」

「不過她卻是第一個翻過山丘的人。」唐諾說。

「據我所知，確實如此。」艾倫兩手交叉在胸前，撐在辦公桌上。「先前有一個人也差點翻過山丘，結果被你擋下來。我想，這大概就是為什麼標準程序上註明，一定要把你叫起來。我聽說大夥私底下都說你是『老師』。」艾倫笑起來。

唐諾不喜歡這個綽號。「跟我聊聊第十七地堡。」他轉移話題。「這座地堡出事的時候，誰是輪值指揮官？」

「你可以查一下。」艾倫伸手指著鍵盤。

「我，呃，我的手指還有點僵硬。」唐諾把鍵盤推給艾倫。艾倫遲疑了一下，然後開始彎腰敲打鍵盤，用捷徑叫出一個輪值人員清單的檔案。唐諾全神貫注看著螢幕，看他怎麼操作。那些是他從來沒看過的檔案，他不熟悉的目錄。

「好像是庫柏。上次我輪值快結束的時候，好像是正好換他輪值。這個名字聽起來很熟。我會派人下去拿這些檔案給你。」

「很好，很好。」

艾倫忽然挑起眉毛。「你上次輪值的時候，應該已經看過第十七地堡的報告了，不是嗎？」

唐諾不確定瑟曼當時有沒有被叫起來，不過據他所知，每次有這種情況發生，瑟曼都會被叫起來。

「有些事情記不太清楚。」他說。這是很普遍的現象。「我睡了多少年了？」

「這倒也是。你一直在深度冬眠，對吧？」

唐諾沒有馬上回話，心裡想瑟曼應該也是在深度冬眠。艾倫用手指敲著桌面，唐諾眼睛瞄向走廊對面的辦公室。有個人坐在辦公桌後面，正在用電腦。那個人是名義上的總指揮。唐諾知道那樣的角色平常都會做些什麼。他自己也曾經坐在那個位子上，常常看著對面的辦公室，心裡很好奇，不知道對面那些穿白衣服的人都在討論些什麼。而現在，他自己也變成穿白衣服的人。

「沒錯，我是在深度冬眠。」唐諾說。他忽然想到，他們應該沒動他的身體吧。說不定是厄斯金或是誰在資料庫裡動了手腳。說不定就是這麼簡單。入侵資料庫，把兩個參考號碼對調，就這樣，一個人就可以冒充另一個人。「我不想離我女兒太遠。」他解釋說。

「是啊，我可以體會。」艾倫的神情忽然變和緩了。「我太太也在底下深度冬眠。每次輪值的時候，我每天上班前都會先去看看她。當然，這是不對的。」他深深吸了一口氣，然後伸手指著螢幕。「第十七地堡是三十年多前關閉的，確實的時間還要再查一下。原因不明。當時事先並沒有什麼動亂的跡象，所以我們根本來不及反應。那天本來排定要清洗鏡頭，可是氣閘門卻提早一天開了。有可能是故障，或是人為破壞，目前還不清楚。監視器顯示底段樓層冒出奈米毒氣，然後暴民就開始往上衝。我們關閉那座地堡的時候，他們已經衝到氣閘門外面了。我們實在來不及反應。」

唐諾回想起第十二地堡。那座地堡的毀滅也是類似的模式。他還記得很多人衝到山丘上，地堡門口冒出白霧，有些人拚命想回去。「沒有倖存者嗎？」他問。

「有幾個人好像沒死。監視器畫面和無線電都斷了，不過，我們還是常常會試著呼叫他們，因為避難密室裡可能還有人活著。」

唐諾點點頭。這是指令規範的標準作業方式。他還記得，第十二地堡關閉後，他們還是常常會用無線電呼叫他們。他還記得，當時一直沒人回應。

「第十七地堡毀滅那一天，倒是有人回應了無線電。好像是個年輕學徒還是技師。我還沒有讀過當時通話紀錄。」他把輪值人員清單檔案跳到下一頁。「好像是，那個人接了無線電之後，我們就下達了崩塌指令，關閉那座地堡，以防萬一。所以，就算那女人真的到了第十七地堡，她只會看到地上有一個大洞。」

「她可能會繼續走。」唐諾說。「再過去是哪一座地堡？第十六地堡嗎？」

艾倫點點頭。

「你應該先打個電話給他們。」唐諾拼命回想地堡的分佈圖。這些東西他不能不知道。「還有，聯絡第十七地堡隔壁的每一座地堡，以防她改變方向。」

「知道了。」

艾倫站起來。唐諾發覺他們對自己畢恭畢敬，心裡暗暗吃驚。他已經開始覺得自己好像真的大權在握，就像當年選上眾議員的時候一樣，感覺一夜之間重責大任忽然落到肩上。

艾倫伸手在鍵盤上敲了兩個功能鍵，登出電腦，然後匆匆走出辦公室沿著走廊走了。唐諾一直盯著螢幕上帳號和密碼的欄位，不知道該怎麼登入。

那一刻，他那種誤以為自己是總指揮的自信又消失無蹤。

64 二三四五 第一地堡

走廊對面的辦公室，有一個人坐在辦公桌後面的位子上。那裡曾經是唐諾的位子。唐諾瞄瞄那個人，發現他也在瞄他。唐諾也曾經像他那樣偷瞄對面的辦公室。那個人身材比他壯碩，頭髮比較少，而且看樣子應該是在玩接龍遊戲。唐諾先前也曾經像他那樣過日子，但現在不行了。現在，他有難題要解決。

他先輸入特洛伊這個帳號，再輸入密碼，結果不行。接著他試著輸入從前銀行的帳號密碼，結果還是不行。他坐在那邊想了一下，有點擔心輸入錯誤的次數太多。印象中，彷彿就在昨天，這組帳號密碼還能用。但問題是，那已經是很久以前的事了，而中間發生過太多事，換過好幾批輪值人員。而且，好像有人暗中破壞他的帳號密碼。

可能是厄斯金。當初為了和接班輪值的人銜接，他是最後才被送去冬眠。厄斯金喜歡他。但這代表什麼?他希望唐諾做什麼?

有那麼短短的一瞬間，他忽然有股衝動想站起來走到外面的走廊上，告訴大家他不是瑟曼，不是老師，不是特洛伊。他的名字叫唐諾。他根本不應該出現在這裡。

他應該說出真相。他應該不計一切揭開真相。我是唐諾!他有一股衝動想放聲大喊，就像當年那個老哈爾一樣。就算他們把他綁在輪床上送去深度冬眠，他也無所謂。就算他們把他丟到外面的山丘上去送死，他也無所謂。就算他們把他埋進土裡，他也無所謂。他要放聲大喊，一直喊到他相信自己真的是原來的自己。

但他並沒有這樣做。他在帳號欄輸入厄斯金這個名字，再輸入自己的密碼，結果，輸入錯誤視窗又跳出來了。

他打量著螢幕。輸入錯誤的次數好像沒有限制，但問題是，在艾倫回來之前，他還剩多少時間？萬一艾倫看到他試圖登入電腦，他該怎麼解釋？也許他應該到走廊對面那間辦公室，叫那個人不要再玩接龍，叫他幫他重新設定密碼。他可以編個藉口說他才剛從冬眠中醒過來。到目前為止，這個藉口還很管用，然而，還能用多久？

接著，他賭氣似的輸入瑟曼的名字，然後輸入自己的密碼 2156。

沒想到，帳號密碼欄竟然不見了，首頁畫面跳出來。這時候，唐諾注意到螢幕上有個熟悉的電子郵件圖標正在閃動。瑟曼的電子信箱有新郵件。

唐諾點選圖標，把畫面拉到最早的未讀郵件。這些郵件是瑟曼上次輪值的時候留下來的，說不定他可以從裡面找到線索，搞清楚自己怎麼會出現在這裡。郵件日期可以追溯到幾百年前。看著畫面往下拉，唐諾感覺很不自在。人口報告。自動訊息。回覆。轉發。接著，他注意到有一封郵件是厄斯金寄的，不過那只是一份紀錄，提到冷凍艙區下方的樓層，深度冬眠人數太多，無用的人體似乎一直持續累積。另外，有一封更早的郵件被標註星號。唐諾注意到，那是維克寄的，而且，看那個日期，一定是在唐諾第二次輪值之前寄發的。那一次，維克在唐諾被喚醒之前就已經死了。他打開那封郵件。

老朋友

我即將要做一件事。而我相信，你一定會質疑我為什麼要這樣做，認為我這樣做違反公約，可是我認為我只是在重建時間線。現在出現了一些新的事證，至少，我個人認為那是新事證。我想，再過不久，這一切就都要交給你了。

有一座地堡出現異常動亂，直到最近，我終於找出原因了。那裡有人記得從前的事。而那個人，一方面證明了，但同時也動搖了我對人性的認知。我們消滅人類，創造空間，是為了以後可以填補。而殺人是會上癮的，所以恐懼會蔓延。看清了這一點，那我們就可以明顯看得出來，人類根本就是一種同類相殘的嗜血動物。而這也解開了一個千古謎團，為什麼最死氣沉沉的社會，往往是那種最富足最沒有匱乏的社會。現在，既然我已經看清真相，我就像從前一樣，有一股強烈的衝動想把我發明的理論公諸於世，讓我的同行分享。然而，我並沒有這樣做。相反的，我到軍火庫去拿了一把槍。

大半輩子，我們兩個一直攜手合作，共同為拯救世界而努力。事實上，也許應該說是好幾輩子吧。現在，我們的目標完成了，我開始想到另一個問題，而這個問題，我恐怕沒有能力回答，而且，恐怕我們兩個都沒那個膽子問自己這個問題。所以，老朋友，現在我要問你：這個世界真的值得我們拯救嗎？人類真的值得拯救嗎？

當初我們拯救世界，是基於一種我們認為理所當然的假設。可是現在，我開始懷疑這個假設到底對不對。我認為，當初我們毀滅世界，確實是一種很大的貢獻，然而，拯救人類這件事，卻是最可怕的錯誤。沒有人類，說不定這個世界會更好。我不想做這個決定。我想讓你來做決定。老朋友，最後一次輪值的任務，就交給你了，因為我最後一次輪值已經結束了。你即將面臨一個抉擇，而那個抉擇是我根本不想面對的。很久以前，我們擬定了一部公約，而現在，這部公約卻令我十分苦惱。我覺得，我準備要做的這件事……是一種最輕鬆的方式。

——維克韋恩狄馬克

最後一段，唐諾連讀了兩次。這是準備自殺的遺言。瑟曼早就知道了。當初唐諾還很懷疑維克究竟是不是自殺，而瑟曼卻早就知道了。這封郵件，瑟曼私藏起來，沒有拿給其他人看。當初唐諾幾乎已經認定維克是被人殺害的。除非這封郵件是偽造的——不行。唐諾搖搖頭甩開這種念頭。這種偏執會沒完沒了，他必須先確定一個方向才有辦法繼續下去。

於是，唐諾懷著沈重的心情關掉那封郵件，回到清單目錄，繼續拉動畫面尋找其他線索。這時候，他注意到螢幕頂端有一封郵件標題是：緊急——公約。唐諾打開那封郵件，發現內文很短，只有短短幾個字：

看到這封信，馬上把我喚醒。

——安娜

Locket 20391102

一看到那個名字，唐諾不由得猛眨眼睛。他瞄瞄走廊對面那指揮官，豎起耳朵聽聽走廊上有沒有腳步聲朝這邊過來。他整條手臂起了雞皮疙瘩。他搓搓手臂，揉揉眼睛，然後又看了一次那封郵件。

是安娜寄的。他愣了一下才意識到這封信並不是她寄給他的。這是女兒寫給爸爸的信。很奇怪的是，上面沒有發信日期，不過卻被列在目錄最頂端。會不會是上次他們一起輪值的時候寄的？不過，也有可能是安娜和瑟曼最近曾經一起被喚醒。唐諾看看最底下那個數字。20391102 。看起來像個日期。一個很久以前的日期。Locket〈小盒型項鏈墜〉？那可能是父女之間的小祕密吧。另外，標題上提到的公約又是怎麼回事？公約是地堡的法典，那會有什麼緊急？

這時候，走廊上傳來腳步聲，唐諾立刻有了警覺。艾倫繞過轉角，很快就進了辦公室。他繞過辦公桌，把兩份檔案夾放在鍵盤旁邊，然後瞄瞄螢幕。唐諾正好及時把那封郵件縮小化。「怎⋯怎麼樣？」唐諾問。「都聯絡過了嗎？」

「聯絡過了。」艾倫吸吸鼻子，搓搓鬍子。「第十六地堡的指揮官反應很激烈。他已經當了很久的指揮官。我倒覺得該換人了。他說他想封閉大餐廳，或是關掉牆上的大螢幕，以防萬一。」

「這樣不行吧。」

「當然不行。我交代他，這只能當緊急備用方案。千萬不能引發恐慌。我們只是希望他們預作準備。」

「很好。很好。」唐諾喜歡這樣，讓別人來動腦筋。這樣他比較沒壓力。「對了，辦公桌你要用嗎？」

他假裝要登出電腦。

「呃，沒有，其實，如果你不介意的話，這裡就先交給你了。」艾倫看看電腦螢幕角落的時間。「我下午再來值班。噢，對了，你身體感覺怎麼樣？還會發抖嗎？」

唐諾搖搖頭。「不會了，我好多了。每次恢復的速度都比前一次快。」

艾倫大笑起來。「是啊。真不知道你已經被叫起來多少次了。先前好像有一次你連續輪值兩期。老兄，我一點都不羨慕你。不過，你好像還滿挺得住的。」

唐諾咳了一下。「是啊。」他拿起最上面那個檔案夾，看看標籤。「第十七地堡的資料都在這裡了嗎？」

「對。厚厚的那一份是第十八地堡那個女人的檔案。」說著他拍拍另一個檔案夾。「我想，你今天可能要跟那邊的指揮官談一談。他嚇壞了，認為這都是他的錯。他叫白納德。那邊底下的樓層已經流言四起，說清洗鏡頭任務沒有完成，所以他認為可能會有暴動。我想，他一定很想聽聽你的意見。」

「嗯，那當然。」

「噢，對了，他目前還沒有正式的接班人。他上一個學徒沒通過考核，現在正在找人替補。希望你別介意，因為我已經叫他快點。以防萬一。」

「不會不會。你做得很好。」唐諾揮揮手。「我不是來給你製造麻煩的。」其實他心裡想說的是，他根本搞不懂自己怎麼會出現在這裡。

艾倫微微一笑，點點頭。「那太好了。呃，等一下如果需要什麼，儘管通知我。還有，辦公室對面那個人叫蓋博。他本來也在我們這邊的辦公室輪值，可是卻搞砸了。我們給他兩個選擇，要嘛就送去深度冬眠，要嘛就洗掉記憶重新設定。他是個好人，很有團隊精神。他這次輪值還有好幾個月，需要什麼儘管找他。」

唐諾打量了一下走廊對面那個人。他還記得，當初坐在那間辦公室裡，心裡有一種說不出的空虛。而且，唐諾當初怎麼會被派到那個辦公室，這件事本身就不太尋常。那是在最後一刻，他和米克臨時互換位置。他從來沒想過，其他人是怎麼被選上的。想到有人竟然自願擔任這種角色，他覺得實在很悲哀。

艾倫伸出手要跟他握手。唐諾看看他的手，然後跟他握握手。

「很不好意思，在這種情況下把你叫起來。」他說。「不過，我必須承認，我很高興這裡有你在。」

65 二三二二——第一天 第十七地堡

牆上那個大盒子很煩人。爸爸說那叫無線電。它發出來的那種嘶嘶聲很刺耳，就連外面那個鐵籠看起來都很醜。

吉米很想關掉無線電，可是卻又不敢碰它，不敢調整任何東西。他等著想聽到爸爸的聲音。爸爸把他一個人丟在這個奇怪的房間，一個夾在兩層樓中間的密室。

地堡裡還有多少像這樣的地方。他轉頭從那個門口看看隔壁房間，那是剛才爸爸指給他看的房間，裡面有電爐，桌子，椅子，看起來像一間宿舍。他心裡想，等一下爸媽回來的時候，他們一家人是不是就要在這裡過夜？外面的混亂到底什麼時候才會結束？他什麼時候才能再見到他那些朋友？他希望不用等太久。

他又盯著那個不斷發出嘶嘶聲的黑盒子，然後摸摸胸口，摸摸衣服裡的鑰匙。先前從上面摔下來，現在他肋骨還有點痠痛，而且摔下來的時候撞到人，他大腿上因此腫了一個包。另外，他抬起手的時候，肩膀還是會痛。他轉頭看看螢幕，希望會再看到媽媽，可是畫面裡已經看不到她了。人群爭先恐後往上擠，由於人太多，螺旋梯搖搖晃晃。

吉米拿起爸爸剛剛用的控制盒。他轉了一個轉鈕，畫面立刻就變了。那是一間空蕩蕩的大廳，螢幕左下角有一個模糊的小數字33。吉米抓住那個轉鈕又轉了一格，畫面又變成另一條走廊，地上散落好幾件衣服，彷彿剛剛有人拿著洗衣籃經過，不小心掉到地上。畫面上看不到人。

接著他試著轉了另一個轉鈕，左下角的數字變成32。是上面那層樓的畫面。接著吉米又轉動原先第一個轉鈕，畫面不斷跳動，最後終於跳到樓梯井的影像。螢幕底端好像有什麼東西在閃，畫面上看不見。很多人身體攀到欄杆外，伸長手，張大嘴巴一臉驚恐。畫面沒有聲音，不過吉米還記得先前在樓梯井聽到那個摔下樓的女人的慘叫聲。他安慰自己，媽媽還不可能爬到那一樓，所以不可能是她。爸爸一定會找到她，把她帶回來。爸爸有槍。

吉米繼續轉動轉鈕，拚命想在畫面裡看到爸爸媽媽，不過，攝影鏡頭的範圍沒辦法涵蓋所有的角度，而且他還不知道要怎麼把螢幕變成好幾個畫面。電腦他還算懂——因為有一天他要像爸爸一樣到資訊區工作——可是這個控制盒卻很難懂，感覺上就像「底層」一樣神祕。他又把畫面轉回34，跳到主通道的畫面。他看到那條長長的走廊盡頭有一扇亮亮的鐵門，而亞尼就倒在前面的地上。亞尼一動也不動，顯然是死了，而剛剛站在他屍體旁邊那幾個人不見了。另外，走廊盡頭靠近門的地方又多了一具屍體，從衣服的顏色，吉米可以斷定那不是他爸爸。很可能是爸爸剛剛要出去的時候開槍殺了那個人。吉米真的好希望爸爸沒有把他一個人丟在這裡。

他頭頂上的紅燈還是閃個不停，而螢幕上的畫面還是看不到人影。吉米越來越不安，開始踱來踱去。他跑到另一面牆邊那張小木桌前面，隨手翻翻那本厚厚的書。好多紙，裁切得很整齊，而且紙面摸起來平滑得異乎尋常。桌子和椅子都是真正的木頭做的，並不是塗上木頭顏色的油漆。這用指甲刮一刮就知道了。

他闔上那本書，看看封面。封面上燙了兩個亮晶晶的字：指令。他又翻開書，忽然想到自己沒資格看這本書，於是又闔上書。旁邊的無線電還是不斷發出嘶嘶聲。吉米又轉身跑回電腦前面看螢幕，可是外面的走廊還是沒動靜。那嘶嘶聲快把他逼瘋了。他想去調整音量，可是又怕不小心關掉無線電。萬一無線電被他搞壞了，爸爸就聯絡不到他了。

他又繼續踱來踱去。牆角有一座很高的櫃子，從地面一直到天花板，上面擺了很多鐵盒。吉米抽出其中一個鐵盒，這才發覺盒子重得嚇人。盒子上有一個彈簧鎖，他摸索了半天，終於打開了鎖。鐵盒發出細微的喀嚓一聲，蓋子鬆開了，裡面是一本書。吉米看看滿架子的鐵盒，忽然想到這要花多少點數幣。他把書放回盒子裡，覺得這本書裡大概全是那種無聊的文字，跟書桌上那本書差不多。

接著他又走回電腦桌前面，蹲下來檢查桌子底下的電腦主機，發現主機根本沒開。所有的指示燈都沒亮。旁邊有一個鐵盒，上面有很多開關，有一條線連接到螢幕上。他追蹤那條線，結果發現螢幕後面有另一條線連接到電腦主機。那個鐵盒是用來產生多重視窗，不同的視窗可以看到遠距離的東西，可以看到角落，而那鐵盒是別的東西在控制的，不是電腦。他試了電腦的電源開關，根本沒用。那鐵盒上有一個鑰匙孔。吉米彎腰湊過去，看看後面的連線，確定每一條線都有接好。這時候，無線電忽然傳來一陣刺耳的雜訊。

「——你那邊情況怎麼樣，喂——」

吉米嚇了一跳，頭撞到桌子底下。他趕緊衝到無線電前面，無線電又出現原來的嘶嘶聲。他抓起旁邊那個連接著伸縮線圈的麥克風，按下通話鈕。

「爸，爸，是你嗎？」

他放開通話鈕，抬頭看著天花板，豎起耳朵聽聽看有沒有腳步聲，等著紅燈停止閃爍。然而，螢幕上的畫面還是看不到人影。他心裡想，也許應該到門口去等。

無線電又傳來說話聲。「保安官嗎？你是哪位？」

吉米又按下通話鈕。「我是吉米。吉米帕克。你——」說到一半，他手指突然從通話鈕上滑掉，無線電又出現嘶嘶聲。他手心全是汗。他趕緊在衣服上擦擦手，然後再按下通話鈕。「你是誰？」他問。

「你是魯斯的兒子嗎？」那人遲疑了一下。「孩子，你在哪裡？」

他不想說。無線電繼續發出嘶嘶聲。

「吉米，我是海尼斯副保安官。」那人說。「趕快去找你爸爸來聽。」

吉米正要按下通話鈕說他爸爸不在，這時候，另一個人的聲音突然插進來。他立刻就認出那是誰的聲音。

「米奇，我是魯斯。」

爸爸！無線電裡除了爸爸的聲音，還夾雜著喧鬧聲，有人在慘叫。吉米兩手抓住麥克風。「爸！求求你趕快回來！」

無線電又傳出爸爸的聲音。「吉米，先不要說話。米奇，我要你——」無線電裡的喧鬧聲忽然變得更嘈雜，爸爸的聲音聽不清楚了。「——把那群人攔住。大家全部都擠上來了。」

「知道了。」

爸爸是在跟副保安官說話。副保安官的口氣，彷彿他認定爸爸是負責指揮的人。

「上面這邊發生暴動。」他爸爸說。「我不知道我們還能撐多久，不過，目前你必須接任保安官，至少到這次動亂結束。」

「知道了。」米奇說。無線電裡，他的聲音好像在發抖。

「吉米——」爸爸聲嘶力竭大喊，怕兒子聽不到，因為他那邊的慘叫嘶吼聲太刺耳。「我要去找你媽媽，明白嗎？乖乖待在那裡，別亂跑。」

吉米轉頭看著螢幕。「我知道了。」他說。他把麥克風掛回鉤子上，手在發抖。接著，他又回到桌子底下看那個控制盒。他感到好無助，好孤單。當初他實在應該跟爸爸一起去，去幫忙。他不知道還要多久爸媽才會回來，還要多久才能見到他那些朋友。希望不要等太久。

66

二三一二——第一天 第十七地堡

幾個鐘頭過去了，吉米已經受不了繼續被困在這地方。他好想出去，隨便去哪裡都好，就是不要待在這裡。他走進那條幽暗的通道，來到鐵梯旁邊，抬頭看著上面的網格鐵板，豎起耳朵聽。他聽到上面傳來一陣一陣的嗡嗡聲，聽不出來那是什麼。站在通道另一頭，幾乎聽不到無線電的嘶嘶聲。他擔心離無線電太遠，可是又擔心爸爸可能回到門口，需要他幫忙。他好渴望自己可以分成兩個人。

他又回到裡面的房間，看看靠在牆上的那把長槍。爸爸就是用那種槍殺了亞尼。吉米不敢碰。他好希望爸爸沒有出去。吉米覺得都是自己不好，竟然和媽媽走散了。他和媽媽本來可以一起到這裡來的。可是他又想到，當時樓梯上人實在太多。要是當初腳步快一點，說不定就不會被擠在人群裡。但吉米接著又想到，媽媽之所以會被困在人群裡，是因為她上去找他。要不是因為他，爸媽現在就可以跟他在一起了，一起在一個很安全的地方。

「吉米——」

吉米立刻轉身。房間裡又出現爸爸的聲音了。過了一會兒，他才意識到無線電的靜電雜訊不見了。

「——吉米，你在哪裡？」

他立刻撲向無線電，抓起麥克風。他覺得自己好像已經好幾個鐘頭沒聽到爸爸的聲音了。太久了。

他立刻按下通話鈕，這時候，他忽然注意到有東西在動。是螢幕。螢幕裡有人在動。

「爸？」他抓著麥克風拉長線盡量靠近螢幕。爸爸就站在走廊盡頭那扇不鏽鋼門外。亞尼還躺在地上沒動，不過另外一具屍體不見了。爸爸背對著鏡頭，手上拿著無線電。「我來了！」吉米朝無線電大喊。他丟下手裡的麥克風，一溜煙衝進通道，衝向鐵梯。

「吉米！不要——」

爸爸的喊叫聲忽然中斷，變成呻吟。吉米猛然停下腳步立刻掉頭，差點摔倒，趕緊扶住桌子。他看到螢幕角落冒出另一個人。爸爸跪在地上，抱著肚子痛苦呻吟。那個人手上拿著那把長槍，彎腰好像要去撿地上的什麼東西，然後拿起來湊到嘴邊。是他爸爸從牆上拿的一具手提無線電。

「你是魯斯的兒子嗎？」

吉米瞪著螢幕上那個人。「對。」他對著螢幕說。「不要傷害我爸爸。」

房間裡忽然又出現一陣靜電雜訊。天花板上的紅燈還是一閃一閃。

吉米咒罵了一聲。沒拿麥克風說話，他們根本聽不到。他立刻衝過去抓住那個晃來晃去的麥克風。

「拜託你們不要傷害他。」他按下通話鈕。

那人立刻轉頭看著鏡頭。是一個警衛。吉米注意到畫面邊緣好像有什麼東西在動，顯然旁邊還有其他人，只是鏡頭拍不到。

「你叫吉米嗎？」

吉米點點頭。他看到爸爸又從地上站起來，然後抬起手在半空中輕輕揮了兩下，那動作好像在安撫畫面外的某個人。

「新的密碼是什麼？」那個拿無線電的人問。

吉米不想告訴他，可是他很希望爸爸能夠進來。他不知道該怎麼辦。

「密碼是什麼？」那個人又問。他舉起槍對準吉米的爸爸。吉米看到爸爸好像說了什麼，伸手指著那具無線電。那警衛遲疑了一下，然後把無線電交給他。爸爸舉起無線電湊到嘴邊。

「他們會殺你。」爸爸口氣很平靜，彷彿在說故事。拿槍那個人聽到了立刻揮揮手，旁邊馬上有人衝進畫面裡和他爸爸扭成一團。「你一開門，他們就會殺你！」

看到其中一個人打了爸爸一拳，吉米不由得大叫一聲。爸爸還手了，可是他們繼續打他。後來，拿槍那個人揮揮手叫其他人走開。這時候，房間裡瀰漫著無線電的靜電雜訊，他聽不到槍聲，可是看得到槍口冒出火花，看到爸爸被槍打中，渾身抽搐，然後摔到地上不動了，就像亞尼一樣。

吉米立刻甩掉手上的麥克風，兩手抓住螢幕邊緣，大聲慘叫，看著那個殘酷的視窗，看著那個穿銀色衣服的警衛彎腰檢查躺在地上的爸爸。後來，更多人從畫面邊緣出現，後面拖著吉米的媽媽。媽媽拳打腳踢，大聲尖叫，可是吉米聽不到她的聲音。

67

二三一二──第一天　第十七地堡

「不要！不要！不要！不要！不要──」

房間裡瀰漫著靜電雜訊，紅燈一閃一閃。兩個人抓著吉米的媽媽，她拚命掙扎著站起來，拚命想掙脫那兩個人，腳拚命亂踢。吉米的爸爸躺在她腳邊一動也不動。

「他媽的開門！」拿無線電那個人大喊。牆上的無線電傳出他的吼叫聲，震耳欲聾。吉米恨死了那具無線電。他衝到無線電前面，伸手去抓那條伸縮線圈，但想了一下，轉身拿起架上的手提無線電。上面有一個轉鈕，旁邊印著「電源」兩個字。他轉動轉鈕，無線電立刻發出嘶嘶聲。接著，他轉身面對螢幕，舉起無線電湊到嘴邊。

「不要傷害她！」吉米大喊，發覺自己已經哭了，淚水滴到衣服上。「我馬上就來！」

他很不願意離開螢幕，螢幕裡才看得到媽媽，但他還是毅然決然衝進通道。他一邊跑，眼前彷彿還看得到媽媽在尖叫，兩腳亂踢。他聽得到無線電裡那個人正在大喊：「密碼是什麼？」

吉米用牙齒咬住無線電的帶子，開始爬鐵梯。他完全忘了自己膝蓋和肩膀都還在痛。他摸到了那根把柄，打開網格鐵板，用力推開，把無線電丟到洞口旁邊，然後用膝蓋撐著爬出洞口。天花板上的燈光一閃一閃好刺眼，像火在燒，而他氣喘如牛，胸口也彷彿有火在燒。爸爸已經死了，跟亞尼一樣死了。

「我來了！我來了！」他朝無線電大喊。

那人好像也大喊著說了什麼，可是吉米只聽得到媽媽尖叫，只聽得到自己怦怦的心跳聲。他在黑色的伺服器之間狂奔，天花板上的燈一閃一閃。有一隻鞋子的鞋帶鬆了，他跑的時候鞋帶甩來甩去，心裡想到的卻是媽媽拚命掙扎，兩腳就像鞋帶一樣四處亂踢。

吉米衝到門口，撞在門上，隔著門板聽得到外面悶悶的喊叫聲。而無線電裡也傳來同樣的喊叫聲。吉米抬起手猛拍門板，朝無線電大喊：「我在這裡！我在這裡！」

「密碼是什麼？」那個人大喊。

吉米湊近操控面板，他的手在發抖，淚眼模糊。他想像得到媽媽就在門外，槍口指著她。他感覺到爸爸就躺在幾公尺外，和他隔著一片鋼鐵門板。他淚流滿面，按下前兩個數字，那是他家樓層的數字。他遲疑了一下，不對。是1218，不是1812。他有沒有記錯？於是他又按下後面兩個數字。操控面板上亮起紅燈，門沒開。

「你幹什麼？」那人在無線電裡大吼。「直接告訴我密碼就對了！」

吉米舉起無線電湊到嘴邊。「拜託你不要傷害她——」他說。

無線電裡傳來刺耳的吼叫聲。「如果你不乖乖聽話，她就死定了。明白嗎？」

從聲音聽起來，那個人好像很害怕。說不定那個人跟自己一樣害怕。吉米點點頭，伸手去摸操控面板的鍵盤，輸入正確密碼的前兩個數字，但接著他遲疑了一下，忽然想到爸爸說的話。他們會殺了他。要是他開門讓他們進來，他們會殺了他和媽媽。可是，媽媽就在外面——

鍵盤上的指示燈一閃一閃。門外那個人大吼著叫他快點，還說什麼連續三次輸入錯誤就要再多等一天。吉米不敢再按，嚇得不知道該怎麼辦。這時候，鍵盤上又亮起紅燈，然後就沒聲音了。

接著他聽到有人用力拍門，然後是一聲槍響。吉米立刻按下通話鈕大喊了一聲。後來，他一放開通話鈕，就聽到無線電裡傳來媽媽在門外慘叫。

「這一槍只是警告。下一次她就死定了。」那個人說。「你聽著，不准再碰鍵盤。不准再碰。直接告訴我密碼。快點，小子。」

吉米結結巴巴努力想開口說話，想按照正確的順序說出那些數字，可是發覺自己根本發不出聲音。他額頭貼在牆上，聽得到媽媽在另一邊掙扎。

「密碼是什麼？」那個人又說話了，這次口氣比較平靜。

吉米聽到有人壓低聲音咆哮，聽到有人咒罵「臭婊子」，聽到媽媽嘶喊著叫吉米千萬別說出來。接著，吉米聽到牆外啪的一聲，好像有人貼在牆外。是他媽媽。媽媽和他只隔著十幾公分。接著他忽然聽到有人在鍵盤上輸入數字，很快速的輸入四個同樣的數字，聲音聽起來悶悶的。接著，鍵盤發出刺耳的嗚聲。第三次輸入又錯了。

那些人又開始大吼大叫。接著，他聽到一聲槍響。由於他頭貼在門上，那槍聲聽起來比較響亮。吉米大聲哭喊，拳頭猛敲那冷冰冰的鋼鐵門板。那些人對著無線電朝他大吼，隔著門板也聽得到他們的吼叫聲，然而，他已經聽不到媽媽的聲音。

吉米背貼著門板往下滑，頹然倒在地上，無線電放在肚子上，整個人蜷曲成一團。憤怒的吼叫聲隔著鋼鐵門板傳進來。他渾身顫抖啜泣著，臉頰貼著冷冰冰的網格鐵板。在那血腥的時刻，天花板上的燈持續閃爍，刺痛了他，不斷的刺，不斷的刺，不斷的刺。

68　二三四五　第一地堡

唐諾走進房間，看到床頭桌上有一個塑膠袋。他關上門，擋住外面來來往往的人，隔絕辦公室那邊的喧鬧聲。他想鎖上門，卻發現門上根本沒鎖。這個房間就在眾多辦公室之間，住在這裡的人，就是得隨時待命，只要一有狀況就會被叫起來。

唐諾不難想像，每次一有緊急狀況，瑟曼就是住在這裡。接著他想到鞋子後面的名字，這才意識到他根本不需要想像。他接著就是要過這種生活。

他注意到輪椅已經拿走了，床頭桌上放著一杯水。他把艾倫交給他的兩個檔案夾丟到床上，然後一屁股坐到旁邊，拿起那個塑膠袋。

塑膠袋上印著兩個字：「輪值」。塑膠袋是透明的，皺巴巴的，而且外面鼓起一小團，顯然裡面有裝東西，只是看不出來是什麼。他把塑膠袋上下翻轉一百八十度，聽到叮叮噹噹的聲音，袋子裡掉出兩片兵籍號碼牌，後面拖著一條鏈子。唐諾把兵籍號碼牌拿起來仔細看看，發現那是瑟曼的，薄薄的一片，凹凸不平，而且邊緣沒有鑲橡膠，和他印象中妹妹的兵籍號碼牌不太一樣，似乎更古老。事實上也是。

接著掉出來的是一把小折疊刀，刀柄看起來像象牙，不過也可能是仿冒的。唐諾拉開刀刃，摸摸刀鋒，發現刀刃兩邊都已經鈍了，刀尖有點斷裂，可能是曾經用來撬開什麼東西。這看起來只是留著當紀念品，已經很久沒用了。

袋子裡最後一樣東西是一枚硬幣。兩毛五的硬幣。那種形狀，那種重量，令唐諾回想起很久很久以前常常用的一種東西。忽然間，他覺得有點喘不過氣來。他想到的是，昔日的人類文明已經徹底消失。很難想像人類文明有辦法被徹底抹滅，然而，他又想到，他曾經在博物館看過羅馬和馬雅的硬幣。他翻轉那枚硬幣，心裡想著，這些都是很尋常的東西，唯一不尋常的是他自己。他手上拿的，是古代文明留下來的東西，而那文明早已化為灰燼，可是他卻還在。照理說，應該是使用這些東西的人早就死了，而文明還留著，這樣才對。現在卻是顛倒過來。

唐諾翻轉著那枚硬幣，這才注意到那枚硬幣有點怪怪的。兩面都是人頭。他不由得笑出來，舉起硬幣湊近眼前仔細打量，懷疑這可能是玩具，不過仔細看看，發現這是真的硬幣，因為其中一面有國庫戳印的痕跡。是瑕疵品嗎？說不定瑟曼有朋友在國庫工作，這是送給他的小禮物。

他把那些東西放在床頭桌上，忽然想到安娜寫給她爸爸的那封郵件。唐諾有點意外，塑膠袋裡為什麼沒有一個小盒型項鏈墜？那封標題註明緊急的郵件提到一枚小盒型項鏈墜，還有一個日期。唐諾把塑膠袋摺起來，塞到杯子底下。門外有雜沓的腳步聲，很多人匆匆忙忙跑來跑去，顯然整座地堡陷入驚慌。他猜，如果真的瑟曼在這裡，他一定也會跟那些人一樣，在外面的走廊上跑來跑去，大吼大叫發號施令，下令關掉地堡，下令殺人。

這時，唐諾突然又咳嗽起來，咳在臂彎裡。某個人安排讓他醒過來，讓他擔任這個職務。可能是厄斯金，或是維克，不過也可能是某些心懷不軌的人，背後有更惡毒的圖謀。他不知道接下來該做什麼。

他拿起那兩份檔案，忽然想到，此刻有個人消失在山丘上，引發了恐慌。他又想到，另一座地堡裡，暴動正在底層醞釀。然而，令他感到困擾的並不是這些。他好奇的是，他為什麼會被叫起來，為什麼還有可能活著？外面的世界到底是什麼樣子？當輪值期完全結束之後，外面的世界會變成什麼樣？是不是有一天，這些住在地底下的人都會被放出去？

但他心裡隱隱有點不安，不知道最後一任輪值的人會做什麼。他隱隱感覺到，事情恐怕沒這麼單純。在挖掘真相的過程中，他掀開的都是一層又一層的謊言，而且他認為後面還有更多謊言。說不定，有人安排他冒充瑟曼的身分，就是要他繼續挖掘真相。

他又想到，厄斯金曾經說過，有人希望讓他這樣的人來負責指揮。可是，這是厄斯金說的，還是維克說的？他想不起來了。不過，他拍拍胸前的口袋，摸摸裡面的識別證，告訴自己，目前唯一可以確定的，就是他真的在負責指揮了。識別證就像一把鑰匙，可以打開一扇隱密的門，找出真相。他心裡有很多疑問，很想找人問。現在，他已經掌握權力，可以開口問這些問題了。

唐諾又抬起臂彎咳了幾下。他喉嚨一直很癢。他翻開一份檔案夾，伸手去拿杯子，喝了幾口水，然後開始讀檔案。他沒有注意到，他的臂彎裡有一絲淡淡的血跡。

69

二三一二——第一週　第十七地堡

吉米不想動，也沒辦法動。他還是整個人蜷曲成一團躺在網格鐵板上。天花板上的燈光還是一閃一閃，像血一樣鮮紅的光。

門外那些人還在大吼大叫。對他大吼大叫，也互相大吼大叫。吉米就這樣躺著，時睡時醒，偶爾聽到悶悶的槍聲，聽到子彈打在門板上。他聽到控制面板的鍵盤發出嗶嗶聲。只要有人按了一個數字，鍵盤就會響。彷彿整個世界都在生他的氣。

吉米夢到鮮血。血從底下的門縫滲進來，流遍整個房間，然後漸漸化成他爸爸和媽媽的形狀，開始教訓他，張開血盆大口辱罵他。然而，吉米聽不到聲音。

門外間歇傳來吼叫聲。外面那些人正在自相殘殺，爭先恐後想進來。只有裡面才是安全的。然而，吉米並不覺得安全。他覺得好餓，好孤單。而且，他好想尿尿。

他終於掙扎著站起來。他從來不知道站起來這麼辛苦。吉米的臉頰從網格鐵板上抬起來的時候，發出一種輕微的撕裂聲。他擦掉臉頰上的口水，感覺到臉頰上凹凸不平，全是被網格鐵板壓出來的痕跡。他感覺手腳的關節好硬，眼皮被乾掉的淚水黏在一起。他搖搖晃晃走向最裡面，扯扯身上的衣服，拉開拉鏈，怕等一下憋不住尿出來會把衣服弄濕。

尿灑在網格狀鐵板上，灑在底下一串串的電線上。他感覺到胃咕嚕作響，可是卻不想吃東西。他想這樣讓自己餓死。他抬頭看看上面的燈。那一閃一閃的亮光彷彿穿透了他的頭。他的胃好像在生他的氣。

全世界都在生他的氣。

他走回門口，等著有人叫他的名字。他湊近鍵盤，按下1這個數字，門立刻發出一陣刺耳的嗶嗶聲。連門都在生他的氣。

吉米又想躺到網格鐵板上，把自己整個人蜷曲成一團，但他的胃一直在提醒他，趕快去找東西吃。底下有。底下有吃的東西。吉米昏昏沈沈走進一座座黑色的伺服器之間，偶爾抬起手扶一下，保持平衡。他聽到伺服器發出喀喳喀喳的聲音，還有不變的低沈嗡嗡聲，似乎在告訴他，其實什麼壞事都沒有發生，一切都很正常。頭頂上的紅光還是閃個不停。吉米在伺服器之間穿梭，最後終於找到了地上那個洞口。

他腳伸進洞口，踩著鐵梯往下爬，忽然聽到一陣嗶嗶聲。那聲音隨著閃爍的燈光間歇出現。吉米趕緊鑽出洞口，趴到地上尋找聲音的來源。是那座背板被拆掉的伺服器裡傳出來的。他爸爸說那叫通訊集線器。他拍拍胸口，感覺到裡面的鑰匙。集線器間歇發出嗶嗶聲，和燈光閃爍的頻率幾乎一致。他探頭往伺服器裡面看，看到裡面有個鉤子，上面掛著一副耳機，耳機上有一條線垂下來。線的尾端有一個金屬頭，看起來很像電腦用的東西。他搜尋了一下，看看有沒有地方可以把插頭插進去，結果看到一個金屬盒，上面有一排插孔。其中一個插孔的燈在閃爍，照亮了上面的數字：40。

吉米拿起耳機戴到頭上，調整了一下。他拿著耳機線，把插頭插進40號插孔裡，聽到喀喳一聲。頭頂上的燈光立即停止閃爍，他聽到耳機裡有人在說話，就像無線電一樣，不過聲音比較清楚。

「喂？」那個人說。

吉米沒吭聲。他等著。

「有人在嗎？」

吉米清清喉嚨。「有。」他說。那感覺很像對著空盪盪的房間說話，感覺很奇怪，甚至比無線電的嘶嘶聲更奇怪。吉米感覺自己像在自言自語。

「大家都還好嗎？」那個人問。

「不太好。」吉米說。他想到樓梯上擁擠的人群，有人摔下去，想到亞尼死在門外，想到門外那些可怕的人。「不太好。」他又說了一次，擦掉臉上的淚水。「大家都不好！」

對方那邊好像有人在竊竊私語。吉米吸吸鼻子。「喂？」他說。

「出了什麼事？」那個人追問他。吉米感覺那個人好像在吼他，就像門外那些人一樣。

「大家跑來跑去——」吉米揉揉鼻子說。「所有的人都跑到上面去。我摔下來，媽媽和爸爸——」

「有人傷亡嗎？」四十樓那個人又問。

吉米想到樓梯上那具屍體，那個人後腦勺血肉模糊。他想到那個摔到欄杆外的女人，她的慘叫聲漸漸消失。「有。」他說。

對方那個人忿忿咒罵了一聲，很小聲，但聽得出來很生氣。接著，那個人忽然說：「我們來不及了。」他的聲音又變得有點遙遠，好像在跟其他人說話。

「什麼來不及了？」吉米問。

他聽到喀喳一聲，接著是一聲長長的持續的嗚聲。40號插孔的燈熄掉了。

「喂？」

吉米等了一下。

「喂？」

他檢查那個盒子內側，看看有沒有什麼按鈕可以按，可以再聽到那個人說話。可是，上面只有五十個號碼的插孔。為什麼只有五十樓？他轉頭看看後面那台伺服器，心裡有點納悶，不知道是不是還有別的通訊集線器可以聯絡地堡其他樓層。這一台一定是高樓層用的。一定還有另一台是中段樓層用的，一台底段樓層用的。他拔掉插頭，耳機裡的聲音立刻就不見了。

吉米忽然想到，不知道能不能聯絡另一樓。也許他可以試著聯絡他家附近的店鋪。他伸出手指沿著那排插孔滑過去，尋找 18 號插孔的位置，結果卻發現 17 號插孔不見了。沒有 17 號插孔。他愣了一下，搞不懂為什麼，這時候，頭頂上的燈又開始閃了。吉米瞄瞄 40 號插孔，發現燈並沒有亮。是頂樓在呼叫他。是 1 號插孔的燈在閃爍。吉米瞄瞄手上的插頭，然後把插頭插進孔裡。

「喂？」他說。

「你們那邊到底在搞什麼？」有人大聲質問他。

吉米忽然害怕起來。爸爸也曾經這樣吼他，不過也就只吼了一聲。他沒吭聲，不知道該說什麼。

「是傑瑞嗎？還是魯斯？」

魯斯是他爸爸，傑瑞是他爸爸的上司。吉米意識到自己實在不應該隨便碰這台機器。

「我是吉米。」他說。

「誰？」

「吉米。四十樓有一個人說我們來不及了。我已經告訴他這裡出了什麼事。」

「來不及？」那人的聲音聽起來有點遙遠。吉米不由自主的轉動插孔裡的線頭。他又闖禍了。「你怎麼會跑進這裡來？」那個人問。

「我爸爸叫我進來的。」他嚇壞了，只好說實話。

「我們要關掉你們。」那個人說。「馬上關掉他們。」

吉米不知道該怎麼辦。他忽然聽到四處都是嘶嘶聲。他本來以為是耳機裡的聲音，後來他抬頭一看，看到上面的通氣孔冒出白煙，緩緩朝他飄下來。吉米把手抬到面前揮了幾下，以為那煙霧會像是小時候那場火災的煙。不過，那陣白煙沒什麼臭味，只是嘴裡有一種含著湯匙的味道。金屬的味道。

「——他媽的竟然在我輪值的時候——」那人又吼了一聲。

吉米咳了幾下。他想開口說話，可是卻發不出聲音。這時候，上面的通氣孔忽然不再冒出白煙。

「夠了。」對方那個人又說話了。「他死了。」

吉米還來不及開口，那盒子上的閃燈忽然滅了。他聽到耳機裡傳來喀嚓一聲，然後就沒聲音了。他摘掉耳機，這時候，他聽到天花板上發出很大的咚一聲，整間伺服器房的燈都滅了，而伺服器裡的嗡嗡聲也消失了。房間裡陷入一片漆黑，吉米伸手不見五指。他以為自己瞎了，還是說，死了就是這種感覺。然而，他聽得到自己的脈搏，感覺到太陽穴有咚咚咚咚的聲音。

吉米覺得有點想哭。他好想找爸爸媽媽，好想找回他的背包。背包被他丟在教室裡。好一會兒，他坐在那裡等人來找他，一邊尋思著接下來該怎麼辦。他想到旁邊洞口裡的鐵梯，還有底下那間密室。於是，他開始在地上爬，爬向那洞口。他小心翼翼摸著前面的網格鐵板，怕自己不小心摔進洞口。就在這時候，天花板又出現咚的一聲，他忽然感覺眼前一亮，上面的燈開始閃爍，閃了幾次才完全亮起來。

吉米愣住了。上面的紅燈又開始閃了，他走回伺服器旁邊，探頭往裡面看，發現 40 號插孔的燈又開始閃了。他本來想把耳機線插進去接聽，看看那些人為什麼這麼生氣，可是，剛剛電燈熄掉，很可能是他們在警告他。說不定是他闖了什麼禍。

天花板上的燈很亮很熱。他忽然想起土耕區的植物燈，想到從前，他們班上曾經到中段樓層的土耕區去參觀，把種子埋進土裡，而泥土上方就是那種植物燈。

吉米轉身面對那台伺服器，伸手進去摸耳機上的插頭。他討厭紅燈一直閃，可是他又怕被人大吼大叫，於是，他把插頭插進 40 號插孔裡，聽到喀喳一聲。

閃爍的紅光立刻滅了。耳機就擺在伺服器最底下，裡面傳來悶悶的聲音，但吉米不理它。他往後退開，小心翼翼看著天花板上的燈光，等著那白色的燈光再度熄滅，紅光再度開始閃爍。但沒想到，一切都保持原狀沒變。插頭還插在插孔裡，電線晃盪著，耳機裡的聲音聽起來很遙遠，幾乎聽不見。

70

二三一二——第一週　第十七地堡

吉米小心翼翼爬下鐵梯，忽然想到，自己上次吃飯是什麼時候？他想不起來了。他記得上學前吃過早餐，但那已經是昨天了，說不定是前天。鐵梯爬到一半，他覺得自己好像一塊肉，正沿著一條金屬喉嚨往下滑。被怪物吞下去大概就是這種感覺吧。到了鐵梯底下，他站了一會兒，感覺自己就像是站在地堡的肚子裡，一個飢腸轆轆的人被這個大空洞吞噬。地堡的飢餓永無止境，會不斷吞噬像他這樣肚子空空的人。他的胃咕嚕咕嚕直響。他要趕快吃點東西。吉米跌跌撞撞走過那條幽暗的通道，彷彿穿過地堡的腸子。

牆上的無線電持續發出嘶嘶聲。吉米把音量關小，一直到那嘶嘶聲幾乎聽不到。爸爸永遠不會再呼叫他了。他不知道自己怎麼會知道，但這就是「世界的規律」。

他走進那間宿舍，裡面有一張桌子，剛好夠坐四個人。桌上有一些散落的書頁，上面有針線纏成一圈，像一條盤起身體的蛇。吉米摸摸那些書頁，發現有人正在修理裝訂那些書頁的邊緣。他的胃這時突然一陣絞痛，胃空空的。他的頭好像也快開始痛起來了。

恍惚中他彷彿看到爸爸的靈魂站在房間另一頭，伸手指著另一扇門，告訴他裡面是什麼。吉米摸摸胸口，把衣服裡的鑰匙掏出來，打開電爐對面的那扇門。他記得爸爸告訴過他，裡面的食物夠兩個人吃十年。好像是吧，不知道自己有沒有記錯。

他推開門那一剎那，儲藏室裡發出空氣被吸進去的聲音，他覺得脖子後面涼颼颼的。吉米在外面的門邊找到電燈開關，旁邊還有風扇的開關。那風扇聲音很吵，於是他關掉風扇。一進儲藏室，他發覺裡面有好幾排貨架，上面滿滿的全是罐頭，而且貨架一直往內延伸，直到最內側的牆。儲藏室很深，他必須瞇起眼睛才看得清楚最裡面的牆。貨架上的罐頭，有很多是他從來沒見過的。他從貨架間的通道擠進去，上下打量著罐頭。他的胃咕嚕咕嚕直響，一直催他快點選好罐頭。趕快吃，趕快吃，他的肚子彷彿在對他咆哮。吉米自言自語，叫肚子不要急。

貨架上有蕃茄罐頭，甜菜罐頭，南瓜罐頭，都是他最討厭的東西。這都是要煮的東西。他想要現成的食物。後來，他看到一整個貨架的玉米罐頭，上面有彩色的標籤，不像他從前看到的罐頭那樣，錫罐上印著黑字。吉米拿出其中一罐，仔細打量。標籤上有一個綠色的巨人正在對他微笑，而且上面的字很小，就像書上的字。所有的玉米罐頭都一模一樣，吉米感覺有點茫茫然，彷彿這一切都只是他在夢裡看到的。

他手上拿著一罐玉米罐頭，而後在另一條通道的架上找到一種紅白標籤的罐頭。那是湯罐頭。他伸手拿了一罐，回到宿舍，開始東翻西找，尋找開罐器。電爐旁邊有很多抽屜，裡面擺滿了各種湯匙抹刀，另外還有一座櫥櫃，裡面擺滿了鍋子。最底下的抽屜裡擺著炭筆，一捆線，還有老舊的電池。那些電池已經脹起來，沾滿灰色的粉末。另外還有一個小孩子玩的哨子，一把螺絲起子，還有很多有的沒的。

後來，他終於找到一把開罐器。開罐器上長滿了鏽，顯然已經很多年沒人用，但儘管刀刃已經鈍了，他用力一壓，軟軟的錫罐頭還是很輕易就被刺穿，而握把也很輕易就沿著罐頭不斷絞動。吉米繼續切開罐頭蓋，可是過了一會兒，罐頭蓋忽然陷進湯裡，吉米不由得咒罵了一聲。他從抽屜裡拿出一把刀，把罐頭蓋撬開。終於有東西吃了。他把一個小鍋子放到電爐上，打開爐鐵的電源，這動作讓他想起他的家，想到他爸媽。湯正在加熱，吉米在一邊等著，飢腸轆轆，然而，內心深處，他隱約感覺到，不管他吃下什麼東西，體內的痛也永遠平撫不了。他始終有一股強烈的衝動想放聲大喊，用盡全力大喊，倒在地上痛哭。

他一邊等著湯滾，一邊看著掛在牆上那一疊紙。那疊紙的大小和一張毯子差不多，看起來好像是掛在牆上晾乾。看到那些紙，他第一個念頭是，那本厚厚的書一定是用這裡的紙摺疊裁切成的。不過，他又注意到那些紙上已經印著東西，有很多圖案。吉米伸手摸摸平滑的紙面，仔細打量那些圖，那一個又一個的圓圈，還有那交錯縱橫的格線，還有散佈各處的標註。圓圈上有號碼，其中有三個圓圈上畫了紅色的大叉叉。每一個圓圈上都標註著「地堡」兩個字，但他不懂那是什麼意思。

這時候，他聽到身後一陣嗤嗤聲，有點像無線電的靜電雜訊，又像是有人在召喚他，鬼魂的輕聲細語。他猛然轉頭一看，發現他的湯滾了，正從鍋子邊緣溢出來，滴到火紅的爐鐵上。於是他趕緊衝向電爐邊，暫時把那些圖抛到腦後。

71　二三一二——第一週　第十七地堡

幾天過去了，再不久就是一整個禮拜過去了。吉米不難想像，幾個禮拜下來很快就是一個月。吉米注意到，上面伺服器房那扇不鏽鋼門外，那些人還是常常在徘徊流連，試著想闖進來。他們在外面拿著無線電大吼大叫，爭執不休。吉米有時候會打開無線電聽一下，可是他們說的不外乎是誰死了，誰快死了，還有一些禁忌的事，比如，「出去」，或是「外面的世界」。

吉米不斷切換不同的攝影鏡頭，觸目所及，到處都是一片空曠，一片死寂。有時候，這些空蕩蕩的地方偶爾也會看到有人在打鬥。吉米看到過有人被壓在地上，被其他人拳打腳踢。他看到過女人被拖進走廊，兩腳瘋狂亂踢。他看到過一個男人為了一條麵包攻擊一個小孩。他實在不忍心看下去，只好關掉螢幕，而那一整天，一整夜，他心臟會一直怦怦狂跳。後來，他再也不看監視器畫面了。那天晚上，孤零零的一個人在宿舍裡，看著四周空蕩蕩的床，他難以成眠。有時候，他睡著了，總是夢見媽媽。

而當他第二天早上醒來，他忍不住會想，每天日子都會像這樣。每一天都很漫長，可是一天天過去，日子卻過得很快。對他來說，日子一天天過去，也一天天減少。他感覺得到，他的日子不多了。

他搬了一個床墊到外面那個房間，那裡有電腦和無線電，有東西可以陪伴他。無線電裡有人大吼大叫，而螢幕上有人在打鬥，但不管怎麼樣，這至少還比面對空蕩蕩的床鋪要好。他本來發誓再也不看螢幕，可是後來忘了自己發過誓，常常一邊喝熱湯，一邊看著螢幕裡的人。他會聽著無線電裡傳來微弱的說話聲。而每到夜裡，他常常會夢見往日的情景，夢見小時候的自己站在窗戶前面盯著他。

有時候，他會偷偷溜到上面的伺服器房，躡手躡腳躲到不鏽鋼門後面，聽那些人在門外爭執。他們一直嘗試輸入密碼，每次輸入三組號碼，而每次的結果都是三次刺耳的嗶嗶聲。吉米會輕撫著不鏽鋼門，跟它說謝謝，謝謝它沒有打開。

然後他會離開門邊，在成排的伺服器間穿梭探險。伺服器會發出嗡嗡聲、喀喳聲，指示燈會一閃一閃，只可惜，它們不會說話，也不會動。這些伺服器反而令吉米感到更孤單，感覺自己好像置身在那些大孩子的教室裡，沒人理他。這樣的日子過了一陣子，吉米已經感覺到一種新的「世界的規律」：人不應該一個人生活。隨著日子一天天過去，他逐漸明白了這個道理。他發現了這個道理，可是很快又忘了，因為沒人可以提醒他。他開始跟那些伺服器說話，而伺服器不斷發出喀喳聲和嘶嘶聲，彷彿在告訴他，人不應該活著。

無線電裡那些聲音似乎也相信這個道理。無線電裡每天都有人提到有人死了，而且說還有更多人會死。有些人拿到了保安分駐所的槍。九十一樓有個人還特別向大家宣告他有槍。吉米很想告訴他，他的鑰匙能夠打開房間後面那個儲藏室，裡面有他爸爸用的那種槍，排了好幾個架子，還有數不清的子彈。他很想告訴全地堡的人，他這裡的槍比誰都多，而且他還有地堡的鑰匙，所以，大家離他遠一點。然而，內心深處他也明白，要是讓這些人知道他有這麼多槍，恐怕他們會更拚命想闖進來。所以，吉米什麼都沒說。

這種孤獨生活的第六天晚上，吉米睡不著覺，於是，他過去翻翻桌上那本書名叫「指令」的書，看看會不會想打瞌睡。那本書很奇怪，每一頁上都有註明參閱其他頁，而且裡面寫的都是一些可能會發生的很可怕的事，還有要怎麼預防，怎麼把損害降到最低。吉米努力在書裡搜尋，看看有哪個段落教人怎麼一個人過日子。他看看目錄，發現沒有相關的條文。接著，吉米想起書桌旁邊那個書架。那裡有好幾百本鐵盒裝的書，說不定裡面可以找到相關內容，可以幫得上他。

他先從書架下層的地方找起，看看鐵盒上的標籤。其中一個鐵盒的標籤上，英文字母順序的範圍是「Li-Lo」。他想搜尋「寂寞」的條文。他打開盒蓋的時候，盒子發出一種空氣被吸進去的聲音。吉米把書抽出來，開始翻閱後面的部份。那條文應該在那裡。

沒想到，他無意間看到一張圖片，上面是一台很大的機器，有很大的輪子，看起來有點像他小時候那隻木頭玩具狗。那台機器有又尖又黑的鼻子，而且和站在前面那個人比起來簡直大得嚇死人，看起來很可怕。吉米原本以為那個人會走動，但他伸手去摸了一下，發現那只是一張照片，就像他爸爸識別證上的照片一樣，不過顏色很鮮艷，看起來像真的一樣。

吉米看看圖片上面的標題：Locomotive（火車頭）。他認得這個字，前面那四個字母的意思就是發瘋，後面六個字母的意思是動機，也就是一個人做某件事情的原因。他打量著那張圖片，心裡很納悶，有人做出這張圖片，究竟是基於什麼瘋狂的動機。吉米小心翼翼翻到下一頁，想看看還有什麼瘋狂的動機——

翻到下一頁，他忽然慘叫一聲，把書丟到地上，繞著房間跳來跳去，猛擦自己的雙手，以為那隻蟲會鑽進他衣服裡，或是跳到身上來咬他。他站到床墊上，等自己心跳慢下來。吉米盯著地上那本攤開的書，以為那隻蟲會飛出來，就像土耕區那些蟲一樣。結果，根本毫無動靜。

接著他湊近那本書，伸出鞋子去翻書頁。那隻蟲根本就是另外一張圖片，而剛剛書掉到地上的時候，那一頁折到了，變縐縐的。他把那一頁撫平，大聲讀出上面那個字：「蝗蟲」，心裡想，這到底是什麼樣的書。這不像他小時候看的童書，也不像上課用的課本。

吉米翻過一頁又一頁，發現這本書和桌上那本叫做「指令」的書不太一樣。這本書的書名叫做「遺產」。他翻書的時候用拇指和食指捏著，一次翻一頁，每一頁上面都有很鮮艷的圖片，還有文字說明。書裡描寫的，全是那種難以想像的行為和不可能存在的事物。

接著他提醒自己，書不是只有一本。吉米轉頭看看那個巨大的書架，看看上面那些鐵盒。每個盒子上都有標籤，按照字母順序排列。他一頁一頁翻，尋找Locomotive那一頁。他想再看看那台有輪子的、比人大很多的機器。過了一會兒，他找到了那一頁，於是就抱著書回到床墊上。一個星期的孤獨生活終於到了尾聲，不過，吉米以後恐怕很難睡得著，而且會很久很久沒辦法睡覺。

72 二三四五 第一地堡

唐諾在通訊室，等著聽取第十八地堡指揮官的簡報。這是他第一次聽簡報。為了打發時間，他一直調整轉鈕和轉盤，一次又一次重複看著那座地堡的監視畫面。坐在這個位子上，他看得到全世界的居民。他可以隨心所欲改變他們命運。只要按個按鈕，他就可以殺光他們。他自己一次又一次的被人冷凍，然後又解凍，一次又一次地死去又活過來，這已經變成一種固定模式，他已經快感覺不到自己的存在。

「感覺像是前世今生。」他喃喃自語。

旁邊那位通訊技師轉過頭來默默看著他，唐諾這才意識到自己講得太大聲。他看看那位技師。他一頭黑髮凌亂散漫，彷彿已經幾百年沒洗頭。「這就好像……就好像從天堂看人間。」他指著螢幕想解釋一下。

「這確實是很有趣的觀點。」那技師表示同意，然後又咬了一口三明治。他前面的螢幕上有一個女人好像在對另一個女人大吼大叫，伸手指著她的臉。這是沒有音軌的喜劇畫面。

唐諾提醒自己要閉上嘴巴。他把畫面切換到第十八地堡的大餐廳，看到幾個人站在大螢幕前面。人不多。他們看著死氣沉沉的山丘，說不定是在等那個清洗鏡頭的人回來，也說不定是在幻想山丘外的世界是一個什麼樣的世界。儘管唐諾能夠體會他們心中的憧憬，但唐諾很想告訴他們，她不會回來了，而山丘外面什麼都沒有。他自己就很想送一架無人機出去偵察，只不過，艾倫告訴過他，無人機並不是偵察用的，而是用來投擲炸彈。艾倫還說，無人機航程有限，因為外面的空氣會把它們腐蝕成碎片。唐諾很想讓艾倫看看他那紅潤的手，然後告訴艾倫，他曾經爬上外面那座山丘，最後又回來了。他很想知道，外面的空氣是不是真的那麼可怕。

希望。就是這麼回事。危險的希望。他看著大餐廳那些人望著牆上的大螢幕，覺得和那些人很親近。這就是為什麼古時候的神祇會碰到麻煩，因為他們愛上凡人，和他們糾纏不清。唐諾暗暗感到好笑。他想到檔案夾裡描述的這個女人，想到自己如果有機會的話，很可能也會像她那樣做出同樣的事。如果他辦得到，他會很想送她一份生命之禮，就像太陽神阿波羅寵愛黛芙妮那樣。

那位技師轉頭瞄瞄唐諾的螢幕。畫面上是大螢幕牆。唐諾感覺得到他在打量他，於是趕緊切換到另一個鏡頭，畫面變成某一間大廳，看起來像是學校，走廊兩邊是整排的鐵櫃，有個小孩踮起腳尖打開上層的一個鐵櫃，拿出一個小袋子，然後轉身對著畫面外的某個人說話。那裡的生活平靜如常。

「電話接通了。」他後面那位技師說。旁邊那位技師立刻把三明治擺到一邊，湊上前，撥掉胸口的麵包屑，切掉兩個女人吵架的畫面，畫面變成一個全是黑箱子的房間。唐諾拿起一副耳機，拿起桌上那兩份檔案夾。上面那個檔案夾足足有五公分厚，內容記載那個清洗鏡頭的人在山丘外失蹤。底下的檔案夾比較薄，是一個候選的指揮官接班人的資料。接著，他聽到耳機裡有人在說話。

「喂？」

唐諾抬頭看看螢幕，看到一個人站在一個大黑鐵箱後面。那人身材矮胖，不過不知道是不是因為鏡頭扭曲的關係。

「開始報告。」唐諾說。他翻開標題「盧卡斯凱爾」的檔案夾。根據上次的輪值的經驗，他知道系統會把他的聲音變成電腦合成音，每個人聲音聽起來都一樣。

「報告長官，我遵照您的指示挑了一個學徒。那孩子很不錯，從前處理過伺服器的資料，所以他的資格已經通過審查。」

這個人真是唯唯諾諾。唐諾心裡想，換成是他自己，如果知道只要別人按個按鈕，自己的地堡就會瞬間毀滅，他恐怕也是一樣唯唯諾諾。這樣的恐懼會泯滅人的自我。

唐諾旁邊那位技師湊過來，幫唐諾翻到第一頁，然後用手指敲敲下面某個段落。唐諾瞄瞄檔案。

「兩年前你曾經考慮過要換掉盧卡斯凱爾。」唐諾抬頭看看螢幕，看到那個人抬起手擦擦脖子後面。

「是的。」那指揮官說。「當時我覺得他還沒準備好。」

「你在報告裡說，盧卡斯凱爾可能會想出去。你說，根據紀錄，盧卡斯凱爾曾經在大螢幕牆前面待了好幾百個鐘頭。那麼，現在你為什麼又改變心意了？」

「報告長官，當初那只是初步報告，而且是另一位……另一位學徒候選人寫的。那個人已經有點超齡，而且我發現他比較適合擔任警衛。我可以向你保證，盧卡斯凱爾絕不是想出去外面。他只有在晚上才會上頂樓——」指揮官清清喉嚨，似乎有點猶豫。「——上頂樓去看星星。」

「看星星？」

「是的。」

唐諾看看旁邊的技師，看到他正埋頭吃他的三明治。那技師聳聳肩。接著那位指揮官又說話了。

「報告長官，盧卡斯凱爾是最適合的人選。我認識他爸爸，那傢伙很強悍。長官，你知道大家是怎麼形容他的嗎？他們都說他不屈不撓，就跟螺旋梯一樣永遠不會倒。」

唐諾很難想像他們對螺旋梯有什麼觀感。在他看來，那是其他五十座地堡的人才懂的比喻。他很好奇，如果這個白納德看到電梯，他會怎麼形容？想到這裡，唐諾忽然有點想笑。

「我批准你選這個接班人。」唐諾說。「儘快帶他去看『遺產』那些書。」

「報告長官，他已經開始在看了。」

「很好。另外，你們那邊的暴動目前情況怎麼樣？」唐諾感覺到自己很急，只是照本宣科在執行任務，因為他很想趕快回去做他自己的調查。

那位指揮官忽然回頭看看鏡頭。原來這傢伙很清楚他們怎麼監視他。「機電區防守很嚴密。先前他們撤退的時候頑強抵抗，不過還是被我們擊潰了。現在，他們在底下弄了……防禦工事，建了一道牆。不過，應該很快就會被我們攻破。」

旁邊的技師忽然湊過來，唐諾立刻看著他。他舉起兩根手指指著自己的眼睛，然後再指著螢幕上分格畫面上排的一個黑畫面。這代表有一個鏡頭在暴動的過程中壞掉了。唐諾明白他是什麼意思。

「他們好像知道有攝影機，你知道為什麼嗎？」他問。「我們這裡看不到一百四十樓的畫面，這你應該知道吧？」

「是的，長官。我們……我們只能假設，他們可能很久以前就已經知道攝影機的存在。底下的線路都是他們自己拉的，有可能是他們無意間發現攝影機線路。我親自到底下去看過。那裡全是水管電線。我們認為應該不是有人提醒他們。」

「你們認為應該不是？」

「不是。不過，我們正在想辦法派人進去查看。我們已經找到一位牧師，可以派進去幫他們的死者禱告。他是個好人，從前是警衛的學徒。我保證局面很快就可以控制住。」

「很好。最好是這樣。我們這裡會幫你收拾爛攤子，處理那個跑掉的人，所以，底下那邊你要想辦法自己搞定。」

「是的長官，我一定會。」

這時候，通訊室裡的三個人一起看著螢幕裡的白納德，看他摘掉耳機，放回伺服器裡，拿手帕擦擦額頭。而唐諾趁其他人沒注意，也學白納德一樣，悄悄用手帕擦掉額頭上汗水。接著他拿起那兩份檔案夾，轉頭瞄瞄旁邊的技師，看到他胸口上又多了一些麵包屑。

「盯緊他。」唐諾說。

「噢，我一定會。」

唐諾把耳機放回架上，站起來準備離開。他推開門，轉頭看看那位技師面前的螢幕，這時候，他注意到螢幕被劃分成四格畫面。其中一個畫面是在伺服器房裡，有兩個女人正在吵架。

73

二三四五　第一地堡

唐諾帶著檔案夾，搭電梯到頂樓的大餐廳。一到那裡，他立刻就發現自己來得太早，早餐時間還沒到，不過，咖啡機那邊還有昨晚剩下的咖啡。他從架上拿了一個有缺角的杯子，倒滿咖啡。取餐檯後面有人正在準備早餐。那個人掀開大型洗碗機的蓋子，箱裡立刻冒出一團蒸氣。他拿一條抹布在半空中揮了幾下，揮開蒸氣，然後用那條抹布從洗碗機裡拿出一疊托盤。等一下，他就要用那些托盤來裝蛋泥和吐司。

唐諾喝了一口咖啡。咖啡是冷的，而且很淡，不過他不在乎。冷咖啡也不錯。他朝取餐檯後面那個人點點頭，那個人也向他點頭打招呼。

唐諾轉身看著牆上大螢幕的景觀。這才是最令人困惑的謎團。跟這個比起來，他手上的檔案夾根本算不上什麼。他慢慢走向大螢幕，看著那壯闊的景象。太陽正從山丘外某個看不見的地方逐漸升起，所以，那翻騰洶湧的雲正逐漸泛出晨曦。他很好奇，山丘外到底是一個什麼樣的世界？被送出去清洗鏡頭的人都死在山丘上。地堡被關閉的時候，也有很多人死在山丘上。他也爬上過那座山丘，然而，他還活著。而且據他所知，那天來拖他回去的三個人也都還活著。

整座大餐廳只有大螢幕露出亮光。在昏暗的光線下，他看看自己的手。他的手掌呈現出一種粉紅的肉色，看起來很正常，可是過去這幾天，每天晚上和早上，他都會洗好幾次手，因為他一直認定他的手曾經遭到污染。他從口袋裡掏出手帕，掩住嘴咳了幾下。

「再過幾分鐘，馬鈴薯就可以吃了。」取餐檯後面那人大喊了一聲。這時候，另一位穿綠衣服的工作人員正從後面走出來，腰上圍著一條圍裙。唐諾忽然很想知道這些人是誰，從前是什麼樣的人，心裡想的是什麼。他們一天準備三餐，這樣的工作會持續整整六個月，然後就會被送去冬眠，沈睡幾十年，然後再度被喚醒，周而復始。他們對未來應該有所期待吧？還是說，他們根本不在乎？或者，他們只是在執行一種例行公事，一步一腳印，每天踩著昨天的腳印，一天過一天？或者，他們是不是認為自己就像在一艘方舟上，為了一個崇高的目標犧牲奉獻？或者，他們這樣繞圈圈，只是因為他們只認識這條路？

唐諾想起從前競選國會議員的往事。當時，他深信自己未來一定會有所貢獻，可是後來，他卻發現自己被困在一間辦公室裡，四面八方全是各種令人困惑的法規、備忘錄、資訊。沒多久，他就學會了每天祈禱下班的時刻趕快來臨。一開始，他認為自己可以拯救世界，可是後來，他發現自己每天都在消磨時間，一直到……一直到全世界的時間都到了盡頭。

他走到一張褪色的塑膠椅旁邊，坐下來，開始看手上的檔案夾。五公分厚的檔案夾。上面的標籤寫著「茱麗葉尼寇爾斯」，底下還有識別證號碼。裡面的文件都是剛列印的，他還聞得到一股調色劑的味道。列印這種莫名其妙的東西，好像有點浪費。接著他想到，那間巨大的儲藏室，補給品正一天天減少。而就在他們管理區的某一間辦公室裡，有個人正在追蹤全部的庫存，看看各種補給品存量還夠不夠撐到任務結束，比如食品罐頭，調色劑，電燈泡。

唐諾翻看著報告。他把報告攤開在桌面上，忽然想起上次和安娜一起輪值的事。當時，整間會議室也一樣到處都是散落的文件。這時候，他心裡湧出一絲罪惡感，為什麼他老是先想到安娜，而不是先想到海倫。

他等著要看日出，等著他們準備早餐，這個空檔，看看檔案倒是可以打發時間。檔案裡那個被送出去清洗鏡頭的人，本來是保安官，只不過才剛上任沒多久。檔案裡最上面那份報告，是第十八地堡現任指揮官寫的。那是一份備忘錄，強調這女人不適任保安官。備忘錄條列出好幾個理由，說明這個人為什麼不能賦予權力。看著那份備忘錄，唐諾反而覺得那彷彿是在說他。第十八地堡的首長叫詹絲，是一個年紀很大的女人，有點像瑟曼那種政治人物。詹絲不顧指揮官的反對，堅持要讓茱麗葉擔任保安官。當時，這個茱麗葉尼寇爾斯還在底層當發電工人，而詹絲甚至也還無法確定茱麗葉願不願意接任保安官。接著，他看到指揮官寫的另一份報告，裡面提到茱麗葉如何抗命，拒絕清洗鏡頭，最後翻過山丘消失了。

唐諾忽然覺得，這一類的案例感覺上都很像。還是說，他一直都在尋找這類共同點？人不都是這樣嗎？他們都在別人身上看到自己被壓抑的希望，期盼這些希望會被實現，不是嗎？

外面的山丘漸漸亮起來。唐諾抬頭看看那些土丘。他想到不久前他們讓他看的那段影片，影片裡那個人翻過灰灰黃黃的土丘，失去了蹤影。而現在，第一地堡的人開始擔心，第十八地堡的居民可能會開始懷著危險的希望——那種會導致暴動的希望。當然，更可怕的威脅是，這個人可能會走到另一座地堡，而那裡的人可能會發現世界上不是只有他們這座地堡。

而唐諾並不這麼認為。他認為，她不可能撐那麼久，不可能走那麼遠，而且，她走的方向，不太可能會看到另一座地堡。接著，他拿起另一份檔案夾。第十七地堡的檔案夾。

那座地堡毀滅之前，完全沒有徵兆，沒有發生暴動，人口數量似乎正常。檔案夾裡有樓下各部門負責人所寫的報告。他翻讀著那些報告，發現每個人都有自己的一套理論，而且當然，每個人都是從自己專業的角度解讀第十七地堡的毀滅，或是批評其他部門的無能。人口控制部門責怪資訊部門做事不夠嚴謹。資訊部門認為那是因為設備故障。工程部門責怪規劃部門。而當時執勤的通訊室負責人則是責怪資訊部門和所有的地堡指揮官，認為那是有人暗中破壞，企圖阻止清洗鏡頭的任務。

唐諾感覺得到，第十七地堡毀滅的模式，有點似曾相識，可是卻又說不上來那是什麼。那個地堡的監視器畫面也中斷了，但並不是很久以前就中斷，而是在看到一大群人衝出氣閘門的畫面之後。那是集體的歇斯底里，集體衝出地堡。然後，所有的監視器畫面就消失了。通訊室打了好幾通電話。第一通電話有人接了，是資訊區負責人的學徒，也就是第十七地堡指揮官的接班人。當時，通訊室和這個叫魯斯的人簡單交談了幾句，雙方都問了很多問題，然後魯斯就掛了電話。

接下來的幾個鐘頭裡，通訊室又打了好幾通電話，可是都沒人接。就在那段時間，第十七地堡畫面中斷了。然後，有人接了電話。

唐諾用手帕掩住嘴咳了幾下，繼續看通話紀錄。執勤的指揮官宣稱，接電話的人聽起來年紀很小，是個男孩，不是學徒，也不是指揮官，而且還問了很多奇奇怪怪的問題。唐諾注意到其中有一個問題看起來很怪異。第十七地堡那孩子只剩下幾分鐘可以活了，而他問的卻是四十樓出了什麼事。

四十樓。唐諾不用看設計圖都知道那層樓是做什麼的。地堡是他設計的。四十樓是一個多功能樓層，一半是住宿，四分之一用來做溫室栽培，另外四分之一是倉儲區。這種樓層會出什麼問題？而且，這孩子似乎是最後還活著的少數人之一，他為什麼會在乎四十樓？

他又仔細看看通話紀錄。看起來，那孩子最後一次聯絡的對象是四十樓的人，彷彿他跟他們說過話。說不定，他是那一層樓的人。那裡距離資訊區只有六層樓。唐諾不難想像，這個飽受驚嚇的孩子跟著好幾千人衝上樓梯，而且聽到傳言說氣閘門被打開了，說底下有人死了，一大群人正追上來。這孩子跑到三十四樓，發現人已經太多太擠，這時候，他注意到資訊區人都跑光了，所以，他就想辦法進了伺服器房——

不對。唐諾搖搖頭。不可能。完全沒道理。唐諾很困惑，究竟是哪裡怪怪的？

對了，是監視器畫面中斷。唐諾感覺背脊竄起一股涼意。問題出在四十這個號碼。四十代表的並不是樓層，而是地堡。第四十地堡。他手上抓著檔案夾，不由自主的顫抖起來。他激動得幾乎坐不住，很想站起來。他想通了某種細微的關聯，隱約看到整件事的來龍去脈。於是，他絞盡腦汁拚命想，免得因為激動過度，靈感一閃而逝。

跟那孩子說話的，是第四十地堡的人。那孩子無意間看到第十七地堡的通訊集線器，根本不知道那是其他地堡打來的電話，所以，他才會說那是四十樓，而且問他們四十樓究竟出了什麼事。監視器畫面中斷，通訊中斷。那些地堡，好像就是當初安娜研究的地堡。

安娜——

唐諾想到她寫給瑟曼的那封郵件，叫瑟曼喚醒她。當時她正在底下冬眠。她一定知道該怎麼處理。當初應該要喚醒她來指揮，而不是喚醒他。他把那些文件和報告收拾好，放回檔案夾裡。有些工作人員已經陸續搭電梯上來了，廚房裡傳來蛋泥的香味，工作人員在廚房裡進進出出，那扇彈簧門不斷擺盪，散出食物的香味。然而，唐諾已經忘了他肚子很餓。

他看看牆上的大螢幕。目前的輪值人員，有誰會知道第四十地堡的狀況嗎？可能沒有。他們不會聯絡第四十地堡。瑟曼他們幾個一直在隱瞞祕密，不想引發恐慌。那麼，第四十地堡目前是不是還好端端的？他們是不是聯絡了第十七地堡？安娜曾經說過，主系統曾經被入侵過，第四十地堡侵入過第一地堡的系統。第四十地堡事先已經切斷了第一地堡的某些設備裝置，然後安娜和瑟曼才被叫起來毀滅那幾座地堡。說不定，那些地堡根本就沒有被摧毀，不是嗎？有沒有可能，第十七地堡也沒有被摧毀？如果第十七地堡還在，那麼，這個叫茱麗葉的女人很可能會進去找——

唐諾忽然有一股衝動想親眼看看，想衝到外面，衝到山丘頂上，管它什麼防護衣不防護衣。他立刻從大螢幕前面跑開，跑向氣閘室。

說不定他應該學瑟曼，喚醒安娜。他可以安排把安娜送到軍火庫。上次輪值，他已經有過經驗，知道該怎麼處理。但問題是，他找不到半個可以信任的人來幫他。他根本不知道要怎麼喚醒冬眠的人。不過，現在他大權在握，不是嗎？他有資格問。

他從大餐廳走向氣閘室，走向那扇黃色閘門。過了那扇門，就是外面的世界。外面的世界並沒有他過去認定的那麼可怕。當初他出去過，最後也平安無事回來了，說不定他的身體天生就能夠抵抗那種奈米機器人。接著他又想到，他被冷凍的時候，體內已經有那種機器人在維持他的生命，那麼，也許是那種機器人在保護他，讓他在外面能夠存活。他慢慢靠近內閘門，隔著小窗往裡面看。那一剎那，他想起自己曾經倒在那裡面，不由得渾身一震。他把兩份檔案夾塞到腋下，然後抬起手猛搓手臂。他記得當時有人在他手臂上打了一針，然後他就不省人事了。外面狀況到底怎麼樣？這時候，大螢幕上有一陣沙塵掃過，羈押室裡的燈閃了一下。唐諾猛然想到，第一地堡牆上為什麼要裝大螢幕？這不是很奇怪嗎？這裡的人應該知道外面世界當年是怎麼被他們毀滅的。那麼，為什麼要讓他們看到外面那片廢墟？

除非——

除非裝螢幕的目的，和其他地堡一樣，是為了避免他們到外面去，提醒他們，地球已經不適合他們住了。不過，在五十座地堡的範圍之外，外面的世界究竟情況如何？要怎麼樣才能夠親眼看看？

74 二三四五 第一地堡

唐諾花了好幾天做計劃，編藉口，最後才鼓起勇氣找威爾森醫師提出要求，然後又等了好幾天等威爾森安排見面時間。那幾天裡，他告訴艾倫他懷疑第四十地堡牽涉到這件事，而這個小小的猜測立刻就在整座地堡引發一陣騷動，所有的人都忙成一團。唐諾簽署了一份申請，要求進行無人機轟炸，儘管他自己都搞不懂自己簽了什麼。一些平常很少用到的樓層都重新啟用，當然，只有唐諾自己知道他早就用過這些樓層。幾天後，一切漸漸恢復平靜，他已經聽不到轟隆隆的嘈雜聲，也感覺不到地板震動，但其他樓層的人還是會抱怨。他只注意到，他的東西都蒙上了一層天花板掉下來的灰。

到了約好和威爾森醫師見面的那一天，他預先偷溜到冷凍艙樓層，測試他識別證的密碼。他還是不太相信自己的偽裝身分能夠輕易矇混過所有的人，因為他的衣服太寬鬆，而且識別證上並不是他自己的名字。就在前一天，他在健身房碰到一個人，覺得那個人他好像在第一次輪值的時候見過。就是因為這樣，他平常比較喜歡偷偷摸摸行動，而不是明目張膽的到處晃。於是，他在冷凍艙室的通道裡躡手躡腳往前走，來到「緊急應變小組」艙房門口，小心翼翼輸入密碼。本來，他以為操控面板會亮起紅燈，發出刺耳的警報聲，但沒想到，「緊急應變小組」的牌子上方卻亮起綠燈，門鎖喀喳一聲開了。唐諾轉頭看看通道兩邊，看有沒有人注意到他。接著，他推開門溜進去。

緊急應變小組冷凍艙室很少有人進來，範圍也比主冷凍艙室小，只佔一層樓。站在門口，唐諾想像得到這小房間四周圍繞著龐大的主冷凍艙室。主冷凍艙室幾乎是一望無際，而這裡卻只是小小的一圈。

然而，在這裡冬眠的人遠比其他人更重要。至少對他來說。

他在冷凍艙間穿梭，探頭看看艙蓋小窗裡的每一張臉。上次輪值的時候，瑟曼曾經帶他來過這裡，但他印象已經有點模糊，想不起夏綠蒂冷凍艙的明確位置。不過，他終於還是找到她了。他看看底座的顯示幕，想到上次他還覺得有沒有名字並不重要，而現在，他仔細一看，發現上面根本沒有名字，只有一個號碼。

「嗨，小妹。」

他指甲掐著玻璃，刮掉了上面的霜。他想到了爸媽，覺得有點難過。接著他又想到，夏綠蒂在被送來冷凍之前，到底知不知道這個地方，知不知道瑟曼的計劃？他寧願相信她不知道。

此刻，一見到她，他就回想起有一年她休假的時候，曾經到華盛頓特區去找他。當時，她參加了瑟曼的競選活動，還來找她哥哥，浪費了不少假期。當時，他告訴夏綠蒂，他在特區住了兩年，什麼博物館都沒去過，她一聽，立刻狠狠消遣了他一頓。她說，不管他有多忙，這都是不可原諒的。「去博物館又不用錢。」她這樣說，彷彿光是這個理由就夠充分了。

於是，他們一起去參觀航空太空博物館。唐諾還記得排隊排了很久才進去。他還記得，博物館大門外圍的人行道有整個太陽系的模型，內圈的幾顆行星相距只有幾步，可是冥王星卻距離好幾百公尺，還要走到赫胥宏美術館的另一頭，簡直要命。而此刻，凝視著妹妹冰冷的身軀，他覺得那一天的記憶變得好遙遠，就像冥王星一樣的遙遠。

那天下午，他被她拖去參觀大屠殺博物館。自從搬到華盛頓之後，唐諾就一直避免去那個地方。而可能是基於同樣原因，他也極力避免去參觀國家廣場。每個人都告訴他，大屠殺紀念館是必看的景點。「你一定要去看看。」他們說。「那裡很重要。」他們形容那裡很「震撼」，令人「永生難忘」。他們說，那個地方會徹底改變你的一生。他們嘴裡這樣說，可是他們的眼神卻在警告他。

妹妹拖著他爬上階梯，他內心又沈重又恐懼。那是一座紀念館，可以喚起某些回憶，但唐諾卻很不願意想起某些事。當時他已經開始吃藥，藉此遺忘「指令」的內容，讓他忘記世界可能隨時會毀滅。他告訴自己，過去的野蠻歷史將永遠被埋藏在那座紀念館底下，永遠不會再出現，永遠不會再重複。

紀念館六十周年紀念活動的一些裝飾還掛在現場，像是標語和布條。紀念館裡有一區最近才剛啟用，剛種的樹還用木樁和繩子支撐著，空氣中還飄散著護根土的味道。他還記得，那天看到一群觀光客排隊走出來，每個人都抬起手遮在額頭上擋陽光，他很想轉身就跑，可是妹妹卻拖著他的手走向門口，而那個驗票員已經面帶微笑看著他們。還好，當時已經是黃昏，他們不會在裡面待太久。

唐諾手擺在冷凍艙蓋上，腦海中浮現出那天參觀的情景。裡面有一些酷刑的場景，還有餓死的場景，還有一個房間裡擺滿了數不清的鞋子。有些牆上掛著照片，照片裡有很多赤裸的屍體層層疊疊，屍體都睜大眼睛，眼神空洞，肋骨和內臟都暴露出來。成堆的屍體被丟在一個大土坑裡。唐諾實在看不下去了。他儘量去看那台搬運屍體的推土機，看著操作推土機的工人，看著他那安詳的臉，看著他嘴裡叼著一根煙，看著他一臉專注。那就只是一份工作。然而，整個場景實在找不到半點令人安慰的地方，而最恐怖的就是那個推土機工人。

唐諾迫不及待逃離那些令人毛骨悚然的展覽現場，在一片幽暗中，他和妹妹失散了。這座恐怖的紀念館他永遠不會再踏進一步。毒氣室看起來根本沒有任何特別的地方，應該說是絕對的平淡無奇。每個要進毒氣室的人都面無表情，以為只是要進大浴室淋浴。

後來，他看到一個叫做「死亡建築師」的展場，總算比較安心了，因為裡面應該有很多建築藍圖，應該是他熟悉的，比較有秩序的。然而，他進去一看，發現裡面是一個幽閉空間，牆上掛滿了各種屠殺工具的設計圖。結果，這個展場看了也沒有比較舒服。有一面牆上掛著說明海報，解釋為什麼大屠殺發生之後，還會有各種行動否認大屠殺的存在。

那裡展示的設計圖是一種證據，而這就是這個展場的目的。當年俄軍進入集中營之後，曾經大規模清洗，放火焚燒，而這些設計圖竟然僥倖留存下來，有些圖上甚至還有希姆萊的親筆簽名。其中有奧斯威辛集中營的設計圖，毒氣室的設計圖，每一張圖上都有清楚的標籤。唐諾本來希望，跟紀念館裡其他展覽比起來，看看這些設計圖，或許比較輕鬆一點，可是後來他發現，很多猶太製圖師也被迫參與設計。四周牆上的設計圖上都有他們的墨跡。他們等於是親手畫出未來他們即將墜入的地獄。

唐諾還記得，當時在那個小房間裡，他感覺四周彷彿開始天旋地轉，趕緊伸手去摸口袋裡的藥罐。他還記得，當時他感到很納悶，不知道這些猶太製圖師怎麼畫得下去，難道他們真的不知道自己在畫什麼?他們怎麼可能不知道?他們怎麼可能看不出來這地方是用來做什麼的?

他猛眨眼睛，擠掉淚水，忽然意識到此刻自己站在什麼地方。那一排排的冷凍艙令他感到陌生，可是四周的牆壁，腳下的地面，還有天花板，這一切他都太熟悉了。這地方是唐諾一手協助設計的。就是因為他，才會有這個地方。後來，他拚命想脫離，拚命想逃避，可是他們卻一次又一次把他抓回來。他設計了四周的牆壁，而他卻成了牆內的囚犯。

唐諾沈浸在這些令人苦惱的思緒中，突然間，他聽到外面的操控面板傳來嗶嗶聲，這才回過神來。唐諾立刻轉身，看到那扇門往內轉開，輪值的威爾森醫師走進來。他看到唐諾，立刻皺起眉頭。「長官?」他喊了一聲。

唐諾感覺到太陽穴開始冒汗。他腦海中縈繞著參觀紀念館的往事，心臟怦怦狂跳。儘管裡面很冷，呼吸的時候嘴裡冒出白霧，但他卻感到渾身發熱。

「你忘了我們有約嗎？」威爾森醫師問。

唐諾抬起手擦擦額頭，然後手在衣服上擦了幾下。「沒有，我沒有忘。」他說話的時候努力避免聲音顫抖。「我只是沒有注意到現在幾點。」

威爾森醫師點點頭。「我在螢幕上看到你，覺得應該就是你。」他瞄瞄唐諾旁邊那座冷凍艙。「你認識這個人嗎？」

「嗯？噢，不太熟。」唐諾手放開冷凍艙蓋。剛剛手一直擺在上面，變得好冷。「她從前是我的同事。」

「嗯，你準備好了嗎？」

「準備好了。」唐諾說。「謝謝你幫我補了一課。太久了，處理程序我已經忘得差不多了。」

威爾森醫師微微一笑。「不用客氣。我已經幫你安排好跟反應爐技師碰面，目前他剛開始第四次輪值。我們在等你。」他伸手指著走廊。

唐諾拍拍妹妹的冷凍艙，微微一笑。她已經等了好幾百年，再多等個一兩天她應該不會介意。然後，他和妹妹會一起搞清楚他協助建造的到底是什麼東西。他們兩個會一起查清楚。

75

二三一三——第二年　第十七地堡

吉米捨不得用那些紙來寫字。滿屋子都是紙，但他甚至捨不得在書頁的邊緣寫字。這些紙太神聖，這些書太珍貴，所以，他決定用另一種方式來計算日子。他決定用掛在脖子上的鑰匙，還有那座編號17的伺服器。

他已經知道，這是他的地堡。「指令」那本書裡，內頁印著17這個數字。牆上那張地堡分佈圖也有17這個標籤。他知道這代表什麼。儘管在他的地堡裡，在他的世界裡，他是孤獨一個人，然而，他的世界並非唯一的世界，他的地堡並非唯一的地堡。

每天晚上睡覺前，他都會在那座巨大的黑色伺服器背面刻上一道亮亮的刮痕。他只有到了晚上才會刻上一天的記號。早上刻好像太早。

剛開始，他就只是隨手刻上去，沒什麼盤算。一開始，他認為自己撐不了多久，不可能需要刮太多痕，所以他直接刻在伺服器背面中間的位置，刮了很長的一條痕。就這樣過了兩個月，他赫然發現已經沒地方可以刮了，必須找地方重新開始，從最頂端開始。所以，他重新刮痕，覆蓋過原先的刮痕，後來，背面刮滿了，他就換到另一面重新開始。現在，他刮的痕很小，排列得很整齊，先刮四條橫線，再刮一條直線串連起來。從前他媽媽就是用這種方式做記號，只要哪天他比較乖，媽媽就會畫一條線。五條刮痕一組，六組刮痕排成一列，就代表一個月。而十二列刮痕再加上五組，就代表一年。

他在最後一組刮上最後一條痕，然後退後幾步看一看。一年的刮痕佔了半面伺服器機殼板。很難相信竟然已經過了一年，躲在伺服器房底下的密室裡過了一年。他心裡明白，這不可能永遠持續下去。光是想像其他伺服器上也佈滿刮痕，那種感覺就令人不寒而慄。爸爸曾經說過，儲藏室裡的食物夠兩個人或四個人吃十年。不過，究竟是兩個人還是四個人，他已經記不清楚了，不過那意味著至少夠他自己一個人吃二十年。二十年。他往旁邊跨了一步，看著兩排伺服器間的走道，走道盡頭就是那扇亮亮的不鏽鋼門。在某些時刻，他心裡明白自己一定要出去。如果不出去，他一定會發瘋。他覺得自己已經開始發瘋了。每天過一樣的生活，週而復始永遠不變，實在難以忍受。

他走到門口，聽聽門外的動靜。外面靜悄悄的。有時候，外面會很安靜，然而，他彷彿還是聽得到很久以前那種撞門聲。吉米曾經想要輸入那四個密碼數字，打開門偷瞄外面。看不見門外有什麼東西，那種滋味非常難受。當初攝影鏡頭壞掉的時候，吉米就覺得自己最基本的知覺被剝奪了。他有一股很強烈的衝動想打開門，那種感覺，就像長久閉著眼睛之後拚命想睜開眼睛。每天計算日子，每天計算過了幾分鐘，就這樣過了一整年。對一個男孩子來說，他能算的就這麼多了。

他轉身從鍵盤前面走開。開門的時候還沒到。外面都是壞人，他們都想闖進來，想進來看看裡面有什麼，看看為什麼這層樓還有電，看看他是什麼人。

「我不是什麼人。」有時候，當他終於鼓起勇氣開口說話，他就是這樣告訴他們。「我不是什麼人。」不過，他並不是常常鼓得起勇氣說話。他只敢從無線電裡聽那些人在打鬥，聽他們說誰殺了誰。有一群人佔據了土耕區，而另一群人正在底層想辦法阻止礦場繼續滲水，免得大水淹沒機電區。他聽到一個男人手上有槍，然後拿槍威脅別人，搶走別人的東西。他聽到一個女人在喊救命，可是他卻愛莫能助。吉米估計，外面大概有一百多個人，分成幾個小群體互相打殺。不過，他相信他們很快就會停了。一定會停的。一天過去了，一年過去了，人永遠殺不完嗎？有可能嗎？

也許很難說。

時間變成一種很奇怪的東西。你只能相信時間正一天天過去，卻沒辦法用眼睛看。他必須相信時間正一天天過去。從前，看到樓梯井燈光變暗，看到樓層熄燈，就知道已經是晚上了。從前，到頂樓去看日出，就會知道天亮。而現在，這些都看不到了，只看得到電腦螢幕角落的計時數字。那是一種會把人逼瘋的數字。不管是白天還是晚上，看到的永遠都是那些數字。你必須仔細看，才知道一天過去了。計算那個數字，他才感覺到自己還活著。

吉米想玩點遊戲，比如睡覺前到伺服器那邊去玩捉迷藏，不過，昨天好像玩過了。他又想到，他可以去排罐頭，看看哪天想吃什麼，按照那個順序排，但他立刻又想到，他已經排好了三個月的量。他每天都有設定目標要完成，比如要讀多少書，用電腦做什麼事。要做什麼家事，可是這些事都不好玩。也許，他應該乾脆躺到床上，盯著天花板，然後，等他看到螢幕上的數字，就知道一天又過去了。等明天再來想接下來要做什麼。

幾個禮拜過去了，伺服器上的刻痕逐漸增加，而吉米的鑰匙尖端也磨損得越來越厲害。這天早上，他醒來的時候發現眼皮黏黏的，好像昨晚在睡夢中哭過。他把早餐帶到不鏽鋼門附近吃。一罐豆子罐頭和一罐鳳梨罐頭。他把揹在肩上的槍放下來，然後坐下來背靠著∞號伺服器，享受著機殼的溫暖。

那把槍，他想了很久才搞清楚該怎麼用。那把裝了子彈的槍被爸爸帶走了。後來，吉米在儲藏室裡找到一箱箱的槍枝彈藥，可是他卻搞不懂要怎麼把那亮晶晶的子彈放進槍膛裡。他把這件事設定成一個「計劃」。從前，每次爸爸修理什麼東西，都會說那叫做「計畫」。吉米從很小的時候就開始看爸爸組裝電腦，或是組裝別的電子儀器。當時，爸爸總是把所有的零件按照順序排好，每一把螺絲起子，每一根螺絲釘，每個螺帽，都按照既定的位置排列得很整齊，這樣組裝回去的時候才不會搞錯位置。吉米研究步槍時，也是採取同樣的方法。他拆解了第一把步槍，可是最後卻氣得把滿地的零件用腳踢開。後來，他又拆解了第二把步槍。

研究第二把槍的時候，他終於搞清楚子彈應該在什麼位置，還有，要怎麼把子彈送到那個位置。裝子彈的容器裡的彈簧很緊，很難把子彈裝進去。後來，他從那些鐵盒裡找出一本字母G的書，翻到槍的那一頁，才知道那東西叫做彈匣。後來，當他終於搞懂槍怎麼用的時候，已經過了好幾個禮拜。天花板上多了一個洞，證明他真的懂了。

他把槍橫擺在大腿上，然後把水果罐頭擺在槍柄上。鳳梨罐頭是他的最愛，他幾乎天天吃，而看著貨架上的存量越來越少，他有點難過。他從來沒聽過這種水果，所以跑去查那些書。結果，為了查鳳梨這種東西，書裡的索引標註引導他接觸到更多相關的內容。他去查那本B字母開頭的書，查到了「海灘」。而海灘的內容引導他去查字母O開頭的那本書，查到了「海洋」。看著書裡海洋的圖片，海洋的巨大浩瀚令他感到困惑。後來他又去查那本F字母開頭的書，查到了「魚」。那一整天，為了追查內容，他幾乎忘了吃飯。那房間裡本來只有無線電的雜訊，只有他那張小床鋪，可是那一天，房間裡多出了滿地攤開的書和空罐頭。後來，他花了一整個禮拜的時間才把房間整理乾淨。自從那天以後，他就常常這樣沈浸在追索知識的遊戲裡，一次又一次。

他從胸前的口袋裡掏出那把鏽痕累累的開罐器，還有他心愛的那根叉子，然後開始開桃子罐頭。開罐器刺進罐頭蓋那一剎那，他豎起耳朵仔細聽，看看有沒有發出空氣被吸進罐頭的嗤的一聲。吉米已經學乖了，如果開罐頭的時候沒聽到那嗤的一聲，他就不敢吃裡面的東西。他花了很長時間才學到教訓，還好，馬桶沒有塞住。有一次他甚至來不及坐到馬桶上。

他慢慢享受罐頭裡的桃子，一口一口慢慢咬，最後才喝掉果汁。他不確定罐頭裡的果汁能不能喝，因為標籤上沒寫，不過，他最愛的就是裡面的果汁。接著他又拿起開罐器，準備打開鳳梨罐頭，豎起耳朵仔細聽那嗤的一聲，這時候，門上的鍵盤忽然發出聲音。

「今天好像來得早了點。」他自言自語說。他把罐頭擺到一邊，舔舔手上的叉子，然後放回口袋裡。接著，他把槍拿起來夾在腋下，坐在那裡看著門。只要門一動，他立刻就開槍。

他聽到四聲按鍵盤的嗶嗶聲，有人輸了第一組密碼。接著是一陣刺耳的鳴聲，密碼錯誤。接著，他們開始輸入第二組密碼，這時候，吉米立刻把槍抓緊。鍵盤上的顯示幕只能容納四個數字，那意味著，如果你把0涵蓋在內，十個數字總共會有一萬種組合方式。這扇門每天只能容許三次密碼輸入錯誤，然後就要再等隔天。數字的東西，吉米似乎很久以前就已經知道了，記憶中應該是媽媽教過他，不過那又好像不太可能，除非媽媽是在夢裡教他的。

他又繼續聽那個人輸入密碼，接著又是一聲刺耳的鳴聲。不過，這次輸入的號碼，尾數加了一，而這意味著他時間不多了。密碼是1218。吉米暗暗咒罵自己，當初為什麼會想出那個號碼。他手指扣在扳機上，等待著。不過，現在他常常會忘記，腦袋裡想的東西別人聽不到，除非你說出來。他已經習慣聽自己腦子裡的思緒，忘了需要用嘴巴說話。

接著，第三次輸入的密碼又錯了。於是，新的一天又開始了。吉米迫不及待想趕快吃他的鳳梨。他和這些人之間已經形成一種例行公事，每天早上他們都會來輸入三次密碼。雖然這有點恐怖，但每天他也只有這個機會可以和人接觸，所以，他發覺自己越來越依賴這種例行公事。他曾經在他背後那台伺服器的機殼上做過計算。他假設他們是從0000開始，每次加一，那麼，一天三次，意味著在第四百零六天的第二次，他們就會輸入正確密碼。那一天，距離現在已經不到一個月了。

然而，吉米的計算方式恐怕還不夠周延。他還是會擔心，他們可能會跳過某些號碼，或者，他們不見得是從 0000 開始，又或者，說不定他們根本就是隨便按。據吉米所知，並非只有一組密碼能夠開門。而當時爸爸設定鍵盤的時候，他並沒有仔細看，所以他也不知道要怎麼變更密碼，把數字加大。但問題是，就算把數字加大，他們會不會反而更容易按對？說不定他們是從 9999 開始的。當然，他也可以把數字變得更小，變成他們已經按過的號碼，可是，萬一那個號碼他們根本就還沒按過呢？如果他變更密碼，反而導致他們意外闖進來，那感覺會更悲慘，還不如什麼都不要動，就這樣慢慢等死。吉米不想死。他不想死，但他也不想殺人。

他們輸入最後四個數字的時候，他腦海中閃過這無數的思緒。後來，鍵盤終於第三次發出刺耳的嗚聲，今天的遊戲結束了。他鬆開扳機，手在褲子上抹了幾下，擦掉手心的汗，然後拿起鳳梨罐頭和開罐器。

「嗨，鳳梨。」他自言自語，然後彎腰湊近罐頭蓋，豎起耳朵仔細聽。

罐頭蓋發出噝的一聲。這罐頭可以吃。

76

二三二三——第二年 第十七地堡

吉米後來慢慢明白了，所謂最簡單的生活，就是每天吃飯拉屎。當然，還有睡覺，不過睡覺比較輕鬆。這是「世界的規律」，不過，一直到馬桶沒水可以沖了，吉米才真的懂了什麼叫「世界的規律」。沒有人會覺得大便是個問題，除非水用光了，而到那個時候，那會是最可怕的問題。

吉米開始到伺服器房的角落去大便，儘可能離門遠一點。至於小便，就尿在水槽裡，直到有一天，水龍頭沒水了，那味道開始變得很可怕。發現水龍頭沒水的時候，他拍拍水槽。他在「指令」讀過參索引，知道哪一頁裡有說明沒水的時候要怎麼辦。那本書無聊得要命，不過好處是隨時可以查。吉米認為這本書的用途就在這裡。水槽裡的水不可能永遠用不完。所以，他只好開始喝罐頭裡的果汁，有多少就喝多少。他恨死了番茄汁，可是他也只好每天喝一罐。到後來，他的尿變成橘紅色。

那天早上，吉米喝光罐頭裡的蘋果汁的那一剎那，外面又有人開始輸入密碼。一切發生得太快。四個數字，然後鍵盤竟然發出嗶嗶聲。那不是刺耳的鳴聲，一點都不刺耳。是嗶嗶聲。印象中，鍵盤上一直都亮著紅燈，但突然間，那個永遠的紅燈變成駭人的綠燈。

吉米嚇壞了。他膝蓋上那罐打開的桃子罐頭立刻翻倒在地上，果汁灑了滿地。這比他預期快了兩天。這扇門比他預期早了兩天被打開了。

那扇大鐵門發出一陣刺耳的嘎吱聲。吉米立刻丟掉叉子，伸手去抓槍。槍的保險關著。他立刻用大拇指推開保險。這時候，門發出砰的一聲，門外有人很興奮的大喊著，而門裡的他卻嚇得魂飛魄散。他舉起槍，槍托抵住肩膀，就像昨天練習的時候那樣。當時他告訴自己，等明天，等明天他就準備好了。可是，他們提早兩天進來了。

門發出一陣嘎吱聲。吉米忽然想到，他是不是少算了一兩天？有一次他生了病，發高燒。有一次他讀書讀到一半睡著了，結果醒過來的時候不知道自己睡了多久，搞不清楚那天是哪一天。說不定他真的少算了一天。也說不定走廊上那些人跳過號碼。反正，門慢慢被推開了一道開口。

吉米還沒有準備好。他手心全是汗，握在槍柄上滑溜溜的。他心臟怦怦狂跳。這一天，他已經等待很久了，不斷的等待，全心全意全神貫注的等待，就彷彿吹氣球一樣，眼看著氣球越吹越大，隨時等著它破掉，期待破掉的那一刻。然而，當氣球真的破了，你還是有可能會嚇一大跳。

此刻就是那種感覺。門被推得更開了，門外有一個人。一個人。這時，吉米的腦海中很快地閃過另一個念頭。這一整年的準備，一整年的恐懼，會不會是一種錯誤？說不定這個人會是他可以說話的對象，說不定這個人有新的螺絲起子，新的鐵槌。而且，舊的開罐器已經壞了，說不定這個人有新的開罐器。說不定。爸爸從前有夥伴可以幫他執行「計劃」，說不定眼前這個人也是——

他看到一張臉。那個人一臉怒氣，而且發出怒吼。這一整年，他一直用空罐頭練習打靶，聽著那震耳欲聾的槍聲，練習將子彈上膛，練習用潤滑油通槍管，一直讀書——而此刻，門的開口露出一個人的臉。

吉米扣下板機，槍口陡然往上一彈，那一剎那，那個人憤怒的嘶吼聲忽然變了，變成一種哀嚎。那個人倒在門外，可是另一個人從他後面擠進門裡，朝吉米衝過來，手上好像拿著黑黑的東西。

接著又是三聲槍響，槍口又往上彈了三下，吉米被槍聲震得猛眨眼。開了三槍。三顆子彈。那個人還是一直朝他衝過來，不過臉上表情也變得很怪，然後往前一倒，倒在吉米前面幾步的地方。

吉米等著下一個人衝進來。他聽得到他在門外大聲咒罵。被他射中的第一個人還倒在門口翻滾，彷彿空罐頭被子彈打中之後在地上彈跳。門開著。外面的人隨時都可以進來。地上那個人抬起頭，臉上那種表情是無法形容的悲傷，那一剎那，吉米彷彿看到那是爸爸躺在門外，在走廊上奄奄一息。吉米不懂他為什麼會變成那樣。

門外那個人還在咒罵，但聲音好像越來越遠。他跑掉了。吉米這才意識到，剛剛門開了之後，自己緊張得不敢喘氣。於是，他深深吸了一口氣。他感覺不到自己的脈搏，彷彿上次心跳之後，心臟就一直保持原狀沒動，那一聲長長的心跳聲就彷彿伺服器那種持續不斷的嗡嗡聲。

吉米聽著最後那個人越跑越遠，覺得這也許是關門最好的機會。於是，他立刻站起來，繞過面前那個人。那個人的手已經不動了，手邊是一把黑色的手槍。吉米慢慢放下槍，準備用肩膀去頂門，把門關起來，但那一剎那，他忽然想到一件事：他很可能活不到明天，活不過今晚，甚至活不過一個鐘頭。跑掉的那個人已經知道密碼。

「1218。」吉米喃喃嘀咕著。

他探頭到門外迅速瞄了一眼，瞥見一個綠色的身影一閃而逝，衝進一間辦公室。那個人穿著綠衣服。然後，走廊就空蕩蕩的看不到半個人了。他忽然覺得那條走廊變得好長好亮，亮得刺眼。

門外那個垂死的人還在呻吟蠕動。吉米不理他，舉起槍，槍托抵住肩膀，眼睛對著準星，瞄準那間辦公室的門邊。吉米想像那裡有一個空罐頭從天花板上垂掛下來。他屏住呼吸，等著。門口那個受傷的人朝他慢慢爬過來，邊爬邊呻吟，手上全是血，在地上留下一個個的血手印。他覺得腦袋中央有個點突然隱隱作痛，那是昔日記憶中的傷痛。吉米瞄準走廊上的某一個點，莫名的想起了媽媽和爸爸。內心深處，他知道他們已經不在了。他們已經去了某個地方，永遠不會再回來了。這時候，槍管忽然動了一下，準星的瞄準線偏掉了。

那個人逐漸爬到他腳邊，呻吟聲越來越微弱，變成喘氣。吉米低頭瞄了一眼，看到那個人嘴裡冒出血泡。他的鬍子比吉米的鬍子還茂密，上面全是血。吉米撇開頭，眼睛繼續盯著槍口的準星，瞄準走廊半空中的那一點，開始計時。

三十二秒，他感覺到那個人的手摸到他的鞋子。

四十一秒，他終於看到那間辦公室門口有人探頭出來，彷彿一個空罐頭。

吉米扣下板機，肩膀被撞了一下，那間辦公室門口立刻冒出一朵血花。

他等了一下，深深吸了一口氣，然後移開腳，甩開那個垂死的人的手。他肩膀靠在門上，用力一推，擠進門，然後順手關上門。門喀嚓一聲自動鎖上了，那聲音在房間裡迴盪。他幾乎沒注意到門上鎖的聲音。他放下槍，兩手掩住臉，旁邊躺著那個被他打死的人。他又回到了伺服器房。吉米開始哭起來，門上的鍵盤發出嗶嗶聲，彷彿正開心地期待著明天降臨。

77　二三四五　第一地堡

威爾森醫師辦公室牆上掛了一排寫字板，看起來很眼熟。唐諾想到，當初他曾經拿著寫字板在上面簽名，假裝很認真的樣子。他還想到，他也曾經在上面簽署命令，把自己送下去冬眠。想到現在可能又要在表格上簽名，他心裡不禁有點忐忑。他要簽誰的名字？如果簽的不是自己的名字，他的手會不會不聽使喚的發抖？

辦公室中央有一張空輪床。看到那個，唐諾腦海中立刻湧出很不愉快的回憶。床上已經鋪了一條新床單，鋪得很平整，準備送下一個人去冬眠。威爾森醫師在電腦上查了一下，看看下一個要喚醒的人是誰，這時候，他的兩個助理正在做準備。其中一個助理舀了兩湯匙的綠色粉末，放進一個杯子裡，倒進溫水攪拌。唐諾聞得到那種液體的味道，忍不住皺起鼻頭，不過，他一直在留意那種粉末是從哪個櫃子裡拿出來的，要舀幾湯匙。等一下，他如果想到什麼問題，他會找機會再問。

另一位助理把一張乾淨的床單摺疊好，擺在輪椅的椅背上，然後拿了一件紙袍，再打開緊急醫藥箱，把裡面的東西拿出來，然後放進手套、藥品、紗布、繃帶、膠帶，最後又蓋上箱蓋。這一連串的動作乾淨俐落，很有效率。這不禁讓唐諾聯想到大餐廳取餐檯後面的工作人員。他們準備早餐的時候，動作也是一樣的熟練俐落。

威爾森唸出一個號碼，確認等待喚醒的人的身分。那個人是一位反應爐技師，而現在卻只是電腦表格裡的一個號碼，就像唐諾的妹妹一樣。既然如此，選一個假名有什麼意義嗎？想到這裡，唐諾忽然意識到，調包是多麼容易的事。助理填了一張表格，丟進一個盒子裡，甚至不需要唐諾簽名。這一切，唐諾看在眼裡。這個部份的程序根本就可以忽略。根本不會有人覺察到他在密謀什麼。

威爾森醫師帶他們走出門口，那兩位助理在威爾森後面推著輪椅，輪椅上擺滿了各種用品，而唐諾走在最後面，

他們還要再下兩層樓，才能找到那位技師的冷凍艙，也就是說，他們必須搭電梯。這時候，其中一個助理隨口提到，再過三天，他這次輪值就結束了。

「你命真好。」另一位助理說

「是啊，到時候幫我插導尿管不要插錯地方。」他開了個玩笑，連威爾森醫師都笑起來。但唐諾笑不出來。他腦海中思緒起伏，一直在想最後一班輪值的人會面對什麼。每個人似乎都只在乎下次輪值的事，根本懶得想更長遠的問題。每個人都巴不得這次輪值趕快結束，而且很不想面對下次輪值。這讓唐諾聯想起當年在華盛頓的往事。當時，他那些議員同事都巴不得下一個任期趕快來臨，可是卻又痛恨再度投入競選。後來唐諾也陷入同樣的矛盾。

電梯門一開，外面是另一間冷颼颼的大廳。這層樓的冷凍艙室裡全是輪值的工作人員。全地堡絕大多數的待命人員遍布兩層樓，而這兩層樓的格局一模一樣。威爾森帶他們走進一條走廊，來到右邊第三個房間門口，輸入密碼，然後帶他們進去。房間裡是密密麻麻的冷凍艙，向四方遠處延伸，直到地堡外牆邊緣。「第二十排第四個。」威爾森醫師伸手指著一個方向。

他們走向那座冷凍艙。這是唐諾第一次看到這部分的流程。他曾經協助把人送下來冬眠，可是從來沒參與過喚醒人的流程。當初他幫著把維克的遺體送下來深度冬眠，只不過，那種情況截然不同，因為那是葬禮。

那兩位助理走到冷凍艙旁邊，開始忙著準備。威爾森醫師走到控制面板前面蹲下來，停了一下，抬頭看看唐諾，等著看他有什麼反應。

「沒錯。」唐諾說。他蹲到威爾森醫師身後，看著操控面板。

「大部份的流程都是自動控制的。」威爾森有點不好意思的說。「老實說，就算他們派一隻訓練有素的猴子來代替我，也不會有什麼差別。」他輸入密碼的時候，轉頭看看唐諾，然後按下一個紅色按鈕。

「老師，我就像你一樣。我在這裡，只是待命處理突發的緊急狀況。」

威爾森笑了一下，但唐諾面無表情。

「要等幾分鐘，艙蓋才會跳起來。」他用手指敲敲顯示幕。「溫度會上升到攝氏三十一度，然後，等這個指示燈閃爍的時候，就會進行血管注射。」

指示燈開始閃爍了。

「注射？注射什麼？」唐諾問。

「注射奈米機器人。冷凍的過程會導致正常人死亡。我猜，這大概就是為什麼冷凍是非法的。」

導致正常人死亡？唐諾忽然想到，奈米機器人把他變成了什麼怪物？他抬起手掌，打量上面的紅色斑點。他還記得，當時在山丘頂上他曾經把手套脫掉。

「二十八度了。」威爾森說。「等溫度升高到三十度，艙蓋就會跳開，而我喜歡趁這個時候提早調整轉盤重新設定，不要等到三十一度，免得到時候忘記。」他轉動溫度顯示幕底下的轉盤。「現在設定，不會影響原來的流程，因為一旦啟動之後，流程是單向的，會執行到底。」

「萬一過程中出了什麼差錯，怎麼辦？」唐諾問。

威爾森醫師皺起眉頭。「我剛剛不是說了嗎？這就是為什麼我必須在這裡待命。」

「可是，萬一你出了什麼事，怎麼辦？或者說，如果你臨時有狀況要走開，那怎麼辦？」

威爾森扯扯耳垂，想了一下。「在這種情況下，我會建議他們先把人送回去冷凍，等我回來。」他笑起來。「當然，真要出了什麼問題，奈米機器人也會自動修補傷害，根本用不著等我回來處理。只要轉這個轉盤，把溫度降低，接下來，你只需要把艙蓋蓋回去就好了。不過，我認為你說的狀況根本不可能會發生。」

但唐諾心裡有數，這種狀況一定會發生。他看著顯示幕，看著溫度上升到二十九度。那兩位助理繼續準備各種器材用品，等艙蓋打開。有一位助理拿出一條毛巾擺在毯子和紙袍旁邊，醫藥箱擺在輪椅上，蓋子開著。兩個人都戴著藍色的手術用手套。其中一個撕下一截膠帶，尾端輕輕浮貼在輪椅把手上，再撕開一袋紗布，接著又用力搖晃了一下那杯苦澀的液體。

「那麼，我的密碼可以啟動這個流程嗎？」唐諾問。他正在思考任何可能遺漏的細節。

威爾森忍不住笑起來。他手按著膝蓋，慢慢站起來。「你的密碼大概連氣閘門都打得開。這裡有什麼東西是你沒辦法操控的嗎？」

這時候，有一位助理拉掉手套。艙蓋喀喳一聲，開始洩出氣體。

唐諾心裡吶喊，我操控不了真相。我找不到真相。不過，他現在正計畫要找出真相。很快就會找到了。

艙蓋啪的一聲掀開了一點點，一位助理伸手把艙蓋整個掀開。躺在裡面的是一個長得很帥的年輕人，他慢慢醒過來了，臉頰抽動了一下。兩個助理開始忙了，唐諾拚命想把整個流程的每一個細節記在腦海裡。他想到妹妹。此刻，妹妹正在樓上沈睡，正在等他。

「等一下，我們會送他到樓上我的辦公室。」威爾森說。「到時候，我們會檢查他全身的器官，採集血液尿液的樣本作分析。如果他們有東西放在儲物櫃裡，我會派助理去拿。」

「儲物櫃？」唐諾看著助理拔掉導尿管，在那個人手臂上打了一針，然後蓋上紗布，貼上膠帶。那個人還坐在冷凍艙裡，用吸管喝那杯液體，邊喝邊皺眉頭。那東西很苦。

「那裡放的是私人物品，是這個人上次輪值留下來的東西。我們會派人去幫他拿。」

助理幫那個人穿上紙袍，然後很費力的扶他從冷凍艙裡出來。唐諾幫他們把輪椅上的醫藥箱搬開，幫忙把輪椅扶好。那條毯子已經攤開在輪椅上，助理扶那個人坐到輪椅上。這時候，唐諾忽然想到床頭桌上那個塑膠袋。袋子上寫著「輪值」兩個字，裡面裝的是瑟曼的私人物品。而且，袋子上還寫了一組小小的號碼，看起來有點像安娜那封郵件裡的那串數字。那串數字根本就不是日期。

那一剎那，唐諾忽然明白了。那封郵件裡寫的locket（小盒型項鏈墜）很可能是打字錯誤。鍵盤上，R和T這兩個按鍵是並排的，很容易打錯。她原本要打的字很可能是locker（儲物櫃），不是嗎？

這靈光一閃的線索就像這房間裡的空氣一樣冰冷，鑽進他腦海中。那一剎那，他忘了他要喚醒妹妹。現在，有另一個沈睡中的女人正在呼喚他，盤踞在他腦海中。

78

二三四五　第一地堡

唐諾幫忙把那個剛喚醒的人送到威爾森辦公室，留一位助理在原地清洗冷凍艙。到了辦公室，威爾森開始做血液尿液採樣，而唐諾根本沒心思留在那邊看。他說他可以去拿那位技師的私人物品，助理就告訴他怎麼走到倉庫樓層。

扣除軍火庫，地堡總共有十六個倉庫樓層。唐諾走進電梯，按下五十七樓倉庫的按鈕。那按鈕已經嚴重磨損。先前助理已經把那位技師的識別證號碼抄在一張紙上交給唐諾。唐諾立刻想到另一個號碼。安娜寫給瑟曼的郵件裡有一個號碼，他記得很清楚。20391102。先前他以為那是一個日期：二〇三九年十一月二日。很容易記。

電梯漸漸停了。唐諾跨出電梯門，外面一片漆黑。他伸手去摸牆上那一整排的電燈開關。開關一開，天花板上的燈閃了幾下逐一亮起，而遠處傳來低沈的嗡嗡聲，似乎有一部老式的變壓器啟動了。最遠處的燈先亮起，亮的範圍逐漸逼近，向右邊擴散，彷彿馬賽克的框框一片片亮起，最後完整呈現出一座迷宮般的巨大倉庫，裡面有數不清的高聳貨架。儲物櫃在貨架區後面，是整座倉庫最裡面的位置。唐諾開始往裡面走。

高聳的鋼鐵貨架矗立在通道兩邊，架上擺滿了密封塑膠箱。一走進去，他馬上就覺得自己快被吞沒了，那些塑膠箱似乎正朝他頭上壓下來。如果他抬頭往上看，會看到高聳貨架往上延伸，彷彿兩條鐵軌延伸向無窮的遠處。他注意到很多塑膠箱都是空的，沒有貼標籤。未來還會有更多文件被放進那些塑膠箱裡。上次輪值，他和安娜整理了很多資料，那些資料應該都儲存在這裡。而且，第四十地堡，還有那些不幸毀滅的地堡，資料應該也都在這裡。看了這些資料，就會知道當初第十八地堡的狀況，知道唐諾曾經努力想拯救他們。但此刻，唐諾忽然覺得，也許當初不應該挽救第十八地堡。目前，第十八地堡陷入混亂，出去清洗鏡頭的人脫離了掌控，這一切是不是應該要怪他？

他從那一架架的塑膠箱前面經過，箱上的標籤都註明了日期，地堡編號和姓名。貨架間還有橫向的通道，很狹窄，差不多只有推車的寬度。他們會用推車把倉庫裡的白紙和筆記本送到各樓層，而這些東西最後會變成檔案資料送回來。過了一會兒，唐諾終於穿過了貨架區，那種幽閉恐懼的壓力也就暫時解除了。他慢慢走向遠處的牆邊。那裡已經是地堡外牆。他回頭看看後面，看自己已經走了多遠。他忽然想到，如果上面的燈同時熄滅，整座倉庫陷入一片漆黑，伸手不見五指，那會是什麼感覺？他要怎麼找到路走回電梯？說不定他會一直繞圈子，最後渴死。他抬頭看看上面的燈，覺得自己好脆弱，意識到自己是多麼依賴電力與光。這時候，一陣熟悉的恐懼突如其來的淹沒了他，那種被活埋的恐懼。唐諾靠在一座儲物櫃上，休息一下喘口氣，拿起手帕掩住嘴咳了幾下，告訴自己，死亡並不是最可怕的。

過了一會兒，那種幽閉的恐懼漸漸消退了，唐諾開始走進整排的儲物櫃中間。看起來，這裡至少有好幾千座儲物櫃，有些很小，看起來和郵局信箱差不多，每個邊長十五公分的正方形。接著唐諾用手臂去測量了一下，發現儲物櫃的深度也差不多是十五公分。他嘴裡嘀咕著安娜郵件裡的號碼，心裡同時想著，厄斯金的東西一定也在這裡，還有維克。他有點好奇，不知道這些人是否有什麼祕密藏在這裡，不知道哪天會不會需要再回來搜索。

他沿著一排儲物櫃往前走，發現號碼逐漸變大，而前兩個數字和安娜的號碼差很多。他轉身往回走，回到一條間隔通道，開始搜尋正確的行列。他看到有一排櫃子開頭的數字是從 43 開始的，而他的識別證號碼開頭是44。說不定他的櫃子就在這附近。

唐諾開始回想他的識別證號碼，不過他覺得他櫃子裡應該沒東西。他每次輪值都沒留下什麼東西。眼前櫃子上號碼越來越大，然後走著走著，走到一個小櫃門前面，他不由自主的停下腳步。門上是他的識別證號碼。特洛伊的號碼。門上沒有鎖扣，只有一個按鈕。他用指關節壓下按鈕，因為怕留下指紋。他還是疑神疑鬼，怕這裡會有什麼指紋掃描之類的設備。萬一有人看到瑟曼竟然在看這個人的儲物櫃，他們會有什麼反應？他老是會忘記自己現在正冒用別人的身分。每次有人叫他瑟曼的時候，他總是要愣了一下才會意識到對方是在叫他。

櫃門打開的那一剎那，他聽到細微的嗤的一聲，接著是嘎吱一聲。櫃門的鉸鏈已經很老舊。聽到剛剛那嗤的一聲，唐諾忽然想到這裡所有的東西，不管是櫃子還是箱子，都是氣密式的，以隔絕空氣。隔絕正常的空氣。其實，就連正常的空氣裡都瀰漫著肉眼看不見的東西，比如具有腐蝕性的氧和其他懸浮微粒。所謂正常的空氣和不正常的空氣，兩者之間的差異只在於腐蝕速度的快慢。

唐諾湊近他的儲物櫃。

沒想到，裡面竟然有東西。櫃子裡有一個塑膠袋，就像瑟曼的袋子一樣，真空密封包裝，縐巴巴的。唯一的差別是，袋子上面寫著不是「輪值」，而是「遺物」。他注意到袋子裡是他那條棕色的長褲和紅襯衫。看到那套衣服，他腦海中又湧現出許多回憶。他回想起從前的自己，從前生活的世界。唐諾捏捏塑膠袋，感覺摸起來很扎實。接著他轉頭看看通道兩頭。

他們幹嘛要留著這些東西？難不成他們以為他還會從地底下冒出來穿上這些衣服嗎？還是說，這座倉庫收藏的根本就是廢棄物？上面兩層樓也是倉庫，裡面全是些無法回收利用的東西，擠壓後放進箱子裡，硬得像鐵塊，然後堆到貨架上，堆到天花板那麼高。事實上，除了這裡，還有什麼地方能擺這些垃圾？難不成在地上挖一個洞？他們自己就已經是住在洞裡了。

唐諾摸摸塑膠袋上的拉鏈，把袋子拉開了一點，那一剎那，袋子裡立刻冒出一股淡淡的泥土和青草香，那是昔日的氣味。他把拉鏈拉到底，空氣灌進袋子裡，他的衣服立刻蓬鬆起來。他忽然有一股衝動，想換上從前的衣服，假裝從前的世界並沒有毀滅，不過，他終究還是把袋子放回櫃子裡。就在這時候，他忽然瞥見袋子裡好像有個黃黃的東西。

唐諾手伸進袋子裡，從衣服底下掏出那枚結婚戒指，而就在手抽出來的時候，他忽然感覺到褲子裡有硬硬的東西。他把戒指放到另一手的手心，然後又伸手進袋子裡，捏捏衣服和褲子，腦海裡拚命回想，那天他帶了什麼東西？不會是藥丸，因為那天他摔倒的時候，藥丸就已經掉了。另外，也不會是沙灘車鑰匙，因為被安娜搶走了。而他自己的鑰匙和皮夾都在西裝外套裡，而外套被他丟在外面，根本來不及穿進地堡裡——

是他的電話。他在褲子的口袋裡摸到他的手機。那東西的重量和彎曲的形狀，摸起來很順手。他把塑膠袋放回櫃子裡，把戒指塞進工作服的口袋裡，然後按下手機的電源鍵。然而，手機當然沒電了。早就沒電了。即使在他和海倫失散的那一天，手機就已經怪怪的。

唐諾不自覺的把手機放進口袋裡，這種習慣動作，不管時間過了多久都無法改變。他摸到口袋裡的戒指，於是就把戒指掏出來，試著戴戴看。他忽然想到海倫，接著又想到米克，想到他們兩個生了孩子。他就有種悲哀和嫌惡交雜的感覺。他把塑膠袋塞進櫃子深處，關上門，然後摘下手指上的戒指，和手機一起塞進工作服口袋裡。接著，唐諾轉身繼續往前走，準備去找安娜的櫃子。而且，他還得去拿那位技師的私人物品。

他瀏覽著儲物櫃的號碼，這時候，他心頭一震，一個念頭湧上來，想到某種關聯，可是卻又說不上來是什麼。

他看向遠處，發現有一區的儲物櫃還籠罩在黑暗中，因為上面的燈泡壞了。唐諾忽然想到，有一段期間，第四十地堡和附近幾座地堡都失去了聯絡，彷彿被黑暗吞沒。艾倫搞不清楚那裡出了什麼事，乾脆就直接關閉了那些地堡。此刻，他記憶深處的某些往事開始浮現，而他也逐漸想通了每件事之間的關聯。一切都跟安娜有關。而且，他會無意間走到他的櫃子前面，是有原因的。他手抓著口袋裡的手機，想起上次她被喚醒的原因。他忽然想到，她的專長就是無線通訊系統，還有入侵系統。

唐諾看到遠處有一盞燈突然滅掉，感覺自己也好像快要被黑暗吞噬。這底下沒有他想要的東西，只有可怕的記憶和醒悟。此刻，他想通了某些事，某些他不願相信的事，心臟不由得越跳越快。他想到，炸彈落下來那一天，他的手機沒辦法用，沒辦法聯絡海倫。接著他又想到，先前有好多次他聯絡不到米克，好幾次晚上開會的時候，都只剩下安娜和他兩個人。

而現在，這座地堡裡又只剩下他們兩個。最後那一天，米克臨時和他調換工作。唐諾還記得，當時米克帶他去參觀一座地堡，帶他進一個小房間，然後跟他說了很多話，希望和他調換工作，希望他不要忘記兩人之間的友情。米克說，這是他的心願，希望唐諾能夠成全。

唐諾抬起手用力拍了一下櫃子，邊拍邊咒罵。米克本來應該要待在這座地堡的，米克本來應該會一次又一次的被送去冬眠，被喚醒，然後漸漸崩潰發瘋。從前，唐諾常常嘲笑米克沒有家，沒有像樣的家庭生活，結果，米克奪走了原本屬於唐諾的家。而且，這還是唐諾自己一手協力促成的。

唐諾虛弱無力的靠在櫃子上，伸手去掏手帕，掩住嘴咳了幾下，腦海中浮現出米克安撫海倫的情景。他想到米克和海倫的孩子，他們的孫子。他感覺心頭竄起一股怒火。長久以來，他一直怪自己來不及去找海倫，一直氣海倫和米克擁有了他失去的生活。而這一切都是安娜搞出來的。安娜就像駭客一樣，侵入他的人生。這一切都是她造成的。把他帶到這座地堡的人，就是安娜。

79 二三四五 第一地堡

唐諾去拿了另外兩個櫃子的東西，一路上失魂落魄，腦海中一片空白。他搭電梯回到威爾森的辦公室，把那位技師的東西放到桌上，然後跟威爾森要了一些安眠藥，一邊留意威爾森在哪個櫃子拿藥。後來，威爾森走出辦公室，把採樣送去實驗室，唐諾立刻趁機會從櫃子裡拿出更多安眠藥，把藥丸搗碎，然後舀了兩湯匙的粉末放進杯子裡，和水攪拌成一杯液體。此刻他根本沒什麼計畫，所有的行動都是一種機械式的舉動。他這一生經歷了太多殘酷的事。他要結束這一切。

接著，他來到深度冬眠區，準備了各種器材用品放在輪椅上，然後推著輪椅來到她的冷凍艙旁邊。他毫不費力就找到了她的冷凍艙。唐諾抬起手，一根手指輕輕劃過艙蓋，動作小心翼翼，彷彿艙蓋很危險。他還記得，他曾經這樣輕撫她的身體，但心裡總是懷著恐懼，始終無法投入。他越是感覺舒服，心裡就越痛。每一次的撫觸，都是對海倫的羞辱。

他縮回手指，在另一手的手心輕輕抹了一下，彷彿手指在流血。靠近她是很危險的。安娜赤裸的身體就在這具鋼鐵殼裡，而現在，他就要打開艙蓋了。他轉頭看看四周一望無際的深度冬眠區。這裡有很多人，但他卻感到好孤單。而平常這裡唯一還能活動的人，威爾森醫師，此刻還在實驗室裡，好一陣子不會回來。

唐諾在冷凍艙尾端跪下來，在操控面板上輸入密碼。他內心深處隱隱希望密碼無效。這種權力太可怕，可以任意決定別人生死。然而，面板發出了嗶嗶聲，於是，唐諾按照威爾森所教的，轉動轉鈕。

接下來就是等待了。溫度慢慢上升，而他滿腔怒火卻漸漸消退了。唐諾拿起杯子，攪拌一下杯裡的液體。

過了一會兒，艙蓋嗤的一聲跳開了，唐諾伸手掀開艙蓋，然後拔掉安娜手臂上的針頭插管，針頭冒出很多液體。他注意到插管尾端的塑膠閥門，於是就轉動閥門，針頭就不再冒出液體了。接著他從輪椅拿起來一條摺好的毯子，攤開之後塞在她身體旁邊。她的身體已經開始溫暖了。冰水從艙蓋內側往下滴，聚集在冷凍艙邊緣的導流溝。唐諾心裡明白，這條毯子等一下就會派上用場。

安娜欠動了一下，眼皮開始微微顫動，這時候，唐諾把黏在她臉上的頭髮撥開。接著她張開嘴，發出一聲微弱的呻吟。唐諾知道那種渾身僵直骨頭冰冷的感覺。他很不想這樣對待她，可是，他好恨她對他做了那種事。

「沒事了。」她開始吸氣，渾身發抖，頭擺來擺去，嘴裡喃喃嘀咕著。唐諾扶她坐起來，把毯子拉起來蓋在她身上。輪椅還擺在一邊，上面還擺著醫藥箱，還有一個杯子。唐諾並沒有把她扶出冷凍艙，扶她坐到輪椅上。他什麼也沒做。

她眨了幾下眼睛，看到唐諾，立刻瞇起眼睛。

「唐唐——」

他並沒有仔細聽她叫他的名字，但他緊盯著她的嘴唇，知道她在叫他。

「你終於來找我了。」她有氣無力的說。

她渾身發抖。唐諾看著她，忍住衝動沒有伸手去揉揉她的背，沒有抱住她。

「今年是哪一年？」她舔舔嘴唇。「時候到了嗎？」她漸漸睜大眼睛，露出恐懼的神色。融化的冰水沿著她臉頰往下流。

唐諾還記得，他也曾經像她這樣醒過來，恍恍惚惚神智不清。「沒錯，時候到了，該說實話了。」他說。「我會來到這個地方，都是因為妳，是吧？」

安娜愣愣的看著他，意識迷迷糊糊。他注意到她眼球動來動去，嘴巴微張，反應遲鈍。他很清楚知道此刻她有什麼感覺，因為他自己也曾經被冷凍，曾經這樣被喚醒過。

「對。」她微微點點頭。「我爸爸根本沒打算叫醒我們。深度冬眠是——」她忽然壓低聲音。「真高興你來了。我就知道你一定會來的。」

這時候，她放開毯子，伸手去抓冷凍艙邊緣，好像想爬出來。唐諾伸手按住她肩膀，轉身拿起輪椅上的杯子，然後抓住她的手，把她的手從冷凍艙邊緣拉開，接著把杯子塞進她手中。她抬起另一隻手，兩手捧住杯子，擺在膝蓋上。

「我想知道為什麼。」他說。「妳為什麼要把我弄到這裡？弄到這個地方？」他轉頭看看冷凍艙前後，心裡想，這個地方很像是人工墳墓，正是死亡的歸宿。

安娜盯著他，然後看看手上的杯子和吸管。唐諾放開她的手，然後手伸進口袋裡，掏出手機。安娜轉頭看著手機。

「那天妳做了什麼？」他問。「妳故意讓我聯絡不上她，對不對？還有，那天晚上我們開會要討論整個計畫最後的細節，可是米克沒趕上。那也是妳故意安排的，對不對？」

安娜臉上閃過一絲陰霾，那是一種深沈的黑暗。唐諾本來以為她會悍然辯解，但沒想到她卻露出悲傷的表情。

「那是好久以前的事了。」她搖搖頭。「對不起，唐唐，可是那畢竟已經是從前的事了。」她眼睛瞄向門口，彷彿她察覺到有危險。唐諾跟著轉頭瞄瞄門口，卻什麼都沒看到。「我們要趕快離開這裡。」

她嘶啞著聲音說。「唐唐，我爸爸，他們擬定了一份公約——」

「我比較想知道妳做了什麼事。」他說。「妳說。」

她搖搖頭。「不是只有我。是我和米克——唐唐，當時我真的覺得這樣做才是對的。對不起。可是現在，我有別的事必須先告訴你。更重要的事。」她的聲音很微弱，可是口氣很平靜。她舔舔嘴唇，看看那根吸管，可是唐諾還抓著她的手臂，她沒辦法自己喝。「你還在深度冬眠的時候，爸爸把我叫醒過一次。」她抬起頭，眼睛盯著他，牙齒格格打顫，努力想釐清思緒。「結果，我發現——」

「夠了。」唐諾說。「我不想再聽妳說故事，不想再聽妳說謊。我只想知道真相。」

安娜撇開頭，忽然打了個哆嗦，全身猛烈一震。她的頭髮冒出霧氣，艙蓋上凝結的水滴一直往下流。

「本來就應該要這樣。」她不敢正視他，再加上她說的這句話，等於已經承認了。「本來就應該要這樣。我們兩個本來就應該在一起。這地方是我們一起設計的。」

唐諾又感到一股怒氣往上衝，手開始發抖。

安娜忽然湊向他。「一想到你有一天會孤零零的死在那個地方，我真的受不了。」

「我不會一個人死在那裡。」他齜牙咧嘴的說。「更何況，妳沒有資格替我做決定。」他兩手抓住冷凍艙邊緣，抓得好用力，指關節都發青了。

「你聽我說，這件事真的很重要。」安娜說。

唐諾等著。她打算怎麼解釋，怎麼道歉？他生命中的一切，絕大多數都被瑟曼奪走了，而她卻連他僅剩的也不放過。她爸爸毀滅了世界，而安娜毀滅的是唐諾的世界。他想聽聽看她怎麼解釋。

「我爸爸擬定了一份公約。」她說話似乎又有力氣了。「他們根本沒打算叫醒我們。我們一定要趕快離開這裡。我需要你幫忙——」

又來了。她根本不在乎她毀了他的一生。唐諾忽然感覺怒氣消退了。他嘆了口氣，只感到一種深深的悲哀。

「喝吧。」他輕輕抬起她的手。「然後妳再告訴我，我要怎麼樣才能幫妳。」

安娜眨眨眼。唐諾抓住那根吸管湊近她嘴邊。從她嘴裡說出來的話，總是會令他困惑，總是在誘拐他來填補她內心的空虛。他已經受夠了她的謊言。聽她說話，等於是飛蛾撲火。

安娜含住吸管，開始吸杯子裡的液體。唐諾看到綠色的液體沿著吸管往上升。

「好苦。」喝了一口，她忽然說。

「沒關係。」唐諾說。「喝吧，喝了才有力氣。」

她乖乖喝了。唐諾替她端著杯子。安娜每喝一口就會停下來說他們要趕快離開這裡，說這裡有危險。他說他知道，然後又把吸管塞回她嘴裡。她本身就是危險。

後來，那杯東西還沒喝完，她忽然抬起頭盯著他，一臉困惑。「我怎麼……怎麼好想睡覺？」安娜眨眨眼，眼皮越來越沈重。

「妳實在不應該帶我來這個地方。」唐諾說。「我們不應該這樣活著。」

安娜抬起一隻手抓住唐諾的肩膀。她好像明白了。唐諾坐在冷凍艙邊緣，兩手抱住她。她慢慢倒在他身上，那一剎那，他想到的是他們第一次接吻那天晚上。當時他們還在唸大學，那天晚上參加派對，她喝醉了，躺在沙發上，頭靠在他胸口睡著了。而那一整晚，唐諾就這樣讓她躺在自己身上。後來，派對終於結束，人都散了，她卻還躺在他身上，到最後他手都麻了。他們就這樣睡到第二天早上才醒過來。她先醒了，身體動了一下，然後他也跟著醒了。她對他嫣然一笑，跟他說聲謝謝，說他是她的守護神，然後吻了他一下。

那似乎是好幾輩子以前的事了。太久遠了。人不應該活那麼久。然而，唐諾還記得她那天晚上的呼吸聲，彷彿只是昨天發生的事。他還記得，上次他們一起輪值的時候，她和他一起躺在他的小床上，她的頭靠在他胸口，就這樣睡著了。現在，他又聽到了她的呼吸聲。他聽到她深深吸了一口氣，最後一口氣。她忽然全身僵硬，冰冷的手指緊緊掐住他肩膀。而唐諾就這樣一直抱著她，到後來，她的手指終於慢慢鬆開了。安娜瑟曼終於咽下了她最後一口氣。

80

二三一八——第七年　第十七地堡

罐頭好像有問題了。吉米一開始還不太確定。他注意到甜菜罐頭上出現黃棕色的斑點，但一開始他不以為意。可是現在，有越來越多的罐頭出現那種斑點，而且裡面的東西味道變得怪怪的。也許那純粹只是他的想像，可是，他的胃確實越來越容易不舒服，而這也導致伺服器房味道越來越臭。他很不想靠近大便那個角落，因為蒼蠅越來越多，而這也意味著他大便的地方越來越多。再過不久，整間伺服器房會到處都是大便。

他心裡明白，該出去了。最近他已經沒聽到外面有什麼動靜，而且已經沒有人再來嘗試開門了。從前他一直覺得這裡像監獄，然而現在，他越來越肯定這裡是唯一安全的地方。從前，他曾經很想出去，可是到了現在，一想到要出去，他就覺得心驚膽跳。這是他所熟悉的例行公事，任何改變似乎都顯得很愚蠢。

他延後了兩天才出去，因為他擬定了一個「計劃」，先做好準備。他拿出他最心愛的那把步槍，分解拆散，上油潤滑所有的零件，然後再組裝起來。他有一盒「幸運子彈」，每次用空罐頭打靶的時候，那盒子彈從來不會卡彈，也不會無法擊發，所以，他清空兩個彈匣，然後全部裝滿幸運子彈。另外，他拿出另一套工作服，把袖子和褲管綁在一起，可以掛在脖子上，然後，把胸前的拉鏈拉開，裡面可以裝東西，當作克難背包來用。他在裡面放了兩罐香腸，兩罐鳳梨，還有兩罐番茄汁。他覺得他應該不會出去太久，不過，很難說。

他摸摸胸口，確定鑰匙還掛在脖子上。鑰匙從來沒掉過，不過他還是習慣摸摸胸口，確定鑰匙還在。他胸口有一片瘀青，就是因為他一直去摸胸口上的鑰匙。他把叉子和生鏽的螺絲起子放進胸前的口袋。螺絲起子是用來刺破罐頭蓋的。吉米急迫需要一把新的開罐器。開罐器和手電筒用的乾電池是第一優先。過去這幾年來，這裡只停過兩次電，但那兩次，到處都是一片漆黑，已經足以讓他魂飛魄散。所以，他一天到晚都在試手電筒，看看手電筒會不會亮。這大概就是為什麼乾電池很快就用光了。

他搔搔鬍子，絞盡腦汁想還有沒有缺什麼。水槽裡已經快沒水了，不過，說不定這次出去可以找到水，所以他必須找出很多年以前喝光的兩個空水瓶。問題是，要找出兩個空水瓶，那會是很浩大的工程，因為他必須到儲藏室的角落，鑽進堆積如山的空罐頭裡去找。結果，他一鑽進去，成群的蒼蠅立刻飛起來把他團團圍住。

「我看見你們了，我看見你們了。」他對蒼蠅大叫。「走開啦。」

吉米自言自語開起玩笑，大笑起來。

接著他到廚房拿了一把很大的刀。廚房裡的刀只剩那把的刀尖還沒斷。他把刀子放進背包裡。第二天，當他終於鼓起勇氣準備要出去的時候，他又覺得這個時間出門有點嫌太晚。於是，他又把步槍拿下來分解拆散，重新上油，然後再組裝起來。他向自己保證，明天早上一定會出發。

那天晚上，吉米睡得很不安穩。他沒有關掉無線電，以防萬一，免得外面有人講話他沒聽到。結果，無線電的嘶嘶聲害他噩夢連連。他一直夢見地堡外面的毒氣從不鏽鋼門底下的縫滲進來，結果，他驚醒了好幾次，拚命喘氣，後來就很難再睡著了。

第二天早上，他檢查了一下監視器的鏡頭，可是鏡頭還是不能用。他好希望外面走廊那個鏡頭還能用，可惜畫面還是一片黑。他安慰自己，走廊上已經沒人了。他馬上就要出去了。出去。

「不會有事的。」他安慰自己。他拿起步槍。步槍已經上過好幾次油。他拿起克難背包，心裡自我解嘲，必要的時候，這也可以拿來當成衣服穿。他強迫自己大笑了幾聲，然後開始走向鐵梯。

「快點，快點。」他一邊爬一邊幫自己打氣。他試著想吹口哨，可是忽然口乾舌燥，吹得荒腔走板。平常他很會吹口哨的。於是，他開始唱歌，唱出爸媽從前唱給他聽的一首歌。

背包和槍好重。背包和槍都掛在臂彎裡晃盪著，這種姿勢，他很難打開洞口網格鐵板的扣鎖。後來，他好不容易打開了網格鐵板。他頭探出洞口，停了一下，聽著伺服器的嗡嗡聲。有幾座伺服器很少發出喀喳聲，好像很忙。過去這幾年來，絕大多數伺服器的背板都被他拆掉了，因為他想看看裡面有什麼祕密。可惜，伺服器內部看起來就像他爸爸組裝的電腦。

他在伺服器間穿梭，大便的臭味迎面襲來。伺服器的熱氣讓那股臭味更令人難以忍受。

後來，他終於來到那扇大鐵門前面。他又開始猶豫。這些年來，吉米的世界變得越來越小，一天比一天小。一開始，他擁有這兩層樓，日子過得非常舒服。樓上有黑色的伺服器，樓下像迷宮。後來，他只有待在底下才會覺得舒服。過了一陣子，那條幽暗的通道和鐵梯開始令他感到害怕。沒多久，他的世界只剩下裡面那間擺滿床墊的房間，還有味道很奇怪的儲藏室。到最後，唯一能夠令他感到安全的，就只剩下桌子旁邊他那張小床墊，還有無線電的嘶嘶聲。

此刻，他終於站在門口。當年，爸爸曾經拖著他進這扇門。當年，他曾經在這門口殺了三個人。而現在，他想走出這扇門，開拓他的世界。

他的手慢慢伸向鍵盤，手心全是汗。一方面，他很怕門外的空氣有毒。但他轉念一想，說不定外面的空氣早就滲進來了。更何況，這麼多年來，他還是會聽到無線電裡有人說話，也就是說，外面還是有人活著。他開始輸入前面兩個數字，12。十二樓。接著，他想到後面的數字。18。十八樓。十八樓是他家。他想像自己回到家，找到更多衣服，到浴室裡上廁所。他想像自己生病了，媽媽坐在床邊照顧他。然而，他親眼看到過她躺在地上，兩手交叉在胸前，只剩一堆白骨。

他伸手去按1，手在發抖，結果不小心按到4。他伸手到褲子上擦了幾下。「門外沒有人。」他安慰自己。「沒有別人，只有我。只有我。」

不知道為什麼，他忽然不怕了。

他按下學校的樓層數字，再按下他家的樓層數字。

鍵盤發出嗶嗶聲，門發出嘎吱聲。吉米帕克往後退了一步。他想到學校，想到他的好朋友。不知道他們是不是還活著。不知道還有沒有人活著。他抓住槍的揹袋，繞過頭頂斜揹到肩上。門慢慢開了，等他伸手去拉。

81

二三二八——第七年 第十七地堡

外面的走廊上遍佈著生與死的痕跡。磁磚地板上有一團焦黑，灰燼散落，顯示這裡很久以前曾經被火燒過。不鏽鋼門外側有整排的刮痕和凹陷。看到那些凹陷，吉米立刻就想到當初打靶的時候常常沒打中，子彈打到門上。吉米注意到腳邊有一片深棕色的污痕，回想起當年曾經有一個人躺在那裡垂死掙扎。吉米撇開頭不再看這些。他跨出門口踏上走廊。

他正要關上門的那一剎那，不覺猶豫了一下。吉米忽然想到，從門外輸入密碼，密碼會不會失效？萬一門鎖上了，他會不會永遠進不去了？他看看鍵盤，發現鍵盤邊緣有挖鑿的痕跡，顯示有人曾經企圖撬開鍵盤。看到這個，他不由得想到，這些年來曾經有多少人拚命想進去。回想起這些，他忍不住懷疑自己是不是發瘋了，所以才會想出去？

想那麼多幹嘛？於是他揮開這些惱人的思緒，關上鐵門，然而，當他聽到門鎖上的聲音，他的心還是陡然往下沉。那悶悶的喀喳一聲，聽起來是如此決絕。

吉米嚇了一跳心臟差點停了，立刻湊近鍵盤。他忍不住想像，也許現在正有人從左右兩邊和前方的走廊同時朝他衝過來，鐵棍高高舉在頭上，發出淒厲的嘶吼聲，嘴角還帶著血跡——

他輸入密碼，門立刻就開了。他推開門，深深吸了一口氣。那是家的氣息……然而，迎面撲來的是一股混雜著伺服器高溫的強烈大便味，他差點吐出來。

走廊上沒有人朝他衝過來。他必須找到新的開罐器，他必須找到能用的廁所，他必須找到新的衣服，因為他身上的衣服已經快要變成破布條。他必須找到不會臭的空氣，找到另一批能吃的罐頭，找到水。

吉米很不情願的再度關上門。就算他已經試過鍵盤，他還是不放心，怕再也進不去。門的機件可能會損壞，密碼可能一天只能用一次，或是一年就得換一次。內心深處，他知道自己就算試過一百次密碼，一樣還是會擔心下次密碼不能用。他會一次又一次的試，卻永遠不會放心。於是，他強迫自己從門邊走開。他聽得到自己的心跳聲。

走廊很亮。吉米手上抓著步槍，躡手躡腳經過那些辦公室門口。辦公室裡已經被洗劫一空。四下一片寂靜，只聽得到天花板上那盞吊燈的嗡嗡聲，還有通風口底下那張桌上有一張紙被風吹得嘩啦嘩啦響。安全門崗哨看不到半個人影。吉米從十字旋轉門橫桿底下鑽過去，不禁想起當年被爸爸打死的亞尼。他彷彿還看得到樓梯井人潮洶湧，有一個人穿著防護衣衝出資訊區門口，衝進人群裡。然而，當他打開門，探頭看看外面，樓梯平台上空蕩蕩的。

而且，樓梯井一片昏暗，只看到緊急照明燈散發著幽幽的綠光。吉米慢慢關上資訊區大門，免得鉸鏈發出太刺耳的嘎吱聲。他注意到腳邊的網格鐵板上有個東西，伸出腳踢了一下。那是一根白白的像棍子的東西，尾端隆起，長度和他的小臂差不多。那是一根人骨。他一眼就認出來了，因為伺服器房裡也有一堆這樣的人骨，被他拖去和大便堆在一起。

吉米很確定，有一天自己也會變成一堆這樣的白骨。說不定就是今天。他再也回不到伺服器房底下那個小小的安穩的家。然而，不知道為什麼，他不再那麼怕了。他忽然有股衝動想走到一個開闊的地方，享受清涼的空氣，享受樓梯井的幽幽綠光，而且，他也很想看看有沒有機會碰到倖存的人。這樣的衝動，已經征服了可能再也回不去的恐懼。眼前的地堡曾經是他的家，而現在，對他來說，這裡更像是一個遼闊的外面的世界。這個世界有無盡的死亡，也有無窮的希望。

82

二三一八——第七年　第十七地堡

他沒什麼明確的計畫，也不確定要去什麼地方，不過，他不自覺的想上樓。他的手電筒已經沒電池可用，所以，他知道應該要仔細搜索每一個樓層。他走進一層住宿區，去找廁所大便，結果，他發現馬桶還是沒水可以沖，心陡然往下沈。水槽的水龍頭沒水，馬桶旁邊的水龍頭也沒水，於是，他只好摸黑找一條床單來擦屁股。

他又繼續上樓。十九樓有一家雜貨店，就在他家樓下。他可以去那裡找找看有沒有電池。不過，他心裡有數，能用的東西大概早就被洗劫一空了。不過，製衣區應該還找得到衣服，這一點他很確定。於是，計畫慢慢成形了。

這時候，他忽然感覺到樓梯板在震動。

吉米立刻停下腳步，豎起耳朵聽那腳步聲。是從上面傳來的。上面那層樓平台就在他頭頂上，再繞一圈螺旋梯就到了，比樓下的平台近。於是他拔腿拚命往上衝，踩得樓梯板碰碰響，步槍碰撞到背包裡的水瓶。此刻他雖然很害怕，可是卻又鬆了一口氣，因為這裡不是只有他一個人。

到了樓上的平台，他用力推開門衝進去，然後關上門，留一條縫，臉貼在門板上從那條縫偷瞄門外，豎起耳朵仔細聽。腳步聲越來越大聲，越來越大聲。吉米緊張得不敢呼吸。他看到一條人影閃過，接著，後面又有一個人緊追著跑過去，嘴裡大吼大叫。吉米只看得到他們模糊的身影。就這樣，他躲在一間黑漆漆的大廳門口，等著，一直等到外面的腳步聲消失，然後，他忽然感覺後面好像有東西正悄悄朝他逼近，感覺有一隻爪子從黑暗中伸出來碰到他的頭髮。吉米立刻衝到外面的平台上。樓梯井的緊急照明燈散發著幽幽綠光。他拚命喘氣，他已經不知道自己的感覺還能不能相信。

不管從什麼角度來看，他都是孤零零的一個人。就算還有其他人活著，那些人都只是想追殺他。

他又繼續上樓，更注意聽聽看有沒有腳步聲，手搭在欄杆上，看看有沒有震動。就這樣，他經過三十二樓的淨水廠，三十一樓的土耕區，二十六樓的化糞廠。他在綠光瀰漫的樓梯井一步步往上，朝雜貨店前進。他感覺到小腿肌肉開始發熱，但這是好現象。一路上，他經過許多熟悉的地方，然而，這些地方已經日漸荒廢，就跟他腦子裡逐漸模糊的記憶一樣。

後來，他終於來到雜貨店，發現裡面幾乎是空蕩蕩的，只剩下一具屍體被壓在倒塌的貨架底下。露在外面的那雙鞋子很小，可能是女人或小孩。褲管和鞋子之間的空隙看得到腳骨。屍體旁邊還有一些散落的貨物，但吉米不想去動那邊的東西。他到另外一座貨架上去翻找，看看有沒有電池或開罐器，可是只找到一些玩具之類的東西，沒用的東西。吉米感覺到裡面似乎黑影幢幢，但他捨不得開手電筒，於是趕緊摸黑走到外面的平台上。

後來，他來到從前的家，但他還是捨不得開手電筒。這裡已經不再有家的感覺了，只瀰漫著一股莫名的悲哀，一種說不出的遺憾，覺得自己辜負了爸媽。那是心頭一種多年的傷痛。吉米走出家門，繼續上樓。他感覺到樓上彷彿有什麼東西在召喚他。後來，當他快走到學校樓層的時候，終於明白是什麼在召喚他了。遙遠的過去正在召喚他。災難開始的那一天。他上課的教室。他就是在那裡見了媽媽最後一面。他的好朋友還活在他的記憶裡。如果時光能夠倒流，他好渴望自己依然坐在他的桌子後面，讓所有的記憶永遠停在那一刻。

83

二三一八——第七年　第十七地堡

吉米打開手電筒，慢慢走向教室。那一刻，他終於徹底明白，一切再也不可能回到從前。他看到他的背包就在教室中間。看到滿教室凌亂的桌椅，吉米彷彿看到他那些朋友奪門而出，跟著人群擠向學校門口。他們都記得帶走自己的背包，只有吉米的背包留在教室裡。

他踏出一步，走進教室。手電筒照亮了教室的每個角落，他似乎看到皮爾森老師正抬頭看著他，露出笑容。芭芭拉坐在門邊的座位上。吉米還記得，那次去畜牧區參觀的時候，他牽了芭芭拉的手。畜牧區有好多動物，有很多奇怪的味道，大家都隔著欄杆伸手去摸那些動物。當時吉米十四歲，不知道為什麼，看到那些動物讓他有一種異樣的興奮。於是，參觀的行程結束後，在回學校的路上，全班同學沿著螺旋梯往上走，他和芭芭拉走在最後面。當時，芭芭拉忽然伸出手來牽他的手，而他並沒有把手縮回來。

和芭芭拉手牽著手有一種奇妙的感覺。他伸手摸摸芭芭拉的桌子，在滿桌的灰塵上留下痕跡。教室裡只有保羅的桌子還在原地沒動。保羅是他最要好的朋友。他在桌椅間穿梭，彷彿看到全班同學都衝出教室，只留下他一個人站在教室中央，旁邊就是他的背包。只剩他一個人。

「只剩我一個人了。」他說。「我很孤獨。」

他嘴唇好乾，兩片嘴唇黏在一起。當他開口說話的時候，覺得自己好像已經很久沒有張開嘴了。

他走到背包旁邊，發現有人翻過裡面的東西。他蹲下來，掀開背包蓋，看到裡面有一片塑膠布。媽媽都是用那片塑膠布包他的午餐，而此刻，塑膠布裡什麼東西都沒有。兩條玉米和燕麥蛋糕都不見了。

他很驚訝，有些東西他記得特別清楚。

他繼續翻找背包，不知道還有什麼東西被人拿走。計算機還在。那是爸爸用一些電子零件幫他做的。另外，那個玻璃士兵模型也還在。那是他十三歲生日那天叔叔送給他的。他把克難背包裡的東西慢慢放到他的舊背包裡。拉鏈有點卡卡的，但還能用。接著，他看看那件被他當成背包用的工作服，發現那比他身上穿的這套還破爛。於是，他把衣服留在原地。

然後，吉米站起來，拿手電筒照著教室四周。他注意到黑板上寫了一些字。他用手電筒照著那幾個字，發現都是同一個字，「操」，看起來很像操操操操操操操操串在一起。

吉米在皮爾森老師的桌子裡找到了板擦。那板擦變得很硬，很難擦，但他終究還是把那幾個字擦掉了，但黑板上還是殘留了一些粉筆痕跡。記得以前他常常當著全班同學的面在黑板上寫字。那是很美好的回憶。他抄在黑板上的是他的作業。他寫了一首詩，皮爾森老師說他寫得很好。不過，老師可能只是安慰他吧。他舔舔嘴唇，從黑板底下的槽溝裡拿起一小截粉筆。他心裡有些話很想寫出來。此刻，他不再覺得緊張，因為沒有全班同學在底下看。此刻，沒有人會看他在黑板上寫字。這裡真的只剩下他一個人了。

他開始在黑板上寫下：我是吉米。手電筒在黑板上投映著一個微弱的光圈。他每畫一筆，粉筆就會發出刺耳的嘎吱聲。他寫了一首詩，一首描寫孤獨的詩。

　　鬼魂正看著我。鬼魂正看著我。他們看著我孤獨行走。
　　屍體在嘲笑我。屍體在嘲笑我。當我從他們身上跨過，他們就沈默了。
　　我爸媽不見了。我爸媽不見了。他們正等著我回家。

吉米覺得最後一行好像怪怪的。他拿手電筒照著那行詩，越看越覺得寫得並不好。雖然再寫下去也不見得會更好，但他還是想繼續寫。

地堡空無一人。地堡空無一人。死亡佔據了整個地堡。
我是吉米。我是吉米。可是再也沒有人叫我的名字。
我獨自一人，鬼魂正看著我。孤獨讓我變得更堅強。

他心裡明白，最後那一句根本就是自欺欺人，所以那句話不算數。吉米往後退了幾步，用手電筒照著那首詩。每一行的粉筆字跡，越到後面越小，底下那幾行，字一行比一行小。在黑板上寫字，他老是有這種毛病。一開始寫的字很大，然後越寫越小。他扯扯鬍子，心裡想，這代表什麼，這是不是什麼預兆？

他忽然覺得那首詩很怪。第五行不對。他寫了一句「可是再也沒有人叫我的名字」，可是那首詩最前面他寫了一句「我是吉米」。他還是認為自己的名字叫吉米。

他拿起板擦，想擦掉寫錯的那一行，但他忽然猶豫起來。他很怕改寫之後，那首詩會變得更差。他怕把那一行擦掉之後，寫不出更好的句子。這是他的聲音。他已經很久沒有發出聲音，聲音太珍貴了，不能就這樣被抹滅掉。

吉米覺得皮爾森老師似乎正看著他，覺得全班同學也彷彿正看著他。他正在研究黑板上那首詩有什麼問題，而鬼魂正看著他，屍體在嘲笑他。

後來，他終於想出來了，心裡忽然湧出一陣興奮。吉米抬起板擦，擦掉最上面那句話。「我是吉米」那幾個字被擦掉了，留下模糊的痕跡。

他放下板擦，開始寫出對的那句話。

他寫下「我是孤獨的」。他喜歡這句話唸起來的感覺，充滿詩意，意義深刻。詩是一種很奇妙的東西，有自己的生命，自己會說話。因此，他腦海深處浮現出另一種意念，重寫了那句話。然後，他拿起地上的背包，走出教室，離開他的老朋友。他在黑板上留下一首詩，留下一個名字。那是一個記號，證明他曾經來過。

我是孤兒。

84 二三四五 第一地堡

唐諾推著輪椅回到威爾森的辦公室。那條濕毯子掛在椅背上，一路在地上拖。他腦海中一片空白。這天早上，他本來還夢想著要讓一個人重新活過來，結果，他反而奪走了一條人命。那種無法挽回的事實開始侵擾他，令他喘不過氣來，令他難以吞嚥。他忽然在走廊上停下腳步，開始思考自己到底變成了什麼樣的人。無知的建築師。囚犯。傀儡，劊子手。而且，他還冒充別人的身分。他的轉變令自己感到驚駭。他眼中湧出淚水，但立刻忿忿的擦掉眼淚。他又想到海倫和米克，想到自己被奪走的一切。有一天，他赫然發現自己在這座地堡裡被喚醒，而這一切都是有人在幕後安排的。他感覺自己的膝蓋和手肘彷彿被人用線吊著，此刻，他就像一具傀儡推著輪椅。

進了辦公室，唐諾停住輪椅，踩下煞車片，掏出口袋裡的藥瓶，忽然想到，也許應該再多拿一些藥丸。接下來的晚上恐怕不太好睡。

於是，他倒光了瓶子裡的藥丸，把空瓶子放回櫃子裡，然後轉身準備要走了。這時候，他忽然看到輪床中央有一張紙條。

你東西忘了拿。

——威爾森

那張紙條插在一本薄薄的檔案夾裡。唐諾隱約記得，當時他好像把那個檔案夾連同技師的東西一起交給了威爾森。先前他去另外兩個儲物櫃拿東西的時候，根本心不在焉，只記得手裡抓著以前的舊手機，腦海中同時想通了所有的事情，終於明白，他莫名其妙臨時被換到這座地堡，根本就是安娜、米克和瑟曼共同的陰謀。他們奪走了他的人生。

這份檔案夾是他在安娜的儲物櫃裡拿到的。現在看來，這份檔案夾應該是無關緊要了。唐諾把威爾森寫的紙條揉成一團丟進垃圾桶，然後拿起那份檔案夾，打算回他的房間好好睡一下，不過，他還是不自覺的拿起檔案來看。

檔案裡只有一張紙。一張很舊的紙，已經發黃，邊緣都已經磨損。內文底下有五個人的簽名。文件最上方的標題字體很粗。

主旨：公約

唐諾抬頭看看門，然後走到那張小桌子前面，把檔案夾放在鍵盤旁邊，坐下來。安娜寫給她爸爸那封郵件裡也有同樣的標題，而且還特別註明「緊急」。那封郵件，他已經看過看過十幾次，絞盡腦汁終於想通了那是什麼意思。於是，郵件裡那個數字引導他找到了這份檔案夾。

他很熟悉地堡的公約。那是地堡的管理法則，用來維持地堡的秩序，透過生育抽籤控制人口，用罰款和清洗鏡頭作為懲罰犯罪的手段。不過，眼前這份公約太短，顯然不是地堡的公約，看起來比較像從前國會山莊裡的備忘錄。

內容寫著：

敬啟者

先前大家討論過，十座地堡就足以達成我們的目標，而一百年的時間也足夠了。地表的人類在一百年內就會滅絕。當初參與擬定原始公約的人應該都很清楚目前的狀況。目前，我們已經暗中通過預算，而且，在先發攻擊之後，大家都已經看到戰爭的計畫顯然沒有達到預期的成果。在這種情況下，大家應該都很清楚，我們必須要重新評估公約的內容。現在，我們必須把地堡增加到三十座，時間增加為兩百年。技術小組已經確認，兩百年是可行的。當然，這些數據還是有可能會再次調整。

上次會議，我們也討論過，「E日」之後，是否可以保留兩座地堡存活（另一種可能方案就是保留一座地堡備用）。討論的結果，大家一致認為那是不明智的。把所有的籃子放在同一個雞蛋裡，會是比較明智的做法。讓兩顆或是更多雞蛋同時孵化，是有危險的。由於這已經逐漸成為爭論的源頭，所以，我們修正了原始公約。這份公約修正版，必須視同法律，而且創立公約的全體成員都必須簽署。我個人會親自擔任「E輪值」的工作，按下按鈕。目前，根據最新的計算模組，長期存活率的預估值是42%。這是很驚人的進步。

——維克

唐諾又看看底下的簽名。瑟曼的簽名很潦草，他一眼就能看出來。當年在國會山莊，他看過太多瑟曼簽署的備忘錄。其他的簽名，一個很可能是厄斯金的簽名，一個是查理羅德斯的簽名，那位神氣活現的奧克拉荷馬州長。其他的簽名他無法辨認。另外，這份備忘錄沒有日期。

他又仔細看了一遍，一開始看不太懂，很困惑，不過慢慢就想通了。上次輪值的時候，他看到過一份地堡排名的清單。第十八地堡名列前茅。這也就是為什麼維克拚命想挽救那座地堡。這份備忘錄裡，維克提到了「按下按鈕」。他自殺前寫給瑟曼那封信裡是不是也提到了類似的東西？維克越來越沒把握自己是不是夠資格做那個決定。

所有的籃子放在同一個雞蛋裡。這句諺語說顛倒了。唐諾往後靠到椅背上，這時候，威爾森辦公桌上的檯燈忽然閃了一下。這些燈泡本來不應該被使用這麼久的。燈泡熄滅了，不過，有些燈泡本來就是多餘的。

一顆雞蛋。如果他們讓更多雞蛋孵化，那些雞會不會開始互相殘殺呢？這就是原因嗎？那份地堡排名清單。

唐諾之所以一下子就想通，是因為他早就知道了。他一直都知道。這些王八蛋根本沒打算讓那些地堡的人活著離開。根本沒有。他們只能讓一個地堡活下來。從在山丘上那天算起，幾百年後，如果這些地堡裡的人又相見了，他們之間會發生什麼事？這地方是唐諾設計的。他早該知道，自己根本就是個死亡建築師。

接著，他又想到那份地堡排名的清單。只有排第一名的地堡才能存活。然而，衡量的標準是什麼？做這種決定未免太武斷了吧？毀掉所有的雞蛋，只留下一個。他們希望得到什麼？他們到底有什麼計劃？就算在同一座地堡裡，人跟人之間還是會有紛爭，有差異，這要怎麼克服呢？難道地堡跟地堡之間的差異就無法克服嗎？

唐諾又抬起手掩住嘴咳了幾下，手在顫抖。他忽然明白安娜剛剛想告訴他的是什麼，只可惜現在已經太遲，她已經沒辦法幫他找答案了。在這個完全沒把生死當一回事的地方，他忘了生死只有一線之隔。而現在，他已經沒辦法再喚醒她。此刻，他心裡只剩困惑與悔恨。他失去了唯一的盟友。

不過，還有一個人他可以去喚醒。讓死者復活，這是一種很可怕的權力。唐諾終於明白公約真正的本質是什麼。他不由得渾身起了一陣哆嗦。這份公約，是一群毀滅世界的瘋子擬定的。

「這根本就是自殺公約。」唐諾喃喃自語。他覺得整座地堡的圍牆似乎正逐漸朝他壓過來，把他包在裡面，就像一顆雞蛋。這顆雞蛋永遠無法孵化。這顆雞蛋是最可怕最危險的，因為裡面有一群毒蛇。只要有這群毒蛇在，世界永遠都有危險。現在，其他地堡裡的人就像在一艘救生艇上，而第一地堡裡這群毒蛇只會更努力執行死亡計畫。很可惜，他們是註定要淹死的。全部淹死。

85

二三三二──第十二年 第十七地堡

孤兒本來沒打算花一整天到地堡最底層，但結果就是這樣。他本來是要去傳說中的物資區，找找看有沒有電池或開罐器，結果卻發現，那裡已經成為骨骸遍地的戰場遺蹟。他到那些高大的貨架前面去翻找，接著又走進更裡面那些幽暗的通道，結果找到了一把手電筒。這比找到電池更開心。手電筒還亮著，摸起來溫溫的。孤兒愣了好一會兒才想通這代表什麼，那一剎那，他立刻衝出物資區，發誓以後再也不會來。他匆匆跑下樓，彷彿後面有鬼在追趕他。後來，他忽然踩到水。

孤兒嚇了一跳，手放開欄杆，腳下一滑，兩手揮舞了半天拚命想保持平衡，但還是跪倒在地上，褲子胯下的部位都濕了，肩上的步槍也滑掉了，背包也弄濕了。

孤兒咒罵了一聲，掙扎著站起來。水從槍管裡流出來。濕掉的的衣服黏在身上，奇寒徹骨。

「笨蛋！」他咒罵了一聲。接著他往上爬了一級樓梯，看著波紋晃動的水面慢慢恢復靜止。地堡裡全是水。他凝視著水裡，看到底下的樓梯慢慢隱沒在一片黑暗中。孤兒仔細看著水面和欄杆接觸的位置，看看水位有沒有上升。看起來好像沒有，就算有，那上升的速度也是肉眼無法分辨的。

剛剛他踩在水裡，掀起的水波衝到一百三十七樓大門，門板晃個不停。水位的高度大概在一百三十七樓平台上面六十公分左右，也就是說，門裡的水位高度也一樣。他心裡想，整座地堡會慢慢被水淹沒。十幾年來，水慢慢淹到這個高度，那麼，水位還會繼續往上升嗎？什麼時候會淹到他三十四樓的家？什麼時候會淹到頂樓？

一想到自己可能會被水淹死，孤兒喉嚨不由自主的發出一種奇怪的聲音，有點像哭聲。他衣服上水慢慢滴到水裡。這時候，孤兒又聽到那哭聲了。原來，剛剛根本不是他在哭。

他趕緊蹲下來，看著被水淹沒的門裡面，豎起耳朵仔細聽。就在裡面。有人在哭。就在這個被水淹沒的樓層裡面。聽起來像嬰兒的哭聲。

孤兒低頭看著水面。看樣子，他勢必要走到水裡面。頭頂上的綠光散發出一種鬼魅般的氣息。空氣好冷，水更冷。

他往上走了幾步，把沈重的背包放在沒有淹水的樓梯板上。他的褲管全濕了。於是，他褲管捲到膝蓋上，然後開始解開鞋帶。

他豎起耳朵，仔細聽聽看有沒有哭聲，結果什麼都沒聽到。他忍不住想，那會不會只是他的想像？有必要為了自己的想像把自己搞到全身濕透？說不定那根本就是他的幻覺，很快就會不見了。他把鞋子裡的水倒出來，擺到旁邊，然後開始脫襪子，把襪子擰乾，披在欄杆上晾乾。

他把袋子放在距離水面四級樓梯的高度，這時候，他好像又聽到嬰兒的哭聲了。他心裡想，他年紀已經夠大，可以有個小嬰兒了。他計算了一下。平常他很少計算的。他是二十六歲，還是二十七歲？過生日的時候沒人能夠提醒他。

他踩進水裡，慢慢走向門口。水好冰，他的腳幾乎快麻了。水面浮著一層七彩的油污，繞著平台欄杆的支柱晃盪。孤兒停下腳步，探頭到欄杆外往底下看。這裡距離底層這麼高，可是卻看得到水佈滿整個樓梯井，那種感覺有點奇怪。如果掉到欄杆外，在水裡往下掉到底層，速度會比較慢嗎？還是說，他會像那些垃圾一樣浮在水面上？他覺得自己應該會沈下去，所以他小心翼翼慢慢走。接著，他看到網格鐵板底下有亮亮的東西，不過他認為那可能只是他的身影反映在油亮亮的水面上。

「你最好值得我救。」他對著大廳裡那個嬰兒說。

接著他又仔細聽，看看那嬰兒有沒有回答，結果聽不到半點哭聲。一進門，光線越來越弱，裡面是一片漆黑。於是，他從胸前的口袋裡掏出手電筒，按下開關。光束照在水面上，四周變得更亮，光亮隨著水面的波紋晃動，在天花板上閃爍。

「喂？」他喊了一聲。

他很快就聽到回音。他舉起手電筒照向走廊。走廊分成三個方向分叉。其中兩條是圓弧形，應該會在樓梯井的另一頭交會。這層樓是輪輻式的格局。孤兒忍不住笑起來。他在書裡看到過，腳踏車的輪輻。以前他常常聽人提輪輻，本來他一直不懂那是什麼意思，後來看到書才終於懂了。

他又聽到哭聲了。這次他非常確定。要不然就是他真的發瘋了。孤兒立刻轉身，等著。水波衝到牆壁發出嘩啦啦的聲響。他朝著哭聲的方向走過去，又激起了更多水波。他看不到自己的腳步，感覺自己像是個在水面上行走的鬼魂。

這是宿舍樓層。問題是，這裡全是水，還有誰會住在這裡？他走到交誼廳門口，停下腳步，拿手電筒照向裡面的一片漆黑。交誼廳中央有一張乒乓球桌，桌腳全是鏽。球拍還擺在被水淹沒的墨綠色桌面上。孤兒不禁聯想到，草的綠色。讀過那些「遺產」書之後，他看待地堡的角度變得有點不一樣了。

這時候，忽然有東西撞上他的小腿，他嚇了一大跳。他立刻舉起手電筒照向腳邊，發現有一張床墊浮在水面上，碰到他的腳。他把床墊推開，繼續走向下一扇門。

下一間是公共廚房。他立刻就認出那張長桌子和四周的椅子。大部份的椅子都倒在地上，一半浸泡在水裡。牆角有兩座電爐，牆邊有一排櫥櫃。裡面很暗，樓梯井的光幾乎照不到這裡。孤兒忽然想到，萬一電池沒電了，他就必須涉水走出去。他應該帶那把新手電筒進來才對。

他又聽到哭聲了。這次更大聲了，距離很近，就在這裡面。

孤兒擺動手電筒照向各個角落，但他沒辦法同時看到各個角落。好像在櫥櫃和流理台那邊。他好像看到有東西在動。他把手電筒轉到流理台的方向，那個東西似乎被燈光嚇到，立刻跳起來，跳到上面打開的櫥櫃上。孤兒聽到爪子抓在櫥櫃上的聲音，接著他看到一條毛茸茸的尾巴一閃而逝，那東西已經躲進黑暗中。

86

二三二三——第十二年　第十七地堡

一隻貓！活生生的貓！他不用害怕，那東西不會傷害他！孤兒走進去，嘴裡喊著「貓咪、貓咪、貓咪。」他還記得，從前他們家那條走廊的鄰居也曾經這樣叫喚他的貓。

他聽到有東西在櫥櫃裡摩擦。接著，櫥櫃的一扇彈簧門猛然被撞開，然後立刻又關上。他轉動手電筒的速度不夠快，一次只能看一個地方。這時候，他小腿好像碰到什麼東西。他手電筒往底下一照，看到一團垃圾浮在水面上。接著他聽到刺耳的嘎吱一聲，還有嘩啦啦的水聲。他立刻轉動手電筒照過去，看到水面上出現一道V字型的水花，水裡有一隻老鼠在游泳。孤兒不想再待在裡面了。他抬起另一隻手搓搓手臂。那隻貓在櫥櫃裡亂竄。

「來呀，貓咪。」他輕聲細語的叫喚，手伸進胸前的口袋，掏出一包餅乾，用牙齒咬掉包裝袋，咬了一口餅乾，嚼了幾下，然後把那塊餅乾舉到前面。這座地堡已經毀滅了十二年，他覺得很奇怪，貓到底可以活多久？還是說，這隻貓是後來才出生的？

接著，水底又有東西碰到他的腳。水面有反光，很難看清楚水裡是什麼東西，但過了一會兒，他看到一根白骨突出水面，但很快又沈下去。他腳邊是一具屍體的殘骸。

他假裝那只是一堆垃圾。他走到那座窸窸窣窣的櫥櫃前面，抓住把手拉開門，立刻就聽到黑暗中傳來嘶的一聲，那隻貓往後退，裡面的罐頭和盒子嘩啦啦直響。孤兒剝下一小片餅乾，擺在櫥櫃上，然後等著。這時候他聽到牆角傳來細微的嘩啦聲，那是水波打在椅子上的聲音。櫥櫃裡靜悄悄的。他把手電筒朝下，免得嚇到那隻貓。

接著，他看到兩隻亮亮的眼睛逐漸湊近。那隻貓一直盯著孤兒。孤兒覺得他的腳好像快要凍僵，快撐不住了。那兩隻眼睛越來越近，然後往下看。那是一隻黑貓，黑得像陰影，油光發亮。然後，那隻貓開始嚼餅乾。

「貓咪乖。」孤兒輕聲細語，幾乎忘了腳邊有一具骨骸。他又剝了一小片餅乾，舉到前面。那隻貓又退了一小步。孤兒把餅乾放在櫥櫃邊緣，看著貓湊過去一口吃掉。這次動作比較快了。接著他又剝了一小片，這一次，貓直接吃掉了他手心的餅乾。接著他把最後一片餅乾遞給那隻貓，貓湊過來準備要吃，這時候，孤兒立刻兩手去抱那隻貓，那一剎那，貓猛然伸出利爪刺進孤兒肉裡。

孤兒慘叫了一聲，兩手往上一揮，手電筒脫手飛起來，在半空中轉了幾圈。那隻貓忽然不見了，接著，孤兒聽到有東西掉進水裡嘩啦一聲，接著是一聲淒厲的嚎叫，水裡一陣騷動。手電筒在水裡發出微弱的光，孤兒伸手去摸，結果手電筒閃了一下，兩下，然後就熄滅了。孤兒立刻陷入無邊的黑暗。

他伸手在水裡盲目摸索，摸到一根像棍子的東西，接著又摸到尾端的鼓起。是一根人骨。孤兒感到一陣噁心，立刻丟掉。接著，他又摸到了兩根骨頭，最後終於摸到手電筒。他把手電筒撿起來，這時候，他聽到一陣嘩啦啦的水聲朝他逼近。他手臂好痛，像火在燒。剛剛手電筒飛掉之前那一刻，他看到自己手臂上有血。接著，他感覺到有東西靠在他小腿上，然後感覺到有爪子抓住他的大腿。那隻該死的貓竟然沿著他的身體往上爬，把他當成是桌腳。

孤兒伸手去抱那隻貓，免得牠的爪子刺進他的大腿。那隻貓渾身濕透，摸起來身體好小，似乎和他的手電筒差不多大。貓在他懷裡渾身顫抖，拚命往他身上乾的地方鑽，可憐兮兮的叫著，然後開始嗅他胸前的口袋。

孤兒用一隻手把貓抱在胸口，另一隻手伸進口袋裡摸另一包餅乾。廚房裡一片漆黑，這樣的黑暗讓他越來越不安。他拆開餅乾的包裝袋，拿出餅乾。貓伸出小小的爪子摸摸餅乾，然後開始嚼起來。

吉米微微一笑。他摸索著走向門口，一路上一直撞到桌椅，撞到骨骸。從今以後，他不再是孤兒了。

87 二三四五 第一地堡

唐諾的房間一片凌亂，滿地都是散落的文件，牆上的架子插滿檔案夾，而一箱箱的文件還繼續從倉庫裡送進來。就這樣過了幾個禮拜。走廊上來來往往的人比較沒有先前那麼多了。唐諾一個人待在裡面，慢慢拼湊出線索，慢慢搞懂了地堡真正的用意。他已經開始掌握了全貌。

他又咳嗽了，咳在一條手帕上。手帕已經變成粉紅色。他繼續研究最近發現的資料。他先前在軍火庫看過一張地圖，那是五十座地堡的分佈圖，不過所有的地堡都有一條紅線延伸匯聚到遠處的某一點。這是一個謎團。這份文件標題是「種子」，可是他卻查不到更詳細的資料。

唐諾彷彿聽得到安娜在對他細語。她拚命想告訴他某些事。她本來想告訴他，她寫給瑟曼的信其實是要給唐諾看的。現在已經很明顯了。她永遠不會被喚醒，因為她是女人。她需要他，需要他幫忙。唐諾猜，她應該是在某一次輪值的時候逐漸拼湊出真相，當時她覺得好孤單，好恐懼，很怕她自己的爸爸，而且沒有人能幫她。於是，她想辦法解除了她爸爸的權力，轉交給唐諾。她設法讓唐諾取代了她爸爸的位子，然後寫了一封電子郵件，要唐諾喚醒她。然而，唐諾做了什麼？

這時候，唐諾聽到有人在敲門。

「誰呀？」唐諾忽然覺得那聽起來不太像自己的聲音了。

門打開了一道縫。「長官，我是艾倫。我們接到第十八地堡打來的電話。那學徒準備好了。」

「等一下。」

唐諾又咳在手帕上，然後慢慢站起來走向浴室，跨過地上的托盤。他尿了一泡尿，按下馬桶沖水，然後看看鏡子裡的自己。他兩手按住水槽兩邊，不由得皺起眉頭。眼前這個人頭髮凌亂，滿臉鬍渣，看起來像瘋子，然而，那些人還是很信任他。這麼說來，那些人恐怕比他更瘋。唐諾對自己笑了一下，忽然想到，歷史上有很多瘋子一直掌握大權，純粹只是因為沒人敢挑戰他們。

門的鉸鏈發出嘎吱一聲，艾倫推開門探頭進來。

「馬上就來。」唐諾喊了一聲。他走出浴室，踩過滿地的報告，留下一堆腳印。而浴室裡的水槽兩邊留下兩個血手印。

「長官，他們已經叫那個學徒過來了。」艾倫站在走廊上告訴他。「你要先梳洗一下嗎？」

「不用。」唐諾說。「這樣就可以了。」他站在門口，努力回想今天要做什麼。審核儀式。這個他還記得，不過這好像應該讓蓋博來處理。「為什麼又要找我？」他問。「這不是總指揮應該要負責的嗎？」唐諾還記得，他第一次輪值的時候曾經處理過審核儀式。

艾倫好像拿了什麼東西丟進嘴裡嚼起來，然後搖搖頭。「是這樣的，你在裡面研究那些文件的時候，也許應該順便再看看指令。自從你上次看過之後，指令的內容已經有點變動。審核儀式改由輪值的高階軍官來主持。通常就是我——」

「不過既然我在這裡，那就是我了。」唐諾關上門，兩個人開始沿著走廊往前走。

「沒錯。這裡的總指揮，能做的事越來越少，一任比一任少。因為曾經出過……一些問題。不過，我還是會坐在你旁邊，提醒你流程進行的步驟。噢，對了，你先前問說，那些飛行員什麼時候輪值期滿。目前最後一個剛送下去冬眠了。他們正在整理軍火庫。」

唐諾忽然精神一振。終於。他已經等很久了。「那麼，軍火庫那邊現在已經沒人了嗎？」他的聲音掩不住興奮。

「是的長官。我已經下了指令，以後不准再申請飛行。我知道你並不想冒險。」

「沒錯，沒錯。」唐諾揮揮手，繞過轉角。「還有，軍火庫清理完之後，嚴禁任何人進入，除了我之外。」

艾倫忽然慢下腳步。「除了你之外？」

「只要是我輪值的時期，嚴禁任何人進入。」唐諾說。

他們在走廊上和蓋博擦身而過，蓋博手上端著三杯咖啡。蓋博朝他們微笑點點頭。唐諾還記得，他上次輪值擔任總指揮的時候，也曾經幫別人端過咖啡。而現在，幾乎每一任總指揮都會幫人端咖啡。唐諾不由得想到，這也許應該怪他。

艾倫忽然壓低聲音說。「你應該知道他的背景吧？」他又咬了一口手上的東西。

唐諾轉頭瞄瞄後面。「你說誰？蓋博嗎？」

「是啊，他本來是心理部門的人，後來卻崩潰了。本來要送他去深度冬眠，不過輪值的醫師說服了他，幫他重新設定記憶。我們失去了太多人手，各部門的輪值人員開始會有重疊現象。」艾倫停了一下，又咬了一口手上的東西。唐諾覺得那味道很熟悉。艾倫注意到唐諾在看他，立刻舉起手上的東西。「要來點貝果嗎？」他問。「剛出爐的。」

唐諾聞得出來。艾倫撕下一小片貝果，還是熱的。「我不知道他們有做這玩意兒。」說著他把貝果塞進嘴裡。

「新任的廚師剛開始輪值。他一直在實驗，試做各種東西。他——」

唐諾幾乎沒聽到他後面說了什麼。他沈浸在往日的回憶。那天很涼爽，海倫到華盛頓來找他，而且還帶著小狗一起來，從薩凡納市一路開車到華盛頓。他們繞著林肯紀念館散步，可惜季節不對，櫻花還要再等一個禮拜才開，不過，他們還是看到樹上冒出一兩朵櫻花。半路上，他們停下來吃剛出爐的貝果，還是熱的，還有咖啡的香味——

「不准再搞這玩意兒。」唐諾指著艾倫手上的貝果。

「長官？」

他們已經快走到通訊室的轉角。「我不准這個廚師再搞什麼實驗。叫他做標準菜色。」

艾倫似乎有點困惑，但他遲疑了一下，終於還是點點頭。「知道了，長官。」

「這東西會有不良影響。」唐諾解釋說。艾倫的態度變得更惶恐，這時候，唐諾忽然意識到，自己的思考模式越來越像他痛恨的人。艾倫臉上閃過一絲失望，唐諾忽然有點後悔，想收回成命。他很想抓住艾倫的肩膀，問他為什麼這個地堡的人要幹這種事，為什麼要讓大家這麼痛苦。人活著本來就應該要吃記憶中的美食，聊聊很久很久以前的事。

但他終究還是沒吭聲。他們默默往前走，有點不自在。

「有很多總指揮從前都是心理部門的人。」過了一會兒，艾倫開始試著把話題轉回蓋博身上。「剛開始的兩次輪值，我本來是通訊技師。後來，我轉到心理部門，接替前一任心理部門負責人。他本來是醫師。」

「那麼，你本來不是心理醫師囉？」唐諾問。

艾倫笑起來。唐諾想起維克，想到他一槍轟爛了自己的腦袋。第一地堡恐怕撐不了多久了。走廊中央有瓷磚已經裂開了。第一地堡裡沒有備用瓷磚，所以沒得換。走廊邊緣的磁磚，因為比較少人走動，狀況比較好。他來到通訊室門口，停下腳步，打量著那間有百年歷史的老舊房間。牆上到處都有磨損的痕跡，有的在手的高度，有的在肩膀的高度，到處都有。整座地堡，從地面上的痕跡就可以看出大多數人行走的路線。地堡到處都有磨損的痕跡，而且分佈很不平均。人也一樣。

「長官，他們應該在等我們了。」

唐諾轉頭看著艾倫。這個年輕人眼睛炯炯有神，呼吸中透著貝果的氣味，滿頭黑髮，嘴角永遠帶著一抹微笑，彷彿透露出一絲希望。

「沒錯。」唐諾揮揮手叫艾倫先進通訊室，然後跟在後面走進去。他跟所有的人一樣，走在路的正中間。

88

二三四五 第一地堡

唐諾手上拿著一張流程指示複習一下，艾倫坐到他旁邊的椅子上，拿起一副耳機。電腦系統會把他們的聲音變成合成音，每個人的聲音聽起來都一樣。那些地堡的指揮官不會知道是誰在輪值，就算換人輪值，他們也不會知道。他們聽到的永遠都是一樣的聲音，同一個人的聲音。

輪值的技師端起杯子喝了一口。唐諾注意到他杯子上用麥克筆寫了幾個字：我們是第一。唐諾不知道那是不是代表第一地堡。技師放下杯子，搖搖手指叫唐諾開始。

唐諾伸手蓋住麥克風，清清喉嚨。他聽得到電話另一頭的人戴上了耳機，聽得到有人在說話。前半段的詢問有標準流程。唐諾記得絕大部分的流程。艾倫轉身背向他，偷偷吃他的貝果。接著，技師舉起大拇指，艾倫立刻向唐諾比了個手勢，要他開始。而唐諾滿腦子想的，就是希望趕快結束，這樣他才能儘快到底下的軍火庫去。

「什麼名字？」唐諾對著麥克風說。

「盧卡斯凱爾。」對方回答。

唐諾看到儀錶上的顯示，忽然替對方感到有些難過。第十八地堡的排名已經快到底了，而這個人卻要接任指揮官。一切似乎沒什麼希望，而唐諾還是得完成任務。「你是資訊區的學徒。」唐諾說。

對方猶豫了一下。「是的長官。」

那孩子體溫升高了。唐諾看得到儀錶上的顯示。技師和艾倫好像在比對資料，伸手指著什麼東西。

唐諾又看看手上的流程指示。上面列出來的都是一些很簡單的問題，誰都會回答。

「你對地堡最重要的職責是什麼？」唐諾看著流程指示。

「執行指令。」

儀錶上的波紋線忽然跳起來，艾倫立刻舉起一隻手。後來，波紋線又恢復原狀，他又朝唐諾比了個手勢，叫他繼續。

「你必須第一優先保護的是什麼？」雖然系統會變造聲音，但唐諾還是盡量保持平淡的口氣。儀錶上的線又跳了一下。唐諾又開始心不在焉了，他一直在想，那些飛行員已經離開軍火庫了，現在，那個地方已經完全屬於他。他要趕快結束這場考核，然後開始進行他的行動。今天晚上。就在今天晚上。

「地堡的生命和遺產資源。」那學徒回答。

唐諾忽然忘了自己問到哪裡。他看看流程指示，終於找到了那一行。「為了保護這些無比珍貴的資源，我們需要付出什麼？」

「不計一切犧牲。」那學徒猶豫了一下才回答。

通訊室負責人朝唐諾和艾倫比了個OK的手勢。正式的偵測結束了。現在要根據基本線，自由發問。唐諾不知道該問些什麼。他朝艾倫點點頭，想讓艾倫來接手。

艾倫伸手蓋住麥克風，似乎想跟唐諾說些什麼，但最後聳聳肩。「你在防護衣實驗室裡待了多久？」

他問那個學徒，眼睛盯著儀錶。

「沒多久，長官。白納——呃，我的長官要我以後再安排時間到防護衣實驗室見習，先等目前的——呃——」

「沒錯，這件事我知道。」艾倫點點頭。「你們底層的問題目前狀況怎麼樣？」

「呃，他們只告訴我大概的狀況，好像還不錯——」唐諾聽到那個學徒在清喉嚨。「目前進展似乎很順利，應該很快就會解決了。」

又停了一會兒。有深呼吸的聲音。波紋線又恢復水平。艾倫瞄了唐諾一眼。技師揮揮手指，叫他們繼續問。

唐諾忽然有個問題想問。這觸及到他內心的悔恨。「盧卡斯，今天如果是你面臨這種狀況，你也會用同樣的方式來處理嗎？一開始就會這樣處理嗎？」

儀錶上的波紋線猛地跳出兩個紅色的高峰點。唐諾也感覺到自己身體在發熱。他可能問到太核心的問題。

「是的，長官。」那年輕學徒說。「我會完全遵照指令的指示來處理。所有的事情都必須納入掌控。」

通訊室負責人湊近控制台，關掉他們耳機麥克風的音量。「讀數已經接近臨界點。」他告訴他們兩個。

「他的神經波紋線出現高峰。你可以再繼續逼問他嗎？」

艾倫點點頭。旁邊那位技師又端起「我是第一名」的杯子喝了一口。

「不過，要先安撫他一下。」通訊室負責人說。

艾倫轉頭對唐諾說。「先恭喜他，然後再試著引誘出他的情緒反應。先安撫他，然後刺激他。」

唐諾遲疑了一下。這一切實在太虛假，操控過頭了。他嚥了一口唾液。通訊室負責人又把麥克風打開。

「現在，我正式任命你擔任第十八地堡下一任總指揮。」他冷冷的說，心裡忽然有點難過，自己對這個可憐的孩子做了什麼。

「謝謝你，長官。」那學徒似乎鬆了一口氣。波紋線又恢復水平了。

現在，唐諾開始要想一些問題來刺激這個年輕人。通訊室負責人朝他揮揮手，但他不理會。唐諾抬頭看看牆上的地堡分佈圖，然後站起來，走到地圖前面，耳機線拉得好長。他打量著那幾個被劃了大叉叉的地堡。其中一個地堡號碼是12。唐諾心裡想著，這年輕人面對的是多麼嚴峻的考驗，要承擔多大的使命。有多少人白白送命，是因為領導人背棄了他們？

「你知道我這個工作最令人難過的部份是什麼嗎？」唐諾問。他感覺到通訊室裡所有的人都正看著他。唐諾感覺自己好像又回到第一次輪值的時候，同樣在考核一個年輕人，而當時，他下令關閉了一座地堡。

「不知道。不過，是什麼呢，長官？」那年輕人問。

「站在這裡看著地圖上的某個地堡，然後在上面畫一個紅色的大叉叉。你知道那是什麼感覺嗎？」

「不知道，長官。」

唐諾點點頭。他很高興這孩子回答得這麼誠實。當時，他眼看著第十二地堡的人衝出氣閘門，一個個死在山丘上。他還記得當時心裡是什麼滋味。他眨眨眼，擠掉眼淚。「感覺就像父母親一下子失去好幾千個孩子。」他說。

那一刻，整間通訊室彷彿突然凍結了。技師和通訊室負責人都盯著儀錶，看看那孩子有什麼反應。艾倫轉頭看著唐諾。

「如果你不想失去孩子，那你就必須對他們殘酷一點。」唐諾說。

「是的長官。」

波紋線又逐漸恢復水平。通訊室負責人朝唐諾豎起大拇指。他的數據已經夠用了。那孩子已經通過考核，審核儀式結束了。

「很好，盧卡斯凱爾，歡迎你加入新世界第五十號行動指揮中心。」艾倫看著流程指示接替唐諾說。「現在，如果你有什麼問題想問，我還有一點時間可以回答，不過，問的時候要儘量簡明扼要。」

唐諾還記得這個部份。他也問過同樣的問題。他往後靠到椅背上，覺得好疲倦。

「長官，我只有一個問題。有人告訴我那個問題並不重要，我也明白他說得沒錯，不過我相信，如果我知道答案，對我的工作會很有幫助。」那年輕人遲疑了一下。「有沒有……」這時儀錶上又跳起一個高峰。「這一切是怎麼開始的？為什麼要蓋這些地堡？」

唐諾屏住呼吸。他轉頭看看四周，不過每個人都盯著螢幕，彷彿這個問題沒什麼特別。

唐諾搶在艾倫前面先回答了。「你真的非知道不可嗎？」他問。

那年輕人深深吸了一口氣。「其實沒那麼重要。」他說。「不過，要是能夠知道我們從前曾經有什麼成就，就知道我們是怎麼生存下來的，那麼，我會覺得我——我們會更有目標。」

「你剛剛問的『為什麼』就是我們的目標。」唐諾對他說。這是他最近研究資料才剛想通的道理。「不過，在我告訴你之前，我想先聽聽看你有什麼看法。」

他似乎聽到那個學徒嚥了一口唾液。「我的看法？」

「每個人都會有自己的看法。」唐諾說。「難道你沒有嗎？」

「我想，那是因為我們事先預料到某些事會發生。」

唐諾愣住了。他忽然有種感覺，這年輕人已經知道答案了，只是想找人確認。「那是其中一種可能性。」唐諾說。「想想看——」他斟酌了一下，想表達得更精確。「如果我告訴你，全世界只有我們這五十座地堡，而這五十座地堡全部集中在這世界一個很小很小的角落裡，那麼，你會怎麼想？」

從螢幕上，唐諾看得到那年輕人在思索。儀錶裡，那年輕人的腦波起伏得很厲害。

「我會覺得，只有我們——」儀錶上又跳起一個高峰。「我會覺得，只有我們知道某些事快要發生了。」

「非常好。為什麼只有我們知道？」

唐諾忽然好希望儀錶上這些波紋能夠記錄下來。這是很神聖的，眼看著另一個人類抓住了他逐漸消失的理智，逐漸消失的困惑。

「那是因為……那並不是因為我們有預知能力。而是因為那些事就是我們做的。」

「沒錯。」唐諾說。「現在你真的知道了。」

艾倫轉頭看著唐諾，伸手蓋住麥克風。「資料已經夠了。那孩子已經合格了。」

唐諾點點頭。「好了，盧卡斯凱爾，時間到了。恭喜你正式接受任命。」

「謝謝你。」儀錶上出現最後一個高峰。

「噢，對了，盧卡斯？」唐諾想到這年輕人很喜歡看星星，喜歡夢想，喜歡懷著危險的希望。

「什麼事，長官？」

「眼光要往前看。我建議你專心做你眼前的工作，別再浪費時間去研究那些星星，懂嗎，年輕人？我們很清楚那些星星在什麼地方。」

89

二三二七——第十六年　第十七地堡

吉米搞不懂代數怎麼算，不過，要養活兩口似乎並不只是工作量加倍而已。然而——平日那些瑣碎的工作似乎變得不再那麼令人厭煩。他覺得，那一定是因為他發現除了養活自己，還能再養活另一個生命，那種感覺很美好。看著那隻貓開開心心的吃東西，感覺到牠和自己越來越親近，那種滿足使得他不管吃什麼都吃得津津有味，而且更常到外面去。

不過，剛開始可沒那麼美好。那隻貓剛被他救起來的時候，很容易受驚嚇。那天，吉米往上找了兩層樓，好不容易找到一條毯子，擦乾身體，接著幫那隻貓擦乾身體，當時，那隻貓的反應簡直像瘋了一樣，一下子滾來滾去，好像很舒服的樣子，一下又猛抓吉米的手。後來，擦乾身體之後，那隻貓突然膨脹成兩倍大。而身體擦乾之後，吉米肚子還是餓。

吉米在一張床墊底下找到一個豆子罐頭。罐頭生鏽的狀況並不嚴重，於是他用螺絲起子撬開罐頭，舀出裡面的豆子一顆一顆餵貓吃，而當時他的腳還凍得像冰塊，像觸電一樣刺痛。

吃完豆子，那隻貓開始乖乖跟著吉米，吉米走到哪裡牠就跟到哪裡，看看接下來還能找到什麼吃的。這樣一來，尋找食物就變得很有趣了，不再只是跟自己的胃打一場永無止盡的戰爭。很好玩，但也很辛苦。他們走到上面的平台，吉米穿上鞋子，那隻貓默默跟在他後面，但有時候也會跑到前面。

吉米很快就明白應該要信任那隻貓的平衡感。一開始，有好幾次那隻貓的身體一直在外側欄杆的柱子上磨蹭，吉米差點嚇出心臟病。那隻貓如果不是在找死，就是根本不懂什麼叫摔死。但吉米很快就明白了，他應該信任那隻貓，就像那隻貓也開始信任他一樣。

那天晚上，他在底層的土耕區裹著防水布睡覺，聽著抽水機和植物燈時開時關，聽到一些窸窸窣窣的聲音，還以為有人躲在裡面。這時候，那隻貓主動鑽到他手臂底下，窩在他肚子前面。吉米側躺著，弓著身體抬著腿，整個人蜷曲成一團，兩條腿抖得很厲害。

「你很寂寞對不對？」吉米輕聲細語對貓說。他越躺越不舒服，可是又捨不得動。他感到喉嚨一陣緊縮，但內心深處的某種壓迫感卻忽然消失了。那種壓迫感消失後，吉米才發現，原來，長久以來自己的心是那麼沈重。

「我也很寂寞。」他輕聲細語對貓說。他發現自己一直在跟貓說話，但這種感覺美妙多了，因為原先他都只能對著自己的影子說話，假裝影子是另一個人。

「咦，這名字還不錯。」吉米自言自語。他沒聽過有人名字叫做貓，不過「影子」這名字倒還不錯。就像他曾經在某些陰影裡找到東西，而有時候又覺得好像有影子在跟著他。那天晚上，他和貓就這樣睡著了，伴隨著土耕區裡各種奇怪的聲音，像是抽水機運轉的喀喳聲，水管滴滴答答的水聲，還有飛蟲的嗡嗡聲。

那已經是好幾年前的事了。現在，「遺產」那些書的書背上常常會夾雜著毛，有些是貓毛，有些是他的鬍子。有一次，他在讀「蛇」的條目時，還一邊修剪鬍子。剪下來的鬍子，大部份都被他丟到空罐頭裡，不過有一些飄到書頁裡，而那隻貓一直繞他身邊鑽來鑽去，從書上踩過去，毛掉到書頁上，害得他常常搞不清楚那到底是貓毛還是標點符號。

「我要讀書，你不要煩我。」吉米抱怨了兩句，但他還是把剪刀放下，輕撫著影子的背。而影子也刻意弓起背讓吉米摸，而且發出一種很陶醉的喵喵聲，彷彿在拜託吉米繼續摸。

影子的爪子劃破了一張蛇的照片，吉米只好把牠趕到旁邊的地上。影子四腳朝天躺在地上，眼睛一直盯著吉米。那是陷阱。吉米會伸手去摸牠的肚子，但影子會突然不高興起來，猛抓吉米的手。吉米並不是那麼懂貓，不過，提到貓的那本書，他倒是讀過十幾次。他最不喜歡看到的，就是書裡提到貓的壽命沒有人類壽命那麼長。他儘量不去想那個日子。到了那個日子，孤兒又會變成孤兒，而他比較喜歡當吉米。吉米會常常說話，而孤兒只有滿腦子的瘋狂思緒，常常探頭到欄杆外，朝底下吐口水，看著那團口水高速往下墜，在半空中飛散碎裂。

「你很無聊嗎？」吉米問影子。

影子看著他，一副很無聊的樣子，不過，牠肚子餓的時候也是同樣的表情。

「要不要跟我去探險？」

貓的耳朵抖了一下，意思很清楚了。

於是，吉米決定再到頂樓去探險。有一陣子，他開始覺得日子很難熬，當時他上去過一次，去探探動靜。如果地堡裡哪個地方有開罐器，那一定是在頂樓。螺絲起子很難開罐頭，他的手常常被罐頭蓋割得皮破血流。

吃過中飯之後，他們就出發了。中途在土耕區休息了一下。到了大餐廳，他們發現那裡一片死寂，瀰漫著樓梯井透過來的綠光。影子蹦蹦跳跳竄上最後幾級樓梯，就跟平常一樣什麼都不怕。吉米直接走向廚房，發現那裡早就被洗劫一空。

「開罐器被誰拿光了？」他朝影子大喊。

但影子不見了。影子在遠遠的牆邊，好像很激動。

吉米沿著取餐檯後面搜尋，在整堆的叉子裡翻找，迫不及待想找一把新的。這時候，他聽到貓在叫。他抬頭一看，看到影子在大餐廳另一頭，在一扇關著的門前走來走去，背一直在門板上磨蹭，喵喵叫個不停。

「別鬧了。」吉米朝影子大喊。那隻貓為什麼老是搞不懂，吵吵鬧鬧只會惹上麻煩？但影子根本不理他，一直叫一直叫，還伸出爪子去抓門板，到後來，吉米也投降了。吉米趕緊跑過去，穿過滿地凌亂的桌椅，看看那隻貓到底想搞什麼。

「裡面有吃的嗎？」他問。影子滿腦子想的只有吃。只要一有吃的，影子出現的速度比誰都快。吉米發現，牠這種習性有很多方便。吉米慢慢走近那扇門，看到門把上纏著繩子，但那些繩子似乎已經爛了很久了。吉米試著轉動門把，發現門沒鎖。他推開門。

門裡一片漆黑，沒有樓梯井那種緊急照明燈。吉米伸手去掏手電筒，在那同時，影子已經從門縫鑽進去，隱沒在黑暗中。

手電筒亮起的那一剎那，吉米聽到一陣駭人的嘶嘶聲。他遲疑了一下，看到一雙鞋子從門裡伸出來。他立刻拿手電筒照向地上，照到一張臉，那雙眼睛睜得大大的盯著他，但眼珠子一動也不動。門邊擠滿了屍體，屍體的手碰到他的鞋子。

吉米慘叫了一聲，往後一倒，踢開那隻蒼白的手，然後大喊著叫影子趕快回來。影子飛快竄出門口，全身毛直豎。吉米忽然感覺嘴裡有一股金屬味，迫不及待想關上門。他把那隻手抬起來塞進門裡，衣服被他一碰，立刻碎裂，可是皮肉卻還有彈性。

最後那一剎那，他看到的只有張大的嘴，捲曲的手指。那堆積如山的屍體看起來像是剛死沒多久，而那些屍體的姿態，看起來像是生前為了想去抓門爭先恐後踩在別人的身上。

門一關上，吉米立刻把滿地的桌椅拖到門口擋住門板，堆得像一座山，而且還不斷的把椅子丟上去，越堆越高。他渾身發抖，不斷咒罵，而影子在他旁邊不斷的繞圈圈。

「好噁心，好噁心，好噁心。」他朝影子大喊。影子全身的毛還豎得好高。吉米打量著那堆桌椅，希望自己已經堆得夠高了，不至於再讓更多鬼魂闖進來。那條腐爛的繩子還在門把上晃盪，吉米暗暗納悶，不知道當年是誰綁上那條繩子。

「走吧。」他說。影子在他腳邊磨蹭。牆上的大螢幕什麼都看不到，而大餐廳裡也找不到吃的，沒什麼可以玩。他已經受夠了頂樓。這裡已經被死亡盤踞。

90

二三三二七──第十六年　第十七地堡

影子的鼻子很靈，哪裡有吃的牠都聞得到，不過，哪裡有麻煩牠也從來不會錯過。而且，牠很會惹麻煩。有一天早上，吉米醒過來的時候忽然聽到刺耳的尖叫聲從通道那邊傳過來。那是很淒慘的哀嚎。吉米睡眼惺忪的爬上鐵梯，看到影子攀在鐵梯頂端。吉米搞不懂牠是怎麼爬上去的，而影子似乎也不知道要怎麼下來。吉米拉開把柄，掀開網格鐵板，然後看著影子攀住網格鐵板往上爬，鑽出洞口。

兩天後的早上，同樣的事情又發生了。這時候，吉米終於決定讓網格鐵板一直開著，他已經受夠了，不想每次進出的時候都要掀開那個網格鐵板，而影子也很喜歡這樣，因為牠隨時可以到上面的伺服器房去玩。外面早就沒有人在互相打鬥了，那扇不鏽鋼門的控制面板上也一直亮著紅燈。

影子很喜歡那些伺服器。吉米常常看到牠窩在四十號伺服器上面。那座伺服器的機殼好燙，吉米根本不敢用手去摸，但影子好像覺得很舒服。牠常常窩在上面睡覺，要不然就是在底座邊緣瞄來瞄去，看看有沒有蟲子可以玩。

有些時候，吉米會看到影子站在牆角的某個地方。很多年以前，他曾經開槍打死了一個人，而那個人的屍體就倒在影子站的那個地方。影子很喜歡用鼻子嗅那個地方，然後伸出舌頭去舔。就是為了讓影子可以自由行動，吉米才會讓網格鐵板一直開著。這也就是為什麼，大停電那一天，壞人會闖進來。那天早上，吉米醒過來的時候，看到一個陌生人站在他床頭。

半夜停電的時候，吉米驚醒過來。晚上，吉米都是開著燈睡覺，免得鬼魂來騷擾。他甚至喜歡打開無線電，讓房間裡瀰漫著靜電雜訊的嘶嘶聲，這樣他就不會聽到鬼魂的喃喃低語。那天半夜，吉米聽到碰的一聲，四周立刻陷入一片漆黑，一片死寂。他立刻起床去摸他的手電筒，不小心踩到影子的尾巴。他一直在等燈亮起來，可是燈一直都沒亮。他太累了，沒力氣想該怎麼辦，於是又躺回去睡覺，兩手抱著手電筒，而影子就窩在他脖子旁邊。

後來，他好像聽到有人從鐵梯上爬下來，立刻驚醒過來。一開始吉米並不認為有人在房間裡，因為他常常有那種幻覺。然而，這次的情況真的不太一樣，因為他聽到那個人的呼吸聲。他立刻張開眼睛，發現有手電筒的光束照在自己臉上，有個人站在他床尾。

吉米慘叫了一聲，那個人立刻撲過來，好像想摀住他的嘴。從手電筒的光線，他看到那個人滿臉大鬍子，露出滿口黃牙，接著，他看到銀光一晃，一根鐵棍從上面揮下來。

吉米感到肩膀一陣劇痛，接著那個人又把鐵管高舉到肩上，準備再打。吉米舉起雙手保護頭部，鐵管打在他手腕上。這時候，他聽到耳邊一聲嚎叫，一團黑影撲向前面的黑暗中。

那個人慘叫一聲，手裡的手電筒掉到床上，光線被床罩遮住了。吉米掙扎著爬開，一時還無法適應有人在他家裡。有人在他家裡。多年來的恐懼忽然一夕之間變成真的，而這些年來，他的警覺性也逐漸鬆懈，常常跑出去。他趴在地上往前爬，嘴裡暗暗咒罵自己，太鬆懈了，太鬆懈了。

這時候，影子忽然發出一聲淒厲的吼叫，那聲音彷彿尾巴被踩到。接著，吉米聽到那個人痛得大叫一聲，那一剎那，吉米忽然感到一股怒氣往上升，夾帶著恐懼。他爬向牆角，撞到桌子，伸手去拿——

他抓住槍桿。他已經很久沒開槍了，不知道槍裡有沒有裝子彈，不過他還是可以把槍拿來當成棍子用。他舉起槍，槍托抵住肩膀，槍口對著眼前的一片漆黑左右游移。這時候，影子又嚎叫了一聲，接著吉米聽到牠那小小的身體好像撞到什麼很硬的東西。吉米緊張得不敢呼吸。房間裡只剩下床上的手電筒發出微弱的光線，黑暗中什麼都看不見。

接著，他好像看到前面有一團黑影在動，立刻舉槍對準，扣下扳機。槍口冒出一陣刺眼的閃光，震耳欲聾的槍聲響徹了房間。在那閃光的瞬間，吉米看到有個人轉身撲向他。他又開了一槍，藉由槍口的閃光再次看到那個人滿臉大鬍子和亮亮的眼睛。現在，吉米知道那個人在哪裡了，於是他再度扣下扳機。這一次，子彈沒有亂飛，而是扎扎實實打中了那個人。接著他聽到一聲慘叫，慘叫聲在黑暗中迴盪。吉米又開了一槍，慘叫聲終於停了。

吉米看到影子閃閃發亮的眼睛在桌子底下。牠小心翼翼盯著吉米，盯著吉米的手電筒。

「你沒事吧？」吉米問。

影子眨眨眼。

「待在那裡不要動。」吉米壓低聲音說。

然後把手電筒夾在下巴和肩膀中間，檢查一下彈匣。接著，他輕輕推了一下床上那個渾身是血的人。吉米眼看著房間裡有人闖進來，甚至死在裡面，奇怪的是，他卻沒有什麼特別強烈的感覺。他豎起耳朵仔細聽，看看房間裡還沒有其他人，然後慢慢走向鐵梯。

吉米告訴自己，這些人會闖進來，一定是因為停電的關係。有人想辦法打開了門。他們可能是破解了密碼，要不然就是切斷了電路。吉米暗暗希望這個人是單獨行動。他認不出他的臉，不過，這麼多年了，很難說，說不定他見過那個人，只不過他鬍子變長了，變灰白了，認不出來。不過，這個人穿著銀色工作服，意味著他可能知道要怎麼打開這扇門。他的肩膀和手腕好痛，可見剛剛那個人真的想置他於死地。

鐵梯上看不到人影。吉米把步槍揹到肩上，關掉手電筒，免得有人發現他爬出來。他輕輕地抓著鐵梯的橫桿，慢慢往上爬，無聲無息。爬到一半，他發現影子正沿著階梯和牆壁中間的空隙往上鑽。

吉米噓了一聲，叫那隻貓趕快下去。但貓根本不理他，很快就搶在他前面鑽出洞口。吉米爬到鐵梯頂端，用一手把肩上的步槍拿起來抓在手上，另一手拿著手電筒，燈頭壓在肚子上，打開開關，然後微微歪向一邊，只露出一點點光，打算藉由那微弱的光線穿越那些伺服器。

接著，他忽然聽到前面有聲音，不過，他不確定那是影子還是另一個人。吉米遲疑了一下，然後繼續往前走。在一片幽暗中，他慢慢摸索著在伺服器間穿梭，聽到伺服器依然發出嗡嗡聲，散發著熱氣。後來，他終於逐漸靠近門口，發現操作面板上的燈已經滅了，而門開了一半，外面一片漆黑。

門外有聲音，聽起來像是衣服的窸窣聲。吉米立刻關掉手電筒，抓緊步槍，心裡很恐懼。他很想大喊，叫那些人不要來煩他，說闖進來的人已經被他殺了。他很想把槍丟掉，然後大哭一場，祈求以後不需要再殺人了。

他走到門口，探頭出去看看外面的走廊，全神貫注盯著那團黑暗，心裡暗暗祈禱，希望那黑暗中沒有人也在看他。然而，他注意到走廊上還有另一個人的呼吸聲。也就是說，那團黑暗中躲著一個人。

「漢克？」有人壓低聲音叫了一聲。

吉米立刻轉身扣下板機，槍口冒出火花，槍托撞上他的肩膀。他立刻退回伺服器房，豎起耳朵仔細聽，看看會不會聽到有人慘叫，或是腳步聲。吉米等了很久，突然，有東西碰到他的腳，他不由得大叫一聲。原來是影子。牠又在磨蹭他的腳。

他鼓起勇氣打開手電筒，微微歪向一邊，讓壓在衣服上的燈頭露出一點光。這時候，他看到有個人仰面朝天躺在地上。他轉頭看看那又黑又長的走廊，結果什麼都沒看到。「不要再來煩我了！」他放聲大喊。

什麼聲音都沒有。

接著，吉米低頭看看地上那個人，這才發現那根本不是男人。是一個女人，眼睛閉著。一個男人和一個女人來搶他的食物，偷他的東西。吉米很生氣。然後，他看到那個女人肚子鼓鼓的。

91 二三四五 第一地堡

唐諾把鬧鐘設定在凌晨三點，但他知道自己不太可能睡得著。為了這一刻，他已經等了好幾個禮拜。現在，他終於有機會賦予人生命，而不是奪走生命。他終於有機會贖罪，找出真相，有機會解開自己所有的困惑。

他盯著天花板，思索著他接下來即將要做的事。厄斯金和維克都曾經希望讓他這樣的人來指揮，希望他做對的事，然而，那兩個人都搞錯了，至少看錯他了。他要做的事，絕對不可能是他們希望的。他並不打算徹底毀滅這個世界。他想要的，是讓這個世界重新開始，搞清楚外面世界的真實狀況。

浴室裡透出昏暗的燈光，他低頭看看自己的手。兩點三十分，他決定不要再等下去了。於是他站起來，沖了個澡，把鬍子刮乾淨，穿上一件全新的工作服，穿上鞋子，拿起識別證別在衣領上，然後走出房間，抬頭挺胸精神抖擻。他沿著走廊經過幾間辦公室，裡頭燈還亮著，有人在敲鍵盤。艾倫辦公室的門關著。唐諾走到電梯門口，按下按鈕等電梯來。

進了電梯，他並沒有直接按下底層的按鈕，而是先按了五十四樓的按鈕。這樣做是為了測試。電梯沒有反應，他拿識別證在感應器前面掃了一下，然後再按下按鈕。數字鈕立刻亮起來，電梯開始動了。到目前為止，一切順利。電梯一路直達軍火庫。電梯門開了，外面一片幽暗，而幽暗中還有一幢幢的黑影。那是一座座的貨架。這一切都是他熟悉的。唐諾伸手按住電梯門邊，讓門開著，走出去。裡面一片遼闊。他等著燈亮起來，等著看到安娜走出來，邊走邊梳頭髮，手上拿著一瓶威士忌。然而，倉庫裡毫無動靜，只有一片死寂。飛行員都不在了，而先前的臨時任務也取消了。

他走回電梯，按下另一個按鈕。電梯開始往下降，一路上經過更多倉庫樓層，經過反應爐區。後來，電梯終於來到醫療區，門開了。唐諾感覺得到外面有成千上萬的人體環繞著他，每個人都面向天花板，閉著眼睛。其中有些人真的已經死了。現在，他要去喚醒其中一個。

他直接走向醫師辦公室，敲敲門框。輪值的助理從螢幕後面抬起頭，揉揉眼睛，調整了一下眼鏡，眨了幾下眼睛，然後看著唐諾。

「你還好嗎？」唐諾問。

「嗯？噢，還好還好。」那年輕人甩甩手腕，看看他的手錶。那是老骨董了。「有人要深度冬眠嗎？我沒有接到通知，威爾森起來了嗎？」

「沒有沒有，我只是睡不著。」唐諾指著天花板。「我剛剛去大餐廳，看看有沒有人起來，然後我想，既然睡不著覺，還不如到底下來看看，看你需不需要我幫你值班。坐在那邊看看電影也不錯。」

那位助理瞄瞄螢幕，有點不好意思的笑了笑。「是啊。」他又看看手錶，好像忘了剛剛才看過。「還有兩個鐘頭。那我去休息一下好了。要是臨時有什麼事，你會來叫我吧？」他站起來伸個懶腰，抬起手掩住嘴巴打了個哈欠。

「當然。」

那位助理搖搖晃晃從辦公桌後面繞出來。唐諾隨後繞進去，把椅子往後拉，坐下來，然後把腳抬到桌面上，好像在說接下來的幾個鐘頭，他哪兒也不會去。

「謝啦，下次再報答你。」那年輕人走到門後面拿起外套。

「噢，不用客氣。」那年輕人走了以後，唐諾才嘀咕了一句。

他坐在那裡，聽到電梯的叮噹聲，聽到電梯門關起來。接著，他看到杯架上有一個塑膠水杯，於是就走過去拿起來，在裡面倒滿水。

他拿出冰箱裡的瓶子，舀了兩湯匙的粉末放進水杯裡，用一根長長的壓舌板攪拌一下，然後把瓶蓋蓋好，放回冰箱裡。接著他去推輪椅。一開始輪椅拉不開，他看了一下，發現煞車片頂住了輪子。於是他放開煞車片，拉開輪椅，在那座高櫃子裡拿了一條毯子和一件紙袍，放到輪椅的座位上，就像前一次一樣。然而，這次他一定會做對。他拿起醫藥箱，看看裡面有沒有新的手套。

他推著輪椅走出門口，經過走廊，唐諾緊張得到手心直冒汗，抓在把手上滑滑的。一路上，他讓輪椅微微往後仰，儘量不讓前輪發出聲音。他走得很快。

來到門口，他輸入密碼。如果面板亮起紅燈，那就代表有人發現他的計劃，會全力阻攔他。然而，綠燈亮了。唐諾拉開門，推著輪椅在冷凍艙間穿梭，走向他妹妹。

此刻，他內心充滿期待，卻又有點內疚。這次的行動，就像上次他爬上土丘一樣，肆無忌憚。一旦把家人扯進來，把她喚醒，把她帶到這個殘酷的世界，那是很大的賭注。這種行為，跟安娜對他所做的事一樣，跟瑟曼對安娜所做的事情一樣，很蠻橫，一次又一次的輪值，永無止盡。

他把輪椅放在一邊，蹲到底座的控制面板前面，遲疑了一下又站起來，看看艙蓋的小玻璃窗裡面。不能弄錯。

她看起來好安詳，也許她根本不會像他一樣做噩夢。唐諾越來越猶豫。但接著，他開始想像她自己醒過來，想像她在裡面猛敲玻璃，大喊著要人放她出去。他了解她，知道她那種剛正不阿的個性，知道她很痛恨別人欺騙她。他知道，如果此刻她就站在他旁邊，她一定會要求他動手。她寧可知道真相而受盡折磨，也不願意就這樣沈睡，什麼都不知道。

於是他又蹲下來，在鍵盤上輸入密碼。鍵盤發出嗶的一聲，然後，冷凍艙裡發出喀喳一聲，裡面的閥門打開了。他轉動轉盤，看著溫度計，等溫度開始上升。

唐諾站起來，站在冷凍艙旁邊，覺得時間過得好慢。他有點擔心，不知道程序還沒有完成之前，會不會有人突然出現來阻止他。過了一會兒，他又聽到喀喳聲，然後艙蓋裡發出嘶的一聲。他拿出紗布和膠帶，戴上手套。

接著他把艙蓋完全掀開。

妹妹仰面躺在裡面，兩手擺在身旁。她還沒開始動。唐諾驚慌起來，趕緊蹲下去看看控制面板，看看有沒有哪裡做錯。會不會是他忘了什麼步驟?老天，她會不會被他害死了?

這時候，夏綠蒂忽然咳了一下。睫毛上的冰霜融化，水沿著她臉頰往下流。接著，她眼皮動了一下，慢慢睜開眼睛，但外面光線太刺眼，她眼睛立刻又閉上。

「不要動。」唐諾對她說。他拿一塊紗布壓在她手臂上，慢慢拔掉針頭。接著他按住紗布，拿起浮貼在輪椅扶手上的膠帶，貼在紗布上。最後是導尿管了。他拿一條毛巾蓋在她身上，輕輕壓一下，慢慢抽出導尿管。現在，她完全脫離了機器的控制。她抬起雙手交叉在胸前，開始發抖。他幫她蓋上紙袍，背後還沒有扣上。

「我要扶妳出來了。」他說。

她牙齒格格打顫。

唐諾抬起她的腳，讓她的膝蓋彎曲，然後一手伸進她腋窩，一手托住她的膝蓋彎，輕輕把她抱起來，感覺她身體好輕。她皮膚好冰冷，身上散發出一種氣味。

唐諾把夏綠蒂放到輪椅上的時候，她嘴裡好像在喃喃嘀咕什麼。輪椅上舖著一條毯子，她坐在上面會比較暖和，以免皮膚直接碰觸到冰冷的椅面。她一坐好，他立刻用毯子把她裹住。她腳伸到椅子上，手抱住膝蓋，整個人蜷曲成一團。

「我在哪裡？」她聲音好嘶啞。

「放輕鬆。」唐諾安慰她。接著他關上艙蓋，想了一下，看看有沒有遺漏什麼，有沒有什麼東西忘了拿。「我在這裡。」他一邊說，一邊用輪椅推著她走出門口。現在，他們只剩下彼此了。他們沒有家，再也回不到地面上。此刻，他只是把她推進他的惡夢世界裡。

92 二三四五 第一地堡

最令唐諾難受的，就是還不能讓她吃東西。唐諾知道那種飢餓的感覺。他必須讓她經歷同樣的流程。他自己也忍受過很多次。他先讓她喝那種苦澀的液體。叫她去上廁所，把體內的雜物排泄乾淨，叫她坐在浴缸邊緣洗個熱水澡，然後讓她換上一套新衣服，幫她蓋上一條新毯子。

他看著她喝光那杯液體。她泛青的嘴唇漸漸恢復血色。她的皮膚太蒼白。唐諾想不起來，在做記憶設定之前，她皮膚是不是就這麼白。說不定她是因為去海外作戰才變成這樣，整天坐在黑漆漆的拖車裡，裡頭唯一的光線就是螢幕的光。

「我必須先去露露臉。」他對她說。「大家很快就會起床了。等一下回來的時候我會幫妳帶早餐。」

他們在會議室裡，會議桌旁邊有幾張皮椅。夏綠蒂盤起腿，靜靜坐在皮椅上。她扯扯工作服領口，好像衣服穿在身上很癢。「爸媽都不在了。」她一直喃喃重複他剛剛說的話。唐諾不知道什麼是她想記得的，什麼是她想忘記的。她跟他一樣，已經很久沒有吃抗憂鬱藥了。但那無所謂了。他可以告訴她真相。告訴她，他多麼痛恨自己做了那種事。

「我很快就會回來。乖乖待在這裡，儘量休息一下。千萬不要離開這座倉庫，懂嗎？」

他邊走邊說，聲音迴盪在倉庫裡。他匆匆穿越倉庫走向電梯。他還記得，當初他被喚醒的時候，他們一直告訴他要儘量休息。夏綠蒂已經睡了三百年，但他也得對她做同樣的要求。唐諾拿識別證劃過感應器，等電梯來。這時候他想到，多少年過去了，而這世界卻似乎沒什麼改變。外面世界依然是那個他們創造出來的廢墟。不過，也說不定現在已經不是了。他們很快就會搞清楚的。

他搭電梯到管理樓層，先去找艾倫。這位心理部門的負責人已經坐在辦公桌後面，桌上堆滿了文件，一手搔著頭髮，一隻手肘撐在文件上。桌上的咖啡杯已經不再冒出蒸氣。顯然，他已經在這裡坐很久了。

「瑟曼。」他抬起頭看到唐諾。

唐諾愣了一下，轉頭看看走廊，以為他在叫別人。

「第十八地堡有什麼進展嗎？」

「我，呃……」唐諾拚命回想。「我最近聽說的是，他們已經攻破底層的防禦工事。那裡的指揮官認為戰鬥再過一兩天就結束了。」

「那很好。很高興那個接班人順利產生了。沒有人接替是很恐怖的。我還記得第三次輪值的時候，有一座地堡的指揮官死了，可是當時他正在換學徒，所以沒有人可以接替他。真的很可怕。當時為了要找人接替他，簡直傷透腦筋。」艾倫往後靠到椅背上。「我們不能找那裡的首長，不過，警衛隊長人倒很聰明，所以我們只好——」

「不好意思，我還有點急事。」唐諾指著走廊。「我得趕快回去——」

「哦，那當然。」艾倫揮揮手，似乎有點不好意思。「我也該趕快忙了。」

「——今天早上事情很多。我先去拿早餐，然後就要回房間去。」說著他朝走廊對面的辦公室歪歪頭。「幫我跟蓋博講一聲，早餐我自己去拿了，可以嗎？我想一個人靜靜，不想被人打擾。」

「那當然，沒問題。」艾倫比了個手勢。

唐諾又轉身走回電梯，然後到頂樓的大餐廳。他的胃咕嚕直響。他整晚沒睡，一直沒吃東西。長久以來，他整個人就像他的胃一樣，一片空虛。

93 二三四五 第一地堡

他勉強提早一個鐘頭讓她吃東西。她吵著說要吃，他不忍心拒絕，只能勸她一口一口慢慢吃。夏綠蒂吃東西的時候，唐諾就趁這個機會告訴她整件事的來龍去脈。當初做記憶設定時候，她就已經知道地堡的存在。唐諾告訴她，地堡頂樓都裝了大螢幕牆，而且會送人出去清洗鏡頭，還有，他之所以會被叫起來，就是因為有一個出去清洗鏡頭的人失蹤了。一下子聽到這麼多事，夏綠蒂沒辦法一下就記住，所以唐諾必須說好幾次，說到後來，他自己都覺得這些事越聽越怪。

「他們讓其他地堡的人看到外面的樣子嗎？」說著她咬了一小口餅乾。

「沒錯。我問過瑟曼，結果妳知道他怎麼說嗎？」

夏綠蒂聳聳肩，喝了一口水。

「他說，他們裝大螢幕牆，是為了要讓大家不會想出去。我們必須讓他們看到死亡的世界，他們才不會想出去。否則的話，他們永遠都會想到外面去，看看山丘外面有什麼東西。瑟曼說，這是人類的天性。」

「不過，再怎麼樣還是會有人想出去。」她用餐巾紙擦擦嘴，拿起叉子，把唐諾沒吃完的早餐拖到自己面前。她的手還會發抖。

「沒錯，再怎麼樣還是會有人想出去。」唐諾說。「還有，妳真的要吃慢一點。」他看著她吃蛋，忽然想到上次他曾經搭無人機的升降機到外面去。他自己就是那樣的人，再怎樣還是會想出去。不過，這件事還是不要讓她知道。

「我們這裡也有那種大螢幕牆。」夏綠蒂說。「我記得我在螢幕裡看過天空，天上的雲動得很快。」

她抬起頭問唐諾。「我們這裡為什麼也要裝螢幕？」

唐諾迅速拿出手帕掩住嘴咳了幾下。「因為我們也是人類。」他把手帕收起來。「如果我們認為走出去就會死，那麼我們就會乖乖待在這裡執行任務。不過，我知道有一種方法可以看看外面有什麼東西。」

「哦？」夏綠蒂拿叉子把盤子裡剩下的蛋都塞進嘴裡，然後等著聽唐諾往下說。

「而且，我需要妳幫忙。」

他們掀開一架無人機上的防水布。夏綠蒂輕撫著機翼，手微微顫抖，慢慢繞到無人機另一邊。她抓住機翼後方的襟翼，輕輕上下擺動，接著又過去搖搖尾翼。無人機上方的半圓球是黑色的，機鼻也是黑色的，整個外觀看起來有點像人臉。夏綠蒂檢查無人機時，無人機安安靜靜，一動也不動。

唐諾注意到有三架無人機不見了，因為原先停飛機的位置上面蓋著防水布，地面特別光滑。另外，彈藥架上的炸彈本來堆放成金字塔型，很整齊，而現在上面有幾顆炸彈不見了。顯然，過去這幾個禮拜來，無人機出去丟了不少炸彈。唐諾走到昇降機門口，把門拉開。

「沒有炸彈架嗎？」夏綠蒂問。她彎腰探頭看看機翼底下。底下本來有裝炸彈的架子。

「沒有。」唐諾說。「這架不用裝炸彈。」他繞到飛機後面，幫她推飛機。他們推著飛機慢慢轉向，推向昇降機門口。機翼的寬度正好能進去。

「不是應該有吊環或聯動裝置嗎？」她彎腰穿過機腹底下，摸摸機翼下方。

「注意裡面底下有東西。」唐諾說。他想到上次昇降機底面軌道上的勾鐵。

接著他從工具箱裡拿出一把手電筒，檢查看看有沒有充電，然後拿過去給她。夏綠蒂把無人機固定在起飛裝置上，然後彎腰從底下擠出來。她要站起來的時候似乎很吃力，他過去拉她一把。

「你確定這昇降機能用嗎？」她把臉上的頭髮撥到後面。她剛沖過澡，頭髮還是濕的。

「非常確定。」唐諾說。他帶著她穿過走廊，經過大宿舍和浴室。他們走進操控室，唐諾掀開一座操控台上的塑膠布，那一剎那，夏綠蒂愣住了。她愣愣的看著這座操控台，看著上面的操縱桿、儀錶和顯示幕。

「妳會操作這個吧？」他問。

她忽然回過神來，看了他一眼，然後點點頭。「只要有電。」

「當然有。」夏綠蒂過去坐在操控台前面。唐諾看到昇降機操控桿上面的指示燈一閃一閃。操控室裡有很多操控台，上面都蓋著塑膠布，感覺靜悄悄的，顯得特別冷清。唐諾注意到，塑膠布上的灰塵都不見了。這裡最近有人用過。他想到先前他簽署申請的飛行任務，每一次起飛都花了很多錢。他想到，其他地堡的大螢幕很有可能會看到這些飛機，所以必須在雲層裡低空飛行。艾倫曾經提醒他，這些無人機都只能用一次。他說，外面的空氣會腐蝕飛機，所以航程是有限的。唐諾為了搞清楚背後的緣由，還去查了瑟曼的檔案。

夏綠蒂切換了幾個開關，那清脆的喀喳聲打破了沈默，控制台彷彿突然活過來了。

「昇降機還要等一下才會上升。」他說，不過他並沒有告訴她是怎麼知道的。他又回想起許多年前他搭昇降機上去的往事。他還記得，當時他呼出的熱氣在頭盔裡凝成一片薄霧，他原本準備上去面對死亡。而現在，他懷著不同的希望。他想到厄斯金曾經告訴過他，當年他們是如何毀滅全世界的人類。他想到維克寫給瑟曼的遺言。他們的計劃是要重新設定生命。而唐諾卻認定，執行計畫的結果絕對不是那些人能想像的。

夏綠蒂調整螢幕，打開一個切換鍵，顯示幕立刻亮起來。那是昇降機鏡頭拍攝的畫面，一扇不鏽鋼門，被無人機的機鼻燈照得閃閃發亮。

「我好久沒操作了。」她說。唐諾低頭一看，看到她的手在發抖。她搓搓雙手，然後又繼續操作儀器。她調整了一下坐姿，用腳去踩踏板，調整顯示幕的亮度，免得太刺眼。

「我能幫什麼忙嗎？」唐諾問。

夏綠蒂笑起來，搖搖頭。「沒有飛行計畫，感覺有點怪怪的，因為從前他們都會給我一個目標，你明白嗎？」她轉頭看看唐諾，苦笑了一下。

他掐掐她肩膀。有她在身邊，感覺真好。他只剩下她這個親人了。「妳的飛行計畫，就是能飛多遠就飛多遠。」他對她說。他抱的希望是，如果沒有掛炸彈，無人機就可以飛得更遠。而且，他還暗暗祈禱無人機航程沒有被預先設定。這時候，昇降機操控台上面的指示燈開始閃爍，他趕緊湊過去看。

「外門打開了。」夏綠蒂說。「外面好像有陽光。」

唐諾立刻回到夏綠蒂旁邊。這時候，他轉頭看看操控室門外的走廊，覺得剛剛好像聽到什麼聲音。

「引擎檢查完畢。」夏綠蒂說。「準備點火。」

她又調整了一下坐姿。他偷來給她的那套工作服太大了，袖子鬆垮垮的。唐諾站在她後面看著螢幕。畫面上是一條起飛滑行通道，從洞口看得到天上洶湧翻騰的烏雲。他還記得那個景象，而看到那個景象，他忽然有點喘不過氣來。無人機正被拖出昇降機，固定在起飛通道的底端。這時候，夏綠蒂又按下另一個按鈕。

「煞車固定。」她開始伸直腿。「開始增加動力。」

她的手開始往前推。無人機引擎開始增加推力，但機身被固定住，攝影鏡頭畫面開始向下傾斜。

「這種無火箭運載的發射方式，我已經很久沒有操作過了。」她口氣有點緊張。

唐諾正想開口問她這樣發射會不會有問題，她的腳動了一下，畫面裡的角度開始往上揚，只看到滑行通道開始震動，上下左右開始快速往後飛逝，前面烏雲的景象越來越大，沒多久，畫面就被整片烏雲佔滿了。夏綠蒂喊了一聲：「起飛。」然後右手抓住操控桿。接著，飛機開始轉彎，畫面裡短暫出現部份陸地，唐諾的身體也不由自主的跟著往旁邊傾斜。過了一會兒，畫面又被烏雲佔滿了。

「往那個方向？」她問。她扳動一個開關，底下的地形顯示幕出現雷達畫面。雷達波可以穿透雲層。

「往哪個方向都可以。」他說。「直飛就對了。」他湊近操控台，看著那陌生又熟悉的景象向後飛逝。底下是他曾經協助栽種的一大片草皮。底下的窪地中央有一座無線電塔。當年代表大會的設施早已失去蹤影——那些帳篷，市集，遊樂設施，舞台，這一切早已被空氣中那些肉眼看不見的小機器人吞沒。

「直飛就對了。」他伸手指向前方。那是他的理論，一個瘋狂的念頭，當然，他一定要先親眼看看，才能夠下定論。

畫面遠處已經看不到窪地。雲偶爾會變得比較稀疏，所以畫面有時可以看得到地面。唐諾全神貫注仔細看，想看清楚遠處的地面，這時候，夏綠蒂腳忽然放開油門，伸手去調整那幾個轉鈕和儀錶。「呃……好像出了點問題。」她前後扳動一個開關。「油壓越來越低。」

「老天。」唐諾看到畫面裡的雲層和陸地開始往上揚，也就是機頭開始朝下了。不應該這麼快，除非他漏掉了什麼步驟，沒有預估到什麼。「繼續飛。」他像是在跟夏綠蒂說話，也像是在跟飛機說話。

「怪怪的，不太穩定。」夏綠蒂說。「操控有點失靈。」

停機坪裡還有無人機。他們還可以再發射一架，但問題是，結果可能還是一樣。或許他自己耐得住外面的某些東西，但飛機耐不住。他想到那些防護衣。那些防護衣是故意設計得有瑕疵，只能撐一定的時間，走到某個位置就會被腐蝕。那些肉眼看不見的機器非常精準，當清洗鏡頭的人走到山丘上，走到一定的高度，防護衣就被它們腐蝕了。他忽然掏出手帕掩住嘴咳起來，那一剎那，他忽然回想起當初被他們拖進氣閘室的時候，好像看到工作人員在清洗氣閘室。

「已經飛到地堡區邊緣了。」他指著雷達顯示幕上的最後一座地堡，而這時候，飛機攝影鏡頭的畫面中也看不到最後一座地堡窪地了。「再飛遠一點。」

但事實上，他根本不知道無人機要飛多遠才看得到他想看的東西。說不定，就算飛機繞地球一週之後回到原點，他還是看不到。

「動力慢慢在消失，飛機開始下降了。」夏綠蒂說。她的手動得好快，一下去拉操縱桿，一下去扳開關。

「二號引擎掛了。」她說。「飛機目前只能滑翔。高度 0200。」

從螢幕上看來，高度似乎更低。飛機現在正在最後一座山丘上方。雲變得比較稀疏，他們看到地面上有許多殘留的痕跡。有一條水溝，從前可能是一條河。有一些黑色的柱子，看起來像被燒焦的骨頭，頭頂尖尖黑黑的像鉛筆心，從前可能是一片森林，不過也可能是巨型鐵絲網牆的鋼柱，因為年代太久遠都腐朽了。

「飛啊，飛啊。」唐諾自言自語嘀咕著。每多飛一秒，他就能夠看到更多新的景象。這是自由的跡象，他想逃離地獄。

「攝影機壞了。高度 0150。」

螢幕上閃過一道白光，看起來像停電的反應，接下來畫面變成紫色調，而那片灰灰黃黃的大地忽然閃過一片藍色。

「高度五十英尺。快墜機了。」

飛機撞上地面，揚起塵土，那一剎那，唐諾眨眨眼睛，擠掉淚水。他流淚，是因為他看到螢幕上的影像，而不是為攝影機故障感到難過。

「藍色──」他嘀咕著。

他看到了。就在畫面變黑之前，就在飛機撞向一片綠色大地之前，他看到一片藍。這就是證據。夏綠蒂放開操縱桿，咒罵了一聲。她用力拍了一下操控台，轉身想跟唐諾說不好意思。就在這時候，唐諾猛然抱住她，緊緊抱住她，猛親她的臉。

「妳看到了嗎？」他幾乎是聲嘶力竭。「妳看到了嗎？」

「看到什麼？」夏綠蒂往後退開，一臉失望。「所有的機件全都燒壞了。爛飛機。可能放太久了──」

「妳錯了。妳錯了。」唐諾指著螢幕。螢幕上一片黑。「妳辦到了。」他大喊。「我看到了。那裡有藍天有綠地！老天！我看到了！」

94

二三三一——第二十年 第十七地堡

環境所逼，孤兒自然而然的變成了某種專家。他很了解東西是怎麼腐朽的。日子一天天過去，他眼看著鋼鐵被鏽爛，眼看著油漆剝落，眼看著金屬碎蝕揚起一團黑色煙塵。他知道橡膠水管是怎麼變硬變乾，龜裂粉碎。他知道黏膠是怎麼失效的，因為很多固定在牆上和天花板的東西都掉到地上。最重要的是，他知道屍體是怎麼腐爛的。屍體通常不會瞬間腐爛，不會像他爸爸和媽媽那樣，消失在黑暗的走廊中。相反的，屍體總是慢慢的慢慢的被某種看不到的東西吞噬。時間和蛆彷彿都長了翅膀，在每個角落，在空氣中飛舞，把一切都帶走。

孤兒從R字母開頭那本書裡撕掉內容很無聊的一頁，把它摺成帳篷的形狀。他覺得，在很多方面，地堡是屬於昆蟲的。只要出現屍體，昆蟲就會成群圍過來，有如一團烏雲。他在書裡讀到過昆蟲的內容。不知道為什麼，蛆最後會變成蒼蠅，白白的會蠕動的東西最後會變成黑黑的會飛的東西。東西壞掉之後，就會產生變化。

他在紙的邊緣鑽了很多小孔，每個小孔穿進一條長長的線，所有線的尾端紮在一起，可以吊東西。每次他在做東西的時候，影子就會來騷擾他。牠會弓著背在他手臂上磨蹭，從他做的東西上面踩過去，搞得孤兒又是生氣又是好笑。不過，影子並不會真的妨礙他完成東西。

孤兒在線頭打上一個小結，線就不會從小孔裡脫落，而紙邊緣特別摺了好幾層，免得穿孔的位置被線扯破。孤兒知道東西是怎麼壞掉的，他是這方面的專家，儘管他並不想當這種專家。孤兒只需要看屍體一眼，就知道那個人死多久了。

幾年前他殺了幾個人，後來他搬屍體的時候，屍體都已經僵硬了，不過，這種情形並不會持續太久。屍體很快就會腫脹發臭，釋放出沼氣，然後蒼蠅就來了。蒼蠅成群飛過來，屍體上開始爬滿了蛆。

那種惡臭會刺激他的眼睛，害他眼淚直流，而且喉嚨像火在燒。沒多久，屍體會漸漸變軟。有一次，孤兒不得不把樓梯上的屍體搬走，因為那些屍體糾纏成一團，很難跨過去，而且被腳踢到的時候，肉會掉下來，很像他從前吃的那種酸乳白乾酪。當年還有牛奶和羊奶的時候，可以用來做酸乳白乾酪。靈魂消逝之後，肉體就再也無法維持完整，所以肉會掉下來。因此，孤兒努力不要讓自己的靈魂消逝，努力讓自己的肉體保持完整。接下來，他在那些線的尾端綁了一個墊圈。那是他在物資區找到的。他全神貫注把線結打得很漂亮。

線和纖維都沒辦法保存太久，不過，肉體腐爛之後，衣服都還好好的。不到一年，屍體就只剩衣服和骨頭還在，還有頭髮。頭髮似乎是最後才會消失的。毛髮會附著在骨頭上，甚至有些會從眼窩裡垂掛出來。觀察毛髮是辨認骨骸的好方法，因為大多數男人的骨骸都有鬍子，而女人和小孩的骨骸沒有。

不過，不到五年連衣服也開始腐爛。十年過後，幾乎只剩下骨頭。而現在，快二十年了，就只剩下骨骸了。從爸爸帶他到伺服器房底下的密室那一天開始算起，到現在已經二十多年，而地堡也早已是一片漆黑，一片死寂。不過，唯一的例外是大餐廳那些屍體。看過整個地堡到處散落的骨骸之後，你會覺得那扇門後面的屍體真是一個謎。

孤兒拿起他做的降落傘。那是一張摺成帳篷狀的紙，邊緣綁著線，線尾吊著一個墊圈。密室裡有一本攤開的書，上面有數不清的線糾纏成一團，旁邊另外還有幾個墊圈。他捏著降落傘底下的一條線，輕輕扯了一下，忽然想到那扇門後面的屍體。那些屍體都沒有腐爛，跟地堡其他地方的屍體不一樣。當初他和影子發現那些屍體的時候，他還以為那些人剛死沒多久。好幾十個，互相交疊，同時死在那裡。可能是有人把那些屍體拖到那裡，要不然就是後面的人臨死前爬到別人身上。孤兒知道，那些屍體後面，就是那扇通往外面禁忌世界的門。那天，他沒有走進去。他關上門，頭也不回地跑掉了。因為那些屍體的眼球彷彿在盯著他看，令人毛骨悚然。那種感覺很怪異，因為他只有照鏡子時候會這樣盯著自己，已經很久沒有被另一個人盯著看了。他很久很久都沒有再回去看那些屍體。他一直在等那些屍體變成白骨。然而，到現在都還沒有。

他走到欄杆邊，探頭出去往下看，然後再把那張紙撐開，讓它能夠頂住空氣。有一股冷氣流從底下冒上來。孤兒站在三樓的平台上，身體探出欄杆外，一手捏著那張紙頂端，另一手托著那個墊圈，忽然想到，為什麼有些屍體會腐爛，有些不會？屍體為什麼會腐朽？

「腐朽。」他說的很大聲。他喜歡這個字眼唸出來的聲音。他很了解東西是怎麼腐朽的。他是這方面的專家。影子本來應該在這裡陪他，緊挨著他的腳踝磨蹭，然而，牠再也沒辦法了。

「我是專家。」孤兒對自己說。「腐朽。腐朽。」他伸長了手，放開降落傘。一開始，降落傘掉得很快，不過後來墊圈的重量繃緊了線，速度就變慢了，降落傘開始搖搖晃晃往下降，慢慢飄向地堡深處。「下去，下去，下去。」他朝降落傘大喊。一路降到最底下。

孤兒很清楚屍體是怎麼腐爛的。他搔搔鬍子，瞇起眼睛看著逐漸消失的降落傘，然後坐下來盤起腿，褲管的破洞露出膝蓋。他嘴裡喃喃嘀咕著，說今天該做的事可以延緩一下，今天的「計畫」可以暫緩一下。然後，他又從那本書裡撕下一頁。他儘量不去想，有一天，他自己也會變成另一具屍體，隨著時間慢慢腐朽。

95

二三三一——第二十年 第十七地堡

有些東西，孤兒花幾天或幾個禮拜就找到了，而有些他需要的東西，卻找了好幾年才找到。通常，真正有用的東西，他都是在很久以後才找到，然而，當他找到的時候，他卻發現自己已經不需要了，比如上次他找到的那箱刮鬍刀。那是他在醫師的診療室裡找到的，有一大箱。有些真正重要的東西，比如繃帶、藥品和膠帶，早在很久前打鬥正激烈的時候就已經被人洗劫一空。他已經很久不去管他的鬍子了，然而，更早之前，他曾經是那麼迫切的想找到刮鬍刀。

而有些時候，有些東西是他在找到之後才發覺自己有需要。比如那把大砍刀。他是在一具屍體底下找到的。那個男人才剛死沒多久。他會去拿那把刀，純粹只是不想讓其他人拿到這種凶器。當時，他已經在伺服器房底下的密室裡躲了三年，很怕再看到那種還有餘溫的剛死的屍體。那已經是很久很久以前的事了。一直到了很久很久以後，土耕區的雜草越長越高，他才意識到那把大砍刀是不可或缺的。當時，他已經很少帶槍了，因為早就已經沒機會用了。於是，那把大砍刀變成他的隨身伴侶。所以，那個東西，也是在找到很久之後才發覺自己非常需要。

孤兒放掉最後一具降落傘，看著它緩緩下降，飄到九樓的平台就消失了蹤影。這時候他想到，過去這幾年來，影子幫他找到了不少東西。當然，多半是食物。不過有些時候，影子也喜歡自己到處亂跑。有一次，他帶影子到物資區，影子跑在前面搶先跳上平台，很快就不見了蹤影。吉米拿著手電筒在後面追。

那隻貓走到一扇門前喵喵叫個不停。孤兒很緊張，很怕再看到一堆屍體。不過，那間宿舍裡沒有人。影子跳到廚房的櫥櫃上面，伸出爪子猛抓門，原來，裡面有很多罐頭。那些罐頭已經放太久了，上面全是鏽，不過，標籤上有貓的圖片，很多貓。影子都樂瘋了。接著，孤兒看到牆上插著一條短電線，線的尾端接在一台破舊的機器上。那是一台開罐機。

此刻，孤兒不由得露出笑容，看著欄杆外的底下，腦海中思潮起伏，想到這些年來找到了什麼，失去了什麼。他還記得，當時他按下那台開罐機的開關，看著罐頭蓋整整齊齊的被割開，而影子被開罐頭的聲音嚇壞了。他還記得，他對那些罐頭實在沒什麼興趣，影子卻興奮得不得了。

孤兒慢慢轉身，看著那本被撕掉很多頁的書，忽然感到一陣悲哀。墊圈都用光了，所以，他把那本書丟在那裡，意興闌珊的走下樓，準備去土耕區。很多該做的事都還沒做。

孤兒拿著那把大砍刀猛砍雜草。他很驚訝，土耕區已經很久沒有人照料，竟然還沒有完全荒廢。有些植物燈不斷閃爍，不過半數以上都還會亮。水管裡還有水，抽水機會間歇啟動，發出刺耳的隆隆聲。電線連接到他三十四樓的家，沿著樓梯井拉到這裡。有些設施還不夠完善，不過孤兒很清楚，只要種得出作物，有東西可以吃，那就夠了，更何況，現在只有他一個人吃。只有他和老鼠，還有蟲。

他扛著那個袋子穿越那片雜草最茂密的園圃，因為他必須到最裡面的角落。那裡的植物燈已經不會亮了，而且已經很久沒有種任何東西，土壤又冷又潮濕。那是一個很特別的地方。以後，他的好朋友再也不需要每個禮拜出去尋找食物。以後，那裡會是他的家，不再只是順道經過。

來到這裡，已經感受不到植物燈的溫熱。這裡很暗。他很喜歡這個地方，因為這裡會令他聯想起伺服器房底下的密室，一個屬於他的、很隱密的地方。他的好朋友可以窩在這裡，沒有人會來打擾他。他看到很多工具散落在地面上，其中有一把鏟子。他正需要鏟子的時候，剛好就找到一把鏟子。原來，東西也可以用這樣的方式找到。當地堡大發慈悲的時候，就會這樣找到東西。只可惜，地堡大發慈悲的時候並不多。

孤兒蹲下來，把那個袋子放在圍欄旁邊。袋子裡的屍體已經僵硬，不過，很快就會軟了。等——

孤兒不忍心再想那屍體接下來會怎麼樣。

他拿起地上的鏟子，直接翻過圍欄。這裡太暗了，他懶得找門。接著，他拿起鏟子開始挖土。有些東西，在你最需要的時候就會出現。孤兒想起過去這幾年，和他的好朋友在一起，時間總是過得那麼快。從前，每當他工作時候，影子總是喜歡在他腳邊磨蹭，不過牠還是很機靈，絕對不會被他踩到。每當孤兒吹起口哨，影子就會立刻像箭一樣竄出來，出現在他面前。他已經開始懷念影子，懷念那段歲月。有些東西，在你找到的當下，根本不知道你會那麼需要牠。

96 二三四五 第一地堡

底層的輪值人員冷凍艙區迴盪著唐諾的腳步聲。好幾千座冷凍艙密密麻麻，有如閃閃發亮的石頭。他彎腰看看另一座顯示幕上的名字。他已經算不清他的冷凍艙是這一排的第幾座，很擔心等一下又要重算一次。他又舉起手帕掩住嘴咳起來，然後擦擦嘴繼續找。他口袋裡有一個沈甸甸的東西，一直在他大腿上摩擦。而他心頭也是又沈重又冰冷。

後來，他終於找到了那座冷凍艙，底下的名字是「特洛伊」。唐諾擦擦艙蓋上的玻璃，探頭往裡面看。裡面有一個人，看起來很老，而且，在唐諾印象中，那個人從前好像沒這麼老。他蒼白的臉上泛著青色，滿頭白髮，滿臉白鬍子。

唐諾打量著那個人，遲疑了一下，考慮該怎麼做。沒有推輪椅來，也沒有大醫藥箱，只有口袋裡那個沈甸甸的東西。目前他已經發掘出某些真相，他想知道更多。有時候，你必須先打開某種東西，才會知道要怎麼關閉。

他蹲到控制面板前面，準備啟動解凍程序。他輸入密碼的時候，心裡想著，夏綠蒂現在正待在樓上的軍火庫裡。不能讓她知道他到這裡來幹什麼。不能讓她知道。對他們兄妹來說，以前的瑟曼就像是他們的爸爸。

唐諾把轉盤轉向右邊，顯示幕上的數字開始閃爍，溫度開始上升。唐諾站起來，在原地踱來踱去。他繞著冷凍艙走了幾圈。這座冷凍艙底下有一個名字。那個名字代表的是一個被他們塑造出來的人，一個名叫「特洛伊」的唐諾。而現在，那個一手塑造出特洛伊的人，此刻卻躺在這座冷凍艙裡。當瑟曼的體溫正逐漸升高的時候，唐諾心中的冰冷卻逐漸擴散到他全身，擴散到他四肢。唐諾又咳在他的手帕裡。他把手帕塞回口袋，然後掏出那條繩子。

此刻，站在這裡，他忽然想到維克檔案裡的一份報告，然而，角色卻互換了。維克的報告裡提到一個很古老的實驗，把監獄的警衛和囚犯互相對換，結果，受害的人立刻化身為加害者。唐諾很討厭這種構想，認定人很輕易就可以被改變。他認為那個實驗的結果令人難以置信。然而，他的確親眼見識過人的改變。當年，進入國會山莊的那些男男女女，每個人都曾經有很崇高的理念，然而，他親眼看到他們都變了。這次輪值，他被賦予很大的權力，而他感覺得到那種誘惑。他發現，邪惡的人都是邪惡的體系製造出來的，而且，任何人都有可能會被權力腐化。而這也就是為什麼有些體系必須被摧毀。

溫度漸漸上升，艙蓋跳開了，發出嗤的一聲。唐諾伸手把艙蓋整個掀開，想像著裡面那個人會突然伸手抓住他的手腕，然而，那個人卻靜靜躺在裡面，渾身赤裸冒著霧氣，手臂上插著一條管子，鼠蹊部位也插著一條管子。他全身皮肉皺巴巴的，看起來好蒼白，頭髮稀疏。唐諾抓起瑟曼的手，把他兩手疊在一起，然後拿出繩子纏住他的雙手，打上一個結，把繩子拉緊。接著，唐諾往後退了一步，盯著瑟曼的眼睛，看他什麼時候會醒過來。

瑟曼嘴唇抽動了一下，然後微微張開，試探著吸了一口氣。眼前的景象，很像看著人死而復活，而這是唐諾第一次感到慶幸，世上竟然有這麼神奇的機器。瑟曼身體動了一下，唐諾也咳了一下。瑟曼眼皮慢慢張開，融化的冰水從他眼角往下流，造成一種錯覺，彷彿他正在為這個世界哭泣。瑟曼抬起手抹掉眼皮上的冰霜，而唐諾很清楚此刻瑟曼有什麼感受。眼皮睜不開，彷彿黏在一起。接著，瑟曼呻吟了一聲，想掙脫手上的繩子。他漸漸清醒了，開始感覺到不對勁。

「不要動。」唐諾對他說。他一手按在瑟曼額頭上，感覺得到他的身體還是很冰冷。「放輕鬆。」

「安娜——」瑟曼嘀咕著，舔舔嘴唇，唐諾這才想到，他連水都沒帶，也沒帶那種液體。他到這裡來，想做什麼，已經很明顯了。

「聽得到我說話嗎？」唐諾問。

瑟曼眼皮抽動了一下，慢慢睜開，瞳孔收縮了一下，似乎想看清楚唐諾的臉。看到唐諾，他猛眨眼睛，似乎嚇了一跳。

「唐——？」他聲音很嘶啞。

「躺著不准動。」唐諾對他說。瑟曼翻身抬起手掩住嘴咳了幾下，這才注意到手上綁著繩子。他露出困惑的表情。唐諾轉身看了看遠處那扇門。「你仔細聽著。」

「到底怎麼回事？」瑟曼伸手抓住冷凍艙邊緣，似乎想爬出來。唐諾手伸進口袋裡，掏出手槍。瑟曼看到那把黑漆漆的手槍，不由得倒抽了一口氣，立刻就明白怎麼回事了。他還是很鎮定，只是轉頭看著唐諾。「今年是哪一年？」他問。

「已經又過了兩百年。」唐諾說。他心中滿懷忿恨，槍口微微顫抖。他兩手抓住槍柄，往後退了半步。瑟曼很虛弱，而且手被綁住，然而，唐諾還是小心翼翼。此刻，這個老人就像冬天早晨未甦醒的毒蛇，唐諾不敢想像，如果天氣暖和了，毒蛇會有什麼反應。

瑟曼又舔舔嘴唇，打量著唐諾。他的肩膀冒出陣陣霧氣。「安娜告訴你的吧。」他終於說。

唐諾忽然很想告訴他，安娜已經死了。而且他心裡忽然湧出一絲莫名的虛榮，想告訴瑟曼這一切都是他自己想通的。然而，他只是點點頭。

「你應該明白，沒別的辦法了。」瑟曼輕聲說。

「辦法多的是，成千上萬。」唐諾說。他把手槍換到另一隻手上，然後伸手在褲子上擦了幾下，擦掉手上的汗。

瑟曼瞄瞄手槍，然後轉頭看看房間四周，看有沒有人能幫忙。過了一會兒，他終於死心了，又躺回冷凍艙裡。冷凍艙裡依然冒著霧氣，但唐諾看得出來，瑟曼開始冷得發抖了。

「從前我一直以為你打算長生不老。」唐諾說。

瑟曼笑起來，低頭看看手上的繩結，看看手上的插管和針頭。「我已經活得夠久了。」

「活這麼久是為了做什麼？毀滅全人類？只留下一座地堡的人可以活著，然後坐在這裡眼睜睜的看著其他人被殺光？」

瑟曼點點頭。他身上沒穿衣服，蜷著身體，整個人看起來好瘦，好脆弱。

「只為了救那些人，你殺光了所有的人，包括我們自己在內。」

瑟曼嘀咕了一聲。

「大聲一點。」唐諾喊了一聲。

瑟曼比了個手勢，意思好像在說他想喝東西。唐諾揚揚手上的槍。這就是他要給瑟曼的東西。瑟曼拍拍胸口，開口又想說話。唐諾小心翼翼往前湊近一步。「告訴我為什麼。」唐諾說。「現在這裡是我在指揮。我。你說清楚，否則我現在就把所有地堡裡的人全部放出來。」

瑟曼瞇起眼睛。「笨蛋。」他嗤了一聲。「他們會自相殘殺。」

他聲音好嘶啞，幾乎聽不到。唐諾只聽得到四周的冷凍艙發出嗡嗡聲。他又往前湊近一步，而且越來越有自信，每一秒都比前一秒更有自信，知道自己正在做對的事。

「我知道你認定他們會自相殘殺。」唐諾說。「我知道你打算把地球清乾淨，重新設定。」他拿槍戳戳瑟曼胸口。「我知道你把這些地堡當成是某種太空船，打算帶人類到一個更好的世界。我已經看過你所有的機密檔案。不過，在你死之前，有一句話我想親耳聽你說出來——」

唐諾忽然覺得兩條腿站不太穩，而且又開始想咳嗽。他趕緊伸手去掏手帕，可是來不及了，他已經咳出來，粉紅色的血跡噴在冷凍艙邊緣。瑟曼看著他。唐諾打起精神站穩，努力回想自己剛剛說到哪裡。

「我想知道你為什麼要幹出這種令人痛心的事。」唐諾聲音好嘶啞，喉嚨像火在燒。「這些可憐的人來來去去，一下被送去冬眠，一下被喚醒，而你卻根本沒打算讓他們活下去，你打算殺光他們。甚至連你的女兒……」他盯著瑟曼的臉，想看看他有什麼反應。「為什麼不乾脆把我們冷凍一千年，等一切都結束之後再喚醒我們？現在，我已經知道自己幫你搞出了什麼樣的地方。我想知道，為什麼不讓我們繼續睡下去，等一切結束？如果你想幫大家找一個更好的地方，那為什麼不帶我們去？」

瑟曼還是一動也不動。

「告訴我為什麼。」唐諾聲音有點哽咽，但他極力壓抑。他舉起槍管。

「因為有些東西不能讓任何人知道。」瑟曼終於說。「我們必須帶進墳墓。」

「把什麼東西帶進墳墓？」

瑟曼舔舔嘴唇。「知識。遺產那些書裡的東西。那種轉眼之間就能夠毀滅世界的能力。」

唐諾大笑起來。「你以為人類以後不會再發現那種東西嗎？不會再發現自我毀滅的方法嗎？」

瑟曼聳聳肩。他肩頭冒出來的霧氣漸漸淡了。「也許吧。至少不會現在就發現。」

唐諾揮揮手上的槍，指著四周的冷凍艙。「所以這些人全部都要死。你們只打算挑出一個種族，只打算讓一座地堡存活，其他的全部毀滅。這就是你們擬定的公約？」

瑟曼點點頭。

「嗯，有人違反了你的公約。」唐諾說。「有一個人想出辦法讓我來取代你的位子。現在我是老師。」

瑟曼瞪大眼睛，視線瞄向唐諾衣領上的識別證。他牙齒不再打顫了，而是咬牙切齒。「不可能。」他說。

「我從來不想跟你一起幹這種事。」唐諾彷彿是在對自己說，而不是在對瑟曼說。他抓穩手槍。「一點都不想。」

「我也一樣。」瑟曼說。唐諾又想起那個實驗，警衛和囚犯互換的實驗。此刻躺在冷凍艙裡的，本來應該是他。任何人都有可能拿槍站在這裡。這就是體系制度。

他還有很多話想說，還有很多問題想問。他很想告訴瑟曼，很久很久以前，他一直把瑟曼當成自己的爸爸一樣。可是，如果那個他們深愛的爸爸忽然變成另一個人，變得極度冷血，那該怎麼辦？他很想當著瑟曼的面大喊，他好後悔自己毀滅了這個世界，不過，唐諾心裡明白，這個世界其實早就毀滅了，但這並不重要。而另一方面，內心深處他卻又希望能夠叫人來幫忙，把瑟曼扶出冷凍艙，然後自己躺進去，繼續沈睡。內心深處，他覺得當囚犯輕鬆多了，他不想再當警衛。然而，他妹妹在上面，正慢慢恢復清醒。他們兩個有更多的問題需要尋找答案。而此刻，遠處的某一座地堡正發生巨變，暴動結束了，唐諾很想看看那會有什麼結果。

此刻，唐諾腦海中閃過更多思緒。威爾森醫師很快就會回到他的辦公室，會去看螢幕。如果這裡有一個攝影鏡頭正好對準他們，威爾森很可能會看到。瑟曼張開嘴好像想說什麼，這時唐諾才想到，把瑟曼叫起來，聽他說一堆藉口，根本就是一大錯誤。瑟曼根本沒什麼好說的。

瑟曼湊向前。「唐唐。」他喊了一聲，伸出被綁的雙手想去拿唐諾手上的槍。他動作很慢，虛弱無力，似乎完全不指望他拿得到槍，而只是想把槍拉近一點，貼在他自己胸口，或伸進他嘴裡，就像維克那樣。他眼中似乎流露出悲傷的神色。然而，唐諾覺得這可能只是他自己的想像。

瑟曼伸手去拿槍，而唐諾幾乎忍不住想把槍交給他，看看他會怎麼樣。

然而，唐諾還是扣下扳機，趁自己後悔之前扣下扳機。

那槍聲震耳欲聾，槍口冒出一陣刺眼的火光。那驚天動地的聲響迴盪在數以千計的冷凍艙之間，震驚了數以千計的靈魂。瑟曼倒回冷凍艙，彷彿倒進棺材裡。

唐諾手在發抖。他回想起剛進國會辦公室的第一天，回想起瑟曼為他所做的一切，回想起當年到瑟曼辦公室那一天。他接受了一份他不夠資格承擔的職務，當上國會議員。他接受了一份他一開始就知道自己無法承擔的工作。當上國會議員的第一天早上，他醒過來的時候，忽然明白只有極少數人掌握這個國家的權力。那一刻，他心中除了成就感，還有更多的恐懼。而長久以來，他就像一個精神病患，協助打造囚禁自己的精神病院。

但這次不一樣了。這一次，他會承擔起領導的責任，不再有任何畏懼。他和他妹妹會在暗中進行。他們會一起搞清楚，外面的世界究竟有什麼問題，然後合力挽救，讓這個世界恢復正常。在一座地堡裡，實驗已經開始了，囚犯已經變成警衛，唐諾很想看看那會有什麼結果。

他伸手關上艙蓋，看到上面有粉紅色的血跡。唐諾又咳了幾下，伸手擦擦嘴。他把手槍塞進口袋裡，轉身從冷凍艙旁邊走開。想到自己剛剛做了什麼，他不由得心臟怦怦狂跳。

冷凍艙裡那個人死了，而冷凍艙依然發出細微的嗡嗡聲——

97 二三四五——第三十四年 第十七地堡

孤兒拿一根繩子穿過塑膠罐的把手，把幾個塑膠罐串在一起。塑膠罐互相碰撞，那嘩啦啦的聲響聽起來有如音樂般悅耳。他拿起帆布袋，然後在原地站了一會兒，搔搔鬍子，覺得自己好像忘了什麼。他忘了什麼嗎？接著他拍拍胸口，看看鑰匙還在不在。這是多年的習慣，永遠改變不了。事實上，鑰匙已經不在了。現在，鑰匙放在抽屜裡，因為已經沒有地方需要鎖了。現在，這裡已經沒有別人了，他不需要再害怕了。

他帶著兩袋空罐頭，那些空罐頭完好無缺，沒有半點凹痕。他一手提一個袋子，每走一步，袋子裡就一陣嘩啦響。就這樣，他沿著黑暗的通道走向遠處鐵梯開口的亮光。

他爬了兩趟鐵梯，一次提一袋上去，然後，他提著袋子在黑色的伺服器間穿梭。這幾年來，有些伺服器已經不再發出聲音了，他心裡想，可能是燒壞了吧。他必須先搬開檔案櫃，才有辦法開那扇不鏽鋼門。地堡裡沒有鎖，也沒有人——不過，還是小心點好。他拉開那扇鐵門，覺得爸爸似乎就站在門口，一直都在。接著，他走出門口，走進那個滿是鬼魂的世界。那裡曾經發生過很可怕的事，但他已經都想不起來了。

大廳空蕩蕩的，光線很明亮。經過攝影鏡頭底下的時候，孤兒朝鏡頭揮揮手。他知道鏡頭的位置。他總覺得有一天可以在螢幕裡看到自己，但螢幕已經壞了很多年了。更何況，如果想在螢幕裡看到自己，那就代表必須有兩個自己，一個站在鏡頭前面揮手，一個看著螢幕。他大笑起來，想不到自己這麼笨。

他是孤兒。孤兒代表一個。

他來到平台上，立刻就感覺到空氣很新鮮，但一想到高度的問題，他又有點煩惱。孤兒心裡老是惦記底下的積水。積水還要多久才會淹到這裡？他心裡想，還很久吧。到那個時候，他可能早就不在了。然而，想到自己小小的家會被淹在水裡，他還是有點難過。儲藏室裡那堆空罐頭會浮到水面上，電腦和無線電會冒出氣泡。想到這裡，他又不由得大笑起來。他其實已經不在乎了。他提著那兩袋空罐頭，往欄杆外一丟，然後豎起耳朵聽，聽他們掉在四十二樓的平台上。果然就掉在那裡。他轉身面向樓梯。

上樓還是下樓？樓上有蕃茄，小黃瓜，南瓜。樓下有草莓，玉米，馬鈴薯。問題是，樓下的東西還要煮。他想了一下，開始往樓上走。

他邊爬邊算自己爬了幾級樓梯。「八，九，十。」他喃喃算著。每一級樓梯都不一樣。有好多樓梯，而樓梯分成很多不同的群體，各個種類的樓梯，但它們彼此間像朋友一樣。他真希望所有的東西都可以像樓梯一樣。「嗨，樓梯。」他打了聲招呼，忽然忘了繼續算。樓梯都沒吭聲。他說的話和它們不一樣。樓梯說的話是轟隆隆的腳步聲。

腳步聲。孤兒聽到腳步聲。他立刻停下腳步仔細聽。然而，那些聲音好像都知道他在聽，所以又不見了。又是那種聲音。他老是聽到那種根本不存在的聲音。土耕區到處都是抽水機，到處都是電燈。有時候抽水機會突然開始運轉，植物燈會自動亮起來，土耕區裡總是瀰漫著那種嘩啦啦的聲響。很多年以前，有一座抽水機漏水，是孤兒自己動手修理的。他很渴望能夠有一個新「計畫」，因為他老是在進行同樣的「計畫」，一直在重複，比如，鬍子長到胸口的時候，他就要剪鬍子。而這種「計畫」都很無聊。

每次去土耕區，他中途都只會停下來休息一次，喝點水，撒泡尿。他的腿很有力，甚至比年輕的時候更有力。再困難的事，只要多做幾次就變容易了，不過，困難的事做得再多也不會好玩。不管做什麼事，孤兒很希望第一次做的時候就很容易。

他繞了最後一圈螺旋梯，來到十二樓的平台。他正想開始吹口哨的時候，忽然發覺門開著。怎麼會這樣？孤兒永遠都記得關門。任何一扇門。

他注意到網格鐵板的角落有東西凸出來，看起來有點像是他有一次執行「計劃」的時候撿到的東西。一截塑膠水管。他拿起來一看，發現管子裡有水。孤兒拿到鼻子前面嗅一嗅，味道怪怪的。他開始把管子裡的水倒到欄杆外面，結果，他手一滑，管子掉到下面去了。他愣住了，等著聽底下傳來碰撞聲。結果，他什麼都沒聽到。

笨手笨腳。他開始咒罵自己，笨手笨腳，忘東忘西。竟然忘了關門。他正要走進門，忽然看到有個東西頂住門。一截黑色的把手。他伸手去拿，赫然發現那是一把刀插在網格鐵板上。

接著，他聽到裡面有聲音，在土耕區很裡面的地方。孤兒愣在那裡，站了好一會兒。這把刀不是他的。他沒這麼健忘。他抽出那把刀，讓門關上，那一剎那，他腦海中閃過無數思緒。老鼠不可能把刀子插在網格鐵板上。這只有人才辦得到，要不然就是很可怕的惡鬼。

他該怎麼辦？要不要把兩邊的門把綁起來？或是在門板底下塞東西讓門打不開？最後他決定轉身就跑。他衝下樓梯，塑膠罐嘩啦作響，背後的空背包一直往上飄，那把刀抓在他手上。後來，塑膠罐卡到欄杆絆住了繩子。他用力扯了兩下，最後決定放手。他的窩。他要趕快回他的窩。他氣喘吁吁，越跑越快。他感覺到遠處的震動，聽到遠處的腳步聲。地堡裡出現了另一個人。他不需要停下腳步就聽得到。這是可怕的惡鬼。很大聲，很真實。孤兒忽然想到他的大砍刀，可惜那把刀很多年前就斷了。不過，他還有一把刀。手上這把刀。他繞了一圈又一圈，心裡越來越害怕。他終於到了平台。錯了，還沒到，這裡是三十三樓。還要再下一樓。別再算了。別再算了。他跑太快了，差點絆倒。他滿身大汗。終於到家了。

他關上門，手撐在膝蓋上拚命喘氣。他拿起地上的掃把柄，插進門上的把手。

孤兒擠進十字旋轉門，沿著走廊拚命衝。天花板上有一盞燈滅掉了。他又有一個「計劃」了，但不是現在。他終於跑到那扇不鏽鋼門前面，用力一推，然後往裡面衝，但過了一會兒又停下腳步，回來把門關上。他蹲下來，用肩膀去推檔案櫃，把門頂住。檔案櫃發出一陣刺耳的嘎吱聲。這時候，他好像聽到外面有腳步聲。那個人跑得好快。他緊張得滿頭大汗，抓緊刀子拚命跑，穿過那些伺服器。接著，他聽到後面傳來一陣嘎吱聲，金屬摩擦的嘎吱聲。現在，孤兒已經不再是孤兒了。他們來找他了。他們來了，來了。他感到無比的恐懼。他衝向那片網格鐵板，真希望剛剛沒有關起來。不過還好，鎖已經壞了，生鏽了。但他轉念一想，不對。他需要鎖。孤兒鑽進洞口，站在階梯上，一手抓住網格鐵板準備關起來。他可以躲在這裡。躲在這裡。就像從前一樣。這時候，忽然有人抓住那片網格鐵板，不讓他關。他拿刀去砍那個人的手，聽到那個人慘叫一聲。是女人。她在喘氣，低頭看著他，叫他不要怕。

孤兒渾身發抖。他的鞋子在鐵梯橫桿上滑了一下，但他及時抓住橫桿沒摔下去。他緊緊抓住橫桿，聽那個女人說話。她眼睛睜得好大，眼神好靈活。她一直在說話。她受傷了，不過她並不想傷害他。她只想知道他叫什麼名字。她說她很高興看到他。她眼裡泛著淚光，因為她看到他太高興了。於是，孤兒心裡想，說不定自己就像那根鏟子一樣，或是一個開罐器。他就像是那種可以找得到的東西。而且，有人找到他了。

終曲　二三四五　第一地堡

唐諾坐在空蕩蕩的通訊室，所有的操控台都是他的。其他人都被他趕去吃中飯了，至於那兩個說肚子不餓的，一樣被他趕出去。他命令他們去休息一下，他們只好乖乖聽話。他們稱呼他「老師」。他們對他一無所知，只知道他是最高指揮官。大家輪流進來值班，每個人都聽他的號令。

旁邊那個操控台上的指示燈在閃。那是第六地堡，他們想打電話進來。不過，他們只能等一等了。唐諾戴著耳機，坐在那裡聽著耳機裡的鈴聲。他打了一通電話，正在等對方接電話。

電話鈴聲一直響。他檢查耳機線的插頭，看看有沒有插對插孔。兩座操控台中間有一副撲克牌，牌局玩了一半，因為玩牌的人被唐諾趕出去了。那堆棄牌最上面的一張是黑桃皇后。後來，他終於聽到耳機裡傳來喀嚓一聲。

「喂？」他說。

然後他等了一下。他聽到對方的呼吸聲。

「盧卡斯嗎？」

「我不是。」那個人說。那聲音聽起比較輕柔，可是口氣很嚴厲。

「你是哪位？」他問。平常他都是跟盧卡斯聯絡。

「我是誰不重要吧。」那女人說。唐諾很清楚她是誰。他轉頭看看後面，看看有沒有人進來，然後立刻湊上前。

「我們不太習慣跟首長聯絡。」他說。

「我也不太習慣當首長。」

唐諾聽得出那個女人在消遣他。「這工作我也不太習慣。」他說。

「不習慣也得習慣。」

「不習慣也得習慣。」

兩人沈默了一下。

「妳知道嗎。」唐諾說。「要是我真的習慣這工作，我現在就會按下按鈕，關掉你們的地堡。」

「那你為什麼不按？」

這位首長口氣很平靜，顯然有點好奇。聽的出來她是真的想問，而不是在挑釁。

「就算我說了，妳也不會相信。」

「你不說怎麼知道我相不相信。」她說。唐諾忽然有點後悔沒把她的檔案帶來。這次輪值的頭一個禮拜，那個檔案夾他總是隨身攜帶，偏偏今天忘了帶，卻剛好……

「很久很久以前。」他說。「我救過你們的地堡。現在關掉，我會很心疼。」

「你說對了，我不相信你。」

這時候，唐諾忽然聽到外面走廊上有聲音。他立刻掀開一邊的耳罩，轉頭看看後面。那位通訊技師站在門口，一手端著杯子，一手拿著麵包。唐諾抬起一根手指，叫他等一下。

「我知道妳去過哪裡。」唐諾對那個曾經出去清洗鏡頭的首長說。「我知道妳看到過什麼。我——」

「你根本搞不懂我看到的是什麼東西。」她忿忿的說，口氣比刀子還鋒利。

唐諾忽然覺得火氣來了。他並不希望跟這個女人談話是這種氣氛。他毫無心理準備。他用手遮住麥克風，感覺得到自己時間不多了，感覺到自己正逐漸失去她的信任。

「小心點。」他說。「我也只能這麼說了——」

「你聽清楚。」她說。「我已經知道很多真相，我看過那些書。我會繼續挖，挖到底，搞清楚你們這些人究竟搞了什麼。」

唐諾聽得到她急促的呼吸聲。

「我知道妳想找什麼真相。」他口氣很平靜。「問題是，那恐怕不會是你想看到的真相。」

「你的意思應該是，你不希望看到我找到真相。」

「總之……小心點。」唐諾壓低聲音。「挖那個東西千萬要小心。」

對方忽然沒吭聲。唐諾轉頭看看那位技師。他手上還端著杯子拿著麵包。

「噢，挖的時候我們會很小心。」茱麗葉終於說。「我快挖到你那邊的時候，我可不希望你聽到。」

國家圖書館出版品預行編目資料

星移記／休豪伊
Hugh Howey著；陳宗琛譯　初版
臺北市：鸚鵡螺文化，2014.07
面；公分。－－(infiniTime008)
譯自：Shift
ISBN 978-986-86701-7-4（平裝）

874.57　　103013457

鸚鵡螺文化

InfiniTime 008

星移記

SHIFT

作　　者—休豪伊
Hugh Howey
譯　　者—陳宗琛
選 書 人—陳宗琛
美術總監—Nemo

出版發行—鸚鵡螺文化事業有限公司
新北市鶯歌區建國路85號11樓之7
電話：(02) 86776481
傳真：(02) 86780481
郵撥帳號—50169791號
戶　　名—鸚鵡螺文化事業有限公司
電子信箱—nautilusph@yahoo.com
總 經 銷—大和書報圖書股份有限公司
ISBN　9789868670174
定　　價—新台幣399元
初版首刷—2014年11月
初版13刷—2023年 4月